BASTEI
LÜBBE
Paperback

# ISAAC ASIMOV
präsentiert
# MÄRCHENWELT DER FANTASY

BASTEI LÜBBE
Paperback

BASTEI-LÜBBE-PAPERBACK
Band 28 152


Deutsche Lizenzausgabe 1987
Bastei-Verlag Gustav H. Lübbe GmbH & Co., Bergisch Gladbach
Originaltitel: Cosmic Knights Spells
(Isaac Asimov's Magical Worlds of Fantasy 3, 4)
Einzelrechte und Übersetzernachweise am Ende des Bandes.
Lektorat: Dr. Helmut Pesch
Titelillustration: Tim Hildebrandt
Umschlaggestaltung: Quadro-Grafik, Bensberg
Satz: ISC Communikations-Service GmbH, Bergisch Gladbach
Druck und Verarbeitung:
Clausen & Bosse, Leck
Printed in Western Germany
ISBN 3-404-28152-7

Der Preis dieses Bandes versteht sich einschließlich
der gesetzlichen Mehrwertsteuer.

Märchen-
welt
der
Fantasy

# Inhalt

Ein-
führung

# Von Rittern und Zauberflüchen

Isaac Asimov

Es gibt einige Worte, die romantische Bilder heraufbeschwören, und ›Ritter‹ ist eines davon. Und doch ist das englische Wort dafür, ›knight‹, von reichlich niedriger Abstammung. Es leitet sich von dem angelsächsischen Wort ›cniht‹ ab, das soviel wie ›Bursche‹ oder ›Bediensteter‹ bedeutet. Er war jemand, der seinem Herren diente und für die Erfüllung seiner Bedürfnisse sorgte. Die deutsche Entsprechung ›Knecht‹ hat heute noch die Bedeutung von ›Diener‹.

Wenn natürlich der Herr, über den wir reden, der König ist, waren seine Bediensteten häufig Kämpfer, und in mittelalterlichen Zeiten war das jemand, der sich ein Pferd und eine Rüstung leisten konnte, was wiederum bedeutet, daß er ein Aristokrat war.

In anderen Sprachen liegt die Betonung mehr auf dem Pferd als auf dem Dienst. Ein Pferd zu reiten, war in den alten Zeiten das sicherste Zeichen für Aristokratie (ein Kriegspferd natürlich und nicht einen Ackergaul), so wie das Fahren eines Cadillac oder Mercedes (nicht eines Chevrolet oder Volkswagen) heute.

Im geschriebenen Latein ist das Wort für Pferd ›equus‹, doch in der Sprache der Soldaten nannte man ein Pferd ›caballus‹ (entsprechend dem deutschen ›Gaul‹ oder ›Klepper‹). Es war letzteres, das für ›Kriegspferd‹ in Gebrauch kam. Im Spanischen wurde ›caballus‹ zu ›caballo‹, im Italienischen wurde es zu ›cavallo‹ und im Französischen wurde es zu ›cheval‹.

Folgerichtig bezeichnete man einen Reiter im Lateinischen als ›caballarius‹, im Spanischen als ›caballero‹, im Italienischen als ›cavaliere‹ und im Französischen als ›chevalier‹. Alle Ausdrücke entsprachen dem englischen ›knight‹ und dem deutschen ›Ritter‹ (was nichts anderes heißt als ›Reiter‹). Wenn man die Gesamtheit der Ritter meint, könnte man im Englischen von ›knighthood‹ sprechen, aber es ist angebrachter, hier vom Französischen auszugehen (denn wenigstens das normannische Französisch war vom zwölften bis zum fünfzehnten Jahrhundert die Sprache der Aristokratie) und von ›chivalry‹ zu reden. Sich wie ein Ritter zu verhalten – also den höfischen Umgangsformen gemäß, statt dem flegelhaften Benehmen der unverschämten bäuerlichen Knappen und Pagen – bedeutet, ›chivalrous‹ zu sein.

Jedenfalls ist das romantische Feuer, das Ritter so wunderbar erscheinen läßt, wirklich und wahrhaftig eine Erfindung der Literatur. Tatsächlich waren Ritter, die sich auf ihre Pferde und Rüstung etwas einbildeten, arrogant und unerträglich in ihrem Verhalten, besonders zu Leuten, die unbewaffnet und zu Fuß unterwegs waren. Im Englischen haben wir außer ›knight‹ noch ein anderes Wort für Ritter, nämlich ›cavalier‹ (gewöhnlich angewendet auf die arroganten Narren, die für König Charles I. kämpften), und ein ›Kavaliersdelikt‹ ist auch im englischsprachigen Raum heute noch eine geflügelte Wendung.

Übrigens benutzte ich, nebenbei erwähnt, einige Zeilen weiter oben noch das Wort ›Knappe‹. Es bedeutet soviel wie ›Bursche‹ oder ›Bediensteter‹, und die deutsche Entsprechung ›Knabe‹ heißt auch heute noch ›Junge‹. So hatten auch die Ritter ihre Bediensteten.

Was nun das Pferd betrifft, so kämpften schon seit 2000 vor Christus die Aristokraten nicht mehr zu Fuß, wie es der bäuerliche Abschaum tun mußte. Die homerischen Helden kämpften, wann immer sie die Möglichkeit dazu hatten, in Streitwagen, und die griechischen und römischen Aristokraten waren in der ›Kavallerie‹ (der lateinischen Entsprechung zur französisch-englischen ›chivalry‹, deren Wortklang sich im Englischen und Deutschen bis heute erhalten hat).

Nichtsdestotrotz hatte die Kavallerie oder Reiterei bis zum Ende des Altertums niemals mehr als unterstützende Funktion. Sie war hauptsächlich wichtig wegen ihres schnellen Fortkommens. Sie konnte den Feind ausspionieren, und sie konnte einem bereits geschlagenen und fliehenden Feind nachsetzen. Das eigentliche Kämpfen blieb jedoch der standfesten und disziplinierten ›Infanterie‹ überlassen, den griechischen Reihen der Hopliten, der makedonischen Phalanx und der römischen Legion. (Das Wort ›Infanterie‹ ist mit dem Wort ›infant‹ verwandt, das im Englischen auch ›Junge‹ oder ›Kind‹ bedeutet. Der Ausdruck ist ein Maß für die Geringschätzung, mit der die Aristokraten die Fußsoldaten betrachteten.)

Die Rolle der Kavallerie änderte sich mit der Erfindung des metallenen Steigbügels durch die Nomaden Zentralasiens irgendwann in den ersten Jahrhunderten nach Christi Geburt. Welch einen Unterschied das machte! Ohne richtigen Steigbügel balancierte der Kavallerist unsicher auf seinem Pferd, und wenn er eine Lanze zu unvorsichtig handhabte, konnte er leicht von seinem Pferd gezogen oder gestoßen werden. Unter solchen Bedingungen war es besser, wenn Reiter Pfeil und Bogen benutzten, wie es die parthische Kavallerie tat. Andererseits konnte der Kavallerist mit einem guten Steigbügel seinen Fuß sicher verkeilen und das volle Gewicht seiner selbst und seines Pferdes in den Lanzenstoß legen. Niemand, der zu Fuß war, konnte ihm in jener Zeit widerstehen.

Als die Goten im vierten Jahrhundert vor den Hunnen flohen, gelang es ihnen, sich den hunnischen Steigbügel zu borgen, und 378 schlugen die gotischen Reiter die römischen Legionen vernichtend in der Schlacht von Adrianopel. Für die nächsten tausend Jahre war die Kavallerie anschließend das Größte, und das Zeitalter des Rittertums begann.

Aber so sehr die Ritter in der Literatur auch idealisiert und zu Helden verklärt wurden, im richtigen Leben waren sie grausam, despotisch und furchtbar in ihrer Behandlung der niederen Stände, und als man sie schließlich ein für allemal und schändlich davonjagte, atmete das Volk samt und sonders auf.

Es kam die Zeit, da die niederen Stände lernten, gegen die Reiter zu kämpfen, indem sie sie auf Distanz hielten und aufspießten. Dabei wurden die niederen Stände großzügig unterstützt durch jene unvermeidliche Begleiterscheinung selbstherrlicher Aristokratie – deren unüberwindliche Dummheit. Die flämischen Bürger lernten, wie man die lange Pike in einer geschlossenen Reihe einsetzt (die Wiedergeburt der makedonischen Phalanx), und metzelten 1302 in der Schlacht von Courtrai die französischen Reiter nieder. Die englischen Langbogenschützen massakrierten französische Reiter aus der Entfernung in den Schlachten von Crécy (1346), Poitiers (1356), Agincourt (1415) und Villeneuve (1420). Die Schweizer Pikeniere rieben 1477 die burgundischen Reiter auf, und inzwischen hatte sich schon von selbst das Schießpulver durchgesetzt, und das Rittertum fand ein Ende.

Aber noch immer erinnern wir uns seiner im goldenen Glanz der romantischen Abenteuerromane und vor allem in der Artus-Sage – den Erzählungen um König Arthur von Britannien und seinen Rittern der Tafelrunde. Ja, tatsächlich denken wir jedesmal, wenn wir von ›Rittern‹ sprechen, an eben diese Erzählungen und vor allem an Sir Lancelot.

Die Artus-Sage begann mit Geoffrey von Monmouth, der um 1136 seine *Geschichte der britischen Könige* (Original: *Historia regum Britanniae*) schrieb und dabei von Uther Pendragon, seinem Sohn Artus und ihrem hilfreichen Zauberer Merlin sprach. Es ist nicht Geschichte, sondern Mythos und Legende, und dennoch faszinierte es seine Leser, die damals wie heute über ihren Aberglauben und Patriotismus lieber die Geschichte entscheiden ließen als irgendeine abstrakte und blutleere Leidenschaft zur Wahrheit. Wenn Sie eine exzellente moderne Nacherzählung von Geoffreys Geschichte suchen, lesen Sie *The High Kings* von Joy Chant (1983; dt. *Könige der Nebelinsel*, Bastei-Lübbe-Paperback 28125, Bergisch Gladbach 1984).

Um 1170 griff der französische Dichter Chrétien de Troyes die Erzählung auf und versah sie mit den Attributen des Ritterromans. Er war es, der die ehebrecherische Leidenschaft zwischen Lancelot und Guinevere erfand und den Mythos von der Suche nach dem Heiligen Gral. Da Chrétien sich nicht den Anschein auch nur des Schattens einer historischen Wahrheit gab, waren seine Erzählungen sogar noch beliebter als die Geoffreys.

Sir Thomas Malory fügte die verstreuten Fragmente der Artus-Sage in seinem höfischen Roman *Le morte d'Arthur* wieder zusammen, und es ist seine Version, erschienen 1485, die wir heute am besten kennen.

Die Sage ist niemals gestorben, und in jedem Jahrhundert wurde sie neu erzählt. In modernen Zeiten waren es Alfred Lord Tennysons *Idylls of the King* (1859-85; dt. *Königs-Idyllen*), Mark Twains *A Connecticut Yankee at King Arthur's Court* (1889; dt. *Ein Yankee am Hof von König Artus*, 1923) und T. H. Whites *The Once and Future King* (1958; dt. *Der König auf Camelot*, 1976/80). Aus letzterem entstand das Musical *Camelot*. Als eine der jüngsten Neufassungen ist Marion Zimmer Bradleys *The Mists of Avalon* (1982; dt. *Die Nebel von Avalon*, 1984) zu nennen.

Die Artus-Sage ist reine Fantasy. Sie ist befrachtet mit Magiern, Zauberinnen, Bannsprüchen und Hexerei. Jene, die versuchten, die Fantasy beiseite zu lassen und die Sage auf realistische Weise zu präsentieren, waren weniger erfolgreich. Ich fand Tennyson zum Beispiel bemerkenswert öde. Twain führt das Motiv der Zeitreise ein, das für anachronistisches Amüsement sorgt, doch indem er Merlin zu einem bloßen Taschenspieler macht, schmälert er den Reiz der Erzählung beträchtlich.

White wiederum, besonders in *The Sword in the Stone* (1939; dt. *Das Schwert im Stein*, 1976), dem ersten Band der Tetralogie, wendet sich noch verstärkt der Fantasy zu, und seine Version erhebt sich deshalb (meiner Meinung nach) weit über die Malorys. Das gleiche kann man von Bradleys atemberaubender *tour de force* sagen.

Es ist somit nicht überraschend, daß sich moderne Fantasy-Autoren immer wieder einmal dem romantischen Ritterroman und im besonderen bestimmten Aspekten der Artus-Sage zuwenden und sich die Zähne daran auszubeißen versuchen. Hier in dieser Anthologie zum Beispiel haben wir mehrere Geschichten verschiedenen Typs, denen großteils gemeinsam ist, daß sie Ritter als Helden haben.

Zelazny etwa fügt der Artus-Sage einen bewegenden Epilog hinzu. Young hingegen wiederholt Twains Versuch, sie anachronistisch und humorvoll zu fassen, ist dabei aber erheblich erfolgreicher, wie ich meine. Es finden sich Satiren über den grundsätzlichen Gedanken des Rittertums, von der sorgfältigen Folgerichtigkeit eines Phillifent bis zur ausgelassenen Unplausibilität eines Hunter und der heiteren Naivität eines Grahame. Vertreten sind sogar die reine Science-fiction (wie kurios sie einem auf den ersten Blick auch erscheinen mag) eines Poul Anderson und die Horrorgeschichte eines Schweitzer.

Um Sie richtig einzustimmen, vorab aber vielleicht noch einige Worte zum Verhalten mancher unserer Protagonisten: Wenn Sie einen Feind haben und es ernsthaft darauf anlegen, sich von ihm zu befreien, ist es das Nächstliegende, sich einen großen Knüppel zu nehmen und ihm eins über die Rübe zu hauen. Fertig – das war's!

Aber was, wenn er größer und stärker ist als Sie? Oder was, wenn er zwar nicht das ist, aber eine große Familie hat, die Ihnen nachstellen wird, wenn Sie Ihre Tat vollbracht haben? Oder was, wenn Sie in einer Gesellschaft leben, die über einen ausgedehnten und weit verzweigten Polizeiapparat verfügt, der sie anschließend verfolgen und festnehmen wird?

Sie entschließen sich zur nächstbesten Sache. Sie müssen sich darauf beschränken, sich zu *wünschen*, er wäre tot. Selbstverständlich können Sie, wenn Sie an die Existenz von Göttern oder Dämonen glauben und wenn einer davon zufällig ein Freund von Ihnen ist, vielleicht besagten Gott oder Dämon überreden, diese Aufgabe für Sie zu erledigen. Sie würden zu einem magischen Singsang ansetzen oder ein magisches Ritual ausüben oder beides, um den Gott oder Dämon zu verleiten oder zu zwingen, daß er Ihnen gehorcht. Sie müssen, mit anderen Worten, einen ›magischen Bann‹ verhängen.

Natürlich braucht der magische Bann nicht den Tod zu bringen. Der Tod ist schließlich keineswegs eine berauschende Strafe. Ein Augenblick der Benommenheit, ein oder zwei Schmerzanfälle, der Hereinbruch von Finsternis und dann – nichts. Was für eine Art Strafe ist das? Die meisten Leute finden das ziemlich öde und phantasielos und erklärtermaßen unbefriedigend. Das ist der Grund, weshalb man eine Menge Gedanken in das Erfinden und Beschreiben der Hölle (oder ihrer Entsprechung) investiert hat; der Hölle als einem Ort, dem man Leute, die man nicht mag, nach dem Tod ausliefern kann, auf daß sie nicht bloß für lächerliche Jahrtrillionen, sondern auf *ewig* gequält werden mögen.

Das Opfer eines solchen magischen Banns kann aber auch am Leben gelassen werden, um etwas zu erleiden, das ein weitaus schlimmeres Gefühl verspricht als bloßes Sterben. Stellen Sie sich beispielsweise vor, Sie befehlen einem Mann und einer Frau, eine bestimmte Art Frucht nicht zu essen, denn wenn sie es tun, werden Sie sie töten. »Denn welches Tages du davon issest, wirst du des Todes sterben«, sagen Sie feierlich.

Und dann machen sich der Mann und die Frau daran und essen die Frucht, und sie beschließen, daß für einen so ernsthaften Gesetzesbruch der Tod nicht ausreicht. Also brechen Sie, da Sie ja allmächtig sind, Ihr feierliches Wort und sagen zu dem Mann: »Im Schweiße deines Angesichts sollst du dein Brot essen«, und zu der Frau sagen Sie: »Du sollst mit Schmerzen Kinder gebären.« Mit anderen Worten, der Mann wird zur lebenslangen Schwerstarbeit verurteilt und die Frau zu wiederholten

Schmerzen im Kindbett. Mehr noch, alle Nachkommen dieser beiden sind zu der gleichen Strafe verurteilt!

Ist ein magischer Bann wie dieser nicht viel besser und befriedigender, als den Leuten einfach eins auf die Rübe zu hauen?

Es ist also nicht überraschend, daß die ganze Historie hindurch magische Bannflüche die Menschheit entzückt haben. Es kam soweit, daß niemand mehr an einer Krankheit sterben oder einen Unfall erleiden konnte, ohne daß jeder andere in der Gemeinschaft argwöhnte, daß ein magischer Bann die Ursache sei. Was sonst hätte schließlich eine solche Sache herbeiführen können? Und obwohl das eigentlich nicht gerade spaßig war, lag doch ein besonderes Vergnügen darin, jemanden zu finden, den man nicht mochte – eine häßliche alte Frau, die niemandem mehr etwas nützt, ist die beste Wahl –, sie zu beschuldigen, Banne zu verhängen, und sie zu Tode zu foltern.

So war das in den alten Zeiten.

Theoretisch, das sei festgehalten, müssen magische Banne nicht immer Unglück bringen. Mit anderen Worten, es müssen nicht ›Flüche‹ sein. Sie können auch als ›Segnungen‹ eingesetzt werden, um sich eines guten Geschicks zu versichern oder um Unglück abzuwenden. Solche Dinge werden tatsächlich manchmal beschrieben, doch hat man ihnen nur wenig Interesse entgegengebracht.

Ich nehme an, die dahinterstehende Psychologie ist nicht schwer zu verstehen. Wenn alles gut für einen läuft, ist das Gefühl nicht erforderlich, daß Magie mit im Spiel ist. Schließlich *sollte* alles gut für einen laufen. Sie sind eine wundervolle Person, wie Sie selbst bestätigen werden (und wer kennt Sie besser als Sie), und naturgemäß sollten Ihnen wundervolle Dinge widerfahren. Und was die Sache angeht, jemand anderem gutes Geschick zu wünschen und ihn zu segnen – was zum Teufel hat *er* schon getan, um es sich zu verdienen?

Demgemäß beschreibt in dem Gilbert-&-Sullivan-Stück *The Sorcerer* John Wellington Wells (der der Zauberer im Titel ist) auch sein Arbeitsmaterial. »Wir haben ein paar sehr wirkungsvolle Segnungen«, sagt er, »aber es herrscht wenig Nachfrage danach. Seit Weihnachten haben wir nur eine verkauft . . . Aber unser Absatz an Pfennigflüchen, besonders samstagabends, ist enorm. Wir können gar nicht schnell genug rausgeben.«

Da haben Sie's. Würde William Schwenk Gilbert lügen?

Tatsächlich waren magische Banne so beliebt, daß – obwohl man sie überall im wirklichen Leben antraf – das noch nicht genug war. Sie drangen auch in die Literatur ein. Denken Sie an all die Volkssagen, die von heimtückischen Hexen und beleidigten Schönheiten und arroganten Magiern und verschlagenen Zauberern bevölkert sind, allesamt mit einem unerschöpflichen Fundus an ausgewählten Flüchen versehen, die sie jenen Unglücklichen entgegenschleudern, die so schreckliche Verbrechen begangen haben, wie zu vergessen, sie zur Kindstaufe einzuladen!

Natürlich gibt es in unseren heutigen furchtbar verweltlichten Zeiten, wo Humanisten und derlei Abschaum im Übermaß vorhanden sind und dem Glauben an Götter und Dämonen und magische Sprüche (ob nun Segnungen oder Flüche) von lasterhaften Modernisten mit Stirnrunzeln begegnet wird, eine traurige Abnahme der guten alten Gebräuche. Hexen werden heute kaum noch verbrannt (wenn es auch unter den Frömmlern, soweit ich verstand, eine Bewegung gibt, die jene Liberaldemokraten, die sich weigern, richtig zu wählen, am liebsten verbrennen wollen).

Glücklicherweise jedoch leben magische Banne und die herzhaften Flüche von einst in der Märchenwelt der Fantasy weiter, und um Sie alle in den Genuß einer frischen Brise kommen zu lassen, präsentieren wir Ihnen zusammen mit unseren hübschen Rittergeschichten eine Anzahl dieser Erzählungen zu Ihrer Freude und Ihrem Vergnügen.

Eines noch – die Tatsache, daß Martin, Charles und ich diese Sammlung herausgegeben haben, verleiht uns gewisse Kräfte. Es ist deshalb nur fair, die Kritiker davor zu warnen, daß, wenn einer von ihnen so kurzsichtig sein sollte, üble Dinge über dieses Buch zu sagen, ihr Textverarbeitungssystem beim ersten Anschlag einer Taste in Rauch aufgehen wird. Und wenn sie noch eine Schreibmaschine benutzen sollten, wird jedesmal, wenn sie einen Satz beendet haben, eine Kröte aus ihrer Maschine herausspringen.

(An diesem Punkt wollte ich die Segnungen beschreiben, die sich über sie ergießen würden, wenn sie uns eine gute Besprechung widmeten, aber Martin und Charles bestehen darauf, daß Kritiker Wohlwollen nicht kennen und man nur streng mit ihnen umgehen kann.)

Nun, jedenfalls bin ich sicher, daß Sie als Leser an dieser Sammlung Ihre helle Freude haben werden – auch wenn Sie vielleicht niemals mehr ganz auf die gleiche Weise an Ritter und Flüche werden denken können, wie Sie es vor der Lektüre taten.

# Die Kreuzrittermaid

Vera Chapman

Vera Chapman (geb. 1898), heute im Ruhestand lebend, absolvierte ein Studium in Oxford und war dann als Ehefrau eines Missionars in der Sozialfürsorge tätig. Erst im fortgeschrittenen Alter begann sie zu schreiben, vermutlich angeregt durch ihre Tätigkeit in der Tolkien Society, die sie 1969 gründete. Ihr Hauptwerk ist die Three-Damosels-Trilogie (*The King's Damosel*, 1976; dt. *Die Rückkehr des Lichts*, 1984; *The Green Knight*, 1978; dt. *Der grüne Ritter*, 1984, und *King Arthur's Daughter*, 1978; dt. *König Artus' Tochter*, 1984). Sie erzählt die Artus-Sage aus der Sicht dreier junger Frauen bei Hofe.

Die folgende ›historical fantasy‹ ist eine Liebesgeschichte vor dem geschichtlichen Hintergrund der Schlacht an den Hörnern von Hittin (1187).

Als Adele erfuhr, daß ihr Vater in das Heilige Land ziehen wollte mit ihr und ihrer Mutter, geriet sie in heftige Aufregung und war voller Erwartung. Ihre Mutter, Dame Blanche, war weniger entzückt, doch sie hatten keine andere Wahl. Sir Brian de Bassecourt, aus Stoke Bassecourt in der Grafschaft Kent, war vom Abt verpflichtet worden, an einem Kreuzzug teilzunehmen oder eine prächtige Kapelle für die Abtei zu bauen. Sir Brian hatte nämlich einen Mönch zu Tode gebracht. Er habe ihn doch nicht wirklich töten wollen, beteuerte er, er habe ihm doch nur, als er ihn auf halbem Weg der Treppe zu Dame Blanches Gemach ertappte, einen kleinen Schubs gegeben. Leider brach jener sich dabei das Genick. Der Abt beschuldigte ihn des vorsätzlichen Mordes und stellte ihn vor die Wahl: entweder eine Kapelle zu bauen oder auf Kreuzzug zu gehen. Sir Brian war nicht reich, und wenn auch der Kreuzzug eine Menge Geld verschlingen mochte, die Kapelle würde ihn vollends ruinieren. Er bemühte sich sehr, Dame Blanche von allen Vorteilen eines Kreuzzugs zu überzeugen:

»Denk dir – alle unsere Sünden werden vergeben, auch deine und Adeles. Und sollten wir unterwegs umkommen . . .«

Dame Blanche ließ einen kurzen schrillen Schrei vernehmen.

»Ich meinte doch *falls* . . .! Dann würden wir sofort in den Himmel kommen, ganz ohne Fegefeuer. Stell dir das vor!«

»Das stelle ich mir aber lieber nicht vor«, wimmerte Dame Blanche.

»Nun, meine Liebe, dann laß es gut sein! Es gibt ja noch anderen Gewinn. Fast jeder, der in jene geheimnisvollen Länder ausgezogen ist, kam als reicher Mann zurück. Beute und Lösegelder, ja sogar Land und Burgen warten nur auf uns. – *Und* wir würden ganz gewiß einen Ehemann für Adele finden. Was sagst du nun?«

So machte sich also Dame Blanche an die Vorbereitungen, unter Tränen zunächst, doch bald mit feurigem Eifer. Und Adele beobachtete die Vorbereitungen mit wachsender Spannung.

Adele war erst fünfzehn und hatte noch niemals Stoke Bassecourt verlassen. Sie lebten hier in einem öden kleinen Landhaus. Das einzig Interessante daran war, daß Herzog William es Sir Brians Urgroßvater als »Rittergut« verliehen hatte. Adele hatte ein feines normannisches Profil, pechschwarzes Haar und die blauen Augen einer sächsischen Ahnfrau. Sie war ein mutiges und keckes Mädchen, ein richtiger Wildfang. Sie konnte phantastisch reiten und hatte sich bisher noch niemals vor etwas gefürchtet. Doch so reizvoll sie auch war, so drohte ihr doch das Schicksal, ihr Leben in der kleinen dumpfen Zelle eines Klosters zu fristen. Hier in ihrer Umgebung würde sie niemals einen Mann finden.

Nach aufwendigen Vorbereitungen, die eine Ewigkeit zu dauern schienen, brachen sie endlich auf: Sir Brian in voller Rüstung auf seinem kräftigen Schlachtroß, Dame Blanche in einer von Maultieren getragenen Sänfte, Adele auf einem schmucken Reitpferd. Sie hatte sich ein Gewand erdacht wie jenes, das Königin Eleonore etwa siebzig Jahre zuvor hatte entwerfen lassen, als sie mit ihren Hofdamen König Louis auf dem ersten Kreuzzug begleitete, bevor sie Königin von England wurde: Eine wohlgeschnittene lederne Kniehose, diskret verborgen unter einem langen, üppigen geteilten Rock, so großzügig fließend, daß niemand ahnen konnte, wie die Trägerin unter dieser Stoffülle bequem rittlings in einem Männersattel saß. Dazu trug sie einen hellen Brustharnisch aus weichem Leder, so geformt, daß er sehr diskret ihre Figur betonte, darüber einen seidenen Umhang. In dieser Ausstattung, ergänzt durch ein Kapuzencape als Wetterschutz, saß Adele stolz und erwartungsvoll auf ihrer prächtigen Stute.

Der Ort, an dem sich alle Rekrutierten aus Kent sammeln sollten, war Wrotham. Hier legten die Kreuzritter ihre Gelübde ab und empfingen das Zeichen des Kreuzes. Sir Brian wurde ein großes leuchtendes Kreuz aus zwei Streifen roten Tuches auf den Mantel genäht, während er in der Kirche den Eid ablegte.

Als Adele sah, daß auch zwei Frauen hinaufstiegen, um das Zeichen des Kreuzes zu empfangen, war sie so beeindruckt, daß sie ebenfalls Kreuzritterin werden wollte.

»Warum nicht auch ich?« fragte sie Sir Brian. »*Sie* dürfen doch.«

»Nun, meine Liebe, sie lassen wohl auch Frauen zu, aber nur, wenn sie ihr eigenes Geleit an bewaffneten Männern mitbringen, wie diese beiden Damen es tun. Mein bescheidenes Gefolge entspricht allerdings kaum dieser Anforderung – und außerdem bist du zu jung.«

Doch die mächtigen Worte des Kreuzrittereides hatten sich tief in Adeles Seele eingeprägt und verfolgten sie. In Tagträumen malte sie sich aus, wie sie losreiten würde, König Guy bei der Verteidigung Jerusalems zur Seite zu stehen, ein langes Schwert an ihrer Hüfte, wie sie kämpfen würde, um den Heiden den Zugang zum Heiligen Grab zu verwehren, dem allerheiligsten Ort auf dieser Erde.

Irgendwie gelangten die kampfesmutigen Horden über den Kanal. Auf französischem Boden bildete sich nach und nach eine lange Karawane. Ihr Streifzug durch Europa begann. Es war eine eigentümliche Mischung: Ritter und Edelleute mit ihren Soldaten, Rotten von Landvolk mit Pfeil und Bogen, Priester und Mönche aller möglichen Orden, Pilger, Hausierer, Krämer, Marketender, Frauen und Familien der wehrtüchtigen Männer und natürlich eine Reihe zweifelhafter Damen, die bei den Planwagen mitzogen und über die man, wenn überhaupt, diskret als »Gepäck« sprach. Dann waren noch Schmiede und Köche dabei mit ihren Gerätschaften und Kesseln, Schaf- und Rinderherden, die buchstäblich die Sorge für den Fleischvorrat zu »tragen« hatten. – Und weiß Gott was noch alles! Es war eine kleine wandernde Stadt. Jeder neue Tag sah sie sich auf den Straßen entlangwälzen. Und um sie in einer gewissen Ordnung zusammenzuhalten, ritten Aufseher die lange Reihe auf und ab. Die Lagerplätze für die Nacht waren verschiedenster Art und zuweilen abenteuerlich. Manchmal erreichten sie abends eine Stadt oder ein Schloß. Dann wurden einige von ihnen, vor allem die Damen wie Adele und ihre Mutter, als Gäste mit allem Komfort bedacht – oder auch mit weniger, je nachdem wie ihnen das Glück hold war. Doch kam es auch vor, daß sie auf freiem Feld lagern mußten. Dann schlugen alle ihre Zelte auf, und sobald sie sich daran gewöhnt hatten, und die Organisation gelang, war das nicht einmal schlecht. Stand das Lager erst einmal, ergriffen sie gern die Gelegenheit, umherzugehen und Bekannte zu besuchen. Blanche war auf diese Weise oft unterwegs. Dann nahm sie Adele mit, die völlig überwältigt war von all diesem Neuen und Fremden und deshalb auch noch etwas zaghaft und schüchtern. Sir Brian pflegte häufig junge Ritter in ihr Zelt einzuladen, um sie in gebührender Form Blanche und Adele vorzustellen. Hübsch anzusehen waren sie alle, doch Adele brachte kein Wort heraus.

Jeder Morgen begann feierlich mit einer heiligen Messe, sei es in einer Kirche, wenn sie gerade in einer Stadt waren, oder in einem Pavillon, den man mit einem Altar und allen nötigen Kultgeräten versehen hatte. Die Ritter und die Damen knieten andächtig draußen davor auf dem Gras. Dame Blanche aber vergaß nie, ein Kissen mitzubringen. Als sie den halben Weg durch Frankreich zurückgelegt hatten und wie gewöhnlich die Messe im Pavillon feierten, die ganze Gesellschaft draußen brav aufgestellt war, da geschah es eines Morgens: Adele blickte über ihre Schulter und sah eine Aufstellung von Männern, angeordnet im Viereck in schnurgeraden Reihen. Sie trugen ihre Rüstung und darüber eine weiße Tunika und einen langen weißen Mantel, geschmückt mit dem roten Kreuz. Ihre Helme waren rund und oben gerade abgeschnitten – wie kleine runde Türme. Eine besondere Strenge und Beherztheit kennzeichnete diese Männer und hob sie von der Menge ab. Adele ließ ihren Blick über ihre Gesichter schweifen, so weit sie sie sehen konnte. Die meisten von ihnen waren bärtig, schon leicht ergraut, entschlossen, und manche trugen Narben. Doch da war einer: jung und mit strahlenden Augen. Es war etwas an ihm, das in Adele die Gewißheit aufsteigen ließ: Das ist er!

Sie stand da, in halber Drehung den Männern zugewandt, und das war sehr unschicklich. Doch um nichts in der Welt konnte sie davon ablassen, ihre Augen auf sein Gesicht zu heften. Einen Moment lang kreuzten sich ihre Blicke – dunkelbraun waren seine Augen –, und der Funke des Erkennens sprühte zwischen ihnen auf. Da kniff Dame Blanche Adele plötzlich schmerzhaft in den Arm und riß sie unsanft herum. Adele widmete sich wieder – scheinbar – der Andacht, aber sie wußte kaum noch, was sie tat.

Als die Messe beendet war, wagte Adele noch einen verstohlenen Blick über die Schulter. Doch die ganze Menge wandte sich um, die Männer in den weißen Mänteln zu bestaunen, die sich nun unwillig und distanziert in ihren wohlgeordneten Reihen entfernten. Sie versuchte vergeblich, dieses Gesicht noch einmal zu erhaschen.

»Adele«, sagte ihre Mutter, »du darfst diese Männer nicht so anstarren. Weißt du denn nicht, wer sie sind? Es sind die Ritter des Templerordens.«

»Ach! Was ist denn mit ihnen?«

»Ja, weißt du das denn nicht? Sie dürfen Frauen nicht ansehen und sich auch nicht von Frauen anstarren lassen. Sie stehen unter dem Gelübde der Armut, des Gehorsams – und der Keuschheit. Du wirst künftig deine Augen von ihnen lassen, mein Liebes!«

Doch Adele hatte bereits einmal zu oft hingeschaut.

Die Templer, deren Aufgabe es unter anderem war, Pilger, Verwandte und Begleiter der Kreuzritter auf ihrem Weg ins Heilige Land zu beschützen, machten sich nun daran, die Wachen für den ganzen Zug zu organisieren. In bestimmten Zeitabständen gingen sie Patrouille an beiden Straßenseiten, bildeten Vorhut und Nachhut. Sie wechselten häufig die Posten, und so geschah es, daß Adele eines Tages jenes Gesicht wiedersah. Von einem Diener erfuhr sie, daß sein Name Hugo Des Moulins war und er trotz seines französischen Namens ein englischer Ritter aus Sussex war. Sie schaute ihm offen in die Augen. Das erste Mal erwiderte er ihren Blick in atemlosem Staunen, dann jedoch angsterfüllt, in fast schmerzlicher Anspannung. Sie wußte, sie sollte nicht all ihre Gedanken um ihn kreisen lassen, aber was konnte sie denn dagegen tun? Und im Laufe der Reise, als sie Venedig erreicht und sich nach Acre eingeschifft hatten – was für eine schreckliche Überfahrt das war! –, versank sie mehr und mehr in Verzweiflung und Hoffnungslosigkeit. Dann endlich in Acre, sobald sie sich in ihren bescheidenen Quartieren in der gewaltigen steinernen Festung eingerichtet hatten, war sie entschlossen, etwas zu tun. Als sie herausgefunden hatte, wo sie zu finden war, suchte sie sie auf: die Äbtissin von Shaston.

Die Äbtissin von Shaston war eine höchst ungewöhnliche Frau. Sie besaß ein ungeheuer reiches Wissen über die denkbar verschiedensten Dinge. Die Menschen kamen zu ihr, um geheilt zu werden, ob von Krankheit oder Herzeleid; Zweifel zu zerstreuen, Rechtsfragen zu klären, Streitigkeiten zu schlichten; Liebe zu wecken oder von ihr befreit zu werden; sie wurde aufgesucht von Frauen, die sich Kinder wünschten, wie von solchen, so wurde getuschelt, die dies verhindern wollten. Man durfte sie nicht einfach als Hebamme betrachten oder als Heilkundige, denn solche Tätigkeiten seien unter der Würde einer Äbtissin. Man glaubte, daß sie mehr wußte als alle weisen Frauen und alle Ärzte zusammen. Sie kam ins Heilige Land und verließ es wieder ganz nach ihrem Belieben, und man sagte ihr nach, ebenso vertraut zu sein mit den Geheimnissen der Sarazenen wie mit denen der Christen. Auch war sie keine Hexe – Gott behüte! Niemand hätte solches auch nur zu denken gewagt. Sie verfügte nämlich über allerhöchste Beziehungen. Sie gehorchte keiner geringeren Autorität als der des Papstes, wenn überhaupt, schließlich war sie so etwas wie seine Kusine. Sie war auf eine geheimnisvolle Weise schön und ehrfurchtgebietend. Als Adele zu ihr ging, nahm sie das kleine Schmuckkästchen mit, das sie immer bei sich trug. Es enthielt den gesamten Schmuck, den sie besaß, wenn er auch bescheiden war. Sie bot es geöffnet der Äbtissin dar.

»Nimm dies wieder fort, mein Kind«, begann die Äbtissin zu reden. »Nun sag, du bist verliebt, nicht wahr?«

Adele erzählte alles, was ihr widerfahren war.

»Ein Templer? Das erschwert freilich deine Lage. Warum mußte es denn unbedingt ein Templer sein, kleines dummes Mädchen? Du weißt, daß er dich nicht heiraten kann. Willst du also seine Geliebte sein?«

Adele errötete. »Oh, aber Templer haben doch auch keine Geliebte.«

»So? Nun, es gibt wohl eine Menge Dinge, die du über die Templer nicht weißt. – Aber ich glaube, das wäre nicht das Rechte, weder für dich noch für ihn. Was also willst du?«

»Kann ein Templer denn wirklich niemals von seinen Gelübden entbunden werden?«

»O doch, das kann er. Der Papst kann sein Gelübde aufheben. Ich würde mich selbst darum kümmern. Der Papst käme sicher meiner Fürsprache entgegen.« Sie sprach mit einer nahezu übersinnlichen Gewißheit. »Allerdings muß er selbst den Wunsch äußern, niemand sonst. Er muß selbst darum bitten. Würde er das für dich tun?«

»Aber er kennt mich doch gar nicht!« sagte Adele mit gesenktem Blick.

»Auf eine Weise hast du recht, mein Kind. Und doch kennt er dich. Er träumt von dir.«

»Wie – wie in aller Welt könnt Ihr das wissen?«

»Nach dem Wie frage nicht – ich weiß es! Er und du kennt einander sehr gut – jenseits des Dunklen Schleiers. Doch das hat nichts mit irdischen Dingen zu tun.«

»Was meint Ihr damit – jenseits des Dunklen Schleiers?«

»Das Jenseits allen Lebens und Seins, außerhalb des Körperlichen . . .; es übersteigt selbst die Sphäre des Traumes. Du und er begegnet einander, Nacht für Nacht, während eure Träume einen trügerischen Schleier über euer sterbliches Bewußtsein legen.«

Adele war, als öffne sich vor ihr ein weites Fenster voller Schönheit und Wunder.

»Ach, wenn ich das doch wüßte! Wenn ich mich doch erinnern könnte! Habt Ihr nicht die Macht, mich durch den Dunklen Schleier zu führen, während ich wache, oder wenigstens zu bewirken, daß ich mich erinnere?«

»Ja, mein Kind, das könnte ich bewirken. Aber du selbst mußt es ausführen und genau tun, was ich sage.«

Dann gab sie Adele die nötigen Anweisungen, weihte sie ein in bestimmte Worte und Zeichen. Und wieder lehnte sie Adeles Schmuckkästchen ab.

In dieser Nacht lag Adele hellwach auf ihrem Bett. Als sie alles getan hatte, was die Äbtissin sie gelehrt, fühlte sie, wie sie sich aus ihrem Körper erhob – gerade so wie eine Hand aus dem Handschuh gleitet. Sie schaute auf sich selbst herab, sah sich friedlich schlafend auf dem Bett liegen. Sie stieg über ihren Körper hinweg, glitt ohne Widerstand zu spüren durch alle Türen und durch die Nacht zu einem in Mondlicht getauchten Obsthain, in dem Hugo sie erwartete.

»Sei willkommen, mein lieber Gefährte«, sagte er und ergriff ihre beiden Hände, aber er küßte sie nicht. Und das genügte ihr zunächst, nur seine beglückende Nähe zu spüren.

»Ich wußte, du würdest kommen. Du kommst jede Nacht.«

»Ja«, antwortete sie selig und fühlte die Gewißheit, daß sie einander wirklich schon sehr lange und sehr gut kannten. »Und dieses Mal werde ich wissen, was ich hier tue. Ich werde mich erinnern.«

»Ich wünschte, es ginge mir auch so!« sagte er. »Ich erinnere mich niemals, wenn ich erst erwacht bin. Ich weiß dann nicht einmal mehr, wer du bist.«

»Wie nennst du mich – hier?« fragte sie.

»Warum . . .? – Adal, glaube ich«, antwortete er.

»Und, sag, bin ich ein Junge oder ein Mädchen?«

»Ein Junge natürlich – nein, ein Mädchen . . . – ach, ehrlich gesagt, ich weiß es nicht recht!« Er lachte verwirrt. »So komm doch! Da ertönen die Trompeten. Wir müssen losreiten, gegen die Ungläubigen kämpfen.«

Neben ihm stand das gesattelte Pferd bereit, und sie schwang sich hinauf und hinter ihn. Sie bemerkte, daß sie beide nach Art der Templer bewaffnet und ausgerüstet waren, und auch sie trug ein langes Schwert an ihrer Hüfte. Da erinnerte sie sich an das Wappen der Templer: zwei Ritter auf einem Pferd.

Sie verließen den Obsthain, galoppierten hinaus. Es war taghell. Vor ihnen breitete sich eine weite Ebene aus, und in der Ferne sahen sie eine kleine befestigte Stadt auf einem Hügel. Sie wußte: das konnte nur Jerusalem sein. Hinter ihnen ritt die Templerschwadron, doch sie konnte sie nicht deutlich erkennen. Als sie so auf die Stadt zujagten, tauchte plötzlich vor ihnen ein Heer von häßlichen kleinen Männern auf, affenähnliche Gestalten mit fahlem Blick. Ihre Kleidung war tiefschwarz wie ihre Gesichter, und auf den Köpfen trugen sie kleine rote Turbane mit einem goldenen Halbmond darauf. Sie sahen alle gleich aus mit ihren schrecklich grinsenden Grimassen und scharfen gekrümmten Schwertern.

»Oh! Was ist denn das?« rief Adele aus.

»Paganen, Sarazenen. Hab keine Angst vor ihnen, verlasse dich auf das Kreuz!« Er zog sein Schwert und galoppierte mitten hinein in diese dichte dunkle Masse. Auch sie zog ihr Schwert, nahm es jedoch in die linke Hand, so daß sie auf der linken Seite zuschlagen konnte, während er auf der rechten um sich hieb. Da sie nun ein anderer Körper umgab, war ihr linker Arm ebenso stark und schnell wie der rechte.

Sie hieben auf die kleinen schwarzen Männer ein, die erbittert kämpften und dabei lautes Geschrei ausstießen. Hatte ein Schwerthieb sie getroffen, sackten sie in sich zusammen – aber es war keine Spur von Blut zu sehen. Ihre Körper schienen aus weichem Holz oder Wachs zu sein, und sie bluteten nicht. Ihre ausdruckslosen Gesichter verrieten nicht einmal das leiseste Anzeichen von Schmerz. Immer mehr von ihnen tauchten auf, doch sie erschlugen alle. Sie brausten durch sie hindurch in einem grimmigen Rausch. Die anderen Kreuzritter blieben hinter ihnen zurück und vermochten sie nicht einzuholen. Als Hugo einen Augenblick lang die Zügel anzog, konnte Adele zurückschauen. Einige der Kreuzritter waren gefallen. Über einem jeden von ihnen schwebte ein wunderbarer Engel mit weißen Flügeln – gerade so wie jene in den Kirchenmalereien zu Hause –, der sanft die Seele des Gefallenen aus seinem Körper befreite und zum Himmel hinauftrug.

Die Heilige Stadt war nun schon nähergerückt, golden schimmerte sie. Und auf einer Zinne in ihrer Mitte ragte die Gestalt der Madonna auf in einem blauen Gewand, das Heilige Kind auf dem Arm. Während die Kreuzritter sich ihren Weg durch den Haufen übereinanderpurzelnder schwarzer Männer erkämpften, lächelte die Madonna Hugo und Adele zu und warf ihnen eine Handvoll Rosenblätter entgegen.

Da erwachte Adele und merkte, daß alles nur ein Traum gewesen war. – Doch war es das wirklich? Ihre Fingerspitzen dufteten nach Rosen.

Rings um den großen Hof zogen sich Galerien, auf denen Adele, ihre Mutter und die anderen Damen Platz genommen hatten, um sich das Schauspiel anzusehen. Der Hof unten war gedrängt voll von bewaffneten Männern. Eine Prozession hielt Einzug in Pomp und Pracht: Graf Raymund im Kreis des Hochadels, umgeben vom Glanz der Rüstungen und all der farbenprächtigen Seide. An seiner Seite ging ein überaus starker und großer Mann mit einem gewaltigen Schwert. Und einige Männer schleppten ein Kohlenbecken. Es sollte wohl Graf Raymond hier draußen vor Kälte schützen, vermutete Adele.

Nun wurde eine lange Reihe hochgewachsener, würdevoller Männer in langen weißen Gewändern und mit Turbanen auf ihren Köpfen hereingeführt. An den Händen gefesselt wurden sie von einfachen Soldaten vorwärtsgetrieben. Ihre Gesichtsfarbe war gelblich, doch blaß, und ihre Augen finster. Alle trugen sie Bärte, manche tiefschwarz, andere grau. Sie hielten sich mühsam aufrecht, gedrückt von Sorge und Furcht. Adele fühlte sich an Bilder von christlichen Märtyrern erinnert.

»Wer sind diese Männer?« fragte sie aus einer unbestimmten Ahnung heraus.

»Paganen, Kind, Sarazenen, Muselmanen und Heiden. Unser Feind.«

»Oh . . .!« Aber diese Männer hatten doch nicht die geringste Ähnlichkeit mit den kleinen schwarzen Ungeheuern in ihrem Traum!

Schon führte man den ersten von ihnen vor Graf Raymond, der auf einer Art Thron Platz genommen hatte. Adele glaubte, der werde nun seine Fesseln lösen und ihn freilassen. Der Pagane machte eine leichte Verbeugung. Graf Raymond gab dem Mann mit dem Schwert ein Zeichen – das Schwert fiel, und der Kopf des Paganen überschlug sich grausig, bevor er aufkam. Das war wirklich alles ganz anders als bei den kleinen Männern, die nicht bluteten . . .

So folgte einer dem anderen, und manchen wurden die Hände abgehackt . . .

»Sie fühlen nichts, diese Paganen«, sagte Dame Blanche. »Sie würden das gleiche mit unseren Männern machen, wenn sie sie besiegen würden. Schließlich haben sie die Taufe verweigert. Da, schau, diesen dort erwartet eine andere Strafe . . .!«

»Laßt mich gehen. . . . ich fühle mich nicht wohl«, sagte Adele erschaudernd, floh in ihr Zimmer und weinte noch stundenlang.

Einige Nächte vergingen, ehe sie wieder in der Lage war, den Dunklen Schleier zu durchdringen, um Hugo wiederzusehen. Und als es endlich soweit war, erzählte sie ihm von all ihrem Schrecken und Abscheu vor jenen Ereignissen. Er wirkte ernst und bedrückt und sagte: »Vielleicht begreifen wir es nicht! Wir wissen nur, daß wir gehorchen und kämpfen müssen. . . . Doch ja, ich habe eigentlich ebenso empfunden wie du.«

Da stürmten auch schon von neuem die kleinen schwarzen Männer auf sie zu, und sie mußten sich noch einmal ihren Weg hindurch erkämpfen. Diesmal gelang es ihnen, die Armee der Sarazenen zu durchbrechen, und sie erreichten die goldenen Mauern der Heiligen Stadt. Die Tore waren weit geöffnet, und sie gingen hinein. Keine Menschenseele war zu sehen, selbst all die goldenen Häuser mit ihren juwelengeschmückten Fenstern schienen verlassen. Doch von irgendwo weiter oben ertönte der Klang himmlischer Musik. Die Luft war erfüllt von einem jubelnden Gesang. Von jedem Winkel der Stadt aus konnte man jene Zinne erblicken, auf der die Gestalt der Madonna aufragte.

»Komm«, sagte Hugo, »wir müssen das Heilige Grab suchen!« Und sie liefen weiter durch die goldenen Straßen. Doch plötzlich trennten sich ihre Wege. Adele sah sich suchend nach Hugo um, aber er war nicht mehr da. Sie rannte weiter, rief nach ihm und fand sich im nächsten Augenblick außerhalb der Stadt wieder, auf der anderen Seite, die Mauer hinter ihr.

Und dort vor ihr, der Stadt zugewandt, breitete sich das Heer der Sarazenen aus: hochgewachsene Männer in weißen Gewändern, Turbane auf ihren Köpfen, mit blassen Gesichtern und dunklen Bärten. Sie saßen bewaffnet auf ihren Pferden und galoppierten wie der Wind auf die Stadt zu. Ihnen entgegen stürmte eine Horde kleiner schwarzer Männer, gerade wie jene, gegen die sie mit Hugo gekämpft hatte: ebenso häßlich, ebenso hölzern. Aber diese da trugen runde rote Kappen mit silbernen Kreuzen darauf. Die Sarazenen stürzten sich auf sie, hieben auf sie ein, schlugen ihnen Köpfe, Arme und Beine ab. Wieder sanken die kleinen schwarzen Männer zu Boden ohne zu bluten und ohne Anzeichen des Schmerzes. Hoch über den kämpfenden Sarazenen ragte die Heilige Stadt auf. Doch auf der Zinne, auf der Adele die Madonna gesehen hatte, stand nun ein mächtiger Baum in üppiger Blüte. Über jedem der gefallenen Sarazenen schwebte ein wunderschönes Mädchen mit den Flügeln eines Schmetterlings, in regenbogenschimmernde Seide gehüllt, das seine Seele empfing und mit sich forttrug.

Da standen plötzlich zwei Sarazenen neben ihr.

»Kommt, schöne Dame«, sagten sie, »wir heißen Euch in allen Ehren willkommen.«

Sie führten sie fort vom Schlachtfeld zu einem reich geschmückten Zelt, in dem Saladin selbst auf seidenen Kissen saß. Er begrüßte sie lächelnd, doch ihre Augen waren mit Tränen gefüllt. Immerzu mußte sie an jene großen Männer denken, wie sie in dem Hof niedergemetzelt worden waren.

»Junge Herrin der Giaur«, begann er zu sprechen, »würden wir alle unsere Feinde bedauern, gäbe es keine Kriege mehr.«

»Nun, wäre nicht gerade das erstrebenswert?« fragte sie mit dem Mut, der nur Träumenden eigen ist.

»Wer weiß? Und doch hat Allah die Soldaten geschaffen, damit sie kämpfen. Was sonst sollten sie tun?«

Er lud sie ein, sich zu ihm auf die Kissen zu setzen und einen seltsam süßen Trank zu kosten. Dann flüsterte er ihr geheimnisvoll ein Losungswort zu. Sie dürfe es nicht vergessen. Wieder und wieder sprach er es aus – und Adele erwachte, dieses Wort auf den Lippen. Sogleich schrieb sie es, so gut sie konnte, mit den ihr vertrauten Buchstaben auf. Nein, sie würde es nicht vergessen!

In der Festung und in ganz Acre war alles in heller Aufregung. »Wir müssen sobald wie möglich von hier verschwinden«, erklärte Sir Brian. »Macht die Boote klar! Vor Morgengrauen müssen wir aufbrechen. Es ist nicht mehr sicher hier. Saladins Armee liegt zwischen uns und Tiberias. Wir sind abgeschnitten. Tiberias ist belagert, Graf Raymonds Frau und Familie dort eingeschlossen. Es heißt, unser Heer wird gegen Tiberias ziehen – manche bestreiten es wiederum. Jedenfalls weiß ich, was *wir* tun werden: Packt alles zusammen!«

Der Rest des Tages verging in Hast und Geschäftigkeit. Auf Adele aber lastete eine Vorahnung, und sie ging früh zu Bett.

Als sie ihren Körper verließ, um nach Hugo zu suchen, spürte sie, daß es diesmal ganz anders war. Sie gelangte nicht in den mondbeschienenen Obsthain. Sie befand sich nicht in der magischen Welt der Visionen. Nein, sie schwebte über der wirklichen Welt und durchstreifte sie wie ein Geist, unsichtbar. Sie erblickte das Kreuzritterheer auf seinem Marsch durch die Nacht, die Templer an der Spitze. Da war auch er, Hugo! Aber er saß nicht so stolz wie sonst auf seinem Pferd. Niemand ritt stolz und aufrecht. Sie quälten sich durch die Nacht, hingen schlaff in ihren Sätteln auf müden Pferden. Adele hörte sie reden:

»Warum in aller Welt sind wir nicht in Sepphoris geblieben? Dort gab es genug Wasser, und es war ein gut zu verteidigender Ort. Aber nein, bevor wir Zeit hatten, die Pferde zu tränken . . .«

»Und nachdem wir den ganzen Tag unterwegs waren, blieb auch für uns keine Zeit, wenigstens einen Schluck Wasser zu trinken. Oh, mein Gott, bin ich durstig!«

»Es heißt, die Befehlshaber stritten miteinander. Graf Raymond, ein vernünftiger Mann, hielt es für besser, in Sepphoris bei den Wasservorräten zu bleiben und abzuwarten. Und das, obwohl schließlich *seine* Frau und Kinder in Tiberias sind. Er ist überzeugt, dies sei eine Falle, um uns anzulocken. König Godfrey war sogar geneigt, auf ihn zu hören.«

»Ja, aber dann trat Graf Gerard vor und beschimpfte Raymond als Verräter, der sich an die Sarazenen verkauft habe. Da drehte König Guy durch und befahl den sofortigen Abmarsch auf Tiberias, noch bevor wir ausruhen konnten.«

»Was kann unsereins tun, wenn die Befehlshaber uneins sind? Ach, was würde ich darum geben, wenn ich etwas zu trinken hätte! Nicht einmal Ale oder Wein . . . einfach nur Wasser!«

»Wenn wir bloß durchkommen nach Galiläa! Dort gibt es Wasser genug.«

». . . und die Sarazenen zwischen uns und Galiläa! Zuerst werden die Pferde zusammenbrechen.«

»Wie heißt das doch gleich, wohin wir ziehen . . . die Ebene auf den Hügeln dort?«

»Man nennt sie Hittin, die Hörner von Hittin. . . . ach ja, die Hörner von Hittin . . .«

Adele glitt durch die Reihen, schwebte endlich über Hugo und versuchte, sich in ihn zu versenken: Alles, was sie wahrnahm, war Durst, Durst, entsetzlicher Durst . . . das drückende Gewicht der Rüstung, die

Hitze darunter und die Schwäche dieses leidenden Körpers, der den ganzen Tag lang geschwitzt hatte und nun ausgedörrt war. Neben ihm ritten die älteren graugesichtigen Templer und versuchten, ihn zu ermutigen: Je größer die Qual sei, um so größer auch der Ruhm! Er hörte ihnen still zu mit leerem, stumpfem Blick.

Sie erwachte mit ausgetrockneter Kehle und schrie: »Wasser, Wasser! . . . Die Hörner von Hittin, Hittin . . .!«

Und sie wußte, was zu tun war. Leise schlüpfte sie aus dem Bett, zog ihre Reithose an und den Brustharnisch, nicht aber den Rock, und warf einen Kapuzenumhang über. Sie schlich sich heimlich zu den Pferden und sattelte ihre schwarze Stute. Bevor sie aufsaß, befestigte sie zwei kleine Fässer, mit Wasser gefüllt, an ihrem Sattel – soviel wie sie ihrer Stute zumuten konnte zu tragen.

Die Wache am Tor versperrte ihr den Weg.

»O bitte . . .«, flehte sie.

»Ach, eine Frau . . .! Um Himmels willen, Fräulein Adele!«

»Soldat«, sagte sie nun beherzter, »Ihr versteht doch, aus welchem Grund Menschen zuweilen nachts allein ausreiten?«

Gewiß verstand er, da doch das halbe Lager in Liebesaffären verstrickt war.

»Nun ja . . .« aber *Ihr*, Fräulein Adele! Ich hätte nie gedacht, daß . . .«

Im Dunkeln konnte er nicht sehen, daß sie zart errötete. »Aber, bitte, gebt auf Euch acht!« Und er ließ sie hindurch.

Wie der Wind ritt sie nach Tiberias.

Sie ritt von Tagesanbruch bis Mittag, und dieser Mittag war entsetzlich heiß. Es war Juli, das Gras verdorrt, die Erde aufgesprungen. Einmal mußte sie in schierer Erschöpfung absteigen, um an einer Quelle am Wege zu trinken und auch das Pferd trinken zu lassen. Eine kurze Weile ruhte sie aus. Selbst wenn sie etwas bei sich gehabt hätte: essen hätte sie nicht können. Dann ging es weiter ostwärts, und unterwegs roch sie bereits verbranntes Gras. An sich war das nicht ungewöhnlich, denn in dieser Jahreszeit fing das Gras leicht Feuer. Aber der Nebel wurde immer dichter, und bald war es erstickender Rauch. Als sie die Spitze des Hügels erreicht hatte, lag ganz Galiläa vor ihrem Blick ausgebreitet, und sie sah die Schlacht in vollem Gange. Sie wütete entsetzlich auf diesem Plateau: den Hörnern von Hittin. Die Armee des Kreuzes kämpfte erbittert und verzweifelt gegen das gewaltige, übermächtige Heer der Sarazenen. Der Rauch des Grasfeuers wehte von den Sarazenen weg und hüllte die Kreuzritter in seinen erstickenden, die Kehle würgenden Schwaden ein.

Die Infanterie war bereits durchbrochen und die Soldaten geflohen. Die meisten Pferde lagen erschöpft am Boden. Die Ritter fielen, einer nach dem anderen, oder lagen schon zu Füßen ihrer Feinde: hilflose Haufen klirrenden Metalls. Nein, dies war kein blutloser Kampf gegen kleine schwarze Männer! Adele wurde nichts erspart an triefendem Blut und nacktem Schrecken.

Um das schwarz-weiße Banner gedrängt standen nur noch die Templer und Hospitaliter, ganz allein, wie die letzte Garbe auf dem Feld, die nach der Ernte nur noch einzubringen war. Der Feind setzte ihnen mächtig zu, sie mußten unterliegen – und Hugo war mitten unter ihnen! Da sah sie auch schon, wie er zusammenbrach.

Sie jagte los, ohne eine Sekunde zu zögern, zwang die widerstrebende Stute durch den dichten Rauch. Jäh ragte vor ihr eine Felswand auf, und daneben drohte ein Abhang – hier gab es keinen Weg hinunter! Die einzige Möglichkeit, den Felsen zu umgehen, führte sie in einer Biegung durch die gegnerische Seite des Schlachtfeldes. Ohne recht zu wissen, was sie tat, preschte sie hinein in die Reihen der Sarazenen. Hände streckten sich aus, nach ihrem Zaumzeug zu greifen.

»Laßt mich durch, laßt mich durch«, schrie sie aus Leibeskräften. Doch verstand man denn ihre Sprache? »Ich muß zu ihm, muß sein Leben retten, versteht Ihr denn nicht?« Die dunklen Gesichter grinsten sie an – sie verstanden nicht. Die Schlacht schien vorüber, die Sarazenen kehrten vom Feld zurück, Gefangene mit sich führend.

Da plötzlich erinnerte Adele sich an das Losungswort, das Saladin ihr im Traum verraten hatte, und sprach es aus.

Die Männer wichen erstarrt zurück und ließen sie durch.

Sie ritt durch den schwelenden Rauch den Hügel des Grauens hinunter. Wo war doch die Stelle, an der sie Hugo fallen sah, dicht bei dem schwarz-weißen Banner? Es war furchtbar, über all diese Verwundeten, Sterbenden, geisterhaft Starrenden hinweg reiten zu müssen, die zu ihr nach Wasser aufschrien. Einige waren schon zu sehr verschmachtet, um einen Laut hervorzubringen. Andere schienen gänzlich unverwundet: nur die Hitze und der Rauch und ihr Durst hatten sie hingestreckt. Aber sie konnte doch keinen Tropfen Waser entbehren! Einer oder zwei waren noch kräftig genug, sich an ihren Füßen festzuklammern, und versuchten verzweifelt, ihr die Wasserfässer zu entreißen. Adele schlug mit ihrer Peitsche auf sie ein, und sie vermochten ihr nicht mehr nachzulaufen.

Endlich fand sie ihn!

Er lag auf einem grausigen Haufen von Toten, bewegte sich nicht mehr. Sie stieg ab, zog ihn beiseite auf ein unversehrtes Stückchen Erde. Erst wusch sie sein Gesicht und träufelte etwas Wasser in seinen Mund. Dann befreite sie ihn aus seiner Rüstung. Mit seinem Schwert mußte sie die Schnürung zerschneiden. Als sie alles von ihm gelöst hatte, fühlte sie, wie heiß das Metall war. Stück für Stück warf sie es von ihm. Da endlich regte er sich und öffnete die Augen. Nun konnte er das Wasser trinken, das sie ihm vorsichtig an die Lippen hielt. Sie bedeckte ihm die Nase mit einem feuchten Tüchlein als Schutz vor dem Rauch. Und als er wieder lebendig schien, half sie ihm auf ihre Stute, saß hinter ihm auf und ritt behutsam fort von diesem Ort des Schreckens – noch einmal wie zwei Templer auf einem Pferd. Mutig durchquerte sie das Lager der Sarazenen, sprach immer wieder das Losungswort. Die Sarazenen redeten aufgeregt durcheinander und sandten einen Boten zu Saladin, ließen sie aber passieren.

Und nach einer kleinen Ewigkeit, dort, an den lieblichen Ausläufern Galiläas, hielten sie an. Sie lehnte ihn gegen einen Maulbeerbaum und ließ ihn noch einmal trinken. Da endlich wurde er sich ihrer bewußt!

»Adal«, brachte er mühsam hervor, »mein lieber Gefährte! Ich glaubte doch wirklich, wir seien gemeinsam durch das Fegefeuer gegangen und nun ins Paradies gelangt. – Jetzt weiß ich, daß du eine Frau bist!«

»Macht dich das froh oder traurig?« fragte sie.

»Oh, ich bin froh, so froh!« rief er aus. »Und doch . . ., was soll ich sagen? Mein Gelübde . . . die Templer . . .!« Sanft und behutsam berichtete sie ihm, was mit den Templern und Hospitalitern auf dem Schlachtfeld geschehen war. Er bekreuzigte sich und weinte. Dann streckte er seine Arme nach ihr aus wie nach einer Mutter.

»Und – was sollen wir jetzt tun, meine Geliebte? Was können wir nur tun?«

»Ich weiß, was wir tun müssen«, sagte sie ganz zuversichtlich. »Wir werden die Äbtissin von Shaston aufsuchen. Sie wird alles für uns zum Guten führen!«

Das Unsterbliche Spiel
Poul Anderson

Poul Anderson (geb. 1926), seit über fünfunddreißig Jahren freiberuflicher Schriftsteller, hat den TOLKIEN MEMORIAL AWARD und mehrere NEBULAS und HUGOS gewonnen. Er ist ein Autor überragender Qualität, der fruchtbare Verfasser von mehr als fünfzig Romanen und zweihundert kürzeren Arbeiten. Zu seinen bemerkenswertesten gehören: *Brain Wave* (1954; dt. *Der Nebel weicht*, 1982), *The High Crusade* (1960; dt. *Sir Rogers himmlischer Kreuzzug*, 1982), *Three Hearts and Three Lions* (1961; dt. *Dreiherz*, 1980) sowie die Geschichten *Call me Joe* (1957; dt. *Nennt mich Joe*, 1983), *The Longest Voyage* (1960; dt. *Die längste Reise*, 1982), *No Truce with Kings* (1962; dt. *Die Zentrale der Esper*, 1965), *The Sharing of Flesh* (1968), *Tau Zero* (1970) und *The Queen of Air and Darkness* (1971; dt. *Die Königin der Luft und Dunkelheit*, 1981).

Die folgende Geschichte entspringt, wie Sie bemerken werden, einer klassischen Quelle.

Die erste Posaune erklang fern, klar und ehern kalt – Rogard, der Bischof, wurde durch sie zu höchster Wachsamkeit angeregt. Er hob den Blick und sah durch die plötzlich unruhige, murmelnde Reihe der Soldaten über die weite Ebene Scharlachs und die Grenze bis in das Reich von LEUKON hinein.

Dort, weit entfernt, jenseits der seltsam unwirklichen rot-schwarzen Weiten des Ödlands, sah er Sonnenlicht auf Rüstungen blitzen und undeutlich das wilde Flattern emporgereckter Banner. *Also herrscht Krieg,* dachte er. *Also müssen wir wieder kämpfen.*

*Wieder?* Er wich vor der erschreckenden Düsternis des Gedankens zurück. Hatte er je zuvor gekämpft?

Zu seiner Linken lachte Fürst Ocker jauchzend auf und schlug das Visier mit hellem Klingen über sein fröhlich junges Gesicht. Das verlieh ihm ein seltsames, unmenschliches Aussehen; er war plötzlich ein gesichtsloses Ding aus schimmerndem Metall und wippendem Helmbusch, und der Stahl hallte in seiner Stimme wider: »Ha, ein Kampf! Preiset den Herrn, Bischof Rogard, begann ich doch zu fürchten, hier auf immerdar zu rosten.«

Verwunderung entwickelte sich langsam in Rogards Denken. »Saßet Ihr hier und dachtet – bis jetzt?« fragte er.

»Je nun . . .« Plötzliche Verblüffung in dem unbekümmerten Tonfall: »Ich denke, ich war . . . War ich?« Angst, die sich in Trotz verwandelte: »Wen kümmert's? Ich habe LEUKONER zu töten!« Ocker streckte sich auf seinem Pferd empor, bis es sich aufbäumte und die mächtigen metallenen Schwingen donnerten.

Zu Rogards Rechten stand Flambard, der König, hochgewachsen, aufrecht, angetan mit Robe und Krone. Er winkelte den Arm an, um seine Augen vor dem brennenden Sonnenlicht zu beschirmen. »Sie schicken uns als erstes DIOMES, den Leibgardisten des Königs«, murmelte er. »Ein guter Mann.« Die Kühle seines Tones wollte nicht zu seiner Linken passen, zu ihrem nervösen Zupfen an seinem Bart.

Rogard wandte sich wieder um, blickte über die Reihen von Scharlach zur Grenze hinüber. DIOMES, der Leibsoldat des Königs von LEUKON, stieß eilig vor. Der lange Speer in seiner Hand blitzte auf, Schild und Helm warfen das gnadenlose Licht schmerzhaft blendend zurück, und Rogard glaubte das Klirren von Erz zu hören. Dann wurde dieses Geräusch von den Posaunen, den Trommeln und Schreien aus den Reihen Scharlachs übertönt, und ihm blieben nur noch die Augen.

DIOMES stieß zwei Felder vor, bis er an der Grenze abrupt zu einem Halt kam. Dort trat und schlug er gegen ›Die Barriere‹, die ihn plötzlich hielt, und schrie seine Herausforderung. Ein Murmeln erhob sich unter den geharnischten Soldaten Scharlachs, Speere hoben sich vor den flatternden Bannern.

König Flambards Stimme ertönte schrill, als er sich vorbeugte und seinen eigenen Leibgardisten mit dem Zepter berührte. »Geh, Carlon! Geh und gebiete ihm Einhalt!«

»Zu Befehl, Sire.« Carlons untersetzte Gestalt verneigte sich, dann wirbelte er herum und stürzte vor, den Speer emporgereckt, bis er die Grenze erreichte. Jetzt standen er und DIOMES sich von Angesicht zu Angesicht gegenüber, fauchten einander über ›Die Barriere‹ hinweg an, und einen schlimmen Augenblick lang fragte sich Rogard, was diese beiden einstmals, in einer bösen und vergessenen Zeit wohl getan haben mochten, daß es einen solchen Haß zwischen ihnen gab.

»Laßt mich gehen, Sire!« erklang Ockers Stimme unheimlich unter der schlitzäugigen Maske seines Helmes. Das geflügelte Roß stampfte auf dem harten, roten Boden, und die lange Lanze durchmaß einen blitzenden Bogen. »Laßt mich als Nächsten gehen!«

»Nein, nein, Fürst Ocker.« Es war die Stimme einer Frau. »Noch nicht. Für Euch und mich wird es am heutigen Tag später noch genug zu tun geben.«

Der Bischof blickte an Flambard vorbei und sah dessen Dame, seine Königin: Evyan, die Liebliche, und da war etwas in ihm, das strauchelte und entflammte. Von sehr hohem, schlankem Wuchs und schön war sie, die grauäugige Hohe Dame Scharlachs, wie sie so in ihrer Rüstung dastand und auf die sich entwickelnde Schlacht hinausblickte. Eine stählerne Helmkappe umschloß das sonnengebräunte, junge Gesicht der Königin, aber eine rebellische Locke flatterte im Wind. Ihre von einem Kampfhandschuh umschlossene Linke schob sie zurück, während ihre Rechte mit einer schlangengleichen Bewegung das Schwert aus der Scheide zog. »Möge Gott jetzt unseren Armen Stärke schenken«, sagte sie, und ihre Stimme war leise und süß. Bischof Rogard zog seinen Chorrock enger um sich und wandte seinen mitrabedeckten Kopf mit einem Seufzer ab. Doch in ihm bohrte bitterer Neid auf Columbard, den Bischof der Dame von Scharlach, die doch auch seine Königin war.

Trommeln dröhnten in den Reihen von LEUKON, und ein weiterer Soldat stürzte vor. Rogard atmete mit einem zischenden Keuchen ein, denn dieser Mann bewegte sich soweit vor, bis er rechts von DIOMES stand. Und das Gesicht dieses Soldaten war angespannt und bleich vor Furcht – zwischen ihm und Carlon gab es keine ›Der Barrieren‹.

»In den Tod«, murmelte Flambard mit zusammengepreßten Lippen. »Sie schicken diesen Gesellen in den Tod.«

Carlon fauchte und rückte gegen den LEUKONER vor. Er hatte kaum eine Wahl – wartete er, so würde er erschlagen werden, und sein König hatte ihm nicht befohlen zu warten. Er stieß vor, sein Speer blitzte auf, und der LEUKONISCHE Soldat wankte, stürzte, lag leblos und verlassen da.

»Das erste Blut!« schrie Evyan und hob ihr Schwert, so daß es Strahlen von Sonnenlicht verschickte. »Das erste Blut für uns!«

*O ja, so ist es,* sann Rogard freudlos. *Doch König MIKILATI hatte einen Grund, diesen Mann zu opfern. Vielleicht hätten wir Carlon sterben lassen sollen. Carlon, den Tapferen, Carlon, den Starken. Carlon, den Freund des Lachens. Vielleicht hätten wir ihn sterben lassen sollen.*

Und Bischof ASATOR von LEUKON, für den ›Die Barriere‹ jetzt gefallen war, lief die roten Felder entlang, erhaben, vornehm und kalt in seiner glänzenden weißen Robe, bis er an der Grenze stand. Rogard glaubte, ASATORs Augen erkennen zu können, als dieser seinen Blick über Scharlach schweifen ließ. Der LEUKONISCHE Bischof war bereit, mit seinem mächtigen Morgenstern loszulaufen, sollte Flambard, aus Gründen der Sicherheit, versuchen mit Graf Ferric zu wechseln, wie es ›Das Gesetz‹ erlaubte.

Gesetz?

Es blieb keine Zeit, sich zu fragen, was ›Das Gesetz‹ war, oder warum ihm gehorcht werden mußte, oder was vor diesem Augenblick der Schlacht gewesen war. Die Dame Evyan hatte sich zur Seite gewandt und rief dem Soldaten Raddic, Leibgardist ihres Ritters, Fürst Cupran, zu: »Voran! Halte ihn auf!« Raddic warf ihr einen Blick zu, in dem all seine Liebe lag, und stürzte mit seiner schweren Rüstung bis zur Grenze vor. Dort standen er und ASATOR, keine ›Barriere‹ zwischen sich, falls einer von ihnen einen Seitenausfall machte.

*Gut! Oh, gut, meine Königin!,* dachte Rogard wild. Denn selbst wenn ASATOR sich nicht zurückzog, sondern Raddic erschlug, würde er sich auf Raddics Feld befinden, und seine Drohung würde einem Wall von Speeren gelten. *Er wird zurückweichen, er wird zurückweichen . . .*

Stahl dröhnte, als ASATORs Morgenstern durch Helm und Schädel schmetterte und Raddic den Gardisten fällte.

Evyan schrie auf, einmal nur. »Und ich habe ihn gesandt! Ich habe ihn gesandt!« Dann stürzte sie vor.

»Oh, meine Königin!« Rogard warf sich gegen ›Die Barriere‹. Er konnte sich nicht bewegen, war hier auf seinem Feld gefesselt, gefangen und angekettet von ›Dem Gesetz‹, einem ›Gesetz‹, das er nicht verstand, während seine Hohe Dame auf den Tod zustürzte. »O Evyan, Evyan!«

Geradlinig wie ein fliegender Speer eilte die Dame von Scharlach vor. Rogard wandte sich zur Seite und sah angespannt, wie sie über die Grenze stürzte und an ›Der Barriere‹ innehielt, die die linkseitige Begrenzung der Königreiche kennzeichnete und jenseits derer nur düster und undeutlich der furchterregende Rand der Welt lag. Dort wirbelte sie herum, um auf die entsetzten Reihen von LEUKON zu blicken, und ihr Schrei trieb herüber wie das Kreischen eines herabstoßenden Falken: »MIKILATI! Verteidigt Euch!«

Der Donnerhall des Jubels aus den Scharlach-Reihen übertönte jede Antwort, aber Rogard sah an der äußersten Grenze seines Gesichtsfeldes, wie hastig König MIKILATI aus ihrer Angriffslinie in die Feste von Bischof ASATOR trat.

Jetzt, so überlegte Rogard grimmig, jetzt konnte der weißgewandete Herrscher nie mehr den Beistand eines seiner Grafen suchen, indem er mit ihnen wechselte. Evyan hatte ihn seines mächtigsten Schildes beraubt.

»Ho-lah, meine Königin!« Mit einem aufschluchzenden Lachen schlug Ocker die Sporen in sein Pferd. Die Schwingen peitschten die Luft, ließen Rogards Chorrock aufflattern, als der Ritter über den Kopf seines Gardisten setzte und zwei Felder vor dem Bischof aufkam. Rogard zügelte seinen Zorn – er hatte derjenige sein wollen, der Evyan folgte, aber Ocker war die bessere Wahl.

O ja, viel besser! Rogard keuchte auf, als er mit hastigem Blick die Weite des Schlachtfeldes in sich aufnahm. Mit dem nächsten Vorstoß konnte Ocker DIOMES dahinraffen, und dann konnten er und Evyan MIKILATI zwischen sich einschließen!

Kurze Zeit nur nagte Verwunderung an dem Bischof. Warum sollten Männer sterben, um irgendeinen anderen König einzuschließen? Was war an ›Dem Gesetz‹, das besagte, daß Könige um die Herrschaft über die Welt ringen sollten und . . .

»Hütet Euch, Hohe Dame!« Fürst MERKON, Königsritter von LEUKON, sprang so, wie es auch Ocker getan hatte. Der Atem rasselte in des erbitterten Rogards Kehle, und er dachte, daß Tränen in Evyans hellen Augen stehen müßten. Langsam dann zog sich die Königin am Rand entlang um zwei Felder zurück, bis sie direkt vor Graf Ferrics Leibgardisten stand. Es war immer noch ein guter Platz für einen Angriff, aber nicht so, wie es der andere gewesen war.

BOAN, Leibgardist der LEUKONISCHEN Hohen Dame DOLORA, trat ein Feld vor, so daß er den großen DIOMES vor Ocker schützte. Ocker fauchte und setzte mit einem Sprung vor Evyan, so daß er zwischen ihr und der Grenze stand – ihr den Weg freimachend und seinen Schutz über Carlon werfend.

MERKON sprang entsprechend und landete gegenüber Ocker, die Grenze zwischen ihnen. Rogard umklammerte seinen Morgenstern, und seine Sicht verschleierte sich: die LEUKONER machten sich daran, Evyan einzuschließen.

»Ulfar!« schrie der Bischof des Königs. »Ulfar, kannst du ihr nicht helfen?«

Der stämmige alte Bauer, Freisasse und Leibgardist des Bischofs der Dame, nickte wortlos und stieß beherzt ein Feld vor. Sein Speer drohte Bischof ASATOR, der ihn anknurrte – zwischen diesen beiden gab es nun keine ›Barriere‹ mehr!

MERKON von LEUKON vollführte einen weiteren hochsteigenden Sprung und landete drei Felder vor Rogard. »Hütet Euch!« bellte seine Stimme unter dem gesichtslosen Helm hervor. »Hütet Euch, Königin!«

Keine Zeit jetzt, Ulfar ASATOR erschlagen zu lassen. Evyans große Augen blickten sich wild um; dann, rasch entschlossen, trat sie zwischen MERKON und Ocker. Oh, ein wundervoller Schritt! Rogard lachte die wilde Wut in seiner Brust heraus.

Der Leibgardist des LEUKONISCHEN Königsritters rasselte zwei Felder vor und hob seinen Speer gegen Ocker. Es mußte einige Kühnheit erfordert haben, sich so vor Evyan selbst zu stellen; aber die Hohe Dame von Scharlach sah, daß wenn sie ihn niedermachte, die Dame von LEUKON sie erschlagen konnte. »Befreit Euch, Ocker!« rief sie. »Entfernt Euch!«

Ocker fluchte, sprang aus der Gefahr und landete vor Rogards Gardisten.

Der Bischof des Königs biß sich auf die Unterlippe und versuchte dem Zittern seiner Glieder Einhalt zu gebieten. Wie die Sonne blendete und brannte! Ihr Licht war ein Katarakt trockenen, weißen Feuers auf den öden schwarzen und roten Feldern. Sie hing unbeweglich und gewaltig an dem undeutlichen Himmel, und die Männer in ihren Rüstungen atmeten keuchend. Die Laute von Hörnern und Stahl, Hufen, Schwingen und stampfenden Füßen klangen laut in dem schwachen Wind, der über die Welt blies. Es hatte nie etwas anderes gegeben, als diesen bedeutungslosen Krieg, und auch würde es nie etwas anderes geben. Und wenn Rogard versuchte, über den Augenblick hinauszudenken, an dem der Kampf begonnen hatte oder den Augenblick, an dem er enden würde, war da nur Finsternis, ein bodenloser Abgrund.

Graf RAFEON von LEUKON trat einen wuchtig gravitätischen Schritt auf seinen König zu, eine turmhaft aufragende Gestalt aus Stahl, die sich auf den Streit vorbereitete. Evyan stieß einen wild triumphierenden Schrei aus. »Ulfar!« gellte sie. »Ulfar, deine Chance!«

Columbards Leibgardist lachte laut auf. Seinen Speer hebend trat er in das Feld hinüber, das von ASATOR gehalten wurde. Der weißgewandete Bischof hob seinen Morgenstern, kraftlos und vergeblich, dann lag er im Staub zu Ulfars Füßen. Die Männer Scharlachs brüllten und schlugen klirrend ihre Schwerter gegen die Schilde.

Rogard hielt sich vom Triumph fern. ASATOR, so überlegte er grimmig, war sowieso entbehrlich gewesen. König MIKILATI hatte etwas anderes im Sinn.

Es traf ihn wie ein Hieb, als er sah, wie Graf RAFEONS Leibgardist zwei Felder vorpreschte und Evyan zubrüllte, sie möge sich hüten. Bebend vor Wut zog die Dame Scharlachs sich ein Feld nach hinten zurück. Rogard bemerkte angsterfüllt, wie ungeschützt König Flambard jetzt war, da die Soldaten über das Feld verstreut waren und die Heerscharen von LEUKON sich formierten. Aber Königin DOLORA, überlegte er, wild nach dieser Hoffnung greifend, die Dame DOLORA, ihre hochgewachsene kalte Schönheit, war ebenso offen für einen entschlossenen Vorstoß.

Der Soldat, der Evyan zurückgetrieben hatte, stieß über die Grenze vor. »Hütet Euch, Königin!« schrie er wieder. Er war ein kleiner, ingrimmiger, rauher Krieger mit staubigem Helm und Harnisch. Evyan stieß eine Verwünschung aus, einen lästerlichen Soldatenfluch und ging ein Feld vor, um eine ›Barriere‹ zwischen sich und ihm zu errichten. Er grinste unverschämt in seinen Bart.

*Es sieht übel für uns aus, ein fruchtloser, ein vergeblicher und böser Tag.* Rogard versuchte einmal mehr, aus seinem Feld herauszukommen und Evyan zu Hilfe zu eilen, aber sein Wollen bewegte ihn nicht – ›Die Barriere‹ hielt, unsichtbar und unüberquerbar; und ›Das Gesetz‹ hielt, das grausame, gleichgültige, sinnlose ›Gesetz‹, das besagte, daß ein Mann dastehen und zusehen mußte, wie seine Dame erschlagen wurde; er verfluchte dessen Unerbittlichkeit und verfiel in düster brütendes Warten.

Posaunen schmetterten ehern, Trommeln dröhnten, und die Hohe Dame DOLORA von LEUKON schritt in die Schlacht. Sie kam hoheitlich und weiß und in eisiger Lieblichkeit, das Gesicht von der gemeißelten Unbeweglichkeit des Hochmuts unter dem gekrönten Helm, und blieb zwei Felder vor ihrem Gemahl stehen, ragte drohend unmittelbar vor Carlon auf. Hinter ihr machte sich ihr Bischof SORKAS in seiner Feste bereit, umklammerte seinen Morgenstern mit gepanzerten Händen. Carlon von Scharlach spie DOLORA vor die Füße; sie sah ihn aus kühlen blauen Augen an und wandte dann den Blick gleichgültig ab. Der heiße, trockene Wind bewegte keine Strähne ihres langen, bleichen Haares – sie war wie eine Statue, stand da und wartete.

»Ocker«, sagte Evyan sanft, »macht mir den Weg frei.«

»Es gefällt mir nicht, zurückzuweichen«, erwiderte dieser mit dünner Stimme.

»Genausowenig wie mir«, erklärte Evyan. »Aber ich muß eine offene Fluchtlinie haben. Wir werden wieder kämpfen.«

Langsam zog Ocker sich zurück, bis in seine eigene Feste. Evyan lachte einmal kurz auf, und ein schiefes, unfertiges Lächeln verzerrte ihr junges Gesicht.

Rogard sah sie so angespannt an, daß er nicht bemerkte, was vorging, bis ihn ein lautes stählernes Krachen den Kopf herumwerfen ließ. Dann sah er Bischof SORKAS, der auf Carlons Feld stand, den blutigen Morgenstern in den Händen, und Carlon lag tot zu seinen Füßen.

*Carlon, deine Hände sind leer, das Leben ist aus ihnen gewichen, und in dir, der die Welt so liebte, ist eine Dunkelheit erwachsen, eine Dunkelheit, die nie mehr endet. Schlafe wohl, mein Carlon, schlafe wohl.*

»Edle Dame . . .« Bischof SORKAS sprach leise, verbeugte sich ein wenig, und auf seinem listigen Gesicht lag ein Lächeln. »Ich bedaure, Edle Dame, daß . . . äh . . .«

»Ja. Ich muß Euch verlassen.« Evyan schüttelte wie in tiefer Verwunderung den Kopf und zog sich ein Feld zur Seite zurück. Dann, sich wendend, warf sie den Blick eines Adlers die schwarzen Felder entlang bis zu LEUKONs Graf ARACLES. Dieser sah nervös zur Seite, als wolle er sich hinter den drei Soldaten verkriechen, die ihn deckten. Evyan zog mit einem tiefen, keuchenden Atemzug Luft in ihre Lungen.

Fürst THEUTAS, Ritter der Dame DOLORA, sprang aus seiner Feste und postierte sich so zwischen Evyan und den Grafen.

Rogard fragte sich merkwürdig teilnahmslos, ob dieser die Absicht habe, Ulfar den Soldaten zu töten – er konnte es jetzt tun. Ulfar sah auf den Ritter, dessen Pferd sich sprungbereit zusammenkauerte, und packte seinen Speer fester, wartete auf das ihm beschiedene Geschick.

»Rogard!«

Der Bischof fuhr zusammen, und einen Moment lang war nur flammendurchzuckte Dunkelheit vor seinen Augen.

»Rogard, herbei! Herbei und hilf, sie von der Welt zu tilgen!«

*Evyans Stimme.*

In ihrer schartigen und verdellten Rüstung stand sie da, das Schwert erhoben, und lachte mit neuerwachsener Hoffnung, dort, auf jenem umlagerten Feld. Rogard war nicht imstande, seine Antwort zu rufen. Es gab keine Worte. Doch er hob seinen Morgenstern und lief.

Die schwarzen Felder glitten unter seinen Füßen dahin, seine Schritte dröhnten, ließen seine Zähne aufeinanderschlagen; seine Muskeln dehnten sich mit wiedererwachtem, frohlockendem Stolz, und die ganze Welt sang. An der Grenze hielt er inne, wissend, daß dies Evyans Wille war, obwohl er nicht hätte erklären können, woher er es wußte. Dann wandte er sich nach vorn und sah mit sich klärendem Blick über diese Ebene des Eisens und des Verderbens. Bis auf einen Soldaten war Scharlach jetzt von LEUKONISCHEN Kräften gesäubert; Evyan befand sich in Sicherheit, ein Gegenschlag bereitete sich vor, wie das erste Pfeifen eines Orkans. Vor ihm flatterten die stolzen Banner LEUKONs – ah, sie jetzt in den Staub zu treten! Ah, jetzt mit Evyan in das Heim MIKILATIs vorzustoßen!

»Tut es, Fürst«, dröhnte Ulfar, der rechts neben dem Bischof stand und tapfer dem weißen Ritter ins Gesicht sah, der ihn erschlagen konnte. »Laßt sie unsere Hölle schmecken.«

Schwingen durchschnitten die Luft, THEUTAS setzte links von Rogard zur Landung auf. In dem heißen Licht schimmerte das gebläute Metall seiner Rüstung wie fließendes Wasser. Sein Roß schnaubte, bäumte sich auf und schlug mit den Flügeln; doch er saß gelassen da, die Lanze in festem Griff herumschwenkend, wandte er seinen gesichtslosen Helm Flambard zu. Ein weiterer derartiger Vorstoß, erkannte Rogard aufgewühlt, und der Ritter würde in der Lage sein, den König von Scharlach zu attackieren. Oder . . . nein . . . ein einziger Sprung von hier, und er würde Evyan mit seiner Lanze aufspießen.

*Und es ist eine ›Barriere‹ zwischen ihm und mir!*

»Hütet Euch, Dame!« Die arrogante LEUKONISCHE Stimme dröhnte hohl unter der stählernen Maske hervor.

»Das werde ich tatsächlich tun, Herr Ritter!« In Evyans Stimme lag nur Gelächter. Leichtfüßig eilte sie darauf die Linie schwarzer Felder entlang. Sie schoß an Rogard vorbei, lächelte ihm zu, während sie lief, und er versuchte zurückzulächeln, aber sein Gesicht war wie eingefroren. Evyan, Evyan, sie stürmte ganz allein in das Heimatland des Feindes!

Stahl krachte und klirrte. Der weiße Gardist in ihrem Weg wankte und sank zu ihren Füßen nieder. Eine kraftlos erhobene Faust und eine todesschrille Stimme im Staub: »Verflucht seist du, MIKILATI, verflucht, verflucht, daß du blutiger Narr mich hier hast stehen lassen, um erschlagen zu werden – nein, nein, nein . . .«

Evyan stand mit gespreizten Beinen über dem Körper und lachte Graf ARACLES direkt ins Gesicht. Dieser kauerte sich zusammen, leckte sich über die Lippen – er konnte nicht gegen sie vorgehen, aber sie konnte ihn mit einem einzigen weiteren Schritt auslöschen. Neben Rogard stieß Ulfar einen wilden Schlachtruf aus, und die Posaunen Scharlachs schmetterten im Hintergrund.

Der große Angriff war jetzt eröffnet! Rogard erhaschte einen flüchtigen Blick von Bischof SORKAS. Die schlanke, weißgewandete Gestalt glitt vor, den Morgenstern locker in einer Hand, und auf dem bleichen Gesicht lag ein leises, verschlafenes Lächeln. Keine Angst, kein Entsetzen . . .? SORKAS hielt, sah Rogard an und lächelte ein wenig breiter, entblößte seine Zähne in einer humorlosen Grimasse. »Ihr könnt mich töten, wenn Ihr es wünscht«, sagte er leise. »Aber werdet Ihr es tun?«

Einen Augenblick lang schwankte Rogard. Diesen Schädel zu zerschmettern . . .!

»Rogard! Rogard, herbei!«

Evyans Schrei riß den Bischof des Königs herum. Jetzt sah er, was ihr Plan war, und es machte ihn so benommen, daß er alles andere vergaß. LEUKON ist *unser*!

Rasch stieß er vor. DIOMES und BOAN brüllten wütend hinter ihm her, als er zwischen ihnen hindurchglitt, stachen machtlose Speere gegen ›Die Barrieren‹. Er kam an der Dame DOLORA vorbei, und ihr schönes Gesicht war wie in Stahl gegossen, während ihre Augen ihm folgten, als er über die Ebene von LEUKON stürmte. Dann war keine Zeit mehr zum Denken. Graf RAFEON ragte vor ihm auf, und Rogard durchstieß die letzte Grenzlinie in das Herzland des Feindes.

Der Graf hob eine nutzlose Axt. Das Gesetz lautete auf seinen Tod, und Rogard wischte den schwächlichen Hieb beiseite. Die Wucht seines eigenen Schlages durchlief seinen Arm und seinen Körper, ließ seine Zähne aufeinanderschlagen. RAFEON brach zusammen, stürzte langsam, seine Rüstung krachte laut, als er auf den Boden schlug. Kurz krampften seine Finger sich in die eisenharte schwarze Erde, dann lag er still.

*Sie haben Raddic erschlagen und Carlon – wir haben drei Gardisten, einen Bischof und einen Grafen . . . Jetzt brauchen wir nur noch Schlächter zu sein! Evyan, Evyan, Kriegerkönigin, dies ist dein Sieg!*

DIOMES von LEUKON brüllte und sprang über die Grenze. Vergeblich, sinnlos, er und die Seinen waren zum Untergang verurteilt. Evyans geschmeidige Gestalt ging gegen ARACLES vor, ihr Schwert flammte auf, und der Graf krachte donnernd auf den Boden zu ihren Füßen. Ihre Stimme war ein überspringendes Feuer: »Verteidigt Euch, König!«

Rogard drehte sich um und erkannte, daß MIKILATI direkt neben ihm gestanden hatte. Doch jetzt war eine ›Barriere‹ zwischen ihnen, und der König mußte sich vor Evyan zurückziehen, was er mit einem Schritt nach rechts in das Feld vor Rogard tat. Dieser blickte ihm ins Gesicht und verspürte plötzlich Kälte. Er las darin nichts von Niederlage, sondern von Wissen und Können und einem unbeugsamen, stählernen Willen – *was plante* LEUKON?

Evyan warf den Kopf herum, und der Wind spielte mit ihrer ungebändigten Locke wie mit einem roten Banner. »Wir haben sie, Rogard!« rief sie frohlockend.

Weit entfernt und undeutlich klangen durch den Lärm der Schlacht die Hörner Scharlachs und der Befehls ihres Königs. Durch den Dunst spähend sah Rogard, daß Flambard Vorsichtsmaßnahmen traf. Fürst THEUTAS war immer noch eine Bedrohung, dort, wo er neben SORKAS stand. Fürst Cupran von Scharlach flog schwergewichtig empor und landete vor dem Gardisten des Grafen der Dame, um so die Route abzudecken, der THEUTAS folgen mußte, wenn er Flambard gefährden wollte.

Klug, aber . . . Rogard blickte noch einmal in MIKILATIS frostig weißes Gesicht, und ihm war, als durchführe ihn ein eisiger Hauch. Plötzlich fragte er sich verwundert, warum sie kämpften. Um den Sieg, ja, um die Herrschaft über die Welt – aber wenn die Schlacht gewonnen war, was dann?

Er konnte nicht über diesen Augenblick hinausdenken. Sein Geist schreckte in einem Entsetzen zurück, das er nicht benennen konnte. In diesem Augenblick wußte er mit eisiger Klarheit, daß dies nicht der erste Krieg in der Welt war – es hatte andere gegeben und es würde weitere geben. *Sieg bedeutete Tod.*

Aber Evyan, die herrliche Evyan, sie konnte nicht sterben. Sie würde über die ganze Welt herrschen und . . .

In Scharlach blitzte Stahl auf: MERKON von LEUKOS stieß mit einem tigerhaften Sprung vor, der ihn auf Ockers Gardisten niedergehen ließ. Der Soldat schrie auf, nur einmal, als er unter den stampfenden, stoßenden Hufen niederging, aber der Laut ging in dem Ruf des LEUKONISCHEN Ritters unter: »Verteidigt Euch, Flambard, verteidigt Euch!«

Rogard keuchte. Es war wie ein Hieb in den Unterleib. Eben noch hatte er hier gestanden und über die Welt triumphiert, und nun war sie mit einem Schlag über ihm eingestürzt. THEUTAS schüttelte seine Lanze, SORKAS seinen Morgenstern, DIOMES ließ ein stierhaftes Brüllen hören – irgendwie, unglaublicherweise waren irgendwie die Streiter von LEUKON in Scharlach eingedrungen und bestürmten die Zitadelle des Königs selbst.

»Nein, nein . . .« Rogard ließ seinen Blick die lange, leere Linie von Feldern entlangwandern und sah, daß Evyan weinte. Er wollte zu ihr eilen, sie halten, sie gegen die einstürzende Welt schützen, aber ›Die Barrieren‹ umgaben ihn. Er konnte sich nicht aus seinem Feld rühren, er konnte nur tatenlos zusehen.

Flambard fluchte bleich vor Wut und zog sich in die Obhut seiner Dame zurück. Seine Männer stießen Rufe aus und lärmten mit ihren Waffen – noch gab es eine Chance!

Nein, nicht solange ›Das Gesetz‹ Männer fesselte, überlegte Rogard, nicht solange ›Die Barrieren‹ hielten. Der Sieg war nichtig und aschgrau – und Sieg wie Niederlage bedeuteten gleichermaßen Finsternis.

Hinter ihrem dünn lächelnden Gemahl preschte seine Dame nach vorn. Evyan schrie auf, als die hochgewachsene weiße Frau vor Rogards entsetztem Leibgardisten halt machte, sich nach dort wandte, wohin Flambard zurückgewichen war, und ihm zurief: »Verteidigt Euch, König!«

»Nein . . . nein . . . Ihr Narr!« Rogard streckte die Hand aus, versuchte ›Die Barriere‹ zu durchbrechen, MIKILATI zu packen. »Seht Ihr es denn nicht? Keiner von uns kann siegen – es bedeutet den Tod für uns alle, wenn der Krieg vorüber ist. Ruft sie zurück!«

MIKILATI ignorierte ihn. Er schien zu warten.

Und Ocker von Scharlach stieß ein mächtiges Lachen aus. Es stieg über der Ebene auf, fröhlich, heiter, und die Männer hoben die vor Müdigkeit gesenkten Häupter, wandten sich dem jungen Ritter in seiner Feste zu, denn es lag Jugend, Triumph und stolze Herrlichkeit in seinem Lachen. Rasch dann, ein verwischtes Huschen von Stahl, sprang er, und sein geflügeltes Roß stieß aus dem Himmel auf DOLORA selbst hinab. Sie wandte sich um, wollte ihn parieren und hob ihr Schwert, doch er schlug es ihr aus der Hand und stieß mit seiner Lanze zu. Langsam, zu hochmütig, um zu schreien, sank die weiße Dame, die Königin von LEUKON zu den Hufen seines Roßes nieder.

Und MIKILATI lächelte.

*»Ich verstehe.« Der Besucher nickte. »Individuelle Computer, von denen jeder seine eigene Robotfigur durch einen Kopplungsstrahl exakt kontrolliert, und alle Computer einer gegebenen Seite sind zu einer Art Kollektivbewußtsein verbunden, das gezwungen ist, den Regeln des Schachs zu gehorchen und die bestmöglichen Züge zu machen. Sehr nett. Und ich finde, daß es eine wirklich reizende Idee von Ihnen war, die Roboter in ihrem Aussehen mittelalterlichen Armeen nachzugestalten.« Er musterte die winzigen Figuren, die sich auf dem überdimensionierten Brett unter einem grell leuchtenden Scheinwerfer bewegten.*

*»Oh, das ist reine Verspieltheit«, erklärte der Wissenschaftler. »Es handelt sich hier um ein durchaus ernsthaftes Forschungsprojekt zur Mehrfachverbindung von Computern. Indem ich sie ein Spiel nach dem anderen machen lasse, erhalte ich einige höchst wertvolle Daten.«*

*»Es ist eine wirklich schöne Versuchsanordnung«, meinte der Besucher bewundernd. »Ist Ihnen klar, daß die beiden Seiten in dieser Partie hier eines der großen klassischen Spiele reproduzieren?«*

*»Ach, ja? Tatsächlich?«*

*»Ja. Ja, es war eine Partie zwischen Anderssen und Kieseritzky im Jahre . . . ich habe es vergessen, aber es ist schon ziemlich lange her. Schachbücher zitieren es oft als das Unsterbliche Spiel . . . Ihre Computer müssen daher eine Menge ihrer Eigenschaften mit denen des menschlichen Gehirns gemein haben.«*

*»Nun, sie sind höchst komplexe Apparaturen, richtig«, gab der Wissenschaftler zu. »Es sind noch längst nicht alle ihrer kennzeichnenden Fähigkeiten bekannt. Manchmal überraschen meine Schachfiguren selbst mich.«*

*»Hm.« Der Besucher beugte sich über das Spielbrett. »Sehen Sie, wie sie innerhalb ihrer Felder herumhüpfen, die Arme schwenken und winken, mit ihren Waffen aufeinander einschlagen?« Er hielt inne, dann murmelte er langsam: »Ich frage mich . . . Ich frage mich, ob Ihre Computer nicht vielleicht über Bewußtsein verfügen. Wenn sie nicht sogar . . . echten Geist besitzen.«*

*»Werden Sie nicht wunderlich«, schnaubte der Wissenschaftler.*

*»Aber wie wollen Sie das so genau wissen?« beharrte der Besucher auf seinem Standpunkt. »Sehen Sie. Ihre Rückkopplungsanordnung ist einem menschlichen Nervensystem höchst ähnlich. Woher wollen Sie wissen, daß Ihre Computer, auch wenn sie von der Kollektivverbindung eingeschränkt werden, keine individuellen Persönlichkeiten haben? Woher wollen Sie wissen, daß deren elektronische Entsprechungen von Sinnen die jeweilige Partie nicht als, äh, Wechselspiel von freiem Willen und Notwendigkeit interpretieren; woher wollen Sie wissen, daß Ihre Computer die Daten der Züge nicht als deren Äquivalent von Blut, Schweiß und Tränen empfangen?« Er schauderte ein wenig.*

*»Unsinn«, grunzte der Wissenschaftler. »Sie sind nur Roboter. Nun . . . Hee! Sehen Sie da! Sehen Sie sich diesen Zug an!«*

Bischof SORKAS trat einen Schritt vor, in das schwarze Feld, das an das von Flambard grenzte. Er verbeugte sich und lächelte. »Der Krieg ist vorbei«, sagte er.

Langsam, sehr langsam, sah Flambard sich um. SORKAS, MERKON, THEUTAS, sie waren bereit, sich auf ihn zu stürzen, wohin immer er sich wandte; seine eigenen Männer wüteten vergeblich gegen ›Die Barrieren‹ – es gab keinen Ort mehr, zu dem er gehen konnte.

Er neigte den Kopf. »Ich ergebe mich«, flüsterte er.

Rogard blickte über das Schwarz und Rot zu Evyan. Ihre Blicke trafen sich, und sie streckten die Arme nacheinander aus.

*»Schachmatt«, sagte der Wissenschaftler. »Das Spiel ist beendet.«*

*Er durchquerte den Raum zum Kontrollterminal und schaltete die Computer aus.*

## *Anmerkung des Übersetzers*

Wie jetzt klar ist, handelt es sich bei der obigen Geschichte sozusagen um ein literarisiertes Schachspiel, wobei allerdings die Namen der einzelnen Spielfiguren stark von den im deutschsprachigen Raum üblichen abweichen. Das erklärt sich daraus, daß Poul Anderson sich von den im Englischen gebräuchlichen Bezeichnungen (z.B. Königin für Dame, Bischof für Läufer) anregen ließ und darauf aufbauend noch weitere Veränderungen vornahm, um eine insgesamt mittelalterliche Atmosphäre zu schaffen. Daher haben wir dem Autor folgend und eben um die Atmosphäre nicht zu zerstören, die Figurennamen weitgehend übernommen.

Zur Erläuterung hier noch die direkte »Übersetzung«:
*Fürsten* sind *Offiziere*
*Bischof* ist *Läufer*
*Graf* ist *Turm*
*Ritter* ist *Springer*
*Königin* ist *Dame*
*Soldat* ist *Bauer,* ebenso natürlich *Gardist.*

Der *Ritter der Königin* ist also der Damenspringer, der *Graf des Königs* entsprechend der Turm auf dem Königsflügel, der *Leibgardist des Bischofs der Königin* ist dann der Läuferbauer auf dem Damenflügel und so weiter. Zur Kontrolle und zum Nachspielen hier noch die schachübliche Kurznotation des Spiels:

| | | | | | |
|---|---|---|---|---|---|
| 1. | e2 e4 | e7 e5 | 13. | h4 h5 | g6 g5 |
| 2. | f2 f4 | e5xf4 | 14. | d1 f3 | f6 g8 |
| 3. | f1 c4 | b7 b5 | 15. | c1xf4 | g5 f6 |
| 4. | c4xb5 | d8 h4+ | 16. | b1 c3 | f8 c5 |
| 5. | e1 f1 | g8 f6 | 17. | c3 d5 | f6xb2 |
| 6. | g1 f3 | h4 h6 | 18. | f4 d6! | c5xg1 |
| 7. | d2 d3 | f6 h5 | 19. | e4 e5!! | b2xa1+ |
| 8. | f3 h4 | c7 c6 | 20. | f1 e2 | b8 a6 |
| 9. | h4 f5 | h6 g5 | 21. | f5xg7+ | e8 d8 |
| 10. | g2 g4 | h5 f6 | 22. | f3 f6+! | g8xf6 |
| 11. | h1 g1 | c6xb5 | 23. | d6 e7 | matt! |
| 12. | h2 h4 | g5 g6 | | | |

Und hier noch die Originalpartie,, von der Poul Anderson aus dramaturgischen Gründen in einigen Zügen abwich:

| | | | | | |
|---|---|---|---|---|---|
| 1. | e2 e4 | e7 e5 | 13. | h4 h5 | g6 g5 |
| 2. | f2 f4 | e5xf4 | 14. | d1 f3 | f6 g8 |
| 3. | f1 c4 | d8 h4+ | 15. | c1xf4 | g5 f6 |
| 4. | e1 f1 | b7 b5 | 16. | b1 c3 | f8 c5 |
| 5. | c4xb5 | g8 f6 | 17. | c3 d5 | f6xb2 |
| 6. | g1 f3 | h4 h6 | 18. | f4 d6! | c5xg1 |
| 7. | d2 d3 | f6 h5 | 19. | e4 e5!! | b2xa1+ |
| 8. | f3 h4 | h6 g5 | 20. | f1 e2 | b8 a6 |
| 9. | h4 f5 | c7 c6 | 21. | f5xg7+ | e8 d8 |
| 10. | g2 g4 | h5 f6 | 22. | f3 f6+! | g8xf6 |
| 11. | h1 g1 | c6xb5 | 23. | d6 e7 | matt! |
| 12. | h2 h4 | g5 g6 | | | |

# Ritter ohne Furcht und Tadel

John T. Phillifent

John T. Phillifent (1916–1976), der Autor von mehr als zwanzig Science-Fiction-Romanen und fünfzig kürzeren Texten, war ein Engländer, der hauptsächlich unter dem Decknamen John Rackham veröffentlichte. Die meisten seiner Kurzgeschichten sind nur in England erschienen, und die Mehrzahl seiner Romane sind Teile der Ace-Double-Romanserie. Seine Texte sind höchst lesenswerte Übungen in leichter Abenteuerunterhaltung; dazu gehören: *Beanstalk* (1973), *Hierarchies* (1973) und *King of Argent* (1973; dt. *Der Planetenkönig*, 1974).

*Life with Lancelot* (1973) vereinigt eine ganze Anzahl von Abenteuern einer kybernetischen Mischung aus Maxwell Smart und Don Quixote, wie sie in der folgenden Erzählung zum erstenmal zum Tragen kam.

## 1

Die Shogleet waren überaus verblüfft, als das trudelnde, radioaktive Wrack aus dem All auf ihren dunklen Planeten stürzte. Alles Neue war für diese unvorstellbar alte Rasse, die sich bis zu einer Stufe entwickelt hatte, an der Energie, Materie und Gestalt keine Geheimnisse mehr darstellten und nur noch Neugier übrigließen, ein Grund zum Feiern. Und dies war etwas Neues.

Die Metalle, Plastikteile, pysikalischen und chemischen Verbindungen waren zur Genüge bekannt. Doch dieses wirre Durcheinander besaß eine eigene Form. Sie untersuchten es unverzüglich, und plötzlich entdeckten sie, daß da noch etwas war.

Etwas, das schwache Lebenszeichen von sich gab.

Mit vereinten Kräften nahmen sie sich des Halbtoten an, untersuchten und rekonstruierten ihn. Aus dem noch lebensfähigen Intelligenzschema schlossen sie auf das Ganze. Sie erweckten einen Menschen wieder zum Leben. Sie drangen weiter vor, erforschten seine Vergangenheit und erfuhren dadurch etwas über die Vergangenheit seiner ganzen Rasse. Sie konnten nicht glauben, daß es eine solche Monstrosität wirklich geben sollte, aber ihre Untersuchungen bewiesen es. Also reparierten sie sein Schiff, das eindeutig nur einen kleinen Teil des verworrenen Wracks darstellte, und schickten es an seinen Ursprungsort zurück. Und sie wählten einen aus ihrer Mitte aus, der mitfliegen sollte, um Nachforschungen anzustellen.

Das Shogleet kroch über Lancelots blankgeputzte Stiefel und schnurrte. Das Schnurren war kein Zeichen von Behaglichkeit, sondern entstand beim Aufbau eines Umrißverdunkelungs- und Neugierdämpfungsfeldes.

Der Korridor vor dem Direktionsbüro war ein belebter Platz, und das Shogleet wollte nicht entdeckt werden.

Es war immer noch mehr als zufrieden. Diese Wesen, die sich Menschen nannten, waren um so vieles komischer, als es auf den ersten Blick schien. Mit seinen übermenschlichen Sinnen lauschte es dem Gespräch hinter der Wand. Stimmen redeten über Lancelot.

»– macht nicht nur aus uns einen Haufen Idioten, sondern entwickelt sich auch zu einer verdammten Plage! Lungert vor meinem Büro herum und verlangt eine Aufgabe. Ich traue ihm nicht mal zu, meinen Papierkorb richtig auszuleeren. Was, zum Teufel, soll ich mit ihm anfangen?«

»Vielleicht können wir ja eine Aufgabe für ihn erfinden, Chef?«

»Machen Sie sich nicht lächerlich, Peters. Eine Aufgabe für diesen Trottel? Vergessen Sie nicht, daß es sich um den hirnlosen Idioten handelt, der mit einem Ein-Mann-Boot versucht hat, einen havarierten Sternenkreuzer zu bergen!«

»Genau so etwas müßten wir wieder finden, Chef.«

»Aber ich kann keinen Spitzenagenten zu einem Routinejob abstellen, verdammt. Nicht, daß er außer auf dem Papier spitzenmäßig wäre. Aber Sie wissen, was ich meine.«

»Ah, warten Sie, bis Sie hören, was ich herausgefunden habe. Es handelt sich um eine Museumswelt. Im Normalfall kümmern wir uns nicht darum. Gewöhnlich geht unser dort stationierter Mann verkleidet hin, schaltet den Alarm ab und sorgt für Ruhe. Fertig. Braucht uns ja nicht zu interessieren, solange es sich nicht gerade um eine außerirdische Invasion handelt.«

»Schon gut, schon gut. Das weiß ich alles. Aber was hat das mit mir zu tun? Ein paar interne Probleme auf einem M-Planeten. Na und?«

»Sicher, aber dieser Planet heißt Avalon. Er befindet sich dauerhaft auf einer pseudo-feudalistischen Entwicklungsstufe, mit einer Kultur, die auf der Legende von König Arthur beruht. Jetzt klar?«

Das Shogleet, das alles begierig in sich aufnahm, hörte ein Keuchen. Nachdem es in Gedanken ein Fragezeichen hinter den neuen Ausdruck gesetzt hatte, lauschte es weiter.

»König Arthur!« stöhnte Hugard. »Bauern. Ritter in Rüstungen. Schwert-und-Schild-Zeugs. Fahren Sie fort.«

»Ich dachte mir, wir könnten es richtig aufbauschen und ihm die Sache aufbrummen. So daß es wie eine verzweifelte Notlage aussieht. Geben Sie ihm etwas zu tun.«

»Ganz harmlos natürlich. Aber es klingt gut. Wo liegt dieses Avalon?«

»Das ist das beste, Chef. Es liegt im Omega Centaurus Sektor. Das ist zwanzigtausend Lichtjahre weit weg!«

»Also abgemacht. Allein für den Hinflug wird er einen Monat unserer Zeit brauchen. Damit bin ich ihn für eine Weile los. Sind Sie sicher, daß wir niemandem auf die Zehen treten?«

»Absolut sicher. Nur ein Routineruf auf der Warteliste.«

»Schön, schön. Geben Sie mir die Daten, damit ich die Sache aufbauschen kann, und dann rufen Sie ihn herein. Peters, das werde ich Ihnen nicht vergessen. Wenn ich nur daran denke, daß ich diesen Idioten für eine Weile los bin –«

Zitternd vor Aufregung kroch das Shogleet auf Lancelots Schulter. Als man ihn hereinbat, ritt es auf ihm in das Büro und sah zu, wie er vor dem Schreibtisch des Direktors übermäßig korrekt salutierte.

»Ah, Lake.« Hugard nickte unheilverheißend. »Ich habe doch noch eine Aufgabe für Sie gefunden. Eine, die ich keinem anderen anvertrauen kann. Sie wird ihre ganze Kraft erfordern. Ich bitte Sie nicht, sich freiwillig zu melden, sondern *befehle* Ihnen zu gehen. Das zeigt, wie wichtig die Angelegenheit ist. Sie verstehen?«

»Jawohl, Sir«, antwortete Lancelot steif. »Sie können sich auf mich verlassen.«

»Guter Junge. Ich habe nichts anderes erwartet. Sie werden natürlich unterwegs Gelegenheit haben, sich alle Details einzuprägen, aber das Wichtigste kann ich Ihnen jetzt schon sagen. Es handelt sich um den Planeten Avalon. Der Alarm ist dringend. Avalon besitzt eine in sich geschlossene Kultur. Niemand, nicht einmal wir von Galaktopol, können uns in eine geschlossene Kultur einmischen, solange die Situation nicht völlig verfahren ist.« Das Shogleet spürte, wie Lancelot sich versteifte, sah seine Brust anschwellen und seine Augen aufleuchten und wunderte sich erneut über diese merkwürdigen Wesen, die sich von der Aussicht auf tödliche Gefahr begeistern ließen.

»Am wichtigsten aber ist«, Hugard senkte seine Stimme, »daß ich nur einen Mann hinschicken kann, da es sich ja um eine geschlossene Kultur handelt. Sie werden allein sein. Ein Einzelkämpfer. Natürlich werden Sie der Umgebung entsprechend mit der nötigen Ausrüstung versehen. Aber alles andere liegt bei Ihnen. Sie werden auf sich allein gestellt sein.«

»Ich verstehe, Sir.« Lancelot sagte es wie nebenbei. »Verlassen Sie sich auf mich. Wenn es nötig ist, opfere ich lieber mein Leben, als den Job zu vermasseln.« Hugard wandte den Kopf ab, um seine offensichtliche Rührung zu verbergen. Dann überreichte er Lancelot hüstelnd ein Formular und erhob sich.

»Das ist Ihre Vollmacht. Die restlichen Unterlagen erhalten Sie im Vorzimmer. Wann können Sie aufbrechen?«

»Sofort!« rief Lancelot und salutierte zackig. Hugard reichte ihm die Hand.

»Viel Glück, mein Junge. Sie werden es brauchen.«

»Danke, Sir.« Lancelot ergriff die Hand so überschwenglich, daß der Direktor zusammenzuckte. »Machen Sie sich keine Sorgen um mich. Ich schaffe es.« Er schlug die Hacken zusammen und marschierte aus dem Büro.

»Weißt du«, wandte er sich vertrauensvoll an das Shogleet, »alles in allem ist Hugard gar kein so schlechter Kerl. Ich dachte, er würde mir nichts zutrauen. Nun kann ich ihn verstehen. Ich habe ihn falsch eingeschätzt.«

»Lancelot, tu mir einen Gefallen«, wisperte das Shogleet. »Besorge dir einen Haufen Informationsmaterial über feudalistische Kulturen, Museumsplaneten und die Arthur-Legende.«

»In Ordnung. Alles, was du willst. Aber du hast dir wirklich die seltsamsten Dinge ausgesucht. Die Arthur-Legende, eh? Mein Dad interessierte sich unheimlich dafür.«

Das wußte das Shogleet bereits, wie auch vieles andere. Es hatte beispielsweise erkannt, warum Lancelot Lake wirklich weggeschickt wurde. Das hatte es aus verschiedenen Quellen in und um das Hauptquartier von Galaktopol erfahren.

Lancelot Lake war ein kleiner Techniker im niedrigsten Rang bei Galaktopol, der in einer Station zum Empfang und zur Erforschung von Notrufen aus dem Weltraum arbeitete und seine Zeit mit Träumen von Glanz und Ruhm verschwendete. Er teilte den einfachen Glauben seiner genauso einfachen Eltern, daß es nur eine Frage der Zeit war, bis er seinen großen Coup landen konnte. Und das Schicksal hatte es überaus gut mit ihm gemeint.

Das Erste-Klasse Linienschiff *Orion*, das kaum etwas anderes als wohlhabende Passagiere beförderte, hatte einen schlimmen Defekt am Haupttriebwerk erlitten. Wütend hatte der Kapitän den Hyperantrieb ausgeschaltet, Befehl gegeben, das Schiff zu räumen, und die Rettungsbootflotte zur nächsten Rettungsstation gesteuert. Es war keine Katastrophe gewesen. Es hatte nicht die geringste Gefahr bestanden – nur Aufregung und der Verlust eines wertvollen Schiffes. Die Signale der Rettungsboote hatten das klar zum Ausdruck gebracht.

Doch Lancelot hatte seine eigene spezielle Art, solche Signale aufzufassen. Unverzüglich war er voll heldenhaftem Diensteifer mit seinem Ein-Mann-Beiboot ausgerückt und hatte sich für einen Nahkampf über der Oberfläche des Planetoiden gerüstet. Er schaltete sich in den weitreichenden, übergeordneten Notsender der Station ein und erstattete genauestens Bericht über sein Vorgehen, während er losraste, um die *Orion* allein zu retten.

Danach konnte niemand mehr die Signale der Rettungsboote hören. Trotzdem erreichte die Besatzung der *Orion* die Rettungsstation problemlos. Dort lauschte man zusammen mit jedem anderen empfangsbereiten Planeten in der Galaxis fasziniert den heldenhaften Meldungen, die Lancelot verbreitete.

Würdevoll, mutig, ohne Rücksicht auf seine Sicherheit, verseucht von der Strahlung eines plötzlich explodierenden Atomtriebwerkes fand er sein unabwendliches, hoffnungsloses, ehrenvolles Ende. Wie eine Mücke, die einen davonstürmenden Elefanten aufzuhalten versuchte, wurde er von dem Gravitationssog Antares' hinabgerissen, bis die Hitzestrahlung der gigantischen Sonne seine Funkmeldungen überlappte.

Der Rest war Schweigen.

Nun ist ein idiotischer, ruhmreicher, *toter* Held schon eine Sache. Posthume Ehrungen sind noch die geringste Konsequenz. Es war ein Kinderspiel – das mindeste, was sie tun konnten – den toten Lancelot zu einem erstklassigen Agenten hochzustilisieren. Aber wenn derselbe Held vom Tode aufersteht, so ist das etwas ganz anderes, wie das Shogleet gelernt hatte.

Vielleicht, so überlegte es, hatten sie ihn zu gut wiederhergerichtet. Sie hatten ihn genau so rekonstruiert, wie er sich selbst gesehen hatte. Entsprechend war er groß, muskulös, blauäugig, goldhaarig, stattlich und nahezu unverletzlich . . . um es literarisch zu sagen: »Nichts kann einem guten Mann schaden.« Wenn Lancelot Hamlet gekannt hätte, hätte er dessen Beschreibung zugestimmt: »Welch ein Meisterwerk ist der Mensch! Wie edel durch Vernunft! Wie unbegrenzt an Fähigkeiten! In Gestalt und Bewegung wie bedeutend und wunderwürdig! Im Handeln wie ähnlich einem Engel! Im Begreifen wie ähnlich einem Gott!« Aber Hamlet war geisteskrank, während Lancelot aufrichtig, naiv und von der Realität seiner Träume überzeugt war. Eben eine verdammte Pest, wie Hugard gesagt hatte.

## 2

Lancelots Begeisterung dauerte bis zur zweiten Woche. Dann wurde es ihm langweilig. Das Schiff war trotz seiner Enge komfortabel und steuerte sich die ganze Zeit über selbst. Es gab nichts zu tun.

Er beschloß, seine Ausrüstung zu überprüfen. Das Shogleet hatte sich in die komplizierte Sprache von Malory vertieft und schrak auf, als er eine lange, glänzende Stange mit einer rasiermesserscharfen Spitze heranschleppte.

»Dieses Ding«, sagte er, »ist eine Lanze, nicht wahr?« Und da ist ein anderes Ding, wie ein langer Stab mit einem Querbalken und einem Handgriff. Ein Schwert?«

»Ich denke schon. Da müßte auch noch eine Rüstung sein. Ich schätze, du mußt dich wie ein Ritter verkleiden. Aus der Literatur weiß ich, daß es wohl tatsächlich einen Ritter mit Namen Sir Lancelot gegeben hat.«

»Das stimmt. Mein Dad erzählte mir manchmal davon. Oh, Hugard wußte schon, was er tat, als er mich für diese Aufgabe auswählte. Das ist Schicksal.« Das Shogleet dachte anders darüber, aber diskret breitete es den Mantel des Schweigens darüber.

»Das Konzept einer Museumszivilisation interessiert mich«, sagte es. »Offenbar streben nicht alle Menschen nach einer Entwicklung, nur ein kleiner Teil?«

»So ist es.« Lancelot nickte weise. »Ein glücklicher Mensch ist der, der sich anpaßt. Der weiß, wo seine Stärken liegen und wo er hingehört, und der sich entsprechend verhält. So wie ich zum Beispiel. Zum Abenteurer geboren – und hier bin ich.«

»Aber eigentlich warst du ein Stationswächter. Ein Fehler?«

»O nein. Der Psycho-Test ist unfehlbar. Der Job als Stationswächter war nur ein Anfang, von dem aus ich mich hocharbeiten konnte.«

Das Shogleet wußte genau, daß Lancelot nicht das geringste über die Wissenschaft der Psycho-Tests wußte, und wünschte, daß es sich ein Band darüber besorgt hätte. Es war interessant zu sehen, wie die Technik die Informationen über die Bevölkerung eines Planeten auf einem einzigen Psycho-Band zusammenfaßte.

Endlich ertönten die Warnsignale, und ihr kleines Schiff senkte sich mit Hilfe eines Leitstrahls auf eine grüne und friedliche Welt herab, übersät mit Inseln, die von einem blauen Meer eingerahmt wurden, und landete in einem kleinen Tal, umringt von zerklüfteten Bergen. Die Sonne ging gerade an einem glorreichen Frühlingsmorgen auf.

Lancelot atmete die ungefilterte Luft und den Duft der Pflanzen tief ein und fand sofort Anlaß, sich zu beschweren.

»Wir sind mehr als hundert Meilen von Camlan, der Hauptstadt, entfernt«, sagte er nach einem mißbilligenden Blick auf eine Karte. »Und kein Fahrzeug. Ich meine, dieses Rüstungszeug, das ich tragen muß, ist reichlich schwer. Es ist schon schwer genug anzuziehen, geschweige denn, darin zu laufen.«

»Um dem Rechnung zu tragen, reitet ein Ritter auf irgend etwas«, sagte das Shogleet. »Einem Roß, glaube ich, oder einem Pferd. Was ist ein Pferd, Lancelot?«

»Zum Teufel, wenn ich das wüßte. Ich erinnere mich vage an Bilder aus meiner Kindheit. Ein großes Tier, vier Beine, ein Kopf am einen Ende, ein Schwanz am anderen. Aber Augenblick mal, das erklärt einiges –«, und er schleppte einige schwere Metallteile herbei. »Das Zeug wußte ich nicht einzuordnen, aber es muß eine Pferderüstung sein. Und dieses Ding ist vermutlich ein Sitz, um sich auf dem Rücken des Tieres zu halten.«

»Ich werde dir helfen«, entschied das Shogleet. »Deinen Erinnerungen und dem, was ich gelesen habe entsprechend, werde ich mich in ein Pferd verwandeln.«

»In Ordnung, aber erst mußt du mir bei dieser Rüstung helfen. Ich kann sie unmöglich allein anlegen. Genaugenommen kann ich mir nicht einmal vorstellen, wie ein einziger Mensch das alles tragen soll!«

Aber mit Geduld und Verrenkungen, Proben und Fehlversuchen schafften sie es, Lancelot die Teile anzulegen, die ein geschickter Tüftler nach dem Vorbild verbeulter Museumsstücke hergestellt hatte.

Lancelots Vermutung traf zu. Nur mit Mühe konnte er sich unter der Last des Metalls aufrecht halten.

»Wie, zum Teufel, kann sich jemand damit bewegen und ein Schwert schwingen?« klagte er und machte ein paar Schritte. »Es ist unmöglich!«

Das Shogleet beachtete ihn nicht. Es war mit sich selbst beschäftigt. Indem es massenhaft Luft und Energie einsog und seine Gestalt rasch vergrößerte, formte es seinen Körper zu einem Etwas, dem die Rüstung passen würde. Lancelot taumelte umher und gab Hinweise, soweit seine verschwommene Erinnerung es zuließ. Dann wuchtete er in einer gewaltigen Anstrengung nacheinander die Teile und schließlich den Sattel hinauf. Schweiß rann in seine Stiefel, als er fertig war.

»Verdammt, das allein ist schon genug Arbeit für einen ganzen Tag«, ächzte er und schlug in dem erfolglosen Versuch, sich den Schweiß aus den Augen zu wischen, gegen seinen Helm. »Es muß eine einfachere Methode geben.«

»Ich könnte mir vorstellen, daß ein Ritter dafür einen Knappen hat, wie es in den Bändern stand«, vermutete das Shogleet-Pferd. Lancelot murmelte eine tiefempfundene Zustimmung, hängte den funkelnden Schild an einen Sattelhaken, Schwert und Scheide an die andere Seite, lehnte die lange Lanze an einen nahen Baum und klappte sein Visier vor der Nase herunter, die noch von seinem ersten unbedachten Versuch her schmerzte.

Dann musterte er die Steigbügel.

»Du mußt dich hinknien«, sagte er. »So schaffe ich das nie.«

Behutsam stieg er auf, und sie verließen langsam die Lichtung. »Als erstes besorgen wir uns einen Knappen«, entschied er. »Auf diese Art schaffe ich es nie bis nach Camlan.«

»Sicherlich«, stimmte das Shogleet zu und bemühte sich, eine Gangart zu finden, bei der Lancelot nicht abgeworfen wurde. Es entschloß sich für ein Watscheln mit gummiartigen Beinen, das sie in gleichmäßigem Gleiten durch eine bewaldete Schlucht führte. Sie brauchten eine halbe Stunde, um auf diese Art eine mit ihren kleinen Feldern schachbrettartig wirkende Lichtung zu erreichen, in deren Mitte einige Holzhütten standen. Ihre Ankunft löste ein Durcheinander von Rufen und Schreien und das wütende Gebell einer wilden Hundemeute aus.

Der Tumult währte nur einige Sekunden lang. Dann herrschte Stille, die nur durch ein verstohlenes Rascheln in den nahen Büschen durchbrochen wurde.

»Wo sind sie alle hin?« wunderte sich Lancelot und packte den Sattelknauf. »Wie soll ich denn einen Knappen anheuern, wenn sie alle davonlaufen? Halt – da ist einer, hinter dem Baum dort.«

Es handelte sich um einen alten, grauhaarigen Mann, steif vom Rheuma. Er preßte sich in seinem schlichten braunen Arbeitskittel gegen den Baumstamm und zitterte am ganzen Leib, als sie sich näherten. Lancelot ließ den Sattelknauf los und bemühte sich, würdevoll abzusteigen.

»He da!« rief er. »Warum sind alle fortgelaufen?«

»Fürwahr, edler Herr«, murmelte der Alte und verneigte sich unterwürfig. »Es liegt wohl am Anblick des seltsamen Wesens, das Ihr reitet. Kein Sterblicher sah je so ein Reittier.«

»Was stimmt denn nicht mit mir?« erkundigte sich das Shogleet neugierig. »Sieht ein Pferd nicht so aus?«

»Da schlag mich doch einer tot!« Der Bauer erbleichte und klammerte sich noch fester an den Baum. »Es spricht wie ein Christ. Ich habe es gehört!«

»Natürlich«, sagte Lancelot hochmütig. »Es ist ein magisches Pferd, so wie ich ein heiliger Ritter bin. Ich brauche einen Knappen. Rufe die anderen, damit ich mir einen auswählen kann.«

»Nein, vornehmer Herr, wir sind doch nur hungrige Bauern. Hier ist kein Knappe zu finden.«

»Oh, Mist!« In seiner Verwirrung fiel Lancelot ins Galaktic zurück. Mit erzwungener Ruhe fragte er: »Wo sonst soll ein Ritter einen Knappen für sich finden?«

»Der Baron Deorham hat viele«, bot der alte Mann an. »Auch Streitrösser, allerdings keines, wie Ihr es reitet. Aber er ist ein außergewöhnlich grimmiger Mensch und ein großer Krieger. Er wird Euch sicherlich angreifen, wenn Ihr Euch ihm nähert.«

»Sorge dich nicht um mich, alter Mann. Ich bin Sir Lancelot. Ich werde zu Deorham gehen.«

»Lancelot! Nun trifft mich aber der Schlag. Lancelot ist nur eine Legende!«

»So ein Unsinn. Beschreibe mir endlich den Weg, alter Narr.« Der alte Mann verbeugte sich erneut und deutete mit zittriger Hand auf einen unebenen Weg. Das Shogleet fiel wieder in seinen gleitenden Trab.

»Schade, daß ich ihn nicht dazu bringen konnte, mein Aussehen zu vervollkommnen«, sagte es. »Bei nächster Gelegenheit muß ich mir ein richtiges Pferd ansehen.«

»Das klingt vernünftig«, stimmte Lancelot zu. »Ich glaube, du hast recht. Ich will die Leute nicht dauernd zu Tode erschrecken . . . Sieh doch, das scheint ein hübscher Platz zu sein.«

Sie hatten den Wald hinter sich gelassen, und vor ihnen erstreckte sich ein sanft ansteigender, grasbewachsener Hügel, auf dessen Kuppe sich ein wuchtiges graues Bauwerk erhob. »Überlaß mir das Reden. Anscheinend erwartet man von einem Pferd nicht, daß es spricht.« Tapfer packte er den Sattelknauf, und sie setzten ihren Weg mit beträchtlicher Geschwindigkeit fort.

Plötzlich stoppte das Shogleet auf halsbrecherische Art und schwang herum.

»Was soll das?« fragte Lancelot und klammerte sich verzweifelt fest. Dann sah er, was das Shogleet entdeckt hatte. Mehr als siebzig Yards entfernt umrundeten drei Reiter eine Baumgruppe und kamen näher.

Die beiden äußeren Gestalten waren schmächtig, aber der Mann in der Mitte sah ehrfurchtgebietend aus, sein Roß gewaltig, und seine Rüstung glänzte im Sonnenlicht. Sein Schild zeigte als Wappenbild eine eiserne Faust, und eine blaue Feder flatterte an der Spitze seiner Lanze.

»Das will ich auch«, murmelte Lancelot. »Ein Bild auf meinem Schild und ein Fähnchen an meiner Lanze. Dann werden alle wissen, wer ich bin.«

»So also sieht ein Pferd aus«, brummte das Shogleet interessiert. Unauffällig begann es sein Aussehen zu korrigieren. »Wir sollten stehenbleiben«, schlug es vor. »Laß ihn zu uns kommen. Ich will sehen, wie sich diese Wesen bewegen.«

Wie zur Antwort auf diesen Gedanken hob der große Mann seine gepanzerte Faust. Deutlich vernahmen sie das Klicken, als sein Visier einrastete. Dann trieb er seinem Pferd die Hacken in die Seite und kam mit Donnergetöse über die Wiese auf sie zugesprengt.

»Schau, wie er sich bewegt!« sagte Lancelot bewundernd. »Ich muß lernen, auch so zu reiten.« Die gewaltige Gestalt donnerte heran, und Lancelot fühlte Beklemmung in sich aufsteigen. »Er wird niemals rechtzeitig stoppen können. Nicht bei dem Tempo. Was macht der Dummkopf denn jetzt?« wunderte er sich, als der Fremde seine Lanze in die Horizontale senkte, so daß die Spitze genau auf Lancelot zielte. Das ewig neugierige Shogleet stand immer noch still.

»He, du Idiot! Halt das Ding woanders hin!« schrie Lancelot. Aber selbst ihm war klar, daß der Fremde nichts dergleichen vorhatte. Im letzten Moment gelang es ihm irgendwie, seinen Schild hochzubekommen. Es gab ein gewaltiges Krachen, als Lanzenspitze und Schild zusammenprallten. Lancelot rutschte über den Rücken des Shogleets und plumpste schmerzhaft zu Boden. Das Shogleet drehte sich um und sah, wie der junge Mann sich aufrichtete und taumelnd auf die Beine kam.

»Geschickt aus dem Sattel gehoben!« brüllte der Fremde. »Gebt Ihr auf?«

»Ich gebe überhaupt nichts«, keuchte Lancelot empört. »Ich habe nicht einmal gekämpft. Gebt mir nächstes Mal gefälligst Bescheid, bevor ihr so etwas tut. Einen so anzugreifen, ohne wenigstens ein Wort zu sagen . . .« Weiter kam er nicht. Der fremde Ritter riß sein Schwert hoch, nachdem er seine zersplitterte Lanze fortgeschleudert hatte. Wieder trat er sein Pferd und stürmte auf die Stelle zu, an der Lancelot stand. Seine Klinge flog hoch und sauste herab, und ein Klirren schallte über die Wiese. Lancelot brach in die Knie, verharrte einen Moment so und stürzte dann stöhnend nach vorne. Das Shogleet trottete zu ihm und stieß ihn mit der Schnauze an.

»Du mußt aufstehen und kämpfen«, raunte es. »Ich fürchte, du könntest sonst gefangengenommen werden.«

»Kämpfen!« stieß Lancelot hervor. »Ich bin schon halbtot. Jemand sollte diesen verdammten Irren fortschaffen.« Er richtete sich auf und schlug sich mit der gepanzerten Faust gegen den Helm, um seinen Kopf klar zu bekommen. Der Ritter trat abwartend einige Schritte zurück.

»Steig auf, schnell«, ermutigte ihn das Shogleet und bückte sich. Das versetzte das Pferd des Ritters in helle Aufregung und gab Lancelot Zeit, um aufzusteigen – und auch Zeit, um wütend zu werden.

»In Ordnung«, fauchte er. »Der will einen Kampf, nicht wahr? Mal sehen.« Mühsam zog er sein Schwert. Der fremde Ritter duckte sich und trieb sein Pferd an. Im entscheidenden Moment richtete er sich im Sattel auf, um seinem Schwertarm mehr Kraft zu verleihen. Lancelot wuchtete seinen Schild hoch. Der Aufprall betäubte seinen Arm, und blindlings schlug er zurück.

»Dreh dich um«, befahl er, als der Ritter an ihm vorbeigestürmt war. »Laß mich noch einmal nach ihm schlagen. Diesmal erwische ihn ihn.«

»Möglicherweise wirst du ihn töten, darüber bist du dir doch im klaren.«

»Und was glaubst du, was er mit mir versucht? Ich habe überall blaue Flecken. Laß mich einmal gegen ihn antreten, sage ich!«

»Wäre es nicht klüger, ihn zu fragen, ob er aufgibt? So könnten wir einige Informationen bekommen, die wir dringend benötigen.« Lancelot murmelte etwas vor sich hin, aber als er sah, daß sein Glückstreffer die Helmspitze des Ritters abgetrennt und seinen Schild in zwei Hälften gespalten hatte, gab er widerstrebend nach.

»He, Ritter!« rief er und schwang sein Schwert. »Ergebt Ihr Euch?«

»Einem Höllensohn wie Euch?« brüllte der Ritter, schleuderte seinen zerstörten Schild und das verbogene Schwert fort. »Niemals! Zeige, wie mächtig deine Magie gegen das hier ist!« Mit diesen Worten hakte er eine schwere Kette von seinem Sattel los, die in einer eisernen, mit gefährlichen Dornen gespickten Kugel endete. Erneut kam er herangestürmt.

»Da!« keuchte Lancelot. »Ich sag ja, der Kerl ist verrückt. Wenn er mich mit diesem Ding trifft, bin ich mausetot.«

Er hob seinen Schild und spähte vorsichtig dahinter hervor. Die dornenbewehrte Kugel sauste durch die Luft, krachte mit voller Wucht gegen den Schild und schleuderte den jungen Mann fast aus dem Sattel. In plötzlicher blinder Wut schlug er zurück, stieß wild mit dem Schwert um sich und fühlte, wie es durch irgend etwas schnitt. Dann, als das Shogleet zum Stehen gekommen war, blickte er zurück, und sein Magen rebellierte.

Die superharte, rasiermesserscharfe Klinge hatte von der Schulter bis zur Hüfte durch Rüstung und Ritter geschnitten. Alles war voller Blut.

# 3

»Der Narr wollte es nicht anders«, brummte er. »Nun wird es Ärger geben.«

Aber er war kaum wieder zu Atem gekommen, als schon die beiden Begleiter herangeritten kamen, von ihren Pferden sprangen und niedersanken, jeder auf einem Knie, die Köpfe gesenkt.

»Verschont mich, Herr Ritter«, flehten sie wie aus einem Mund. »Ich bin Euer Sklave.«

»Das sind ja noch Kinder«, sagte Lancelot überrascht. »Wie heißt ihr?«

»Man nennt mich Alaric«, sagte der Rothaarige auf der linken Seite.

»Und ich bin Ector«, fügte der andere hinzu und schüttelte seine langen blonden Locken. »Wie sollen wir Euch anreden, Herr?« Das Shogleet spürte, wie Lancelot sich versteifte und aufrichtete.

»Ich bin Sir Lancelot«, verkündete er. Prompt stürzten die beiden vornüber auf ihre Gesichter. »Steht auf!« befahl er irritiert. »Ich habe nicht vor, euch aufzufressen. Nun, einer von euch wird mein Knappe sein, der andere wird sich um mein Pferd kümmern. Wer entscheidet sich wofür?«

»Das Pferd!« riefen beide übereinstimmend.

»Das wird nicht nötig sein«, sagte das Shogleet zerstreut. »Ich kann ganz gut auf mich selbst aufpassen.« Erneut fielen die beiden zu Boden, zitternd und kreidebleich.

»Steht auf!« rief Lancelot. »Wie können wir zu einem Ergebnis kommen, wenn ihr dauernd die Beherrschung verliert? Was passiert nun mit dem da?«

»Eure Lehnsleute werden sich darum kümmern«, stammelte Alaric.

»*Meine* Lehnsleute?«

»Aber sicher. Ihr habt Deorham erschlagen. Alles, was sein war, gehört nun Euch.«

»Oh!« Lancelot schaute sich um. »Seine Burg und so weiter? Das ist ja prima. Und das war Deorham? In Ordnung, einer von euch flitzt jetzt los und erzählt der Bande da oben, daß der Boss nach Hause kommt. Ich bin hungrig . . . und auch etwas angeschlagen.«

»Das werde ich tun, Herr!« Alaric rannte zu seinem Pferd und stürmte davon.

Das Shogleet fiel zufrieden in einen leichten Galopp und war erstaunt über diese neue Art der Bewegung. Lancelot war nicht so beeindruckt.

»Du machst ja Gelee aus mir«, jammerte er. »Können wir es nicht wieder wie vorher machen?«

»So ist es eleganter. Du solltest es besser lernen. Möglicherweise wirst du irgendwann ein richtiges Pferd reiten müssen.« Lancelot vergaß seine Nörgelei, als sie den Innenhof der Burg erreichten und er die Größe des

Platzes überschauen konnte. Er rutschte aus dem Sattel und betrachtete staunend die trutzigen Mauern und Türme mit den schmalen Fenstern, die zwar ohne Scheiben waren, aber dafür flatterten bunte Tücher an jeder erdenklichen Stelle. Widerwillig griff Ector nach den Zügeln des Shogleets. Sofort protestierte Lancelot.

»Du kannst jetzt nicht weggehen und mich allein lassen. Was soll ich tun? Du weißt schließlich mehr als ich über die ganzen Sitten und Gebräuche.«

»Ich werde immer in deiner Nähe sein«, tröstete ihn das Shogleet in Galaktic, ohne sich um die verblüfften Gesichter der Wachen zu kümmern, die nah herangekommen waren. »Gib einfach Befehle. Sag ihnen, was du willst. Ich werde dir helfen, so schnell es mir möglich ist.«

Es folgte Ector zu einem großen, niedrigen Stall, in dem sich zahlreiche halbwilde Pferde befanden und einen strengen Geruch verbreiteten. Sobald es allein war, streifte es Sattel und Zaumzeug ab. Es hatte gründlich darüber nachgedacht und entschied sich, die Gestalt eines Menschen anzunehmen. Während es sich rasch auf den Weg durch den Stall, über den Hof und in eine große Halle machte, verwandelte es sich in der Annahme, daß es in dieser Gestalt weniger auffällig und damit weniger furchterregend wirkte, in einen kleinen, dunkelhäutigen Gnom.

Es eilte an den Leibeigenen vorbei, die damit beschäftigt waren, frische Binsen auf dem Steinfußboden zu verstreuen, und fand Lancelot am Kopfende eines langen, grob bearbeiteten Tisches, auf dem weitere Diener Platten mit heißem Fleisch abluden. Er war in ein Gespräch mit einem alten, faltigen, graubärtigen Mann vertieft, schaute aber auf, als das Shogleet herankam und sich auf der Lehne seines Stuhles niederließ.

»Das ist Gildas«, stellte er vor. »Bezeichnet sich selbst als Leibdiener. Eine Art Aufseher. Erzählt mir alles über das Gut.«

Gildas wich argwöhnisch zurück.

»Also fürwahr«, murmelte er. »Ich muß wohl glauben, daß Ihr *wirklich* Lancelot seid und dies Euer Vertrauter. Was ist das, ein Troll?«

»Lancelot«, sagte das Shogleet in Galaktic. »Hast du schon vergessen? Wir befinden uns auf einer Mission. Du solltest Gildas nach Neuigkeiten über den Notfall befragen.«

»Richtig, das hatte ich ganz vergessen. Es passiert nicht jeden Tag, daß man zum Baron gemacht wird.« Er wandte sich auf seinem Stuhl um. »Komm näher, Gildas. Du brauchst nichts zu fürchten.«

»Das sagt Ihr, Herr«, brummte Gildas. »Aber ich mag dieses Wesen nicht. Ein Troll, der sich wie ein Mensch bewegt und spricht. Möglicherweise hat das etwas mit den seltsamen Vorkommnissen zu tun, die neuerdings in diesem Lande geschehen.«

»Ah ja, genau darüber wollte ich mit dir sprechen. Was geschieht hier?

Darüber muß ich etwas erfahren, weil ich gekommen bin, um es zu beenden.« Gildas sprang zurück und verwandelte sich von einem mürrischen Eigenbrödler in einen wütenden Gegner.

»Ich wußte es!« brüllte er. »Ich wußte, daß Ihr falsch spielt! Ich werde die Wachen rufen, damit sie Euch festnehmen. Versucht mich nur totzuschlagen, wenn Ihr könnt, sonst werde ich es melden.«

»Mein Gott«, stöhnte Lancelot. »Was nun? Um Himmels willen, Mann, ich will überhaupt niemanden totschlagen. Nicht schon wieder. Für heute habe ich genug davon. Beruhige dich wieder und erzähle mir, um was es eigentlich geht.«

»Mir scheint, daß Euer Troll bereits alles weiß und Ihr mich nur in eine Falle locken wollt. Aber egal, ich werde alles berichten. Ihr wißt gut, daß es nur eine Todsünde in diesem Lande gibt. Man nennt sie ›Wandel‹. Die Weisen erzählen uns, daß dies die beste aller Welten ist, und es Sünde sei, etwas anderes zu denken. Öffentlich behauptet das jeder, aber wer weiß schon, was ein Mensch im Geheimen denkt? Im Schweiße seines Angesichts zu arbeiten und zu ernten ist der herkömmliche, ehrenvolle Weg. Aber wer arbeitet und schwitzt schon, wenn seine Felder gepflügt, bestellt und abgeerntet werden, ohne daß er einen Handschlag dafür tun muß? Das ist ein Wandel, den viele begrüßen.«

»Ich habe nicht die geringste Ahnung, wovon du sprichst«, gestand Lancelot. »Du willst mir doch nicht etwa weismachen, daß die Welt wegen ein paar gepflügter Felder untergeht? Ich hatte vor, einige dieser Burschen anzuwerben, um mit mir nach Camlan zu reiten –«

»Camlan!« Wieder wich Gildas mit einer für sein Alter erstaunlichen Behendigkeit zurück. »Ich behaupte erneut, daß Ihr ein falsches Spiel treibt.« Er öffnete den Mund zu einem Schrei, als Lancelot aufsprang und ihn packte.

»Hör auf!« befahl er. »Ich bin dieses doppeldeutige Gerede leid. Warum kannst du mir nicht klipp und klar sagen, was du meinst?« Er wandte sich an das Shogleet, während er Gildas mit seiner gepanzerten Hand gepackt hielt. »Kannst du darin einen Sinn erkennen? Ich denke, hier sind *alle* völlig verrückt.«

Das Shogleet betrachtete Gildas.

»Laß ihn los«, sagte es. »Also, in welchem Land befinden wir uns hier, und wer ist dein König?«

»Dies ist Brython«, antwortete Gildas eingeschüchtert. »Und unser König heißt Cadman. Wahrscheinlich wird er bald Cadman vom Feuerspeienden Drachen heißen. Er befindet sich in Alban, zwanzig Meilen südlich. Wenn Ihr ein weiser Troll seid, dann überzeugt Euren Herrn, mit uns zu Cadman zu reiten und ihm zu helfen.«

»Ich beginne zu verstehen«, seufzte Lancelot. »Aber was ist mit Camlan?«

»In Camlan regiert Bors, der König der Kellats, unser Todfeind.

Momentan stellt er ein Ritterheer auf, um unser Land zu erobern und unseren Drachen zu rauben. Angeblich um ihn zu vernichten, aber viele glauben, daß er ihn für sich selbst erbeuten will.«

»Erzähl doch nichts. Ein echter Drache?«

»So ist es, Herr. Ich habe ihn selbst gesehen, und meine Augen taten mir noch am nächsten Tag weh. Er ist wirklich ein furchterregender Anblick für einen Feind. Für uns ist er ein Segen. Er ist fremdartig, und wir alle fürchten ihn, aber wer hat schon etwas gegen eine volle Scheune und bestellte Felder, ohne etwas dafür tun zu müssen?«

»Ein Drache, der Feldarbeit leistet? Das sollten wir uns wirklich ansehen, Lancelot. Die Bänder berichten nichts davon.«

»Ein Drache!« hauchte Lancelot verträumt. »Das ist genau das richtige für mich. In Ordnung, Gildas, wenden wir uns für einen Augenblick von der Politik ab. Gib mir etwas von diesem Fraß. Und bring mir Besteck.« Gildas schaute ihn verwundert an.

»In diesem Kulturkreis gibt es kein Eßbesteck«, erklärte das Shogleet mit dem Gedanken an seine Studien. »Nur ein Messer und die Finger.«

Bevor Lancelot protestieren konnte, sagte Gildas: »Wollt Ihr nun Euren Frauen den Eintritt gestatten, Herr?«

»Meinen was? Wie kommt es, daß ich Frauen habe?«

»Sie gehörten Deorham, nun sind es Eure. Sie warten darauf, daß Ihr Euch erhebt, um zu Tisch zu kommen.«

»Meine Güte, jetzt habe ich gleich zwei Frauen!«

»Nein, Herr, sechs.«

Lancelot sank in seiner prunkvollen Rüstung zusammen. Verstohlen blickte er zu dem Shogleet. »Was soll ich jetzt machen? Sechs Frauen! Eine wäre schon zuviel.«

»Frag Gildas«, riet das Shogleet. »Er wird es wissen. Die Bänder enthielten keine Informationen über so eine Situation, so daß ich dir nicht helfen kann.«

»Einen Moment«, stieß Lancelot hervor. »Ich war lange tot und habe viele Sitten dieses Landes vergessen. Was soll ich tun mit diesen – Frauen? Wofür sind die eigentlich alle da? Und warum sechs?«

»Aber Herr, ich verstehe Euch nicht. Ein Mann kann sich so viele Frauen nehmen, wie er braucht und versorgen kann, wenn er ein Ritter ist. Und wofür sollte eine Frau da sein, wenn nicht zum Dienen? Aber das ist jetzt nicht so wichtig. Wenn Ihr uns wirklich helfen wollt, dann müßt Ihr essen und bald aufbrechen. Alles ist vorbereitet. Wir können Alban bis zum Anbruch der Dämmerung erreichen.«

»Was, sofort?«

»Alles ist vorbereitet«, wiederholte Gildas mit Nachdruck. »Deorham hatte den heutigen Tag für den Aufbruch festgesetzt, um Cadman und all die anderen glorreichen Ritter des Landes gegen die Kellats zu unterstützen. Andernfalls hättet Ihr ihn nicht auf der Wiese getroffen, wo er seine Waffen und sein Roß erprobte.« Lancelot schluckte und schaute sich mit fiebrigen Augen um. Das Shogleet sah ihn erschaudern.

»Diesmal sitze ich in der Patsche. Ich kann mich keine zwanzig Meilen weit vorwärtsschleppen, nicht nach dem, was der Baron mir zugefügt hat. Mir tut alles weh, das kann ich dir sagen. Aber ich kann mir ebensowenig all diese Frauen um mich her vorstellen. Ich will beides nicht.«

»Lady Phillipa beherrscht das Handauflegen«, bot Gildas an. »Wenn Ihr einverstanden seid, wird sie Euch behandeln, Herr.« Und er klatschte in die Hände, bevor Lancelot ihn zurückhalten konnte.

Sie kamen alle auf einmal herein. Das Shogleet vermutete, daß sie heimlich gelauscht hatten. Auf jeden Fall war es unnötig, Lady Phillipa zu erklären, daß ihre Dienste benötigt wurden. Sie war eine große und derbe Frau in den Dreißigern, die sich sofort um den unglücklichen Ritter kümmerte und ihn mit Gildas Hilfe aus seiner Rüstung schälte; so bereitwillig, wie eine Mutter ein Kind auszog, und mit ebensowenig Sorgfalt.

Es war die erste nähere Begegnung, die das Shogleet mit einer Frau hatte, und es war an diesem neuen Phänomen sehr interessiert. Was es seltsam fand, war Lancelots offensichtliche Scham, als ob er sich davor fürchtete, daß die Frauen den für ihn erschaffenen Körper sahen. Es war nicht das Verhaltensmuster, das es bei der Auferstehung Lancelots entdeckt hatte. Diesem zufolge war er in der Anwesenheit des anderen Geschlechts stolz und geradezu unwiderstehlich. Es begann zu befürchten, daß auch das nur ein Teil der Phantasiewelt des jungen Mannes war. Es war alles ziemlich seltsam.

Eine halbe Stunde später saß der junge Mann auf einem richtigen Pferd, auf das er mittels eines kranähnlichen Gerüsts und dreier schweißgebadeter Diener gehievt worden war, und führte eine beachtliche Truppe vom Burghof herunter. Das Shogleet hockte auf seinem Arm und lauschte aufmerksam dem Gerede der Männer. Ein paar waren beritten, die meisten gingen zu Fuß, und sie alle waren voller Vorfreude auf den bevorstehenden Kampf. Aber über den Drachen waren sie geteilter Meinung. Die einen betrachteten ihn als einen Segen, ein Geschenk der Götter an ein verdienstvolles Land, aber sie waren in der Minderheit. Die anderen hielten ihn in frommer Manier für Teufelswerk. Das einzig wahre für einen Mann sei es zu arbeiten oder zu kämpfen, erklärten sie. Was konnte ein Mann machen, wenn ein Drache beides wesentlich besser als jeder Mensch erledigte? So nicht, sagten sie, und dieser legendäre Ritter wäre gekommen, um sie davon zu befreien.

Lancelot schleppte sich in seiner Rüstung vorwärts und sprach und benahm sich alles andere als ritterlich, aber das Shogleet beachtete ihn kaum. Getarnt durch die Dienste Lady Phillipas war es ihm gelungen, ihm durch Schübe sorgfältig dosierter Energie zu helfen. Der junge Mann war wie neugeboren, mit Ausnahme seines Gehirns, das stark in Mitleidenschaft gezogen war.

»Das halte ich niemals zwanzig Meilen weit durch«, jammerte er, während seine Zähne bei jedem Schritt aufeinanderschlugen. »Glaub mir, ich bin ein nervliches Wrack. Wenn dies das Ritterleben bedeutet, dann habe ich genug davon.« Sie schafften gut zwanzig Meilen in der Stunde und sollten Alban in zwei Stunden erreicht haben. Aber es war beinahe fünf und die Sonne stand tief am Himmel, bis sie die Dächer der Stadt erblickten. Dann erinnerte sich das Shogleet an seine Studien über den niedrigen Bildungsstand dieser Kultur. Nur wenige dieser Leute konnten überhaupt bis zwanzig zählen. Für sie stellte vierzig eine unbekannte Zahl dar.

Während sie über die Brücke und durch die schmalen Straßen von Alban ritten, wurde Lancelot an die Spitze gedrängt. Das Shogleet schärfte seine Sinne, um mehr Informationen über den Drachen zu bekommen. Auf allen Seiten wurde über den »Ritter mit dem schmucklosen Schild« geflüstert und darüber, »wie seine Rüstung funkeln würde, wie Silber«, aber kein Wort über die mysteriöse Bestie. In der Stadtmitte trafen sie auf die Burg. Die Menge der faulen Schaulustigen gab der großen Gruppe von Kriegern, Rittern und Knappen den Weg frei.

Sie erreichten den Fuß einer riesigen Treppe.

»Das wär's«, sagte Lancelot ergeben. »Laßt mich gleich hier niedersinken. Ich bin fertig.«

Aber Alaric trieb sein Pferd vorwärts, als ein großer, grauhaariger Mann mit faltigem, strengem Gesicht ans obere Ende der Treppe trat.

»Euer Majestät«, rief der Knappe mit hoher, aber weithin hörbarer Stimme. »Ich bin der Knappe dieses Ritters. Er hat Deorham heute in einem großartigen Kampf besiegt. Dennoch ist er unverzüglich und auf schnellstem Wege mit diesem großen Anhang herbeigeritten, um Euch seine Hilfe gegen Euren Feind anzubieten. Euer Majestät, dies ist Sir Lancelot!«

Das Shogleet konnte das Raunen hören, das bei diesem ehrfurchtgebietenden Namen durch die Menge ging. Sogar der König selbst schien ein wenig zu erschaudern.

»Das ist wahrlich eine große Ehre, daß so ein berühmter Mann aus dem Schattenreich zurückkehrt, um uns zu helfen«, sagte er mühsam. »Steigt ab, Sir Lancelot. Kommt und seid in unserer Mitte willkommen.« Lancelot quälte sich aus dem Sattel. Er stand auf wackeligen Beinen, schaute die Treppe hinauf und begann, die Stufen hochzusteigen.

Unterdessen hatte das Shogleet mit seinen messerscharfen Sinnen etwas Außergewöhnliches entdeckt. Alaric folgte Lancelot auch weiterhin in einem Schritt Abstand, während Ector stehengeblieben war und auf das Pferd aufpaßte.

»Ector!« zischte das Shogleet und machte sich teilweise sichtbar. »Siehst du den Mann im braunen Wams und der Kappe über den Augen, dort drüben in der Nähe des Ritters mit dem Falken auf seinem Schild?« Ector spähte hinüber und nickte.

»Gib auf ihn acht. Finde soviel wie möglich über ihn heraus. Wenn die Gelegenheit günstig ist, sprich mit ihm und sage ihm, daß Lancelot ihn braucht. Laß ihn herkommen.«

»Und wenn er nicht kommt, Herr?«

»Flüstere ihm folgendes Wort ins Ohr. Es besitzt eine große Magie, also vergiß es nicht. Das Wort heißt ›Galaktopol‹. Wenn er das hört, wird er kommen.«

Furchtsam wiederholte Ector das Wort und machte sich mit seinem Pferd auf den Weg. Das Shogleet huschte die Stufen hinauf, sein Neugier-Dämpfungsfeld arbeitete mit höchster Leistung. Lancelot erklärte König Cadman unbeholfen, daß er weit und schnell gereist sei und alles, was er erstrebe, eine sofortige Ruhepause sei.

»Die müssen aus Stahl und Leder gemacht sein«, klagte er in dem ihm zugewiesenen Zimmer, während Alaric ihm beim Ablegen der Rüstung half. »Ob du es glaubst oder nicht, aber dieser Mob dort unten denkt nur daran, die ganze Nacht durchzufeiern. Trinken, Saufen und Fressen. Berge von Fleisch. Hofnarren sind auch da. Frauen auf dem ganzen Platz. Werden die denn nie müde?« Der Knappe wurde fortgeschickt, um Brot und Wein und eine Schüssel mit heißem Wasser zu holen, und das Shogleet hatte Lancelots Körper schon bald mit neuer Energie versorgt. Aber seelisch ging es ihm äußerst schlecht.

»Ich bin eine Niete in diesem Spiel«, jammerte er. »Nun gut, ich bin auf einen Drachen gestoßen. Aber angenommen, ich kann ihn nicht besiegen? Und angenommen, es gelingt mir doch? Ich weiß immer noch nichts über den Notfall, und ich habe keine Ahnung, wie ich etwas erfahren soll. Glaub mir, ich bin ein Versager. Das beste wäre, zu Direktor Hugard zurückzukehren und mein Rangabzeichen abzulegen.«

»Geduld«, riet das Shogleet. »Ich glaube, Ector könnte Neuigkeiten für uns haben. Ah, da ist er ja schon.«

# 4

Ector hatte seinen Mann gefunden. Lancelot musterte ihn mit gemischten Gefühlen.

»Wer sind Sie?« fragte er.

»Das ist eine gute Frage«, erwiderte der Fremde forsch. »Ich wollte gerade dasselbe fragen. Wer zum Teufel sind Sie? Und was hat es mit dieser großartigen Idee auf sich, in dieser nachgemachten Rüstung aus Chrom, Silikon und Stahl umherzureiten, hä?«

»Das ist es«, sagte das Shogleet nickend und wurde vollständig sichtbar. »Das ist es, was ich Sie unten an der Treppe sagen hörte.« Der braungekleidete Mann sprang erschrocken zurück, blinzelte ein paarmal und schluckte.

»Das glaube ich nicht«, sagte er. »Ich sehe es. Ich höre es. Ein kleiner brauner Kobold mit roten Augen, der Galaktic spricht. Aber ich glaube es nicht.«

»He!« Lancelot richtete sich gequält auf. »Das ist auch so ein Punkt. Sie sprechen Galaktic. Wer *sind* Sie denn?«

»Er ist wahrscheinlich ein Agent von Galaktopol«, erklärte das Shogleet ruhig. »Die Frage muß lauten: warum ist er hier? Warum sollten sie zwei Agenten schicken?«

»Zwei Agenten?« Der Fremde machte große Augen, dann schob er seine Kappe zurück. »Ich glaube, ich fange an zu verstehen. Habe von Ihnen gehört. Lancelot Lake?«

»Richtig. Und Sie?«

»Oh, ich bin nur ein drittrangiger Sektorenwächter. Heiße Alfred North. Hier gebe ich mich als reisender Schmied aus. Das ist ein Leben, bei all den Rüstungen. Dadurch konnte ich auch Ihr Material erkennen. Es gibt hier nichts, das es auch nur ankratzen kann. Sie wären ein sicherer Tip in einem Turnier.«

»Keine Angst«, sagte Lancelot hastig. »Ich habe genug davon. Aber um was geht es eigentlich? Was hat es mit dem Notruf auf sich?«

»Das ist ein rechter Blödsinn.« North griff nach einem Päckchen und bot es an. »Rauchen Sie?«

»Nein danke.« Lancelots Augen funkelten, als er sich an die Knappen erinnerte. »Was ist mit den andern? Wundern sie sich nicht darüber?«

»Es erschreckt sie, aber sie tun es mit Zauberei ab. Das ist eine praktische Art, sich alles zu erklären, was man nicht versteht. Darum nehmen sie auch den Drachen so einfach hin.«

»Demnach gibt es den Drachen wirklich?«

»Aber sicher. Heißt das, daß Sie es nicht wissen? Das haut mich ja um. Ich wollte einen Spezialisten anfordern. Wie kommen Sie her, wenn Sie nichts darüber wissen?«

»Ich denke, ich bin Ihr Spezialist. Ich bin erst heute morgen hier angekommen, und ich fürchte, daß ich nicht lange genug bleiben werde, um irgend etwas zu entdecken, das einen Sinn ergibt.«

North runzelte die Stirn, dann zuckte er resignierend mit den Achseln. »Ich schätze, ihr Spezialisten habt eure eigenen Methoden. Wie dem auch sei, ich glaube, daß Sie diesen Fall richtig angehen. Normalerweise arbeiten wir im Verborgenen, aber in diesem Fall liegt die Sache anders. Als es den Alarm gab, war ich nicht sonderlich beunruhigt –«

»Dieser Alarm interessiert mich«, unterbrach das Shogleet. »Ist es eine Art automatische Vorrichtung?«

North seufzte. »Ich hatte gehofft, du würdest verschwinden, wenn ich dich nicht beachte. Nun gut.« Er holte tief Luft. »Wenn diese Planeten kolonisiert werden, verankert man den entsprechenden Zustand als ein Dogma. Aber, um in jeder Hinsicht sicherzugehen, gibt es ein Ritual, eine Art Exorzismus, das bei jeder bedeutenden Veränderung in Kraft tritt. Und das löst den Alarm aus. Passiert nicht oft. Gewöhnlich ist es eine Veränderung der Erbanlagen. Einige Leute wundern sich über die Sterne am Himmel oder beginnen, mit dem Wasserdruck herumzuexperimentieren. Solche Sachen. Aber hier geht es um etwas anderes.«

»Einen echten Drachen?« fragte Lancelot mit weit aufgerissenen Augen.

»Das wäre was.« North grinste. Dann blickte er das Shogleet an, und sein Lächeln gefror etwas. »Nein«, sagte er und drückte seine Zigarette aus. »Denken Sie ein paar Jahrhunderte zurück. Man benutzte Maschinen, als man diesen Planeten einem Terraforming unterwarf. Großartige Angelegenheit. Einer der Apparate war eine Mischung aus Pflug, Saat- und Mähmaschine. Mit Thorium angetrieben und schier unverwüstlich. Man hat Hunderte davon eingesetzt. Und irgend jemand pennte. Eine wurde in einer Höhle, die als Lagerraum benutzt wurde, zurückgelassen. Nach all den Jahren fand sie jetzt einer der Einheimischen. Er bedient sie.«

»Warten Sie«, wandte Lancelot ein. »Er dürfte gar nicht wissen wie.«

»Das ist ja das Schlimme. Er dürfte es nicht, ich habe es nachgeprüft. Das Ding wird durch einen Gedankenumsetzer betrieben – eine Art Kopfband mit Verzierungen. Man streift es über und denkt seine Befehle, so wie ›stop‹, ›los‹, ›rechts‹, ›links‹, ›schnell‹ und ›langsam‹. Und was will man mehr? So, wie ich es mir ausgemalt habe, muß jemand den Gedankenumsetzer gefunden und wegen der Größe anprobiert haben, und das startete das Ding.«

»Wouw!« keuchte Lancelot. »Er muß eine höllische Angst ausgestanden haben, als es aus der Höhle gerumpelt kam. Aber es paßt zusammen. So wie sie sich hier an die Magie klammern, war es für sie bestimmt keine Schwierigkeit herauszufinden, daß derjenige die Bestie beherrscht, der den Gedankenumsetzer trägt. Was ja auch stimmt. Wer besitzt ihn jetzt?«

»Sir Brian de Boyce. Neben dem alten Cadman ist er der mächtigste Mann in der Gegend. Wie ich gehört habe, hat einer seiner freien Bürger den Gedankenumsetzer gefunden, also brachte Sir Brian ihn um und riß das Ding an sich. Es ruiniert die Wirtschaft. Es gibt meilenweit keinen Bauern, der in den letzten Monaten seine Arbeit selbst getan hat. Ich bin machtlos dagegen. Ich bin nur ein einfacher Bürger. Ich kann nicht einfach zu Sir Brian gehen und ihm sagen, was er tun soll. Sie aber können es. Sie sind ein Ritter.«

»Das stimmt«, sinnierte Lancelot. »Aber wie soll ich ihm den Gedankenumsetzer abnehmen?«

»Sie werden natürlich mit ihm darum kämpfen.« Lancelot sank zurück.

»O nein! Davon will ich nichts mehr wissen«, stöhnte er. »Sie haben nicht gesehen, was Deorham mir angetan hat. Ich kann Ihnen die blauen Flecken zeigen –«

»Wenn Sie jetzt zum Rittersaal hinuntergehen, werden Sie sehen, daß man schon die Liste für den großen Kampf morgen früh erstellt. Nein, nicht gegen Bors und seine Jungs. Gegeneinander.«

»Hä? Warum denn das?«

»Das ist hier so Brauch. Ein kriegerischer Wettkampf. Ritter kämpfen um ihr Ansehen, ihre Ehre. Cadman denkt nicht im Traum daran, mit Rittern ins Feld zu ziehen, die ihre Fähigkeiten nicht unter Beweis gestellt haben. So macht man das. Die Sieger qualifizieren sich, die Verlierer scheiden aus. Ich wette, daß dort unten jetzt schon ein Dutzend Leute sind, die mit Ihnen kämpfen wollen. Jeder kann sich Sir Lancelot *nennen*. Aber sie wollen, daß Sie es beweisen. Und Sie können sicher sein, daß man Sie verachten wird, wenn Sie sich drücken. Selbst ein Diener wird auf sie spucken.«

»Mein Gott.« Lancelot setzte sich auf und stützte den Kopf auf die Hände. »Ich wünschte, ich wäre niemals hergekommen. Was zum Teufel soll ich tun?«

»Am besten dürfte es sein, direkt Sir Brian herauszufordern. Wenn Sie Glück haben, und er nimmt die Herausforderung an, brauchen Sie nur ihn zu besiegen, und sind Sieger – und der Gedankenumsetzer gehört Ihnen. Beeilen Sie sich besser. Der Wettkampf ist hart.«

Früh am nächsten Morgen trug das Shogleet, das sich erneut als Pferd getarnt hatte, Lancelot durch die bevölkerten Straßen. Es war der Meinung, daß Lancelot ein wahrer Glückspilz war. Er hatte einen fremden Ritter namens Gnut aus dem fernen Westen erwischt, einen Unbekannten, über den die wildesten Geschichten kursierten.

»Ungeachtet dieser völlig aus der Luft gegriffenen Gerüchte hast du Glück. Du wirst Gnut besiegen, dann Sir Brian, und der Gedankenumsetzer wird dir gehören.«

Lancelot brach nicht gerade in Jubel aus. »Ich habe genug von diesem Ritterkram«, brummte er. »Die ganze Zeit über trage ich diese verdammte stählerne Zwangsjacke, lasse mir auf einem Pferderücken die Eingeweide aus dem Körper schütteln und mich von Leuten verprügeln. Nun muß ich gegen einen Haufen Kerle kämpfen, die ich noch nie gesehen habe. Und was passiert, wenn ich gewinne? Jeder Ritter im Umkreis von Meilen wird darauf aus sein, sich mit mir anzulegen, um zu zeigen, wie gut er ist. Das nennen sie Konkurrenzkampf in einer dynamischen Gesellschaft. Die haben ja keine Ahnung, wovon sie sprechen.«

Sie umrundeten ein hohes Haus. Das Shogleet grübelte darüber nach, was unausgesprochen in Lancelots Worten mitklang. Er war momentan so deprimiert, daß er sogar die Möglichkeit ins Auge faßte, nicht zu gewinnen! Dann erscholl ein begeisterter Jubelruf vom Balkon, ein buntes Seidentuch flatterte im Sonnenlicht und blieb an der Spitze von Lancelots Lanze hängen.

»Das ist ein Treuegelöbnis«, sagte Alaric. »Soll ich die Besitzerin suchen?« Seine Erklärung verwirrte Lancelot vollständig. Er würde in das Haus gehen, um herauszufinden, wer das Tuch geworfen hätte, sie um ihren Handschuh bitten und ihn während des Kampfes tragen. »Und wenn Ihr siegt, Herr, wird Euch die Hand gehören, zu der dieser Handschuh paßt. So ist es Brauch.«

»Aber ich habe doch schon sechs Frauen!«

»Na und?« wandte Alaric ein. »Wer weiß, was heute noch passieren wird? Ich weiß nichts über Gnut, aber Sir Brian ist ein sonderbarer reicher Mann – und alles kann ihm gehören.«

»Meine Güte!« Lancelot erschauderte. »Läßt sich ein Mann hier eigentlich jemals mit nur einer Frau häuslich nieder?«

»Um sie zu heiraten, meint Ihr? Nun ja, das ist etwas anderes. Das macht ein Mann, wenn er alt ist und von Ruhm und Abenteuern genug hat.«

»Möglicherweise leben einige dieser Kerle lang genug, um das zu tun«, murmelte Lancelot. »Was bezeichnest du als ›alt‹?«

Alaric runzelte die Stirn. »Das kann ich nur schätzen, Herr. Auf jeden Fall eine ganze Menge Jahre. Mehr als dreißig.«

Das Shogleet amüsierte sich über Lancelots betretenes Schweigen. Es wußte, daß er dreiunddreißig war. Aber die Sache war es wert, darüber nachzudenken. Wenn es so selten geschah, daß ein Ritter älter als dreißig Jahre wurde, dann war das ein Selbstkontroll-Mechanismus, um die Zahl der Arbeitslosen für eine bäuerliche Gesellschaft im Rahmen des Erträglichen zu halten. Wie es aussah, erfüllte das Rittertum die vielfältige Funktion der Unterhaltung, des Glückspiels, des Ansehens und der Selektion für die wenigen Rastlosen.

Aber die Frauen blieben ein Rätsel. Das Shogleet beschloß, North bei nächster Gelegenheit danach zu fragen.

Das Turnierfeld war ein Farbenmeer. An beiden Längsenden des Platzes standen Zelte, auf denen farbenprächtige Banner im Wind flatterten. Jedes Fähnchen stand für einen Ritter. Uniformierte Herolde führten Namenslisten. Das schwatzende Volk fand Platz auf behelfsmäßigen Sitzbalken entlang der beiden Seiten. In der günstig gelegenen Mitte der einen Seite befand sich die kunstvoll geschmückte Tribüne des Königs.

Alaric war damit beschäftigt, ihnen die verschiedenen Berühmtheiten zu zeigen und ihren Ruf, ihren Besitz und ihre Ahnentafel herunterzuleiern, bis sich sogar das Shogleet über so ein Gedächtnis zu wundern begann. Dann sah der Junge Sir Brians Banner. Er machte sie darauf aufmerksam.

»Seine Ländereien sind die größten in Brython, direkt nach denen des Königs. Riesige Tierherden, große Wälder und drei Schlösser.«

»Und wie viele Frauen?«

»Wie ich zuletzt gehört habe, Herr, elf.«

»O phantastisch.« Lancelot sackte in sich zusammen. »Das ist ja ein reizender Ansporn, um zu gewinnen. Aber wenn ich ihn nicht umbringe, tötet er mich.«

Der Klang von Hörnern unterbrach das Raunen, und die Banner wurden gehoben und gesenkt. Der Wettkampf begann. Lancelot sah mit mürrischem Gesicht zu.

»Schau dir das an«, raunte er dem Shogleet zu. »Anderthalb Tonnen gestaltgewordener Wahnsinn, der mit einer Geschwindigkeit von mehr als dreißig Meilen in der Stunde dahinrast. Das mal zwei, weil der andere Idiot das gleiche macht. Kein Wunder, daß man ausgezählt wird, wenn man stürzt. Ich verstehe es, daß sie nicht wieder aufstehen, um weiterzumachen, wenn sie mit solcher Wucht in den Leib gerammt werden und aus einer Höhe von mehr als fünf Fuß mit dem ganzen Metallzeug auf den harten Erdboden knallen.«

Die Banner schwangen hoch und nieder. Trompeten schmetterten. Stimmgewaltige Herolde verkündeten den Protokollführern die Sieger und Verlierer. Dann wurde ein schwarzes Banner mit goldenen Punkten gehoben. Ein Herold brüllte.

»Sir Gnut aus den Westlanden . . . im Kampf gegen Sir Lancelot!«

Alaric schwang ein schneeweißes Banner und erwiderte die Herausforderung.

»Sir Lancelot im Kampf gegen Sir Gnut!«

Das laute Murmeln der Menge verstummte, als dieser berühmte Name von Mund zu Mund weitergegeben wurde. Lancelot stieg aus eigener Kraft in den Sattel und streckte die Hand nach der Lanze aus, die Alaric bereithielt. Aber das Shogleet hatte Gnut schon auf der anderen Seite entdeckt. Ein schmächtiger, sehr gelenkig aussehender Mann in pechschwarzer Rüstung auf einem kleinen, sehnigen Hengst.

»Verzichte auf die Lanze«, befahl es. »Richte dich darauf ein, dein Schwert zu benutzen.« Es sprengte auf das Feld, bevor Lancelot protestieren konnte. »Nun halt dich gut fest. Fang die Wucht der Lanze mit dem Schild ab und schlag ihn dann mit deinem Schwert nieder.«

»Wer, ich?« stammelte Lancelot. »Wie soll ich das schaffen, wenn du mich so durchschüttelst?« Ein lauter Schrei ging durch die Menge, als der ruhmreiche Ritter die Arme um den Hals seines Pferdes schlang, um nicht herunterzufallen.

Das Shogleet blieb stehen. Die Fahne des Aufsehers senkte sich. Sir Gnut galoppierte sofort los, den Kopf tief über seine gesenkte Lanze gebeugt. Das Shogleet suchte festen Halt. Mit furchtbarer Wucht prallte die Lanze gegen den Schild und zersplitterte in tausend Stücke. Das Shogleet sprang zurück und schwang herum, um Lancelot im Sattel zu halten. Gnut reagierte überaus schnell, warf seine zerstörte Lanze weg und packte sein Schwert. Geschmeidig wie eine Schlange schlug er immer wieder nach Lancelot und schleuderte ihn im Sattel hin und her, bis es diesem reichte und er böse wurde.

»In Ordnung!« brüllte er. »Du hast es nicht anders gewollt.« Er richtete sich in den Steigbügeln auf und wartete darauf, daß der schwarze Ritter noch einmal angriff. Dann spürte das Shogleet, wie er in einer gemeinen Attacke nach vorne stürzte . . . und dann stieß die Menge ein überraschtes *Aaah!* aus.

»Kümmert euch um ihn«, brummte Lancelot, als sie vom Feld trotteten, und die Diener rannten los, um die aufgeschlitzten Überreste Sir Gnuts fortzuschaffen. »Hoffen wir, daß das Sir Brian zum Nachdenken bringt.«

## 5

Wieder zurück in seinem Zelt, erwartete Lancelot eine Überraschung.

Als das Shogleet seinen Pferdekopf durch den Eingang streckte, sah es eine schlanke, mädchenhafte Gestalt, deren glänzendes goldenes Haar in kunstvollen Locken um ihren Kopf drapiert war. Es war die jüngste Frau, die es je gesehen hatte. Interessiert musterte es sie. Ihre Haut war seltsam durchsichtig, so daß man die Adern an ihrer Wange erkennen konnte. Ihre Stimme klang sanft und leise, als sie Lancelot begrüßte. Wie üblich war Alaric zur Stelle, um eine Erklärung abzugeben.

»Das ist Lady Jessica, Herr. Sie hat das Seidentuch geworfen, das Ihr angenommen habt.«

»Ich flehe Euch an, meinen Handschuh als Pfand anzunehmen, Herr Ritter«, sagte sie sanft. Schüchtern streckte sie ihre zarte Hand vor. Lancelot ergriff sie so vorsichtig, als handele es sich um eine Eierschale. Das Shogleet war völlig verblüfft über sein rot angelaufenes Gesicht und den verträumten Glanz in seinen Augen. So etwas hatte es bei Lancelot vorher noch nie gesehen.

Lady Jessica mußte sich auf die Zehenspitzen stellen, um mit ihrem Gesicht das von Lancelot zu berühren. Dann errötete sie noch mehr und hauchte: »Ich hoffe inständig, daß Ihr siegen werdet, Herr Ritter – um meinetwillen!«

Dann ging sie fort und ließ Lancelot zurück, der ins Leere starrte und seine Wange rieb. North bahnte sich lächelnd einen Weg ins Zelt.

»Gute Arbeit, Lake«, sagte er. »Nicht sehr stilvoll, aber Sie haben ihn bezwungen.«

»Hier –«, sagte Lancelot gedankenverloren. »Ich möchte Sie etwas fragen. Über diese Angelegenheit mit den Frauen. Ich meine, ich habe sechs von Deorham gewonnen. Gott weiß, wie viele Gnut hatte, aber Sir Brian besitzt elf. Was soll ich mit all denen anfangen?«

»Ach so!« North grinste. »Sie verwechseln da etwas. Der richtige Ausdruck wäre ›Hausfrauen‹. Sie sind eine Art ganz besonderer Diener. Wenn man darüber nachdenkt, machen sie im Grunde nichts anderes, als eine hochwohlgeborene Lady auch, sieht man davon ab, daß sie die häuslichen Angelegenheiten regeln, während die Männer damit beschäftigt sind, Krieg zu führen. Verstehen Sie, sie haben ihre Pflichten, beaufsichtigen die Angestellten, kümmern sich um die Küche, das Schlafzimmer, die schmutzige Wäsche – solche Sachen. Natürlich kümmern sie sich auch um den Hausherrn und unterhalten seine Gäste. Aber sie sind nichts anderes als Eigentum. Nichts, dem man verpflichtet ist, wenn Sie sich darüber Sorgen machen.«

Lancelot wurde wieder rot im Gesicht. »Demnach ist es also überhaupt nicht üblich zu heiraten und seßhaft zu werden?«

»Aber sicher, doch das ist etwas anderes. Das ist etwas für einen Ritter, der über die Blüte seiner Jahre hinaus ist und sich häuslich niederlassen will. Im Ruhestand. Du kennst das. Gewöhnlich sucht er sich einen ruhigen, abgelegenen Ort aus, vermacht den Rest seines Vermögens dem König als Preis für dessen Schutz und läßt sich nieder, um eine Familie zu gründen. Mehr Knappen und Damen, und alles fängt wieder von vorne an. Nur wenigen gelingt das. Den anderen ist es zu langweilig. Warum?«

Der Ruf eines Herolds auf dem Feld bewahrte Lancelot davor, Erklärungen zurechtzustammeln. Sir Brians Banner war erhoben worden.

»Nimm diesmal die Lanze«, entschied das Shogleet, nachdem es Sir Brian gemustert hatte.

»Mein Gott!« Auch Lancelot hatte ihn entdeckt. »Sieh nur, wie groß er ist! Kein Wunder, daß er der mächtigste Mann in der Umgebung ist. Es wird etwas dauern, ihn zu besiegen.«

Das Shogleet spitzte seine Ohren bei der plötzlichen Veränderung in Lancelots Stimme, aber es mußte sich um Wichtigeres kümmern. »Packe deine Lanze fest«, riet es. »Ziele auf seine Brust.« Die Fahne wurde gesenkt. Sie bewegten sich vorwärts, wechselten vom Trab zum Galopp. Lancelot hielt sich mannhaft aufrecht und vergaß, sich zu beklagen. Der gewaltige Sir Brian stürmte auf sie zu, seine Lanze funkelte im Sonnenlicht. Im Augenblick des Zusammenpralls versteifte sich das Shogleet und bäumte sich auf, um Lancelot im Sattel zu halten. Die Schilde verursachten ein zweifaches, ohrenbetäubendes Krachen, Lancelot keuchte, als ihm die Luft aus den Lungen gepreßt wurde, das Kreischen überbeanspruchten Metalls erscholl und ein ersticktes Gurgeln Sir Brians.

Dann fühlte das Shogleet, wie Lancelot trotz aller Bemühungen angehoben und aus dem Sattel geschleudert wurde.

Es kam mit einem Ruck zum Stehen und blickte sich um. Lancelot stand auf seinen Beinen, benommen hielt er das Heft seiner Lanze gepackt. Das andere Ende mit seiner rasiermesserscharfen Spitze hatte Sir Brians Schild, seine Rüstung und Sir Brian selbst durchbohrt und ragte eine Handbreit aus seinem Rücken heraus.

Mit einem mühsamen Keuchen riß Lancelot die Lanze frei. Er taumelte zurück, als das Shogleet herangetrabt kam und niederkniete, so daß er aufsteigen konnte. Die Menge war für einen Moment verstummt. Nun brach Getöse aus.

Selbst König Cadman sah betroffen aus, als sie zur königlichen Tribüne trabten, um den Glückwunsch und die Ehrung entgegenzunehmen. Zurück in seinem Zelt streifte Lancelot selbst den Helm ab und setzte sich.

»So bin ich«, sagte er selbstbewußt. »Ich habe es geschafft, erledigt, fertig.«

North kam gerade rechtzeitig ins Zelt gestürmt, um dem letzten Wort zu widersprechen.

»Da ist noch der Drache«, sagte er. »Das dürfte kein Problem mehr sein, da Sie sich jetzt den Gedankenumsetzer erkämpft haben. Ein hübscher Kampf war das. Gut genug, um nicht länger in dieser Gegend zu bleiben. Die restlichen Jungs sehen keine Chance mehr gegen Sie.«

»Es liegt am hervorragenden Metall der Rüstung«, kommentierte das

Shogleet, das seinen Pferdekopf ins Zelt streckte. North sprang auf und knallte mit dem Kopf an den hölzernen Tragbalken des Zeltes.

»Jetzt auch noch sprechende Pferde«, schnaubte er. »Ist das die übliche Ausrüstung für einen Spitzenagenten wie Sie?«

»Vergessen Sie es«, rief Lancelot. »Was ist mit dem Drachen? Lassen Sie uns die Sache schnell erledigen, dann werden wir sehen, ob ich hierbleibe oder nicht.«

North betrachtete ihn in Gedanken versunken. »Ich würde vorschlagen, es folgendermaßen zu machen. Es wird gleich eine Kaffeepause geben. Sie werden zu einer Audienz bei Cadman geladen werden. Sagen Sie ihm, daß der Drache ein Werk des Teufels sei. Sie wären gekommen, um ihn zu vernichten, und würden ins Schattenreich zurückkehren, sobald das erledigt wäre. Auf diese Art stellen Sie jeden zufrieden. Einverstanden?«

»Klingt einfach genug. Aber *kann* ich das Ding überhaupt vernichten?«

»Ich werde dafür sorgen, sobald ich den Gedankenumsetzer habe«, sagte North rasch. Er blickte aus dem Zelt und verzog das Gesicht. »Da kommen sie schon.«

»Wer?«

»Sir Brians Gefolgsleute. Seine Lehnsmannen, sie stellen sich Ihnen. Sie brauchen nur den Kerl mit dem Apparat. Beachten Sie die anderen gar nicht.«

»Mal angenommen . . .« sagte Lancelot mit einer Betonung, die das Shogleet sofort seine Ohren spitzen ließ. »Angenommen, ich würde hierbleiben, wollte diese ganzen Gefolgsleute aber gar nicht um mich haben – was muß man dann tun?«

»Nichts weiter.« Erneut betrachtete North ihn gedankenschwer. »Sie brauchen Sie nur zu entlassen. Ihnen ihre Freiheit zu geben. Sie werden verschwinden und sich jemand anderem anschließen. Aber es wäre nicht klug, weil man ohne Gefolge keine Besitztümer unterhalten kann, und sie arbeiten dafür, daß sie bleiben dürfen.«

»Stimmt auch wieder«, gab Lancelot zu. Er erhob sich mit nachdenklichem Gesicht, um seine Beute entgegenzunehmen.

In sicherer Entfernung zur ehrfürchtigen Bevölkerung trug das Shogleet Lancelot am späten Nachmittag zu der Höhle, wo das Monster ›schlief‹. North folgte ihnen zu Fuß. Er hielt den Gedankenumsetzer in der Hand.

»Wir werden wohl keine Schwierigkeiten mehr haben«, sagte er. »Ein wenig fachmännische Sabotage, und alles ist vorbei. Wir sind schon da, Leute.«

Es war leicht erkennbar, warum die Bauern das Ding für einen Drachen gehalten hatten. Sein unterteilter, insgesamt rund fünfzig Fuß langer

Körper preßte sich an den Boden und lief vorne in einen zwanzig Fuß hohen Vorsprung aus. Ein einzelner Scheinwerfer an der Spitze gab ihm ein einäugiges, teuflisches Aussehen.

»Diese Vorderschaufel«, erklärte North, »kann in jede beliebige Stellung gebracht werden, und es gibt Kontrollen im Inneren, die sich einstellen lassen, so daß das Material verarbeitet werden kann. Es besitzt ein primitives ›Gehirn‹ – ausreichend, um lebendes organisches Material zu erkennen. Es wird keinen Menschen anrühren, außer man versucht es selbst. Natürlich hat keiner der Einheimischen die Nerven dazu. Ich kann es ihnen auch nicht verdenken. Übrigens wandelt es allen Abfall um und fertigt seinen eigenen Dünger daraus. Glauben Sie mir, das bekommt der Wirtschaft nicht gut. Ich war hilflos, weil ich diesen kleinen Apparat nicht besaß. Nun aber habe ich ihn und weiß, daß es bewegungsunfähig ist. Nichts kann passieren, bis ich ihn über meinen Kopf streife. Los jetzt.«

Aber das Shogleet hatte eine andere Idee.

»Lancelot«, sagte es. »Du solltest besser zurückgehen. Warne die Zuschauer, daß sie nicht zu nah herankommen sollen. Und ich denke, es gibt da noch jemanden, den du gern sehen würdest.«

»Das stimmt.« Lancelot stieg hastig ab und eilte klirrend zurück.

»Du bist ein kluges Tier«, erkannte North. »Was hast du vor?«

»Beantworten Sie mir zuerst eine Frage. Ich vermute, daß es eine persönliche Polarisation, eine Anziehungskraft und Bindung zwischen Menschen verschiedenen Geschlechts gibt, wenn einige andere Faktoren günstig sind. Das schließt solche Tätigkeiten wie heiraten, sich niederlassen, eine Familie gründen mit ein – alles solche Begriffe, die ich nicht richtig verstanden habe. Aber ich vermute, so eine Beziehung ist dem logischen Verstand nicht zugänglich. Stimmt das?«

»Wenn du meinst, daß ein verliebter Kerl Sinn und Verstand verloren hat, ist das absolut richtig.« North lachte leise. »Die Liebe macht jeden Mann zum Idioten. Bis jetzt hat noch niemand ein Heilmittel dagegen entdeckt.«

»Das dachte ich mir. Danke. Nun, es reicht nicht, den Drachen nur zu zerstören. Er muß *vor aller Augen* zerstört werden. Auf sehr eindrucksvolle Art.«

»Eine gute Idee. Wie willst du das machen?«

Das Shogleet erzählte es ihm hastig, doch in allen Details. North riß die Augen weit auf.

»Sicher kann ich das machen, wenn du es so willst. Ich hoffe nur, du weißt, was du tust.«

Er streifte sich den Gedankenumsetzer über und verschwand im klaffenden Maul der Saatmaschine. Lancelot kehrte mit lautem Klirren zurück. Er war bereits aufs Pferd gestiegen, als North wieder zum Vorschein kam.

»Bringen wir es hinter uns«, sagte er ruhig und klappte sein Visier herunter. »Ich sollte noch erzählen, daß ich bei Galaktopol kündigen werde, sobald ich hiermit fertig sind. Ich habe genug. Also, was muß ich tun?«

»Es ist alles vorbereitet«, sagte North nüchtern. »Ich ziehe mich weit zurück, dann starte ich das Ding und lasse es so aussehen, als ob ihr beide kämpfen würdet. Wenn Sie genug haben, erschlagen Sie es mit Ihrem Schwert.«

»Wenn es weiter nichts ist!«

»Ich sagte ja, es ist alles vorbereitet. Achten Sie auf ein gelbes Warnschild. Darauf steht ›ANTRIEBSSICHERHEITSDECKPLATTE‹. »Sie brauchen nur darauf zu schlagen. Das ist alles.«

Das Shogleet fiel in leichten Trab. Lancelot zog sein Schwert. Die lange, glänzende Maschine erwachte plötzlich laut brüllend zum Leben, ihr Maul weit aufgerissen. Mit brummendem Getriebe bewegte sie sich und drehte ihren gewaltigen Kopf wie eine bucklige Schlange auf der Suche nach Beute. Dann flammte der Scheinwerfer auf und verbreitete einen hellen Lichtschein.

»Weißt du«, sagte Lancelot überraschend, als das Shogleet plötzlich zur Seite ausbrach, um auf die schwerfällige Maschine zuzujagen, »im Grunde ist das hier gar kein so schlechter Ort. Ich meine, einmal ist Schluß mit diesem ganzen Rittertum. Wahrscheinlich werde ich kündigen. Ich besitze jetzt Sir Brians ganze Ländereien. Ich könnte mich zur Ruhe setzen, das Leben genießen –«

»Aber du bist ein Spitzenagent, Lancelot. Es ist deine Pflicht, zum Hauptquartier zurückzukehren und über die erfolgreiche Durchführung deines Auftrags Bericht zu erstatten.«

»North wird das für mich erledigen.«

»Aber du gehörst hier in Wirklichkeit nicht her.«

»Was hat das damit zu tun? Dies ist ein freies Land, oder?«

Lancelot schwang heroisch sein Schwert, und das Shogleet sprang blitzschnell zur Seite, so daß die Spitze der Klinge das gelbe Schild traf.

Die Explosion war stark genug, um selbst dem Shogleet zuzusetzen. Einige Sekundenbruchteile hatte es Mühe, mit der Druckwelle, der Strahlung und den umherfliegenden Trümmerbrocken fertigzuwerden. Dann herrschte Totenstille. Durch eine dichte Staubwolke wandte es sich um, kletterte aus der Höhle und trottete über den aufgerissenen, mit Trümmern übersäten Boden zu North, der ihm mit offenem Mund aus dem Schutz einer Böschung entgegenstarrte. Von den Einwohnern Brythons war nichts mehr zu sehen außer den Staubwölkchen, die sie bei ihrer panischen Flucht aufwirbelten.

»Du scheinst unverletzt zu sein«, keuchte North. »Aber was ist mit ihm?«

»Er ist bewußtlos und vorläufig weg vom Fenster. Das gibt sich. Wenn Sie den Gedankenumsetzer an meinen Sattel hängen, werden wir aufbrechen. Können Sie die restlichen Details aufklären?«

»Sicher, darum kann ich mich kümmern. Brecht ihr jetzt gleich auf?«

»Ich glaube, das wäre klug. Lancelot scheint eine dieser Bindungen mit einer bestimmten jungen Dame entwickelt zu haben. Er hat vor, für immer hierzubleiben. Das wäre nicht klug, habe ich das richtig verstanden?«

»Absolut richtig«, sagte North grinsend, aber mit einem grimmigen Unterton. »So, wie er ausgerüstet ist, und du noch dazu, wäre er ein ganz gewaltiger ›Wandel‹. Das dürfte nicht sein. Ich müßte eingreifen. Und das könnte unangenehm werden.«

»Genau das dachte ich mir. So ist es besser.«

»Was bist du eigentlich – eine Art Schutzengel?«

»So könnte man es nennen, ja«, bestätigte das Shogleet und machte sich im Galopp auf den langen Rückweg zum Schiff.

Aber es war immer noch neugierig. Es fragte sich, was Direktor Hugard wohl sagen würde, wenn Lancelot zurückkam.

# Die Traumbraut

Evan Hunter

In den frühen fünfziger Jahren schrieben Evan Hunter (geb. 1926), William P. McGivern und John D. MacDonald alle Science-fiction und Fantasy, bevor sie sich für das Verbrechertum entschieden. Und auch wenn wir uns ihrer anschließenden Erfolge freuen, können wir doch nicht umhin zu wünschen, sie wären uns erhalten geblieben. *Ghosts* (1980) stellt im Rahmen seiner ›Ed McBain‹-Serie um das 87ste Polizeirevier eine kürzlich erfolgte Rückkehr Hunters zu seinen alten Themen dar. Doch unter den früheren lesenswerten Werken sind zu nennen: *Find The Feathered Serpent* (1952), ein Roman um eine Reise durch die Zeit, *Malice in Wonderland* (1954), eine Vorausschau auf Drogenkulturen, *The Fallen Angel*, eine Erzählung über einen Teufelspakt, und *Dream Damsel*, ›Die Traumbraut‹, eine Geschichte um Wunsch und Wirklichkeit.

Als erste suchte ich Lady Eloise auf, denn ich war ihr Ritter, und es war nur gebührend und ritterlich, daß sie es als erste erfahren sollte.

An jenem Tag zeigte sich über mir ein freundlicher Himmel. Wolkenfetzen glitten über den fahnengeschmückten Türmen von Camelot dahin, und unterhalb der mächtigen Wälle schmiegte sich das üppige Grün der Erde in sanfter Rundung an das überaus zarte Blau des Himmels. Wir saßen in dem steingepflasterten Innenhof, in dem ein Diener Laute spielte. Er zupfte die Saiten sanft und kunstvoll. So bat ich ihn nicht, das Spiel zu unterbrechen, denn Musik schien mir dem Ernst der Lage angemessen. Lady Eloise saß da, die Hände sittsam in ihrem Schoß gefaltet, und erwartete geduldig, daß es mir gefallen möge, das Wort zu ergreifen. Ich lüftete das Visier meines Helmes und begann: »Elly . . .«

Sie schlug unvorstellbar lange Wimpern auf und verband ihren bernsteinfarbenen Blick mit dem meinen. Das Mieder ihres Gewandes hob und senkte sich mit ihrem zarten Atem. »Ja, Lord Larimar«, hauchte sie.

»Mir brennt etwas auf der Seele«, fuhr ich fort, »und es drängt mich, es in Worte zu fassen.«

»So faßt es in Worte«, sagte Eloise, »ich bitte Euch, zögert nicht!«

Ich erhob mich und schritt den Hof auf und ab. Erst vor kurzem hatte ich mich im Turnier gegen Sir Mordred erprobt, und einige der Scharniere meiner Rüstung hatten sich gelockert. Mich beschlich das peinliche Gefühl, sie würden bei jedem Schritt knarren. Ich erhob also meine Stimme über den Lärm: »Schau, wie du weißt, bin ich nun schon viele Monate dein Ritter gewesen.«

»Ja, mein Lord«, sagte sie.

»So manchen Drachen habe ich für dich erlegt.« Der Klang der Laute drang wieder in mein Bewußtsein, und ich korrigierte es in »für Euch«, um meinem Anliegen einen getrageneren, blumigeren Rahmen zu verleihen.

»Das ist wahr, sehr wahr, Larry«, bekräftigte Eloise.

»So ist es.« Ich nickte, und mein Helm klapperte im Takt dazu. »So manchen Menschenfresser habe ich einem unehrenhaften Tod zugeführt, Elly, manchen bösen Dämonen in Eurem Namen enthauptet, von Eurer Gunst zehrend. Ich stürzte mich in Schlachten auf meinem unermüdlichen Roß, stürmte über Berg und Tal, durchquerte Ebenen und Flüsse . . .«

»Ja, mein Lord«, ließ Eloise bewundernd vernehmen.

»Und das alles um Eurer Liebe willen, Elly, um Eurer unsterblichen Liebe willen.«

»Ja, Larry?« Sie schien verlegen.

»Arthur selbst sah sich veranlaßt, mich für meinen unbezwingbaren Mut, meine unerschütterliche Tapferkeit auszuzeichnen. Ich trage unter anderem den Orden des Geweihten Schlächters, das *Croix de Tête de Dragon* und sogar . . .«

»Ja . . .?« rief sie erwartungsvoll aus.

»Sogar«, sprach ich weiter und bemühte mich, bescheiden zu klingen, »das so sehr begehrte Mehrfache Blaubeerzweiglein.«

»Ihr seid sehr tapfer«, schmeichelte mir Eloise mit gesenkten Lidern, »und ein überaus treuer Ritter, mein Lord.«

»Pah . . .«, rief ich aus, das Spiel der Laute übertönend. »Ich bin nicht gekommen, um über Tapferkeit zu reden. Was ist schon Tapferkeit?« Dabei versuchte ich, trotz erheblicher Behinderung durch den Fehdehandschuh, verächtlich mit den Fingern zu schnippen. »Tapferkeit ist eitel!«

»Eitel, mein Lord?«

»Eitel! Ich bin gekommen, weil ich eine Erklärung abzugeben habe. Ich kann sonst nicht weiter ehrenvoll und im Frieden mit mir selbst leben.«

»Mit Euch selbst? So sprecht, mein Lord«, drängte Eloise, »ich bitte Euch, zögert nicht!«

»Ich wünsche«, brachte ich endlich hervor, »mit all dem Schluß zu machen.«

»Sir?«

»Schluß. Finis. *Phhh* . . .«

»*Phhh* . . ., mein Lord?«

»Phhh . . ., Elly!«

»Ich verstehe.«

»Nicht, daß ich Euch nicht liebte, Elly«, wollte ich beschwichtigen, »verwerft den Gedanken!«

»Verwerft den Gedanken«, echote sie.

»Ihr seid ja liebreizend und schön, treu und beständig, eine Seltenheit unter den Frauen. Und ich bin nichts im Vergleich zu Euch.«

»Treu«, nickte Eloise gedankenverloren, »ja, das ist wahr.«

»Nicht, daß ich Euch nicht liebte! Es ist . . .« Ich mußte mich unterbrechen, weil mein Visier herunterklappte, vor mein Gesicht.

»Ja?«

Ich hob das Visier. »Ich liebe eine andere mehr als Euch.«

»Oh!«

»So ist es.«

»Guinevere?« fragte sie. »Hat dieses Biest . . .«

»Nicht doch! Nicht Guinevere, unsere geliebte Königin.«

»Dann also Elaine? Die schöne Elaine, die . . .«

»Nein, auch Elaine ist es nicht.«

»Ich bitte Euch, wer dann, bitte . . .«

»Lady Agatha.«

»Lady . . . wer?«

»Agatha.«

»Ich kenne kein Mädchen namens Agatha am Hof. Scherzt Ihr mit mir, Lord Larimar? Wollt Ihr mich unschuldiges Mädchen auf den Arm nehmen?«

»Aber nein, Elly! Es gibt diese Agatha wirklich, und ich liebe sie, wie sie mich liebt. Und wir beabsichtigen, uns im heiligen Bund der Ehe zu vereinen.«

»Ich verstehe«, flüsterte Eloise.

»Deshalb habe ich bereits Arthur gebeten, mich von meinen Gelübden Euch betreffend zu entbinden, Eloise. Dies wollte ich Euch mitteilen, denn es wäre nicht recht, würde ich Agatha ehelichen, was meine feste Absicht ist, und zugleich Euer Ritter bleiben. Mein Herz wäre ja nicht bei Euch.«

»Ich verstehe«, wiederholte sich Eloise.

»Ja. Ich hoffe, du verstehst, Elly, und hoffe, wir können dennoch Freunde bleiben.«

»Gewiß.« Eloise lächelte schwach. »Ich nehme an, Ihr begehrt nun Eure Alpha-Beta-Tau-Brosche zurück.«

»Behaltet sie«, sagte ich großmütig. Und um zu unterstreichen, wie großmütig ich war, griff ich unter meine Tunika und rief: »Hey, Lautenspieler, hier ist ein Paar Drachenohren für Euch, für Eure wunderbare Musik.«

Der Lautenspieler fiel auf die Steine nieder und küßte meine Füße, und ich schenkte ihm ein wohlwollendes Lächeln.

An diesem Tag tötete ich zwei kleine Drachen. Den zweiten erlegte ich gar mit meiner Streitkeule, bevor er auch nur Gelegenheit fand, mir sein Feuer entgegenzuspeien. Ich hieb ihnen die Köpfe ab und schwang sie über meinen juwelenbesetzten Sattel. Dann ritt ich zurück zu den schimmernden Türmen von Camelot. Lancelot und Guinevere brachen gerade zu ihrem nachmittäglichen Ausritt auf, und ich winkte ihnen zu. Ich führte mein edles Roß zu den Ställen und überließ es dort meinem Knappen, einem jungen Burschen namens Gawain.

Während eines kleinen Rundganges beobachtete ich Merlin beim Pinokelspiel mit einigen arglosen Jungrittern, um schließlich die Zeit des frühen Nachmittags mit Galahad totzuschlagen. Eigentlich mochte ich gar nicht gern mit diesem Kerl reden, denn seine weiße Rüstung und sein Helm blendeten so in der Sonne. Außerdem war er ein unschlagbarer Aufschneider. Und so ermüdete ich auch diesmal bald unter seinem Geschwätz. Ich beschloß, eine kleine Mahlzeit einzunehmen, aß gebratenen Fasan und Lammfleisch, Käse, Nüsse, Äpfel und Trauben, trank Wein dazu und krönte das alles genüßlich mit einer von Arthurs besten Zigarren.

Nach der Mahlzeit ging ich zurück zu den Ställen und holte mein prächtiges Pferd, um bei den Turnierübungen mitzureiten. Ich besiegte

Mordred um eine Reihe von Bierfässern und wurde gleich darauf von Lancelot in einem halsbrecherischen Kampf geschlagen. Der Ausritt mit Guinevere hatte ihm offenbar gut getan.

Als ich dann wieder einigermaßen meine Glieder zurechtgerückt hatte und mein Pferd zu den Ställen führte, bemerkte ich, daß Arthur hinter mir herlief und rief:

»Larry! Hey, Larry, so warte doch!«

Ich blieb stehen, bis er mich eingeholt hatte, und fragte: »Was gibt's, geliebter König?«

»Ich wollte dich etwas fragen, Larry«, sagte er und stieß eine immense Rauchwolke aus. »*Was* bedeutet dieser ganze Unsinn?«

»Welcher Unsinn, Herr?«

»Nun, deine Absicht, die Rittergelübde zu brechen. Zum Teufel, Larry, das geht einfach nicht, und du weißt es!«

»Meine Ehre verlangt es, Art«, entgegnete ich.

»Ehre, Schmehre«, brummte Arthur. »Ich denke an den ganzen Papierkrieg. Diese Dispensierungen können einen verdammt nerven, Larry. Du hättest dir das besser überlegen sollen, bevor du die Gelübde ablegtest. Jeder Ritter . . .«

»Tut mir leid, Art«, sagte ich entschossen, »es ist der einzige Weg. Ich habe gründlich darüber nachgedacht. Das kannst du mir glauben.«

»Ich versteh's nicht!« Arthur blies mir eine zweite Rauchwolke ins Gesicht. »Was stimmt nicht zwischen dir und Elly? Mensch, Larry, sie ist doch ein verdammt süßes Ding, und ich hoffe . . .«

»Sie *ist* ein verdammt süßes Ding«, stimmte ich zu, »aber es ist nun einmal aus zwischen uns.«

»Warum?«

»Ich habe ein anderes Mädchen gefunden.«

»Diese Agatha? Nun hör mal, Larry, du redest schließlich mit dem alten Artie, nicht mit einem grünen Jungen. Du weißt so gut wie ich, daß es an meinem Hof keine Agatha gibt. Wie also . . .«

»Das weiß ich, Art. Ich habe auch nie behauptet, daß sie hier am Hof lebt.«

»Aber du nennst sie doch Lady Agatha!«

»Klar!«

»Ein Weibstück von auswärts?« fragte Arthur.

»Nein, eine Traumbraut.«

»Eine *was*?«

»Eine Traumbraut. Ich träume sie.«

»Was soll denn das nun schon wieder, Larry?«

»Ich träume sie. Ich träume Lady Agatha.«

»Hab ich mir doch so etwas gedacht! Sag mal, Larry, hat Lancelot dich heute beim Turnier nicht vielleicht ein bißchen verletzt? Der Kerl packt mächtig zu, und ich dachte schon . . .«

»Nein, er hat mich nicht verletzt. Na ja, ein paar gequetschte Rippen, nicht der Rede wert. Ich träume meine Lady wirklich, Art.«

»Nachts also, wenn du schläfst?«

»So ist es.«

»Du willst damit sagen, du denkst sie dir einfach aus?«

»So ist es.«

»Menschenskind! Du denkst sie dir aus?«

»Das versuche ich dir die ganze Zeit zu erklären.«

»Dann ist sie also gar nicht wirklich?« fragte Arthur.

»Und ob sie wirklich ist! Natürlich nicht tagsüber, aber nachts, wenn ich träume, ist sie verdammt wirklich, du!«

»Pffh, das ist doch Blödsinn!« rief Arthur aus. »Du wirst jetzt zu Elly gehen und ihr sagen . . .«

»Nein, Herr«, insistierte ich. »Ich beabsichtige, Lady Agatha zu heiraten.«

»Aber sie ist doch nur ein Traum!« Arthur wurde ungehalten.

»Nicht *nur* ein Traum, teurer König! Für mich ist sie viel mehr als ein Traum. Eine Frau aus Fleisch und Blut. Eine Frau, die mich ernstlich liebt, und die ich ernstlich liebe.«

»Uffh!« stieß Arthur hervor. »Du spinnst! Ich werde Merlin zu dir schicken, damit er ein paar Beschwörungen über dich spricht. Du bist wahrscheinlich einfach behext.«

»Nein, mein Herr, ich bin nicht behext. Ich träume Lady Agatha im Vollbesitz meiner geistigen Kräfte. Es ist nichts von einem Zauber daran.«

»So, kein Zauber? Hey, Mann! Vielleicht hast du ein bißchen arg dem Wein zugesprochen, was? Womöglich verbirgt sich der ganze Zauber in einem Becher.«

»Nein, auch das nicht. Ich sagte schon, daß ich sie im Vollbesitz meiner geistigen Kräfte träume.«

Arthur paffte nervös an seiner Zigarre.

»Wie in aller Welt machst du das?«

»Oh, das ist ganz einfach«, erklärte ich. »Ich strecke mich entspannt auf meinem Lager aus und schließe die Augen. Dann sehe ich ein Mädchen . . . mit blondem Haar und blauen Augen. Ihre Lippen gleichen einer aufblühenden Rose, ihre Haut dem Elfenbein aus dem fernen Orient . . . Ihre Fingernägel sind karminrot, klein und spitz zulaufend, wie Blutstropfen. Und eine Taille hat sie! Wie eine Sanduhr. Ihre Stimme ist ein samtener Hauch . . . und ihre Flanken sind wie die eines erstklassigen Turnierpferdes. Sie besitzt einen messerscharfen Verstand und eine Magie . . . mächtig wie die des Merlin. So ist sie, Arthur, meine Lady Agatha! Ich sehe sie, falle in tiefen Schlaf, und dann nimmt sie leibliche Gestalt an.«

»Sie . . . nimmt leibliche Gestalt an«, echote Arthur und strich nachdenklich über seinen Bart.

»Genauso ist es. Und dann . . . liebt sie mich.«

»Dich?« fragte Arthur und musterte mich mit prüfendem Blick.

»Ja, mich.« Ich stutzte einen Augenblick. »Warum fragst du?«

»Ach, nichts«, beschwichtigte er. »Aber sag mal, Larry, wie stellst du dir das mit der Heirat vor? Ich meine, ein Traum . . . Wie . . .«

»Sieh das mal so, Art«, erklärte ich. »Tagsüber habe ich eh zu tun. Es gibt immer einen Drachen zu jagen, einen Riesen und Menschenfresser dutzendweise zu erschlagen. Und, weiß Gott, gar nicht zu reden von allen möglichen anderen Monstern, von all den bedrängten Mädchen, Seeungeheuern und . . . Ach, du weißt schon. Du bist schließlich länger im Geschäft als ich.«

»Und?«

»Wozu also braucht ein Mann eine Frau während des Tages?« Dann sieht er sie ja doch nie . . . Kannst du mir folgen?«

»Ja«, sagte Arthur, »aber . . .«

»Siehst du, deshalb kann ich Lady Agatha auch heiraten. Ich sehe sie ja, wenn alle anderen Ritter auch ihre Frauen sehen, in den Nächten.«

»Aber wie soll das vor sich gehen, sie heiraten? Wer soll . . .«

»Ich werde auch einen Pater träumen, der uns trauen wird.«

»Ich glaube wirklich, mein lieber Lord Larimar, du hast ein paar Drachen zu viel gejagt«, lenkte Arthur wieder ab. »Abgesehen davon klingt dein Traummädchen, ganz offen gesagt, um nichts reizvoller als die hübsche Eloise.«

Ich verpaßte dem König einen freundschaftlichen Rippenstoß und sagte von Mann zu Mann: »Ach, Art, du wirst langsam alt, das ist alles.«

»Vielleicht hast du recht, mein Junge.« Er wurde nachdenklich. »Aber Merlin schicke ich dir trotzdem. Ein paar kleine Beschwörungen haben noch niemandem geschadet.«

»Art, bitte . . .«

»Dafür wird er schließlich bezahlt.« Arthur war entschlossen, und ich gab nach . . .

Merlin und Eloise kamen gemeinsam zu mir. Er wirkte sehr weise mit seinem Spitzhut und den wallenden Gewändern, umgeben von der Aura der Magie. Sie sah traurig aus und doch ganz reizend, wenn auch nicht so reizend wie meine Lady Agatha.

»Sag mir alles über deine Traumbraut«, begann Merlin.

»Was gibt es da zu sagen?«

»Nun, wie sieht sie aus?«

»Sie ist blond . . .«

»Mmh, mmh, dann werden wir einige Kondorlebern brauchen«, meinte Merlin.

». . . und blauäugig«, fuhr ich fort.

»Dann brauchen wir einige Dracheneier, pastellfarben.«
»Und . . . o ja, sie ist einfach hinreißend.«
»Ich verstehe«, sagte Merlin wissend.
»Liebst du sie?«
»Das tue ich in der Tat.«
»Und sie dich?« fragte Merlin und zog dabei eine Augenbraue hoch.
»Sehr!«
»Sie liebt Euch wirklich?«
»Natürlich.«
»Sie ist hinreißend, sagst du, und sie liebt – verzeiht – *Euch*?«
»Ja. Wieso?« gab ich zurück.
»Sie liebt . . . *Euch*?«
»Jetzt liebt sie mich schon zum dritten Mal. Ja, hörst du denn nicht? Nimm dein Höhrrohr, Zauberer!« fuhr ich ihn an.
»Verzeih, ich wollte nur . . .« Er schüttelte sein weises Haupt.
»Sie hat mir mehrfach versichert, daß ich der Mann bin, auf den sie immer gewartet hat: groß und schlank, männlich, kühn, mutig und sehr gutaussehend!«
»Das alles sagte sie über *dich*?« fragte Merlin.
»Ja, natürlich.«
»Daß du der Mann seist, auf den sie immer gewartet habe? Daß du . . . groß und schlank seist?«
»Ja.«
»Und . . . und männlich?«
»Gewiß doch!«
Merlin hustete. Vielleicht wurde ihm jetzt erst so recht bewußt, wie groß, schlank und männlich ich war. »Und . . . und . . .«, hustete er weiter, ». . . gutaussehend?«
»Genau das.«
Er hörte nicht auf zu husten, und ich fürchtete schon, er werde ersticken. »Und all das, worauf sie wartete . . . will sie in . . . *dir* gefunden haben?«
»Warum nicht, Zauberer?« fragte ich unmutig.
»Du bist wirklich behext, Lord Larimar, wirklich!«
Er schob die Ärmel seines Gewandes zurück, spreizte seine Finger und stimmte an: »*Alla-bah-ru-mah-djig-bah-ru, sing, satsch, sutsch!*«
Ich ließ die Beschwörung über mich ergehen und gähnte. Eloise aber ging dieser ganze Unsinn offensichtlich sehr zu Herzen, denn sie starrte Merlin mit weit aufgerissenen Augen an. Süß sah sie aus, aber nicht so süß wie meine Lady Agatha. Dann sah sie mich an, und ihre Augen wurden größer und größer und größer . . .

Oh, es waren so viele Vorbereitungen zu treffen! Arthurs Dispens erreichte mich in der folgenden Woche, so daß ich mich voll und ganz der Planung meiner Hochzeit mit Agatha widmen konnte. Ich wollte etwas ganz Außerordentliches erträumen, etwas, das unvergeßlich bleiben würde, solange England besteht. Ich wollte eine großartige Hochzeit, und deshalb mußte ich schon vorher planen, um alles dann auch in einer Nacht träumen zu können. Das war kein leichtes Unterfangen!

Ich wollte den ganzen Hofstaat träumen, alle auf weißen Hengsten, mit strahlend glänzenden Schilden, mit hoch erhobenen Schwertern, das Licht der Sonnenstrahlen einfangend . . . die Galerie voll gedrängt mit Hofdamen, gekleidet in Rosa und Weiß und zartestes Blau. Ich wollte die Fahnen von Camelot über den Türmen flattern sehen, Grün, Gelb und Orange vor einem blassen Himmel, und eine milde Brise sollte wehen. Ich wollte einen Pater träumen, der drollig und zugleich ernst sein sollte, lächerlich fett, aber sehr fromm.

Vor allem aber wollte ich mir Lady Agatha in ihrem Hochzeitsgewand erträumen, einem traumhaften Gebilde aus Spitze und Perlen mit einem tiefen Dekolleté und enggeschnürten Mieder, das ihren Hüften die rechte Geltung verschaffen würde. Alle Einzelheiten wollte ich träumen, und das mußte vorher genau ausgedacht werden. So war ich mit der Jagd auf Drachen und Menschenfresser und mit der Planung meiner Hochzeit ein überaus beschäftigter junger Ritter. Ich kam erst am Abend vor der Hochzeit dazu, Eloise noch einmal aufzusuchen.

Ihre Zofe war äußerst herzlich.

»Meine Herrin schläft«, ließ sie mich wissen.

»Sie schläft?« Ich schaute auf meine Sanduhr. »Aber es ist erst vier Minuten nach sechs!«

»Sie pflegt sich in letzter Zeit sehr früh zu Bett zu begeben«, erklärte die Frau.

»Armes Kind«, bedauerte ich und wiegte besorgt meinen Kopf. »Zweifellos bricht ihr das Herz. Ach ja, *c'est la guerre.*«

»*C'est la guerre*«, nickte die Frau.

»Wenn sie morgen früh erwacht, sage ihr, daß ich für sie einen Ehrenplatz bei der Hochzeit träumen werde. Sie wird sich darüber freuen.«

»Sir?«

»Sage es ihr nur. Sie wird schon verstehen.«

»Ja, Sir.«

»Eigentlich sollte auch ich schlafen gehen«, dachte ich laut vor mich hin. »Ich muß alles noch einmal durchgehen. Es gibt morgen nacht furchtbar viel zu träumen.«

»Sir?«

»Ach, nichts.« Ich griff unter meine Tunika. »Hier ist ein Drachenzahn für dich, dafür, daß du mir dein Ohr geliehen hast.«

Ich löste den Zahn von meiner Sanduhrkette und legte ihn in ihre vor Aufregung und Dankbarkeit zitternde Hand.

Dann ging ich nach Hause, begab mich zu Bett, um von meiner Lady Agatha zu träumen.

Als erste suchte ich Eloise auf am nächsten Morgen, denn es war nur gebührend und ritterlich, daß sie es als erste erfahren sollte. Ich lüftete das Visier meines Helmes nicht, weil sie mein Gesicht nicht sehen sollte.

»Elly«, begann ich, »mir brennt etwas auf der Seele, und es drängt mich, es in Worte zu fassen.«

»So faß es denn in Worte«, sagte sie, »ich bitte dich, zögere nicht!«

»Es ist alles aus zwischen Agatha und mir«, erklärte ich. »Wir sind fertig miteinander. Sie hat Schluß gemacht.«

»Schluß?« echote Eloise. »Finis? *Phhh*?«

»Genau das.«

»Nein, so etwas!« neckte sie mich und lächelte.

»Es gibt einen anderen, Elly. Meine Lady Agatha hat einen anderen, größer und schlanker, männlicher, besser aussehend. Ich weiß, es ist kaum zu glauben. Aber es gibt diesen anderen. Er tauchte plötzlich auf . . .«

»Wie schrecklich für dich«, sagte Eloise offensichtlich glücklich.

»Ja. Ich verstehe es nicht. Er stand plötzlich da, genau neben ihr, wie aus dem Boden geschossen. Ich . . . habe ihn gesehen, Elly. Ein großer, schöner Ritter auf einem weißen Pferd. Mitten in meinem Traum erblickte ich ihn.«

»Nein, wirklich?« fragte Eloise traurig und schlug, scheinbar empört, ihre Hände zusammen.

»Ja. Sie will ihn . . . nicht mich . . . Und da dachte ich, wenn du mich noch haben willst, Elly, wenn du mich weiterhin als deinen Ritter willst . . .«

»Ja . . .?«

». . . und vielleicht auch eines Tages als deinen Ehemann, dann . . .«

Eloise trat auf mich zu. Ein Zwinkern lag in ihren Augen, als sie mein Visier hob.

»Für mich bist du groß und schlank, männlich und gutaussehend genug, du Dummerchen«, sagte sie zärtlich. Ich schaute sie an, und da fiel mir plötzlich auf, daß sie in letzter Zeit furchtbar viel geschlafen hatte. »Hey!« wollte ich gerade sagen . . .

Aber sie schlang ihre Arme um meine Rüstung und drückte mir einen deftigen Kuß auf den Mund. Ich konnte sie nur noch voller Staunen anstarren und murmeln: »Eloise! Ach, ich habe ja nie geträumt!«

Eloise lächelte geheimnisvoll: »*Ich* aber.«

# Der letzte Verteidiger von Camelot

Roger Zelazny

Roger Zelazny (geb. 1937), ein Meister der Kurzprosa, ist ebenso Preisträger des PRIX APOLLO wie des HUGO, NEBULA und AMERICAN LIBRARY ASSOCIATION AWARD. Zu seinen bemerkenswertesten Geschichten gehören *A Rose for Ecclesiastes* (1963; dt. *Dem Prediger die Rose*, 1981), *The Doors of His Face, the Lamps of His Mouth* (1965; dt. *Die Türen seines Gesichts*, 1980), *For a Breath I Tarry* (1966; dt. *Atempause für Roboter*, 1973), *Home Is the Hangman* (1975; dt. *Daheim ist der Henker*, 1980) und der Roman *Lord of Light* (1968; dt. *Herr des Lichts*, 1985). Charakterisierung und Stil sind vielleicht seine größten Stärken, und wie die folgende Erzählung aus dem Umfeld der Artus-Sage zeigt, bezieht er einen Großteil seiner Ideen aus Mythen, alten Glaubenssystemen oder Religionen.

Die drei Straßenräuber, die ihn in jener Oktobernacht in San Francisco anhielten, erwarteten nicht viel Widerstand von dem alten Mann, trotz seiner Größe. Er war gut gekleidet, und das genügte.

Der erste näherte sich ihm mit ausgestreckten Händen. Die beiden anderen blieben ein paar Schritte zurück.

»Los, gib mir deine Brieftasche und deine Uhr«, sagte der Kerl. »Du ersparst dir eine Menge Ärger.«

Der alte Mann packte seinen Spazierstock fester. Seine Schultern strafften sich. Seine weiße Haarmähne flog herum, als er den Kopf wandte, um den anderen zu betrachten.

»Warum kommst du nicht und holst sie dir?«

Der Straßenräuber schickte sich an, noch einen Schritt vorwärts zu tun, aber er vollendete ihn nicht. Der Stock wirbelte mit einer Schnelligkeit, daß er fast unsichtbar war. Auf die rechte Schläfe getroffen, fiel der Mann zu Boden.

Ohne innezuhalten, fing der alte Mann die Mitte des Stocks mit seiner Linken, trat vor und rammte den Stock in den Bauch des nächststehenden Mannes. Als der Mann sich krümmte, erwischte er ihn mit einem Aufwärtshaken genau an der weichen Stelle unterhalb des Kiefers hinter dem Kinn. Während der Mann zu Boden stürzte, schlug er ihm das dicke Ende des Stocks in den Nacken.

Jetzt langte der dritte nach ihm und packte den Oberarm des Alten. Der ließ den Stock fallen, ergriff des Mannes Hemdkragen mit seiner linken Hand, den Gürtel mit seiner rechten, hob ihn vom Boden, hielt ihn mit ausgestreckten Armen über seinem Kopf und warf ihn dann gegen die Mauer des Gebäudes zu seiner Rechten. Dort ließ er ihn liegen.

Der alte Mann ordnete seine Kleidung, fuhr sich mit einer Hand durch die Haare und hob den Spazierstock wieder auf. Einen Augenblick lang betrachtete er die drei am Boden liegenden Gestalten, dann zuckte er die Schultern und setzte seinen Weg fort.

Irgendwo waren zu seiner Linken Verkehrsgeräusche zu hören. An der nächsten Ecke wandte er sich nach rechts. Während er ging, erschien der Mond über den hohen Gebäuden. Der Geruch des Ozeans hing in der Luft. Es hatte vorher geregnet, und das Straßenpflaster glänzte noch unter den Laternen. Er ging langsam, von Zeit zu Zeit hielt er an, um die Auslagen in den dunklen Schaufenstern zu betrachten.

Nach ungefähr zehn Minuten kam er in eine Seitenstraße, wo mehr Leben herrschte als auf den anderen Straßen, durch die er gegangen war. Da war ein Drugstore an der Ecke, der noch auf hatte, eine Imbißstube weiter oben im Block, und einige gutbeleuchtete Geschäftshäuser. Ein paar Leute gingen auf der anderen Straßenseite spazieren. Ein Junge radelte vorbei. Hier drehte der alte Mann um, und seine hellen Augen erfaßten alles im Vorübergehen.

Auf halber Höhe des Blockes kam er an ein schmutziges Fenster, auf das das Wort SCHICKSALSBERATUNG gemalt worden war. Darunter waren der Umriß einer Hand und ein ausgebreitetes Kartenspiel zu sehen. Als er an der offenen Tür vorüberging, warf er einen flüchtigen Blick hinein. Eine auffallend gekleidete Frau, das Haar in einem grünen Tuch zurückgebunden, saß rauchend im Hintergrund des Raumes. Sie lächelte, als ihre Augen sich trafen, und winkte mit dem Finger. Er lächelte zurück und wandte sich zum Gehen, doch . . .

Er schaute sie nochmals an. Was war das? Flüchtig blickte er auf seine Uhr.

Er wandte sich um, betrat den Laden und ging zu ihr. Sie erhob sich. Sie war klein, kaum mehr als 1,50 Meter groß.

»Ihre Augen«, meinte er, »sind grün. Die meisten Zigeuner, die ich kenne, haben dunkle Augen.«

Sie zuckte die Schultern.

»Man nimmt, was man kriegt, im Leben. Haben Sie ein Problem?«

»Geben Sie mir einen Augenblick Zeit, und ich werde darüber nachdenken,« sagte er. »Ich kam nur herein, weil Sie mich an jemanden erinnern, und es ärgert mich – ich kann nicht herausfinden, an wen.«

»Kommen Sie nach hinten«, sagte sie, »und setzen Sie sich. Unterhalten wir uns ein bißchen.«

Er nickte und folgte ihr in einen schmalen Raum im Hintergrund. Ein abgetretener Orientläufer bedeckte den Boden neben dem kleinen Tisch, an den sie sich setzten. Drucke von Sternzeichen und verblaßte psychedelische Poster halbreligiöser Art hingen an den Wänden. Eine Kristallkugel stand auf einem dünnen Ständer in der hinteren Ecke neben einer Vase mit Schnittblumen. Auf dem Sofa zur Rechten schlief eine dunkle, langhaarige Katze. Hinter dem Sofa stand die Tür zu einem anderen Raum eine Spanne weit offen. Die einzige Beleuchtung kam von einer billigen Lampe auf dem Tisch vor ihm und von einer kleinen Kerze in einem Gipsfuß über dem mit einem Tuch bedeckten Kaffeetisch.

Er beugte sich vor und schaute prüfend in das Gesicht der Frau, dann schüttelte er den Kopf und lehnte sich zurück.

Sie schnippte Asche auf den Boden.

»Ihr Problem?« erinnerte sie ihn.

Er seufzte.

»Oh, ich habe eigentlich kein Problem, bei dem mir jemand helfen könnte. Schauen Sie, ich glaube, es war falsch von mir, hier hereinzukommen. Ich werde Sie trotzdem für Ihre Mühe bezahlen, so als hätten Sie mir eine Beratung erteilt. Wieviel kostet es?«

Er begann nach seiner Brieftasche zu greifen, aber sie hob die Hand.

»Liegt es daran, daß Sie nicht an solche Dinge glauben?« fragte sie, und ihre Augen glitten prüfend über sein Gesicht.

»Nein, ganz im Gegenteil«, erwiderte er. »Ich bin willens, an Magie,

Wahrsagerei und alle Arten von Zaubersprüchen und Einflüssen zu glauben, ob sie vom Himmel oder aus der Hölle kommen. Aber . . .

»Aber nicht in einem Loch wie diesem hier?«

Er lächelte.

»Ich widerspreche nicht«, sagte er.

Ein pfeifender Ton erfüllte die Luft. Er schien aus dem Raum dahinter zu kommen.

»Das ist in Ordnung«, sagte sie, »mein Wasser kocht. Ich hatte vergessen, daß ich es angestellt habe. Möchten Sie einen Tee mit mir trinken? Ich spüle die Tassen. Es macht mir keine Mühe. Ich habe Zeit.«

»In Ordnung«.

Sie erhob sich und ging hinaus.

Er warf einen Blick auf die Eingangstür, doch dann machte er es sich im Sessel bequem, seine großen, blau-geäderten Hände ließ er auf den gepolsterten Armlehnen ruhen. Er schnupperte in der Luft, mit plötzlich bewegten Nasenflügeln, und hob den Kopf, wie bei einem vertrauten Duft.

Nach einer Weile kehrte sie mit einem Tablett zurück, das sie auf dem Kaffeetisch absetzte. Die Katze regte sich, hob den Kopf, blinzelte herüber, streckte sich und schloß die Augen wieder.

»Milch und Zucker?«

»Ja bitte. Ein Stück.«

Sie stellte zwei Tassen vor ihn auf den Tisch.

»Nehmen Sie eine«, sagte sie.

Er lächelte und drehte die Tasse zu seiner Linken zu sich her. Sie plazierte einen Aschenbecher in die Mitte des Tisches und ging zu ihrem Platz zurück, während sie die andere Tasse zu sich heranzog.

»Das war nicht nötig«, sagte er und legte seine Hände auf den Tisch.

Sie zuckte die Schultern.

»Sie kennen mich nicht. Warum sollten Sie mir trauen? Wahrscheinlich tragen Sie eine Menge Geld mit sich herum.«

Er sah ihr wieder ins Gesicht. Sie hatte offensichtlich etwas von dem starken Make-up entfernt, während sie im Hinterzimmer war. Die Wangenlinie, die Brauen . . . Er schaute weg. Er nahm einen Schluck Tee.

»Guter Tee. Kein Instant-Produkt«, sagte er. »Danke.«

»Sie glauben also an alle Arten von Magie?« fragte sie, während sie an ihrem Tee nippte.

»An einige«, sagte er.

»Haben Sie bestimmte Gründe, weshalb?«

»Einige von ihnen wirken.«

»Zum Beispiel?«

Er gestikulierte ziellos mit seiner linken Hand.

»Ich bin viel gereist. Ich habe seltsame Dinge gesehen.«

»Und Sie haben keine Probleme?«

Er lachte in sich hinein.

»Sind Sie immer noch darauf aus, mir eine Beratung zu erteilen? Na gut. Ich werde Ihnen ein bißchen über mich und das, was ich erreichen möchte, erzählen, und Sie können mir sagen, ob ich es bekommen werde. In Ordnung?«

»Ich höre.«

»Ich bin Einkäufer für eine große Galerie im Osten. Ich bin so etwas wie eine Autorität für alte Arbeiten aus kostbaren Metallen. Ich halte mich in der Stadt auf, um eine Auktion solcher Gegenstände aus dem Besitz eines privaten Sammlers zu besuchen. Ich will die Stücke morgen besichtigen. Natürlich hoffe ich, etwas Gutes zu finden. Wie schätzen Sie meine Chancen ein?«

»Geben Sie mir Ihre Hände.«

Er streckte sie aus, mit den Handflächen nach oben. Sie beugte sich vor und betrachtete sie. Sofort blickte sie wieder zu ihm hoch.

»Ihre Hände haben mehr Linien, als ich zählen kann.«

»Die ihrigen scheinen auch einige zu haben.«

Für einen kurzen Moment sah sie in seine Augen und widmete ihre Aufmerksamkeit dann wieder seinen Händen. Er bemerkte, daß sie unter den Resten ihres Make-ups blaß geworden war, und ihr Atem ging jetzt unregelmäßig.

»Nein«, sagte sie endlich und zog sich zurück. »Sie werden hier nicht finden, wonach Sie suchen.«

Ihre Hand zitterte leicht, als sie die Teetasse hob. Er runzelte die Stirn.

»Ich fragte nur zum Spaß«, sagte er. »Nichts, was Sie erschrecken sollte. Ich zweifelte ohnehin, daß ich finden würde, wonach ich wirklich suche.«

Sie schüttelte den Kopf.

»Sagen Sie mir Ihren Namen.«

»Ich habe meinen Akzent verloren«, sagte er, »aber ich bin Franzose. Mein Name ist DuLac.«

Sie starrte ihn an, und ihre Augenlider flatterten.

»Nein . . .«, sagte sie. »Nein.«

»Ich fürchte doch. Wie ist Ihr Name?«

»Madame LeFay«, sagte sie. »Ich habe gerade dieses Schild neu gemalt. Es trocknet noch.«

Er begann zu lachen, aber es gefror ihm in der Kehle.

»Nun . . . weiß ich . . . an wen . . . Sie mich erinnern . . .«

»Sie erinnerten mich auch an jemanden. Jetzt weiß ich es ebenfalls.«

Ihre Augen füllten sich mit Tränen. Die Wimperntusche zerfloß.

»Es kann nicht sein«, sagte er. »Nicht hier . . . Nicht an einem Ort wie diesem . . .«

»Du lieber Mensch«, sagte sie sanft und hob seine rechte Hand an ihre Lippen. Sie schluckte einen Moment lang, dann sagte sie: »Ich dachte, ich sei die letzte, und du in Joyous Gard begraben. Ich hätte mir niemals träumen lassen . . .« Dann: »Dies hier?« Sie machte eine Geste durchs Zimmer. »Nur weil es mich amüsiert, mir hilft, die Zeit zu vertreiben. Das Warten . . .«

Sie hielt inne und ließ seine Hand sinken.

»Erzähl mir davon«, sagte sie.

»Das Warten«, erwiderte er. »Auf was wartest du?«

»Frieden«, sagte sie. »Ich bin hier durch die Kraft meiner Künste, all die langen Jahre hindurch. Aber du – wie hast du es bewerkstelligt?«

»Ich –« Er nahm noch einen Schluck Tee. Er warf einen Blick durch das Zimmer. »Ich weiß nicht, wo ich anfangen soll«, sagte er. »Ich überlebte die letzten Kämpfe, sah das Königreich zerfallen, konnte nichts tun – und zuletzt verließ ich England. Ich wanderte durch die Welt, verdingte mich an vielen Höfen, nach einer Weile unter verschiedenen Namen, als ich sah, daß ich nicht alterte – oder vielmehr sehr, sehr langsam alterte. Ich war in Indien, in China – ich beteiligte mich an den Kreuzzügen. Ich war überall. Ich habe mit Zauberern und Mystikern gesprochen – die meisten von ihnen waren Scharlatane, ein paar besaßen Kräfte, nicht so große wie Merlin – und das, was im Laufe der Zeit zu meiner Überzeugung geworden war, erhielt seine Bestätigung durch einen von ihnen, einen Mann, der mehr als ein halber Scharlatan war, doch . . .« Er hielt inne und trank seinen Tee aus. »Bist du sicher, daß du all dies hören willst?« fragte er.

»Ich möchte es hören. Laß mich trotzdem zuvor noch Tee holen.«

Sie kam mit dem Tee zurück. Sie zündete sich eine Zigarette an und lehnte sich zurück.

»Erzähl weiter.«

»Ich entschied, daß es . . . meine Sünde war«, sagte er, »mit . . . der Königin.«

»Ich verstehe dich nicht.«

»Ich verriet meinen Lehnsherrn, der auch mein Freund war, in der einen Sache, die ihn am meisten verletzen mußte. Die Liebe, die ich empfand, war stärker als Treue oder Freundschaft – und sogar heute, bis zu diesem Tage, ist sie es noch. Ich kann nicht bereuen, und so kann mir nicht vergeben werden. Jene Zeiten waren seltsam und voller Zauber. Wir lebten in einem Land, das dafür bestimmt war, ein Mythos zu werden. In jenen Tagen gingen Kräfte durch das Königreich, die heute von der Erde verschwunden sind. Wie oder warum, kann ich nicht sagen. Aber du weißt, daß es die Wahrheit ist. Irgendwie bin ich ein Stück dieser vergangenen Welt, und die Gesetze, die meine Existenz beherrschen, sind nicht die normalen Gesetze einer natürlichen Welt. Ich glaube, daß ich nicht sterben kann, daß es mein Geschick ist, zur Strafe durch die Welt zu wandern, bis ich die Suche vollendet habe. Ich glaube, daß ich erst an dem Tag Ruhe finden werde, an dem ich den heiligen Gral finde. Noch ehe er als Cagliostro bekannt wurde, hat Giuseppe Balsamo dies irgendwie erkannt und mir gesagt, gerade als es mir selbst in den Sinn kam, obwohl ich ihm niemals ein Wort davon sagte. Und so bin ich durch die Welt gereist, immer auf der Suche. Ich gehe nicht mehr als Ritter oder Krieger, sondern als Wertsachverständiger. Ich bin in fast jedem Museum auf Erden gewesen, ich habe alle großen privaten Sammlungen gesehen. Bis jetzt hat er sich mir entzogen.«

»Du wirst wirklich ein bißchen zu alt zum Kämpfen.«

Er schnaubte.

»Ich habe niemals verloren«, erklärte er entschieden. »Zehn Jahrhunderte lang habe ich niemals einen persönlichen Kampf verloren. Es stimmt, daß ich gealtert bin, doch immer, wenn ich in Gefahr bin, kehrt all meine frühere Stärke zu mir zurück. Aber wo auch immer ich Ausschau halte, wo auch immer ich kämpfe, es hat niemals dazu gereicht, das zu entdecken, was ich finden muß. Ich fühle, daß mir nicht vergeben wurde und daß ich, wie der Ewige Jude, bis ans Ende der Welt wandern muß.«

Sie senkte den Kopf.

». . . Und du sagst, ich werde ihn auch morgen nicht finden?«

»Du wirst ihn niemals finden«, sagte sie sanft.

»Hast du das in meiner Hand gesehen?«

Sie schüttelte den Kopf.

»Deine Geschichte ist faszinierend und deine Theorie neuartig«, begann sie, »aber Cagliostro war ein völliger Scharlatan. Etwas muß ihm deine Gedaken verraten haben, und den Rest hat er scharfsinnig kombiniert. Aber er hatte unrecht. Ich sage dir, daß du ihn niemals finden wirst, aber nicht weil du unwürdig bist oder dir nicht verziehen wurde. Nein, deswegen nicht. Ein treuerer Untertan als du hat niemals auf Erden gelebt. Weißt du nicht, daß Artus dir verziehen hat? Es war eine arrangierte Heirat. So etwas geschah dauernd irgendwo, wie du eigentlich wissen müßtest. Du gabst ihr etwas, was er ihr nicht geben konnte. Zwischen euch war nur Zärtlichkeit. Artus verstand. Die einzige Verzeihung, die du brauchst, ist die, welche du dir in all diesen langen Jahren selbst versagt hast – deine eigene. Nein, es wurde dir kein Fluch auferlegt. Deine eigenen Gefühle führten dich dazu, eine unmögliche Suche auf dich zu nehmen, was einer ewigen Schuld gleichkommt. Aber du hast dich all die Jahrhunderte hindurch auf der falschen Fährte geplagt.«

Als sie ihre Augen erhob, sah sie, daß die seinen hart geworden waren wie Eis oder Kristalle. Aber sie hielt seinem starren Blick stand und fuhr fort: »Den Heiligen Gral gibt es weder heute, noch gab es ihn damals, und wahrscheinlich wird es ihn niemals geben.«

»Ich sah ihn«, sagte er, »an dem Tag, als er in der Halle der Tafelrunde erschien. Wir alle sahen ihn.«

»Ihr glaubtet, ihn zu sehen,« berichtigte sie ihn. »Ich hasse es, eine Illusion zu zerstören, die allen anderen Prüfungen der Zeit widerstand, aber ich fürchte, ich muß es tun. Wie du dich erinnern wirst, war das Königreich zu dieser Zeit in Aufruhr. Die Ritter wurden rastlos und verließen die Gemeinschaft der Tafelrunde. Ein Jahr – vielleicht sogar nur noch sechs Monate –, und alles das, für dessen Zusammenhalt Artus so hart gekämpft hatte, wäre zusammengebrochen. Er wußte, je länger Camelot bestehen würde, desto länger würde sein Name überdauern, desto stärker würden sein Ideale werden. So führte er eine Entscheidung herbei, eine rein politische. Es wurde etwas gebraucht, um die Dinge zusammenzuhalten. Artus rief Merlin herbei, der schon halb verrückt war, aber noch klug genug, um zu sehen, was notwendig war, und fähig, es auch in die Wege zu leiten. Die Gralssuche wurde ins Leben gerufen. Merlins Kräfte schufen die Illusion, die ihr an diesem Tag gesehen habt. Sicher war es eine Lüge. Aber doch eine glorreiche Lüge. Und sie diente jahrelang dazu, euch alle in Brüderschaft zu verbinden, im Namen von Gerechtigkeit und Liebe. Sie ging in die Literatur ein, sie förderte die Beweglichkeit und die hehren Ziele der Kultur. Sie diente ihrem Zweck. Aber – es war – niemals – Wirklichkeit. Du bist die ganze Zeit über einem Phantom nachgejagt. Es tut mir leid, Lancelot, aber ich habe absolut keinen Grund, dich zu belügen. Ich erkenne Zauberei, wenn ich sie sehe. Damals war es Zauberei. So ist es geschehen.«

Lange Zeit war er still. Dann lachte er.

»Du weißt auf alles eine Antwort«, sagte er. »Ich bin versucht, dir zu glauben, wenn du mir nur noch eine weitere Frage beantworten kannst . . . Warum bin ich hier? Aus welchem Grund? Durch welche Macht? Wie kommt es, daß ich die Hälfte der Zeit seit Christi Geburt am Leben geblieben bin, während andere Männer in wenigen Jahren alt werden und sterben? Kannst *du* mir sagen, was Cagliostro nicht konnte?«

»Ja«, sagte sie, »ich glaube, ich kann es.«

Er sprang auf und begann, hin und her zu laufen. Die Katze glitt beunruhigt vom Sofa und rannte in den hinteren Raum. Er bückte sich und raffte seinen Spazierstock auf. Dann wandte er sich zur Tür.

»Ich schätze, es ist tausend Jahre Warten wert, dich in Angst zu sehen«, sagte sie.

Er blieb stehen.

»Das ist unfair«, erwiderte er.

»Ich weiß. Aber jetzt wirst du umkehren und dich hinsetzen«, sagte sie.

Er mußte wieder lächeln, als er sich umwandte und zurückkam.

»Erzähl mir«, sagte er. »Wie siehst du die Sache?«

»Deine Verzauberung war die letzte Tat, die Merlin vollbracht hat, so sehe ich die Sache.«

»Merlin? Mich? Warum?«

»Es ging das Gerücht, der alte Narr habe Nimue mit in die Wälder genommen, und sie mußte einen seiner eigenen Zaubersprüche gegen ihn anwenden, um sich zur Wehr zu setzen – ein Spruch, der bewirkte, daß er an einem verlassenen Ort für immer schlafen sollte. Wenn es der Spruch war, den ich meine, dann stimmt zumindest ein Teil des Gerüchtes nicht. Es gab keinen bekannten Gegenspruch, aber die Wirkung der Verzauberung sollte keinen ewigen Schlaf, sondern einen ungefähr tausendjährigen verursacht haben, dann würde er erwachen. Meine Vermutung geht dahin, daß seine letzte bewußte Handlung, ehe er in Schlaf fiel, jene Verzauberung war, die er dir auferlegte, um dich bei seiner Rückkehr zur Verfügung zu haben.«

»Das könnte möglich sein, aber weshalb wollte oder brauchte er gerade mich?«

»Wenn ich auf der Reise in eine fremde Zeit wäre, dann wünschte ich mir bei meiner Ankunft einen Bundesgenossen. Und wenn ich die Wahl hätte, dann würde ich mir den größten Helden der Zeit aussuchen.«

»Merlin . . .«, sann er. »Ich glaube, daß es so sein könnte, wie du sagst. Verzeih, aber ein langes Leben ist gerade durcheinandergerüttelt worden, von seinem Anfang bis zu seinem Ende. Wenn das wahr ist . . .«

»Ich bin sicher, daß es wahr ist.«

»Wenn das wahr ist . . . Ein Jahrtausend, sagst du?«

»Mehr oder weniger.«

»Nun, die Zeit ist fast um.«

»Ich weiß. Ich glaube nicht, daß unsere Begegnung heute nacht ein Zufall war. Du bist ausersehen, ihn bei seinem Erwachen zu treffen, und das wird bald sein. Irgend etwas hat es so gefügt, daß du mir vorher begegnet bist, möglicherweise, um gewarnt zu sein.«

»Gewarnt? Wovor gewarnt?«

»Er ist verrückt, Lancelot. Viele von uns waren erleichtert über sein Verschwinden. Wenn das Königreich nicht zuletzt durch Streit und Krieg auseinandergefallen wäre, dann wäre es auf jeden Fall durch seine Hand geschehen.«

»Das ist für mich schwer zu glauben. Er war immer ein seltsamer Mensch – doch wer kann schon einen Zauberer völlig verstehen? – und in seinen späteren Jahren schien er zumindest teilweise verdreht zu sein. Aber er kam mir niemals wirklich böse vor.«

»Das war er auch nicht. Es war seine Tugendhaftigkeit, die ihn gefährlich machte. Er war ein irregeleiteter Idealist. In einer einfacheren Zeit als heute und an einem anderen Ort, zusammen mit einem willigen Werkzeug wie Artus, war er imstande, eine Legende zu schaffen. Heute, in einer Zeit der fürchterlichsten Waffen und mit dem richtigen Führer als seinem Helfershelfer, könnte er eine ungeheure Verwüstung anrichten. Er würde Unrecht sehen und seinen Helfer zwingen, es in Ordnung zu bringen. Er würde es im Namen derselben hohen Ideale tun, denen er immer gedient hat, aber die Folgen erst erkennen, wenn es zu spät wäre. Wie sollte er das auch – selbst bei geistiger Gesundheit? Er hat keine Vorstellung von den modernen internationalen Verpflichtungen.«

»Was können wir tun? Was ist meine Rolle bei alledem?«

»Ich glaube, du solltest nach England zurückkehren, damit du bei seinem Erwachen anwesend bist. Du könntest herausfinden, was er wirklich beabsichtigt, und versuchen, ihn zur Vernunft zu bringen.«

»Ich weiß nicht . . . Wie soll ich ihn finden?«

»Du hast mich auch gefunden. Zur rechten Zeit wirst du am richtigen Ort sein. Dessen bin ich mir sicher. Es war so geplant, wahrscheinlich sogar ein Teil seines Zauberspruchs. Such ihn. Aber trau ihm nicht.«

»Ich weiß nicht, Morgana.« Er schaute sinnend auf die Wand. »Ich weiß nicht.«

»Du hast so lange darauf gewartet, und nun schreckst du davor zurück, endgültig die Wahrheit zu erfahren?«

»Du hast recht – jedenfalls so ziemlich.« Er faltete seine Hände, hob sie und stützte sein Kinn darauf. »Ich weiß nicht, was ich tun würde, wenn er wirklich wiederkommt. Versuchen, ihn zur Vernunft zu bringen, schön und gut. Hast du noch einen anderen Vorschlag?«

»Nur den, dort zu sein.«

»Du hast in meiner Hand gelesen. Du verstehst etwas davon. Was hast du gesehen?«

Sie wandte sich ab.

»Es ist ungewiß«, sagte sie.

In dieser Nacht träumte er von lange vergangenen Zeiten, wie es manchmal geschieht. An dem Tag war die Tafelrunde geladen, und sie saßen alle um den großen Tisch herum. Gawein war da und Parzival. Galahad . . . Er fuhr zusammen. Dieser Tag war anders als die anderen. Es lag eine gewisse Spannung in der Luft, ein Gefühl, als wollte ein Sturm losbrechen, ein elektrisches Knistern . . . Merlin stand am jenseitigen Ende des Raumes, die Hände steckten in den Ärmeln seines langen Gewandes, sein Haar und Bart waren schneeweiß und wirr, die hellen Augen starrten – wohin, das wußte niemand genau . . .

Nach einer Weile, während die Zeit stillstand, erschien ein rötliches Glühen nahe der Tür. Alle schauten dorthin. Es wurde heller und glitt langsam vorwärts in den Raum hinein. Süße Düfte und sanfte Klänge durchzogen die Luft. Nach und nach bildete sich im Zentrum der Erscheinung eine Form, die schließlich die Gestalt eines Abendmahlkelches annahm . . .

Er fühlte, wie er aufstand, langsam losging und dem Weg des Kelches durch den großen Raum folgte – er näherte sich ihm, stumm und bedächtig, wie unter Wasser . . .

. . . und griff danach.

Seine Hand drang bis zur Mitte in den Kreis von Licht ein, näherte sich dem nun auflodernden Gefäß und stieß hindurch . . .

Sofort verblaßte der Schein. Die Umrisse des Kelches flackerten, dann brach die Erscheinung in sich zusammen, wurde blasser und blasser und verging . . .

Ein tosender Lärm erscholl, der von den Wänden der Halle zurückgeworfen wurde. Gelächter.

Er wandte sich um und betrachtete die anderen. Sie saßen um den Tisch herum, beobachteten ihn und lachten. Sogar Merlin brachte ein trockenes Kichern zustande.

Plötzlich hatte er seine große Klinge in der Hand und erhob sie gegen die Tafel. Die vordersten Ritter wichen zurück, als er die Waffe krachend niederfahren ließ.

Die Tafel zersprang in zwei Hälften, die zu Boden fielen. Der Raum erbebte.

Das Beben hielt an. Steine lösten sich aus dem Mauerwerk. Ein Dachbalken fiel herunter. Er hob den Arm.

Das ganze Schloß stürzte ein und brach auf ihn hernieder, und immer noch hörte er das Gelächter.

Schweißgebadet erwachte er und lag lange Zeit still. Am Morgen kaufte er sich eine Fahrkarte nach London.

Zwei der drei elementaren Klänge der Welt umgaben ihn plötzlich, als er an jenem Abend mit dem Stock in der Hand spazierenging. Er war schon ein Dutzend Tage in Cornwall umhergewandert, ohne einen Fingerzeig für seine Suche zu finden. Zwei weitere Tage hatte er sich noch zugestanden, bevor er aufgeben und abreisen wollte.

Wind und Regen fielen jetzt über ihn her, und er machte größere Schritte. Das Licht der hervorblitzenden Sterne wurde von Wolkenbergen gedämpft, und von allen Seiten stiegen Nebelschwaden auf wie Gebilde von Geisterhand. Er ging zwischen Bäumen hindurch, stand still, ging weiter.

»Ich sollte so spät nicht mehr draußen sein«, murmelte er, und dann, nachdem er noch einige Male stehengeblieben war: »*Nel mezzo del cammin di nostra vita mi ritrovai per una selva oscura, che la diritta via era smarrita.*« Dann zuckte er die Schultern und blieb unter einem Baum stehen.

Der Regen war nicht stark. Es war jetzt eher ein feiner Nebel. Ein hell leuchtender Fleck am Himmel zeigte die Stelle, wo der verschleierte Mond hing.

Er fuhr sich über das Gesicht und stellte den Kragen hoch. Er betrachtete eingehend die Position des Mondes. Nach einer Weile schlug er den Weg zu seiner Rechten ein. Dort hörte er in der Ferne ein schwaches Donnergrollen.

Der Nebel legte sich immer dichter um ihn. Nasse Blätter verursachten schmatzende Laute unter seinen Stiefeln. Ein Tier von unbestimmbarer Größe stürmte aus einem Strauch neben einem Geröllhaufen und rannte durch die Dunkelheit davon.

Fünf Minuten . . . zehn . . . Er fluchte leise. Der Regen war stärker und dichter geworden. War das derselbe Felsen wie vorhin?

Er ging einmal im Kreis herum. Alle Richtungen sahen gleichermaßen wenig einladend aus. Auf gut Glück wählte er eine Richtung und setzte seinen Weg fort.

In der Ferne erblickte er ein Funkeln, ein Glühen, ein waberndes Licht. Es verschwand und kam in regelmäßigen Abständen wieder, als ob es gelegentlich verdeckt würde, je nachdem, wie er sich bewegte. Er ging auf das Licht zu. Nach ungefähr einer Minute war das Licht wieder außer Sicht, aber er setzte seinen Weg in die Richtung fort, in der er es vermutete. Wieder ertönte ein Donnergrollen, diesmal lauter.

Ob es nun wie eine Täuschung aussah oder wie irgendein kurzlebiges natürliches Phänomen – auf jeden Fall war noch jemand in der gleichen Richtung unterwegs. Da war eine Bewegung am Fuß eines großen Baumes, ein Scharren im Dunkeln. Er verlangsamte seine Schritte und näherte sich vorsichtig der Stelle.

Da!

Eine Gestalt löste sich aus der Dunkelheit und ging nach links. Sie bewegte sich wie ein Mensch, mit langsamen und schweren Schritten, während knarrende Laute vom Waldboden unter ihr erklangen. Für einen Moment traf ein verirrter Mondstrahl die Gestalt, und sie schien unter der Nässe gelb und metallisch glatt zu sein.

Er hielt inne. Es sah aus, als hätte er gerade einen Ritter in voller Rüstung auf seinem Weg gesehen. Wie lange hatte er dergleichen nicht mehr erblickt? Er schüttelte den Kopf und starrte.

Die Gestalt war ebenfalls stehengeblieben. Sie hob den rechten Arm in einer winkenden Geste, wandte sich um und begann davonzugehen. Er zögerte nur kurz, dann folgte er ihr.

Sie wandte sich nach links, einem trügerischen, tückischen Pfad zu, der felsig und schlüpfrig und leicht abwärts geneigt war. Jetzt benutzte er den Stock wirklich, um sich festen Halt zu verschaffen, während er ihren bedächtigen Schritten folgte. Er holte die Gestalt soweit ein, daß er klar das metallische Kratzen beim Dahinschreiten hören konnte.

Dann war sie verschwunden, von einer noch größeren Dunkelheit verschluckt.

Er näherte sich der Stelle, wo er die Gestalt zuletzt gesehen hatte. Er stand im Schatten eines großen Felsblocks. Er langte nach vorn und berührte ihn mit dem Stock.

Er tappte auf der felsigen Oberfläche umher, bis der Stock keinen Widerstand mehr fand und hindurchstieß.

Da war eine Öffnung, ein Spalt. Er mußte sich seitlich drehen, um hineinzukommen. Doch als er sich drehte, trat der volle Schein des Lichts, das er zuvor gesehen hatte, für mehrere Sekunden wieder in sein Blickfeld.

Der Durchgang verlief in Windungen und erweiterte sich, führte ihn zurück und abwärts. Einige Male hielt er inne und horchte, aber es gab keine anderen Geräusche als seinen eigenen Atem.

Er zog sein Taschentuch hervor und trocknete sorgfältig Gesicht und Hände. Er rieb die Nässe von seinem Mantel und klappte den Kragen wieder herunter. Er streifte den Schmutz und die Blätter von seinen Stiefeln und zog seine Kleidung zurecht. Dann ging er entschlossen voran, umrundete eine letzte Ecke und kam in einen Raum, der von einer kleinen Öllampe erhellt wurde, die an drei dünnen Ketten irgendwo oberhalb im Dunkeln befestigt war. Der gelbe Ritter stand unbeweglich an der gegenüberliegenden Wand. Auf einer Matte auf einem steinernen Podest lag direkt unter der Lampe ein alter Mann in zerlumpter Kleidung. Sein bärtiges Gesicht war durch Schatten halb verdeckt.

Er trat neben den alten Mann. Da sah er, daß dessen uralte Augen geöffnet waren.

»Merlin . . .?« flüsterte er.

Ein schwacher, zischender Laut ertönte, ein leises Krächzen. Als er erkannte, woher es kam, beugte er sich vor.

»Elixier . . . in dem Erdklumpen . . . Sims . . . dahinten«, ertönte die heisere Stimme.

Er wandte sich um und suchte den Sims, den Behälter.

»Weißt du, wo es ist?« fragte er die gelbe Gestalt.

Sie rührte sich nicht vom Fleck, antwortete auch nicht, sondern stand still wie ein Ausstellungsstück. Er ging weg und suchte weiter. Nach einer Weile hatte er es gefunden. Es war eher eine Nische als ein Sims, die in die Mauer überging und im Schatten lag. Er tastete mit den Fingerspitzen über die Umrisse des Behälters und hob ihn vorsichtig herunter. Eine Flüssigkeit schwappte darin. Er wischte mit dem Ärmel den Rand ab, nachdem er in den erleuchteten Bereich des Raumes zurückgekehrt war. Der Wind pfiff durch den Eingang, und er glaubte, die schwache Vibration von Donner zu spüren.

Eine Hand unter seine Schultern schiebend, hob er die uralte Gestalt hoch. Merlins Blick schien immer noch abwesend zu sein. Er benetzte Merlins Lippen mit der Flüssigkeit. Der alte Mann leckte sie ab und öffnete einige Augenblicke später den Mund. Er schaffte einen Schluck, dann noch einen und noch einen . . .

Merlin gab ihm zu verstehen, daß er ihn herunterlassen möge, und er tat es. Er warf noch einen Blick auf den gelben Harnisch, aber der war die ganze Zeit bewegungslos stehengeblieben. Sein Blick schweifte zurück zu dem Zauberer, und er sah, daß ein neues Licht in seinen Augen war und er ihn forschend und mit schwachem Lächeln anblickte.

»Fühlst du dich besser?«

Merlin nickte. Eine Minute verstrich, und ein Hauch von Farbe erschien auf seinen Wangen. Er brachte sich auf den Ellenbogen in eine sitzende Stellung und nahm das Gefäß in seine Hände. Er hob es hoch und nahm einen tiefen Schluck.

Danach saß er einige Minuten lang still. Seine dünnen Hände, die im Licht der Flammen wächsern bleich ausgesehen hatten, wurden dunkler und voller. Seine Schultern strafften sich. Er stellte den Behälter neben sich auf das Bett und streckte die Arme. Beim ersten Mal knarrten die Gelenke noch, beim zweiten Mal nicht mehr. Er schwang die Beine über den Bettrand und erhob sich langsam. Er war einen ganzen Kopf kleiner als Lancelot.

»Es ist geschafft«, sagte er und starrte rückwärts ins Dunkel. »Natürlich ist viel geschehen . . .«

»Es ist viel geschehen«, erwiderte Lancelot.

»Du hast es die ganze Zeit miterlebt. Sag mir, ist die Welt ein besserer Ort geworden, oder ist sie noch so schlecht wie in jenen Tagen?«

»Besser auf eine Art, schlechter auf eine andere. Es ist verschieden.«

»Auf welche Art besser?«

»Das Leben ist in vieler Hinsicht leichter geworden, und die Gesamtsumme des menschlichen Wissens ist ungeheuer gestiegen.«

»Auf welche Art schlechter?«

»Es gibt viel mehr Menschen auf der Welt. Folglich leiden viel mehr Menschen an Armut, Krankheit und Dummheit. Die Erde selbst hat eine große Ausbeutung erlitten, hinsichtlich ihrer Verschmutzung und anderer Anschläge auf die Unversehrtheit der Natur.«

»Auch Kriege?«

»Irgendwer kämpft immer irgendwo.«

»Sie brauchen Hilfe.«

»Vielleicht. Vielleicht auch nicht.«

Merlin drehte sich um und sah ihm in die Augen.

»Was meinst du damit?«

»Die Menschen haben sich nicht verändert. Sie sind so vernünftig – oder unvernünftig –, wie sie es in den alten Zeiten waren. Sie sind so moralisch und gesetzestreu – oder nicht – wie immer. Sie haben viele neue Dinge gelernt, viele neue Gegebenheiten entwickelt, aber ich glaube nicht, daß die menschliche Natur sich bedeutend verändert hat, während du schliefst. Nichts, was du tun könntest, könnte an dieser Tatsache vorbeigehen. Du wärst vielleicht in der Lage, einige Eigenheiten der Zeit zu verändern, aber wäre deine Einmischung denn wirklich angebracht? Alles greift heutzutage derart ineinander, daß nicht einmal du imstande wärst, alle Konsequenzen eventueller Handlungen vorherzusehen. Es könnte passieren, daß du mehr Schlechtes als Gutes tust; und was immer du tust, die menschliche Natur wird die gleiche bleiben.«

»Das klingt gar nicht nach dir, Lance. Das Philosophieren war in den alten Zeiten doch nie deine starke Seite.«

»Ich hatte viel Zeit, darüber nachzudenken.«

»Und ich hatte viel Zeit, um davon zu träumen. Dein Handwerk ist der Krieg, Lance. Bleibe dabei.«

»Ich habe es vor langer Zeit aufgegeben.«

»Und was bist du jetzt?«

»Ein Kunstsachverständiger.«

Merlin wandte sich ab und trank erneut. Als er sich wieder umdrehte, schien er eine ungestüme Energie auszustrahlen.

»Und dein Eid? Das Unrecht zu richten, die Bösen zu strafen . . .?«

»Je länger ich lebte, desto schwerer wurde es für mich zu entscheiden, was falsch und wer böse war. Kläre es für mich, und ich kann wieder an mein Handwerk gehen.«

»Galahad hätte nie in dieser Weise zu mir gesprochen.«

»Galahad war jung, naiv, vertrauensvoll. Sprich mir nicht von meinem Sohn.«

»Lancelot! Lancelot!« Er legte eine Hand auf seinen Arm. »Woher all die Bitterkeit gegen einen alten Freund, der tausend Jahre lang nichts getan hat?«

»Ich wollte meinen Standpunkt sofort klarmachen. Ich befürchtete, du könntest einige unwiderrufliche Aktionen im Sinn haben, die das Gleichgewicht der Stärke in der Welt fatal verändern könnten. Ich wollte dich wissen lassen, daß ich nicht mit von der Partie bin.«

»Gib zu, daß du nicht weißt, wozu ich imstande wäre, was ich tun könnte.«

»Gebe ich zu. Deshalb fürchte ich dich. Was beabsichtigst du wirklich?«

»Nichts, zunächst einmal. Ich möchte mich lediglich umsehen, möchte selbst einige dieser Veränderungen sehen, von denen du gesprochen hast. Dann werde ich entscheiden, welches Unrecht gerichtet werden muß, wer bestraft werden muß und wen ich zu meinen Kämpfern wähle. Ich werde dir diese Dinge zeigen, und dann kannst du zu deinem Handwerk zurückkehren, wie du es nennst.«

Lancelot seufzte.

»Der Moralist hat die Beweislast. Dein Urteil ist nicht länger maßgebend für mich.«

»Mein Gott,« erwiderte der andere, »es ist traurig, so lange auf eine solche Begegnung gewartet zu haben, um dann zu sehen, daß du den

Glauben an mich verloren hast. Meine Kräfte beginnen schon zurückzukehren, Lance. Fühlst du nicht, daß Magie in der Luft liegt?«

»Ich fühle etwas, was ich lange nicht gefühlt habe.«

»Der Schlaf durch die Jahrhunderte war ein belebender – eine wirkliche Hilfe. Schon bald, Lancelot, werde ich stärker sein als jemals zuvor. Und du zweifelst, daß ich fähig sein werde, die Uhr zurückzudrehen?«

»Ich bezweifle nur, daß du in der Lage bist, es auf eine Weise zu tun, die jemandem nützt. Hör zu, Merlin, es tut mir leid. Es gefällt mir auch nicht, daß es so gekommen ist. Aber ich habe zu lange gelebt, zu viel gesehen, ich weiß zuviel darüber, wie es heute in der Welt zugeht, als daß ich der Meinung irgendeines einzelnen hinsichtlich ihrer Erlösung Glauben schenken könnte. Laß es gut sein. Du bist eine geheimnisumwobene, ehrwürdige Legende. Ich weiß nicht, was du wirklich bist. Aber verzichte darauf, deine Kräfte in irgendeinem Kreuzzug zu erproben. Mach irgend etwas anderes mit deiner Zeit. Werde Arzt und bekämpfe das Leid. Fang an zu malen. Werde Professor für Geschichte oder Antiquar. Zum Teufel, werde doch Sozialkritiker und zeige die Übel auf, damit die Menschen sie selbst korrigieren können.«

»Glaubst du wirklich, ich könnte mich mit so etwas zufrieden geben?«

»Man findet in vielen Dingen Zufriedenheit. Es hängt vom Menschen ab, nicht von der Sache. Ich sage nur, daß du vermeiden solltest, deine Kräfte mit irgendeinem Versuch zu verschwenden, durch Gewalt soziale Veränderungen herbeizuführen, wie wir es einst taten.«

»Was die Veränderungen auch immer bewirkt haben, so liegt doch die größte Ironie der Zeit darin, daß sie dich in einen Pazifisten verwandelt haben.«

»Du hast unrecht.«

»Gestehe es ein! Du bist letztlich dahin gekommen, den Lärm der Waffen zu fürchten! Ein Kunstsachverständiger! Was für ein Ritter bist du nur?«

»Einer, der sich in der falschen Zeit und am falschen Ort befindet, Merlin.«

Der Zauberer zuckte die Schultern und wandte sich ab.

»Also lassen wir das. Es ist gut, daß du dich entschieden hast, mir dies alles sofort zu berichten. Jedenfalls danke dafür. Augenblick noch.«

Merlin ging nach hinten in die Höhle und kehrte in Sekundenschnelle zurück, mit frischen Gewändern bekleidet. Die Wirkung war verblüffend. Seine ganze Erscheinung war sauber und geordnet. Sein Haar und der Bart schienen jetzt eher grau zu sein als weiß. Sein Schritt war sicherer und fester. Er hielt einen Stab in der rechten Hand, auf den er sich aber nicht stützte.

»Komm mit mir hinaus«, sagte er.

»Es ist eine schlimme Nacht.«

»Es ist nicht dieselbe Nacht, die du draußen verlassen hast. Es ist nicht einmal derselbe Ort.«

Als er an der gelben Rüstung vorbeikam, schnippte er mit den Fingern vor ihrem Visier. Mit einem einzigen Knarren setzte sich die Gestalt in Bewegung, um ihm zu folgen.

»Wer ist das?«

Merlin lächelte.

»Niemand«, erwiderte er, langte nach hinten und hob das Visier hoch. Der Helm war leer. »Er ist verzaubert, nur von einem Geist belebt«, sagte er. »Ein recht plumpes Spielzeug, weshalb ich ihm auch nicht die Aufgabe anvertraute, mir die Arznei zu geben. Aber immerhin ein perfekter Diener, wie es keinen zweiten gibt. Unglaublich stark und gewandt. Nicht einmal in deiner Blütezeit hättest du ihn schlagen können. Wenn er mit mir geht, fürchte ich nichts. Komm, dort ist etwas, was ich dir zeigen will.«

»Sehr schön.«

Lancelot folgte Merlin und dem hohlen Ritter aus der Höhle. Der Regen hatte aufgehört, und es war still geworden. Sie standen auf einer unwirklich vom Mondlicht erhellten Ebene, auf der Nebel wallten und Gräser funkelten. Schattenhafte Umrisse waren in der Ferne zu sehen.

»Entschuldige«, sagte Lancelot. »Ich habe meinen Stock drinnen gelassen.«

Er wandte sich um und betrat wieder die Höhle.

»Ja, hol ihn nur, alter Mann«, antwortete Merlin. »Deine Stärke ist schon im Schwinden.«

Als Lancelot zurückkehrte, stand er auf den Stock gestützt da und blinzelte über die Ebene.

»Hier entlang«, sagte Merlin, »dahin, wo alle deine Fragen beantwortet werden. Ich werde mich bemühen, nicht zu schnell zu gehen, um dich nicht zu ermüden.«

»Mich ermüden?«

Der Zauberer kicherte und begann quer über die Ebene zu gehen. Lancelot folgte ihm.

»Fühlst du nicht eine kleine Schwäche?«

»Ja, in der Tat. Weißt du, was mit mir los ist?«

»Natürlich. Ich habe die Verzauberung aufgehoben, die dich all die Jahre über beschützt hat. Was du jetzt fühlst, sind die ersten zaghaften Anzeichen deines wahren Alters. Es wird einige Zeit dauern, dich gegen die natürliche Widerstandskraft deines Körpers kleinzukriegen, aber das ist erst der Anfang.«

»Warum tust du mir das an?«

»Weil ich dir glaubte, als du sagtest, daß du kein Pazifist seist. Und du sprachst mit einem Ungestüm, das mich erkennen ließ, daß du dich sogar gegen mich stellen würdest. Ich konnte das nicht zulassen, weil ich wußte, daß deine alte Stärke da sein würde, wenn du sie brauchtest. Selbst ein Zauberer fürchtet das, und so tat ich, was getan werden mußte. Durch meine Kraft wurde der Zauber aufrechterhalten; ohne sie fließt er davon. Es wäre gut für uns gewesen, wieder einmal zusammenzuarbeiten, aber ich sah, daß es nicht sein konnte.«

Lancelot stolperte, fing sich wieder, humpelte weiter. Der hohle Ritter ging an Merlins rechter Seite.

»Du sagst, daß deine Ziele edel sind«, sagte Lancelot, »aber ich glaube dir nicht. Vielleicht waren sie es in den alten Zeiten. Aber nicht nur die Zeiten haben sich verändert. Auch du hast dich verändert. Fühlst du es nicht selbst?«

Merlin holte tief Luft. Sein Atem dampfte.

»Vielleicht ist es mein Erbe«, sagte er. Und dann: »Ich scherze. Natürlich habe ich mich verändert. Jeder tut das. Du selbst bist das beste Beispiel. Was du für eine Wendung zum Schlechten in mir hältst, ist nur die Spitze eines unüberwindlichen Konflikts, der zwischen uns im Laufe unserer Veränderung gewachsen ist. Ich stehe immer noch zu den wahren Idealen von Camelot.«

Lancelots Schultern waren nun nach vorne gebeugt, und seine Atemzüge waren tiefer geworden. Die schattenhaften Formen ragten drohend vor ihnen auf.

»Wahrhaftig, ich kenne diesen Ort«, keuchte er. »Und doch kenne ich ihn nicht. Stonehenge sieht heutzutage anders aus. Selbst zu Artus' Zeiten ermangelte es dieser Vollkommenheit. Wie ist es hierher gekommen? Was ist geschehen?«

Er verhielt im Schritt, um auszuruhen, und Merlin blieb aus Höflichkeit ebenfalls stehen.

»Diese Nacht sind wir zwischen den Welten gewandert«, sagte der Zauberer. »Dies ist ein Stück Märchenland, und das ist das wahre Stonehenge, ein heiliger Ort. Ich habe die Grenzen der Welt ausgedehnt, um es hierher zu bringen. Wenn ich boshaft wäre, so könnte ich dich mit ihm zurückschicken und dich für immer dort stranden lassen. Aber es ist besser, wenn du zur Ruhe kommst. Komm!«

Lancelot schwankte hinter ihm her auf den großen Steinkreis zu. Eine leichte Brise erhob sich im Westen und setzte die Nebelschwaden in Bewegung.

»Was meinst du damit – zur Ruhe kommen?«

»Die vollständige Wiederherstellung meiner Kräfte und ihr Anwachsen wird ein Opfer an diesem Ort erforderlich machen.«

»Dann hast du dies die ganze Zeit mit mir vorgehabt?«

»Nein. Es ist nicht unbedingt nötig, daß du es bist, Lance. Jeder andere hätte denselben Zweck erfüllt, obwohl du prächtig dazu geeignet bist. Es hätte nicht so kommen müssen, wenn du dich entschieden hättest, mir zu helfen. Du kannst deine Meinung immer noch ändern?«

»Würdest du jemanden an deiner Seite haben wollen, der so etwas tut?«

»Das ist der springende Punkt.«

»Weshalb fragst du dann – als nette kleine Grausamkeit gegen mich?«

»Es ist nur so, daß du mich verärgert hast.«

Lancelot hielt wieder inne, als sie den Rand des Kreises erreichten. Er betrachtete die feststehenden Steine.

»Wenn du nicht freiwillig hineingehst, wird dir mein Diener gern dabei behilflich sein«, stellte Merlin fest.

Lancelot spie aus, straffte sich ein wenig und starrte vor sich hin.

»Glaubst du, ich fürchte eine leere Rüstung, eine höllische Gaukelei? Selbst jetzt noch, Merlin, ohne die Gunst des magischen Beistands, könnte ich dieses Ding auseinandernehmen.«

Der Zauberer lachte.

»Es ist gut, daß du dich wenigstens noch an die Prahlerei der Ritterschaft erinnerst, wenn du schon alles andere verloren hast. Ich bin halbwegs willens, dir diese Gelegenheit zu bieten, denn die Art, wie du hineingehst, ist nicht so wichtig. Nur die Vorbereitungen sind von Bedeutung.«

»Aber du hast Angst, deinen Diener zu riskieren?«

»Glaubst du das, alter Mann? Ich bezweifle, daß du auch nur das Gewicht einer Rüstung aushalten kannst, geschweige denn eine Lanze heben. Aber wenn du es versuchen willst, so sei es!«

Er schlug mit dem Ende seines Stabes dreimal leicht auf den Boden.

»Tritt ein«, sagte er dann. »Du wirst drinnen alles finden, was du brauchst. Und ich freue mich, daß du diese Wahl getroffen hast. Du wärst sonst unerträglich, weißt du. Und noch eins, ich sehne mich danach, dich geschlagen zu sehen, heruntergeputzt auf das Niveau geringer Sterblicher. Ich wünschte nur, die Königin wäre hier, um Zeuge zu sein beim letzten Kampf ihres Helden!«

»So will ich's denn tun«, sprach Lancelot, und er ging an dem Monolithen vorbei und betrat den Kreis.

Ein schwarzer Hengst stand dort wartend bereit, die Zügel niedergehalten von einem Stein. Rüstungsstücke, eine Lanze, ein Schwert und ein Schild standen gegen das Hünengrab gelehnt. Gegenüber im Kreis erwartete ein weißer Hengst die Ankunft des hohlen Ritters.

»Es tut mir leid, daß ich keinen Pagen oder Knappen zu deiner Hilfe bereitstellen konnte«, sagte Merlin, als er um die andere Seite des Steinblocks herumkam. »Also würde ich dir gern selbst behilflich sein.«

»Ich komme schon zurecht«, erwiderte Lancelot.

»Mein Kämpfer ist in genau der gleichen Weise ausgerüstet«, sagte Merlin, »und seine Waffen sind nicht stärker als die deinen, wenn er selbst es nicht ist.«

»Ich mochte deine Wortspiele noch nie.«

Lancelot machte sich mit dem Pferd vertraut, dann holte er ein kleines rotes Tüchlein aus seiner Brieftasche und befestigte es an der Lanzenspitze. Er lehnte seinen Stock an das Hünengrab und begann, die Rüstung anzulegen. Merlin, dessen Haar und Bart nun fast schwarz waren, trat mehrere Schritte zurück und fing an, mit der Spitze seines Stabes ein Diagramm in den Schmutz zu zeichnen.

»Du hast immer eine weiße Ausrüstung bevorzugt«, bemerkte er, »aber ich hielt es für angemessen, dich in einer anderen Farbe auszurüsten, seit du die Ideale der Tafelrunde aufgegeben und das Andenken Camelots verraten hast.«

»Im Gegenteil«, erwiderte Lancelot und warf einen Blick in Richtung eines plötzlich vorbeiziehenden Donnergrollens. »Jedes Pferd ist mir für diesen Kampf recht, denn ich bin der letzte Verteidiger von Camelot.«

Merlin beschäftigte sich weiter mit dem Muster, das er zeichnete, während Lancelot langsam seine Rüstung vervollständigte. Der leichte Wind wehte noch immer und wirbelte die Nebel auf. Ein Blitz leuchtete auf und verstörte das Pferd. Lancelot beruhigte es.

Merlin starrte ihn einen Augenblick an und rieb sich die Augen. Lancelot setzte den Helm auf.

»Einen Augenblick lang«, sagte Merlin, »sahst du irgendwie anders aus . . .«

»Tatsächlich? Du glaubst, du hast mir den Zauber genommen, wie?« fragte er, und er kickte den Stein von den Zügeln und schwang sich auf den Hengst.

Merlin trat von dem jetzt fertig gezeichneten Diagramm zurück und schüttelte den Kopf, während der Berittene sich nach vorn beugte und die Lanze ergriff.

»Du scheinst dich immer noch mit einer gewissen Kraft zu bewegen«, sagte er.

»Tatsächlich?«

Lancelot hob die Lanze und legte sie ein. Bevor er den Schild ergriff, den er an die Seite des Sattels gehängt hatte, öffnete er sein Visier, drehte sich um und blickte Merlin an.

»Dein Kämpfer scheint bereit zu sein«, sagte er. »Ich bin es auch.«

Der nächste Lichtblitz ließ erkennen, daß es ein faltenloses Gesicht war, das auf Merlin hinunterblickte, mit klaren Augen und Strähnen von blaßgoldenem Haar, die die Stirn umgaben.

»Welchen Zauber haben dich die Jahre gelehrt?« fragte Merlin.

»Kein Zauber«, antwortete Lancelot. »Vorsicht. Ich habe deine Absichten durchschaut. Also trank ich, als ich in die Höhle zurückging, um meinen Stock zu holen, den Rest von deinem Elixier.«

Er senkte das Visier und wandte sich ab.

»Du gingst wie ein alter Mann . . .«

»Ich hatte eine Menge Übung. Gib deinem Helden das Zeichen!«

Merlin lachte.
»Gut! Es ist auch besser so«, entschied er, »dich in voller Stärke untergehen zu sehen! Du kannst immer noch nicht hoffen, gegen einen Geist gewinnen zu können!«
Lancelot hob den Schild und beugte sich vor.
»Worauf wartest du dann?«
»Auf nichts!« sagte Merlin. Dann rief er: »Töte ihn, Raxas!«
Ein leichter Regen ging nieder, als sie quer über das Feld stampften; angestrengt nach vorn starrend erkannte Lancelot, daß hinter dem Visier seines Gegners Flammen loderten. Im allerletzten Augenblick richtete er die Lanzenspitze auf den flammenden Helm des hohlen Ritters. Blitz und Donner wurden stärker.
Sein Schild wehrte die Lanze des anderen ab, während die seine den sich nähernden Kopf traf. Er flog von den Schultern des hohlen Ritters und polterte rauchend zu Boden.
Er ritt weiter bis zum anderen Ende des Feldes, und als er sich umdrehte, sah er den nun kopflosen hohlen Ritter das gleiche tun. Und hinter ihm sah er zwei Gestalten stehen, wo sich Augenblicke zuvor nur eine befunden hatte.
Morgan Le Fay, in ein weißes Gewand gekleidet, das rote Haar offen im Winde flatternd, stand Merlin an seinem Diagramm gegenüber. Es schien, als sprächen sie miteinander, aber er konnte die Worte nicht hören. Dann begann sie ihre Hände zu heben, und sie glühten wie kaltes Feuer. Auch Merlins Stab leuchtete auf, und er hielt ihn vor sich. Dann sah er nichts mehr, denn der hohle Ritter war zum zweiten Waffengang bereit.
Er legte die Lanze ein, hob den Schild, beugte sich vor und gab seinem Pferd die Sporen. Sein Arm fühlte sich wie aus Eisen an, und seine Kraft war wie ein unendlicher Strom von Elektrizität, als er die Bahn entlangpreschte. Der Regen fiel jetzt stärker, und die Blitze zuckten in einem fort. Ein ständiges Donnergrollen dämpfte den Lärm der Hufschläge, und der Wind pfiff an seinem Helm vorbei, während er sich dem anderen Krieger näherte, die Lanze auf die Mitte seines Schildes gerichtet.
Sie prallten mit einem ungeheuren Krachen gegeneinander. Beide Ritter schwankten, und der hohle fiel, Schild und Brustpanzer von einer zerbrochenen Lanze durchstoßen. Er verlor seinen linken Arm, als er auf der Erde aufschlug; die Lanzenspitze brach ab, und der Schild fiel neben ihn. Aber er begann beinahe sofort wieder aufzustehen, während seine rechte Hand das lange Schwert zog.
Lancelot stieg vom Pferd, legte den Schild ab und zog seine eigene schwere Klinge. Er machte sich bereit, mit seinem kopflosen Gegner zusammenzutreffen. Der andere schlug zuerst zu, und er parierte; eine gewaltige Erschütterung durchfuhr seine Arme. Er führte einen Streich mit dem Schwert und wurde seinerseits abgewehrt.
Mächtig aufeinander einhauend, trieben sie sich quer über das Feld, bis

schließlich Lancelot seine Chance erkannte und seinen heftigsten Schlag führte. Der hohle Ritter stürzte in den Schmutz, sein Brustpanzer klaffte fast bis zu der Stelle, wo der Schaft des Speeres herausragte. In diesem Augenblick schrie Morgan Le Fay laut auf.

Lancelot drehte sich um und sah, daß sie quer über Merlins Diagramm gefallen war. Der Zauberer, nunmehr in bläuliches Licht gehüllt, hob seinen Stab und trat vorwärts. Lancelot machte einen Schritt auf sie zu. Er fühlte große Schmerzen in seiner linken Seite.

Während er sich dem halb aufgerichteten hohlen Ritter zuwandte, der zu einem neuen Schlag ausholte, packte Lancelot den Griff seines Beidhänders anders herum, hob ihn hoch und richtete die Spitze abwärts.

Er warf sich über den anderen, und seine Klinge durchbohrte den Brustharnisch ganz und gar. Er bohrte ihn nieder, nagelte ihn in die Erde. Ein schriller Schrei stieg unter ihm auf, der in der Rüstung widerhallte, und ein Feuerschwall gischtete aus der Halsöffnung, schoß in die Höhe und davon, zerstob im Regen und erlosch kurz darauf mit einem letzten Aufflackern.

Lancelot zog sich auf die Knie. Dann kam er langsam auf die Beine und wandte sich den zwei Gestalten zu, die einander wieder gegenüberstanden. Beide befanden sich nun innerhalb der mit Schmutz bedeckten Zeichen der Kraft, beide waren jetzt in bläuliches Licht gehüllt. Lancelot machte einen Schritt auf sie zu, dann noch einen.

»Merlin!« rief er und näherte sich ihnen weiter. »Ich habe getan, was ich tun wollte! Jetzt komme ich, um dich zu töten!«

Morgan Le Fay wandte sich ihm mit weit aufgerissenen Augen zu.

»Nein!« schrie sie. »Verlaß den Kreis! Schnell! Ich halte ihn hier fest! Seine Kraft schwindet! In wenigen Augenblicken wird es diesen Platz nicht mehr geben. Geh!«

Lancelot zögerte nur einen Moment, dann drehte er sich um und ging, so schnell er konnte, auf den Rand des Kreises zu. Der Himmel schien zu kochen, als er unter den Monolithen hindurchtrat.

Er machte noch ein weiteres Dutzend Schritte, dann hielt er inne, um auszuruhen. Er schaute auf das Schlachtfeld zurück, zu dem Ort, wo die beiden Gestalten noch immer in magischer Umklammerung verharrten. Die nächste Szene brannte sich in sein Gehirn, als der Himmel sich öffnete und ein Flammenmeer auf das jenseitige Ende des Kreises herabfiel.

Geblendet hob er die Hände, um seine Augen zu schützen. Als er sie herunternahm, sah er die Steine fallen, ohne einen Laut, manche verschwanden einfach außer Sicht. Sofort ließ der Regen nach. Zauberer und Zauberin waren wie vom Erdboden verschluckt, und mit ihnen große Teile der Bauten des Ortes. Die Pferde waren nirgends zu sehen. Er schaute über sich und erblickte einen Stein von geeigneter Größe. Er schwang sich hinauf und setzte sich. Er löste seinen Brustpanzer, nahm ihn ab und ließ ihn zu Boden fallen. Seine Seite pochte, und er hielt sie fest. Er beugte sich nach vorn und legte das Gesicht auf seine linke Hand.

Der Regen ließ weiter nach und hörte schließlich auf. Der Wind erstarb. Die Nebel kamen zurück.

Er atmete tief durch und dachte über den Kampf nach. Dies, dies war jenes Ereignis, für das er übriggeblieben war unter all den anderen, jene Sache, auf die er so lange gewartet hatte. Nun war es vorbei, und er konnte ausruhen.

Dann verlor er das Bewußtsein. Er kam durch ein Licht wieder zu sich. Ein gleichmäßiges Glühen sickerte zwischen seinen Fingern hindurch, durchdrang seine Augenlider. Er ließ seine Hand sinken, hob den Kopf und öffnete die Augen.

Es zog langsam vor ihm her in einem Glorienschein von weißem Licht. Er nahm seine verklebten Finger von seiner Seite und erhob sich, um ihm zu folgen. Kraftvoll, glühend, prächtig und rein, ganz anders als die Erscheinung in der Halle der Tafelrunde, führte es ihn hinaus auf die mondhelle Ebene, aus der Dunkelheit in strahlendes Licht und wieder in Dunkelheit hinein, bis die Nebel ihn einhüllten, als er es endlich erreichte, um sich mit ihm zu vereinigen.

HIER ENDET DAS BUCH VON LANCELOT,
DEM LETZTEN DER EDLEN RITTER DER TAFELRUNDE,
UND SEINEN ABENTEUERN MIT RAXAS,
DEM HOHLEN RITTER,
UND MERLIN UND MORGANA,
DEN LETZTEN AUS DEM WEISEN VOLK VON CAMELOT,
UND SEINER SUCHE NACH DEM HEILIGEN GRAL.

QUO FAS ET GLORIA DUCUNT.

# Der unsichtbare Junge

Ray Bradbury

Mehr ein Autor der Phantastik als der Science-fiction, ist Ray Bradbury (geb. 1920) einer der größten Stilisten aller Zeiten. Sowohl von der Literaturkritik als auch vom Publikum wird er als ein Meister der Kurzgeschichte gefeiert. Die folgende Erzählung voll wehmütigem Humor steht beispielhaft für seine besten Arbeiten.

Sie nahm den großen eisernen Stampfer und den mumifizierten Frosch und stieß zu und zermalmte ihn zu Staub und sprach mit dem Staub, während sie ihn in ihrer steinernen Faust bearbeitete. Mit ihren glänzenden grauen Vogelaugen blickte sie immer wieder zu der Hütte. Jedesmal, wenn sie hinsah, wurde rasch ein Kopf vom schmalen, dünnen Fenster zurückgezogen, als hätte sie eine Schrotflinte abgefeuert.

»Charlie!« rief die Alte Frau. »Komm da raus! Ich beschwöre einen Eidechsenzauber, um diese rostige Tür zu öffnen. Komm jetzt raus, sonst werde ich die Erde erbeben, die Bäume in Flammen aufgehen und die Sonne schon zur Mittagsstunde untergehen lassen!«

Der einzige Laut war das warme Berglicht auf den hohen Ölbäumen, ein buschiges Eichhörnchen, das auf einem moosbewachsenen Baumstumpf umherhuschte und die Ameisen, die in einer geraden, braunen Linie an den nackten, blaugeäderten Füßen der Alten Frau vorbeizogen.

»Seit zwei Tagen hungerst du da drin, zum Teufel mit dir!« keuchte sie, schlug den Stampfer gegen einen flachen Stein und brachte den vollen grauen Zauberbeutel an ihrer Hüfte zum Schwingen. Schwitzend erhob sie sich und ging zu der Hütte, das pulverisierte Fleisch in der Hand. »Komm jetzt raus!« Sie schnippte ein wenig von dem Pulver ins Türschloß. »Also gut, ich komm dich holen!« schnaufte sie.

Mit einer walnußbraunen Hand drehte sie an dem Knauf, erst in die eine, dann in die andere Richtung. »O Gott«, beschwor sie. »Sperr diese Tür auf!«

Als nichts geschah, fügte sie noch einen weiteren Zauberspruch hinzu und hielt den Atem an. Ihr langer, zerzauster Rock raschelte, als sie in ihre dunkle Tasche blickte, um zu sehen, ob sich noch andere schuppige Monster darin befänden, irgendein stärkeres Zauberwesen als der Frosch, den sie vor Monaten für eine Notlage wie diese getötet hatte.

Sie hörte Charlies Atem hinter der Tür. Seine Leute waren Anfang der Woche zu einer Stadt in Ozark aufgebrochen, und er war fast sechs Meilen zu der Alten Frau gelaufen, um nicht allein zu sein – sie war so etwas wie eine Tante oder Cousine für ihn, und er hatte sich nicht um ihre seltsamen Bräuche gekümmert.

Aber dann, vor zwei Tagen, hatte die Alte Frau Verwendung für den herumlungernden Jungen gefunden und entschieden, ihn als nützliche Begleitung zu behalten. Sie stach sich in den dünnen Schulterknochen, preßte drei Blutperlen heraus, spie naß über ihren rechten Ellenbogen, zertrat eine knirschende Grille, und im gleichen Augenblick ballte sie ihre linke Hand gegen Charlie und schrie: »Mein Sohn bist du, du bist mein Sohn, für alle Ewigkeit!«

Charlie war wie ein verschreckter Hase aufgesprungen und davongestürmt, um nach Hause zurückzukehren.

Aber die Alte Frau hatte ihn flink wie eine Eidechse in die Ecke gedrängt, und Charlie hatte sich in dieser alten Einsiedlerkate verkrochen und kam nicht mehr heraus, so fest sie auch mit ihrer gelblichbraunen Faust gegen Tür, Fenster oder ein Astloch hämmerte oder ihr magisches Feuer entfachte und ihm erklärte, daß er *jetzt* mit Sicherheit ihr Sohn sei.

»Charlie, bis du noch *da*?« fragte sie und starrte mit ihren hellen, kleinen, gerissenen Augen Löcher in die Türbalken.

»Ich bin hier«, bestätigte er nach einer Weile sehr müde.

Möglicherweise würde er jeden Moment herausstürzen. Hoffnungsvoll rüttelte sie an dem Knauf. Vielleicht hatte ein wenig zuviel Froschpulver das Schloß verklemmt. Immer wandte sie ihren Zauber zu stark oder zu schwach an, grübelte sie wütend, niemals *genau richtig*, hol's der Teufel!

»Charlie, ich suche nur jemanden, mit dem ich nachts plaudern, mit dem ich mir die Hände am Feuer wärmen kann. Jemanden, der mir morgens Feuerholz holt und mit dem Reisig die Schatten vertreibt, die mit den Morgennebeln heraufgekrochen kommen! Mir liegt gar nichts an dir selbst, Sohn, nur an deiner Begleitung.« Sie leckte sich die Lippen. »Weißt du was, Charles, du kommst jetzt heraus, und ich werde dich Dinge *lehren*!«

»Was für Dinge?« fragte er mißtrauisch.

»Dich lehren, wie man billig kauft und teuer verkauft. Fang ein Schneewiesel, schneide ihm den Kopf ab und trage ihn warm in deiner Hintertasche bei dir. So geht das!«

»Aha«, sagte Charlie.

Hastig fuhr sie fort. »Dich lehren, dich schußfest zu machen. Wenn dann jemand mit einer Waffe auf dich schießt, passiert dir nichts.«

Als Charlie stumm blieb, teilte sie ihm das Geheimnis flüsternd mit. »Grabe an einem Freitag bei Vollmond Mausohrwurzeln aus, nähe sie zusammen und trage sie in einem weißen Seidenbeutel um den Hals.«

»Du bist *verrückt*«, sagte Charlie.

»Dich lehren, wie man Blutungen stillt oder Tiere erstarren läßt oder blinde Pferde sehend macht, alles das kann ich dich lehren. Dich lehren, wie man eine aufgeblähte Kuh heilt oder einen Bann von einer Ziege nimmt. Dir zeigen, wie du dich unsichtbar machen kannst!«

»Oh«, sagte Charlie.

Das Herz der Alten Frau schlug wie ein Tambourin der Heilsarmee.

Der Knauf wurde von der anderen Seite bewegt.

»Du machst dich über mich lustig«, sagte Charlie.

»Nein, mache ich nicht«, rief die Alte Frau. »Ach, Charlie, ich lasse dich wie ein Fenster sein, ganz durchsichtig. Ja doch, Kind, du wirst überrascht sein!«

»Richtig unsichtbar?«

»Richtig unsichtbar!«

»Du wirst nicht über mich herfallen, wenn ich herauskomme?«

»Werde dir kein Haar krümmen, Sohn.«

»Also gut«, sagte er zögernd.

Die Tür wurde geöffnet. Charlie stand barfüßig da, mit gesenktem Kopf, das Kinn gegen die Brust gepreßt. »Mach mich unsichtbar«, sagte er.

»Zuerst müssen wir eine Fledermaus fangen«, sagte die Alte Frau. »Schau dich um!«

Sie gab ihm etwas Dörrfleisch gegen den Hunger und sah zu, wie er auf einen Baum stieg. Er kletterte höher und höher, und es war schön, ihn dort zu sehen, und es war schön, ihn hier um sich zu haben, nach so vielen Jahren der Einsamkeit mit nichts, zu dem man guten Morgen sagen konnte, außer Vogelkot und silbrigen Schneckenspuren.

Schon bald flatterte eine Fledermaus mit gebrochenem Flügel aus dem Baum. Die Alte Frau fing das Tier auf, dessen Herz warm schlug und das ein leises Fiepen zwischen prozellanartigen weißen Zähnen ausstieß, und mit einem Triumphschrei ließ sich Charlie hastig hinter ihm herabfallen.

In dieser Nacht, während der Mond an den würzigen Kieferzapfen nagte, zog die Alte Frau eine lange silberne Nadel unter ihrem weiten blauen Kleid hervor. Sie überwand ihre Aufregung und ihren Ekel, den sie insgeheim empfand, und hielt die kalte Nadel ganz fest, während sie die tote Fledermaus herumdrehte.

Schon vor langer Zeit hatte sie erkannt, daß ihr Zauber, trotz aller Mühen, bei Salz und Schwefel versagte. Aber immer hatte sie davon geträumt, daß die Wunder eines Tages gelingen würden, aufgehen würden in Form roter Blumen und silberner Sterne, um zu zeigen, daß Gott ihr ihren rosigen Körper und ihre rosigen Gedanken und ihren warmen Körper und ihre warmen Gedanken, gleich denen eines jungen Fräuleins, verziehen hatte. Aber bislang hatte Gott ihr kein Zeichen gegeben und kein Wort gesprochen, doch niemand außer der Alten Frau wußte davon.

»Fertig?« fragte sie Charlie, der mit überkreuzten Beinen zusammengekauert dasaß und seine hübschen Beine mit langen Armen, auf denen sich eine Gänsehaut gebildet hatte, umschlungen hielt; sein Mund stand offen, er fletschte die Zähne. »Fertig«, flüsterte er fröstelnd.

»So!« Sie stieß die Nadel tief ins rechte Auge der Fledermaus. »So!«

»Oh!« schrie Charlie und verbarg sein Gesicht.

»Nun wickele ich sie in ein Tuch, hier, steck es in deine Tasche, behalte es dort, die Fledermaus und alles. Los!«

Er steckte das Bündel ein.

»Charlie!« schrie sie ängstlich. »Charlie, wo *bist* du? Ich kann dich nicht *sehen*, Kind!«

»Hier!« Er sprang auf, so daß das Licht in roten Streifen über seinen Körper lief. »Ich bin hier, Alte Frau!« Er starrte wild auf seine Arme, Beine, Brust und Zehen. »Ich bin hier!«

Ihre Augen schauten, als würde sie Tausende in der rauhen Nachtluft durcheinanderwirbelnde Glühwürmchen beobachten.

»Charlie, oh, du bist so *schnell*! Flink wie ein Kolibri! O Charlie, komm *zurück* zu mir!«

»Aber ich bin *hier*!« jammerte er.

»Wo?«

»Am Feuer, am Feuer! Und – und ich kann mich selbst sehen. Ich bin überhaupt nicht unsichtbar!«

Die Alte Frau breitete suchend ihre dürren Arme aus. »Natürlich kannst *du dich selbst* sehen! Jede unsichtbare Person erkennt sich selbst. Wie könntest du sonst essen, umhergehen oder austreten? Charlie, berühre mich, damit ich *weiß*, wo du bist.«

Ängstlich streckte er eine Hand aus.

Sie täuschte bei seiner Berührung ein erschrockenes Zusammenzucken vor. »*Ah*!«

»Heißt das etwa, du kannst mich nicht *finden*?« fragte er. »Ehrlich?«

»Nicht das kleinste Stück von dir.«

Sie fand einen Baum, den sie anstarren konnte, und starrte ihn mit glänzenden Augen an, darum bemüht, nicht zu dem Jungen zu schauen. »Warum *sollte* ich *diesmal* wohl einen Trick versuchen?« Sie seufzte begeistert. »Whoouuw! Der schnellste Unsichtbare, den ich *jemals* gemacht habe! Charlie. Charlie, wie *fühlst* du dich?«

»Wie ein Wasserfall – total durcheinander.«

»Du wirst dich beruhigen.«

Dann, nach einer Weile, fügte sie hinzu: »Nun, was hast du jetzt vor, solange du unsichtbar bist?«

Alle möglichen Dinge schossen ihm durch den Kopf, die er ihr erzählen konnte. Abenteuerlust kam in ihm auf und glänzte wie Feuer in seinen Augen, und wie von selbst erzählte sein Mund, was es bedeutete, ein Junge zu sein, der sich selbst für so etwas wie den Bergwind hält. Wie im Traum sagte er: »Ich werde durch Weizenfelder laufen, schneebedeckte Berge ersteigen, weiße Hühner von Farmen stehlen. Ich werde hübschen Mädchen in die Beine kneifen, wenn sie schlafen, und ihre Strumpfbänder in der Schule schnippen lassen.« Charlie blickte die Alte Frau an, und sie sah aus den Augenwinkeln, wie etwas Böses in seinem Gesicht Gestalt annahm. »Und andere Dinge werde ich tun, ganz sicher, werde ich«, sagte er.

»Versuch nur nichts mit mir«, warnte die Alte Frau. »Ich bin zerbrechlich wie Eis im Frühjahr, und ich vertrage es nicht, angefaßt zu werden.« Dann: »Was ist mit deinen Leuten?«

»Meinen Leuten?«

»So wie du bist, kannst du nicht nach Hause gehen. Du würdest sie zu Tode erschrecken. Deine Mutter würde stocksteif in Ohnmacht fallen. Denkst du, sie wollen dich im Haus haben, damit sie über dich stolpern und deine Ma dich alle paar Minuten rufen muß, obwohl du im Zimmer direkt neben ihr stehst?«

Daran hatte Charlie gar nicht gedacht. Er zwang sich zur Ruhe, flüsterte ein leises »Menschenskind!« und betastete vorsichtig seine langen Knochen.

»Du wirst mächtig einsam sein. Leute schauen durch dich hindurch wie durch ein Glas Wasser, Leute stoßen dich zur Seite, weil sie nicht damit rechnen, daß du vor ihnen stehst. Und Frauen, Charlie, *Frauen* –«

Er schluckte. »Was ist mit Frauen?«

»Keine Frau wird dir auch nur einen zweiten Blick schenken. Und keine Frau will von einem Knabenmund geküßt werden, den sie nicht einmal *finden* kann!«

Nachdenklich bohrte Charlie seine nackten Zehen in den Boden. Er schmollte. »Nun, auf jeden Fall werde ich für eine Weile unsichtbar bleiben. Ich muß nur sehr vorsichtig sein. Ich werde von Wagen und Pferden und Pa wegbleiben. Pa schießt beim leisesten Geräusch.« Charlie blinzelte. »In der Tat, wenn ich unsichtbar bin, könnte Pa mich eines Tages mit Schrot vollpumpen, weil er mich für ein Erdhörnchen im Vorgarten hält. Ach . . .«

Die Alte Frau nickte in Richtung eines Baumes. »Das ist schon möglich.«

»Also gut«, entschied er schließlich. »Heute nacht bleibe ich noch unsichtbar, und morgen kannst du mich wieder ganz sichtbar machen, Alte Frau.«

»Also wenn das kein Knöser ist, immer will er etwas Unmögliches sein«, antwortete die Alte Frau in Richtung eines Käfers an einem Baumstamm.

»Was meinst du?« fragte Charlie.

»Es war wirklich harte Arbeit, dich verschwinden zu lassen«, erklärte sie. »Es wird eine Weile dauern, bis die Wirkung *nachläßt.* So wie ein Anstrich verblaßt, Junge.«

»Du!« schrie er. »Du hast mir das angetan! Jetzt verwandle mich zurück, mach mich sichtbar!«

»Ruhig«, sagte sie. »Es wird nachlassen, dann und wann eine Hand oder ein Fuß.«

»Wie wird das aussehen, wenn ich durch die Hügel streife und man nur eine Hand sieht!«

»Wie ein Vogel mit fünf Flügeln, der über die Steine und Büsche hoppst.«

»Oder man nur einen Fuß sieht!«

»Wie ein rosa Kaninchen, das durch das Dickicht springt.«

»Oder mein Kopf dahintreibt!«

»Wie ein behaarter Ballon zu Karneval.«

»Wie lange dauert's, bis ich wieder *ganz* ich bin?« fragte er.

Sie log ihm vor, daß es gut und gern ein ganzes Jahr dauern mochte.

Er stöhnte auf. Er begann zu schluchzen und sich auf die Lippen zu beißen und die Fäuste zu ballen. »Du hast mich verzaubert, du warst es, du hast mir das angetan. Nun kann ich nicht mehr nach Hause laufen!«

Sie blinzelte. »Aber du kannst *hier* bleiben, Kind, bei mir bleiben. Es wird dir gut gehen, und ich werde dich dick und frech machen.«

»Das hast du absichtlich getan!« stieß er hervor. »Du hast gewollt, daß ich hierbleibe, alte Hexe!«

Im gleichen Moment rannte er zitternd davon.

»Charlie, komm zurück!«

Sie bekam keine Antwort außer dem Getrappel seiner Füße auf dem weichen, dunklen Torf und sein tränenersticktes Schluchzen, das rasch verklang.

Sie wartete und entfachte dann selbst ein Feuer. »Er wird zurückkommen«, murmelte sie. Und mit dem Gedanken an sich selbst sagte sie: »Und nun habe ich für den Frühling und bis in den späten Sommer hinein eine Begleitung. Wenn ich ihn dann leid bin und meine Ruhe haben möchte, schicke ich ihn einfach nach Hause.«

Mit dem ersten Grau der Dämmerung kehrte Charlie lautlos zurück, glitt über den reifbedeckten Torf zu der Alten Frau, die wie ein bleicher Stock vor der verstreuten Asche lag.

Er setzte sich auf einige Steine am Bach und starrte sie an.

Sie wagte es nicht, in seine Richtung zu schauen. Er hatte kein Geräusch verursacht, woher sollte sie also wissen, daß er in der Nähe war? Sie konnte es nicht.

Er saß da, und Tränen liefen ihm über die Wangen.

Die Alte Frau tat so, als würde sie gerade erwachen – dabei hatte sie die ganze Nacht hindurch keinen Schlaf gefunden –, stand taumelnd und gähnend auf und wandte sich in Richtung der Morgendämmerung.

»Charlie?«

Sie ließ ihren Blick von den Kiefern zum Erdreich streifen, zum Himmel, zu den fernen Hügeln. Wieder und wieder rief sie seinen Namen und fühlte das Verlangen, ihn einfach direkt anzusehen, doch sie unterdrückte es.

»Charlie? Oh, Charles!« rief sie und hörte, wie die Echos sie wiederholten.

Er saß da und begann plötzlich ein wenig zu grinsen, weil er wußte, daß sie sich allein fühlen mußte, obwohl er in ihrer Nähe war. Vielleicht fühlte er, wie eine geheime Macht in ihm wuchs, vielleicht fühlte er sich geborgen vor der Welt, sicherlich aber war er mit seiner Unsichtbarkeit *zufrieden*.

»Wo kann der Junge nur stecken?« sagte sie laut. »Wenn er nur einen Laut von sich geben würde, damit ich wüßte, wo er ist, dann würde ich ihm vielleicht ein Frühstück braten.«

Sie bereitete das Morgenmahl zu, irritiert darüber, daß er immer noch schwieg. Sie brutzelte Speck an einem Hickorystock. »Dieser Geruch wird ihn schon in der Nase kitzeln«, murmelte sie.

Während sie ihm den Rücken zuwandte, klaute er den ganzen gebratenen Speck und verschlang ihn gierig.

Sie fuhr herum. »Mein Gott!« rief sie.

Mißtrauisch beäugte sie die Lichtung. »Charlie, bist *du* das?«

Charlie wischte sich den Mund an den Handgelenken ab.

Sie tappte über die Lichtung und tat so, als ob sie ihn ausfindig zu machen versuchte. Schließlich ging sie blindlings tastend direkt auf ihn zu. »Charlie, wo *bist* du?«

Tänzelnd und sich duckend wich er ihr blitzschnell aus.

Es erforderte ihre ganze Willenskraft, ihm nicht zu folgen, aber unsichtbare Jungen kann man nicht verfolgen, also setzte sie sich grollend hin und versuchte weiteren Speck zu braten. Aber jede neue Scheibe, die sie abschnitt, stahl er aus dem Feuer und lief sofort weg. Schließlich schrie sie mit glühenden Wangen: »Ich weiß, wo du bist! Genau *dort*! Ich höre dich laufen!« Sie deutete neben ihn, nicht allzu genau. Er lief weiter. »Jetzt bist du da!« rief sie. »Da, und da!« Sie deutete auf alle Stellen, zu denen er in den nächsten fünf Minuten lief. »Ich höre, wie du einen Grashalm niedertrittst, eine Blume streifst, ein Ästchen knickst. Ich habe gute Ohren, wunderbare Ohren, zart wie Rosen. Sie können hören, wie sich die Sterne bewegen!«

Leise lief er an den Kiefern vorbei und rief zurück: »Kannst mich nicht hören, wenn ich auf einem Felsen bin. Und das *bin* ich jetzt!«

Den ganzen Tag über saß er regungslos und schweigend auf einem besonders hohen Felsen.

Die Alte Frau sammelte Holz im Wald und spürte seine Blicke in ihrem Rücken. »Oh, ich sehe dich, ich sehe dich!« wollte sie stammeln. »Ich habe nur einen Witz gemacht, als ich von Unsichtbarkeit sprach. Du bist genau dort!« Aber sie schluckte ihre Verbitterung hinunter.

Am nächsten Morgen wurde er gehässig. Er begann damit, plötzlich hinter Bäumen hervorzuspringen. Er schnitt ihr häßliche Grimassen, zog seine Lippen mit den Fingern herunter, machte Stielaugen, drückte seine Nasenflügel hoch, so daß man hineinblicken und ihm förmlich bis ins Gehirn schauen konnte.

Einmal ließ sie ihr Anmachholz fallen. Sie gab vor, ein blauer Eichelhäher habe sie erschreckt.

Er machte eine Geste, als würde er sie würgen.

Sie schauderte leicht.

Er machte eine andere Bewegung, als würde er ihr gegen das Schienbein treten und ins Gesicht spucken.

Sie ertrug diese Gesten, ohne zu blinzeln oder mit dem Mund zu zucken.

Er streckte ihr die Zunge heraus und gab unanständige Geräusche von sich. Er wackelte mit den Ohren, so daß sie lachen wollte, und schließlich lachte sie auch und erklärte es rasch damit, daß sie sagte: »Sich auf einen Salamander zu setzen! Hu, wie platt er jetzt ist!«

Zur Mittagsstunde erreichte der ganze Wahnsinn einen grausigen Höhepunkt.

Denn es war genau zwölf, als Charlie splitternackt in das Tal hinuntergelaufen kam!

Vor Schreck fiel die Alte Frau fast in Ohnmacht!

»Charlie!« hätte sie fast geschrien.

Charlie rannte auf der einen Seite nackt einen Hügel hinauf und auf der anderen Seite nackt wieder hinunter – nackt wie der Tag, nackt wie der Mond, so bloß wie die Sonne und ein neugeborenes Küken; seine Füße glitzerten und rasten dahin wie die Flügel eines niedrig fliegenden Kolibris.

Der Atem stockte der Alten Frau. Was konnte sie sagen? Charlie, zieh dich an? *Schäm* dich? *Hör auf* damit? *Konnte* sie das? O Charlie, Charlie, mein Gott! Konnte sie das jetzt sagen? *Einfach so?*

Sie sah ihn auf dem großen Felsen herumtanzen, nackt wie am Tag seiner Geburt, er stampfte mit den bloßen Füßen, klatschte sich mit den Händen auf die Knie und zog seinen weißen Bauch ein und streckte ihn vor, wie man einen Zirkusballon aufbläst und die Luft wieder aus ihm herausdrückt.

Sie kniff die Augen zusammen und betete.

Nach drei Stunden des andauernden Betens forderte sie ihn auf: »Charlie, Charlie, komm her! Ich muß dir etwas *sagen*!«

Wie ein fallendes Blatt kam er näher, Gott sei Dank wieder angezogen.

»Charlie«, sagte sie, und schaute eine Kieferngruppe an. »Ich sehe deine rechte Zehe. Sie ist *dort*.«

»Wirklich?« fragte er.

»Ja«, sagte sie sehr traurig. »Sie ist dort im Gras, wie eine hornige Kröte. Und dort, dort drüben, hängt dein linkes Ohr wie ein rosa Schmetterling in der Luft.«

Charlie tanzte. »Ich gewinne Gestalt, ich gewinne Gestalt!«

Die Alte Frau nickte. »Jetzt kommt dein Knöchel!«

»Gib mir *beide* Füße!« befahl Charlie.

»Hier hast du sie.«

»Was ist mit meinen Händen?«

»Ich sehe eine wie eine Schnake über dein Knie kriechen.«

»Was ist mit der anderen?«

»Die kriecht auch.«

»Habe ich einen Körper?«

»Einen sehr schönen.«

»Ich werde meinen Kopf brauchen, um nach Hause zu gehen, Alte Frau.«

Um nach Hause zu gehen, dachte sie matt. »Nein!« sagte sie, dickköpfig und wütend. »Nein, du bekommst keinen Kopf. Auf keinen Fall einen Kopf«, schrie sie. Davon würde sie nicht mehr abgehen. »Kein Kopf, kein Kopf«, sagte sie hartnäckig.

»Kein Kopf?« jammerte er.

»Ja, o mein Gott, ja, ja, da hast du deinen verdammten Kopf«, gab sie fauchend auf. »Nun gib mir meine Fledermaus mit der Nadel im Auge zurück!«

Er warf sie ihr zu. »Huuu-raaa!« Sein Schrei hallte durch das ganze Tal, und noch lange, nachdem er heimgelaufen war, hörte sie das Echo.

Dann griff sie traurig nach ihrem Feuerholz und machte sich seufzend und schwatzend auf den Rückweg zu ihrer Hütte. Und Charlie folgte ihr den ganzen Weg, nun *wirklich* unsichtbar, so daß sie ihn nicht sehen konnte, sondern nur hören, in Form eines herabfallenden Kiefernzapfens oder des schwachen Murmelns eines unterirdischen Baches oder eines Eichhörnchens, das über einen Zweig huschte; und sie und Charlie saßen im Dämmerlicht am Feuer, er ganz unsichtbar, und sie reichte ihm den Speck, den er nicht annahm, so daß sie ihn selber aß, und dann beschwor sie einen Zauber und schlief zusammen mit Charlie ein, der aus Stöcken und Lumpen und Kieselsteinen bestand, doch er war warm und ihr ureigener Sohn, er war hübsch und schlummerte in ihren wiegenden mütterlichen Armen . . . und sie sprachen mit schläfriger Stimme über wunderschöne Dinge, bis die Dämmerung das Feuer langsam, ganz langsam verlöschen ließ . . .

# Die Schneefrauen

Fritz Leiber

Fritz Leiber, Gewinner von über einem Dutzend größerer Preise im Bereich der Science-fiction und Fantasy, ist am besten bekannt für seine Stories um Fafhrd den Barbaren und seinen Freund und Kampfgefährten, den Grauen Mausling. Die folgende Novelle, die zu einer Zeit spielt, bevor die beiden sich kennenlernten, ist eine der besten des Zyklus.

Im Schneewinkel, zur Zeit der Winterwende, fochten die Frauen des Schnee-Clans mit den Männern einen kalten Krieg aus. Sie stapften in ihren weißesten Fellen wie Gespenster herum, kaum zu erkennen vor dem Hintergrund des frischgefallenen Schnees, fanden sich zu Gruppen zusammen, schweigend oder allenfalls zischend wie ärgerliche Schatten. Sie mieden die Gotteshalle mit ihren Stützpfeilern aus lebenden Bäumen und Wänden aus zusammengenähten Häuten und dem hochaufragenden Dach aus Piniennadeln.

Sie versammelten sich im großen ovalen Frauenzelt, das vor den kleineren Wohnzelten Wache stand, und machten sich daran, Gesänge und unheilvolle Klagerufe anzustimmen und durch verschiedene geheimnisvolle Praktiken Zauberwirkungen heraufzubeschwören, die die Füße ihrer Männer an Schneewinkel banden, ihre Lenden gefrieren ließen und ihnen Erkältungen verschafften, wobei sie allerdings den besonders schlimmen Großen Husten und das Winterfieber aussparten.

War ein Mann so unklug, sich bei Tage allein auf den Weg zu machen – sei er nun Skalde oder mächtiger Jäger –, konnte es sehr leicht geschehen, daß er verfolgt und mit Schneebällen beworfen und – verprügelt wurde, wenn er sich erwischen ließ.

Und so ein Schneeballfeuer der Frauen des Schnee-Clans war wirklich keine Kleinigkeit. Gewiß, ihr Wurfstil war nicht gerade männlich, doch dafür waren ihre Muskeln gut durchgebildet, gestählt durch das ständige Feuerholzspalten, das Abschlagen hoher Äste und das Gerben von Häuten – einschließlich der eisenharten Häute des Schnee-Behemoth. Und sie ließen ihre Schneebälle manchmal gefrieren, ehe sie warfen.

Die sehnigen, wintergestählten Männer ertrugen das alles mit unendlicher Würde; wie Könige schritten sie einher in ihren auffälligen schwarzen, rotbraunen und regenbogenfarbigen Zeremonienfellen, tranken gewaltig, aber diskret und tauschten schlau wie Ilthmarts ihre Bernstein- und Ambra-Stücke, ihre Schneediamanten, die nur in der Nacht sichtbar waren, ihre schimmernden Tierfelle und ihre Eisgräser gegen Gewebe, scharfe Gewürze, gehärtetes Eisen, Honig, Wachskerzen, Feuerpulver, das mit farbigem Zischen aufflammte, und andere Produkte des zivilisierten Südens. Trotzdem achteten sie darauf, nur in Gruppen unterwegs zu sein, und gar mancher plagte sich mit einer triefenden Nase.

Es war nicht das Schachern und Handeln, gegen das die Frauen Einspruch erhoben. Ihre Männer stellten sich dabei sogar ausgesprochen geschickt an, und sie – die Frauen – hatten in erster Linie den Vorteil davon. Die Tauscherei war ihnen sogar weitaus lieber als die gelegentlichen Piratenzüge, die die unternehmungslustigen Männer an der Ostküste des Äußeren Meers entlang tief in den Süden führten, hinaus aus der unmittelbaren Reichweite matriarchalischer Aufsicht und – wie die Frauen manchmal befürchteten – auch aus der Reichweite ihrer mächtigen weiblichen Zauberkräfte.

Schneewinkel war der südlichste Punkt auf den Wanderungen des gesamten Schnee-Clans, dessen Mitglieder ihr Leben zumeist in der Eis-Öde verbrachten und in den Vorbergen des unerforschten Riesengebirges und der noch weiter im Norden liegenden Gebeine der Alten, und so bot dieses mittwinterliche Lager die einzige Gelegenheit im Jahr, friedlich mit unternehmungslustigen Mingols, Sarheenmarern und Lankhmarern zu handeln. Gelegentlich verirrte sich aus dem Osten auch ein Wüstenbewohner herauf, in einen schweren Turban gekleidet, bis zu den Augen verhüllt und mit Handschuhen und Stiefeln gegen die Kälte geschützt.

Auch hatten die Frauen nichts gegen das Saufen. Ihre Männer konnten zu allen Zeiten einen guten Trunk vertragen – Met und Ale und sogar den selbstgebrauten weißen Schneekartoffel-Brandy, ein weitaus durchschlagenderes Getränk als die Weine und Schnäpse, die normalerweise die Händler mitbrachten.

Nein, was die Schneefrauen so in Harnisch brachte und was sie jedes Jahr dazu verleitete, einen kalten Krieg gegen ihre Männer anzuzetteln, bei dem keine materiellen oder magischen Rücksichten genommen wurden, war die Theatershow, die unweigerlich mit den Händlern nach Norden gezogen kam, deren mutige Darsteller sich blaue Gesichter und angefrorene Beine holten, aber nichtsdestoweniger interessiert waren am weichen Gold des Nordens und an einem anspruchslosen, wenn auch wilden Publikum – eine derart blasphemische und obszöne Show, daß die Männer für die Vorstellungen die Gotteshalle leerten (da doch Gott nicht zu schockieren war) und der Jugend und den Frauen den Zutritt verweigerten; eine Show, deren Darsteller nach Auffassung der Frauen ausschließlich schmutzige alte Männer und noch schmutzigere, ausgemergelte Südmädchen waren, denen die Moral so locker saß wie die Verschnürung ihrer kärglichen Kleidung, wenn sie überhaupt etwas anhatten.

Die Schneefrauen übersahen, daß ein ausgemergeltes Mädchen, dessen anstößige Blöße in der zugigen Gotteshalle ausschließlich aus blauer Gänsehaut bestehen mußte, kaum erotische Anziehungskraft ausüben konnte, ganz abgesehen davon, daß es Erfrierungen riskierte.

So kam es also, daß die Schneefrauen jeden Mittwinter zu zischen und zu murmeln und zu schleichen begannen und mit verkrusteten Schneebällen große Männer bewarfen, die sich würdevoll aus der Schußlinie brachten, und daß sie dann und wann einen Alten, einen Verkrüppelten oder einen Betrunkenen schnappten und tüchtig verprügelten.

Dieser äußerlich komische Kampf war jedoch im Grunde ziemlich ernst. Besonders im gemeinsamen Zusammenwirken verfügten die Frauen anscheinend über mächtige Zauberkräfte, die sich besonders im Element des Winters und seiner Folgen äußerten: durch Glätte, durch ein plötzliches Frostgefühl, durch das Festkleben von Haut an Metall, durch die Zerbrechlichkeit von Gegenständen, durch die gefährliche Masse schneebeladener Bäume und Äste und die weitaus größeren Massen von Lawinen. Und es gab keinen Mann, der nicht ein wenig Angst hatte vor der hypnotischen Kraft der eisblauen Frauenaugen.

Jede Schneefrau war – gewöhnlich mit Hilfe der übrigen – bestrebt, ihren Mann absolut in der Gewalt zu behalten, obwohl sie ihn scheinbar frei herumlaufen ließ, und es gab Gerüchte, daß widerspenstige Ehemänner gewöhnlich von irgend etwas Gefrorenem verletzt oder erschlagen worden waren.

Zugleich fochten aber auch Hexencliquen und einzelne Zauberinnen Machtkämpfe untereinander aus, bei denen die stärksten und kühnsten der Männer – sogar die Häuptlinge und Priester – nur unwichtige Zuschauer waren.

Während des zweiwöchentlichen Marktes und der zwei Tage der Show war das Frauenzelt durchgehend von alten Frauen oder großen starken Mädchen bewacht, während das Innere erfüllt war von starken Düften, durchdringendem Gestank, Blitzen, flackerndem Licht bei Nacht, Klappern und Klimpern, Knistern und Gurgeln und beschwörenden Gesängen und Flüstersprüchen, die eigentlich niemals aufhörten.

Der heutige Morgen schien völlig unter dem Einfluß des Zaubers zu stehen; es war windstill und bedeckt, und in der feuchten, gefrierenden Luft hingen Nebelschwaden, so daß sich auf allen Büschen und Ästen, an jeder Rute und Spitze, Eiskristalle bildeten – sogar an den Enden der Männerbärte und den Ohrenspitzen der gezähmten Luchse. Die Kristalle schimmerten so blau wie die Augen der Schneefrauen und schienen in ihrer Form, wenn man ein wenig Phantasie aufbrachte, den weißumhüllten Gestalten der Frauen zu ähneln, wuchsen doch viele von den Kristallen nach oben.

Und heute morgen hatten die Schneefrauen zudem ein ganz vortreffliches Opfer gefangen – oder hatten es jedenfalls so gut wie sicher. Eines der Mädchen von der Show, entweder aus Unkenntnis oder Tollkühnheit, vielleicht beflügelt durch die relativ milde kristallbildende Luft, hatte die Geborgenheit der Darstellerzelte verlassen und war auf die krustige Schneefläche hinausgewandert, an der Gotteshalle vorbei zum Abhang hin und von dort zwischen zwei himmelstürmenden schneebeladenen Baumgruppen auf die schneebedeckte natürliche Felsbrücke hinaus.

Diese Brücke war der Beginn der Alten Straße nach Gnampf Nar im Süden gewesen, bis vor etwa fünf Dutzend Jahren einige Manneslängen aus ihrer Mittelsektion herausgefallen waren.

Wenige Schritte vor dem gefährlich hochgeneigten Abgrund hatte sie innegehalten und lange Zeit nach Süden geschaut – durch die Nebelschwaden, die in der Ferne so dünn wie langgezupfte Wollbäusche wurden. In der überhängenden Tiefe wirkten die schneebedeckten

Pinien des Troll-Cañons wie die winzigen weißen Zelte einer Armee von Eis-Gnomen.

Ihr Blick wanderte langsam den Troll-Cañon entlang – von seinem Anfang weit im Osten bis zu der Stelle, wo er, enger werdend, unter ihr entlang lief und dann, sich langsam erweiternd, nach Süden kurvte, bis der gegenüberliegende Steilhang mit seiner hervorstechenden Brückensektion den Blick nach Süden verbaute.

Nun wandte sie sich um und folgte mit dem Blick der Neuen Straße, die auf der anderen Seite der Darstellerzelte abwärts führte und sich an den Hang des Cañons klammerte, bis sie nach mancherlei Biegung und Zurückwendung durch Nebenschluchten und Schründe – ganz im Gegensatz zu dem schnelleren, direkteren Abstieg der Alten Straße – inmitten der Pinien auf dem Boden des Cañons verschwand und sie nach Süden begleitete.

Aufgrund des sehnsüchtigen Blickes hätte man das Mädchen für eine dumme heimwehkranke Soubrette halten können, die ihre eisige Nordtournee bereits bedauerte und sich nach einer heißen fliegenverseuchten Bühnengasse jenseits des Landes der Acht Städte und des Binnenmeeres sehnte. Dem entsprach aber nicht das ruhige Selbstvertrauen ihrer Bewegungen, das stolze Hochrecken ihrer Schultern und der gefährliche Aussichtspunkt, den sie gewählt hatte.

Denn dieser Ort war nicht nur körperlich gefährlich, er lag auch dem Zelt der Schneefrauen ebenso nahe wie der Gotteshalle; darüber hinaus war die Stelle tabu, weil vor fünf Dutzend Jahren, als die Mitte des Felsbogens einbrach, ein Häuptling und seine Kinder zu Tode gekommen waren und weil die hölzerne Ersatzbrücke drei Dutzend Jahre später unter dem Gewicht des Brandykarrens eines Händlers ebenfalls eingestürzt war. Brandy von der stärksten Sorte, ein tragischer Verlust, der das strikteste Tabu rechtfertigte und auch den Befehl, daß die Brücke nicht wieder aufgebaut werden durfte.

Und als reichten diese Tragödien noch nicht aus, um die eifersüchtigen Götter zu befriedigen und das Tabu absolut zu machen, hatte vor eben zwei Jahren der geschickteste Skifahrer, den der Clan seit Jahrzehnten hervorgebracht hatte, ein gewisser Skif, unter dem Einfluß von Schneebrandy und eines eisigen Ehrgeizes versucht, die Schlucht von der Schneewinkel-Seite zu überspringen. In schneller Schußfahrt und wütend seine Stöcke schwenkend, war er wie ein Adler gestartet und hatte den gegenüberliegenden Hang nur um Armeslänge verfehlt; seine Skispitzen waren gegen die Felsen geprallt, und er selbst war in den felsigen Cañontiefen zu Tode gestürzt.

Die Schauspielerin trug einen langen kastanienbraunen Fuchspelz mit einer leichten goldüberzogenen Messingkette als Gürtel. Eiskristalle schimmerten in ihrem hoch aufgesteckten dunkelbraunen Haar.

Nach ihrer Gestalt zu urteilen, schien sie so ausgemergelt oder zumindest dünn-muskulös zu sein, wie sich die Frauen eine Schauspielerin vorstellten – aber sie war fast sechs Fuß groß, was entschieden nicht dem entsprach, wie eine Schauspielerin aussehen sollte, und eine zusätzliche Beleidigung für die großen Schneefrauen war, die sich jetzt in stummer weißer Linie von hinten näherten.

Ein überhastig geschwungener weißer Felsstiefel klang über den verharschten Schnee.

Die Schauspielerin fuhr herum und rannte ohne zu zögern in die Richtung, aus der sie gekommen war. Bei den ersten drei Schritten brach sie durch die Schneekruste und verlor an Boden, aber dann begriff sie, daß sie mit einer gleitenden Bewegung laufen und den Fuß ein Stück über den Harschschnee rutschen lassen mußte.

Sie zerrte ihren braunen Mantel hoch. Sie trug schwarze Pelzstiefel und hellrote Strümpfe.

Die Schneefrauen glitten mit schnellen Bewegungen hinter ihr her und schleuderten ihre festgepreßten Schneebälle.

Einer traf das Mädchen schwer an der Schulter. Sie machte den Fehler zurückzuschauen.

Sie hatte Pech und wurde von zwei Schneebällen ins Gesicht getroffen – unmittelbar über ihren rotgemalten Lippen und über einer hochgewölbten schwarzen Augenbraue.

Sie begann zu schwanken, wandte sich ganz zurück, und ein Schneeball, fast mit der Gewalt eines Schleudersteins geworfen, traf sie in den Magen, ließ sie zusammenklappen und trieb ihr pfeifend die Luft aus den Lungen.

Sie brach zusammen. Die weißen Frauen hasteten mit blitzenden Augen heran.

Ein großer hagerer Mann mit schwarzem Schnurrbart, gekleidet in eine schmutzige gefütterte Jacke und einen niedrigen schwarzen Turban, löste sich aus seiner Erstarrung neben einem kristallbesetzten grobrindigen lebenden Pfeiler der Gotteshalle und rannte auf die gestürzte Frau zu. Seine Füße durchbrachen die Schneekruste, doch seine starken Beine trugen ihn weiter.

Dann hielt er erstaunt inne, als er plötzlich blitzschnell von einer großen, weißen, schlanken Gestalt überholt wurde, als stünde er still – eine Gestalt, die so schnell dahinglitt, daß es im ersten Augenblick den Anschein hatte, als liefe sie auf Skiern.

Im nächsten Moment hielt der Turbanmann sie für eine weitere Schneefrau, stellte dann jedoch fest, daß sie ein kurzes Fellwams und keinen langen Pelzmantel trug und somit vermutlich ein Mann oder Jüngling des Schnee-Clans war, obwohl der Turbanmann hier noch nie einen weißgekleideten Mann gesehen hatte.

Die seltsame Gestalt glitt mit geneigtem und von den Schneefrauen abgewandtem Kopf dahin, als fürchte sie, den zornigen blauen Blicken zu begegnen. Als sie sich hastig bei der gestürzten Schauspielerin niederkniete, fiel langes rötlichblondes Haar aus der Kapuze.

Daraus und aus der Schlankheit der Gestalt schloß der Mann mit dem schwarzen Turban ängstlich, daß sie doch ein sehr großes Mädchen sein mußte, das nur begierig war, den ersten Schlag anzubringen.

Doch dann erblickte er ein hervorgerecktes flaumbestandenes männliches Kinn und auch ein paar massive Silberarmbänder, die nur auf Piratenfahrt erlangt werden konnten. Im nächsten Augenblick nahm der Jüngling die Schauspielerin auf und glitt von den Schneefrauen fort, die jetzt nur noch die rotbestrumpften Beine ihres Opfers sehen konnten. Ein Hagel von Schneebällen ging auf dem Rücken des Retters nieder. Er stolperte ein wenig und rannte, den Kopf noch immer geneigt, entschlossen weiter.

Die größte der Schneefrauen, eine Frau, die das Gebaren einer Königin an den Tag legte und deren hageres Gesicht noch immer Spuren von Schönheit offenbarte, obwohl ihr herabfallendes Haar schon weiß war, blieb stehen und rief mit tiefer Stimme: »Komm zurück, mein Sohn! Du hörst mich, Fafhrd, komm sofort zurück!«

Der Jüngling nickte und zog den Kopf noch tiefer ein, doch er hastete weiter. Ohne den Kopf zu wenden, rief er mit ziemlich hoher Stimme: »Ich komme, verehrte Mor, meine Mutter . . . später.«

Die anderen Frauen griffen den Ruf »Komm sofort zurück!« auf. Einige fühlten sich zu weiteren Anmerkungen wie »Ungehorsamer Bengel!«, »Fluch deiner guten Mutter Mor!« und »Hurenjäger!« bemüßigt.

Mor brachte sie mit einer kurzen Seitwärtsbewegung ihrer Hände zum Schweigen. »Wir warten hier«, verkündete sie befehlsgewohnt.

Der Mann mit dem schwarzen Turban zögerte einen Moment und folgte dann mit langsamen Schritten dem verschwindenden Paar, wobei er die Schneefrauen besorgt im Auge behielt. Es war eigentlich nicht erlaubt, daß sie die Händler angriffen, aber bei den Frauen dieser Barbaren wußte man das nie – ganz zu schweigen von den Männern.

Fafhrd erreichte die Darstellerzelte, die an der Altarseite der Gotteshalle kreisförmig angeordnet waren; in der Mitte war der Schnee niedergetrampelt. Am weitesten vom Abgrund entfernt erhob sich das konische Zelt des Show-Leiters. In der Mitte stand das Zelt der einfachen Schauspieler, das etwa die Form eines Fisches hatte – ein Drittel für die Mädchen, zwei Drittel für die Männer.

Dem Troll-Cañon am nächsten stand ein mittelgroßes halbkreisförmiges Zelt, das von Halbreifen gestützt wurde. Über die Spitze dieses Zeltes ragte der große schwere Ast einer immergrünen Sykomore, ausgeglichen durch zwei kleinere Äste auf der anderen Seite; übersät mit Kristallen. An der halbkreisförmigen Front des Zeltes befand sich ein zugeschnürter Eingang, mit dem Fafhrd einige Mühe hatte, da sich die lange Gestalt in seinen Armen noch immer nicht regte.

Ein dickbäuchiger kleiner alter Mann kam mit jugendlichem Elan auf ihn zugetrottet. Er war in zerfetztes goldbesetztes Flitterwerk gekleidet. Sogar sein langer grauer Schnurrbart und sein Ziegenbärtchen über und unter dem Mund voller verfärbter Zähne glitzerten goldfleckig. Seine unterlaufenen Augen waren wäßrig und gerötet, doch im Zentrum dunkel und stechend. Über dem Gesicht erhob sich ein purpurner Turban, mit einer schimmernden Krone voller zackiger Felskristalle, eine armselige Edelsteinimitation.

Hinter ihm tauchten ein hagerer einarmiger Mingol auf, ein fetter Mann aus dem Osten mit gewaltigem Bart, der angesengt stank, und zwei ausgemergelte Mädchen, die trotz ihrer Gähnerei und der Decken, in die sie eingewickelt waren, wachsam und auf dem Sprung wie Straßenkatzen wirkten.

»Was soll das?« fragte der Anführer, und seine aufmerksamen Augen überflogen Fafhrd und seine Last. »Vlana ermordet? Vergewaltigt und erschlagen, wie? Wisse, du Mörder, daß dich dein Vergnügen teuer zu stehen kommt! Du weißt sicher nicht, wer ich bin, aber du wirst es erfahren! Ich werde mir von deinen Häuptlingen Entschädigung zahlen lassen! Bestimmt! Große Entschädigung! Ich habe Einfluß, das habe ich! Du verlierst deine Piratenarmbänder und die Silberkette, die ich da unter deinem Kragen sehe. Deine Familie wird bettelarm sein, alle deine Verwandten! Was die dann mit *dir* anstellen . . .«

»Du bist Essedinex, Leiter der Show«, unterbrach ihn Fafhrd. Sein hoher Tenor schnitt wie eine Trompete durch den heiseren Bariton des anderen. »Ich bin Fafhrd, Sohn Mors und Nalgrons, des Legendenbrechers. Vlana, die Kulttänzerin, ist nicht vergewaltigt oder tot, sondern nur durch Schneebälle betäubt. Das ist ihr Zelt. Öffne es!«

»Wir kümmern uns um sie, Barbar«, sagte Essedinex etwas ruhiger; die fast pedantische Präzision, mit der der junge Mann Leute und Dinge bestimmte, schien ihn zu überraschen und ein wenig zu erschrecken. »Reich sie mir und geh!«

»*Ich* lege sie hin«, beharrte Fafhrd. »Öffne das Zelt!«

Essedinex zuckte die Achseln und machte dem Mingol ein Zeichen, der sarkastisch grinste und Hand und Ellenbogen dazu benutzte, die Verschnürung zu öffnen und die Zeltbahn zur Seite zu schlagen. Ein Duft nach Sandelholz und Brombeeren drang heraus.

Fafhrd bückte sich und betrat das Zelt. Auf halbem Wege bemerkte er einen Haufen Felle und einen niedrigen Tisch mit einem Silberspiegel, der an einigen Krügen und gedrungenen Flaschen lehnte. Am anderen Ende stand ein Gestell mit Kostümen.

Er wich einem Feuergestell aus, von dem ein heller Rauchfaden aufstieg, kniete vorsichtig nieder und legte seine Last sanft auf den Fellen ab. Dann betastete er Vlanas Puls an Kiefer und Handgelenk, hob ein dunkles Lid an und starrte in jedes Auge, erfühlte vorsichtig mit den

Fingerspitzen die großen Beulen, die sich auf Wange und Augenbraue zu bilden begannen. Schließlich kniff er sie in das linke Ohrläppchen und schüttelte den Kopf, als sie nicht reagierte. Er schob ihren braunen Mantel zur Seite und begann das darunterliegende rote Kleid aufzuknöpfen.

Essedinex, der zusammen mit den anderen die Vorgänge verwirrt beobachtet hatte, geriet in Bewegung: »Also, da soll doch . . . Halt ein, du lasterhafter Bursche!«

»Ruhe!« befahl Fafhrd und setzte sein Tun fort.

Die beiden in Decken gehüllten Mädchen kicherten, schlugen sich mit der Hand vor den Mund und betrachteten Essedinex und die übrigen mit amüsierten Blicken.

Fafhrd streifte das lange Haar von seinem rechten Ohr zurück und legte die Seite seines Kopfes zwischen Vlanas Brüste, die so klein wie halbe Granatäpfel waren und rosabronzene Warzen hatten. Er machte ein feierliches Gesicht. Wieder unterdrückten die Mädchen ein Kichern. Essedinex räusperte sich erstickt und setzte zu einer lange Rede an.

Fafhrd richtete sich auf und sagte: Ihr Geist wird bald zurückkehren. Ihre Verletzungen müssen mit Schneebandagen behandelt werden, die zu erneuern sind, wenn sie zu schmelzen beginnen. Jetzt brauche ich eine Schale deines besten Brandy.«

»Mein bester Brandy!« rief Essedinex erbost. »Das geht zu weit! Zuerst verschaffst du dir eine kleine Privatshow, dann ein starkes Getränk! Unverschämter Lümmel, verschwinde auf der Stelle!«

»Ich brauche doch nur . . .«, begann Fafhrd mit klarer und leicht drohender Stimme.

Seine Patientin unterbrach den Disput, indem sie die Augen öffnete, den Kopf schüttelte, zusammenfuhr und sich entschlossen aufrichtete – woraufhin sie bleich wurde und ihr Blick unstet flackerte. Fafhrd drückte sie sanft wieder auf die Felle zurück und legte ihr ein paar Kissen unter die Füße. Dann betrachtete er ihr Gesicht. Ihre Augen waren noch immer geöffnet, und sie erwiderte neugierig seinen Blick.

Er sah ein kleines eingesunkenes Gesicht, nicht mehr mädchenhaft jung, doch irgendwie katzenhaft schön, trotz der Beulen. Der Blick ihrer Augen, die groß und braun waren und lange Wimpern hatten, war nicht weich. Er hatte etwas Einzelgängerisches und zeugte von Entschlossenheit und einem nachdenklichen Abwägen ihrer Umwelt.

Sie erblickte einen gutaussehenden hellhäutigen Jungen von etwa achtzehn Wintern, einen Jungen mit großem Kopf und langem Kiefer, als wäre er mit dem Wachsen noch nicht ganz zu Ende. Weiches rotgoldenes Haar spielte um seine Wangen. Seine Augen waren grün, geheimnisvoll und hatten etwas von einer Katze. Seine Lippen waren breit, doch etwas zusammengepreßt, als wären sie eine Tür, die die Worte einschlossen und sich nur auf Kommando der geheimnisvollen Augen öffneten.

Eines der Mädchen hatte aus einer Flasche vom niedrigen Tisch eine halbe Schale Brandy eingegossen. Fafhrd nahm das Gefäß und hob Vlanas Kopf an, so daß sie langsam daraus trinken konnte. Das zweite Mädchen brachte etwas Pulverschnee in Wolltüchern. Sie kniete auf der anderen Seite des Lagers nieder und band die Tücher über die Prellungen.

Nachdem sie Fafhrds Namen erfragt und bestätigt bekommen hatte, daß er sie vor den Schneefrauen gerettet hatte, fragte Vlana: »Warum sprichst du mit so hoher Stimme?«

»Ich studiere bei einem singenden Skalden«, erwiderte er. »Die wahren Skalden sprechen und singen so.«

»Was für eine Belohnung erwartest du für meine Errettung?« fragte sie direkt.

»Keine«, erwiderte Fafhrd.

Wieder brachen die Mädchen in Kichern aus und schwiegen sofort, als Vlana zu ihnen hinübersah.

Fafhrd fügte hinzu: »Ich hatte sogar die persönliche Verpflichtung, dich zu retten, da die Anführerin der Schneefrauen meine Mutter war. Ich muß die Wünsche meiner Mutter respektieren, aber ich muß auch verhindern, daß sie etwas Falsches tut.«

»Oh! Warum benimmst du dich wie ein Priester oder Heiler?« fragte Vlana weiter. »Gehört das zu den Wünschen deiner Mutter?« Sie hatte sich nicht die Mühe gemacht, ihre Brüste zu bedecken, die Fafhrd ohnehin nicht beachtete; er sah auf ihre Lippen und Augen.

»Heilen gehört zu den Künsten eines singenden Skalden«, erwiderte er. »Und was meine Mutter angeht, so tue ich ihr gegenüber meine Pflicht, nicht mehr und nicht weniger.«

»Vlana, es ist nicht recht, daß du so mit diesem Jüngling sprichst«, schaltete sich Essedinex nervös ein. »Er muß . . .«

»Halt den Mund!« schnappte Vlana. Zu Fafhrd gewandt, fuhr sie fort: »Warum trägst du Weiß?«

»Das ist die Kleidung des Schneevolkes. Ich habe für die neue Mode der dunklen oder gefärbten Manneskleidung nichts übrig. Mein Vater hat immer Weiß getragen.«

»Er ist tot?«

»Ja. Er ist beim Besteigen des verbotenen Berges Weiße Klippe umgekommen.«

»Und deine Mutter will, daß du Weiß trägst, genau so als wärst du dein Vater?«

Fafhrd schien sich nicht an der schlauen Frage zu stören, doch er ging auch nicht darauf ein. Vielmehr fragte er: »Wie viele Sprachen sprichst du, außer diesem gebrochenen Lankhmarisch?«

Endlich lächelte sie. »Was für eine Frage! Nun, ich spreche – wenn auch nicht allzu gut – Mingol, Kvarchisch, Hoch- und Nieder-Lankhmarisch, Quarmallisch, Ghoulisch, die Wüstensprache und drei Sprachen aus dem Osten.«

Fafhrd nickte. »Das ist gut.«

»Aber warum denn nur?«

»Weil das heißt, daß du sehr zivilisiert bist.«

»Was ist so Besonderes daran?« fragte sie mit bitterem Auflachen.

»Du müßtest es wissen, du bist eine Kulttänzerin. Jedenfalls interessiere ich mich für die Zivilisation.«

»Es kommt jemand«, zischte Essedinex vom Eingang. »Vlana, der Junge muß jetzt . . .«

»Er muß nicht!«

»Wie die Dinge stehen, muß ich leider tatsächlich gehen«, sagte Fafhrd und stand auf. »Laß die Schneebandagen um«, unterwies er Vlana, »und bleib bis zum Sonnenuntergang ruhig liegen. Dann noch etwas Brandy mit heißer Suppe.«

»Warum mußt du gehen?« wollte Vlana wissen und stützte sich auf einen Ellenbogen.

»Ich habe meiner Mutter ein Versprechen gegeben«, sagte Fafhrd, ohne sich umzudrehen.

»Deine Mutter!«

Gebückt im Eingang stehend, wandte sich Fafhrd endlich zurück. »Ich schulde meiner Mutter manches«, sagte er. »Dir schulde ich nichts – noch nicht.«

»Vlana, er *muß* jetzt gehen. *Er* kommt«, flüsterte Essedinex heiser, während er verzweifelt an Fafhrd herumschob. Aber er hätte ebensogut versuchen können, einen Baum von seinen Wurzeln zu trennen.

»Fürchtest du dich vor dem Mann, der da kommt?« Vlana knöpfte ihr Kleid zu.

Fafhrd musterte sie nachdenklich. Ohne auf ihre Frage zu reagieren, bückte er sich durch den Eingang, stand auf und erwartete die Annäherung eines Mannes, in dessen Gesicht sich Wut spiegelte.

Der Mann war so groß wie Fafhrd, noch einmal halb so breit und etwa doppelt so alt. Er trug braune Seehundsfellkleidung mit amethystbesetztem Silberschmuck und eine Goldkette um den Hals – Würdezeichen eines Piratenführers.

Angst durchflutete Fafhrd – nicht vor dem näher kommenden Mann, sondern vor der Macht der Kristalle, die sich jetzt wesentlich dicker auf den Zelten ablagerten, als er es von vorhin in Erinnerung hatte, da er Vlana hineintrug. Das Element, das Mor und ihre Schwesterhexen am besten zu nutzen verstanden, war die Kälte – in der Suppe oder in den Lenden eines Mannes oder in seinem Schwert oder Kletterseil, das sie zum Zersplittern brachten. Er fragte sich oft, ob die Kälte seines Herzens etwa auf Mors Zauber zurückzuführen war. Jetzt würde sich die Kälte auch an die Tänzerin heranmachen. Er sollte sie eigentlich warnen, aber sie war zivilisiert und würde ihn sicherlich auslachen.

Der große Mann kam heran.

Als Antwort zielte der Mann mit einem Rückhandschlag auf Fafhrds Gesicht.

Der Jüngling beugte sich heftig zur Seite, glitt unter dem Hieb dahin und schritt ruhig in der Richtung davon, aus der er gekommen war.

Hringorl, schwer atmend, starrte ihm einige Herzschläge lang nach und betrat dann das halbkreisförmige Zelt.

Hringorl war zweifellos der mächtigste Mann im Schnee-Clan, überlegte Fafhrd, obwohl er wegen seiner anmaßenden Art und seiner mangelnden Anpassung an die Sitten und Gebräuche nicht zu den Häuptlingen gehörte. Die Schneefrauen haßten ihn, wußten ihn jedoch nicht recht zu packen, da seine Mutter tot war und er keine Frau genommen hatte und sich mit Konkubinen zufriedenstellte, die er von seinen Piratenzügen mitbrachte.

Der Mann mit dem schwarzen Turban hatte an unauffälliger Stelle neben dem Zelt gewartet und näherte sich jetzt leise. »Eine gute Reaktion, mein Freund. Auch als du die Tänzerin hereinbrachtest.«

Fafhrd sagte gleichgültig: »Du bist Vellix der Verwegene.«

Der andere nickte. »Ich bringe Brandy von Kleg Nar hier zum Markt. Würdest du eine Probe der besten Sorte mit mir nehmen?«

Fafhrd sagte: »Es tut mir leid, aber ich habe eine Verabredung mit meiner Mutter.«

»Dann ein andermal«, sagte Vellix ruhig.

»Fafhrd!«

Hringorl hatte gerufen. Seiner Stimme war keine Wut mehr anzumerken. Fafhrd wandte sich um. Der große Mann stand vor dem Zelt und kam mit großen Schritten heran, als sich Fafhrd nicht von der Stelle rührte. Vellix verschwand so leichtfüßig zwischen den Zelten, wie er seine Züge handhabte.

»Es tut mir leid, Fafhrd«, sagte Hringorl mürrisch. »Ich wußte nicht, daß du das Leben der Tänzerin gerettet hattest. Du hast mir einen großen Dienst erwiesen. Hier.« Er öffnete eines der schweren Armbänder und hielt es hoch.

Fafhrd ließ die Hände herunterhängen. »Keinen Dienst. Ich habe nur meine Mutter vor einer falschen Handlung bewahrt.«

»Du bist unter mir gesegelt«, brüllte Hringorl plötzlich los, und sein Gesicht rötete sich, obwohl er noch lächelte oder sich wenigstens zu lächeln bemühte. »Du nimmst also meine Geschenke an – genauso wie meine Befehle!« Er packte Fafhrds Hand, drückte das schwere Gebilde hinein, schloß Fafhrds schlaffe Finger darüber und trat zurück.

Sofort kniete sich Fafhrd hin und sagte hastig: »Es tut mir leid, aber ich darf nicht annehmen, was nicht Rechtens verdient ist. Und jetzt habe ich eine Verabredung mit meiner Mutter.« Mit schneller Bewegung stand er auf, wandte sich um und marschierte davon. Hinter ihm, auf einem Stück verharschten Schnees, schimmerte das goldene Armband.

Er hörte Hringorls Schnauben und erstickten Fluch, doch vergewisserte er sich nicht, ob Hringorl seine verschmähte Gabe wieder aufnahm, obwohl er mühsam dem Drang widerstand, Haken zu schlagen oder den Kopf ein wenig einzuziehen für den Fall, daß es Hringorl einfallen sollte, ihm das schwere Armband nachzuwerfen.

Gleich darauf erreichte er die Stelle, wo seine Mutter zwischen sieben Schneefrauen saß – acht Gestalten insgesamt. Sie standen auf. Er blieb einen Meter vor ihr stehen, zog den Kopf ein, sah zur Seite und sagte: »Hier bin ich, Mor.«

»Du hast lange gebraucht«, sagte sie. »Zu lange.« Sechs Köpfe ringsum nickten feierlich. Nur Fafhrd bemerkte verschwommen aus den Augenwinkeln, daß die siebente und schlankste Schneefrau stumm zurücktrat.

»Aber hier bin ich doch«, sagte Fafhrd.

»Du hast meinen Befehl mißachtet«, verkündete Mor kalt. Ihr ausgezehrtes und einst schönes Gesicht war von Stolz und Herrschsucht gezeichnet, die keinen Platz für Gefühle ließen.

»Aber jetzt folge ich ihm«, konterte Fafhrd. Er gewahrte, daß die siebente Schneefrau mit flatterndem weißem Umhang zwischen den Wohnzelten auf den hohen weißen Wald zurannte, der außer dem Troll-Cañon Schneewinkels einzige Grenze bildete.

»Nun gut«, sagte Mor, »und jetzt wirst du gehorchen und uns in das Traumzelt folgen, wo wir eine rituelle Reingung vornehmen.«

»Ich bin nicht befleckt«, verkündete Fafhrd. »Außerdem reinige ich mich auf meine Weise selbst – auf eine Weise, die die Götter ebenfalls gestattet haben.«

Mors Gefolgschaft ließ schockiertes Mißfallen laut werden. Fafhrd hatte kühn und mutig gesprochen, doch sein Kopf war noch immer vornübergeneigt, so daß er die Gesichter und die gefährlichen Augen der Frauen nicht sah, sondern nur ihre umhüllten weißen Gestalten, die wie ein Hain großer Birken aussahen.

Mor sagte: »Schau mir in die Augen!«

Fafhrd sagte: »Ich komme allen Pflichten eines erwachsenen Sohnes nach – von der Nahrungssuche bis zur Schwertwache. Aber soweit ich weiß, gehört es nicht zu meinen Aufgaben, meiner Mutter in die Augen zu schauen.«

»Dein Vater hat mir immer gehorcht«, sagte Mor drohend.

»Aber wenn er einen hohen Berg erblickte, stieg er hinauf und gehorchte dabei nur sich selbst«, widersprach Fafhrd.

»Ja, und er ist dabei umgekommen!« rief Mor, und sie hielt Kummer und Wut im Zaum, ohne diese Gefühle völlig verbergen zu können.

Fafhrd sagte hart: »Woher kam denn die plötzliche Kälte, die sein Seil und seinen Eispickel an der Weißen Klippe zersplittern ließ?«

Begleitet von den entrüsteten Ausrufen ihrer Begleiterinnen, sagte Mor mit ihrer tiefsten Stimme: »Der Fluch einer Mutter, Fafhrd, über deinen Ungehorsam und deine bösen Gedanken!«

Mit seltsamem Eifer sagte Fafhrd: »Ich nehme deinen Fluch gehorsam auf mich, Mutter.«

Mor sagte: »Mein Fluch gilt nicht dir, sondern deinen schlimmen Phantastereien.«

»Trotzdem werde ich ihn für immer hochhalten«, unterbrach sie Fafhrd. »Und jetzt, meinem freien Willen gehorchend, muß ich dich allein lassen, bis der Teufel der Wut dich aus seinen Fängen gelassen hat.«

Den Kopf noch immer gesenkt und zur Seite geneigt, marschierte er mit schnellen Schritten auf den Wald zu – östlich der Wohnzelte, doch westlich der großen Baumzunge, die sich im Süden fast bis zur Gotteshalle erstreckte. Das ärgerliche Zischen der Frauen folgte ihm, doch seine Mutter rief seinen Namen nicht, ließ sich überhaupt nicht mehr hören. Fafhrd wäre es fast lieber gewesen, wenn sie noch etwas gesagt hätte.

Doch der Kummer der Jugend heilt schnell, wenigstens äußerlich. Als Fafhrd in seinen geliebten Wald eindrang, ohne einen einzigen kristallbesetzten Ast aus der Ruhe zu bringen, waren seine Sinne wieder geschärft, seine Muskeln entspannt, und das Äußere seiner Seele war allem Neuen gegenüber wieder so aufgeschlossen wie der unberührte Schnee vor seinen Füßen. Er nahm den leichtesten Pfad und mied die diamantbehangenen Dornenbüsche zur Linken und die riesigen von Pinien bestandenen Granitformationen zur Rechten.

Er sah Vogelspuren, Eichhörnchenspuren, tagealte Bärenspuren; Schneevögel schnappten mit ihren schwarzen Schnäbeln nach roten Schneebeeren; eine pelzige Schneeschlange zischte ihn an, und er hätte sich auch nicht gewundert, wäre ihm jetzt ein Drache mit eisverkrusteten Schuppen entgegengerasselt.

So war er auch ganz und gar nicht aus der Ruhe zu bringen, als eine große Pinie mit hohen Ästen ihre schneebepflasterte Rinde öffnete und ihm seine Dryade zeigte, ein fröhliches, blauäugiges, blondhaariges Mädchengesicht, eine Nymphe von allenfalls siebzehn Jahren. Tatsächlich hatte er mit einer solchen Erscheinung gerechnet, seit er die siebente Schneefrau davonstürmen sah.

Und doch tat er überrascht – etwa zwei Herzschläge lang. Dann sprang er los und rief: »Mara, meine Hexe!« Und trennte den weißgekleideten Körper mit beiden Armen von seinem täuschenden Hintergrund und hielt ihn umfangen und stand mit dem Mädchen – eine weiße Säule im Schnee – etwa zwanzig Herzschläge lang Kapuze an

Kapuze und Lippen auf Lippen – eine höchst anregende und entzückende Beschäftigung.

Dann fand sie seine rechte Hand, zog sie unter ihren Umhang und durch eine Öffnung unter ihren langen Mantel und drückte sie gegen ihren umwickelten Unterleib.

»Rate mal«, flüsterte sie und leckte sein Ohr.

»Der Teil eines Mädchens. Würde ich glatt wetten . . .«, begann er fröhlich, obwohl sich seine Gedanken bereits in eine fürchterliche Richtung wandten.

»Du Idiot, etwas, was dir gehört«, flüsterte sie.

Die fürchterliche Richtung wurde zu einer Eisrutsche, die zur Gewißheit führte. Trotzdem sagte er mutig: »Nun, ich hatte wirklich gehofft, du würdest keine anderen ausprobieren, obwohl das dein Recht wäre. Ich muß sagen, ich bin sehr geehrt . . .«

»Dummer Junge! Ich meine, es ist etwas, das *uns* gehört!«

Die gräßliche Gewißheit war ein schwarzer Eistunnel, der zu einem bodenlosen Brunnenschacht wurde. Automatisch sagte Fafhrd: »Doch nicht . . .?«

»Ja! Ich bin ganz sicher. Es ist schon zweimal ausgeblieben.«

Besser als je zuvor in seinem Leben erfüllten Fafhrds Lippen ihre Aufgabe, Worte im Zaum zu halten. Als sie sich schließlich öffneten, standen sie und die Zunge dahinter völlig in der Gewalt der großen grünen Augen. Ein freudiger Ausbruch: »O Götter! Wie wunderbar! Ich bin Vater! Wie geschickt von dir, Mara!«

»Sehr geschickt, allerdings!« sagte das Mädchen. »Nach deinem rohen Tun etwas so Empfindliches entstehen zu lassen! Aber jetzt will ich dir deine unfreundliche Bemerkung über das Ausprobieren anderer Männer heimzahlen!« Sie hob ihren Rock und führte seine Hände unter ihrem Umgang zu einem Knoten aus Bändern an ihrem Steißbein.

Schneefrauen trugen Pelzhauben, Fellstiefel, einen hohen Pelzstrumpf an jedem Bein, der mit einem Hüftgurt verbunden war, und einen oder mehrere Pelzmäntel und Umhänge – es war eine praktische Kleidung und ähnelte der der Männer, wenn man von den lästigen Mänteln absah.

Als er den Knoten befingerte, von dem drei Stränge abgingen, sagte Fafhrd: »Wirklich, liebste Mara, ich habe nichts übrig für diese Keuschheitsgürtel. Sie sind keine sehr zivilisierte Einrichtung. Außerdem stören sie sicher deinen Kreislauf.«

»Du und dein Zivilisationstick! Den treibe ich dir schon aus. Los, mach den Knoten auf und vergewissere dich, daß du und niemand anders ihn gebunden hast.«

Fafhrd gehorchte und mußte zugeben, daß es sein Knoten war und nicht der Knoten eines anderen Mannes. Das festzustellen, dauerte einige Zeit und machte Mara großen Spaß; sie begann leise zu quietschen und zu stöhnen und sanft an ihm herumzuknabbern.

Auch Fafhrd begann bald Interesse aufzubringen. Als es vollbracht war, erhielt er die Belohnung aller höflichen Lügner: Mara liebte ihn aus ganzem Herzen, weil er ihr all die richtigen Lügen gesagt hatte, und sie bewies es ihm mit jeder aufreizenden Bewegung, und sein Interesse und seine Erregung wuchsen.

Nach gewissen Maßnahmen und Gesten gegenseitiger Zuneigung fielen sie Seite an Seite in den Schnee, beide rundum geschützt durch ihre weißen Pelzmäntel und Hauben.

Ein Spaziergänger hätte glauben mögen, ein Schneeberg wäre konvulsivisch zum Leben erwacht und mache Anstalten, einen Schneemann, eine Elfe oder einen Dämon auf die Welt zu bringen.

Nach einer Weile wurde der Schneeberg ganz still, und der hypothetische Passant hätte sich schon sehr nahe heranbegeben müssen, um die Stimmen zu verstehen, die darin sprachen.

MARA: Rate mal, was ich so denke.

FAFHRD! Daß du die Königin aller Wonnen bist. Aaah!

MARA: Selber Aaah und Oooh! Und daß du der König aller Ungeheuer bist! Nein, Dummerchen, ich sag's dir. Ich habe überlegt, wie froh ich bin, daß du deine Abenteuer im Süden vor der Heirat gehabt hast. Ich bin sicher, du hast Dutzende von Südfrauen vergewaltigt oder unanständig besessen, was vielleicht eine Erklärung für deine Zivilisationsmarotte ist. Aber das macht mir gar nichts. Meine Liebe treibt dir das schon aus.

FAFHRD: Mara, du bist ein schlaues Köpfchen, aber trotzdem übertreibst du gewaltig wegen jener einen Piratenfahrt, die ich unter Hringorl gemacht habe, und besonders wegen der amourösen Möglichkeiten, die sich dabei boten.

Zunächst sind in jeder Küstenstadt, die wir heimsuchten, die Einwohner – und natürlich besonders die jungen Frauen – in die Hügel davongestürzt, ehe wir überhaupt landen konnten. Und wenn es Frauen zum Vergewaltigen gab, stand ich als Jüngster natürlich am Ende der Liste von Vergewaltigern und wäre also sicher nicht in Versuchung gekommen.

Um die Wahrheit zu sagen, die einzigen interessanten Leute, die ich während der langweiligen Reise kennenlernte, waren zwei alte Männer, die eines Lösegeldes wegen festgehalten wurden und mir etwas Quarmallisch und Hoch-Lankhmarisch beibrachten, und ein ausgemergelter junger Mann, der bei einem alten Zauberer in die Schule gegangen war. Dieser Bursche konnte mit dem Dolch umgehen und hatte keinen Respekt vor Legenden – ebensowenig wie ich oder mein Vater.

MARA: Mach dir keine Gedanken. Das Leben wird aufregender für dich werden, wenn wir erst verheiratet sind.

FAFHRD: Da irrst du dich, liebste Mara. Moment, laß mich erklären! Ich kenne meine Mutter. Wenn wir erst verheiratet sind, erwartet Mor von dir, daß du das Kochen und die ganze Zeltarbeit übernimmst. Sie wird dich zu sieben Achteln als Sklavin und – vielleicht – zu einem Achtel als meine Konkubine ansehen.

MARA: Ha! Du wirst es wirklich lernen müssen, deine Mutter zu beherrschen, Fafhrd. Aber mach dir darum keine Sorgen, Liebster. Offensichtlich weißt du nichts über die Waffen, die eine starke und junge Frau gegen eine alte Schwiegermutter einsetzen kann. Ich werde ihr schon den ihr gemäßen Platz zuweisen, und wenn ich sie vergiften muß – oh, nicht um sie umzubringen, sondern um sie nur zu schwächen.

Ehe drei Monde vergangen sind, zittert sie bei meinem Anblick, und du wirst dir viel mehr wie ein Mann vorkommen. Ich weiß schon – du bist immerhin das einzige Kind, und dein wilder Vater ist jung gestorben, und da hat sie einen unnatürlichen Einfluß über dich gewonnen, aber . . .

FAFHRD: Ich komme mir in diesem Augenblick sehr als Mann vor, du amoralische, giftspritzende Hexe, du Eis-Tigerin, und ich beabsichtige, dir das unverzüglich zu beweisen. Verteidige dich! Ha, los . . .!

Wieder geriet der Schneeberg in heftige Bewegung, wie ein riesiger Eisbär, der am Ersticken war. Der Bär verendete zu den musikalischen Klängen zerbrechender Eiskristalle, die sich in unnatürlicher Anzahl und Größe während ihres Dialogs auf Maras und Fafhrds Mänteln gebildet hatten.

Der kurze Tag raste der Nacht entgegen, als mochten selbst die Herrscher über Sonne und Sterne den Beginn der Vorstellung nicht abwarten.

Hringorl besprach sich mit seinen drei Günstlingen, Hor, Harrax und Hrey. Stirnrunzeln und Nicken, und Fafhrds Name fiel.

Der jüngste Ehemann des Schnee-Clans, ein eingebildeter und unvorsichtiger Grünschnabel, wurde von einer Patrouille junger Schneefrauen überfallen und mit Schneebällen bewußtlos geschlagen. Er war gesehen worden, wie er sich frech mit einem Mingol-Bühnenmädchen unterhielt.

Nachdem er als Zuschauer für zwei Abende der Show nicht mehr in Frage kam, wurde er zärtlich, doch langsam von seiner Frau wieder gesundgepflegt, die die eifrigste der Schneeballwerferinnen gewesen war.

Mara, glücklich wie eine Schneetaube, platzte in diesen Haushalt hinein und half aus. Aber als sie den hilflosen Ehemann und die zärtliche Frau beobachtete, schwanden ihr Lächeln und ihr träumerisches Gefühl. Sie wurde angespannt und unruhig. Dreimal machte sie Anstalten, etwas zu sagen, schließlich schürzte sie nur die Lippen und machte sich davon, ohne ein Wort zu sagen.

Im Frauenzelt belegten Mor und ihre Frauen Fafhrd mit einem Spruch, der ihn nach Hause bringen sollte, und mit einer zweiten Verwünschung, die seine Lenden gefrieren lassen sollte; anschließend machten sie sich daran, noch schwerwiegendere Maßnahmen gegen das ganze Universum von Söhnen, Ehemännern und Schauspielerinnen zu beschließen.

Die zweite Verwünschung hatte keine Wirkung auf Fafhrd – vermutlich weil er zu der Zeit gerade ein Schneebad nahm. Es zählte zu den wohlbekannten Tatsachen, daß Zaubersprüche kaum Wirkung haben auf jene, die sich bereits den Folgen unterwerfen, die der Zauber bewirken soll. Nach der Trennung von Mara hatte er sich ausgezogen und sich in eine Schneewehe geworfen, hatte jede Oberfläche, jede Stelle seines Körpers mit dem betäubenden Pulverzeug eingerieben. Anschließend hatte er dickbenadelte Pinienäste dazu benutzt, sich abzuklopfen und sein Blut wieder in Wallung zu bringen.

Wieder angezogen, verspürte er den Drang der ersten Verwünschung, widersetzte sich jedoch und schlich sich heimlich in das Zelt zweier alter Mingol-Händler, Zax und Effendrit, die Freunde seines Vaters gewesen waren; und hier schlummerte er auf einem Stapel Felle bis zum Abend.

Keine der Verwünschungen seiner Mutter konnte ihm in dieses Zelt folgen, dessen Grundfläche nach alten Handelsbräuchen ein winziges Stück Mingol-Territorium darstellte. Allerdings begann das Zelt der beiden Mingols unter einer unnatürlich schweren Last von Eiskristallen herabzusinken, die die alten Mingols gewitzt mit langen Pfählen klirrend abschlugen.

Das Geräusch drang angenehm in Fafhrds Träume, ohne ihn zu wecken, worüber seine Mutter sehr ärgerlich gewesen wäre, hätte sie Bescheid gewußt – sie war der Meinung, daß sowohl Vergnügen als auch Faulenzen nicht gut waren für die Männer. Sein Traum wandte sich Vlana zu, die gelenkig in einem Netzkleid aus feinen Silberdrähten tanzte, und an den Kreuzpunkten der Drähte hingen Myriaden von winzigen Silberglöckchen, eine Vision, die Mor auf das äußerste gereizt hätte. Es war nur gut für Fafhrd, daß sie nicht in diesem Augenblick ihre Fähigkeit des Gedankenlesens nutzte!

Vlana selbst schlummerte ebenfalls, während eines der Mingol-Mädchen, dem die verletzte Schauspielerin einen halben Smerduk gegeben hatte, die Schneebandagen laufend erneuerte und Vlanas Lippen, wenn sie trocken zu werden drohten, mit süßem Wein benetzte, von dem ein paar Tropfen in den Mund drangen.

In Vlanas Kopf wirbelten ständig die Pläne und Ideen durcheinander und wenn sie erwachte, pflegte sie die Flut ihrer Gedanken durch einen einfachen Kindervers aus dem Osten zu beruhigen: »Schlaf und traf, wach und mach, Nummer und Schlummer, geh und weh, spring und fing, Brand und Hand«, und so weiter, bis ihr nichts mehr einfiel.

Vellix der Verwegene, der müßig im Lager herumschlich, bekam einen Teil von Hringorls Plänen mit, sah Fafhrd seine Zufluchtsstätte betreten, bemerkte, daß Essedinex mehr trank, als ihm bekam, und lauschte ein wenig, was der Leiter der Show zu sagen hatte.

Im Umkleideraum der Schauspielerinnen sprach Essedinex mit den beiden Mingol-Mädchen, Zwillingen, und einer blutjungen Ilthmarix über die Menge Fett, die sie für die heutige Vorstellung auf ihre glattrasierten Körper schmieren sollten.

»Bei allen schwarzen Knochen, ihr bringt mich noch um den Verstand«, sagte er weinerlich. »Ihr werdet so erotisch wirken wie Schmalzklumpen.«

»Wie ich die Nordmänner kenne, mögen sie ihre Frauen gut gefettet, und warum soll das äußerlich nicht ebenso gelten wie innerlich?« fragte eines der Mingol-Mädchen.

»Und überhaupt«, fügte ihre Zwillingsschwester hinzu, »wenn du von uns erwartest, daß wir uns Zehen und Brustwarzen abfrieren, nur um einem Publikum stinkender alter Bärenhäute zu gefallen, liegst du schief.«

»Mach dir keine Sorgen«, sagte die Ilthmarix, tätschelte ihm die gerötete Wange und die dünnen weißen Haare. »Ich bin immer am besten, wenn ich überall eine Gänsehaut habe. Wir werden sie schon dazu bringen, uns die Wände hochzujagen, und wir rutschen ihnen dann aus den Händen wie schlüpfrige Melonenkerne.«

»Jagen . . .?« Essedinex umfaßte die schmalen Schultern der Ilthmarix. »Du wirst heute abend keine Orgien provozieren, hörst du? Necken macht sich bezahlt. Orgien nicht. Es kommt immer darauf an . . .«

»Wir wissen schon, wie wir das Publikum anpacken müssen, Opa«, sagte eines der Mingol-Mädchen.

»Wir wissen sie im Zaum zu halten«, fuhr ihre Schwester fort.

»Und wenn wir's nicht schaffen – Vlana bringt es immer«, endete die Ilthmarix.

Als die fast unsichtbaren Schatten länger wurden und die nebelschwere Luft dämmerte, schienen die allgegenwärtigen Kristalle womöglich noch schneller zu wachsen. Das Palaver in den Handelszelten, die durch die schneebedeckte Waldzunge von den Wohnzelten getrennt waren, geriet ins Stocken und ging schließlich zu Ende. Der leise Dauergesang aus dem Frauenzelt machte sich lauter und schriller bemerkbar. Ein Abendhauch aus dem Norden ließ die Kristalle klirren. Das Singen bekam etwas Mürrisches, und der Windhauch und das Klirren hörten wie auf einen Befehl auf. Der Nebel kam in Fetzen aus dem Osten und Westen zurück, und die Kristalle wuchsen weiter. Die Gesänge der Frauen wurden zu einem Murmeln. Als der Abend herannahte, machte sich in Schneewinkel eine erwartungsvolle Stille breit.

Der Tag floh über den eisbewehrten westlichen Horizont, als fürchtete er sich vor der Dunkelheit.

In der Enge zwischen den Darstellerzelten und der Gotteshalle war

Bewegung; ein Schimmer, ein heller Funke, der neun, zehn, elf Herzschläge lang flackerte, dann kam ein Blitz, ein Zischen, und es erhob sich – zunächst langsam, dann schneller und immer schneller – ein Komet mit einem buschigen Schwanz aus funkensprühendem orangefarbenem Feuer. Hoch über den Pinien, fast an der Schwelle zum Himmel – einundzwanzig, zweiundzwanzig, dreiundzwanzig – verblaßte der Kometenschweif und zersprang mit lautem Donnerschlag in neun weiße Sterne.

Es war das Raketensignal zum Beginn der ersten Vorstellung.

Im Innern war die Gotteshalle ein großes langes Schiff kalter Schwärze, unzureichend beleuchtet und beheizt durch eine Reihe Kerzen am Bug, der während des übrigen Jahres den Altar darstellte und jetzt als Bühne diente. Die Masten des ›Schiffes‹ waren lebende Pinien, die an Bug, Heck und an Seiten emporwuchsen. Seine Segel – genaugenommen seine Wände – waren zusammengenähte Häute, fest an die Masten gelascht. Statt eines Himmels gab es oben nur dick miteinander verwobene Pinienäste, weiß von herabrieselndem Schnee, die etwa fünf Mannshöhen über dem Deck begannen.

Im Heck und Mittelteil dieses seltsamen Schiffes, das nur von den Winden der Phantasie angetrieben wurde, saßen dicht gedrängt, auf Baumstümpfen oder Deckenrollen, die Männer des Schnee-Clans in ihren düster-farbenfrohen Pelzen. Sie lachten trunken, knurrten sich Bemerkungen oder Witze zu – doch alles in gemäßigter Lautstärke. Denn immerhin waren sie in der Gotteshalle (oder besser: im Gottesschiff) und beim Betreten dieses Raumes hatte sie die religiöse Ehrfurcht angerührt, gepaart mit Angst – trotz oder vielleicht gerade wegen der profanen Verwendung, der diese Stätte heute abend zugeführt wurde.

Es ertönte ein rhythmisches Trommeln, drohend wie das Anschleichen eines Schneeleoparden und zunächst so leise, daß niemand zu sagen wußte, wann es eigentlich begonnen hatte; noch eben war der Saal voller Leben und Bewegung, im nächsten Augenblick herrschte starre Stille; Hände legten sich leicht auf die Knie oder klammerten sich dort fest, und Augen erforschten die kerzenbeleuchtete Bühne zwischen den beiden Vorhängen, die mit schwarz-grauen Spiralen bemalt waren.

Das Trommeln wurde lauter, schneller, komplizierter, webte geklopfte Arabesken und kehrte zum Leopardenschritt zurück.

Im Rhythmus der Trommelschläge sprang ein kleines, schlankes, silberpelziges Katzenwesen auf die Bühne – mit langen Beinen, langen, spitzen, aufgerichteten Ohren, langen Schnauzhaaren und langen weißen Fangzähnen. Auf allen vieren war es etwa einen Meter groß. Der einzige menschliche Zug war ein schimmernder schwarzer Haarschopf, der dem Wesen glatt über die rechte Schulter herabfiel.

Die Erscheinung umkreiste dreimal die Bühne, zog den Kopf ein, schnüffelte, als folge sie einer Spur, und knurrte tief in der Kehle.

Dann bemerkte sie das Publikum und wich mit einem Aufschrei zurück, bedrohte es mit den langen schimmernden Klauen, in die ihre Vorderpfoten mündeten.

Zwei Männer im Publikum standen so sehr im Bann der Illusion, daß sie mühsam daran gehindert werden mußten, ein Messer oder eine Axt auf das Ungeheuer zu schleudern, das sie für echt und gefährlich hielten.

Das Wesen musterte sie, entblößte sein Raubtiergebiß. Als es mit schneller Bewegung den Kopf hin und her wandte und die Männer mit großen braunen Augen betrachtete, schlug im gleichen Rhythmus der kurzhaarige Schwanz in die andere Richtung aus.

Nun begann das Wesen einen Leopardentanz um Leben, Liebe und Tod, manchmal auf den Hinterbeinen, doch meistens auf allen vieren. Es hüpfte und erforschte, bedrohte und wich zurück, es griff an und floh, es warf sich herum und wand sich mit den lasziven Bewegungen einer Katze.

Auch das lange Haar machte es dem Publikum nicht leichter, sich das Wesen als eine Frau in einem engen Pelztrikot vorzustellen. Vor allem schienen seine Vorderbeine so lang zu sein wie seine Hinterbeine und ein Extragelenk zu haben.

Etwas Weißes krächzte und flatterte hinter einem der Vorhänge hervor. Mit schnellem Sprung und Prankenhieb schlug die große silberne Katze danach und warf sich darauf.

Niemandem in der Gotteshalle entging der Todesschrei der Schneetaube und das Knirschen ihres brechenden Genicks.

Die große Katze hielt den toten Vogel vor ihre Fangzähne, richtete sich fraulich auf und stieß einen Seufzer aus, in dem sich Abscheu und Sehnsucht, Staunen und Vorfreude mischten – Vorfreude auf das, was jetzt kommen mochte.

Fafhrd jedoch seufzte nicht. Zum einen hätte die geringste Bewegung sein Versteck offenbart. Zum anderen konnte er deutlich sehen, was hinter den beiden spiralenbemalten Vorhängen vor sich ging.

Wegen seiner Jugend zur Show noch nicht zugelassen – ganz zu schweigen von Mors Wünschen und Zaubersprüchen –, hatte er eine halbe Stunde vor Beginn der Vorstellung auf der Schluchtseite, wo niemand auf ihn achtete, eine der Pinien der Gotteshalle bestiegen. Die Schnüre der Hauptwände erleichterten ihm das Klettern sehr. Oben war er dann vorsichtig auf zwei starke Pinienäste gekrochen, die nach innen über die Halle ragten, und er hatte sich vorgesehen, keine braungewordenen Nadeln und auch keinen Schnee loszuschütteln, bis er eine Stelle mit guter Sicht zur Bühne gefunden hatte, ohne daß er vom Publikum aus zu sehen war. Danach hatte er nur noch still liegen müssen, um keine verräterischen Nadeln oder Schneebrocken herabregnen zu lassen.

Wenn jemand durch das Halbdunkel nach oben schaute und zufällig ein Stück seiner weißen Kleidung entdeckte, so hoffte Fafhrd, daß er das für Schnee hielt.

Jetzt beobachtete er die beiden Mingol-Mädchen, die mit schnellen Bewegungen Vlana die engen Pelzärmel abzogen, zusammen mit den fellbedeckten klauenbewehrten starren Pfoten, die sie umklammert hatte. Sie vollzogen das gleiche Ritual mit den Beinfellen Vlanas, die sich auf einen Stuhl gesetzt hatte und – nachdem die Eckzähne entfernt waren – hastig Leopardenmaske und Schulterstück abnahm.

Einen Augenblick später schlappte sie wieder auf die Bühne – eine Höhlenfrau in einem kurzen silbrigen Fellumhang. Langsam knabberte sie am Ende eines langen dicken Knochens. Pantomimisch spielte sie den Arbeitstag einer Höhlenfrau vor: Aufpassen auf das Feuer und die Babys, Züchtigen der Kinder, Häutekauen und eifriges Nähen. Als der Ehemann zurückkehrte, kam etwas Leben in die Szene, wenn der Mann auch unsichtbar blieb und nur durch Vlanas Mimik dargestellt wurde.

Ihr Publikum folgte der Geschichte mühelos und grinste, als sie ihren Mann nach dem Fleisch fragte, das er mitgebracht hatte, und sich dann über seinen mageren Fang enttäuscht zeigte. Es lachte laut, als sie ihn mit ihrem Knochen zu prügeln versuchte und selbst zu Boden geschlagen wurde, während ihre Kinder ringsum tobten.

Aus dieser Stellung hastete sie von der Bühne hinter den anderen Vorhang, hinter dem sich der Ausgang der Schauspieler (normalerweise die Tür des Schneepriesters) und der einarmige Mingol verbargen, dessen flinke fünf Finger auf der Trommel zwischen seinen Füßen wirbelten.

Vlana riß sich den Rest ihres Pelzes vom Leibe, veränderte mit vier schnellen Strichen die Linie ihrer Augen und Brauen, wand sich scheinbar aus der gleichen Bewegung heraus in ein langes graues Kapuzengewand und war schon wieder auf der Bühne – diesmal in der Rolle einer Mingol-Frau aus der Steppe.

Nach einer weiteren kurzen Pantomime setzte sie sich zierlich an einen niedrigen, mit Krügen vollgestellten Tisch im Vordergrund der Bühne und begann sorgsam ihr Gesicht und ihre Haare herzurichten, wobei ihr das Publikum als Spiegel diente. Sie ließ die schwarze Kapuze und das Gewand zurückgleiten und enthüllte darunter ein kürzeres rotes Kleid.

Es war faszinierend, wie sie verschiedenfarbige Salben und Pulver und Glitzerstaub an Lippen, Wangen und Augen anbrachte, wie sie ihr dunkles Haar zu einem hohen Gebilde aufkämmte, das durch lange juwelenbesetzte Nadeln gehalten wurde.

In diesem Augenblick wurde Fafhrds Selbstbeherrschung auf eine harte Probe gestellt – ihm wurde eine Handvoll Schnee vor die Augen geklatscht und dort festgehalten.

Drei Herzschläge lang rührte er sich überhaupt nicht. Dann umfing er ein ziemlich dünnes Handgelenk und zerrte es nach unten, während er gleichzeitig vorsichtig den Kopf schüttelte und mit den Augen blinzelte.

Das Handgelenk machte sich frei, und der Schneeklumpen fiel auf den Wolfsfellkragen von Hringorls Kumpan Hor, der unter Fafhrd saß. Hor stieß einen seltsam erstickten Schrei aus und wollte nach oben blicken, aber zum Glück ließ Vlana in diesem Augenblick ihren roten Seidensarong fallen und begann ihre Brustwarzen mit einer korallenfarbigen Salbe einzureiben.

Fafhrd blickte sich um und sah Mara grimmig herüberlächeln; das Mächen lag auf zwei Ästen zu seiner Linken; ihr Kopf war etwa auf der Höhe seiner Schultern.

»Wenn ich ein Eis-Gnom wäre, müßtest du jetzt sterben!« zischte sie ihn an. »Oder wenn ich meine vier Brüder auf dich gejagt hätte, wie ich's hätte tun sollen. Deine Ohren *waren* ja auch schon tot, dein Geist hockte dir in den Augen, auf die dürre Schlampe da gerichtet. Ich habe gehört, daß du Hringorl ihretwegen gefordert hast! Und sein goldenes Geschenk hast du abgelehnt!«

»Ich will zugeben, meine Liebe, daß du dich sehr geschickt und leise angeschlichen hast«, sagte Fafhrd leise, »und daß du Augen und Ohren für alles zu haben scheinst, was sich in Schneewinkel ereignet – und auch für manches, das sich nicht ereignet. Aber ich muß sagen, Mara ...«

»Ja! Jetzt willst du mir sicher sagen, daß ich als Frau hier nichts zu suchen habe, männliche Vorrechte, Sakrileg zwischen den Geschlechtern, und so weiter. Nun, du hast hier ebensowenig verloren.«

Fafhrd dachte ernsthaft darüber nach. »Nein, ich meine alle Frauen sollten hier sein. Was sie lernen könnten, würde sie sehr interessieren und wäre sehr vorteilhaft.«

»Damit wir wie eine heiße Katze herumstreunen und wie eine dumme Sklavin latschen können? Ja, ich habe alles gesehen, während du dir taub und stumm die Lefzen lecktest! Ihr Männer lacht auch wirklich über alles, besonders wenn eure dumme, keuchende, rotgesichtige Lust von einem schamlosen Weibsbild geweckt wird, das seine knochige Nacktheit zur Schau stellt!«

Maras erregtes Geflüster wurde gefährlich laut und hätte womöglich die Aufmerksamkeit Hors und anderer erweckt, wenn nicht in diesem Augenblick wieder der Zufall in Form eines Trommelwirbels zu Hilfe gekommen wäre. Vlana huschte von der Bühne, und es begann eine zwar dünne aber wilde galoppierende Musik, die der einarmige Mingol zusammen mit der kleine Ilthmarix erzeugte, die auf einer Nasenflöte spielte.

»Ich habe nicht gelacht, meine Liebe«, sagte Fafhrd nicht ohne Stolz. »Auch habe ich mir nicht die Lefzen geleckt oder bin rot geworden oder habe schneller geatmet – das hast du bestimmt gemerkt. Nein, Mara, ich liege nur hier oben, weil ich mehr über die Zivilisation lernen möchte.«

Sie starrte ihn verblüfft an, grinste und lächelte plötzlich zärtlich. »Weißt du, ich habe das Gefühl, du glaubst wirklich, was du da sagst, du Schaf«, flüsterte sie erstaunt. »Wenn man nur glauben könnte, daß die Dekadenz, die du Zivilisation nennst, wirklich jemanden interessieren und eine laszive Hure ihre Botschaft überbringen könnte . . .«

»Ich denke und glaube nicht, ich *weiß* es«, erwiderte Fafhrd, ohne sich um Maras andere Bemerkung zu kümmern. »Eine ganze Welt ruft, und haben wir Augen nur für Schneewinkel? Komm, sieh weiter zu, Mara, und gewinn an Weisheit! Die Schauspielerin tanzt die Kulturen aller Länder und Zeiten vor. Jetzt ist sie eine Frau der Acht Städte.«

Vielleicht waren Fafhrds Worte überzeugend. Vielleicht lag es auch daran, daß Vlanas neues Kostüm ihren Körper von Kopf bis Fuß bedeckte – lange Ärmel, grünes Wams, ein langer blauer Rock, rote Strümpfe und gelbe Schuhe – und daß die Kulttänzerin ein wenig heftig atmete und die Stränge ihres Halses die Anstrengungen des heftigen, wirbelnden Tanzes erkennen ließen. Jedenfalls zuckte das Schneemädchen die Achseln, lächelte großmütig und flüsterte: »Nun, ich muß zugeben, das alles ist irgendwie widerlich interessant.«

»Ich wußte, daß du mich verstehen würdest, Liebling. Du hast mehr Grips als jede andere Frau unseres Stammes – und auch als jeder Mann«, behauptete Fafhrd und tätschelte sie zärtlich, wenn auch ein wenig geistesabwesend, denn er nahm den Blick nicht von der Bühne.

Nach kurzen Kostümwechseln erschien Vlana hintereinander als Paradiesjungfrau der Ostländer, als sittenstrenge quarmallische Königin, als matte Konkubine des Königs der Könige und als hochmütige lankhmarische Lady mit schwarzer Toga.

Diese letzte Szene offenbarte etwas künstlerische Willkür, denn in Lankhmar trugen nur die Männer eine Toga, aber dieses Kleidungsstück war Lankhmars bekanntestes Symbol überall in der Welt Nehwon.

In der Zwischenzeit mühte sich Mara redlich, an dem exzentrischen Vergnügen ihres künftigen Mannes teilzuhaben. Zuerst war sie wirklich interessiert und merkte sich Einzelheiten an Vlanas Kostümen und Auftritten, die sie selbst einmal nutzen konnte. Aber mit der Zeit überwältigte sie die Erkenntnis, daß ihr die ältere Frau an Wissen und Erfahrung doch weit überlegen war.

Vlanas Tanzerei und Schauspielerei war sicherlich das Ergebnis langjährigen Trainings. Und wie – und besonders wo – konnte ein Schneemädchen schon jemals solche Kleider tragen? Das Gefühl der Minderwertigkeit machte der Eifersucht Platz und dann dem Haß.

Die Zivilisation war schrecklich. Man sollte Vlana aus Schneewinkel hinauspeitschen, und Fafhrd brauchte eine Frau, die sich um alles kümmerte und seine verrückten Phantastereien im Zaum hielt. Natürlich nicht seine Mutter – die auf schreckliche und inzestuöse Weise ihren eigenen Sohn beherrschte –, sondern eine hübsche, kluge junge Frau.

Sie begann Fafhrd eindringlich zu beobachten. Er sah eigentlich gar nicht betört aus, sondern kalt wie Eis, aber er war von der Szene unten auf der Bühne entschieden gebannt. Sie dachte daran, daß einige Männer ihre wahren Gefühle gut zu verbergen wußten.

Vlana warf ihre Toga ab und zeigte sich in einem großmaschigen Kleid aus feinen Silberdrähten. Wo sich die Drähte kreuzten, hingen winzige Silberglocken. Sie wand sich hin und her, und die Glocken läuteten wie ein Baum voller winziger Vögel, die zusammen eine zwitschernde Hymne auf ihren Körper sangen. Jetzt schien ihre Schlankheit die Jugend zu verkörpern, während ihre Augen zwischen den glatt herabfallenden Haarsträhnen geheimnisvoll und einladend schimmerten.

Fafhrds kontrollierter Atem beschleunigte sich. Sein Traum im Zelt der Mingols war also wahr gewesen! Seine Aufmerksamkeit, die sich bisher halb auf die Länder und Episoden gerichtet hatte, die Vlana vortanzte, konzentrierte sich jetzt völlig auf sie und wurde zu Verlangen.

Diesmal wurde seine Beherrschung noch mehr auf die Probe gestellt, denn ohne Vorwarnung griff ihm Mara zwischen die Beine.

Aber ihm blieb wenig Gelegenheit, sich zur Ruhe zu ermahnen. Sie ließ los und brüllte: »Schmieriger Schuft! Dich lüstet!« Und im gleichen Augenblick schlug sie ihm unterhalb der Rippen in die Seite.

Er versuchte ihre Handgelenke zu packen, ohne die Balance zu verlieren. Sie versuchte, ihn wieder zu schlagen. Die Pinienäste knirschten und warfen Schnee und Nadeln ab.

Fafhrd landete einen Hieb auf Maras Ohr, und ihr Oberkörper rutschte ab, ohne daß ihre Füße den Halt an den kleinen Ästen verloren.

»Gott soll dich erfrieren lassen, du Scheusal!« knurrte Fafhrd, ergriff den stärksten Ast mit einer Hand und langte mit der anderen nach unten, um Maras Arm dicht an der Schulter zu packen.

Wer jetzt nach oben schaute – und da gab es inzwischen einige, trotz der starken Anziehung, die die Bühne ausübte –, erblickte zwei miteinander ringende, weißgekleidete blondschöpfige Gestalten, die halb aus dem verästelten Dach herabhingen, als wollten sie sich im Gleitflug auf die Zuschauer stürzen. Weiterkämpfend verschwanden die Gestalten wieder nach oben.

Ein älterer Mann rief: »Sakrileg!« Ein jüngerer: »Eindringlinge! Verhauen wir sie!« Man wäre seinem Vorschlag sicher gefolgt, denn ein Viertel des Publikums war inzwischen auf den Beinen, wenn Essedinex nicht durch ein Vorhangloch den Zuschauerraum im Auge behalten und etwas von widerspenstigen Menschenmengen verstanden hätte. Er schnipste dem Mingol hinter sich zu und machte eine schnelle Handbewegung.

Die Musik wurde lauter. Zimbeln erklangen. Die beiden Mingol-

Mädchen und die Ilthmarix sprangen splitternackt auf die Bühne und begannen Vlana zu umtanzen. Der fette Mann aus dem Osten trottete um sie herum und setzte seinen großen schwarzen Bart in Brand. Blaue Flammen züngelten und flackerten vor seinem Gesicht und umspielten seine Ohren. Er löschte das Feuer erst – mit einem nassen Handtuch, das er in der Hand hielt –, als ihm Essedinex von seinem Posten hinter dem Guckloch zuflüsterte: »Es reicht. Wir haben sie wieder.« Inzwischen war der schwarze Bart zur Hälfte abgebrannt. Manche Schauspieler bringen große Opfer, die viele Spötter und sogar ihre Kollegen nur selten zu schätzen wissen.

Fafhrd ließ sich das letzte Stück hinabfallen und landete im hohen Schnee außerhalb der Gotteshalle. Im gleichen Augenblick hatte auch Mara ihren Abstieg beendet. Sie sahen sich an; schenkeltief standen sie in verkrustetem Schnee, den der aufgehende Halbmond mit schimmernden Streifen versah und zwischen ihnen mit einem Schatten verdunkelte.

Fafhrd fragte: »Mara, wer hat dir die Lüge erzählt, daß ich mit Hringorl um die Schauspielerin kämpfen wollte?«

»Ungetreuer Lüstling!« rief sie, versetzte ihm einen Schlag aufs Auge und rannte laut schluchzend auf das Frauenzelt zu. »Ich sag's meinen Brüdern! Warte nur ab!«

Fafhrd hüpfte vor Schmerz ein paarmal auf der Stelle, rannte ihr drei Schritte nach, blieb stehen, hielt sich etwas Schnee vor das schmerzende Auge, und als der Schmerz zu einem dumpfen Pochen abgeklungen war, begann er nachzudenken.

Er sah sich mit dem anderen Auge um, erblickte niemanden, kämpfte sich zu einer Gruppe schneegebeugter Immergrünbäume am Rande des Abgrunds durch, suchte sich ein Versteck dazwischen und ließ seinen Gedanken freien Lauf.

Seine Ohren verrieten ihm, daß die Show in der Gotteshalle mit unverändertem Tempo weiterging. Es ertönten Gelächter und lautes Rufen, das zuweilen das wilde Trommeln übertönte. Seine Augen – das verletzte funktionierte wieder – sagten ihm, daß sich niemand in der Nähe aufhielt. Sie richteten sich auf die Darstellerzelte am diesseitigen Ende der Gotteshalle, nahe der Neuen Straße nach Süden, erfaßten dann die Ställe und die Zelte der Händler dahinter. Schließlich fiel sein Blick wieder auf das Zelt, das ihm am nächsten war: Vlanas halbkreisförmige Unterkunft. Es war von Kristallen bedeckt, die im Mondlicht schimmerten, und ein riesiger kristalliner Wurm schien sich unterhalb des immergrünen Sykomorenastes über seine Mitte zu erstrecken.

Im Gleitschritt huschte er über die diamantenbesetzte Schneekruste darauf zu. Der Knoten, der den Eingang verschloß, lag im Schatten und fühlte sich sehr kompliziert an. Er ging um das Zelt herum, lockerte zwei Pflöcke an der Rückseite, wand sich wie eine Schlange durch die Öffnung und fand sich zwischen den Rocksäumen von Vlanas aufgehängten Kostümen wieder, steckte die Pflöcke locker zurück, stand auf, schüttelte sich, machte vier Schritte und legte sich auf das Fellbett. Ein schwach glühendes Feuergestell strahlte etwas Wärme aus. Nach einer Weile langte er zum Tisch hinüber und goß sich eine Schale Brandy ein.

Schließlich hörte er Stimmen, die lauter wurden. Als die Schnüre der Tür aufgeknüpft und gelockert wurden, tastete er nach seinem Messer und machte Anstalten, sich unter einem großen Pelz zu verstecken.

Lachend, doch mit Entschlossenheit, sagte Vlana: »Nein, nein, *nein*«, trat hastig rückwärts durch die Zeltöffnung und hielt die Tür mit einer Hand zu, während sie die Schnüre mit der anderen schnell festzog und über die Schulter blickte.

Ihre Überraschung verging so schnell, daß sich Fafhrd fragte, ob überhaupt eine Veränderung auf ihrem Gesicht vorgegangen war. Dann schenkte sie ihm ein schnelles Willkommenslächeln, bei dem sich ihre Nase komisch verzog. Sie wandte ihm den Rücken zu, zupfte sorgsam die Schnüre fest und verwandte einige Zeit darauf, an der Innenseite einen Knoten zu knüpfen. Dann kam sie herbei und kniete aufrecht neben ihm nieder. Als sie auf ihn herabblickte, lächelte sie nicht mehr; ihr Ausdruck war gesammelt, nachdenklich, und er versuchte sich ihrer Stimmung anzupassen.

»Du hast deine Ansicht über eine Belohnung also geändert«, sagte sie leise und sachlich. »Wie willst du wissen, daß ich es mir inzwischen nicht auch anders überlegt habe?«

Fafhrd schüttelte den Kopf als Antwort auf ihre Bemerkung. Nach kurzem Zögern sagte er dann: »Trotzdem habe ich entdeckt, daß ich dich besitzen möchte.«

Vlana sagte: »Ich habe gesehen, wie du von . . . von der Galerie aus zugesehen hast. Weißt du, du hast uns fast die Show gestohlen. Wer war denn das Mädchen bei dir? Oder war es ein Junge? Ich hab's nicht genau gesehen.«

Fafhrd ging nicht auf ihre Fragen ein. Statt dessen sagte er: »Ich möchte dir auch Fragen stellen über dein vorzügliches Tanzen und . . . und das Alleinspielen.«

»Pantomime«, sagte sie.

»Ja, Pantomime. Und ich möchte mit dir über die Zivilisation reden.«

»Stimmt, heute morgen hast du mich gefragt, wie viele Sprachen ich kann«, sagte sie und starrte über ihn hinweg an die Zeltwand. Es war klar, daß auch sie sich ihre Gedanken machte. Sie nahm ihm die Brandyschale aus der Hand, schluckte die Hälfte des verbliebenen Restes und gab sie ihm zurück.

»Gut«, sagte sie und schaute ihn endlich an, doch ohne daß sich ihr Ausdruck veränderte. »Ich werde dein Verlangen stillen, mein lieber Junge. Aber nicht sofort. Ich muß mich zuerst ausruhen und wieder zu

Kräften kommen. Geh jetzt und komm zurück, wenn der Shadahstern untergeht! Weck mich, wenn ich schlafen sollte!«

»Aber das ist eine Stunde vor Sonnenaufgang«, sagte er und sah zu ihr auf. »Es wird kalt sein draußen im Schnee.«

»Nicht«, sagte sie schnell. »Ich möchte dich nicht halb erfroren. Geh ins Warme. Wenn du wachbleiben willst, denk an mich. Trink nicht zuviel Wein. Jetzt geh.«

Er stand auf und wollte sie umarmen. Sie trat einen Schritt zurück und sagte: »Später. Alles später.« Er ging auf die Tür zu. Sie schüttelte den Kopf und sagte: »Man könnte dich sehen. Wie du gekommen bist.«

Als er an ihr vorbeiging, stieß sein Kopf gegen etwas Hartes. Zwischen den Streben, die das Zelt in der Mitte hochhielten, wölbte sich die weiche Fellplane einwärts, während sich die Streben unter der Last etwas bogen. Sekundenlang duckte sich Fafhrd zusammen, bereit, Vlana zu packen und zur Seite zu reißen. Dann begann er methodisch gegen die Beulen zu schlagen. Knacken und lautes Klirren ertönte, als die massiven Kristalle, die ihn von außen an einen Riesenwurm erinnert hatten – er mußte sich inzwischen zu einer Riesenschlange ausgewachsen haben! – zerbrachen und zu Boden rieselten.

Er sagte: »Die Frauen des Schnee-Clans mögen dich nicht. Auch ist Mor, meine Mutter, deine Freundin nicht.«

»Glauben sie mich mit ihren Eiskristallen erschrecken zu können?« fragte Vlana verächtlich. »Weißt du, ich kenne Feuerzauber im Osten, gegen die diese läppischen Kindereien . . .«

»Aber du bist jetzt in *ihrem* Gebiet und bist *ihrem* Element ausgeliefert, das grausamer und heimtückischer als Feuer ist«, wandte Fafhrd ein und fegte die letzten Einbuchtungen fort, so daß sich die Streben wieder auswärts reckten und das Leder sich zwischen ihnen flach erstreckte wie zuvor. »Unterschätze ihre Kräfte nicht.«

»Dank, daß du mein Zelt vor dem Einsturz bewahrt hast. Aber jetzt geh – und zwar schnell.«

Sie sprach, als wäre ihr das Ganze nebensächlich, doch in ihren großen Augen stand ein nachdenklicher Ausdruck.

Ehe er sich wieder unter der rückwärtigen Plane durchwand, blickte Fafhrd noch einmal zurück. Vlana starrte wieder auf die Zeltwand; sie hielt die leere Schale in der Hand, die er ihr gegeben hatte, doch als sie seine Bewegung bemerkte, lächelte sie zärtlich und hauchte ihm einen Kuß zu.

Draußen herrschte klirrende Kälte. Trotzdem begab sich Fafhrd zu seiner Baumgruppe, zog den Mantel eng um sich, ließ seine Kapuze über den Kopf herabsinken, zog die Kapuzenschnur an und beobachtete Vlanas Zelt.

Wenn die Kälte seine Felle zu durchdringen drohte, dachte er an Vlana.

Plötzlich duckte er sich zusammen und lockerte sein Messer.

Im Schatten bleibend, näherte sich eine Gestalt dem Zelt der Schauspielerin. Sie schien schwarzgekleidet zu sein.

Fafhrd huschte leise näher.

Durch die stille Luft tönte leise das Kratzen von Fingernägeln auf Leder.

Ein Lichtschimmer, als der Zelteingang geöffnet wurde.

Es war hell genug, um das Gesicht Vellix' des Verwegenen zu erkennen. Er betrat das Zelt, und dann wurden die Schnüre wieder festgezogen.

Fafhrd hielt zehn Schritte vor dem Zelt inne und rührte sich etwa zwei Dutzend Atemzüge lang nicht von der Stelle. Dann, die Entfernung wahrend, ging er leise um das Zelt herum.

Aus dem Eingang des hohen konischen Zeltes von Essedinex fiel ein Lichtschein. In den dahinterliegenden Ställen schnaubte ein Pferd.

Fafhrd duckte sich und starrte einen Messerwurf entfernt durch den schmalen erleuchteten Eingang und bewegte sich langsam hin und her. Er erblickte vor der hinteren Zeltwand einen Tisch voller Krüge und Trinkschalen.

An einer Seite des Tisches saß Essedinex. Ihm gegenüber hockte Hringorl.

Vorsichtig nach Hor, Harrax oder Hrey ausschauend, umkreiste Fafhrd das Zelt. An der Stelle, an der sich der Tisch und die beiden Männer als schwache Silhouetten abzeichneten, schlich er näher. Er strich Kapuze und Haar zur Seite und legte vorsichtig das Ohr an das Zeltleder.

»Drei Goldbarren – das ist mein letztes Angebot«, sagte Hringorl mürrisch. Das Leder ließ seine Stimme hohl klingen.

»Fünf«, erwiderte Essedinex, und es ertönte ein kurzes Schlürfen, und eine Silhouette setzte ihre Trinkschale ab.

»Hör mal, Alter«, erwiderte Hringorl mit drohender Stimme. »Ich brauche dich überhaupt nicht. Ich kann mir das Mädchen schnappen und brauche dir dann überhaupt nichts zu zahlen.«

»O nein, das geht nicht, lieber Hringorl«, erwiderte Essedinex ungerührt. »Denn dann würde die Show nie wieder nach Schneewinkel kommen, und wie würde das deinen Stammesgenossen gefallen? Auch würde ich dir keine Mädchen besorgen.«

»Was macht das schon?« erwiderte der andere gleichgültig. Die Worte gingen in einem Schlucken unter, doch Fafhrd hörte heraus, daß der Mann bluffte. »Ich habe mein Schiff. Ich könnte dir jetzt die Kehle durchschneiden und mir das Mädchen heute nacht nehmen.«

»Dann tu's doch«, sagte Essedinex fröhlich. »Laß mir nur Zeit für einen letzten Schluck.«

»Na gut, du knickriger Bock. Vier Goldbarren.«

»Fünf.«

Hringorl fluchte ausgiebig. »Irgendwann treibst du mich noch mal zu weit, du Zuhälter. Außerdem ist das Mädchen alt.«

»Aye, alt und erfahren im Geschäft mit Wonnen, gewiß. Habe ich dir schon erzählt, daß sie Lehrling der Zauberer von Azorkah gewesen ist? Sie wollte sich von ihnen ausbilden lassen, damit sie eine Konkubine des Königs der Könige werden und zugleich ihre Spionin am Hofe von Horborixen sein konnte. Aye, und dann ist sie diesen schlimmen Hexern geschickt entkommen, als sie das gewünschte erotische Wissen erlangt hatte.«

Hringorl lachte gezwungen. »Warum soll ich auch nur einen einzigen Silberbarren für ein Mädchen ausgeben, das Dutzende von Männern besessen haben? Das das Spielzeug jedes Mannes gewesen ist?«

»Von Hunderten«, berichtigte ihn Essedinex. »Können läßt sich nur durch Erfahrung gewinnen, wie du selbst weißt. Und je größer die Erfahrung, desto größer auch das Können. Und doch ist dieses Mädchen niemals nur Spielzeug. Sie ist die Unterweiserin; sie offenbart, sie spielt mit einem Mann zu seinem Vergnügen, sie schafft es, daß er sich wie der König des Universums vorkommt und daß er – wer weiß? – vielleicht einen Moment auch König ist. Was ist einem Mädchen unmöglich, das die Vergnügungen der Götter selbst kennt – aye, und der Erzdämonen ebenfalls? Und doch – du wirst es mir nicht glauben, aber es stimmt –, und doch bleibt sie auf ihre Art stets jungfräulich. Denn kein Mann hat sie jemals wirklich gemeistert.«

»Dafür läßt sich sorgen!« Hringorls Worte waren fast ein fröhliches Auflachen. Wieder waren Trinkgeräusche zu hören. Dann wurde seine Stimme leise. »Na gut, fünf Goldbarren also, du Schacherer. Lieferung nach der Show morgen abend. Das Gold wird bezahlt, wenn du mir das Mädchen übergibst.«

»Drei Stunden nach der Show, wenn das Mädchen betäubt und alles ruhig ist. Es wäre unklug, die Eifersucht deiner Stammesgenossen zu früh zu wecken.«

»Sagen wir zwei Stunden. Abgemacht? Und laßt uns jetzt vom nächsten Jahr sprechen. Ich möchte dann ein schwarzes Mädchen, eine Vollblut-Kleshitin. Und das war heute das letzte Fünf-Barren-Geschäft, verstanden? Ich will kein Hexenwunder, sondern Jugend und Schönheit.«

Essedinex erwiderte: »Glaub mir, du wirst keine andere Frau ersehnen, wenn du Vlana erst kennengelernt und – ich wünsche dir Glück dabei – gemeistert hast. Oh, natürlich nehme ich an . . .«

Fafhrd taumelte ein halbes Dutzend Schritte zurück und stellte sich mit breit gespreizten Beinen in den Schnee; ihm war seltsam schwindlig zumute, oder war er betrunken? Er hatte sofort angenommen, daß die beiden Männer von Vlana sprachen, aber ihren Namen jetzt ausgesprochen zu hören, war schlimmer, als er erwartet hatte.

Die beiden Entdeckungen, die so dicht aufeinander gefolgt waren, erfüllten ihn mit einem völlig unbekannten Gefühl – mit einer übermächtigen Wut und auch dem Wunsch, laut loszulachen. Er wünschte sich ein Schwert, mit dem er den Himmel aufschlitzen und die Paradiesbewohner aus ihren Betten holen konnte. Er wollte sämtliche Raketen der Show an sich bringen und in das Zelt von Essedinex rasen lassen. Wollte die Gotteshalle mit ihren Pinien einreißen und alles über die Darstellerzelte fallen lassen. Er wollte . . .

Er wandte sich um und ging mit schnellen Schritten auf das Stallzelt zu. Der Stallbursche schnarchte auf dem Stroh neben einem leeren Krug und neben dem leichten Schlitten von Essedinex.

Fafhrd stellte mit wildem Lächeln fest, daß das Pferd, mit dem er am besten umzugehen wußte, Hringorl gehörte. Er fand das Zaumzeug und ein langes festes Seil. Dann murmelte er dem Pferd aus halbgeschlossenen Lippen beruhigend zu und führte es – eine weiße Stute – aus dem Zelt. Der Wächter schnarchte nur noch lauter.

Wieder fiel sein Blick auf den leichten Schlitten. Der Teufel ritt ihn, und er löste die steife Plane über dem Laderaum hinter den beiden Sitzen. Neben anderen Dingen befanden sich die Raketen der Show darin. Er ergriff drei von den größten – mit ihren steifen Lunten waren sie so lang wie Skistöcke – und nahm sich die Zeit, die Plane wieder festzuzurren. Noch immer erfüllte ihn der verrückte Vernichtungsdrang, den er aber inzwischen unter Kontrolle hatte.

Draußen legte er der Stute das Zaumzeug an und verknotete es fest mit einem Ende des Seils. Aus dem anderen Ende machte er eine große Schlinge. Dann legte er das Seil wieder zusammen, klemmte sich die Raketen unter den linken Arm, kletterte gewandt auf die Stute und lenkte sie in die Nähe des Zeltes von Essedinex. Die beiden Schemen saßen sich noch immer am Tisch gegenüber.

Er ließ die Schlinge um seinen Kopf wirbeln und warf. Das Seil legte sich um die Zeltspitze; dies geschah fast geräuschlos, da er darauf achtete, die Schlinge zuzuziehen, ehe sie sich auf die Zeltwände legte.

Sie lag um den Mittelmast des Zeltes. Er versuchte seiner Erregung Herr zu werden. Langsam führte er die Stute über den mondhellen Schnee auf den Wald zu und ließ währenddessen das Seil aus. Als er nur noch vier Schlingen übrig hatte, brachte er das Tier in Trab. Er beugte sich über das Zaumzeug, hielt sich fest und trieb der Stute seine Stiefel in die Flanken. Das Seil straffte sich, die Stute ging gegen die Last an. Hinter ihm ertönte ein leises Knacken.

Er lachte triumphierend auf. Die Stute kämpfte gegen den unregelmäßigen Druck des Seils. Er wandte sich um und sah das Zelt hinter dem Pferd herschleifen. Er sah Feuer und hörte Überraschungsrufe und Wutschreie. Wieder brüllte er sein Lachen heraus.

Am Waldrand zog er sein Messer und schnitt das Seil durch. Er sprang zu Boden, summte der Stute ein Lob ins Ohr, versetzte ihr einen Schlag auf die Flanke und ließ sie zum Stall zurücktraben. Er überlegte, ob er die Raketen auf das zusammengesunkene Zelt abfeuern sollte, aber das hätte nicht mehr die rechte Wirkung gehabt. Er rückte sie unter seinem Arm zurecht und wanderte in den Wald.

Als er außer Sichtweite war, schlug er einen Haken und machte sich auf den Weg nach Hause. Er schritt vorsichtig aus, um möglichst wenig Fußspuren zu hinterlassen, fand schließlich einen Pinienast und zerrte ihn hinter sich her, und bei jeder sich bietenden Gelegenheit ging er auf Felsgestein.

Seine gute Laune war geschwunden, ebenso wie seine Wut; eine tiefe Niedergeschlagenheit hatte ihn befallen. Er haßte Vellix und auch Vlana nicht mehr, doch die Zivilisation kam ihm wie ein Flitterwerk vor, seines Interesses nicht mehr würdig. Er war froh, daß er Hringorl und Essedinex einen Streich gespielt hatte, aber sie waren nicht wichtig. Er selbst war ein einsames Gespenst, dazu verdammt, in der Eis-Öde herumzugeistern.

Er überlegte, ob er nach Norden durch die Wälder ziehen sollte, bis er ein neues Leben fand oder auch erfror; er spielte mit dem Gedanken, seine Skier zu holen und die verbotene Schlucht zu überspringen, die Skifs Tod gewesen war, oder sich ein Schwert zu beschaffen und Hringorls Streiter zum Kampf zu reizen. Hundert andere Herausforderungen des Schicksals fielen ihm ein.

Die Zelte des Schnee-Clans wirkten wie bleiche Pilze im Licht des verrückt leuchtenden Mondes. Einige hatten ein konisches Dach auf gedrungenem Kegel, andere wirkten wie aufgeblasene Halbkugeln, wie im Boden steckende Rüben. Gleich Pilzen berührten sie an den Rändern nicht den Schnee. Ihre Böden aus aufgestapelten Ästen und Fellen ruhten auf mächtigen Holzpfosten, so daß die Hitze des Zeltes den darunterliegenden gefrorenen Boden nicht erreichen konnte.

Der riesige silbrige Stamm einer toten Schnee-Eiche, die etwa die Form eines gebrochenen Riesenfingernagels hatte – dort, wo ein Blitz sie vor Urzeiten auf halber Höhe gespalten hatte – kennzeichnete Mors und Fafhrds Zelt und auch die Lage des Grabes seines Vaters, auf dem das Zelt in jedem Jahr errichtet wurde.

In einigen Zelten war noch Licht, ebenso wie im großen Frauenzelt, das auf der anderen Seite, zur Gotteshalle hin, wachte; doch es schien niemand mehr unterwegs zu sein. Mit entmutigtem Seufzen machte er sich auf den Heimweg. Dann fielen ihm die Raketen ein, und er steuerte auf die tote Eiche zu. Ihre Oberfläche war glatt, die Rinde längst abgeschält. Die wenigen verbliebenen Äste waren ebenfalls glatt und abgesplittert, und der niedrigste schien außer Reichweite zu sein.

Einige Schritte entfernt hielt er inne und sah sich noch einmal um. Nachdem er sich vergewissert hatte, daß niemand in der Nähe war, rannte er auf die Eiche zu und tat einen senkrechten Leopardensprung, packte mit der freien Hand den niedrigsten Ast und schwang sich hinauf, ehe der Aufwärtsschwung völlig verloren war.

Dann stand er auf dem toten Ast und stützte sich leicht am Baumstamm ab und hielt ein letztes Mal Ausschau nach Zuschauern und Spätheimkehrern. Schließlich drückten seine Finger zu, seine Fingernägel gruben sich ein, und in dem scheinbar fugenlosen grauen Holz öffnete sich eine Tür, die so groß war wie er, doch kaum halb so breit. Er tastete sich an Skiern und Skistöcken vorbei und stieß auf einen langen schmalen, in leicht geölte Seehundsfelle gewickelten Gegenstand. Das Tuch gab den Blick frei auf einen mächtig aussehenden Bogen und eine Reihe langer Pfeile. Er legte die Raketen in das Bündel, schlug das Tuch wieder darum, schloß die seltsame Tür seines Baumverstecks und ließ sich wieder in den Schnee fallen, den er sorgfältig glattstrich.

Als er sein Wohnzelt betrat, kam er sich wieder wie ein Gespenst vor und versuchte entsprechend leise aufzutreten. Die bekannten Gerüche beruhigten ihn gegen seinen Willen – es duftete nach Fleisch, kaltem Rauch, Häuten, Schweiß, nach dem Nachttopf; dazu Mors leichter süßsaurer Körpergeruch. Er ging über den nachgebenden Boden auf seine Schlafpelze zu und ließ sich bekleidet darauf nieder. Er war todmüde. Es herrschte absolute Stille. Mors Atem war nicht zu hören.

Er dachte daran, wie er zum letztenmal seinen Vater gesehen hatte, blau angelaufen und mit geschlossenen Augen, sein bestes Schwert blank neben ihm, die grauen Finger um den Griff geschlossen. Er dachte an Nalgron, der jetzt in der Erde unter dem Zelt lag, von den Würmern zu einem Skelett zerfressen, das Schwert verrostet, die Augen geöffnet – leere Höhlen, die durch die dichtgepackte Erde nach oben starrte. Er erinnerte sich auch noch an den Moment, da er seinen Vater zum letztenmal lebend gesehen hatte: ein großer davonmarschierender Wolfsfellmantel, gefolgt von Mors heftigen Warnungen und Drohungen. Dann mußte er wieder an das Skelett denken. Es war eine Nacht der Gespenster.

»Fafhrd?« rief Mor leise von der anderen Seite des Zeltes.

Fafhrd erstarrte und hielt den Atem an. Als er es nicht mehr aushielt, ließ er die Luft langsam aus und atmete mit offenem Mund lautlos wieder ein.

»Fafhrd?« Die Stimme war ein wenig lauter, obwohl sie immer noch etwas Gespenstisches an sich hatte. »Ich habe dich hereinkommen hören. Du schläfst noch nicht.«

Es hatte keinen Sinn mehr. »Du hast auch nicht geschlafen, Mutter?«

»Wenn man alt ist, schläft man wenig.«

Das stimmte nicht, überlegte er. Mor war nicht alt, nicht einmal nach den gnadenlosen Maßstäben der Eis-Öde. Zugleich war es doch richtig. Mor war so alt wie der Stamm, wie die Öde, wie der Tod.

Mor sagte langsam – Fafhrd wußte, daß sie auf dem Rücken lag und nach oben starrte: »Ich bin einverstanden, daß du Mara zur Frau nimmst. Nicht erfreut, aber einverstanden. Wir brauchen hier ein paar starke Hände, solange du nur Tagträumen nachhängst und deine Gedanken wild verschießt – wie Pfeile, die nie ein Ziel finden – und solange du Schauspielerinnen und Tandwerk nachstellst. Außerdem hast du Mara ein Kind gemacht, und ihre Familie ist nicht völlig ohne Ansehen.«

»Mara hat heute mit dir gesprochen?« fragte Fafhrd. Er versuchte, seiner Stimme nichts anmerken zu lassen, doch seine Frage kam seltsam erstickt heraus.

»Wie es jedes gute Schneemädchen tun sollte. Nur hätte sie es mir früher sagen müssen. Und du sogar noch eher. Aber du hast doppelt und dreifach den Hang zur Geheimnistuerei von deinem Vater geerbt – ebenso wie seine Neigung, die Familie zu vernachlässigen und sich nutzlosen Abenteuern hinzugeben. Nur daß die Krankheit in dir noch schlimmere Formen annimmt.

Seine Leidenschaft waren kalte Berggipfel, während du dich zur Zivilisation hingezogen fühlst – jener Pestbeule des heißen Südens, wo es keine natürliche Kälte zur Bestrafung der Dummen und Bequemen gibt, keine Kälte, die auf die Wahrung der Sitten achtet. Aber du wirst noch feststellen, daß es eine Hexenkälte gibt, die dir in Nehwon überallhin folgen kann. Schon einmal ist das Eis nach Süden gewandert und hat alle südlichen Länder bedeckt – zur Strafe für eine frühere sündige Zeit. Und wo das Eis einmal gewesen ist, kann die Hexerei es wieder hinschicken. Du wirst das noch erkennen und deine Krankheit überwinden – oder du wirst Erfahrungen machen müssen, wie sie auch dein Vater gemacht hat.«

Fafhrd versuchte, die Beschuldigung des Gattenmordes vorzubringen, die ihm heute morgen so leicht über die Lippen gekommen war, doch die Worte blieben ihm – nicht in der Kehle, sondern schon im Gehirn stecken, über das er plötzlich nicht mehr allein zu befehlen schien.

Mor hatte schon vor langer Zeit sein Herz erstarren lassen. Jetzt ließ sie auch in seinen geheimsten Gedanken Kristalle erstehen, die alles verzerrten und ihn daran hinderten, die Waffe nüchtern erfüllter Pflichten und kühlen Verstandes gegen sie einzusetzen, die ihm bisher seine Eigenständigkeit bewahrt hatten. Er hatte das Gefühl, als wollte ihn der ganze Kosmos auf ewig umschließen – eine Welt, in der die Starrheit des Eises identisch war mit der Starrheit der Moral und der Starrheit aller Gedanken.

Als fühlte sie ihren Sieg und gestattete sich ein wenig Freude darüber, sagte Mor im gleichen monotonen, nachdenklichen Tonfall: »Aye, dein Vater bereut inzwischen den Grand Hanack, die Weiße Klippe, die Eiskönigin und alle seine anderen Berglieben. Sie können ihm nicht mehr helfen. Sie haben ihn vergessen. Endlos starrt er aus augenlosen Höhlen zu dem Heim auf, das er verschmähte und sich jetzt ersehnt, das jetzt so nahe und doch so unerreichbar fern ist. Seine Fingerknochen scharren schwach in der gefrorenen Erde, er versucht sich vergeblich unter ihrem Gewicht zu regen . . .«

Fafhrd hörte ein leises Kratzen; vielleicht bewegte sich ein vereister Ast am Zeltleder, doch seine Haare richteten sich auf. Als er hochfahren wollte, stellte er fest, daß er sich nicht rühren konnte. Die Schwärze war wie eine gewaltige Last.

Er fragte sich im ersten Augenblick, ob ihn Mor etwa neben seinem Vater unter die Erde gezaubert hatte. Und doch bedrückte ihn ein Gewicht, das größer war als acht Fuß frostharter Erde. Es war das Gewicht der gesamten tödlichen Eis-Öde, der Tabus und Verachtung und Engstirnigkeit des Schnee-Clans, der Piratengier und Beutelust Hringorls, es war die Last Maras fröhlicher Selbstaufgabe und ihres wachen, doch halbblinden Geistes, und es war vor allem Mor mit Fingerspitzen voller Eiskristalle, die sie zu einem Zauberbann verwob.

Und dann dachte er an Vlana.

Vielleicht war es dieser Gedanke, der die Befreiung brachte.

Vielleicht kroch ein Stern über den schmalen Rauchabzug des Zeltes und schickte seinen winzigen Silberpfeil in die Pupillen seiner Augen. Vielleicht pfiff auch nur der angehaltene Atem aus seinem Körper, und seine Lungen kämpften automatisch um einen neuen Atemzug und bewiesen ihm, daß seine Muskeln *nicht* starr und unbeweglich waren.

Jedenfalls schoß er von seinem Lager hoch und raste auf die Tür zu. Er wagte es nicht, die Schnüre zu öffnen, weil Mors eiszackige Finger nach ihm griffen. Vielmehr riß er das brüchige alte Leder mit einer Abwärtsbewegung seiner zur Klaue gekrümmten Rechten auf und sprang wild aus dem Zelt, weil sich Nalgrons Skelettarme aus der schmalen schwarzen Lücke zwischen Zeltboden und Frostgrund nach ihm ausstreckten.

Und dann rannte er wie nie zuvor in seinem Leben. Er lief, als wären alle Gespenster der Eis-Öde hinter ihm her – und auf eine Weise waren sie das auch. Er passierte das letzte Zelt des Schnee-Clans, die jetzt alle im Dunklen lagen, und das schwach klirrende Frauenzelt und sprintete über den flachen Hang, der vom Mond in Silber getaucht war, auf den hochgewölbten Rand des Troll-Cañons zu. Er verspürte den Drang, in den Abgrund zu springen und es der Luft freizustellen, ihn zu stützen und nach Süden zu tragen – oder ihn in den Tod fallen zu lassen. Und einen Augenblick lang schien es ihm, als habe er überhaupt keine andere Wahl.

Dann plötzlich hatte er das Gefühl, nicht so sehr vor der Kälte und ihren schlimmen übernatürlichen Schrecken zu fliehen, als vielmehr auf die Zivilisation zuzulaufen, die in seinen Gedanken wieder zu einem leuchtenden Ideal geworden war, eine Antwort auf alles Kleingeistige dieser Welt.

Er lief etwas langsamer und begann wieder klarer zu denken und sah sich zum erstenmal um, ob etwa tatsächlich Menschen oder Dämonen hinter ihm her waren.

Er gewahrte Shadah, der über den Baumspitzen im Westen blinzelte.

Er wanderte zwischen der Gotteshalle und dem Cañonrand entlang, der nun keine Verlockung mehr für ihn darstellte.

Er registrierte, daß Essedinex' Zelt wieder aufgerichtet worden war und daß noch Licht darin leuchtete. Kein neuer Schneewurm kroch über Vlanas Zelt. Der Ast der Schneesykomore darüber glitzterte kristallbesetzt im Mondschein.

Ohne Vorwarnung betrat er das Zelt durch seine Hintertür, zerrte leise die gelockerten Pflöcke heraus und schob dann seinen Kopf und seine Rechte durch die Öffnung unter die Kleidungsstücke; in der Hand hielt er sein Messer.

Vlana schlief allein auf ihren Fellen, eine leichte rote Wolldecke bis zu ihren nackten Achselhöhlen hochgezogen. Das Licht der Lampe flackerte gelblich, reichte jedoch aus, um das Zeltinnere zu erhellen und Fafhrd zu zeigen, daß er mit dem Mädchen allein war. Das erhöhte Feuergestell strahlte Hitze aus.

Fafhrd kroch ganz hinein, steckte sein Messer fort und blickte auf die Schauspielerin hinab. Ihre Arme kamen ihm sehr schlank vor, ihre Hände langfingrig und ein wenig zu groß. Nun, da die großen Augen geschlossen waren, erschien ihm das Gesicht sehr klein im Mittelpunkt des herrlich ausgebreiteten dunkelbraunen Haars. Und doch wirkte es zugleich edel und wissend mit seinen feuchten Lippen, die, sorgsam frisch gerötet, erregend waren und ihn in Versuchung brachten. Auf ihrer Haut glitzerte ein leichter Ölschimmer. Er konnte das Parfüm wahrnehmen.

Einen Augenblick lang erinnerte ihn Vlanas hingestreckte Gestalt an Mor und Nalgron, doch der Gedanke ging sofort in der starken Hitze des Feuergestells unter, das ihn an eine kleine Kunstsonne gemahnte, verging im Ansturm der zahlreichen Details und kunstvollen Gegenstände der Zivilisation, die ihn rings umgaben, und im Ansturm der Schönheit und unschuldigen Anmut Vlanas, die sich sogar im Schlaf ihrer selbst bewußt schien. Sie war für ihn das Sinnbild der Zivilisation.

Er wich langsam zum Kleidergestell zurück und begann sich auszuziehen und seine Kleidung sorgsam zusammenzufalten und aufzuschichten. Vlana wachte nicht auf, zumindest blieben ihre Augen geschlossen.

Einige Zeit später kroch er wieder unter die Decke, nachdem er sich Erleichterung verschafft hatte, und sagte: »Jetzt erzähl mir von der Zivilisation und deiner Rolle darin.«

Vlana trank die Hälfte des Weines, den ihr Fafhrd auf dem Rückweg geholt hatte, dann reckte sie sich wohlig, während ihr Kopf auf den verschränkten Händen ruhte.

»Nun, zunächst bin ich keine Prinzessin, obwohl ich mich gern so nennen lasse«, sagte sie leichthin. »Ich muß dir sagen, daß du dir auch nicht einmal eine Dame angelacht hast, mein liebster Junge. Was die Zivilisation angeht – die stinkt mir.«

»Nein«, stimmte ihr Fafhrd zu. »Ich habe mir die beste und tollste Schauspielerin ganz Nehwons ausgesucht. Aber warum hat die Zivilisation einen schlimmen Beigeschmack für dich?«

»Ich glaube, ich muß dir deine Illusionen tatsächlich völlig rauben, Geliebter«, sagte Vlana und rieb sich etwas geistesabwesend an ihm. »Sonst entwickelst du vielleicht noch dumme Vorstellungen über mich und machst dumme Pläne.«

»Wenn du damit meinst, daß du die Hure gespielt hast, um erotische Kenntnisse und anderes Wissen zu erlangen . . .« begann Fafhrd.

Sie sah ihn nicht wenig überrascht an und unterbrach ihn ziemlich scharf: »Ich bin nach manchen Maßstäben schlimmer als eine Hure. Ich bin eine Diebin. Ja, eine Beutelschneiderin und Taschendiebin, eine, die Betrunkene ausfledderte, Einbrüche wagte und Passanten überfiel. Ich bin als Bauernmädchen geboren, womit ich noch niedrigeren Standes sein dürfte als ein Jäger, der von dem Tod von Tieren lebt und seine Hände nicht in den Dreck stecken muß und nur mit dem Schwert erntet.

Als meine Eltern durch Gesetzestricks ihr Land verloren, das zu einer winzigen Ecke der neuen, riesigen, von Sklaven bearbeiteten lankhmarischen Kornfarmen werden sollte, und als meine Eltern daraufhin verhungerten, faßte ich den Entschluß, mir das alles von den Kornhändlern zurückzuholen. Die Stadt Lankhmar sollte mich ernähren – aye, sehr gut sogar! – und nur mit Beulen oder Kratzern bezahlen.

So ging ich nach Lankhmar. Dort tat ich mich mit einem schlauen Mädchen zusammen, das so etwa die gleichen Gedanken und Erfahrungen hatte wie ich und kam einige Monde lang ganz gut zurecht. Wir arbeiteten nur in schwarzer Kleidung und nannten uns das Dunkle Duo.

Um überhaupt einen Beruf vorweisen zu können, tanzten wir – vorwiegend in der Dämmerstunde, um die Zeit bis zu den bekannten Zugnummern zu überbrücken. Ein wenig später begannen wir auch zu schauspielern, was uns von einem gewissen Hinerio beigebracht wurde, einem berühmten Darsteller, der ein Opfer des Weines geworden war, der liebste und höflichste aller Zitterer, der jemals bei Sonnenaufgang um einen Drink bettelte oder in der Dämmerung ein Mädchen zu tätscheln versuchte, das noch nicht einmal ein Viertel seines Alters hatte. Und wie ich schon sagte, wir kamen ganz gut zurecht . . . bis ich, wie meine Eltern, ein Opfer des Gesetzes wurde.

Nein, das hatte nichts zu tun mit den Gerichtshöfen des Oberherrn, mein lieber Junge, und auch nicht mit seinen Gefängnissen und Streckbänken und Hackblöcken für Köpfe und Hände, obwohl die zum Himmel schreien. Nein, ich kam mit einem Gesetz in Konflikt, das sogar noch älter ist als das lankhmarsche Rechtssystem und das einen Gerichtshof hat, der weitaus weniger barmherzig ist. Kurz, unser Spiel wurde von der Diebeszunft beendet, einer sehr alten Organisation, die in jeder zivilisierten Stadt ihre Vertreter hat und in der verrückterweise weibliche Mitglieder auf das schärfste verpönt und selbständig arbeitende Diebe womöglich noch mehr verschrien sind.

In frühester Jugend hatte ich schon von der Zunft gehört und in meiner Unschuld gehofft, ihr einmal beitreten zu können, aber ich erfuhr bald von dem allgemeinen Motto: ›Lieber einer Kobra einen Kuß geben, als einer Frau ein Geheimnis anvertrauen.‹ Übrigens, du süßer Zivilisationsschüler – wenn die Zunft zur Ablenkung oder so Frauen braucht, mietet sie sie halbstundenweise von der Hurenzunft.

Ich hatte Glück. Während ich an einem bestimmten Ort schon erwürgt werden sollte, stolperte ich über die Leiche meiner Freundin; ich war schnell nach Hause gehuscht, um einen vergessenen Schlüssel zu holen. Ich zündete in unserem engen Raum eine Lampe an und sah in Vilis Gesicht die Spuren endloser Qualen und die rote Seidenschnur, die sich tief in ihren Hals eingeschnitten hatte. Aber was mich vor allen Dingen in Wut brachte und zugleich den schlimmsten Haß in mir aufkommen ließ – zusammen mit einem guten Stück knieweicher Angst –, war die Tatsache, daß der alte Hinerio auch erwürgt worden war.

Vilis und ich zumindest waren Konkurrenten und galten somit nach den unmöglichen Gesetzen der Zivilisation als Freiwild, aber er hatte keine Ahnung gehabt, daß wir Diebstähle begingen. Er hatte nur angenommen, daß wir andere Liebhaber oder zahlende Liebeskunden hatten.

So gab ich also Fersengeld und verließ Lankhmar, so schnell ich konnte. In Ilthmar traf ich auf Essedinex und seine Truppe, die für die Nebensaison nach Norden zog. Zum Glück war gerade eine Stelle für die Hauptrolle frei, und meine Talente befriedigten den alten Seddy.

Doch zugleich schwor ich einen Eid auf den Morgenstern, daß ich den Tod Vilis und Hinerios rächen würde. Und das werde ich eines Tages tun! Sorgfältig geplant, mit tüchtigen Helfern und in einer neuen Maske. Die Mächtigen der Diebeszunft werden es am eigenen Leibe erfahren, wie es ist, wenn sich eine Schnur langsam enger um den Hals zieht!

Aber das alles ist kein schönes Thema für einen kosigen Morgen, mein Liebling, und ich habe auch nur davon gesprochen, um dir zu zeigen, warum du dich nicht mit einem verdorbenen Mädchen wie mir einlassen darfst.«

Damit wandte sich Vlana um, lehnte sich gegen Fafhrd und küßte ihn vom Mundwinkel bis zum Ohrläppchen ab, aber als er diese Liebesbezeugung erwidern wollte, lenkte sie seine zugreifenden Hände ab, stützte sich auf seine Arme, so daß er sie nicht mehr bewegen konnte, richtete sich halb auf, blickte ihn rätselhaft an und sagte: »Liebster Junge, es wird langsam hell, und bald geht die Sonne auf, und du mußt mich jetzt verlassen – oder spätestens nach einem weiteren Zusammensein. Geh nach Hause, heirate das liebe Baummädchen – ich bin sicher, daß es kein Junge war – und lebe dein vernünftiges, gradliniges Leben weitab von den Fallstricken und Gerüchen der Zivilisation. Unsere Truppe packt übermorgen früh zusammen und zieht weiter, und ich habe meine unschöne Bestimmung, der ich folgen muß.

Wenn sich dein Blut abgekühlt hat, wirst du nur Verachtung für mich empfinden. Nein, streite es nicht ab – ich kenne doch die Männer! Obwohl ich eine winzige Chance sehe, daß du mich – weil du es bist – doch mit ein wenig Freude in Erinnerung behalten wirst. In welchem Falle ich dir nur eines raten kann: Sprich niemals zu deiner Frau davon!«

Fafhrd erwiderte ihren rätselhaften Blick und sagte: »Prinzessin, ich bin Pirat gewesen, ein Dieb, der oft Leute heimsucht, die so arm sind wie deine Eltern. Wir Barbaren nehmen es noch mit jedem Übelgeruch der Zivilisation auf. Nicht eine Bewegung in unserem frostbelasteten Leben tun wir ohne die Gesetze eines verrückten Gottes, die wir Sitten und Gebräuche nennen, und begleitet von düsterem Widersinn, vor dem man nicht fliehen kann. Mein eigener Vater wurde zum Tode durch Zerschellen verurteilt von einem Gerichtshof, den ich nicht zu nennen wage. Sein Vergehen: Er hat einen Berg bestiegen. Und es gibt Morde, Diebstähle und Überfälle und . . . Oh, was ich dir alles erzählen könnte, wenn . . .«

Er brach ab, hob die Hände und umfaßte sie zärtlich unter den Achseln, hielt sie über sich, so daß sie sich nicht aufzustützen brauchte. »Laß mich mit dir nach Süden kommen, Vlana«, sagte er eifrig, »sei es nun als Mitglied deiner Truppe oder allein – obwohl ich ein singender Skalde bin, obwohl ich Schwerttanzen und mit vier Dolchen jonglieren kann und mit dem Messer auf zehn Schritte ein fingernagelgroßes Ziel treffe. Und wenn wir in die Stadt Lankhmar kommen, vielleicht als Nordische verkleidet, denn du bist groß, dann laß mich dein Rachearm sein. Ich vermag auch an Land zu stehlen, glaub mir, und ein Opfer durch Gassen zu verfolgen, möchte ich annehmen, so unsichtbar und leise wie in den Wäldern. Ich kann . . .«

Vlana, von seinen Händen getragen, legte die Finger auf seine Lippen, während ihre andere Hand ihm langsam unter das lange Haar im Nacken fuhr. »Liebling«, sagte sie. »Ich bezweifle nicht, daß du für einen Achtzehnjährigen mutig und treu und geschickt bist. Und deine Liebespraktiken sind für dein Alter auch in Ordnung – jedenfalls ausreichend für ein weißbepelztes Mädchen und vielleicht ein paar andere Abenteuer, wenn dich danach gelüstet. Aber trotz deiner wilden Worte – verzeih mir meine Offenheit – spüre ich in dir Ehrlichkeit und sogar Edelmut, ein Gefühl für Fairneß und einen Haß vor Quälereien jeder Art. Der

Helfer, den ich mir für meine Rache wünsche, muß grausam und verräterisch und heimtückisch wie eine Schlange sein, während er sich zumindest wie ich in den Wirrnissen der großen Städte und alten Zünfte auskennen muß.

Ganz offen: Er muß so alt sein wie ich – und du bist fast um so viele Jahre jünger, wie ich Finger an beiden Händen habe. Also komm und küß mich, mein Junge, und genieße mich noch einmal und . . .«

Fafhrd richtete sich heftig auf, hob sie ein wenig an und setzte sie ab, so daß sie seitwärts auf seinen Schenkeln saß, seine Hände fuhren an ihre Schultern.

»Nein«, sagte er entschlossen. »Ich sehe nicht ein, weshalb ich dich noch einmal meinen unerfahrenen Liebkosungen aussetzen sollte. Aber . . .«

»Ich hatte befürchtet, daß du so darauf reagierst«, unterbrach sie ihn unglücklich. »Ich wollte nicht . . .«

»Aber«, fuhr er mit kühler Autorität fort, »ich möchte dir eine Frage stellen. Hast du deinen Helfer schon erwählt?«

»Darauf antworte ich dir nicht«, erwiderte sie und beäugte ihn nicht minder kühl und selbstbewußt.

»Ist es . . .« begann er, preßte die Lippen zusammen und fing den Namen ›Vellix‹ auf, ehe er ihn aussprechen konnte.

Sie musterte ihn mit unverhohlener Neugier. »Gut«, sagte er und ließ seine Hände von ihren Schultern sinken und stützte sich darauf. »Ich nehme an, du hast dich so geäußert, wie es für mich deiner Meinung nach am besten ist – also werde ich ähnlich verfahren. Was ich dir enthüllen muß, bringt Barbarei und Zivilisation gleichermaßen auf die Anklagebank.« Und er erzählte ihr von Essedinex und Hringorls Plänen.

Sie lachte herzlich, als er fertig war, obwohl er das Gefühl hatte, daß sie auch ein wenig bleicher geworden war.

»Ich scheine unvorsichtig zu werden«, bemerkte sie. »Deshalb also haben meine schwer verständlichen Pantomimen Seddys Gefallen gefunden, der doch sonst den gröberen Dingen aufgeschlossen ist. Und deshalb war auch eine Stelle in der Truppe für mich frei, und deshalb brauchte ich nach der Show nicht für ihn zu huren wie die anderen Mädchen.«

Sie blickte Fafhrd scharf an. »Ein paar Lausejungen haben heute nacht Seddys Zelt umgeworfen. Hast du . . .?«

Er nickte. »Ich war gestern abend in seltsamer Stimmung – irgendwie fröhlich, aber doch wütend.«

Sie begann laut und perlend zu lachen, als sie das hörte, gefolgt von einem zweiten scharfen Blick. »Also bist du gar nicht nach Hause gegangen, als ich dich nach der Show wegschickte?«

»Erst später«, sagte er. »Nein, ich bin geblieben und habe aufgepaßt.«

Sie musterte ihn mit einem zärtlichen, herausfordernden, fragenden

Blick, der ihn offen drängte, seine Beobachtungen mitzuteilen. Aber diesmal fiel es ihm sehr leicht, Vellix nicht zu erwähnen.

»Also bist du auch noch ein Ehrenmann«, witzelte sie. »Aber warum hast du mir nicht früher von Hringorls schlimmem Plan erzählt? Hattest du die Befürchtung, ich könnte zu erschreckt sein, um mich liebevoll zu zeigen?«

»Ein wenig schon«, gab er zu, »aber eigentlich habe ich mich erst jetzt entschlossen, dich zu warnen. Um ehrlich zu sein, ich bin heute nacht nur zu dir gekommen, weil ich auf der Flucht vor Gespenstern war, obwohl ich später auch noch andere gute Gründe fand. Tatsächlich hätten mich kurz vor meinem Kommen Angst und Einsamkeit – ja, und auch ein wenig Eifersucht – fast dazu getrieben, in den Troll-Cañon zu springen oder Skier anzulegen und den nahezu unmöglichen Sprung über die Schlucht zu wagen, der mich seit Jahren reizt . . .«

Sie packte seinen Oberarm, und ihre Finger preßten sich in seine Haut. »So etwas darfst du nie tun«, sagte sie mit ernstem Gesicht. »Klammere dich an das Leben. Denke nur an dich selbst. Das Schlimme kann immer nur besser werden oder endet im Nichts.«

»Ja, das waren meine Gedanken, als ich die Luft im Cañon über mein Schicksal entscheiden lassen wollte. Würde sie mich tragen oder mich zerschellen lassen? Aber meine Selbstsucht – von der ich, was immer du denken magst, genügend habe – und ein gewisser letzter Zweifel an dem Wunder trieben mir die Anwandlung aus. Auch hatte ich nicht übel Lust, dein Zelt niederzutrampeln, ehe ich das andere in Angriff nahm. Es ist also doch Böses in mir, wie du siehst. Aye, und eine tückische Arglist.«

Sie lachte nicht, sondern musterte nachdenklich sein Gesicht. Dann kehrte einen Augenblick der rätselhafte Blick in ihre Augen zurück. Sekundenlang glaubte Fafhrd, daran vorbeischauen zu können, und das beunruhigte ihn, denn was er hinter diesen großen braunen Pupillen wahrzunehmen glaubte, war keine Sibylle, die das Universum von einem Berggipfel aus überschaute, sondern ein Händler mit Waagschalen, in denen er sorgsam gewisse Objekte wog und dann und wann in einem Büchlein alte Schulden und neue Bestechungssummen und aktuelle Gewinnpläne notierte.

Aber das war nur ein kurzer besorgniserregender Blick, und sein Herz machte einen Freudensprung, als ihn Vlana, noch immer gestützt von seinen großen Händen, anlächelte, und sagte: »Ich will jetzt deine Frage beantworten, was ich vorher nicht konnte und wollte. Denn ich habe mich erst in diesem Augenblick entschlossen, daß . . . *du* mein Helfer sein sollst. Komm, umarme mich!«

Fafhrd umfaßte sie so heftig, daß sie aufschrie, aber ehe sein Körper in unerträgliche Glut geraten konnte, stemmte sie sich hoch und sagte atemlos: »Warte, warte – wir müssen zuerst unsere Pläne machen.«

»Hinterher, meine Liebe. Hinterher«, flehte er und zog sie herab.

»Nein!« protestierte sie scharf. »Das *Hinterher* verliert zu viele Kämpfe an das *Zu Spät*. Wenn du mein Helfer bist, bin ich dein Kommandeur und gebe die Anweisungen.«

»Stets zu Diensten«, sagte er und gab nach. »Nur beeil dich.«

»Wir müssen zum Zeitpunkt der Entführung schon aus Schneewinkel fort sein«, sagte sie. »Heute muß ich meine Sachen zusammensuchen und uns einen Schlitten, schnelle Pferde und einen Vorrat an Nahrungsmitteln besorgen. Überlaß das alles mir. Du benimmst dich heute wie üblich, hältst dich von mir fern, falls unsere Feinde Spione auf dich ansetzen, was man von Seddy und Hringorl erwarten kann . . .«

»Gut, gut«, sagte Fafhrd eilig. »Und jetzt, meine Liebste . . .«

»Psst! Hab Geduld! Um die Täuschung vollkommen zu machen, mußt du heute lange vor der Show in das Dach der Gotteshalle klettern – wie gestern abend. Es könnte sein, daß man mich schon während der Vorstellung zu entführen versucht – falls Hringorl oder seine Männer übereifrig werden oder Hringorl Seddy um sein Gold bringen will. Ich werde mich am sichersten fühlen, wenn ich dich auf Wache weiß. Wenn ich dann nach dem Tanz mit der Toga und den Silberglocken abgehe, kommst du schnell herab, und wir treffen uns am Stall. Wir fliehen dann in der Pause zwischen der ersten und der zweiten Hälfte der Show, wenn sich alle Leute noch zu sehr auf das Kommende freuen, um auf uns zu achten. Hast du das verstanden? Du bleibst mir heute fern! Versteckst dich im Dach! Kommst in der Pause zu mir! Gut! Und jetzt, mein geliebter Helfer, laß alle Disziplin beiseite. Vergiß jeden Fetzen Respekt, den du deinem Kommandeur schuldest und . . .«

Doch jetzt hatte Fafhrd noch etwas zu sagen. Vlanas Rede hatte seine eigenen Sorgen geweckt, und er hielt sie jetzt von sich ab, obwohl sie ihre Hände hinter seinem Hals verschränkt hatte und ihre beiden Körper aneinanderdrücken wollte.

Er sagte: »Ich werde dir in allem gehorchen. Nur noch eine Warnung, die lebenswichtig ist. Denk heute so wenig wie möglich über unsere Pläne nach, selbst wenn du unmittelbar mit den Vorbereitungen beschäftigt bist. Versteck sie hinter der Fülle deiner anderen Gedanken. So werde ich auch handeln, das darfst du glauben. Mor, meine Mutter, ist eine großartige Gedankenleserin.«

»Deine Mutter! Gewiß hat sie dich übermäßig beeindruckt, Liebling, auf eine Weise, die mich wünschen läßt, ich könnte dich so schnell wie möglich völlig freilassen – oh, halt mich nicht länger hin! Du spricht ja von ihr, als wäre sie die Königin aller Hexen!«

»Das ist sie auch, ganz bestimmt«, versicherte ihr Fafhrd ernsthaft. »Sie ist die große weiße Spinne, während die gesamte Eis-Öde, über und unter der Erde, ihr Netz darstellt, das wir Fliegen nur auf Zehenspitzen betreten können und auf dem wir die klebrigen Stellen umgehen müssen. Du wirst doch meinen Rat befolgen?«

»Ja, ja! Und jetzt . . .«

Er ließ sie langsam auf sich hinabsinken, so wie ein Mann einen Weinsack ansetzt und sich den Genuß noch einen Augenblick länger vorenthält. Ihre Haut berührte sich. Ihre Lippen verharrten.

Fafhrd wurde sich einer tiefen Stille bewußt – oben, ringsum, unten –, als ob die Erde selbst den Atem anhielte. Es erschreckte ihn.

Sie küßten sich und tranken in vollen Zügen voneinander, und seine Furcht erstarb.

Sie fuhren auseinander, um Atem zu holen. Fafhrd streckte den Arm aus und drückte den Lampendocht zusammen, so daß die Flamme floh und das Zelt dunkel wurde bis auf den Schimmer der ersten Dämmerung, der hier und da durch eine Ritze drang. Die Finger taten ihm weh. Er fragte sich, warum er das getan hatte – sie hatten sich schon einmal bei Lampenlicht geliebt. Die Angst kehrte zurück.

Er umfing Vlana fest in jener Umarmung, die alle Ängste besiegt.

Und dann ganz plötzlich – er hätte nicht sagen können, wieso – rollte er wild mit ihr auf den hinteren Teil des Zeltes zu. Seine Hände umfingen ihre Schultern, seine Beine klammerten die ihren zusammen, und er warf sich in schneller Folge seitlich über sie und weiter.

Es ertönte ein Knacken wie ein Donnerschlag, und der Aufprall einer Riesenfaust ließ den Granitboden hinter ihnen erbeben, wo die Mitte des Zeltes plötzlich verschwand, während sich die Streben über ihnen scharf in diese Richtung lehnten und die Lederhaut des Zeltes mitzerrten.

Sie rollten in die herabfallenden Kleidungsstücke hinein. Es ertönte ein zweites gewaltiges Knacken, gefolgt von einem knirschenden, dröhnenden Laut, als wäre ein Riesenungeheuer dabei, ein Raubtier zu greifen und es zwischen seinen Fängen zu zerquetschen. Die Erde zitterte einen Augenblick.

Dann war es still nach dem ungeheuren Lärm und dem Beben des Bodens, nur Schrecken und Angst summten ihnen noch in den Ohren. Sie umklammerten sich wie entsetzte Kinder.

Fafhrd kam als erster wieder zu sich. »Zieh dich an!« befahl er, wand sich unter der Rückwand des Zeltes hindurch und richtete sich nackt in der klirrenden Kälte unter dem rosafarbenen Himmel auf.

Der große Ast der Schneesykomore, dessen Kristalle zu einem großen Haufen zusammengesunken waren, lag quer über der Mitte des Zeltes und preßte es und das Fellager darunter in die frostharte Erde.

Der Rest des Baumes, plötzlich eines ausbalancierenden Astes beraubt, war in die entgegengesetzte Richtung gefallen und lag im Schnee, ringsum von abgeschüttelten Kristallen umgeben. Seine schwarzen, haarigen, abgebrochenen Wurzeln ragten entblößt aus dem Schnee.

Die aufgehende Sonne sandte ein rosiges Glitzern über die Kristalle.

Nirgendwo rührte sich etwas, nicht einmal ein Frühstücksfeuer war zu sehen. Die Zauberkräfte hatten zugeschlagen, und nur die vorgesehenen Opfer hatten etwas davon gemerkt.

Fafhrd, der zu zittern begann, glitt wieder in das Zelt. Vlana hatte ihm gehorcht und zog sich mit der Schnelligkeit einer Schauspielerin an. Fafhrd hastete ebenfalls in seine Kleidung, die er so vorsorglich an diesem Ende des Zeltes aufgestapelt hatte.

Er fragte sich, ob er das unter der Anleitung eines Gottes getan hatte, und ob der gleiche Gott ihn auch dazu gebracht hatte, die Lampe zu löschen, die inzwischen das zerdrückte Zelt in Brand gesetzt hätte.

Seine Kleidung fühlte sich kälter an als die schneidende Luft, aber er wußte, daß dieses Gefühl nicht lange anhalten würde.

Zusammen mit Vlana kroch er ein zweitesmal hinaus. Als sie sich aufrichteten, drehte er sie in die Richtung des herabgefallenen Astes mit dem großen Kristallhaufen und sagte: »Jetzt lache über die Zauberkräfte meiner Mutter und ihrer Frauen!«

Vlana sagte zweifelnd: »Ich sehe nur einen Ast, der zu schwer mit Eis beladen war.«

Fafhrd sagte: »Vergleiche einmal die Kristallmasse und den Schnee, der von diesem Ast geschüttelt wurde, mit den Kristallen an anderen Ästen. Denke daran: Verbirg deine Gedanken!«

Vlana antwortete nicht.

Eine schwarze Gestalt rannte von den Zelten der Händler auf sie zu. Grotesk springend wurde sie langsam größer.

Vellix der Verwegene war außer Atem, als er vor Vlana innehielt und ihre Arme ergriff. Er versuchte seinen Atem zu bändigen. »Mir träumte, du wärst niedergeschlagen und zerdrückt. Dann bin ich von einem Donnerschlag geweckt worden.«

Vlana erwiderte: »Du hast den Anfang der Wirklichkeit geträumt, aber bei solchen Dingen ist das *Fast* so gut wie ein *Überhaupt nicht*.«

Jetzt erblickte Vellix den Jüngling. Linien der Eifersucht und der Wut durchzogen sein Gesicht, und seine Hand fuhr an seinen Dolch.

»Halt!« befahl Vlana scharf. »Ich wäre tatsächlich zerschmettert worden, wenn die Sinne des Jungen, die sich mit etwas anderem hätten beschäftigen sollen, den brechenden Ast nicht erahnt und er mich im letzten Moment nicht vor dem sicheren Tode errettet hätte. Er heißt Fafhrd.«

Vellix fälschte seine Handbewegung ab und leitete sie zu einer tiefen Verbeugung über, bei der er den Arm weit ausschwenkte.

»Ich bin dir sehr verbunden, junger Mann«, sagte er herzlich und fügte nach kurzer Pause hinzu, »daß du das Leben einer bemerkenswerten Künstlerin gerettet hast.«

Jetzt tauchten auch andere Gestalten auf; einige eilten von den nahegelegenen Darstellerzelten herbei, andere standen in den Eingängen der fernen Schnee-Clan-Zelte und rührten sich nicht.

Wie zum formellen Dank drückte Vlana ihre Wange an die seine und flüsterte hastig: »Denk an unseren Plan für heute abend und für unsere Zukunft. Halt dich daran. Und bleib im Hintergrund.«

Fafhrd brachte heraus: »Achte auf Eis und Schnee. Reagiere, ohne zu denken.«

Zu Vellix gewandt, sagte Vlana ein wenig nüchterner, aber höflich und freundlich: »Ich danke für deine Fürsorge, sowohl im Schlaf als auch im Wachen.«

Aus einer Pelzrobe, deren Kragen seine Ohren überragte, schaltete sich Essedinex ein: »Schlimme Nacht für Zelte.« Vlana zuckte die Achseln.

Die Frauen der Truppe scharten sich um sie und bedrängten sie mit Fragen, und sie sprach leise zu ihnen, während sie auf das Darstellerzelt zugingen und schließlich darin verschwanden.

Vellix blickte ihr stirnrunzelnd nach und zupfte an seinem schwarzen Schnurrbart.

Die Schauspieler besahen sich den Unglücksort und schüttelten die Köpfe.

Vellix wandte sich an Fafhrd und sagte verbindlich: »Ich habe dir schon einmal Brandy angeboten und möchte doch annehmen, daß du ihn jetzt brauchst. Auch habe ich seit gestern morgen den großen Wunsch, mit dir zu sprechen.«

»Ich bitte um Verzeihung, aber wenn ich erst einmal sitze, kann ich keinen Augenblick wachbleiben«, erwiderte Fafhrd höflich und unterdrückte ein Gähnen, das nur halb gespielt war. »Ich danke dir trotzdem.«

»Dann vielleicht gegen Mittag. Oder am Nachmittag?« fügte er schnell hinzu.

»Letzteres, bitte«, erwiderte Fafhrd und ging mit schnellen Schritten auf die Zelte der Händler zu. Vellix versuchte erst gar nicht, mit ihm Schritt zu halten.

Fafhrd fühlte sich zufriedener als je zuvor in seinem Leben. Der Gedanke, daß er dieser Schneewelt und ihren herrschsüchtigen Frauen heute nacht auf ewig entfliehen würde, erfüllte ihn fast mit Wehmut, wenn er sich umsah.

Vorsicht mit den Gedanken! ermahnte er sich. Ein seltsames Gefühl der Bedrohung oder vielleicht auch sein Schlafbedürfnis ließen seine Umgebung in ganz besonderem Licht erscheinen, wie eine lang entbehrte Szene aus seiner Kindheit.

Er leerte eine weiße Porzellanschale mit Wein, die ihm von seinen Mingol-Freunden Zax und Effendrit angeboten wurde, ließ sich von ihnen zu einem schönen Fellager leiten, das durch zahlreiche Pelzstapel geschützt war, und fiel sofort in einen tiefen Schlaf.

Nach äonenlanger, weicher Dunkelheit gingen langsam wieder die Lichter an. Fafhrd saß neben seinem Vater Nalgron an einer langen Tafel voller dampfender, schmackhafter Speisen, voller würziger Weine in irdenen Krügen, in Stein, Silber, Kristall und Gold. Auch andere Leute saßen aufgereiht am Tisch, doch Fafhrd vermochte nur ihre dunklen Silhouetten wahrzunehmen und das einschläfernde Summen ihrer Gespräche, das zu leise war, als daß er einzelne Worte verstehen konnte: murmelnden Wasserbächen vergleichbar, allerdings gelegentlich von Lachen durchdrungen, wie kleine Wellen, die einen Kieselstrand hinauflaufen und wieder zurückfließen. Und das dumpfe Klingen der Bestecke war das Klacken der Kiesel in dieser Brandung.

Nalgron war in seine weißesten Eisbärenfelle gekleidet, hier und da durch Nadeln und Kettchen und Armbänder aus reinem Silber gehalten, und er hatte auch einen Silberglanz im Haar, was Fafhrd ein wenig beunruhigte. In seiner Linken hielt er einen Silberkelch, den er immer wieder an die Lippen führte, während die Rechte, seine Eßhand, unter dem Umhang verborgen blieb.

Nalgron sprach klug und tolerant, fast zärtlich über verschiedene Themen. Er richtete seinen Blick hierhin und dorthin am Tisch, sprach jedoch so leise, daß seine Worte nur an seinen Sohn gerichtet sein konnten.

Fafhrd wußte auch, daß er sorgsam auf jedes Wort achten und jeden Aphorismus in seinem Gedächtnis bewahren müßte, denn Nalgron sprach von Mut, von der Ehre, von Klugheit und Rücksicht, vom Geben und Nehmen; er sprach davon, wie man sein Wort halten, wie man den Wünschen seines Herzens folgen solle, wie man sich ein hohes romantisches Ziel setzen und dieses unermüdlich erstreben sollte; er sprach von der Ehrlichkeit sich selbst gegenüber in allen diesen Dingen, doch besonders von der Erkenntnis der eigenen Abneigungen und Sehnsüchte, von der Notwendigkeit, Augen und Ohren vor den Ängsten und Nörgeleien der Frauen zu verschließen, ihnen jedoch auch ihre Eifersucht, ihre Lenkversuche und sogar ihre schlimmste Arglist zu verzeihen, da all jene Dinge ihrer unwägbaren Liebe entsprangen – und er sprach von vielen anderen Dingen, die einem Jüngling an der Schwelle zum Mannesalter höchst nützlich sind.

Doch obwohl er das erkannte, verstand Fafhrd seinen Vater nur bruchstückweise, denn ihn beunruhigte viel zu sehr Nalgrons Ausgezehrtheit und die Dürre seiner Finger, die den Silberkelch umschlossen, und der Silberschimmer in seinem Haar und der schwache Hauch von Blau auf seinen roten Lippen. Zugleich strahlte Nalgron aber mit jeder Bewegung, mit jedem Wort Sicherheit und Lebhaftigkeit aus; trotzdem fühlte Fafhrd sich getrieben, ständig die dampfenden Platten und Schalen ringsum nach besonders schönen Portionen abzusuchen und mit Löffel oder Gabel auf Nalgrons großem Silberteller abzulegen, um seinen Appetit anzuregen.

Jedesmal sah Nalgron dann mit einem Lächeln und höflichen Nicken auf, und mit Liebe in den Augen, und er führte den Kelch an die Lippen und setzte seine Ausführungen fort; jedoch nie zeigte er seine Eßhand.

Als das Bankett seinen Fortgang nahm, begann Nalgron von Dingen zu sprechen, die womöglich noch wichtiger waren, doch jetzt bekam Fafhrd seine kostbaren Worte kaum noch mit, so erregte ihn die Sorge um die Gesundheit seines Vaters. Plötzlich erschien ihm die Haut zum Platzen gespannt über den vorspringenden Wangenknochen, die schimmernden Augen waren noch tiefer eingesunken, von noch schwärzeren Ringen umgeben, die blauen Adern neben den straffen Sehnen der Hand, die den Silberkelch hielt, traten noch stärker hervor – und in Fafhrd keimte der Verdacht, daß er, obwohl er den Kelch oft genug an den Mund hob, keinen einzigen Tropfen trank.

»Iß, Vater!« flehte Fafhrd mit leiser, besorgter Stimme. »Trink wenigstens!«

Wieder dieser Blick, das Lächeln, das freundliche Nicken, in den blanken Augen die Wärme der Liebe, der kurze Kontakt zwischen Kelch und ungeteilten Lippen, das Fortblicken, die Fortsetzung der ruhigen Ausführungen, denen er nicht folgen konnte.

Und jetzt stieg Angst in Fafhrd auf, denn die Lichter wurden blau, und er machte sich klar, daß bisher keine der undeutlichen schwarzen Gestalten am Tisch auch nur eine Hand, geschweige denn ein Trinkgefäß an die Lippen gehoben hatten, obwohl sie alle mit ihren Bestecken ständig dumpf herumlärmten. Die Sorge um seinen Vater wurde zur Tortur, und ehe er wußte, was er da tat, hatte er den Umhang seines Vaters aufgeschlagen, seinen rechten Unterarm ergriffen und die Eßhand an den vollgehäuften Teller geführt.

Jetzt nickte Nalgron nicht mehr, sondern stieß Fafhrd seinen Kopf entgegen, er lächelte nicht mehr, sondern grinste ein Grinsen, das alle seine elfenbeinernen Zähne zugleich entblößte, während seine Augen kalt waren – kalt, kalt.

Der Arm, den Fafhrd umschlossen hielt, fühlte sich an, sah aus, *war* bloßer Knochen!

Plötzlich am ganzen Körper geschüttelt, doch vorwiegend in den Armen, huschte Fafhrd blitzschnell von der Bank.

Dann schüttelte es Fafhrd nicht mehr, sondern er wurde wachgeschüttelt von starken, fleischigen Händen an seinen Schultern, und anstelle der Dunkelheit gewahrte er die leicht durchscheinende Plane des Mingol-Zeltes, und statt seines Vaters blickte das hohlwangige, schwarzbärtige, traurige und besorgte Gesicht Vellix' des Verwegenen auf ihn herab.

Fafhrd starrte betäubt zu ihm auf und bewegte dann Schultern und Kopf, um seinen Kreislauf anzuregen und die zupackenden Hände loszuwerden.

Doch Vellix hatte bereits losgelassen und sich auf den nächsten Pelzhaufen gesetzt.

»Entschuldigung, junger Krieger!« sagte er ernst. »Du schienst einen Traum zu haben, der lieber nicht länger dauern sollte.«

Sein Benehmen und sein Tonfall erinnerten Fafhrd sehr an Nalgron aus seinem Alptraum. Er stützte sich auf einen Ellenbogen, gähnte und schüttelte sich ein zweites Mal.

»Eine seltsame Kälte scheint dir Körper und Geist zu erfüllen«, sagte Vellix. »Da hätten wir also eine gute Entschuldigung für den Brandy, den ich dir versprochen habe.«

Er brachte mit einer Hand zwei kleine Silberkrüge zum Vorschein und mit der anderen einen braunen Brandy-Krug, den er jetzt mit Zeigefinger und Daumen entkorkte.

Fafhrd beäugte mißtrauisch die Schmutzflecken an den Krügen und überlegte, ob vielleicht auf dem Grund eines Bechers etwas abgelagert war, das nicht in das Getränk hineingehörte. Mit Besorgnis erinnerte er sich daran, daß dieser Mann, was Vlana anging, sein Rivale war.

»Moment!« sagte er, als Vellix einschenken wollte. »Ein Silberkelch hat eine unschöne Rolle in meinem Traum gespielt. Zax!« rief er dem Mingol zu, der aus der Zelttür starrte. »Eine Porzellanschale, bitte!«

»Nimmst du den Traum als Warnung vor silbernen Trinkgefäßen?« fragte Vellix leise und mit zweideutigem Lächeln.

»Nein«, erwiderte Fafhrd, »aber er hat mir einen Widerwillen eingegeben, der mir noch immer eine Gänsehaut macht.« Er wunderte sich ein wenig, daß die Mongols den anderen so einfach hereingelassen hatten. Vielleicht kannten sich die drei von zahlreichen Händlerlagern. Oder vielleicht hatte Vellix auch ein Sümmchen bezahlen müssen.

Vellix lachte leise und gab sich gelöster. »Du hast recht, da ich ohne Frau oder Diener lebe, ist mein Geschirr nicht das sauberste. Effendrit! Sagen wir zwei Porzellanschalen – so sauber wie eine frisch entrindete Birke.«

Tatsächlich, es war der andere Mingol, der am Eingang gestanden hatte – Vellix kannte die beiden besser als er. Der Mann neben ihm reichte ihm sofort eine der schimmernd weißen Schalen. Er goß ein wenig von dem prickelnden Getränk in seine Porzellanschale, schenkte dann Fafhrd großzügig ein und füllte schließlich auch seine eigene Schale weiter – als wollte er demonstrieren, daß Fafhrds Getränk unmöglich vergiftet oder sonstwie präpariert sein konnte.

Und Fafhrd, der ihn aufmerksam beobachtet hatte, machte keine verdächtige Feststellung. Sie stießen leise an, und als Vellix mit großen Zügen trank, nahm auch Fafhrd einen sorgfältig bemessenen, langsamen Schluck. Das Zeug brannte etwas in der Kehle.

»Mein letzter Krug«, sagte Vellix fröhlich. »Ich habe meinen ganzen Bestand in Bernstein, Schneesteine und andere Kleinigkeiten eingetauscht – aye, und auch mein Zelt und meinen Wagen, alles bis auf meine beiden Pferde und mein Privatzeug und die Winterrationen.«

»Ich habe gehört, Eure Pferde sind die schnellsten und ausdauerndsten auf der Steppe«, bemerkte Fafhrd.

»Das will ich nicht sagen. Hier machen sie sich zweifellos gut.«

»Hier!« sagte Fafhrd verächtlich.

Vellix musterte ihn, wie es Nalgron im ersten Teil des Traumes getan hatte. Dann sagte er: »Fafhrd – ich kann dich doch so nennen? Darf ich mir eine Bemerkung erlauben? Darf ich dir einen Rat geben, so wie ich meinem Sohn raten würde?«

»Natürlich«, antwortete Fafhrd, dem plötzlich ziemlich unwohl in seiner Haut war. Er wollte auf der Hut sein.

»Du bist offensichtlich unruhig und unzufrieden mit deinem Leben. So ergeht es jedem vernünftigen jungen Mann deines Alters, wo er auch lebt. Es juckt dich, deine Wurzeln auszureißen. Aber ich möchte dir eins sagen: Man braucht mehr als ein kluges Köpfchen und Vorsicht – aye, und auch Weisheit –, um es mit der Zivilisation aufnehmen und sich dort einigermaßen wohl zu fühlen.

Man braucht eine gute Portion Arglist, eine gewisse Gemeinheit, so wie auch die Zivilisation gemein ist. Man kann dort nicht zum Erfolg aufsteigen, wie man etwa einen Berg erklettert, mag er auch noch so eisig und gefährlich sein. Letzteres verlangt dir das Beste ab. Ersteres vielmehr dein Schlechtestes: ein berechnetes Böses, das du noch nicht kennst und das du gar nicht kennenzulernen brauchtest.

Ich bin als Renegat geboren. Mein Vater war ein Mann aus dem Land der Acht Städte, und er ist seit jeher mit den Mingols geritten. Ich wünsche mir heute, ich wäre auf der Steppe geblieben, so grausam diese Länder auch sind, und hätte dem korrumpierenden Ruf Lankhmars und der Ostländer widerstanden.

Ich weiß, die Leute hier sind engstirnig, in ihren Sitten und Gebräuchen befangen. Aber verglichen mit den Winkelzügen der Zivilisation sind sie aufrecht und gerade wie Pinien. Deine natürlichen Gaben befähigen dich ohne weiteres, hier zum Häuptling aufzusteigen – mehr sogar, zum Oberhäuptling; du könntest es schaffen, ein Dutzend Clans zusammenzuschweißen, die Nordischen zu einer Macht zu vereinigen, mit der die anderen Nationen zu rechnen habe. Dann erst kannst du, wenn du das noch möchtest, die Zivilisation herausfordern. Zu deinen Bedingungen, nicht zu den ihren.«

Fafhrds Gedanken und Gefühle, obwohl er sich äußerlich fast übernatürlich ruhig gab, bildeten einen wilden, wogenden Aufruhr. Sogar ein Hauch von Freude durchzog dieses Chaos bei dem Gedaken, daß Vellix seine, Fafhrds, Chancen bei Vlana hoch genug einschätzte, um sich mit Schmeicheleien und Brandy an ihn heranzumachen.

Doch was sein Innerstes wirklich aufwühlte, war der schwer zu erschütternde Eindruck, daß Vellix nicht nur schauspielerte, daß er tatsächlich eine Art Vatergefühl für Fafhrd empfand, daß er ihn wirklich vor Rückschlägen bewahren wollte, daß seine Bemerkungen über die Zivilisation einen wahren Kern hatten. Natürlich konnte das daran liegen, daß er sich Vlanas absolut sicher war und einen Rivalen deshalb freundlich behandeln konnte. Trotzdem . . .

Trotzdem war Fafhrd unwohler zumute als je zuvor.

Er leerte seine Schale. »Dein Ratschlag ist des Nachdenkens wert, Vellix. Ich werde mich damit beschäftigen.«

Mit leichter Kopfbewegung lehnte er eine zweite Schale Brandy ab, stand auf und glättete seine Kleidung.

»Ich hatte gehofft, daß wir uns etwas länger unterhalten können«, sagte Vellix, ohne aufzustehen.

»Ich muß etwas erledigen«, erwiderte Fafhrd. »Herzlichen Dank.«

Vellix lächelte nachdenklich, als er das Zelt verließ.

Das Gewirr der schneezertrampelten Wege zwischen den Zelten der Händler war von Lärm und Gedränge erfüllt. Während Fafhrd schlief, waren die Männer des Eis-Stammes und eine Abordnung der Frost-Gemeinschaft gekommen, von denen sich viele jetzt um zwei Sonnenfeuer versammelt hatten – die wegen ihrer Größe, Hitze und der Höhe der emporzüngelnden Flammen so genannt wurden. Sie tranken dampfenden Met und lachten und balgten sich.

Zu beiden Seiten gab es Oasen des Kaufens und Schacherns, je nach Stand und Bedeutung der Beteiligten von den Feiernden bedrängt oder in Ruhe gelassen. Alte Kameraden entdeckten einander nach langer Zeit wieder und drängten durch die Menge, um sich zu umarmen. Essen und Trinken waren reichlich vorhanden, Drohungen wurden ausgestoßen, Duelle ausgemacht, die aber sehr oft im Gelächter untergingen. Skalden sangen und brüllten.

Der Tumult mißfiel Fafhrd, der in aller Ruhe Vellix von Nalgron scheiden, seine gelinden Zweifel an Vlana stillen und sein Zivilisationsbild wieder zurechtrücken wollte. Wie ein Schlafwandler stolperte er herum, runzelte dann und wann die Stirn, wenn er zu heftig angerempelt wurde, doch im Grunde kümmerte er sich um nichts.

Dann plötzlich wurde er hellwach, denn er bemerkte Hor und Harrax, die von zwei Seiten durch die Menge auf ihn zuhielten und damit offenkundig eine bestimmte Absicht verfolgten. In einem kleinen Menschenauflauf drehte er sich um und bemerkte Hrey, den dritten Helfer Hringorls, dicht hinter sich.

Der Plan der drei war klar. Sie wollten so tun, als verwickelten sie ihn in eine kameradschaftliche Balgerei, und wollten ihm dabei eine tüchtige Tracht Hiebe verabreichen – oder Schlimmeres.

In seiner Sorge um Vellix hatte er seinen anderen eindeutigen Feind und Rivalen, den brutal direkten und doch schlauen Hringorl, völlig vergessen.

Dann waren die drei heran. Erschreckt stellte er fest, daß Hor einen kleinen Knüppel in der Hand hielt und daß Harrax' Fäuste seltsam groß erschienen, als habe er einen Stein oder ein Metallstück in den Händen, um seinen Schlägen damit mehr Wirkung zu verleihen.

Er sprang zurück, als ob er sich zwischen den beiden und Hrey hindurch ducken wollte; aus der gleichen Bewegung heraus änderte er ebenso plötzlich seinen Kurs und rannte mit erschrecktem Aufschrei direkt auf das Sonnenfeuer zu. Köpfe wandten sich in seine Richtung, und ein paar verblüffte Gestalten wichen ihm aus, doch die Männer des Eis-Stammes und der Frost-Gemeinschaft hatten Gelegenheit, auf das Ereignis aufmerksam zu werden: ein großer Junge, der von drei kräftigen Männern verfolgt wurde. Das mochte ein schönes Spiel werden.

Sie stellten sich zu beiden Seiten des Sonnenfeuers auf, um ihm den Weg zu versperren. Fafhrd hielt erst auf die linke, dann auf die rechte Seite zu. Spöttelnd rückten die Männer enger zusammen.

Er hielt den Atem an, hob schützend einen Arm vor die Augen und sprang direkt durch die Flammen. Das Feuer hob ihm den Pelzmantel vom Rücken und blies ihn in die Höhe. Er spürte die stechende Hitze an Händen und Hals.

Mit glimmendem Fell kam er wieder zum Vorschein, und blaue Flammen liefen ihm über die Haare. Vor ihm drängten sich andere Leute – nur zwischen zwei Zelten war eine Stelle sauber gefegt und mit Teppichen ausgelegt. Hier saßen Häuptlinge und Priester konzentriert um einen niedrigen Tisch, an dem ein Händler damit beschäftigt war, Goldstaub abzuwiegen.

Er hörte Schreie hinter sich, jemand rief laut: »Lauf, du Feigling!« Ein anderer: »Kampf, einen Kampf!« Er sah Maras Gesicht vor sich, rot und aufgeregt.

Dann hüpfte der künftige Oberhäuptling des Nordlandes – so dachte er in diesem Augenblick von sich – im Hechtsprung über den bedeckten Tisch und warf den Händler und zwei Häuptlinge um, stieß die Waage zur Seite und fegte den Goldstaub in die Luft, ehe er mit dampfendem Zischen in der großen Schneewehe dahinter landete.

Er rollte zweimal hin und her, um sicherzugehen, daß der Brand erstickt war. Dann richtete er sich wieder auf und rannte wie eine Gazelle in den Wald, gefolgt von Flüchen und Gelächter.

Fünfzig große Bäume später blieb er in der Schneedämmerung stehen und hielt lauschend den Atem an. Durch das leise Rauschen seines Blutes war von einer Verfolgung nichts zu hören. Bedauernd fuhr er mit den Fingern durch sein gestutztes, stinkendes Haar und klopfte unkonzentriert seinen fleckigen Pelz ab.

Dann wartete er darauf, daß er wieder zu Atem kam und mehr auf seine Umgebung achten konnte. Und während dieser Ruhepause machte er die unangenehme Entdeckung. Zum erstenmal in seinem Leben kam ihm der Wald, der zuvor immer seine Zuflucht, sein allumfassendes Zelt, sein großer privater, nadelbedachter Raum gewesen war, feindlich vor, als wüßten die Bäume und die außen kalte, im Innern warme Mutter Erde, in der sie wurzelten, von seiner Abtrünnigkeit, von seiner Schmähung, von seiner beabsichtigten Trennung von seinem Heimatland.

Es war nicht so sehr die ungewöhnliche Stille oder die verdächtigen leisen Geräusche, die endlich zu hören waren: das Rindenkratzen einer kleinen Kralle, der ferne Schrei einer Eule vor Beginn des Abends. Das waren nur Nebenwirkungen oder allenfalls Begleitumstände. Vielmehr erregte ihn etwas Unbenennbares, Unberührbares, doch zugleich Tiefgreifendes, wie das Stirnrunzeln eines Gottes. Oder einer Göttin.

Er war zutiefst bedrückt. Noch nie war ihm das Herz so schwer gewesen.

Als er sich schließlich wieder auf den Weg machte, bemühte er sich, möglichst geräuschlos aufzutreten. Seine übliche entspannte, umfassende Bewußtheit war einer nervenaufreibenden Empfindsamkeit und gespannten Aufmerksamkeit gewichen, wie sie ein Kundschafter in Feindesland aufbringen mußte.

Und das war gut so, denn sonst hätte er dem nahezu geräuschlosen Fall eines schweren spitzen Eiszapfens, der fast so lang war wie das Geschoß eines Belagerungskatapults, sicherlich nicht ausweichen können, ebensowenig wie dem plötzlichen Herabschlagen eines riesigen schneebeladenen toten Astes, der mit donnerndem Krachen abbrach, auch nicht dem heftigen Zustoßen einer Schneeviper, die sonst nicht im offenen Schnee zu finden war, und auch nicht dem Prankenhieb eines Schneeleoparden, der sich mitten im Sprung in der kalten Luft vor ihm zu materialisieren schien und ebenso seltsam verschwand, als Fafhrd sich mit gezogenem Dolch zum Kampf stellte. Auch wäre er sicher nicht rechtzeitig auf die sorgfältig geknüpfte hochschnellende Schlinge aufmerksam geworden, dic gegen alle Gewohnheit in diesem Teil des Waldes ausgelegt war und die nicht nur einen Hasen, sondern einen ganzen Bären hätte erwürgen können.

Er fragte sich, wo Mor sein mochte und was sie jetzt vor sich hin murmelte oder sang. War es sein Fehler gewesen, von Nalgron zu träumen? Trotz der gestrigen Verwünschung – und anderer aus früherer Zeit – und der bitteren Drohungen der letzten Nacht hatte er nicht wirklich angenommen, daß seine Mutter ihn töten wollte. Doch jetzt standen ihm vor Angst und Entsetzen die Haare zu Berge, der wachsame Blick seiner Augen war fiebrig, gehetzt, während ihm Blut aus dem Schnitt an der Wange tropfte, wo ihn der herabfallende Eiszapfen gestreift hatte.

Seine Aufmerksamkeit war so sehr auf die Gefahren des Waldes gerichtet, daß er sich mit einiger Überraschung plötzlich auf der Lichtung wiederfand, auf der Mara und er sich erst gestern umarmt hatten; seine

Füße hatten ihn auf den kurzen Pfad getragen, der zu den Wohnzelten führte.

Da entspannte er sich ein wenig, steckte seinen Dolch fort und drückte eine Handvoll Schnee auf seine blutende Wange – doch er blieb weiterhin wachsam, was zur Folge hatte, daß er einen Menschen kommen spürte, ehe er überhaupt bewußt Schritte hörte.

Lautlos verschmolz er mit seinem schneeweißen Hintergrund, so daß Mara bis auf drei Schritte heran war, ehe sie ihn überhaupt entdeckte.

»Sie haben dich verletzt!« rief sie aus.

»Nein«, erwiderte er kurz, seine Aufmerksamkeit noch immer auf die Gefahren des Waldes gerichtet.

»Aber der rote Schnee an deiner Wange. Hat es einen Kampf gegeben?«

»Habe mich nur im Wald verletzt. Ich bin ihnen davongelaufen.«

Ihr besorgter Blick verschwand. »Ich habe dich noch nie vor einem Kampf davonlaufen sehen.«

»Ich hatte keine Lust, mich mit dreien oder mehr einzulassen«, sagte er kurz.

»Warum siehst du dich dauernd um? Sind sie dir auf den Fersen?«

»Nein.«

Ihr Gesicht verhärtete sich. »Die Alten sind außer sich. Die Jugend nennt dich feige. Auch meine Brüder. Ich wußte nicht, was ich dazu sagen sollte.«

»Feine Brüder!« rief Fafhrd aus. »Soll mich der stinkende Schnee-Clan doch nennen, wie immer er will. Ist mir doch egal!«

Mara stemmte die Fäuste in die Hüften. »Du gehst mit deinen Beleidigungen in letzter Zeit recht freizügig um. Ich lasse nichts auf meine Familie kommen, hörst du? Auch lasse ich mich nicht beleidigen.«

Sie atmete schneller. »Gestern nacht bist du zu der alten Hurentänzerin gegangen. Stundenlang bist du in ihrem Zelt gewesen.«

»War ich nicht!« stritt Fafhrd ab und dachte: *Höchstens anderthalb Stunden.* Der Streit erwärmte ihn und dämpfte seine Angst vor dem Übernatürlichen.

»Du lügst! Die Geschichte ist schon im ganzen Lager bekannt. Jedes andere Mädchen hätte dir längst ihre Brüder auf den Hals geschickt.«

Fafhrd kam entsetzt wieder zu sich. An diesem Abend der Abende durfte er keine unnötigen Schwierigkeiten riskieren – keine Streitereien, bei denen er verkrüppelt oder etwa getötet werden mochte.

*Taktik, Mann, Taktik,* ermahnte er sich, während er auf Mara zuschritt und mit schmollend-süßlichem Tonfall ausrief: »Mara, meine Königin, wie kannst du das von mir glauben, wo ich dich doch mehr liebe . . .«

»Bleib mir vom Leibe, du Lügner und Betrüger!«

»Und du trägst meinen Sohn«, fuhr er fort und versuchte sie wieder zu umarmen. »Wie geht es dem süßen Kleinen?«

»Er spuckt seinen Vater an. Laß das, sag ich!«

»Aber es verlangt mich, deine schöne Haut zu berühren, die der einzige Balsam dieser Erde für mich ist, oh, du Schönste, die durch die Mutterschaft noch schöner geworden ist.«

»Scher dich zum Teufel. Und hör mit diesen ekligen Schmeicheleien auf. Deine Schauspielerei täuscht nicht mal ein betrunkenes Küchenmädchen, Schmierenkomödiant!«

Bis aufs Blut gereizt, schnappte Fafhrd: »Und was ist mit deinen eigenen Lügen? Gestern hast du dich noch gebrüstet, daß du meine Mutter beherrschen wolltest. Statt dessen bist du weinend zu ihr gelaufen und hast ihr gesagt, daß du mein Kind trägst.«

»Erst nachdem ich wußte, daß dich nach der Schauspielerin gelüstet. Und war das denn nicht die volle Wahrheit? Oh, du Wortverdreher!«

Fafhrd trat zurück und verschränkte die Arme. Er sagte langsam: »Meine Frau muß mir treu sein, muß mir vertrauen, muß mich fragen, ehe sie etwas unternimmt, muß sich wie die Frau des künftigen Oberhäuptlings verhalten. Es hat den Anschein, daß du allen diesen Erfordernissen nicht genügst.«

»Dir treu sein? Das mußt *du* gerade sagen!« Ihr hübsches Gesicht wurde rot und verzog sich vor Wut. »Oberhäuptling! Sieh erst mal zu, daß du im Schnee-Clan überhaupt als Mann angesehen wirst, wovon du noch weit entfernt bist! Hör mal zu, du abtrünniger Angeber. Du wirst mich sofort auf den Knien um Verzeihung bitten und mit mir kommen, um bei meiner Mutter und meinen Tanten um meine Hand anzuhalten. Wenn nicht . . .«

»Eher würde ich vor einer Schlange hinknien! Oder eine Bärin heiraten!« brüllte Fafhrd, der jeden Gedanken an Taktik vergessen hatte.

»Ich hetze meine Brüder auf dich!« kreischte sie zurück. »Feiger Grobian!«

Fafhrd hob seine Faust, senkte den Arm, preßte seinen Kopf zwischen die Arme, ruckte ihn in einer Geste wahnsinniger Verzweiflung hin und her und rannte plötzlich an ihr vorbei auf das Lager zu.

»Ich schicke dir den ganzen Stamm auf den Hals! Ich verrate dich im Frauenzelt! Ich sage deiner Mutter . . .«, schrie Mara hinter ihm her, doch ihre Stimme verlor sich schnell zwischen Schnee und Bäumen.

Fafhrd nahm sich kaum die Zeit festzustellen, daß niemand zwischen den Zelten des Schnee-Clans zu sehen war – weil entweder alle bei den Händlern waren oder drinnen das Abendessen bereiteten –, und er sprang seinen Schutzbaum hinauf und riß die Tür seines Verstecks auf. Er spaltete sich dabei einen Fingernagel und begann laut zu fluchen, dann holte er das Seehundsfell-Paket mit Bogen und Pfeilen und Raketen heraus, fügte sein bestes Paar Ski und Skistöcke hinzu, ein etwas kürzeres Gebilde, das das zweitbeste Schwert seines Vaters enthielt, gut geölt, und einen Beutel mit Kleinigkeiten. Er ließ sich wieder in den

Schnee fallen und band die längeren Gegenstände hastig zu einem Bündel zusammen, das er sich auf den Rücken schnallte.

Nach einem kurzen Augenblick der Unentschlossenheit raste er in Mors Zelt, zerrte aus seinem Beutel einen kleinen Feuertopf aus Stein, füllte ihn mit Glut aus dem Ofen, streute Asche darüber, band den Topf ganz fest zu und steckte ihn wieder in den Beutel.

Hastig wandte er sich dann zur Tür und erstarrte. Mor stand auf der Schwelle – eine große Gestalt, deren Gesicht im Schatten lag.

»Du willst mich und die Eis-Öde also im Stich lassen. Du willst nie wieder zurückkehren. Glaubst du.«

Fafhrd war sprachlos.

»Und doch wirst du zurückkehren. Wenn du nicht willst, daß das kriechend auf allen vieren geschieht oder leblos ausgestreckt auf einer Bahre aus Speeren, dann wäge schleunigst deine Pflichten ab.«

Fafhrd lag eine wütende Antwort auf der Zunge, doch die Worte blieben ihm im Hals stecken. Er ging auf Mor zu.

»Mach mir Platz, Mutter!« brachte er flüsternd heraus.

Sie bewegte sich nicht.

Sein Gesicht verkrampfte sich zu einer entsetzlichen Maske; er hob mit schneller Bewegung beide Hände, packte sie unter den Achseln und setzte sie auf die Seite. Sie schien so steif und kalt wie Eis. Sie leistete keinen Widerstand. Er brachte es nicht fertig, ihr ins Gesicht zu schauen.

Draußen ging er mit schnellem Schritt in Richtung Gotteshalle davon, doch da stellten sich ihm Männer in den Weg – vier große blonde Burschen, von einem Dutzend anderer flankiert.

Mara hatte nicht nur ihre Brüder vom Handelsplatz geholt, ihre gesamte Verwandtschaft war gekommen.

Doch schon schien sie ihr Handeln zu bedauern, denn sie zupfte ihren ältesten Bruder am Arm und redete, nach ihrem Gesichtsausdruck und ihren Lippenbewegungen zu urteilen, beschwörend auf ihn ein.

Ihr ältester Bruder marschierte weiter, als gäbe es sie nicht. Und als sein Blick jetzt auf Fafhrd fiel, stieß er einen Ruf aus, riß sich von ihr los und stürmte auf ihn zu, gefolgt von den anderen. Alle schwenkten Knüppel oder Schwerter.

Maras gequältes: »Flieh, mein Liebster!« kam für Fafhrd fast zwei Herzschläge zu spät. Er wandte sich um und rannte auf den Wald zu, wobei ihm das lange steife Bündel auf dem Rücken herumtrommelte. Als er auf die Spur einschwenkte, die er beim Verlassen des Waldes gemacht hatte, achtete er darauf, seine Füße in die alten Stapfen zu setzen, ohne dabei langsamer zu laufen.

Hinter ihm riefen sie: »Feigling!« Er rannte schneller.

Als er im Wald die ersten Granitformationen erreichte, wandte er sich scharf nach rechts, sprang von Fels zu Fels, ohne eine Spur zu hinterlassen, erreichte schließlich eine niedrige Granitklippe und bestieg sie mit zwei Handbewegungen; dann hastete er weiter, bis ihn der Klippenrand der Sicht der Männer unter ihm entzog.

Er hörte, wie seine Verfolger in den Wald hasteten, und vernahm ihre ärgerlichen Rufe, als sie zwischen den Bäumen gegeneinanderliefen, schließlich ertönte eine Stimme, die herrisch um Ruhe schrie.

In großem Bogen warf er drei Steine in Richtung auf seine alte Spur – ein gutes Stück vor den menschlichen Jagdhunden Maras. Das Poltern der Geschosse und das Rascheln der Äste, als sie durch die Bäume fielen, täuschte die anderen und hatte einen erneuten Befehl um Ruhe zur Folge.

Jetzt hob Fafhrd einen größeren Felsen an und warf ihn beidhändig gegen den Stamm eines großen Baumes auf dieser Seite des Pfades. Ganze Äste entleerten unter dem Aufprall Schnee und Eis auf den Weg. Die überraschten und vermutlich zu drei Vierteln begrabenen Männer stießen wilde Schreie aus. Fafhrd grinste, dann wurde sein Gesicht ernst, und seine Augen blickten wachsam hierhin und dorthin, als er jetzt wieder durch den dunkler werdenden Wald lief.

Diesmal verspürte er keine Feindseligkeit ringsum; die Natur und die Geister hielten sich mit ihren Angriffen zurück. Vielleicht glaubte Mor, daß Maras Verwandte ihn in Trab hielten; und sie hatte daher ihre Zaubersprüche aufgegeben. Oder vielleicht . . . Fafhrd unterdrückte seine wirbelnden Gedanken und konzentrierte sich ganz auf den Weg. Vlana und die Zivilisation lagen vor ihm. Seine Mutter und die Barbarei gehörten der Vergangenheit an – trotzdem wollte er lieber nicht an sie denken.

Die Nacht rückte heran, als Fafhrd den Wald verließ. Er hatte den größtmöglichen Bogen geschlagen und kam jetzt in der Nähe des Abstiegs in den Troll-Cañon heraus. Der Gurt seiner unförmigen Last schnitt ihm tief in die Schulter.

Von den Zelten der Händler drangen Licht und Lärm herüber; ein Fest schien im Gange zu sein. Die Gotteshalle und die Darstellerzelte lagen im Dunklen. Ganz in der Nähe ragten die dunklen Umrisse des Stallzeltes auf.

Schweigend überquerte er den frostigen Kies der Neuen Straße, die nach Süden in den Cañon führte.

Dann bemerkte er, daß das Stallzelt nicht völlig dunkel war. Ein Schimmer bewegte sich geisterhaft darin. Vorsichtig näherte er sich dem Eingang und erblickte die Silhouette Hors, der hineinstarrte. Lautlos schlich er sich hinter Hor und starrte über dessen Schulter.

Vlana und Vellix schirrten zwei Pferde – die vermutlich dem Verwegenen gehörten – vor Essedinex' Schlitten, aus dem Fafhrd die drei Raketen gestohlen hatte.

Hor hob den Kopf und legte eine Hand an die Lippen, um eine Art Heulen oder Wolfsschrei auszustoßen.

Fafhrd zog sein Messer und machte Anstalten, Hor die Kehle durchzuschneiden. Doch im letzten Augenblick überlegte er es sich anders und versetzte dem anderen nur einen kräftigen Schlag mit dem Messergriff an die Schläfe. Hor brach lautlos zusammen, und Fafhrd zerrte ihn aus dem Weg.

Vlana und Vellix sprangen in den Schlitten, der Mann schüttelte die Zügel, und die Pferde kamen herausgedonnert.

Fafhrd umklammerte mit äußerster Kraft sein Messer – und steckte es fort und wich in die Schatten zurück.

Der Schlitten glitt die Neue Straße hinab. Fafhrd blickte ihm hochaufgerichtet nach, die Arme starr herabhängend wie die zurechtgelegten Arme eines Toten; seine Finger waren verkrampft.

Dann wandte er sich ruckartig um und eilte auf die Gotteshalle zu.

Hinter dem Stallzelt war plötzlich ein Eulenschrei zu hören. Fafhrd kam gleitend zum Stehen und fuhr herum.

Zwei Gestalten rannten durch die Dunkelheit auf den Troll-Cañon zu, die eine mit einem Feuerbrand in der Hand. Der größere der beiden war unzweifelhaft Hringorl. Sie blieben am Abgrund stehen. Hringorl schwang seine Fackel in großem Flammenkreis. Das Licht beschien Harrax neben ihm. Einmal, zweimal, dreimal fuhr der Arm herum, als sollte jemand unten im Cañon ein Signal gegeben werden. Dann huschten die Männer auf den Stall zu.

Fafhrd rannte weiter. Als hinter ihm ein heiserer Schrei ertönte, blieb er stehen und sah sich erneut um. Aus dem Stall kam ein großes Pferd galoppiert; Hringorl war der Reiter. An einem Seil zog er einen Mann auf Skiern hinter sich her: Harrax. Das Paar huschte in einem Schneewirbel die Neue Straße hinab.

Fafhrd rannte weiter, bis er die Gotteshalle hinter sich gelassen und ein Viertel des Hanges erklommen hatte, der zum Frauenzelt führte. Er warf das Bündel ab, öffnete es, zog seine Skier heraus und schnallte sie an. Er packte das Schwert seines Vaters aus und gürtete es links, zum Ausgleich für den Beutel auf seiner rechten Seite.

Dann wandte er sich dem Troll-Cañon zu – der Stelle, wo die Alte Straße die Schlucht überquert hatte. Er nahm zwei seiner Skistöcke auf, duckte sich und stemmte sie in den Schnee. Sein Gesicht schimmerte wie ein Totenschädel, das Schemengesicht eines Mannes, der sich mit dem Tode einläßt.

In diesem Augenblick machte sich hinter der Gotteshalle, dort, von wo er gekommen war, ein kleines gelbes Zischen bemerkbar. Er hielt inne und zählte seine Herzschläge – er wußte nicht, warum.

Neun, zehn, elf – eine große Flamme blitzte auf. Die Rakete stieg auf und signalisierte den Beginn der heutigen Show. Einundzwanzig, zweiundzwanzig, dreiundzwanzig – der Feuerschweif verblaßte, und die neun weißen Sterne gingen auf.

Fafhrd ließ seine Skistöcke fallen, nahm eine der drei Raketen, die er gestohlen hatte, und zog den Zünder heraus, wobei er gerade so fest zog, daß der Verschlußteer brach, ohne den Zünder zu beschädigen.

Er steckte sich den fingerlangen schlanken Teerzylinder zwischen die Zähne und nahm seinen Feuertopf aus dem Beutel. Der Stein war kaum noch warm. Er knüpfte den Deckel auf und strich die Asche zur Seite, bis er auf ein rotes Glühen stieß, das ihm die Finger verbrannte.

Er nahm die Zündkapsel zur Hand und legte sie so in den Feuertopf, daß ein Ende auf dem Rand auflag, während das andere die rote Glut rührte. Es folgte ein Sprühen. Sieben, acht, neun, zehn, elf, zwölf – und das Sprühen wurde zu einem flammenden Schweif und war vorbei.

Er setzte den Feuertopf im Schnee ab, nahm die beiden verbleibenden Raketen auf, klemmte sich die dicken Zylinder unter die Arme und stemmte ihre Starthölzer in den Schnee, testete ihre Haltbarkeit. Die Holzstangen waren so starr wie Skistöcke.

Er hielt die beiden Raketen parallel in einer Hand, blies hart in die Glut seines Topfes und hob sie an die beiden Zünder.

Mara kam aus der Dunkelheit herbeigerannt und sagte: »Liebling, ich bin ja so froh, daß dich meine Leute nicht erwischt haben!«

Der Schimmer des Feuertopfes enthüllte ihre Schönheit.

Fafhrd starrte sie an und sagte: »Ich verlasse Schneewinkel. Ich verlasse den Schnee-Clan. Ich verlasse dich.«

Mara sagte: »Das kannst du nicht.«

Fafhrd setzte den Feuertopf und die Raketen ab.

Mara streckte ihm die Hände entgegen.

Fafhrd nahm seine silbernen Armbänder ab und legte sie in Maras Hände.

Mara umklammerte sie und sagte: »Die will ich nicht. So etwas will ich überhaupt nicht. Du bist der Vater meines Kindes. Du gehörst mir!«

Fafhrd riß sich die schwere Silberkette vom Hals, legte sie über ihre Handgelenke und sagte: »Ja! Du bist auf ewig mein, und ich bin dein. Dein Sohn gehört mir. Ich werde niemals eine andere Frau des Schnee-Clans heiraten. Wir sind verheiratet.«

Mit diesen Worten nahm er die beiden Raketen wieder auf und hielt ihre Zünder an den Feuertopf. Sie begannen gleichzeitig zu sprühen. Er setzte sie ab, schloß den Feuertopf und verstaute ihn hastig in seinem Beutel. Drei, vier . . .

Mor starrte Mara über die Schulter und sagte: »Ich habe deine Worte gehört, mein Sohn. Halt!«

Fafhrd packte die sprühenden Raketen und stemmte sich mit den Starthölzern den Hang hinab. Sechs, sieben . . .

Mara schrie: »Fafhrd! Mann!«

Mor rief: »Er ist nicht mein Sohn!«

Wieder half Fafhrd mit den zischenden Raketen nach. Kalte Luft peitschte ihm ins Gesicht. Er spürte sie kaum. Der mondhelle Abgrund war jetzt ganz nahe. Er spürte die Aufwärtsbewegung des Hanges. Dahinter, Dunkelheit. Acht, neun . . .

Mit wilder Bewegung klemmte er sich die Raketen unter die Arme und flog durch die Dunkelheit. Elf, zwölf . . .

Die Raketen zündeten nicht. Das Mondlicht offenbarte ihm die jenseitige Cañonwand, die mit unvorstellbarer Geschwindigkeit auf ihn zuraste. Seine Skier waren auf eine Stelle unmittelbar unter dem Schluchtrand gerichtet, und dieser Punkt verlagerte sich ständig weiter nach unten. Er neigte die Raketen nach unten und klemmte sie ganz fest.

In diesem Augenblick zündeten sie. Es war, als hielte er sich an zwei gewaltigen Armen fest, die ihn nach oben zogen. Ellbogen und Rippen wurden ihm warm. In dem plötzlichen Lichtschimmer war die Felswand ganz nahe, doch lag sie jetzt unter ihm. Sechzehn, siebzehn . . .

Sanft setzte er auf der glatten Schneekruste auf, die die Alte Straße bedeckte, und ließ die Raketen fallen. Es ertönte ein doppelter Donnerschlag, und weiße Sterne umflogen ihn. Einer verbrannte ihm die Wange. Ihn durchzuckte der Gedanke: *Ich verschwinde mit Blitz und Donner*.

Dann blieb ihm keine Zeit mehr für Gedanken, denn er mußte sich auf seine Schußfahrt auf der Alten Straße konzentrieren, die jetzt hell im Mondlicht vor ihm lag, unterbrochen von pechschwarzen Windungen, die der Mond nicht erreichte; Kurven und Geraden, Abgründe zur Rechten, Abgründe zur Linken. Hingeduckt bemühte er sich, die Skier zusammenzuhalten und nur mit den Hüften zu steuern. Gesicht und Hände wurden ihm taub. Die Alte Straße, die sich ihm entgegenschleuderte, war die Wirklichkeit. Winzige Unebenheiten wurden zu gewaltigen Erschütterungen. Schwarze Abhänge bedrohten ihn.

Ganz tief im Innern ging es nicht ohne Gedanken ab. Selbst während er sich bemühte, alle Aufmerksamkeit auf die Schußfahrt zu richten, ließen sie ihn nicht in Ruhe.

*Idiot, du hättest dir mit den Raketen ein paar Skistöcke schnappen sollen. Aber wie hättest du die beim Wegwerfen der Raketen gehalten? Auf dem Rücken? Da würden sie dir jetzt nichts nützen. Du hättest bei Mara bleiben sollen. Du wirst nie wieder so ein liebliches Mädchen kennenlernen. Aber du willst doch Vlana. Oder nicht? Wie denn, wenn Vellix dabei ist?*

*Wenn du nicht so gut wärst, hättest du Vellix im Stall getötet, anstatt dich selbst . . . Hast du dich wirklich selbst umbringen wollen? Was hast du jetzt vor? Sind Mors Zaubersprüche schneller als deine Skier? Waren die Raketen wirklich Nalgrons Arme, die aus der Hölle zu dir herauflangten? Was ist das da vorn?*

Das war ein aufragender Hügel, den er umfahren mußte. Als der weiße Streifen zu seiner Linken schmaler wurde, legte er sich nach rechts. Der Streifen hielt sein Gewicht. Jenseits, auf der anderen Seite des breiter werdenden Cañons, erblickte er einen winzigen Flammenschweif. Hatte Hringorl noch immer seine Fackel dabei, während er die Neue Straße hinabgaloppierte und Harrax hinter sich her zog?

Fafhrd legte sich wieder nach rechts, als die Alte Straße in enger Kurve noch weiter in diese Richtung ausschwang. Der Himmel drehte sich über ihm. Der Lebenswille machte es eigentlich erforderlich, daß er jetzt anhielt. Doch der Tod war noch immer ein gleichwertiger Mitspieler. Vor ihm lag die Gabelung, wo die Alte und die Neue Straße zusammentrafen. Er mußte sie nach Möglichkeit noch vor Vlana und Vellix erreichen. Er mußte sich also beeilen. Wieso? Er wußte es nicht. Neue Kurven folgten.

Unmerklich flachte der Abhang ab. Schneebeladene Baumwipfel stießen aus den düsteren Tiefen zur Linken auf ihn zu und tauchten dann auch auf der anderen Seite auf. Er war in einem niedrigen schwarzen Tunnel. Er bewegte sich lautlos wie ein Gespenst. Als der Tunnel zu Ende ging, bremste er. Seine tauben Finger betasteten die von dem Raketenstern hinterlassene Stelle an seiner Wange. Eisnadeln knackten leise in der Wunde.

Kein Laut außer dem leisen Klirren der Kristalle, die ringsum in der stillen, feuchten Luft wuchsen.

Fünf Schritte vor ihm, am unteren Ende eines kleinen Steilhangs, entdeckte er einen kugelförmigen schneebeladenen Rollbusch. Hinter dem Gebüsch hockte Hringorls erster Helfer Hrey – der Spitzbart war nicht zu verkennen, obwohl das rote Haar im Mondlicht grau wirkte. Er hielt einen gespannten Bogen in der Linken.

Jenseits, zwei Dutzend Schritte hangabwärts, lag der Treffpunkt der Neuen und der Alten Straße. Der Tunnel, der nach Süden durch die Bäume führte, war von einigen Rollbüschen versperrt, die hoch aufragten. Vellix' und Vlanas Schlitten stand vor dem Hindernis; die Pferde waren zwei große Schatten. Mondlicht schimmerte auf den silbrigen Mähnen und den silbrigen Büschen. Vlana kauerte im Schlitten, ihr Haupt pelzverhüllt.

Vellix war abgesprungen und versuchte, den Weg freizumachen.

Eine Fackel kam die Neue Straße von Schneewinkel herabgefegt. Vellix gab seine Arbeit auf und zog sein Schwert. Vlana blickte über ihre Schulter zurück.

Hringorl galoppierte mit einem triumphierenden Lachen auf die Lichtung, warf seine Fackel hoch in die Luft und brachte sein Pferd hinter dem Schlitten zum Stehen. Der Skifahrer, den er im Schlepp hatte – Harrax – schoß an ihm vorbei und halb den Hang hinauf. Hier kam er zum Stehen und bückte sich, um seine Skier abzumachen.

Die Fackel fiel zu Boden und erlosch zischend.

Vellix rannte auf Hringorl zu. Es war ihm zweifellos klar, daß er den riesigen Piraten erledigen mußte, ehe Harrax seine Skier gelöst hatte, oder er hatte es mit zwei Gegnern zugleich zu tun.

Vlanas Gesicht war eine kleine weiße Maske im Mondlicht, als sie sich halb von ihrem Sitz erhob, um ihm nachzuschauen. Die Kapuze rutschte ihr vom Kopf.

Fafhrd hätte Vellix zu Hilfe eilen können, aber er machte keine Anstalten, seine Skier abzuschnallen. Mit schmerzlichem Gefühl – oder war es ein Gefühl der Erleichterung? – fiel ihm ein, daß er ja Pfeil und Bogen zurückgelassen hatte. Er sagte sich, daß er Vellix helfen müßte. War er nicht das unvorstellbare Risiko eingegangen, hier herabzufahren, um den Verwegenen und Vlana zu retten oder sie zumindest vor dem Hinterhalt zu warnen, den er vermutet hatte, seit er Hringorl mit der Fackel am Abgrund sah? Und sah Vellix nicht wie Nalgron aus – in diesem Augenblick des höchsten Mutes mehr denn je? Aber das Phantom Tod stand noch immer neben Fafhrd und hemmte jede Bewegung.

Außerdem hatte Fafhrd das Gefühl, daß ein Zauberbann über der Lichtung lag und ohnehin jede Handlung sinnlos machte. Als hätte eine gigantische, weißpelzige Spinne bereits ein Netz darum gesponnen und sie vom übrigen Universum abgetrennt und zu einem Gebiet erklärt, das nur der Spinne des Todes gehörte. Dabei war es ohne Belang, daß diese Weiße Spinne keine Fäden, sondern Kristalle spann – das Ergebnis war das gleiche.

Hringorl zielte mit einem gewaltigen Axthieb auf Vellix. Der Verwegene wich dem Schlag aus und stieß sein Schwert in Hringorls Unterarm. Mit lautem Wutschrei wechselte dieser die Waffe in seine linke Hand, sprang vor und schlug erneut zu.

Aus dem Gleichgewicht gebracht, konnte sich Vellix noch im letzten Moment vor dem zischenden Stahlrund in Sicherheit bringen, das im Mondlicht aufblitzte. Und doch war er sofort wieder leichtfüßig auf den Beinen. Hringorl kam jetzt vorsichtiger heran, die Axt hoch erhoben und ein wenig vorgestreckt, zu kurzen Hieben bereit.

Vlana stand im Schlitten auf, Stahl blitzte in ihrer Hand. Sie machte eine Bewegung, als wolle sie das Messer schleudern, und hielt unsicher inne.

Hrey richtete sich hinter seinem Busch auf, einen Pfeil angelegt.

Fafhrd hätte ihn töten können, notfalls durch einen Wurf mit seinem Schwert, doch das Gefühl der Todesgestalt neben sich lähmte ihn noch immer, und das Gefühl, sich in der ausweglosen Falle der großen Weißen Eisspinne zu befinden. Außerdem, was empfand er denn wirklich für Vellix oder etwa Nalgron?

Die Bogensehne summte. Vellix erstarrte mitten in einem Abwehrschlag. Der Pfeil hatte ihn neben dem Rückgrat getroffen, und die Spitze ragte vorn dicht unter dem Brustbein heraus.

Mit einem gewaltigen Axthieb schlug Hringorl dem Sterbenden das

Schwert aus der Hand. Wieder stieß er ein lautes, hartes Lachen aus. Er wandte sich dem Schlitten zu.

Vlana schrie auf.

Ehe er sich der Bewegung überhaupt bewußt wurde, hatte Fafhrd lautlos das Schwert aus der gutgeölten Scheide gezogen und sich damit auf dem weißen Hang abgestoßen. Seine Skier sangen schrill auf dem verkrusteten Schnee.

Der Tod stand nicht länger neben ihm. Der Tod war in seinen Körper getreten. Es waren die Füße des Todes, an die seine Skier geschnallt waren. Es war der Tod, der die Falle der Weißen Spinne als sein Zuhause empfand.

Hrey wandte sich um und kam damit Fafhrd entgegen, der ihm mit einem Streich die Seite des Genicks aufschlitzte – ein Schnitt, der ihm sowohl die Gurgel als auch die Halsschlagader durchtrennte. Sein Schwert war schon weitergehuscht, ehe es von Blut benetzt werden konnte und natürlich ehe Hrey seine großen Hände hob, in dem vergeblichen Bemühen, den tödlichen Blutsturz aufzuhalten.

Es war alles ganz mühelos. Seine Skier hatten den Schlag geführt, sagte sich Fafhrd, nicht er. Seine Skier, die ein eigenes Leben, das Leben des Todes hatten, und ihn auf eine höchst gefährliche Reise trugen.

Auch Harrax war mit dem Abschnallen seiner Skier fertig und richtete sich wie eine Marionette der Götter in dem Augenblick auf, als Fafhrd zustieß – ein Hieb aus dem Ducken nach oben, durch den Magen, so wie der Pfeil, der Vellix getroffen hatte – nur in umgekehrter Richtung.

Das Schwert knirschte gegen Harrax' Rückgrat, ließ sich jedoch leicht wieder herausziehen. Fafhrd huschte hangabwärts davon, ohne sich umzusehen. Harrax starrte mit weit aufgerissenen Augen hinter ihm her. Der Mund des grobschlächtigen Mannes war weit geöffnet, doch er ließ keinen Laut hören. Wahrscheinlich hatte der Stoß seine Lunge und auch sein Herz durchschnitten.

Und jetzt war Fafhrds Schwert auf den Rücken Hringorls gerichtet, der eben Anstalten machte, in den Schlitten zu steigen. Die Skier trugen die Klinge schneller und immer schneller voran.

Vlana starrte über Hringorls Schulter, und es war, als sähe sie den Tod persönlich herannahen, und sie schrie.

Hringorl schwang herum und hob augenblicklich seine Axt, um Fafhrds Schwert zur Seite zu schlagen. Sein breites Gesicht trug den Ausdruck eines Mannes, der dem Tod oft ins Auge gestarrt hat und sich durch das plötzliche Auftauchen des Allgegenwärtigen nicht mehr überraschen läßt.

Fafhrd bremste und drehte die Skier herum, so daß er, langsamer werdend, um das rückwärtige Ende des Schlittens herumfuhr. Sein Schwert strebte die ganze Zeit zuckend auf Hringorl zu, ohne ihn ganz zu erreichen. Er wich dem Hieb aus, den Hringorl vollführte.

Dann erblickte Fafhrd unmittelbar vor sich den Körper Vellix' im Schnee. Er machte eine hastige Wendung, bremste sofort und stieß auch noch sein Schwert in den Schnee, damit er nicht über die Leiche stolperte; die Klinge traf auf Gestein und ließ Funken sprühen.

Aus der gleichen Bewegung heraus warf er sich herum, soweit seine noch in den Skiern gefangenen Füße das ermöglichten, und er erhaschte noch einen Blick auf Hringorl, der sich aus dem aufgestäubten Schnee auf ihn stürzte und mit gewaltigem Axtschlag Fafhrd das Genick durchtrennen wollte.

Fafhrd parierte den Schlag mit dem Schwert. Hätte er die Klinge im rechten Winkel zu der anstürmenden Axt gehalten, wäre ihm der Stahl zersprungen, doch Fafhrd hielt das Schwert in einem Winkel, der die Axt mit stählernem Kreischen abgleiten ließ und pfeifend über seinen Kopf lenkte.

Hringorl, der nicht mehr abbremsen konnte, stürmte an ihm vorbei.

Wieder warf sich Fafhrd herum und verfluchte die Skier, die seine Füße an den Boden fesselten. Sein Hieb kam zu spät, um Hringorl noch zu erreichen.

Der mächtigere Mann wandte sich um und setzte erneut zum Angriff an, wieder mit seiner Axt. Diesmal wußte Fafhrd nicht anders auszuweichen, als sich flach auf den Boden zu werfen.

Stahl blitzte im Mondlicht auf. Dann benutzte er sein Schwert, um sich wieder aufzurichten, bereit, erneut auf Hringorl loszugehen, oder sich wieder zu ducken, wenn ihm die Zeit dazu blieb.

Der große Mann hatte seine Axt fallen gelassen und betastete sein Gesicht.

Mit ungeschicktem, skibehindertem Schritt stieß ihm Fafhrd das Schwert durch das Herz.

Hringorl ließ seine Hände sinken, als er nach hinten stürzte. Aus seinem rechten Auge ragte der Silberknauf und schwarze Griff eines Dolches. Fafhrd zog sein Schwert zurück. Hringorl stürzte mit dumpfem Geräusch zu Boden und ließ ringsum den Schnee aufstäuben, während er zweimal zusammenzuckte und dann still lag.

Fafhrd hob sein Schwert und sah sich hastig um. Er war bereit für weitere Angriffe – von wem auch immer.

Doch keiner der fünf Körper bewegte sich – weder die beiden zu seinen Füßen noch die beiden am Hang, und auch Vlanas Gestalt im Schlitten stand starr.

Überrascht stellte er fest, daß das Keuchen, das ihm in den Ohren klang, von ihm selbst stammte. Ansonsten bestand das einzige Geräusch auf der Lichtung in einem schwachen hohen Klirren, das er zunächst ignorierte. Sogar Vellix' Pferde vor dem Schlitten und Hringorls großer Brauner, der ein wenig abseits auf der Alten Straße stand, waren unnatürlich ruhig.

Er lehnte sich rückwärts an den Schlitten, legte seinen linken Arm auf die eisige Plane, die die Raketen und anderen Gegenstände bedeckte. Seine rechte Hand hielt das Schwert in die Höhe, ein wenig nachlässig jetzt, doch immer noch kampfbereit.

Er betrachtete noch einmal die Körper und ließ seinen Blick schließlich auf Vlana ruhen. Noch immer hatte sich niemand bewegt. Die vier Toten waren von blutbeflecktem Schnee umgeben, große Flächen bei Hrey, Harrax und Hringorl, ein kleiner Fleck bei Vellix, der durch einen Pfeil gestorben war.

Er starrte in Vlanas weitaufgerissene, starre Augen. Um Atem kämpfend sagte er: »Ich bin dir Dank schuldig dafür, daß du Hringorl umgebracht hast. Ich bezweifle, daß ich ihn hätte besiegen können, da er doch auf Füßen stand und ich auf dem Rücken lag.

Aber war dein Messer auch auf Hringorl gezielt und nicht etwa auf meinen Rücken? Und bin ich dem Tod vielleicht nur durch meinen Sturz entkommen, während das Messer über mich dahinzischte und einen anderen Mann traf?«

Sie antwortete nicht. Statt dessen flogen ihre Hände hoch und preßten sich vor ihre Wangen und Lippen. Sie nahm ihren starren Blick nicht von Fafhrd.

Er fuhr fort, und seine Stimme klang noch beiläufiger: »Du hast Vellix mir vorgezogen, nachdem du mir ein Versprechen gegeben hattest. Warum dann nicht auch Hringorl Vellix vorziehen – und wiederum mir –, wenn Hringorl ohnehin der wahrscheinliche Sieger war? Warum hast du nicht Vellix mit deinem Messer geholfen, als er so mutig auf Hringorl losging? Warum hast du geschrien, als du mich herankommen sahst, und hast mir damit die Chance genommen, Hringorl mit einem einzigen Hieb aus dem Hinterhalt zu töten?«

Er unterstrich jede Frage mit einem nachlässigen Stoß seines Schwertes in ihre Richtung. Er atmete jetzt wieder leichter, und die Müdigkeit fiel von seinem Körper ab, während Niedergeschlagenheit seinen Geist erfüllte.

Vlana nahm langsam die Hände von den Lippen und schluckte zweimal. Dann sagte sie mit harter, doch klarer Stimme: »Eine Frau muß sich immer alle Möglichkeiten offenlassen, kannst du das verstehen? Nur wenn sie bereit ist, sich mit jedem Mann zusammenzutun und mit einer Wende des Glücks notfalls den einen zugunsten eines anderen fallenzulassen, kann sie den großen Vorteil der Männer auszugleichen hoffen.

Ich habe Vellix dir vorgezogen, weil seine Lebenserfahrung größer war und weil ich – das kannst du mir glauben oder nicht – der Meinung war, daß mein Partner kein langes Leben erwarten könnte, und ich dich am Leben wissen wollte. Ich habe Vellix hier an der Straßensperre nicht geholfen, weil ich ihn und mich verloren gab. Die Sperre und das Wissen, daß sich hier Leute versteckt haben mußten, lähmte mich –

obwohl Vellix das nicht zu glauben schien oder es ihm egal war. Was meinen Schrei anging, als ich dich sah – ich habe dich gar nicht erkannt. Ich hielt dich für den Tod persönlich.«

»Nun, das war ich anscheinend auch«, bemerkte Fafhrd leise und blickte ein drittesmal über die stumm daliegenden Gestalten hin. Er schnallte seine Skier ab. Nachdem er ein paarmal mit den Füßen aufgestampft hatte, kniete er neben Hringorl nieder, riß ihm den Dolch aus dem Auge und wischte ihn am Pelz des Toten ab.

Vlana fuhr fort: »Und ich fürchte den Tod sogar mehr, als ich Hringorl verabscheute. Ja, ich wäre gern mit Hringorl geflohen, wenn ich damit dem Tod hätte entkommen können!«

»Diesmal hatte Hringorl die falsche Richtung gewählt«, sagte Fafhrd und wog den Dolch in der Hand. Die Waffe ließ sich gut stoßen oder werfen.

Vlana sagte: »Jetzt gehöre ich natürlich dir. Mit Freuden sogar – du magst es glauben oder nicht. Wenn du mich überhaupt haben möchtest. Vielleicht glaubst du immer noch, ich wollte dich umbringen.«

Fafhrd wandte sich zu ihr um und warf ihr den Dolch zu. »Fang!« sagte er. Sie fing.

Er lachte und sagte: »Nein, ein Theatermädchen, das auch Diebin gewesen ist, versteht sicher etwas vom Messerwerfen. Und ich bezweifle, daß Hringorl nur zufällig ins Auge getroffen wurde. Sinnst du immer noch auf Rache an der Diebeszunft?«

»Allerdings«, erwiderte sie.

Fafhrd sagte: »Frauen sind grausam. Ich meine, so grausam wie Männer. Oder gibt es einen Menschen auf der weiten Welt, der nur Eiswasser in den Adern hat?«

Und wieder lachte er, lauter diesmal, als wüßte er, daß es auf diese Frage unmöglich eine Antwort gab. Dann wischte er sein Schwert an Hringorls Pelz ab, stieß es in die Scheide zurück und ging an dem Mädchen vorbei, ohne es anzusehen, vorbei auch an den stummen Pferden, und begann das Hindernis beiseite zu räumen. Die gestapelten Rollbüsche waren aneinandergefroren, und er mußte heftig ziehen und drehen, mußte seine ganze Kraft in diese Tätigkeit legen und heftiger mit den Büschen kämpfen, als sich seiner Erinnerung nach Vellix damit hatte mühen müssen.

Vlana schaute nicht auf, auch als er sie ganz dicht passierte. Sie starrte auf den Hang mit seinen durcheinanderkurvenden Skispuren, die zur schwarzen Tunnelöffnung der Alten Straße führten. Ihr Blick war weder auf Harrax und Hrey gerichtet noch auf die Tunnelöffnung. Er reichte weiter.

In der Luft schwang ein leichtes Klirren, das nicht aufhören wollte.

Dann ertönte ein Knirschen von Kristallen, und Fafhrd riß den letzten eisbedeckten Rollbusch los und schleuderte ihn beiseite.

Er schaute die Straße entlang, die nach Süden führte. Zur Zivilisation, was immer ihm das jetzt bedeuten mochte.

Auch diese Straße war ein Tunnel zwischen schneebeladenen Pinien.

Und er war erfüllt – das Mondlicht zeigte es ganz deutlich – von einem Netz aus Kristallen, das unendlich zu sein schien; Stränge von Eis, die sich von Zweig zu Zweig und Ast zu Ast zu erstrecken schienen, Schicht auf Schicht ohne Ende.

Fafhrd dachte an die Worte seiner Mutter: *Es gibt eine Hexenkälte, die dir in Nehwon überallhin folgen kann. Wo das Eis einmal gewesen ist, können die Zauberkräfte es wieder hinschicken. Dein Vater bedauert es heute sehr . . .*

Er dachte an die große weiße Spinne, die die Lichtung mit ihrem frostigen Netz umspann.

Er sah Mors Gesicht neben Maras Kopf, oben am Felsrand, auf der anderen Seite der großen Schlucht.

Er fragte sich, was wohl jetzt im Frauenzelt gesungen wurde und ob auch Mara in den Gesang eingefallen war. Irgendwie hatte er das Gefühl, daß das nicht sein konnte.

Vlana rief leise aus: »Frauen sind wirklich grausam. Schau! Schau!«

In diesem Augenblick begann Hringorls Pferd laut zu wiehern. Mit klappernden Hufen galoppierte es die Alte Straße hinauf.

Gleich darauf regten sich auch Vellix' Pferde und stiegen auf die Hinterhand.

Fafhrd schlug mit dem Arm gegen den Hals des Tieres neben ihm. Dann sah er zu der kleinen, großäugigen, dreieckigen weißen Maske auf, die Vlanas Gesicht war, und folgte ihrem Blick.

Am Hang, der zur Alten Straße führte, erwuchs ein halbes Dutzend dürrer Gestalten, so groß wie Bäume. Sie sahen aus wie verschleierte Frauen. Zusehends gewannen sie an Substanz.

Entsetzt duckte er sich zusammen. Bei dieser Bewegung verklemmte sich der Beutel an seinem Gürtel zwischen Schenkel und Bauch. Er spürte eine schwache Wärme.

Hastig sprang er auf und raste den Weg zurück, den er gekommen war. Mit schnellen Bewegungen riß er die Plane von der Ladefläche des Schlittens. Er packte die acht verbliebenen Raketen und steckte sie nacheinander mit ihren Leithölzern in den Schnee, ihre Spitzen auf die gewaltigen Eisgestalten gerichtet.

Dann langte er in seinen Beutel, nahm den Feuertopf heraus, verschüttete die graue Asche, neigte die rote Glut auf eine Seite der Schale und berührte damit in schneller Folge die Zünder der Raketen.

Das vielfältige Sprühen und Zischen der Zünder begleitete ihn, als er in den Schlitten sprang.

Vlana rührte sich nicht, obwohl er sie streifte. Doch sie ließ ein leises Klimpern hören. Sie schien von einem durchsichtigen Umhang aus Eiskristallen umschlungen, die sie festhielten. Das Mondlicht schimmerte auf der Erscheinung.

Er packte die Zügel, die wie eisiges Metall an seinen Fingern schmerzten. Sie ließen sich nicht bewegen. Das Eisnetz ringsum hatte nun auch die Pferde eingefangen. Sie waren ein Teil davon, gewaltige Statuen, in einem größeren Kristall eingeschlossen. Eines der Tiere stand auf vier Hufen, das andere hatte gerade furchtsam gescheut. Die Eiswände rückten näher.

*Es gibt eine Hexenkälte, die dir folgen kann . . .*

Die erste Rakete dröhnte auf, dann die zweite. Er spürte ihre Wärme. Er hörte das gewaltige Klirren, als sie hangaufwärts ihre Ziele trafen.

Die Zügel bewegten sich, klatschten auf die Pferderücken. Ein Zerspringen wie von Glas war zu hören, als sie vorwärtsstürmten. Er zog den Kopf ein, sammelte die Zügel in der Linken, schwang den rechten Arm hoch und zerrte Vlana neben sich auf den Sitz. Ihr Eisumhang klirrte und verschwand. Vier, fünf . . .

Ein ständiges Klimpern und Sirren ertönte mit jedem Schritt der Pferde durch das Eisnetz. Kristalle rieselten ihm auf den eingezogenen Kopf und glitten ab. Das Klirren wurde leiser. Sieben, acht . . .

Und dann blieb das eisige Element zurück. Die Hufe trommelten auf der Straße. Ein gewaltiger Nordwind fuhr auf und machte der Stille ein Ende. Vor dem Schlitten zeigte sich die erste Morgenröte am Himmel. Hinter ihm rötete sich der Himmel von der Glut der Piniennadeln, die von den Raketen in Brand gesteckt worden waren. Fafhrd meinte durch den Nordwind das Brüllen mächtiger Flammen zu hören.

Er rief: »Gnamph Nar! Klurg Nar, das große Kvarch Nar – wir werden das alles sehen! All die Städte des Waldlandes! Und das Land der Acht Städte!«

Neben ihm regte sich Vlana warm in seinem Arm und nahm seinen Ruf auf: »Sarheenmar, Ilthmar, Lankhmar! Die Städte des Südens! Quarmall! Horborixen! Tilsilinilit mit seinen schlanken Türmen! Das Hohe Land!«

Es kam Fafhrd vor, als erfüllten Visionen aller dieser unbekannten Städte und Länder den heller werdenden Horizont. »Reisen, Lieben, Abenteuer, die Welt!« rief er und drückte Vlana mit dem rechten Arm an sich, während seine Linke die Zügel auf die Pferderücken klatschen ließ.

Doch er fragte sich, warum, obwohl seine Phantasie in hellen Flammen stand wie der Cañon hinter ihm, die Kälte aus seinem Herzen noch immer nicht gewichen war.

# Allerhand Hände

Darrell Schweitzer

Mit seinem hungrigen Blick à la Cassius bietet Darrell Schweitzer (geb. 1952) ein gutes Beispiel für die Besessenheit, die erforderlich ist, um als freier Schriftsteller Erfolg zu haben. Versenken Sie sich in das Gebiet, schreiben Sie Geschichten für kleinere Zeitschriften (wie *Whispers*), schreiben Sie Sachartikel darüber (wie *Conan's World and Robert E. Howard*), führen Sie für größere Magazine (wie *Amazing*) Interviews mit Autoren durch, und stellen Sie Ihre Fähigkeiten unter Beweis, indem Sie bei der Herausgabe von SF-Zeitschriften (wie *Isaac Asimov's Science Fiction Magazine* und *Amazing*) hilfreich zur Seite stehen, während Sie sich bemühen, ein wenig mehr zu schreiben.

Kein Wunder, daß Sir Julian (die Hauptfigur aus *We Are All Legends*, 1981) in der folgenden Geschichte unter dem Zwang steht, Menschen zu erwürgen.

# 1

»In welcher Schlacht, Herr Ritter, und durch welchen Feind habt Ihr Eure Hand verloren? Habt Ihr ihn erschlagen, der Euch so verstümmelte?«

Der Sprecher saß mir gegenüber, ein kleiner Mann mit Kapuze und wallendem Graubart. Sein Gesicht konnte ich im fortschreitenden Abenddämmer nicht sehen. Er war an diesem Tag der letzte, der in mein Zelt gekommen war, am Scheideweg im tiefen Bergland, fern vom Reich der Griechen, Byzanz genannt.

Es war schon ein merkwürdiger Umstand: Ich, Julian, Träger verschiedener Namen und Ehrungen, seit langem dem Rittertum und meinem Gott entfremdet, war zur Bettelei erniedrigt, verabscheut vom Volk aller Herren Länder. Wer traute schon einem grimmigen Ritter mit Hakenhand und trüb angelaufener Rüstung, dessen Schild und Überrock nicht das Emblem des Kreuzes trugen? Was treibt er hier? Ist er überhaupt ein Mensch, so argwöhnte man, oder irgendeine Kreatur aus der Finsternis des Bösen? Warum zieht er nicht mit seinen Waffenbrüdern hin zum Osten, um die Heiden zu bekämpfen?

Auf den Jahrmarkt, hier in dieses Zelt in einem fremden Land, in die Umgebung einer unbekannten Stadt, deren Mundart ich leidlich sprach, schien ich, wenigstens für den Moment, zu passen. Ich gab mich aber nicht damit zufrieden, das Ende meines kümmerlichen Daseins abzuwarten und jede friedvolle Stunde als lohnendes Ziel einer langen Suche zu betrachten.

Um meinen Lebensunterhalt zu verdienen, erzählte ich Geschichten über meine Reisen und die Abenteuer anderer Ritter, und manchmal, wenn dies nicht ausreichte, griff ich zur Erfindung, doch so geschickt, daß niemand hätte sagen können, wann ich log und wann nicht. Stets beliebt war mein zeitweiser Aufenthalt im Lande der Finsternis, dessen Bewohner sich fantastisch umgestalteten, so daß die Köpfe neben ihren Schultern wuchsen und ihre Ohren, als Anhängsel der Arme, sich weit spannten, wie die Flügel von Fledermäusen, und ihnen das Fliegen ermöglichten. Auch gab es dort die Salz-Jungfern von Antioch, die so tränenerfüllt waren, daß von ihnen, wie bei Lots Frau, nur Salzsäulen übrigblieben, wenn sie einen Gotteslästerer beweinten, der von Apostel Petrus den Todesstreich erhalten hatte. Immer wenn eine Geschichte endete, pflegte der Zuhörer eine Münze in die Schale zu werfen, die ich bereitgestellt hatte – und so wurde mein Erzählen auch solcherart belohnt.

Der Geschichtenerzähler fühlt sich wie ein Beichtvater vor dem Priester – nein, mehr noch gleicht er dem Narren in der Fabel, der seinen Kopf im Schilf verbarg, dem Wind seine Stimme lieh und flüsterte: *König Midas hat Eselsohren*. Jeder weiß um das Unglaubliche, das auszusprechen niemand wagt. Doch wenn es durch den Wind im Schilf verkündet wird . . .! Auf diese Weise kann man sich der Wahrheit entledigen. Und also gab ich dem Frager die getreue Antwort:

»Vor langer, langer Zeit, so scheint es, doch in Wahrheit ist's noch gar nicht lange her, gab es einmal einen Ritter, der stand in einem halb zerfallenen Gemäuer tief im Wald dem Teufel gegenüber und verschrieb sich ihm, um ein Fräulein zu erlösen, das zu Fall gekommen war. Dies war – durch ein Treuegelöbnis, das ihn fortan in Schrecken versetzte – die erste ritterliche Großtat seines bis dahin von Idealen und vielen Übungen erfüllten Lebens. Und dafür wurde er verflucht, indem der Teufel ihm nicht vorderhand die Seele aus dem Leib riß, was ihm nur zu leicht gefallen wäre, sondern ihm befahl: *Zieh hinaus in die Welt, die von heut' an neugestaltet für dich sein wird, und irr so lange durch die Fremde, bis es dich zu mir zurücktreibt*. Und auf seinen mühseligen Reisen traf er auf ein böses Wesen, das ihn in der Verkleidung einer schönen Dame erquickte, in Wahrheit aber Blut und Jahre aus ihm sog. Als ein guter Geist eingriff und das Wesen erschlug, erwachte der Ritter verwirrt aus dem seligen Schlaf in trügerischen Armen, und im ersten blinden Zorn tötete er seinen Retter – und wurde dafür abermals verflucht. Mehrmals wünschte er sich, seinem Leben ein Ende zu machen, scheute aber letztlich davor zurück, da er wußte, daß ihn dann sofort der Teufel holen würde. Und so suchte er schließlich das Tal von Mistorak auf, im tiefsten Osten, und besprach sich dort mit einem Geist, doch mußte er sich dessen Rat mit seinem eigenen Fleisch erkaufen – so verlor er seine Hand.«

»Und der Handel – hat er sich wenigstens gelohnt?« fragte der Zuhörer. »War Euch der Rat von Nutzen?«

»Wär er's gewesen, säße ich dann hier im Zelt und erzählte diese wilden Geschichten?«

Der Wicht mit der Kapuze schnaubte, was wohl so etwas wie ein Lachen sein sollte.

»Eine Münze habe ich für Euch zwar nicht«, sagte er, »doch dafür eine andere Geschichte. Es war einmal ein König namens Tikos, der ein sehr altes Reich regierte. Zum Schloß seiner Väter kamen nach und nach die großen Lords der ganzen Welt. Auch Alexander kam in jungen Jahren hin, voller Verwunderung, und als er älter war, führte er seine Heere von dort gen Osten. Doch schließlich wurde von Priestern eines neuen Gottes, gegen den die alten Götter machtlos waren, am König Verrat geübt. Das Volk ergriff ihn und verstümmelte ihn gemäß der Sitte: die rechte Hand schlug man ihm ab, damit er nie wieder ein Schwert erheben sollte; die linke Hand schlug man ihm ab, auf daß er kein Zepter mehr halten könne. So war der König zum Elend und zur Verachtung verdammt, bis er schließlich einen Weg fand, sich zu rächen. Er verschrieb sich einem neuen Meister. Und er wurde *Nekatu*.«

»*Nekatu*?«

»Als solcher besaß er gewaltige Kräfte und Fähigkeiten, darunter das Weissagen. Es ist prophezeit worden, daß der Ritter aus deiner Geschichte zum Schloß meines Königs kommen wird, um die Bedeutung jenes Wortes zu erfahren.«

Damit erhob er sich und verließ das Zelt. Bei seinem Weggang wehte die Klappe des Zeltes wie eine Fahne.

»Warte!« Ich sprang auf und stürzte ihm in die Abenddämmerung hinterher. Es war bereits empfindlich kalt, so wie die Kälte eben rasch hereinbricht in den Bergen. Hinter den Gipfeln war die Sonne in einer goldenen Scheibe versunken. Sterne leuchteten auf, und ich war sicher, daß der frostige Wind, den ich fühlte, zwischen ihnen hervordrang, von jenseits des mörderischen Landes, wo geflügelte Dämonen frei umherschweiften. Ein solcher Dämon mußte mein Zuhörer gewesen sein, da er so rasch verschwunden war. Wohin ich auch blickte, gab es keinen Hinweis auf ihn.

*Nekatu*, hatte er gesagt. Es war das erstemal, daß ich diesen Namen hörte.

In dieser Nacht quälten mich im Schlaf böse Träume. Zuerst sah ich geisterhaft eine Wiese, übersät mit jüngst Erschlagenen, die sich bei meinem Nahen mit blutenden Wunden erhoben, um in hoffnungslosem Elend weiterzukämpfen. Ihre Schreie entrissen mich endlich dem Traum, und ich erwachte bestürzt, und mein Zelt mutete mich fremd und beklemmend an. Ich lauschte den Geräuschen der Nacht. Angeleinte Pferde stampften in der Kälte, Lagerfeuer prasselten, ein Hund bellte, jemand sang. Über alledem schrie eine Eule.

Ich schlief wieder ein, und diesmal ritt ich durch einen finsteren Wald, wo jeder Baum sich unter dem Gewicht drohender Kobolde, die in den Ästen kauerten, ächzend neigte, während zwischen den Stämmen ungeheuerliche Fratzen geisterten. Selten war mir ein solcher Schrecken in die Glieder gefahren. Mein Pferd stieg wiehernd hoch, versuchte auszureißen, und nur mit größter Mühe konnte ich es wieder zügeln. Ich gab den Instinkten des Tieres ein wenig nach, ließ es dahintraben, brachte es dann in kurzen und schließlich in vollen Galopp. Beide waren wir von Panik ergriffen, und so donnerten wir durch den Wald, während Erdklumpen, von den Hufen emporgewirbelt, auf uns niederregneten. Das Grauen saß mir wie ein Würgegriff an der Kehle, denn noch immer geisterten Gestalten zwischen den Bäumen umher.

Als ich mich im Sattel umdrehte, sah ich, daß ich wahrhaftig verfolgt wurde – von einem Ritter in schwarzer Rüstung auf einem schwarzen Pferd; sein offenes Visier zeigte einen nackten Totenschädel an Stelle eines Gesichts. Ich schrie fürchterlich auf – und erwachte wieder in meinem Zelt.

Es herrschte völlige Stille. Alle im Lager lauschten atemlos zu mir herüber. Kämpfte der fremde Ritter etwa mit einem Dämon in seinem Bett?

Mir war klar, daß ich im Morgengrauen schleunigst ausrücken mußte, bevor diese Geschichte von Mund zu Mund ging, aufgebauscht wurde und einem Priester zu Ohren kam, der mir dann zu viele Fragen stellte.

Kurz vor Tagesanbruch nickte ich noch einmal ein. Und wieder ritt ich durch den Wald, hinter mir die spukhafte Erscheinung. Ich war so erschöpft, als wäre mein Traum-Ich während der ganzen Zeit, da ich wachte, auf dem schaumgesprenkelten Traum-Pferd weitergeflohen. Erneut befiel mich Grauen, und jeder Augenblick schien mein letzter zu sein, bis endlich der Wald aufbrach und sich vor mir eine weite Ebene erstreckte, auf der sich zwei Flüsse vereinten. Wo sie ineinanderströmten, stand eine ummauerte Stadt, und hinter ihr erhob sich, auf beiden Seiten von einem Fluß umgeben, ein einsamer Berg. Drei seiner Hänge wurden von Steilklippen gebildet, aber am vierten schlängelte sich ein Weg herunter, überquerte eine Brücke und führte in die Stadt. Auf dem Gipfel des Berges thronte ein Schloß aus schwarzem Gestein. Kaum hatte ich diese Stätte erblickt, da war mir, als fiele eine große Last von mir ab, und ein weiterer Blick über die Schulter zeigte mir, daß meine Nemesis – die Rächerin des Frevels – verschwunden war. Ich ließ mein Pferd langsamer gehen, und als ich mich der Stadt und dem Schloß näherte, ging hinter mir über dem Wald die Sonne auf und verscheuchte alles Böse.

Das letzte, was ich sah – und ich weiß nicht, ob ich es mir nur einbildete oder wahrhaftig träumte –, war ein Fremder mit einer Kapuze, der sich hinter einem dampfenden Kessel, wo er gesessen hatte, erhob und die verkrampften Beine streckte, während all die Dinge aus meinem Traum – der Ritter, das Pferd, der Wald, das Schloß und sogar ich selbst – langsam durch die dampfende Brühe auf den Grund des Kessels sanken und dort zerschmolzen.

Im Lager herrschte Betriebsamkeit, als ich zum drittenmal erwachte. Ich trat aus meinem Zelt hinaus, und jeder wich meinen Blicken aus, niemand sprach ein Wort zu mir, selbst als ich Fragen stellte. Ich wußte, daß es unklug war, auf Fragen zu beharren. Einige Leute brachen ihr Lager ab, luden ihre Habseligkeiten auf Wagen und bereiteten ihren Abzug vor, obwohl der Jahrmarkt noch längst nicht zu Ende war. Ich mußte nicht nach dem Grund fragen. Ein böses Omen. Dieser Ort war nicht vom Glück gesegnet, und wer blieb, würde vielleicht einen Fluch auf sich laden. Im nächsten Jahr würde der Markt gewiß ferne von hier abgehalten werden.

Auch ich blieb nicht länger, sondern verstaute, was ich an Geld und Vorräten besaß, in meinen Satteltaschen und ritt davon, ohne mich weiter um mein Zelt zu kümmern. Ich konnte es ohnehin nicht mitnehmen. Mochte der alte Brotverkäufer, von dem ich es erstanden hatte, es zurücknehmen und gelegentlich den Teufel darin austreiben.

Ich wußte, daß solche Träume, wie ich sie gehabt hatte, nicht leichtgenommen werden durften, da sie Bedeutungsvolles offenbarten. Und so ritt ich, wie es prophezeit worden war, nach Westen und kam, als der Tag sich neigte, in den Wald, den ich von meinem Traum her kannte. Er wirkte jetzt nicht mehr so unheilvoll, aber ich hatte unentwegt aus den Augenwinkeln heraus das Empfinden, beobachtet zu werden, und das flößte mir Unbehagen ein. Hin und wieder warf ich einen Blick zurück, um festzustellen, ob ich verfolgt wurde. Ich war allein. Aber mein Pferd war so nervös wie ich und daher schwer zu zügeln.

Hinter dem Wald erstreckte sich, genau wie im Traum, eine Ebene: zwei Flüsse strömten ineinander, und ein Berg erhob sich über allem. Man konnte das Schloß auf dem Gipfel nur erreichen, wenn man die Stadt durchquerte, so als wäre das Schloß der innerste Fried einer größeren umliegenden Festung.

Bald stieß ich auf Bauern, die ihre Ernten auf den Markt brachten. Die Leute diesseits des Waldes wagten selten, sich einander mitzuteilen; es waren also nicht jene vom Jahrmarkt, so hoffte ich jedenfalls. Eine buntgemischte Menge waren sie, und alle hatten den gleichen Weg: zwei Priester – bei ihrem Anblick prallte ich unbewußt zurück –, ein Junge, der eine Mandoline umhängen hatte, ein Minnesänger wohl, und alle Arten ärmliches Volk: einige zu Fuß, einige auf Pferden oder auf Maultieren reitend, manche in Karren.

Als der Verkehr zunahm, tauchten sogar einige Reiche in ihren gewichtigen Pferdewagen auf, begleitet von Scharen bewaffneter Männer. Mir kam der Gedanke, eine Anstellung als einer der ihren zu suchen. Doch ich besann mich. Zuerst mußte ich mich von der übernatürlichen Verpflichtung befreien, die mir auferlegt war, sonst würden die fürchterlichen Träume erneut beginnen, der Totenreiter würde mich verfolgen, und am Ende würde ich als Wahnsinniger erwachen.

Am Stadttor lehnte ein Soldat faul auf seiner Lanze und fragte jeden, was ihn hertriebe. Die Bauern mußten ihre Ladungen vorweisen, und als sie erklärten, daß sie Kohl verkaufen wollten, wurden sie mit einem müden Wink vorbeigelassen. Die Wohlhabenden in ihren Wagen wurden gleich an dem Banner erkannt, das einer ihrer Berittenen trug, und gar nicht erst belästigt.

In meinem Fall war das nicht so einfach.

»Was sucht Ihr hier?« Der Wächter erkannte mich an der Rüstung unter meinem Mantel, an dem Helm, am Schwert, vor allem aber an dem schlichten schwarzen Schild an meinem Sattel als einen Fremden und versperrte mir mit seiner Lanze den Weg.

Ich sah, daß sonst keine Wächter in der Nähe waren, und die Berittenen bei den Wagen würden nicht rasch genug heran sein, um dem Soldaten beistehen zu können; vielleicht würden sie nicht einmal bemerken, was hier vorging.

Und so streckte ich meine rechte Hand vor – meine einzige Hand; die linke mit dem Haken hielt ich in einer Falte des Mantels verborgen – und stieß die Lanze fort. Dabei spielte ich den Zornigen und funkelte ihn wild an.

»Du schmutziger Rüpel! Wie kannst du es wagen, deinen Herren auszufragen?« Mein Griechisch war derb, aber er verstand mich wohl. Die Lanze sank schlaff herab, und der Bursche gaffte mich an. Er wußte nicht, was tun, und allein wagte er auch nichts. So trieb ich mein Pferd rasch voran, bevor er seine Sinne wieder beisammen hatte.

Der Gedanke durchzuckte mich, ob ich recht gehandelt hatte. Würde der Wächter dem Zorn seines Herrn trotzen und sein Versagen eingestehen? Nun, die Würfel waren gefallen, wie Cäsar einst bemerkte, und ich hatte getan, was getan werden mußte. Wenn meine merkwürdige Sage erst bekannt war, würde ich hier gewiß nicht willkommen sein. Ich mußte schnellstens herausfinden, was dies für ein Ort war, bevor ich mich zu dem Herren des Schlosses aufmachte.

Auf dem Marktplatz schien etwas vorzugehen, das nicht zum üblichen Handel oder zur Belustigung gehörte.

Eine große Menge hatte sich versammelt. Alles war aufs höchste erregt. Ich richtete mich in den Steigbügeln auf, um besser sehen zu können. Es handelte sich um eine Hinrichtung. Ein Mann war mit Händen und Füßen an vier getrennt voneinander angeschirrte Ochsen gebunden und sollte gevierteilt werden. Ich hörte seine Schreie noch über das Johlen der Menge hinweg. Während er so über dem Boden hing und die vermummten Scharfrichter mit Gerten bereitstanden, um die Ochsen anzutreiben, schlitzte ihm ein anderer, wohl der Haupthenker, den Bauch auf, riß das Ende eines Darms heraus und begann es um einen Stock zu wickeln. Bei jeder heftigen, ruckhaften Umdrehung gellte ein neuer Schrei.

Plötzlich glitt ein Arm des Gefangenen aus der Fessel heraus. Ich sah, warum – er hatte keine Hand; das Gelenk rutschte einfach aus dem Knoten. Mit wütender Gebärde hielt der Haupthenker mit dem schrecklichen Ausweiden inne, stieß einen seiner Knechte zur Seite und erneuerte die Fessel, diesmal über dem Ellenbogen.

Als sei die Menge durch diesen Anblick an etwas erinnert worden, schrie sie einstimmig ein einziges Wort: »*Nekatu! Nekatu!*«

Wie erstarrt saß ich im Sattel. Zum zweiten Male hörte ich nun diesen Namen, diese Bezeichnung oder was immer es war, und die Umstände waren dabei noch grauslicher als zuvor. Ich achtete sorgsam darauf, daß mein eigenes Fehlen einer Hand verborgen blieb. Wohl bezweifelte ich, daß dies den Anstoß zur Hinrichtung gegeben hatte, doch mein Instinkt mahnte zur Vorsicht.

Voller Abscheu ritt ich um den Platz herum und entwich durch eine schmale, von Marktbuden gesäumte Straße. Hinter mir schwoll der Lärm der Menge an, dann verstummte er.

Die meisten Städte, die ich gesehen habe, gleichen ungeheuren Höhlen aus Gehölz und Stein, und diese hier bildete keine Ausnahme. Früh bricht in einer solchen Stadt die Nacht herein. Selbst das große Konstantinopel ist zu diesen Stunden nur um Palast und Wachtürme herum erhellt sowie auf einigen erlauchten Plätzen. Die Bürger tasten sich wie Blinde durch schlammige, tückische Straßen.

Da, wo ich nun ritt, neigten sich die oberen Stockwerke der Häuser über die Gasse; die Dächer stießen fast aneinander und schlossen das Tageslicht aus. Überdies war der Abend hereingebrochen, und die letzte Glut des Sonnenuntergangs strahlte nur von den hohen Giebeln und Dächern wider.

Ich gelangte zu einer Lücke zwischen den Gebäuden, wo ich volle Sicht auf das Bergschloß hinter der Stadt erhielt. Es hob sich nun als düsterer Schattenriß gegen den westlichen Himmel ab. Selbst als die Zeit verstrich und die Dämmerung sich vertiefte, blieb das Schloß dunkel. Keine Fackel wurde in den Türmen entzündet, aus keinem Fenster drang das Licht einer Laterne. Es schien einfach unmöglich, daß es angesichts dieser lebhaften Stadt zu seinen Füßen verlassen sein sollte.

»Pst!« flüsterte jemand. »Schaut nicht länger dorthin, oder Ihr ladet einen Fluch auf Euch!«

Ich sah nach unten, überrascht, daß mich jemand auf diese Weise ansprach. Es war eine alte Frau mit wild zerzaustem weißem Haar und einem Bündel Holz auf der Schulter.

»Was soll schon Böses über mich kommen, wenn ich mir das Haus eures Herrn ansehe? Sprich, Frau, willst du vielleicht Verrat gegen ihn üben?«

Ihr Gesicht klaffte in einem häßlichen, gezähnten Grinsen auseinander.

»Unser *Herr*? Ha! Unser sterblicher Herr wohnt hier in der Stadt. Nur die Gottlosen nennen *ihn* dort oben Herr!« Und um zu verdeutlichen, was sie meinte, wies sie mit ihrer freien Hand zum Schloß hinauf.

»Dann hat sich wohl der Satan selbst dort oben eingenistet?« gab ich lachend zurück.

»Darüber solltet Ihr nicht scherzen, guter Herr. Erst heute haben sie wieder einen gevierteilt – das geschieht mit allen, deren Neugier sie zu bösen Orten treibt.« Sie bekreuzigte sich hastig.

»Ist es schon verwerflich, wenn man nur dort hinaufsieht?«

Sie grinste wieder. Nun war ich sicher, daß sie mich für einen Narren hielt, trotz meines Adels.

»Er *ging* hinauf. Er war *Nekatu*!«

Sobald sie dieses Wort ausgesprochen hatte, war der Spaß vorbei. Ich neigte mich aus dem Sattel und sah ihr scharf ins Gesicht. Trotz der Düsterkeit las ich in ihren Augen, daß sie sich plötzlich vor mir fürchtete.

»Ich habe nun schon oft von diesem *Nekatu* gehört. Zweimal, seit ich hier bin. Alte Frau, ich will dich reich belohnen, wenn du so freundlich bist und mir erzählst, warum – mögen die Heiligen uns schützen – alle Welt darüber redet. Was ist *Nekatu*?«

Sie legte ihre Hand an den Mund und sagte nichts. Ah, dachte ich, sie hat auf einmal einen Knoten in der Zunge. Um ihn ihr zu lösen, griff ich in meinen Beutel, um eine der wenigen Münzen herauszuholen. Aber die Verschnürung war so fest, daß ich sie mit einer Hand nicht öffnen konnte. Und so, ohne viel Nachdenkens, steckte ich die Spitze des Hakens meiner anderen Hand unter den Riemen, um den Beutel aufzuziehen.

Und die Frau schrie. Beim Anblick der Hakenhand ließ sie ihr Bündel fallen, lief die Gasse entlang und kreischte: »*Nekatu*! Helft! Helft! Schon wieder einer! *Nekatu*!«

Augenblicklich füllte sich die gerade noch leere Gasse mit Menschen. Einige griffen nach den Zügeln meines Pferdes. Ich zog mein Schwert heraus und schlug zu. Ein Schmerzgeheul ertönte, aber inzwischen hatte mich bereits eine Schar anderer Leute umdrängt. Fäuste rissen mich aus dem Sattel. Mein Pferd stieg in panischem Entsetzen hoch, was den anderen ihren Zugriff erleichterte, auch wenn so mancher Schädel von den keilenden Hufen zerschmettert wurde. Ich stürzte rücklings aus dem Sattel und in den schlammigen Grund, während ich wild mit Schwert und Haken um mich schlug.

Fürs erste hielt ich mir so meine Feinde vom Leib. Niemand war an mich geklammert, als ich zu Boden ging. Ich kämpfte mich wieder auf die Beine. Wirbelnder Stahl hielt meine Gegner zeitweise in Schach. Außer einigen Stecken aus dem Feuerholz der Alten trugen sie keine Waffen.

Aber das änderte sich gleich darauf. Ganz in der Nähe klirrte Eisenzeug, und ich blickte rasch in die Richtung, in die das alte Weib gelaufen war. Die Lanzen und Helme der Stadtwache bahnten sich einen Weg durch den tobenden Mob.

Mit erneuter Wut schlug ich mich durch die Mauer meiner Feinde. Mein Pferd war davongelaufen. Ich mußte zu Fuß die Flucht ergreifen. Ein Tritt mit dem Eisenschuh in die Leiste, ein Schlag gegen einen erhobenen Arm, ein wüster Streich mit der Hakenhand übers Gesicht, und ich war frei. Ein Schrei erhob sich von den Wachen, und alle faßten neuen Mut und stürmten mir nach. Die Jagd ging die Straße entlang in eine, die noch schmaler war; Schlamm spritzte auf. Vorbeigehende wurden roh zur Seite gestoßen, und als sie begriffen, was los war, schlossen sie sich dem Mob an.

»*Nekatu*!« Der Schrei schien alle in Schrecken zu versetzen, und jeder Bürger, Männer wie Frauen, gleich wo sie sich befanden, ließ alles stehen und liegen, um sich gegen den gemeinsamen Feind zu verbünden.

Meine Rüstung und meine eisenbedeckten Schuhe drückten mich nieder, und ich wäre sicherlich von der tobenden Menge eingeholt worden. Doch die Jagd ging plötzlich durch ein Gäßchen, das so schmal war . . . fast zu schmal, um einen Karren durchzulassen. Und wirklich – dort rollte ein Karren auf uns zu.

Ein paar meiner Verfolger stockten, aber ich hetzte mit verzweifelter Schnelligkeit weiter. Der Mann auf dem Karren zog die Zügel an; der Tumult verwirrte ihn. Ehe er richtig begriff, was geschah, war ich an seiner Seite, preßte mich an die Wand; dann gab ich seinem Pferd mit der flachen Schwertseite einen Hieb auf den Steiß. Natürlich stürmte das aufgebrachte Tier sofort los, völlig außer Kontrolle geraten, mitten hinein in die Menge meiner Feinde. Als der Karren an mir vorbeiklapperte, verfehlten mich die vorspringenden Achsen nur um Haaresbreite.

Schwer atmend, aber noch voll der Kraft, die mich durch zahllose Schlachten geführt hatte, gelangte ich endlich ans Stadtende, wo ein Tor zur Flußbrücke führte und zu dem Weg, der sich an der weniger steilen Seite des Berges hinaufschlängelte.

Das Tor war von innen verriegelt. Mithin bildete die Brücke eine Festung für sich, und eine kleine Zahl Soldaten konnte darauf wohl jeden Feind abschlagen, der sie von Booten aus zu ersteigen versuchte. Ansonsten war diese Seite völlig unzugänglich. Die dicke, glitschige Stadtmauer fiel steil zum Rand des Wassers hin ab und ließ nicht mehr als ein, zwei Fuß vom schlammigen Ufer übrig. Nun, wenigstens hatte ich kein Zeichen dafür wahrgenommen, daß gerade Kriegszeit herrschte.

Während ich mich nicht genierte, in einer Stadt, die ohnehin völlig verrückt zu sein schien, diesen Unsinn von einem Belagerungsplan zu erwägen, stemmte ich beide Schultern unter den schweren Holzriegel und wuchtete ihn unter Anspannung all meiner Kräfte aus seinen Halterungen heraus, so daß er mit einem dumpfen Laut zu Boden fiel. Das Tor schwang auf, und ich taumelte rückwärts hinaus auf die Brücke.

Indessen hatten jene, die nicht von dem rasenden Karren niedergefahren worden waren, mich wieder entdeckt. Mit langen Sätzen lief ich über die Brücke und ein Stück den Berg hinauf. Dann warf ich einen Blick zurück. Sie folgten mir nicht. Der Mob drängte sich jetzt im Tor zusammen, und alle verließ der Mut. Ein Wirrwarr von Gesichtern starrte zu mir empor, stumm und verdrossen. Dieses lächerliche Verhalten schien nur zu verständlich bei Leuten, die eine unsinnige Angst vor Männern mit fehlenden Händen hatten und die das Schloß, um das herum ihre Stadt erbaut war, so scheuten, daß sie jeden, der sich ihm nähern wollte, mit dem Tode bestraften. Ich zweifelte nicht daran, daß sie alle wahnsinnig waren. Mit einem verächtlichen Schnauben wandte ich mich ab und setzte meinen Weg den Berg hinauf fort.

Erst als ich ein gutes Stück Weges gemächlich gegangen war und das Schloß groß und drohend vor mir aufragte und die Sterne verdeckte, kam mir der Gedanke, daß die Leute vielleicht gar nicht so unvernünftig waren. Ob wirklich dort oben zwischen den Türmen eine Gefahr solchen Ausmaßes lauerte, daß jeden, der wie ich diesen Weg beschritt, ein weit schrecklicheres Schicksal ereilte, als je der Henker es ersinnen mochte?

Wenn ja, befand ich mich in einer ähnlich schrecklichen Lage wie ein Nichtschwimmer auf einem brennenden Schiff. Ich konnte nicht zur Stadt zurückkehren. Für mich gab es nur den Weg hinauf ins Schloß, das ich erstmals in einem Traum gesehen hatte. In jenem Traum war es ein Ort der Zuflucht und Erleichterung gewesen, aber jetzt war ich mir dessen nicht mehr so sicher.

Neben dem Haupttor des Schlosses befand sich eine kleine Tür mit schwerem eisernem Klopfer. Ich ließ das Ding tönen, daß mir war, als müßte das Echo im ganzen Land zu hören sein.

Im Inneren rührte sich etwas.

»*Nekatu*«, sagte ich.

Ein Riegel glitt zur Seite, und die Tür öffnete sich.

Und so fand ich Zuflucht bei den *Nekatu*.

## 2

»Der Ausdruck ›*Nekatu*‹ bedeutet wörtlich ›Bote‹, nicht auf griechisch, sondern in der älteren Mundart dieses Volkes. Wie Ihr seht, habe ich mein Versprechen wahrgemacht. Sobald Ihr dieses Schloß erreicht, erfahrt Ihr die Bedeutung.«

Derselbe Fremdling mit der Kapuze, der am Abend zuvor in mein Zelt gekommen war, führte mich nun eine gewundene Treppenflucht hinauf in einen großen Raum. Ich hätte nicht zu sagen vermocht, wie groß er war. Der Fremdling trug nur eine kleine Öllampe, und sonst war nirgendwo Licht. Das Schloß war offensichtlich vom Zerfall bedroht. Undeutlich konnte ich heruntergefallene Balken und Steine ausmachen, und zerfetzte Vorhänge lagen verstreut umher.

Er stellte die Lampe auf einen nackten Holztisch, zog einen hochlehnigen Stuhl heran und bedeutete mir, Platz zu nehmen. Die einzigen Geräusche waren das Knarren des Stuhls, das Klappern meiner Schuhe und das leichte Scharren seiner Sandalen. Er blieb stehen, und ich saß für einen Augenblick völlig still, und das einzige Geräusch war ein leises

Zischeln der Lampe. Dann hörte ich noch etwas: ein schwaches Trippeln wie das hastige Rennen von Ratten. Zuerst dachte ich, es sei genau das, aber die Geräusche waren nicht kratzend genug, zu weich, ohne Klauen, sie glichen mehr einem nervösen Fingertrommeln.

Ich beobachtete jede Regung meines Gastgebers mit äußerstem Argwohn. Das Ganze hier war sein Einfall gewesen. Er wollte etwas von mir, und er hatte mich nun so sicher wie einen Fisch an der Angel. Um ihm klarzumachen, daß ich nicht ganz hilflos war, steckte ich mein Schwert, das ich den ganzen Weg zum Schloß hinauf in meiner Hand behalten hatte, nicht in die Scheide zurück, sondern legte es offen vor mich hin. Es klapperte, und für einen Augenblick hörte das Trippeln im Hintergrund auf. Dann setzte es wieder ein, stärker als zuvor.

Die Kapuze fiel zurück, und ein dünnes, bärtiges Gesicht unbestimmbaren Alters offenbarte sich. Auf silbrigem Haar ruhte der schmale Reif einer goldenen Krone.

»König Tikos, nehme ich an.«

»Der unglückselige Ritter aus der Erzählung, nehme ich an.« Ein zweiter Stuhl wurde herangezogen, und er setzte sich mir gegenüber. »Aber lassen wir alles Blendwerk beiseite. Seht Euch das an.«

Er beugte sich in den Lichtschein vor, schob beide Ärmel hoch und hielt seine Handgelenke unter die Lampe, damit ich sie deutlich sehen konnte.

»Schaut näher hin«, sagte er.

Mir entfuhr ein Laut der Bestürzung. Ich sah die dünne Linie, die um beide Gelenke lief, und er drehte die Hände, um zu zeigen, daß die Linien rundum führten. Niemand konnte solche Narben haben. Es waren *Nähte*.

»Zauberei! Nicht einmal die größten Ärzte der Medizin könnten . . .«

»Höchst wenig-edler Ritter, wenn Eure Geschichte so wahr ist, wie ich glaube, seid Ihr selber auch nicht allzu fromm.«

»Das ist . . . wahr. Aber wie war dies möglich?«

»Das ist eine der vielen Fähigkeiten der *Nekatu*.«

»Der Boten?«

»Eine Art Bruderschaft, die abseits vom Rest der Menschheit lebt. Darum habe ich Euch hierher gebracht, habe ich Euch auserwählt, nachdem ich auf dem Jahrmarkt sah, daß Euch die linke Hand fehlt.«

»Seid Ihr eine Art Leichenfresser, daß Euch eine Verstümmelung so erregt? Geht zu den Kriegen im Osten, und Ihr werdet reichlich gesättigt werden.«

»Nein! Nein! Ihr mißversteht mich! Ich biete Euch ein großes Geschenk. Seht doch mal her!«

Er griff unter den Tisch und brachte eine kleine hölzerne Kiste zum Vorschein. Der Deckel sprang auf. Drinnen lag eine aus einem einzigen Stück Kristall gemeißelte linke Hand, die in tausend Facetten funkelte.

Es war eine herrliche Arbeit, für die man ein Königreich hingeben mochte.

Ich war nicht ganz sicher, ob nur die schwache Beleuchtung den Eindruck hervorrief, daß das Ding sich bewegte. Waren die Finger nicht völlig gestreckt gewesen? Jetzt schienen sie leicht gekrümmt zu sein.

»Durch eine äußerst geheime Kunst«, sagte er, »war es mir möglich, so etwas herzustellen. Entgegen den Aussagen der Philosophen behaupte ich: Was funkelt, ist von Leben erfüllt. Jeder Lichtstrahl, der von diesem Kristall eingefangen wird, ist ein Stück Leben und verleiht solches auch der Hand. Hundert Nächte habe ich sie dem Licht der Sterne ausgesetzt, und nun ist sie von der Kraft der *Nekatu* erfüllt. Sobald sie einem Gelenk angefügt ist, wird sie durch und durch zu lebendigem Fleisch.«

»Angefügt? Wie das?«

»Sie haftet ganz natürlich an, wie Ihr sehen werdet. Nehmt diesen Haken und die Bronzekappe ab, und Ihr werdet wieder völlig hergestellt werden.«

Sein eindringlicher Blick, meine Erschöpfung und die Gefahren, die ich durchgestanden hatte, mußten mich verhext haben, denn ich dachte an kaum etwas anderes als daran, wieder eine lebende Hand zu besitzen, auch wenn sie rundum eine Naht haben sollte. Ich vergaß, wie trügerisch und höchst abscheulich meine Lage war, und daß der König dies sicher nicht aus Mildherzigkeit meiner Verletzung gegenüber tat.

Kaum wissend, wie mir geschah, zog ich Haken und Kappe von meinem linken Handgelenk und entblößte den verheilten Stumpf. Tikos nahm den Arm in seine Hand – ich widerstrebte nicht – und hielt ihn über der Lampe an das kristallene Gebilde.

Ich fühlte keinen Schmerz, sondern zunächst nur eine seltsame Taubheit, dann ein Kribbeln, eine Art Verschmelzen, als die Flamme über Gelenk und Hand leckte und die Substanz wie heißes Wachs zerfloß. Unter meinem scharfen Blick verlor das Kristall langsam seinen Glanz, glätteten sich die Facetten, schwand die Farbe dahin. Es verwandelte sich in Fleisch. Ich schien der Gegenwart entrückt und in höheren Gefilden zu schweben. In meiner Verwirrung fragte ich mich, ob auch dann, wenn dieser Versuch an einem Neger vorgenommen würde, der Farbton stimmen mochte.

Als der König abließ, schien es, als sei die Hand dort gewachsen zu sein. Aufs höchste erregt, bog ich die Finger, dann ballte ich eine Faust und schlug mit aller Kraft dröhnend auf den Tisch. Das Schwert und die Lampe hüpften.

»Ein Wunder! Ich bin geheilt!«

»Ja, wunderlich. Übrigens, seid Ihr hungrig? Ich bezweifle, daß Ihr schon gegessen habt.«

Ich gab keine Antwort. Die Frage erschien mir so töricht wie die nach dem Farbton der Haut eines Negers. Wer würde denn jetzt ans Essen denken?

König Tikos schnippte mit den Fingern, und ein Tablett wurde vor mich hingestellt. Das Herz schlug mir bis zum Hals, als ich sah, daß ich von *Händen* bedient wurde – von Händen und nicht weiter. Sie schwebten in der Luft, als griffen Wesen aus einer unsichtbaren Welt in die unsere herüber.

»*Christus und Satan*!«

»Schwört nur, bei wem Ihr wollt«, lachte der König. »Warum nicht auch bei Jupiter, Thor, Mithra und Ahura-Mazda? Das würde Euch gleich viel oder gleich wenig helfen. Diese Hände, das darf ich Euch nun ruhig anvertrauen, sind ganz und gar *Nekatu*, wie Ihr selbst, nur auf einer weit höheren Stufe der Entwicklung. Der Körper welkt dahin – er ist unwichtig – und wird gänzlich von der Hand aufgesogen. Warum *mir* dies nicht widerfahren ist? Ich bleibe ganz, weil der Meister, dem wir alle dienen – ja, auch Ihr nun – es so will. Ich werbe neue Sklaven für ihn an, selbst wenn uns gelegentlich einige von ihnen, wie heute dieser Narr in der Stadt, verlorengehen. Er hat versucht davonzulaufen.«

Mit einem Heulen der Wut und Verzweiflung und allen Verwünschungen, die mir in diesem Moment einfielen, packte ich mein Schwert und stieß damit über den Tisch nach dem lachenden Scheusal, um es zu erschlagen. Aber noch ehe ich auf die Füße kam, durchzuckte ein kalter Schlag meinen linken Arm und durchdrang meinen ganzen Körper. Ich taumelte eine Sekunde lang, das Schwert glitt mir aus den tauben Fingern, dann stürzte ich vornüber auf den Tisch und begrub die Lampe unter mir. Es war das letzte, woran ich mich erinnerte.

Die zweite Nacht schon wurde ich wie ein Korken auf dem Meer von Alpträumen hin und her geworfen. Zuerst umgab mich völlige Finsternis und das Gefühl, als sei ich schon lange tot und bereits in Auflösung begriffen, tief eingekerkert unter der Erde; ich versuchte mich an die Oberfläche zu kratzen, bis das faule Fleisch sich von meinem Körper löste und nur noch die diamantharten Hände aus dem Erdreich ragten. Dann wechselte die Szene, und ich sah mich selbst über dem Tisch liegen, auf den ich gestürzt war, mein linker Arm mit der verfluchten Hand baumelte über den Rand. Wieder hatte ich dieses Empfinden von Taubheit am Gelenk – und dann jenes des Zerschmelzens.

Das Ding fiel ab, landete wie eine Katze, die vom Dach gefallen war, senkrecht auf den Fingerspitzen am Boden. Es stand da wie ein lebendes Wesen – das es ja auch wirklich war –, und dann geriet ich in einen Wirbel der Verwirrung und Desorientierung: Ich wurde fortgezerrt, von wo ich lag, trieb dahin, fiel, schwebte aufwärts in eine Wärme, und dann blickte ich in die Dunkelheit zu einem ungeheuren Tisch hinauf, auf dem ein bewußtloser Riese alle viere von sich gestreckt hatte, und über mir hing der Stumpf eines linken Handgelenks.

Meine Seele, mein Selbst war nun in dieser Hand gefangen. Ich konnte meine Sinne nicht mehr lenken. Ein anderer Verstand war am Werk. Einem Weg folgend, den die Finger genau kannten, wurde ich vom Tisch, von meinem Körper fort in eine pechschwarze Finsternis getragen, während die Hand durch einen schmalen Mauerspalt verschwand. Nichts anderes konnte ich ›sehen‹, bis ›Ich‹ oder ›Wir‹ oder ›Es‹ außerhalb des Schlosses auftauchten. Während der ganzen Zeit nahm ich sehr intensiv, sehr eindringlich das Gefühl von Fingerspitzen wahr. Dann hatte ich aus der Höhe einen weiten Blick auf die Stadt, das umliegende Land und den strahlenden Vollmond am Himmel.

Die Hand wollte das Licht meiden. Sie blieb so viel wie möglich im Schatten, als sie die Außenmauer des Schlosses hinunterkletterte; jeder Finger suchte und fand genügend Halt, um das Gewicht des ›Dings‹ zu tragen. Wie eine ungeheuerliche Spinne krabbelte es über den Stein, bis es dicht über der Tür anlangte, durch die ich das Schloß betreten hatte. Es folgte, als der Griff sich löste, ein widerlicher, furchterregender Sturz in die Tiefe und dann ein Stoß, als die Hand wie ehedem senkrecht auf den Fingerspitzen landete.

Sie krabbelte den Weg hinunter, den ich gekommen war, schnell huschend wie eine Ratte. Angesichts der Entfernung und ihrer geringen Größe erreichte sie das verriegelte Stadttor erstaunlich schnell. Das geschlossene Tor stellte kein Hindernis für sie dar. Die rauhen Erhebungen der Stadtmauer waren so sicher wie die Sprossen einer Leiter. Auf und hinüber ging es mit gewohntem Geschick; wieder ein Sturz, und die Finger versanken bis zum zweiten Gelenk im Schlamm. Aber die Hand war nicht aufzuhalten. Die Finger spreizten sich, schüttelten den Schlamm ab und wateten weiter, bis die Fingerspitzen festeren Grund erreichten. Dieser führte zu einer gepflasterten Straße, und die schmutzigen Finger trotteten still die Kopfsteine entlang, immer im tiefsten Schatten bleibend.

Was ich unter ›Sicht‹ zu verstehen hatte, war verwirrend. Manchmal schien ich die fünf Finger dahintrippeln zu sehen, als säße ich als winziger Beobachter auf dem Rücken, gleich hinter den Knöcheln; dann wieder hielt die Hand plötzlich an, hob den Zeigefinger wie einen Augenstiel, und ich erhaschte hierdurch einen weitreichenden Blick.

Mein waches Ich, Julian, der Mann, der übertölpelt worden war, hatte keine Ahnung, wohin wir oder die Hand zu gehen beabsichtigten, doch lag eine entschiedene Sendung in der Bewegung der Finger. Immer wenn die Straßen sich kreuzten, spürte der Zeigefinger umher, und es zog mich zu einer besonderen Straße hin, einem bestimmten Ziel entgegen.

Schließlich erreichten wir eine jämmerliche Hütte, eingezwängt zwischen zwei Backsteinhäusern. Der Tür fehlte eine Planke, so daß die Hand ohne Mühe eintreten konnte. Drinnen überquerte sie trippelnd den Boden und wich in weitem Bogen den glühenden Kohlen des Feuerlochs in der Mitte des Raumes aus. Mondlicht strömte durch die Rauchöffnung des Daches herein, und ich konnte an der hinteren Wand deutlich eine schlafende Gestalt auf einem Haufen Stroh erkennen. Es war die Alte, die das Brennholz getragen hatte.

Verstohlen bahnte sich die Hand einen Weg durch das Stroh, dann begann sie die zerfetzte Decke zu ersteigen, in die das Weib sich gehüllt hatte, kletterte bis zur Schulter hinauf. Der Zeigefinger fuhr stracks empor – das ›Auge‹ der Bestie –, während der zweite und dritte Finger etwas von dem Stoff umklammerten, ebenso der kleine Finger und der Daumen. Mit diesen zwei Griffen bewegte sich die Hand über den sich hebenden und senkenden Körper dahin. Ich konnte den Herzschlag des Weibes unter meinen Fingerspitzen fühlen, als ich über die Brust vorrückte, übers Schlüsselbein –

Die Absicht war mir mit einemmal klar. Verzweifelt versuchte ich innezuhalten, die Finger zur Faust zu ballen und mich hinab ins Stroh fallen zu lassen und aus voller Kehle eine Warnung zu schreien. Aber ich hatte keine Kehle, keinen Atem. Stimme und Lunge waren im Schloß geblieben. Ich hatte keinen Willen, keinen Einfluß auf die Finger, die sich jetzt um den dürren Hals des hilflosen Weibes legten. Der Pulsschlag hämmerte in ihrem Nacken, doch die Haut fühlte sich an wie Pergament.

Plötzlich, mit fürchterlicher Macht, schloß sich die Hand um ihre Luftröhre. Sie erwachte und fuhr mit vor Entsetzen geweiteten Augen hoch. Ein gurgelnder Schrei, dann konnte sie keinen Laut mehr von sich geben. Für eine Weile wand sie sich noch im Stroh, schlug wild nach dem unsichtbaren Angreifer, traf aber nichts als leere Luft. Dann lag sie still. Das Entsetzliche war nicht allein der Tod des Weibes oder meine Unfähigkeit, ihn zu verhindern, sondern daß *ich die Tat begangen hatte.* Als die Hand sie würgte, spürte ich die Muskeln eines geisterhaften Armes, meines Armes, des Armes meines Körpers drüben im Schloß, fühlte, wie er sich bei dem grausigen Werk spannte, fühlte, wie das Gewicht meines ganzen Körpers die Alte niederdrückte und sie festhielt, bis ihr Genick wie eines jener Hölzer brach, die sie getragen hatte.

Etwas rührte sich in einem anderen Teil des Raumes.

»Großmutter? Bist du es?« Nackte Füße tappten auf das Feuerloch zu, und eine Handvoll Binsen wurden entzündet und in meine Richtung getragen. Ich konnte das Gesicht eines jungen Mädchens erkennen, das sich über seine Großmutter beugte, und ihren wahnsinnigen Schrecken beim Anblick des Dings, das noch auf dem Leichnam saß. Das Licht erlosch, als die Binsen zu Boden fielen. Die Enkelin schrie, und Schreie von draußen antworteten.

Sofort wußte die Hand, was zu tun war. Mit unglaublicher Geschmeidigkeit krabbelte sie die Wand hinauf und war gleich darauf durch ein anderes Loch im modrigen Holz verschwunden. Sie ließ sich in den Schlamm der Gasse fallen, krabbelte zu einem anderen Haus hinüber und dort die Mauer empor. Von der Spitze des Nachbardaches aus beobachtete sie alles mit hämischer Freude – ja, deutlich fühlte ich diese Erregung meines zweiten Ichs, der auch ich mich nicht ganz entziehen konnte.

»Es ist schon wieder geschehen! Großmutter!« Unter Tränen der Verzweiflung versuchte das Mädchen den anderen zu erklären, was vorgefallen war. »*Nekatu*!«

Nun erst begriff ich einige der Eigentümlichkeiten dieser Stadt.

## 3

Ich war nicht überrascht, aber von einer schrecklichen Gewißheit ernüchtert, als ich am nächsten Morgen auf dem Tisch erwachte und Schmutz an meiner linken Hand fand.

*Rache*, hatte der König gesagt. Auf diese Weise übte er Rache an jenen, die ihn gestürzt hatten. Kein Wunder also, daß keine bewaffneten Männer auf seinen Zinnen zu sehen waren. Er besaß ein Heer von *Nekatu*, das weitaus tödlicher war.

Ich torkelte auf meine Füße und stürzte sogleich. Meine Beine trugen mich nicht. Ich war krank, erschöpft, als hätte ich gerade eine ungeheure Arbeit verrichtet, und ich begriff, daß die Hand, wie der König es verkündet hatte, bereits begann, meine Lebenskraft in sich aufzusaugen. Ich sank auf die Knie, packte den Rand des Tisches mit meiner rechten Hand. Den anderen Arm ließ ich schlaff herunterhängen. Das ›Ding‹ schien eingeschlafen zu sein. Jetzt, bei Tageslicht, gehörte mein Körper mir selbst.

Offensichtlich gab es also Grenzen. Ich mußte nur lange genug bei Kräften bleiben, um dem Ding mein Leben zu entreißen. Es würde eine Weile dauern. Ich würde mich im Verborgenen halten müssen. Das Tablett, das letzte Nacht von den Händen vor mir abgestellt worden war, befand sich noch dort. Es war angefüllt mit kaltem Fleisch, Brot und Käse. Ein Glas Wein stand daneben. Dies war vorher *nicht* dagewesen.

Das Frühstück war für mich bereitet.

Ich verbrachte den Tag damit, das Schloß zu erkunden. In die Stadt konnte ich nicht gehen. Dort würde man mich töten, sobald man mich sähe. Eine Flucht übers Land war nur möglich, wenn ich einen der

Steilhänge nahm – und zwar mit der einen Hand, der ich noch trauen konnte. Ich bezweifelte nicht, daß die andere Hand mich zurückbringen oder so mit mir verfahren würde wie mit der alten Frau. Als letzten Ausweg könnte ich mich von einer Mauer stürzen oder einfach das Essen verweigern, bis ich Hungers starb – doch waren dies wahrlich letzte Auswege. Es ziemt sich nicht für einen Krieger, für einen *jeden* Krieger, sei er ein christlicher Ritter oder ein heidnischer Barbar, sich zu ergeben, bevor die Schlacht geschlagen war. Dem Feind mußte begegnet werden, ungeachtet einer noch so hoffnungslosen Übermacht.

So wanderte ich denn den ganzen Tag durch die verfallenen Hallen des Schlosses. Ich fand eine Bibliothek, die angefüllt war mit Schriften in fremden Sprachen. Einige waren in Latein abgefaßt, und diese blätterte ich durch. Die meisten waren uralte Abhandlungen über Magie. Eines der Bücher trug die Widmung: *Meinem Herrn und Meister Nero, der mich die Anfangsgründe lehrte*. Es war derselbe Nero, der kurz nach Christus regierte und die Apostel Peter und Paul töten ließ. Wie lange mochte es her sein, daß König Tikos seine natürliche Hand verlor? Die Bürger dieser Stadt waren sicherlich nicht seine Untertanen, sondern deren ferne Nachkommen.

Als die Dämmerung hereinbrach, wußte ich, daß meine Anstrengungen für diesen Tag beendet waren. Eine weitere Nacht hilflosen Schreckens stand mir bevor. Doch noch ehe etwas geschah, schleppte ich eine eiserne Kohlenpfanne, die ich gefunden hatte, in den Raum, wo der Holztisch stand, und sammelte anschließend trockene Binsen, Holzstücke und Fetzen der heruntergefallenen Gobelins. Ich wollte den Ort hell erleuchtet haben, damit ich Tikos sehen konnte, wenn er kam, um seinen Zauber mit mir zu treiben. Vielleicht konnte ich ihn ja töten. Ich hatte immer noch mein Schwert.

Während meiner Abwesenheit war das Abendessen hingestellt worden. Ich aß, während in den Wänden das vertraute Trappeln hin und her eilte. Lange Schatten fielen über den Boden.

Dann hörte ich hinter mir Schritte.

»Ah, nun, da Ihr gespeist habt, ist es Zeit für einen neuen Auftrag«, sagte König Tikos.

Noch ehe ich mich umdrehen konnte, übermannte mich der kalte Luftstoß.

Es starben noch viele in dieser Nacht, aber nicht unten in der Stadt. Der Auftrag war viel merkwürdiger. Ich war in Begleitung einer ganzen Horde von *Nekatu*, vielleicht an die fünfzig von ihnen. Wir kletterten gemeinsam die Außenmauer des Schlosses *hinauf*, zur Spitze eines Turmes. Dort wartete eine Schar schwarzer Falken, still und unbewegt wie steinerne Wasserspeier. Jede Hand stieg auf den Rücken eines Vogels,

Daumen und Zeigefinger umhakten den Nacken, und die restlichen Glieder packten den Körper. Das Gefühl war mir sehr vertraut. Ich bin oft mit Falken umgegangen.

Es war ein noch fürchterlicherer Sturz als zuvor, da der Vogel, mit meiner Last beschwert, in den Abgrund stieß und mit seinem Flügelschlag rang. Er flatterte verzweifelt, dann gewann er schwerfällig an Höhe und folgte den anderen, die gleich ihm dahinschlingerten. Unten zogen Felder und Hügel vorbei. Mondlicht schimmerte auf den zwei Flüssen. Wir folgten einem von ihnen zu seiner Quelle in den Bergen, glitten über Wälder dahin und erreichten schließlich das Gut irgendeines Ritters. Die Vögel warteten geduldig auf Mauern und Fensterleisten, während die Fluggäste abstiegen und ihrem Geschäft nachgingen. Diesmal arbeiteten die Hände in Paaren, nicht daß sie zwangsläufig linke und rechte waren, aber alle arbeiteten sie in Paaren. Bei mir war ein gewaltiges schwarzes Mitglied – was meine Frage nach den Negern beantwortete. Gemeinsam gelangten wir zu einer Kammer, in der ein Mann und eine Frau schliefen. Nun tat die schwarze Hand etwas, das ich schon in der ersten Nacht erlebt hatte, aber nie hätte nachahmen können. Sie schwebte in der Luft, als wäre sie ein Teil eines unsichtbaren Körpers, genau wie es jene Hände getan hatten, die mir das Tablett brachten. Sie zog ein Schwert aus einer Scheide, die an einem Bettpfosten hing. Und während dies geschah, kletterte meine eigene Hand an der Bettseite hinauf und zog sich mühsam auf eine Decke. »Eine höhere Stufe der Entwicklung«, hatte der König gesagt. Ein *Nekatu*, der noch seinen menschlichen Körper besaß, ein Neuling wie ich, verfügte noch nicht über all die Kräfte, die dieser teuflischen Bruderschaft verliehen sind. Ich konnte noch nicht aufsteigen und schweben. Ich mußte krabbeln.

Im Nu war der Mord geschehen. Ich – die Hand, in der mein Selbst gefangen war – kroch zum Gesicht des Mannes, legte mich fest auf seinen Mund, während die schwarze Hand ihm mit dem Schwert von Ohr zu Ohr die Kehle durchschnitt. Die Dame schlief im Verlauf der ganzen Tat, so daß alles geschwind und lautlos geschah. Wieder fühlte ich, wie das volle Gewicht meines Körpers das Opfer niederdrückte und es knebelte, während mein Helfer es abschlachtete.

Das Schwert wurde sanft zu Boden gelegt, und beide kehrten wir zurück auf das Fensterbrett, wo wir unsere verzauberten Pferde bestiegen. Wie auf ein geheimes Zeichen stob die ganze Schar sofort davon und trug das Heer der *Nekatu* zu König Tikos' Schloß zurück. Mir wurde nichts gesagt, doch ich war sicher, daß die Tat, an der ich teilgenommen hatte, nicht die einzige in dieser Nacht gewesen war. In fünfundzwanzig Kammern würden nun Frauen erwachen, über und über mit Blut bespritzt, und schreien, sobald sie feststellten, daß sie ihre Betten mit noch warmen Leichen teilten. Konnte König Tikos diese Schreie hören? Ernährte er sich auf irgendeine Weise von Tod und Schrecken?

Und wieder fand ich mich am Tisch in jenem Zimmer wieder, und ein Frühstück war für mich bereitet. Woher bekam er das Essen? Kein Vorrat konnte sich so lange frisch erhalten. Sandte er *Nekatu* aus, um Bäckereien und Fleischereien zu berauben? Nun, das wären noch die harmlosesten Taten, die sie begingen.

Ich haßte mich selbst, während ich aß. Mehr konnte ich nicht tun, sonst hätte ich mich übergeben, wenn ich an all das Schreckliche dachte. Es war an der Zeit, sagte ich mir, in einen leichten Tod zu fliehen, bevor noch mehr Unschuldige starben. *Ich* war nicht unschuldig. Ich hatte mich viele Male nach dem Tod gesehnt. Bis der vertraute Schrecken kam – der Tod: Verdammnis, die ewigen Qualen, denen ich nur jene kurze Zeit entgehen konnte, die ich lebte. Wie alle Menschen bin ich letztlich selbstsüchtig. Ich würde die ganze Welt opfern, um für ein Weilchen der Hölle zu entrinnen. Ich könnte mich selbst nur durch einen plötzlichen, jähen Drang nach Erlösung töten, der schneller war als ein Gedanke. Wenn ich erst erwöge, was rechtens und was sittlich sei, so würde ich alles über Recht und Sittlichkeit vergessen und wie gelähmt sein.

An diesem Tag suchte ich weiter im Schloß herum, in der Hoffnung, ein geheimes Etwas zu finden, kraft dessen ich mich von eigener Hand richten konnte.

Und ich wurde belohnt. Ich stieß auf eine kleine Tür, unter etwas, das einmal eine lange Werkbank gewesen war. Ich bereitete eine Fackel aus Holz, Gartenunkraut und Tuchfetzen, entzündete sie mit Stahl und Feuerstein aus meinem Gürtelsack und stieg hinunter in eine Gruft. Dort fand ich zwölf steinerne Särge, von denen jeder am oberen Teil merkwürdigerweise eine spannenweite Öffnung aufwies.

Nein, gar nicht merkwürdig – wird doch die ›Spanne‹ an den gespreizten Fingern einer menschlichen Hand gemessen.

Hier drinnen lagen *Nekatu* einer ›fortgeschrittenen Stufe der Entwicklung‹. Als ich den Deckel des ersten Sarges herunterschob, ließ mich der Anblick erbleichen, doch rasch faßte ich wieder Mut. Dort lag ein alter, verdorrter Leichnam, kaum mehr als bloße Haut, die sich straff über Knochen spannte, nur daß an einem seiner Arme die eingefallene Haut zu einer völlig lebendigen Hand erblühte.

Die Wut des Abscheus gab mir Kraft. Ich schlug mit meinem Schwert auf das ›Ding‹ ein, trennte die Hand ab, hieb immer wieder darauf ein, bis die Finger zerstückelt und der ganze Körper zerstört war. Der Schädel wurde gespalten; der Brustkorb zerfiel in kleinste Teile. Erst als nichts Erkennbares mehr übriggeblieben war, hielt ich inne, schweißbedeckt wegen der Feuchtigkeit in der Gruft und schwer atmend nach der wilden Mühe. Nach kurzem Verweilen ging ich zum nächsten Sarg, zum nächsten Scheusal und zerstörte es ebenso gründlich, wenn auch mit mehr Umsicht.

Es spornte mich an, daß meine linke Hand wirklich die *meine* war, als ich dieses Werk verrichtete. Sie gehorchte meinen Muskeln und gab mir Kraft für jeden Schlag.

In dieser Nacht jedoch erschien der König wieder wie aus dem Nichts – ich hatte immer noch keine Ahnung, wie er es vollbrachte –, und neues Teufelswerk geschah. Das Heer der *Nekatu* ging wieder um, und ich bemerkte mit Entsetzen, daß einige von ihnen kreuz und quer mit schlecht verheilten Narben bedeckt waren. Ein oder zwei ›hinkten‹ sogar, während sie auf gebrochenen Fingern dahinkrochen. Doch sie taten, was der Meister ihnen gebot. Diesmal gelangten wir zu einem Kloster, und nachdem die Kerzen vom Altar der Kapelle gestohlen waren, kroch jeder *Nekatu* in eine Zelle und brannte dem Mönch darin die Augen aus.

## 4

Beim nächsten Erwachen war meine Lebenskraft schon so sehr geschwächt, daß ich nicht mehr aufstehen konnte. Ich verfiel zusehends. Mein Fleisch zehrte aus. Ich war bereits dünn wie ein hungernder Bettler, und bald würde ich den verschrumpelten Leichen der *Nekatu* in den Särgen ähneln. Zweifellos würde ich binnen kurzem nicht mehr in der Lage sein, mich zu bewegen, und viele Hände würden auch mich in diese Gruft tragen. Nur mit äußerster Kraftanstrengung konnte ich noch bis zum Stuhl kriechen, essen und mich für einen weiteren Tag am Leben erhalten. Jetzt wußte ich, daß ich mich niemals von einer Mauer stürzen könnte. Ich würde sie gar nicht erst erreichen. So saß ich den ganzen Tag über da, während das Sonnenlicht an der Südseite des Zimmers von Fenster zu Fenster wechselte.

Mir war sehr kalt. Irgendwie fand ich die Kraft, mich nach einer Weile zu erheben und die Kohlenpfanne zu entfachen. Ich konnte an nichts anderes als an Wärme denken. Für Wärme hätte ich in meinem elenden Zustand meine Seele verkauft. Aber meine Seele war bereits versprochen, so daß ich für mich selbst sorgen mußte.

So saß ich denn da, als der Abend hereinbrach, im Stuhl zurückgelehnt, das Schwert vor mir auf dem Tisch, beide Hände im Schoß, die Rechte auf der Linken, um diese – welch leere Hoffnung! – zurückhalten zu können. Neben mir zischelte und prasselte die Kohlenpfanne. Der Geruch des Rauches behagte mir – war es das einzige, was mich noch an irdische Dinge band? Wann immer die Flammen niedersanken, speiste ich sie mit Büscheln von Stroh und Tuchfetzen und Splittern von faulem Holz. Ein Stapel dieser Brennmaterialien lag in Reichweite meines Armes.

König Tikos traf ein. Er betrat das Zimmer nicht, er war einfach *da*. Ich dachte schon, der weiße Fleck in der Luft sei ein Trugbild meiner müden Augen, aber er wuchs, nahm Gestalt an, und Tikos war bei mir im Raum. Seine Pantoffeln tappten leicht über den Boden, als er umherging. Alles andere als lautlos hielt eine Horde *Nekatu* mit ihm auf ausgestreckten Fingern Schritt. Es gab mehr von ihnen, als ich mir je vorgestellt hatte. Sie quollen aus Spalten und Löchern, bis der Boden von ihnen bedeckt war. Es mochten leicht tausend und mehr sein. Wie närrisch zu glauben, daß meine winzige Gruppe das ganze Heer ausmachte!

»Es ist an der Zeit«, sagte der König, »Daß unser Bruder gänzlich in unsere Gemeinschaft aufgenommen wird. Die Grüfte warten nicht länger auf ihn. Der Meister kommt diese Nacht, um ihn zu fordern und zu verwandeln.«

Er sprach zu den Händen, nicht zu mir. Ich war nur ein Gegenstand, mit dem man umgeht. Er schritt auf und ab, während er sprach, und die *Nekatu* liefen trippelnd neben ihm her wie Tausende von Krabben, die gerade lange genug aus dem Meer herauskommen, um einen ertrunkenen Seemann, den die Wellen angespült haben, zu verzehren.

»Wir müssen abwarten, meine Brüder. Habt Geduld. Der Meister wird kommen, wenn der Meister fühlt, daß der richtige Zeitpunkt da ist. In der Welt des Meisters, die über der unsrigen liegt, ist Zeit nicht dasselbe wie bei uns. Im Gegensatz zu euch bin ich schon dort gewesen und habe es erlebt, also glaubt mir. Gestalten, Töne und Farben sind alle wunderlich verwandelt und nicht wiederzuerkennen. Die Sinne sind verwirrt. Man *hört* die Farbe Weiß und schmeckt den süßen Duft des Schreckens. Ein Schrei ist wie eine sanfte Liebkosung *im Inneren* des Körpers. Zeit, Raum und Entfernungen? Sie existieren nicht, wo der Meister wohnt, ebensowenig wie es Tiefe gibt in einer gezeichneten Welt auf einem Blatt Pergament. Kann eine dieser Gestalten sich erheben und dem Buch entsteigen? Der Meister kann es. Ihr und ich werden es ebenfalls können, sobald auch diese Welt dem Meister gehört. Deshalb verehre ich ihn. Deshalb ist er sogar noch größer als Gott, der dieses Universum geschaffen hat. Der Meister wandelt zwischen vielen Universen. *Woher kommst du? Du schreitest in der Summe der Kosmen einher und darin auf und ab, zwischen den Flächen und Winkeln.* Darum ist er der Meister aller Meister.

Gleichwohl«, sagte der König, während er im Halbdunkel inmitten der tausend entkörperlichten Hände umherschritt, »gleichwohl fürchte ich den Meister nicht, denn er braucht mich, um in unserer Welt neuen Stoffes habhaftig zu werden. Damit er von starker Wesenheit werde. *Und das Wort wurde Fleisch, und es schrie unter uns.* Er ist hier nicht so mächtig wie in der Leere zwischen den Welten.«

Ich lauschte alldem mit dem dumpfen Unverständnis eines Schweines im Schlachthaus, das die Unterredung zweier Fleischer mit anhört.

Zweifellos war Tikos verrückt, daß er von Dingen sprach, die über den Bereich unserer Erde, des Mondes, der Sonne und Sterne hinausreichten, aber dann war sicherlich auch ich verrückt, der ich diesen Nachtmahr träumte, in dem ich nun wahrhaftig lebte, und die ganze Welt war verrückt, daß sie solche Gedanken überhaupt aufkommen ließ, und Gott war verrückt, der, wie ich wohl wußte, alles auf diese Weise geschaffen hatte. *Und die Erde war gestaltlos und leer, und Finsternis lag auf dem Antlitz der Tiefe.* Ach! Wäre der Vater im Himmel doch wahrhaft weise gewesen und hätte sich nicht eingemischt!

»Der Meister kommt!« Die Luft kräuselte sich und schlug Wellen wie die schäumende See, kurz bevor ein großer Wal aus den Tiefen emporsteigt. Zum ersten Mal sprach Tiko zu mir: »Habt acht! Habt acht, Herr Ritter, und hört zu und nehmt die letzten Dinge wahr, die mit sterblichen Augen und Ohren wahrzunehmen Euch vergönnt ist. Heute nacht, in dieser Nacht aller Nächte, dem letzten Erntemond, kommt der Meister in seine Kammer, und Ihr werdet in unserer Gewalt sein. In *unserer* Gewalt. Ich bin Teil des Meisters. Dies ist das letzte Geheimnis. Nun, wie ich Euch versprochen habe, kennt Ihr wahrlich die Bedeutung des Wortes *Nekatu*. Ein Bote, ein Diener des Meisters, ein Finger seiner Hand.«

Wortwörtlich – fürwahr! Ich beobachtete, wie das Weiße in der Luft wiederkehrte und den König umgab. Er stand still. Tausend Hände verharrten auf fünftausend Fingerspitzen. Vier weiße Säulen begannen sich um Tikos herum zu formen, und während das geschah, verlor er seine eigene Gestalt. Er floß in sich zusammen, seine Arme schmolzen in ihn hinein, seine beiden Beine wurden eins. Wie Wachs. Eine Kerze. *Brennend.* Feuer. Trübe verknüpften sich diese Gedanken in meinem Geist.

Ein Finger des Meisters. Genau das war er geworden. Die vier anderen Finger erschienen neben ihm, und er – der Zeigefinger – wurde vom Boden erhoben, als der Meister sich aufrichtete. Der Meister war eine gewaltige Hand, die eines Riesen, so groß wie das Schloß, wenn ein Körper dazu existiert hätte. Etwas, das aus einer unsichtbaren Welt, die neben der unsrigen bestand, durch die Luft zu uns herübergriff.

Die Hand kletterte auf den Tisch hinauf. Sie hatte die Größe eines Pferdes. Das Holz ächzte unter ihrem Gewicht.

Die Zeit schien stillzustehen, und in meiner Zerstreutheit bemerkte ich etwas Seltsames. Der Finger, der König Tikos gewesen war, wies rundum einen roten Striemen auf. War der Meister eine Art *Nekatu* aus einer höheren Welt, die nicht vollständig war ohne den beseelten Finger König Tikos'? War dies der endgültige Handel, dem der verstümmelte und ausgestoßene König vor so langer Zeit zugestimmt hatte, um seine fortdauernde Rache zu nehmen?

Auf ewig verbunden, psalmodierte eine Stimme tief in mir. Kerze. Wachs. Schmelzen. Feuer. Wachs. *Feuer*.

Nun war meine linke Hand, die ein *Nekatu* war, zum Leben erwacht. Der Rest meines Körpers war zu schwach, um Befehlen zu gehorchen, und schon war die Hand auf dem Tisch, krabbelte zum anderen Ende hin, wo der Meister auf Fingerspitzen stand, zog mich mit sich. Nun war mein Bewußtsein ganz in meinem Kopf. Die Hand brauchte mich nicht mehr, bewegte sich von selbst.

So wurde ich nach vorne gezogen, quer über den Tisch und in die Reichweite des Meisters.

Ich beugte mich vorwärts. Mein Kinn berührte den Griff des Schwertes, das immer noch vor mir auf dem Tisch lag. Mit unglaublicher Kraft zog mich die Hand des *Nekatu* aus dem Stuhl hoch und auf den Tisch hinauf. Sie glitt an der umgestürzten Öllampe aus der ersten Nacht vorbei.

*Feuer. Wachs. Schmelzen.*

In den entfernten Winkeln meines Verstandes, wo die Gedanken noch meine eigenen waren, kam mir ein Einfall. Ich lachte über seine Vortrefflichkeit. Ich war völlig gelöst, mein Bewußtsein floß dahin. Was hier vor sich ging, geschah nicht *wirklich*. Es war eine geistige Übung. Ich war immer gut gewesen in Dingen wie dem Schachspiel. Ich hatte alle Zeit der Welt, um gründlich zu überlegen. Schon bald, eines Tages, würde ich versuchen . . .

Für einen Augenblick verlor ich mich ganz und gar und *war* in der Hand des *Nekatu*. Ich war unbeachtet, und doch fühlte ich die Anziehung des Meisters, den Ruf, mich zu vereinigen, eine Art Lust –

– und war wieder ich selbst; in weniger als einem Sekundenbruchteil zerschmolzen die Gedanken, wanden und krümmten sich die kleinen Stimmen: Feuer. Wachs. Feuer. Kerze. Feuer. Feuer. *Feuer* . . .

Das Unerwartete: ein verwirrender Schachzug. Ich glitt wieder ins Finstere, befand mich einen längeren Zeitraum über in der Hand, und der Ruf war weit, weit stärker – und dann fuhr ich, zum letzten Mal vielleicht, in den Körper und den Geist des Mannes Julian zurück. Und mein Schachzug, meine List: Während alle Aufmerksamkeit auf meine linke Hand, den *Nekatu*, gerichtet war, unternahm die rechte Hand etwas.

Im Bereich philosophischer Abstraktion, außerhalb von Raum und Zeit, krümmten sich als eine interessante Übung die Finger meiner *rechten* Hand, meiner menschlichen Hand, um den Griff meines Schwertes, als es dort auf dem Tisch lag.

Mit einem plötzlichen *tschank!* riß die rechte Hand das Schwert hoch und drehte es herum und schlug es krachend in die Tischplatte. Das Ziel war die Hand des *Nekatu* gewesen – doch ich verfehlte sie um Haaresbreite.

Die Hand hielt erschrocken inne. Der Meister stand teilnahmslos da. Die tausend *Nekatu* am Boden verharrten regungslos.

Der Zwang in meinem linken Arm ließ einen Augenblick lang nach. Ich war frei. Mein Körper fiel rücklings in den Stuhl hinein, und mit einer verzweifelten Anstrengung stieß ich meine linke Hand in die sengende Kohlenpfanne.

Die *Nekatu*-Hand schrak zurück. Der Meister stolperte nach hinten, stürzte über die Tischkante und landete mit dumpfem Aufprall am Boden, wo er die Hände unter sich zerquetschte. Nun spürt eine leblose Hand, die während des Tages zerstückelt wird, nichts, aber bei einer lebenden zur Nachtzeit ist das anders – und der Meister lenkte all seine Hände, und er fühlte, was sie fühlten.

Fühlte, was ich fühlte. Die Hand fuhr mir nicht an die Kehle. Der Meister wand sich nun in Höllenqualen mit jenen, die er unter sich zermalmt hatte, und ich, der als *Nekatu* mit ihnen verbunden war, empfand das gleiche. Es war dieser wütende Schmerz, der mich befähigte, meine linke Hand zurück auf den Tisch zu legen und mit der rechten, die noch das Schwert hielt, den furchtbarsten Schlag seit Menschengedenken zu führen. Ganze Städte hätte ich damit fällen können. Das Schwertblatt krachte nieder und durchschlug das Gelenk genau dort, wo die *Nekatu*-Hand angefügt war. Genugtuung mischte sich mit Schmerz. Ich war getrennt vom Meister – es war sterbliches Blut, das nun aus dem Stumpf floß, Blut aus meinem eigenen Körper.

Ich schrie, und mit dem Schrei gelangte ich völlig zu mir selbst zurück. Im dichtesten Kampfgetümmel hatte der Instinkt gesiegt. Der Meister erhob sich noch einmal, stand zitternd auf fahlen, schwachen Fingern und begann zurück auf den Tisch zu kriechen. Ich schleuderte die Kohlenpfanne nach ihm, und wieder schrak er vor den Flammen zurück. Ich riß den Tisch mit blutendem Stumpf und immer noch schwertbewehrter Hand hoch und kippte ihn über den Meister. Dann steckte ich mein Schwert in die Scheide zurück und schleuderte mehrere Handvoll Feuerholz hinter ihm her. In der Lampe war noch etwas Öl gewesen, das jetzt hinausfloß und das Feuer speiste, bis das Holz entflammte.

All dies geschah, während die *Nekatu* regungslos am Boden standen und auf Befehle warteten. Ich trat mit meinen eisernen Schuhen wild auf sie ein.

Und all dies geschah, während das Blut aus meinem linken Arm floß. Erst als ich vorüber fiel, zum Rand des Feuers, das nun über den umgekippten Tisch züngelte, wurde mir bewußt, wie nahe ich dem Tode stand. Bis heute bin ich noch erstaunt darüber, daß ich so vernünftig handeln und den blutenden Arm hinstrecken und die Wunde ins Feuer zwingen konnte, um sie so zu schließen. Dieser neue Schmerz gab mir irgendwie genügend Kraft, mich zu erheben; ich taumelte die Wendeltreppe hinunter, durch die Tür und aus dem Schloß hinaus.

Ich war wie von Sinnen. Ich schrie. Ich heulte. Ich lachte. Ich war meinem Selbst so weit entrückt wie bei den mitternächtlichen Sendungen der *Nekatu*. Nur im entferntesten Winkel meines Bewußtseins wurde ich mir gewahr, was vor sich ging, aber alles andere war von einem wahnsinnigen Schmerz erfüllt, von Furcht und barbarischer Wut.

Glaubt Ihr an Wunder? *Sprecht nicht*! Worte sind Lüge! *Ihr wißt es*!

War es etwa kein Wunder, daß mir die Bewohner der Stadt, als sie mich von dem lichterloh brennenden Schloß den Bergpfad herunterkommen sahen, die Tore öffneten und mich einließen. »Er ist tot«, sagte ich, ohne zu wissen, ob der Meister überhaupt sterben *konnte*. Ich glaube, sie fürchteten mich mehr als König Tikos. Ich glaube, sie hielten mich für irgendeinen neuen Dämon, der noch schrecklicher war als der alte. Sie öffneten das Tor, bevor ich es mit einem Donnerschlag aufsprengen konnte. Sie brachten mir mein Pferd. Um meinen Zorn zu besänftigen? Um sich auf vornehme Art von einem schaurigen Erlöser zu befreien, bevor er sich einen Namen machte? Sie sahen mein blutiges Gelenk, sahen das Leuchten vom Schloß oben und wußten, daß ich kein *Nekatu* mehr war. War dies etwa kein Wunder?

War es kein Wunder, daß ich, als ich nach langer Zeit das erstemal wieder zu mir selbst fand, über eine Wiese weit westlich der Stadt ritt, hinter den Bergen, an einen Ort, den ich einst aus der Luft, in einem Traum, wie mir schien, erblickt hatte?

Und was sonst als ein Wunder sollte es gewesen sein, das mich schließlich zu einem Kloster mit blinden Mönchen führte, die durch Tasten die Wunde an meinem Arm entdeckten und sagten: »Schaut, Brüder, er ist leidend, gerade wie wir«, worauf sie mich zu einem Bett trugen und stolpernd davoneilten, um Arzneien zu holen?

Später, als ich wieder zur Bettelei erniedrigt war, ließ ich vom Geschichtenerzählen ab, damit ich mich nicht in einem unbedachten Augenblick vergäße und zufällig davon berichtete, wie ich *zweimal* meine linke Hand verlor.

Der schwarze Kreis
Robert E. Howard

Die Lebensgeschichte Robert E. Howards ist wahrhaft seltsamer, als ein Schriftsteller sie erfinden könnte. Obwohl er ein körperlich robuster junger Mann war, konnte er sich mit dem Tod seiner Mutter nicht abfinden und beging 1936 Selbstmord. Er war zu der Zeit dreißig Jahre alt. Vor seinem tragischen Tod hatte er eine beträchtliche Anzahl von Geschichten geschrieben, die in neueren Jahren eine gewaltige Renaissance erlebt haben. Howard schrieb viele unterschiedliche Arten von Geschichten und Gedichten, aber sein Ruhm gründet sich hauptsächlich auf seine Figur Conan den Barbaren, einen muskelbepackten Kämpfer, der zu einem der beliebtesten Helden im Fantasy-Bereich geworden ist und mit dem Howard praktisch im Alleingang das Sub-Genre der ›Heroic Fantasy‹ schuf. Die Conan-Erzählungen wurden von Autoren wie L. Sprague de Camp und Lin Carter fortgeführt, und er wurde 1982 zur Hauptfigur eines erfolgreichen Kinofilms.

Eine von den längsten und denkwürdigsten Conan-Erzählungen, ›Der schwarze Kreis‹, handelt von den Versuchen einer Königsfamilie, sich gegen einen Angriff von Zauberern zur Wehr zu setzen.

# I

# DER TOD HOLT EINEN KÖNIG

Der König von Vendhya lag im Sterben. Durch die drückend schwüle Nacht schallten die Tempelgongs, und die Muschelhörner dröhnten. Doch nur dumpf waren sie in dem Goldkuppelgemach zu hören, wo Bhunda Chand sich vor Schmerzen auf den Samtpolstern eines Diwans wand. Schweißperlen glitzerten auf seiner dunklen Haut. Seine Finger krampften sich um das golddurchwirkte Tuch unter ihm. Er war ein junger Mann, kein Speer hatte ihn auch nur berührt, kein Gift seinen Wein unverdaulich gemacht. Aber seine Adern quollen wie blaue Stränge aus seinen Schläfen, und seine Augen waren im nahen Tod geweitet. Zitternde Sklavinnen knieten am Fußende seines Diwans. Seine Schwester, die Devi Yasmina, beobachtete ihn mit verzweifelter Aufmerksamkeit. Neben ihr, an der Diwanseite, stand der *Wazam,* ein Edler, der am Königshof alt geworden war.

Verärgert warf Yasmina den Kopf zurück, als das Hallen der fernen Gongs an ihr Ohr drang.

»Die Priester und ihr Lärm!« flüsterte sie. »Sie sind auch nicht klüger als die hilflosen Heiler. Nein, er stirbt, und niemand weiß, wieso. So nah ist ihm der Tod bereits – und ich, die ich die Stadt niederbrennen und das Blut Tausender vergießen würde, um ihn zu retten, kann nichts für ihn tun!«

»Es gibt keinen einzigen in Ayodhya, der nicht mit Freuden für ihn sterben würde, wenn das möglich wäre, Devi«, versicherte ihr der Wazam. »Dieses Gift . . .«

»Ich sage Euch, es ist kein Gift!« Aufgewühlt ballte sie die Hände. »So sorgsam wird er seit seiner Geburt schon beschützt, daß selbst die listigsten Giftmischer des Ostens nicht an ihn heran konnten. Fünf Schädel, die am Drachenturm bleichen, sind Zeugnis vergeblicher Versuche.

Wie Ihr sehr wohl wißt, war es die einzige Pflicht von zehn Männern und Frauen, seine Speisen und Getränke zu kosten, und immer bewachten fünfzig Gardisten sein Gemach, so wie sie es auch jetzt noch tun. Nein, Gift kann es nicht sein. Es ist Zauberei, grauenvolle Schwarze Magie . . .«

Sie unterbrach sich, als der König sprach. Seine bleichen Lippen bewegten sich nicht, und seine glasigen Augen waren blicklos. Aber seine Stimme erhob sich zu einem gespenstischen Ruf, der klang, als trüge der Wind ihn aus weiter Ferne herbei.

»Yasmina! Yasmina! Meine Schwester, wo bist du? Ich kann dich nicht finden. Es ist alles so dunkel, und der Wind heult!«

»Bruder!« rief Yasmina und umklammerte verzweifelt seine schlaffe Hand. »Ich bin hier! Erkennst du mich denn nicht . . .«

Die absolute Leere seines Gesichts ließ sie verstummen. Ein schwaches Stöhnen quälte sich über seine Lippen. Die Sklavinnen am Fuß des Diwans wimmerten furchterfüllt, und Yasmina schlug verzweifelt die Hände auf die Brust.

In einem anderen Stadtviertel stand ein Mann auf einem schmiedeeisernen Balkon und blickte auf die lange Straße, in der rauchende, flackernde Fackeln erhobene Gesichter und das schimmernde Weiß von Augen offenbarten. Ein Wehklagen stieg von der Menge auf.

Der Mann zuckte die breiten Schultern und kehrte in das prunkvolle Gemach zurück. Ein großer stämmiger Mann war er in prächtigen Gewändern.

»Der König ist noch nicht tot, doch er wird schon betrauert«, wandte er sich an einen Mann, der mit überkreuzten Beinen auf einer Matte in einer Ecke saß. Dieser Mann trug ein braunes Kamelhaargewand, Sandalen und einen grünen Turban. Er wirkte gelassen, und der Blick, den er dem anderen widmete, war gleichmütig. »Das Volk weiß, daß er den neuen Tag nicht mehr erlebt«, sagte er.

Der andere musterte ihn durchdringend. »Ich verstehe nicht, weshalb ich so lange warten mußte, ehe Eure Meister zuschlugen. Wenn sie dem König jetzt ein Ende machen können, weshalb töteten sie ihn da nicht schon vor Monaten?«

»Selbst die Künste, die Ihr Zauberei nennt, werden von komischen Kräften geleitet«, antwortete der Mann mit dem grünen Turban. »Die Sterne lenken sie, genau wie alles andere auch. Nicht einmal meine Meister können am Lauf der Sterne etwas verändern. Erst als sie richtig standen, vermochten sie diesen Zauber zu wirken.« Mit einem langen fleckigen Fingernagel zeichnete er die Konstellationen auf den Marmorboden. »Die Neigung des Mondes wies auf Schlimmes für den König hin. Die Sterne sind in Bewegung, die Schlange steht im Haus des Elefanten. Während einer solchen Stellung der Gestirne sind die unsichtbaren Beschützer vom Geist Bhunda Chands getrennt. Ein Pfad öffnete sich in übernatürliche Reiche. Sofort konnte eine Verbindung hergestellt werden, und mächtige Kräfte wurden auf den Weg gesetzt.«

»Diese Verbindung, kam sie durch Bhunda Chands Haarlocke zustande?« fragte der andere.

»Ja. Alle von einem Körper entfernten Teile bleiben auch weiterhin ein Stück von ihm und hängen nach wie vor auf unerklärliche Weise mit ihm zusammen. Die Asurapriester haben den Hauch einer Ahnung davon. Deshalb sorgen sie dafür, daß alles ausgekämmte oder abgeschnittene Haar, alle Fingernagelstückchen und andere Abfallprodukte aller Personen der königlichen Familie sorgfältigst zu Asche verbrannt werden und diese Asche gut durch Vergraben versteckt wird. Doch auf das Flehen der Prinzessin von Kosala hin, die Bhunda Chand liebte, ohne daß ihre Liebe erwidert wurde, schenkte er ihr als Trost eine Locke seines langen, schwarzen Haares. Als meine Herren sich für seinen Tod entschieden, stahlen sie die Locke aus ihrem edelsteinbesetzten goldenen Döschen unter dem Kopfkissen der schlafenden Prinzessin und ersetzten sie durch eine ähnliche, so daß sie den Unterschied gar nicht erkennen konnte. Dann reiste die Locke mit einer Kamelkarawane den weiten Weg nach Peshkhauri, von dort hoch zum Zhaibarpaß, wo sie in die Hände jener gelangte, die sie hatten entwenden lassen.«

»Nur eine Haarlocke«, murmelte der Edle.

»Durch die eine Seele aus dem Körper durch die unendlichen Schluchten des Raumes gezogen wird«, entgegnete der Mann auf der Matte.

Der Edle betrachtete ihn nachdenklich.

»Ich weiß nicht, ob Ihr ein Mensch oder ein Dämon seid, Khemsa«, sagte er schließlich. »Wenige von uns sind, was wir zu sein scheinen. Ich, den die Kshatriyas als Kerim Shah kennen, ein Prinz von Iranistan, verstelle mich nicht mehr als die meisten. Fast alle sind auf die eine oder andere Weise Verräter, und die Hälfte weiß nicht, wem sie dient. In dieser Hinsicht, zumindest, habe ich keine Zweifel: Ich diene König Yezdigerd von Turan.«

»Und ich den Schwarzen Sehern von Yimsha«, sagte Khemsa. »Und meine Meister sind größer als Eure, denn durch ihre Künste vollbrachten sie, was Yezdigerd nicht mit hunderttausend Schwertern fertigbrachte.«

Das Wehklagen Tausender stieg zu den Sternen empor, die die drükkende Nacht mit ihrem Glitzern zu verschönern suchten, und die Muschelhörner brüllten wie gequälte Ochsen.

Im Palastgarten spiegelten sich die Fackeln in den glänzenden Helmen, den Krummsäbeln und den goldverzierten Harnischen. Alle Streiter Ayodhyas von edler Geburt hatten sich im und um den gewaltigen Palast gesammelt, und an jedem der breiten Bogenportale hatten Schützen mit gespannten Bogen Posten bezogen. Aber der Tod schlich durch den Königspalast, und niemand vermochte ihn aufzuhalten.

Der König auf dem Diwan unter der goldenen Kuppel schrie erneut auf, von schrecklichen Krämpfen geschüttelt. Wieder erklang seine Stimme wie aus unsagbar weiter Ferne, und wieder beugte die Devi sich über ihn, von Furcht erfüllt, die schlimmer war als die Angst vor dem Tod.

»Yasmina!« rief die Stimme gespenstisch. »Hilf mir! So fern bin ich meiner sterblichen Hülle! Hexer zerrten meine Seele durch sturmgepeitschte Finsternis. Sie wollen den Silberfaden durchtrennen, der mich an meinen sterbenden Leib bindet. Sie scharen sich um mich mit ihren Krallenfingern und den Augen, die rot wie Flammen in der Dunkelheit glühen. Rette mich, meine Schwester! Ihre Finger versengen mich! Sie wollen meinen Körper vernichten und meine Seele verdammen! Was schaffen sie da herbei? – Ahhh!«

Das Grauen, das dieser Schrei verriet, ließ Yasmina schrill wimmern und sich in ihrer Verzweiflung auf den Bruder werfen. Schreckliche Krämpfe schienen ihn zu zerreißen. Schaum trat über seine verzerrten Lippen, und seine Nägel krallten sich in die Schultern des Mädchens. Aber die bisher blicklosen glasigen Augen klärten sich, und er erkannte seine Schwester.

»Bruder!« schluchzte sie. »Bruder . . .«

»Schnell!« keuchte er. Seine geschwächte Stimme verriet, daß er bei vollem Bewußtsein war. »Ich weiß jetzt, was mich zum Todesfeuer bringt. Ich war auf einer weiten Reise und verstehe jetzt. Die Zauberer der Himelianischen Berge verhexten mich. Sie zogen meine Seele aus dem Körper in ein fernes Steingemach und versuchten, meinen silbernen Lebensfaden zu zerreißen. Meine Seele steckten sie in den Körper einer grauenvollen Kreatur der Finsternis, die ihre Hexerei aus der Hölle herbeibeschwor. Ah, ich spüre ihr Zerren. Dein Schrei und deine Berührung brachten mich zurück, aber mir bleibt nicht mehr viel Zeit. Meine Seele klammerte sich an meinen Leib, aber ihr Halt wird immer schwächer. Schnell – töte mich, ehe sie sie für immer gefangensetzen!«

»Ich kann nicht!« wimmerte Yasmina und schlug sich auf die nackte Brust.

»Schnell! Ich befehle es dir!« Der alte Kommandoton klang aus seinem sterbenden Flüstern. »Nie hast du mir den Gehorsam verweigert – gehorche meinem letzten Befehl! Schick meine Seele rein zu Asura! Beeil dich, wenn du mich nicht dazu verdammen willst, in alle Ewigkeit als grauenvolles Alptraumgeschöpf in der Finsternis zu hausen. Stoß zu, ich befehle es dir! *Stoß zu!«*

Wild schluchzend riß Yasmina ihren Schmuckdolch aus dem Gürtel und stieß ihn bis zum Griff in seine Brust. Der König erstarrte, ehe er mit einem Lächeln auf den toten Lippen erschlaffte. Yasmina warf sich mit dem Gesicht auf den binsenbedeckten Boden und hämmerte mit den geballten Händen auf die Binsen ein. Draußen hallten und donnerten die Gongs und Muschelhörner, und die Priester stießen sich immer wieder die Kupfermesser in das Fleisch.

## II

## EIN BARBAR AUS DEN BERGEN

Chunder Shan, der Statthalter von Peshkhauri, legte seine goldene Feder zur Seite und las sorgfältig, was er auf das Pergament mit dem Amtssiegel geschrieben hatte. Nur, weil er jedes Wort abwog, ehe es aus seinem Mund oder von seiner Feder kam, herrschte er so lange schon über Peshkhauri. Gefahr gebiert Vorsicht, und nur einem stets Wachsamen ist in diesem wilden Land, wo die heißen Ebenen Vendhyas sich mit den Himelianischen Bergen treffen, ein langes Leben beschieden. Ein Stundenritt west- oder nordwärts, und man hatte bereits die Grenze überquert und befand sich in den Bergen, wo Menschen ihre Gesetze mit dem Messer selbst schufen.

Der Statthalter war allein in seinem Gemach, wo er an seinem reichgeschnitzten Ebenholzschreibtisch mit der Intarsienplatte saß. Durch das wegen der Kühlung weitgeöffnete Fenster sah er ein Stück der blauen himelianischen Nacht, gepunktet von ein paar großen weißen Sternen. Die Brustwehr in der Nähe war nur als schattenhafte Linie zu erkennen, und die Zinnen und Schießscharten waren kaum zu sehen. Die Festung des Statthalters lag außerhalb der Mauern der Stadt, die sie bewachte. Die leichte Brise, die hin und wieder mit den Wandbehängen spielte, trug leise Geräusche aus den Straßen Peshkhauris herbei – hin und wieder Fetzen wimmernden Gesangs oder die Zupftöne einer Laute.

Ganz langsam las der Statthalter, was er geschrieben hatte. Er bewegte die Lippen und schirmte die Augen von der bronzenen Butterlampe ab. Abwesend vernahm er Hufgedröhn in der Nähe des Wachtturms und den Anruf der Posten. Doch so sehr war er in sein Schreiben vertieft, daß er nicht darauf achtete. Es war an den Wazam von Vendhya am Königshof von Ayodhya gerichtet und besagte, nach den üblichen Höflichkeitsfloskeln:

*Wisset, Eure Exzellenz, daß ich die Anweisungen Eurer Exzellenz getreulich ausgeführt habe. Die sieben Stammesbrüder sind in ihrem Gefängnis wohlbewacht, und ich schickte mehrmals Nachricht in die Berge, daß ich nur mit ihrem Häuptling persönlich um ihre Freilassung verhandeln würde. Aber ich hörte noch nichts weiter von ihm, als daß er Peshkhauri niederbrennen würde, wenn sie nicht auf freien Fuß gesetzt werden, und daß er sich den Sattel mit meiner Haut überziehen lassen würde – verzeiht, Eure Exzellenz, daß ich das wörtlich wiedergebe. Er ist durchaus imstande, seine Drohung wahrzumachen, deshalb verdreifachte ich die Zahl der Posten. Der Mann ist kein Ghulistani. Ich kann seinen nächsten Schritt nicht mit Sicherheit vorhersehen. Aber da es die Devi wünscht . . .*

Mit einem Satz war er von seinem Elfenbeinstuhl gesprungen und stand nun mit dem Gesicht der Tür zugewandt. Er wollte den Krummsäbel aus der prunkvollen Hülle auf dem Tisch reißen, doch mitten in der Bewegung hielt er inne.

Es war eine Frau, die unangemeldet sein Amtsgemach betreten hatte, eine Frau, deren hauchfeine Schleier die prächtige Kleidung darunter genausowenig verbargen wie die geschmeidige Schönheit der hochgewachsenen, schlanken Figur. Das geflochtene goldene Stirnband, in dem ein goldener Halbmond steckte, hielt die Schleier zusammen, die bis weit über den Busen fielen. Dunkle Augen beobachteten den erstaunten Statthalter durch den Schleier, ehe die Frau das dünne Gespinst vom Gesicht abnahm.

»Devi!« Der Statthalter ließ sich vor ihr auf die Knie fallen. Seine Verwunderung und Verwirrung machten seinen Kniefall ein wenig ungeschickt. Die Devi bedeutete ihm mit majestätischer Gebärde, aufzustehen. Er beeilte sich, ihr seinen Elfenbeinstuhl anzubieten, und verneigte sich unentwegt tief, so daß seine Nase fast den Gürtel berührte. Doch der tadelnde Tonfall seiner ersten Worte war unüberhörbar.

»Eure Majestät! Wie unklug! Unruhen herrschen an der Grenze, Plünderzüge von den Bergen sind alltäglich! Kamt Ihr mit einem großen Gefolge?«

»Es genügte für eine Reise nach Peshkhauri«, antwortete Yasmina. »Ich quartierte meine Leute dort ein und kam mit meiner Leibmagd Gitara sogleich hierher zum Fort.«

Chunder Shan stöhnte erschrocken auf.

»Devi! Ihr wißt nicht, in welche Gefahr Ihr Euch begeben habt! Nur einen Stundenritt von hier wimmelt es von Barbaren, die vom Rauben und Brandschatzen leben. Zwischen hier und der Stadt wurden schon viele Frauen entführt und Männer erdolcht. Peshkhauri ist nicht wie Eure Provinzen im Süden . . .«

»Aber ich bin unbelästigt hergelangt«, unterbrach sie ihn mit einer Spur von Ungeduld. »Ich wies den Posten am Tor und jenem vor Eurer Tür meinen Siegelring vor, und sie ließen mich unangemeldet ein. Sie erkannten mich nicht, nahmen jedoch an, ich sei ein Geheimkurier von Ayodhya. Doch laßt uns die Zeit nicht vergeuden. Habt Ihr inzwischen vom Häuptling der Barbaren gehört?«

»Nichts außer Drohungen und Verwünschungen, Devi. Er ist wachsam und mißtrauisch. Er hält das ganze für eine Falle, und das kann man ihm nicht verdenken. Die Kshatriyas haben den Bergstämmen gegenüber schon manches Mal ihr Versprechen gebrochen.«

»Er muß auf meine Bedingungen eingehen!« Yasmina ballte die Hände, daß die Knöchel sich weiß abhoben.

»Ich verstehe nicht.« Der Statthalter schüttelte den Kopf. »Als ich zufällig diese sieben Stammesbrüder gefangennahm, meldete ich es dem Wazam, wie üblich. Noch ehe ich sie hängen konnte, erhielt ich den Befehl, sie in den Kerker zu werfen und mich mit ihrem Häuptling in

Verbindung zu setzen. Ich versuchte es, aber der Bursche ist ungemein wachsam und mißtrauisch, wie ich bereits erwähnte. Die Gefangenen gehören dem Stamm der Afghulis an, er dagegen ist ein Fremder aus dem Westen namens Conan. Ich drohte, sie morgen in aller Frühe hängen zu lassen, wenn er nicht kommt.«

»Gut!« lobte die Devi. »Ihr habt es richtig gemacht. Ich werde Euch nun auch sagen, weshalb ich diese Anweisungen gab. Mein Bruder . . .« Sie stockte und schluckte schwer.

Der Statthalter verneigte sich tief, wie es der Respekt vor einem dahingeschiedenen Herrscher verlangte.

»Der König von Vendhya wurde durch Zauberei in den Tod getrieben«, fuhr sie schließlich leise fort. »Ich habe beschlossen, nicht eher zu ruhen, bis seine Mörder ein nicht weniger grauenvolles Ende genommen haben. Als er starb, gab er mir einen Hinweis, dem ich folgte. Ich las das Buch von Skelos und unterhielt mich mit namenlosen Eremiten in den Höhlen unterhalb von Jhelai. Ich erfuhr, wie und durch wen er vernichtet wurde. Seine Feinde waren die Schwarzen Seher vom Berg Yimsha.«

»Asura!« flüsterte Chunder Shan erbleichend.

Schneidend blickte sie ihn an. »Fürchtet Ihr Euch vor ihnen?«

»Wer tut das nicht, Eure Majestät? Sie sind schwarze Teufel, die ihr Unwesen in den menschenleeren Bergen jenseits des Zhaibars treiben. Aber die Weisen sind der Meinung, daß sie sich selten in die Dinge der Sterblichen einmischen.«

»Weshalb sie meinen Bruder töteten, weiß ich nicht«, entgegnete die Devi. »Aber ich habe an Asuras Altar geschworen, sie zu vernichten. Und dazu brauche ich die Hilfe eines Mannes von außerhalb. Eine kshatriyanische Armee würde ohne Unterstützung Yimsha nie erreichen.«

»Ich fürchte, damit habt Ihr recht. Es wäre ein ständiger Kampf auf jedem Fußbreit des Weges, während die haarigen Stammesbrüder Lawinen zu uns herabschickten und in jedem Tal mit ihren langen Dolchen über uns herfielen. Die Turaner kämpften sich einmal ihren Weg durch die Himelians, aber wie viele von ihnen kehrten lebend nach Khurusun zurück? Und nur wenige, die den Säbeln der Kshatriyas entgingen, nachdem der König, Euer Bruder, ihre Armeen am Jhumda aufrieb, sahen je Secunderam wieder.«

»Genau deshalb brauche ich Männer jenseits der Grenze, Männer, die den Weg zum Berg Yimsha kennen . . .«

»Aber die Stämme fürchten die Schwarzen Seher und meiden den Berg der Finsteren«, unterbrach sie der Statthalter.

»Fürchtet auch ihr Häuptling Conan sie?« fragte Yasmina.

»Nun, ich weiß nicht, ob dieser Teufel überhaupt etwas fürchtet.«

»Diese Antwort erhielt ich schon mehrmals. Deshalb ist er der Mann, mit dem ich verhandeln muß. Er wünscht die Freigabe seiner sieben

Männer. Also gut, ihr Lösegeld sollen die Schädel der Schwarzen Seher sein!«

Ihre Stimme vibrierte vor Haß bei den letzten Worten, und sie ballte die Hände an ihren Seiten. Wie eine Rachegöttin sah sie aus, als sie ihren Kopf stolz zurückwarf und ihr Busen heftig wogte.

Wieder kniete der Statthalter vor ihr nieder, denn in seiner Weisheit wußte er, daß eine Frau in ihrem Zustand so gefährlich wie eine blinde Kobra für alle rings um sie war. »Euer Wunsch ist mir Befehl, Eure Majestät.« Als sie sich ein wenig beruhigt zu haben schien, erhob er sich und bemühte sich um eine Warnung, die nicht sofort ihren Zorn heraufbeschwor. »Ich kann nicht vorhersagen, was dieser Häuptling Conan tun wird. Die Stämme sind in ständigem Aufruhr, und ich habe Grund zur Annahme, daß turanische Agenten sie zu Überfällen an unseren Grenzen aufhetzen. Wie Euch bekannt ist, Eure Majestät, haben die Turaner sich in Secunderam und anderen Städten im Norden eingerichtet, auch wenn die Bergstämme sich ihnen nicht beugen. Seit langem schon blickt König Yezdigerd gierigen Auges südwärts und versucht mit List und Tücke an sich zu bringen, was er mit Waffengewalt nicht schafft. Conan könnte sehr leicht einer seiner Spione sein.«

»Das wird sich herausstellen«, antwortete Yasmina. »Wenn er etwas für seine Männer übrig hat, wird er im Morgengrauen zur Unterhandlung am Tor sein. Ich werde die Nacht in der Festung schlafen. Ich kam inkognito nach Peshkhauri und brachte mein Gefolge deshalb in einem Gasthaus statt im Palast unter. Außer meinen Leuten wißt nur Ihr von meinem Hiersein.«

»Ich führe Euch zu Euren Gemächern, Eure Majestät«, sagte der Statthalter. Als sie auf den Gang traten, winkte er dem Posten vor seiner Tür zu, ihnen zu folgen.

Die Leibmagd, die, verschleiert wie ihre Herrin, vor der Tür gewartet hatte, schloß sich ihnen an, und so schritten sie durch einen breiten, gewundenen Korridor, den rauchende Fackeln erhellten, und erreichten die Räumlichkeiten für hohe Besucher – hauptsächlich Generale und Vizekönige. Bisher hatte noch kein Mitglied der königlichen Familie das Fort mit seiner Anwesenheit beehrt. Chunder Shan befürchtete, daß die Suite nicht fein genug für so eine hochgestellte Persönlichkeit wie die Devi war, aber sie ließ sich nichts anmerken. Er war froh, als sie ihn bald wegschickte und er sich rückwärtsgehend mit tiefer Verbeugung zurückziehen durfte. Alle Dienstboten im Fort stellte er zur Verfügung seines hohen Gastes ab, obgleich er das Inkognito der Devi wahrte. Er postierte einen ganzen Trupp Lanzer vor ihrer Tür, unter ihnen auch den Mann, der seine eigene Tür bewacht hatte. In seiner Gedankenabwesenheit vergaß er, einen anderen für ihn einteilen zu lassen.

Der Statthalter war kaum gegangen, als Yasmina plötzlich etwas einfiel, das sie noch mit ihm hatte besprechen wollen, das ihr dann jedoch bis jetzt entfallen war. Es betraf einen gewissen Kerim Shah, einen Edlen aus Iranistan, der eine Weile in Peshkhauri gelebt hatte, ehe er an den Hof von Ayodhya gekommen war. Ein vages Mißtrauen war in ihr erwacht, als sie ihn an diesem Abend unerwartet und glücklicherweise unbemerkt von ferne in Peshkhauri gesehen hatte. Sie fragte sich, ob er ihnen wohl von Ayodhya gefolgt war. Da sie eine wahrhaftig ungewöhnliche Devi war, beorderte sie den Statthalter nicht zu sich, sondern rannte den Korridor zu seinem Amtsgemach hinauf.

Chunder Shan hatte, in seinem Zimmer angekommen, die Tür hinter sich geschlossen und sich an seinen Schreibtisch begeben. Er nahm den Brief, den er vor der Ankunft der Devi geschrieben hatte, und zerriß ihn. Kaum war er damit fertig, hörte er ein gedämpftes Geräusch auf der Brustwehr vor seinem Fenster. Er blickte hoch. Eine Gestalt hob sich flüchtig von den Sternen ab, und gleich darauf schwang ein Mann sich leichtfüßig in sein Gemach. Das Lampenlicht spiegelte sich auf dem glänzenden Stahl in seiner Hand.

»Pssst!« warnte der Eindringling. »Beim geringsten Laut schicke ich dem Teufel einen neuen Knecht!«

Der Statthalter, der nach seinem Säbel hatte greifen wollen, hielt mitten in der Bewegung inne. Der drei Fuß lange Zhaibardolch, der in der Hand des Fremden glitzerte, war ihm ganz nah, und Chunder Shan kannte die Flinkheit der Männer aus den Bergen.

Der Eindringling war ein riesenhafter Mann, kräftig und geschmeidig zugleich. Er war wie ein Stammesangehöriger gekleidet, doch seine tiefgetönte Haut und die funkelnden blauen Augen waren ungewöhnlich. Nie zuvor hatte Chunder Shan einen Mann wie ihn gesehen. Er war nicht aus dem Osten, sondern zweifellos ein Barbar aus dem Westen. Aber er wirkte genauso ungebändigt und gefährlich wie die haarigen Stammesbrüder, die die Berge von Ghulistan unsicher machten.

»Ihr kommt wie ein Dieb in der Nacht«, sagte der Statthalter, als er seine Fassung wiedergewonnen hatte, obgleich er sich erinnerte, daß kein Posten in Rufnähe war. Aber das wußte der Bursche ja nicht.

»Ich kletterte eine Bastion hoch«, knurrte der Eindringling. »Ein Wächter steckte vorwitzig den Kopf über die Brustwehr, da mußte ich ihn mit dem Dolchgriff schlafen schicken.«

»Ihr seid Conan?«

»Wer sonst? Ihr schicktet die Nachricht in die Berge, daß ich zu Euch kommen und mit Euch verhandeln sollte. Nun, bei Crom, hier bin ich. Bleibt dem Tisch fern, oder ich spieße Euch auf!«

»Ich möchte mich nur setzen«, versicherte ihm der Statthalter. Er rückte den Elfenbeinstuhl vom Schreibtisch weg und setzte sich. Conan schritt ruhelos, aber leise vor ihm hin und her und warf einen mißtrauischen Blick auf die Tür, während er mit dem Daumen die Schneide seines drei Fuß langen Messers prüfte. Er bewegte sich nicht wie ein Afghuli und bediente sich seiner offenen Sprache, im Gegensatz zu den Menschen des Ostens, die blumige Umschreibungen und Langschweifigkeit vorziehen.

»Ihr habt sieben meiner Männer«, sagte er. »Ich bot Euch ein hohes Lösegeld. Was wollt Ihr denn noch?«

»Besprechen wir die Bedingungen«, entgegnete Chunder Shan.

»Bedingungen?« Aufkommender Grimm ließ Conans Stimme drohend klingen. »Was soll das heißen. Genügt Euch Gold nicht?«

Chunder Shan lachte.

»Gold? Es gibt mehr Gold in Peshkhauri, als Ihr je gesehen habt.«

»Da täuscht Ihr Euch!« knurrte Conan. »Ich besuchte die Suks der Goldschmiede in Khurusun.«

»Nun, dann zumindest mehr Gold, als ein Afghuli je sah«, berichtigte Chunder Shan. »Und das ist nur ein Tropfen, verglichen mit dem Staatsschatz von Vendhya. Weshalb sollten wir an Gold interessiert sein? Als abschreckendes Beispiel hätten wir mehr davon, wenn wir die sieben Halunken hängen.«

Conan fluchte wild, und die lange Klinge in seiner Rechten vibrierte, als die Muskeln seines sonnengebräunten Armes sich spannten.

»Ich spalte Euch den Schädel!«

Die blauen Augen des Barbaren glitzerten wie Eis in der Wintersonne. Chunder Shan zuckte lediglich die Schultern, achtete jedoch heimlich auf den scharfen Stahl.

»Es würde Euch zweifellos nicht allzu schwerfallen, mich zu töten und über die Mauer zu entkommen, doch damit wäre Euren sieben Stammesbrüdern nicht gedient. Meine Männer würden nicht länger zögern, sie aufzuknüpfen. Ihr solltet nicht vergessen, daß die Gefangenen Häuptlinge der Afghulistämme sind.«

»Das lassen meine Leute mich schon nicht vergessen«, brummte Conan. »Sie heulen wie Wölfe, weil ich sie noch nicht auslöste. Sagt mir endlich ohne Umschweife, was Ihr wollt, denn – bei Crom! – wenn es keine andere Möglichkeit gibt, werde ich meine ganze Horde um mich scharen und die Häuptlinge mit Gewalt befreien!«

Chunder Shan bezweifelte beim Anblick dieses Burschen, der breitbeinig, mit dem langen Dolch in der Hand und funkelnden Auges vor ihm stand, keineswegs, daß er dazu imstande war. Er glaubte zwar nicht, daß er ganz Peshkhauri einnehmen könnte, aber es wäre schon schlimm genug, wenn diese Wilden die Gegend verwüsteten.

»Um die Gefangenen unbeschadet zurückzubekommen, braucht Ihr nur einen Auftrag für uns durchzuführen.« Er wählte seine Worte mit größter Sorgfalt. »Ihr . . .«

Conan war zurückgesprungen und gleichzeitig mit gefletschten Zähnen zur Tür herumgewirbelt. Seine in der Wildnis geschulten Ohren hatten die fast lautlosen Schritte weicher Pantoffel vor der Tür vernommen. Im nächsten Moment schwang die Tür auf. Eine schlanke Gestalt in Seidengewändern trat hastig ein, schloß die Tür schnell hinter sich – und blieb beim Anblick des Barbaren wie angewurzelt stehen.

Chunder Shan sprang erschrocken auf. »Devi!« rief er unwillkürlich in seiner Angst um sie.

*»Devi!«* kam das wilde Echo von den Lippen des Cimmeriers. Chunder Shan las aus den auffunkelnden eisblauen Augen, was der Bursche beabsichtigte.

Verzweifelt brüllte der Statthalter auf und griff nach seinem Säbel. Aber der Barbar handelte blitzschnell. Er sprang, schlug den Statthalter mit dem Dolchgriff nieder, klemmte sich die verblüffte Devi unter den Arm und rannte zum Fenster. Chunder Shan kämpfte sich benommen auf die Füße und sah gerade noch, wie das Seidengewand der königlichen Gefangenen um den Burschen flatterte, der sich über das Fensterbrett schwang, hörte sein Knurren: »Jetzt werdet Ihr es nicht mehr wagen, meine Männer zu hängen!« Und schon war der Barbar über die Brustwehr verschwunden. Ein schriller Angstschrei der Devi drang an des Statthalters Ohren.

»Wachen! Wachen!« brüllte er und taumelte wie betrunken zur Tür. Er riß sie auf und torkelte auf den Korridor. Seine Schreie hallten von den Wänden wider. Als die Soldaten angerannt kamen, sahen sie Chunder Shan die Hände auf den Kopf drücken, von dem das Blut floß.

»Alarmiert die Lanzer!« brüllte er. »Die Frau wurde entführt!« Selbst in seiner Verweiflung war er klug genug, ihr Inkognito zu wahren. »Schnell . . .« Er unterbrach sich, als er den Hufschlag, einen Verzweiflungsschrei und begeistertes Lachen hörte.

Von den verwirrten Wachen gefolgt, rannte der Statthalter die Treppe hinunter. Im Hof des Forts war jederzeit ein Trupp Lanzer mit gesattelten Pferden in Bereitschaft, um im Notfall sofort auszureiten. Chunder Shan brauste mit seiner Schwadron hinter dem Fliehenden her, obgleich sein Schädel zu platzen drohte und er sich mit beiden Händen am Sattel festhalten mußte. Er tat die Identität der Entführten nicht kund, sondern erwähnte lediglich, daß die Edelfrau, die die Botschaft aus dem Königshof gebracht hatte, vom Oberhäuptling der Afghuli verschleppt worden war. Zwar war der Entführer bereits nicht mehr in Sicht- oder Hörweite, aber sie wußten, welchen Weg er nehmen würde: die Straße, die direkt zum Zhaibarpaß führte. Nur schwacher Sternenschein erhellte die mondlose Nacht und ließ die vereinzelten Bauernkaten als eckige Schatten erkennen. Die grimmigen Mauern der Festung und die Türme von Peshkhauri blieben hinter den Reitern zurück, während die schwarzen Berge der Himelians immer näher kamen.

## III

## KHEMSA BEDIENT SICH DER MAGIE

In der Verwirrung im Fort, während die Soldaten sich sammelten, bemerkte niemand, daß das Mädchen, die Begleiterin der Devi, sich aus dem Tor stahl und in der Dunkelheit verschwand. Die hochgeschürzten Röcke in der Hand, rannte sie zur Stadt. Sie vermied die offene Straße und hielt sich querfeldein, wich Zäunen aus und sprang über Bewässerungsgräben mit einer Sicherheit, als herrschte helles Tageslicht, und der Leichtigkeit eines ausgebildeten Läufers. Das Hufgedröhn der Schwadron hatte sich auf der Straße zu den Bergen verloren, noch ehe sie die Stadtmauer erreichte. Sie begab sich nicht zum großen Tor, unter dessen Bogen die Wachen sich an ihre Lanzen lehnten, in die Dunkelheit spähten und sich wunderten, was die ungewohnte Aufregung um das Fort zu bedeuten hatte. Sie hielt sich an der Mauer, bis sie zu einem bestimmten Punkt kam, wo über der Brustwehr eine Turmspitze zu sehen war. Nun legte sie die Hände als Trichter vor den Mund und stieß einen gedämpften, seltsamen Ruf aus, den die Luft auf gespenstische Weise trug.

Gleich darauf blickte jemand über die Brüstung, und ein Seil glitt die Mauer hinunter. Das Mädchen griff danach, setzte einen Fuß in die Schlinge im Seil und winkte. Schnell und sicher wurde sie die glatte Steinwand hochgezogen. Einen Herzschlag später kletterte sie über die Zinnen und stand auf dem flachen Dach eines Hauses, das an die Stadtmauer anschloß. Eine Falltür stand offen, und der Mann im Kamelhaargewand daneben rollte bereits das Seil wieder auf. Nicht einmal ein schnellerer Atem deutete darauf hin, daß es ihn angestrengt hatte, eine erwachsene Frau die vierzig Fuß hohe Mauer hochzuziehen.

»Wo ist Kerim Shah?« fragte sie, nach ihrem langen Lauf heftig keuchend.

»Er schläft unten im Haus. Gibt es etwas Neues?«

»Conan hat die Devi aus dem Fort entführt und schleppt sie in die Berge!« Ihre Worte überschlugen sich schier.

Khemsas Gesicht blieb unbewegt. Er nickte lediglich. »Kerim Shah wird sich freuen, das zu hören«, sagte er nur.

»Warte!« Sie warf die Arme um seinen Hals. Immer noch atmete sie schwer, aber nun nicht nur aufgrund der überstandenen Anstrengungen. Ihre Augen funkelten wie Edelsteine im Sternenlicht. Ihr erhobenes Gesicht war dem Khemsas ganz nah, doch obgleich er ihre Umarmung duldete, erwiderte er sie nicht.

»Verrate es dem Hyrkanier nicht!« keuchte sie. »Laßt uns dieses Wissen selbst nutzen! Der Statthalter ist mit seinen Reitern in die Berge, aber genausogut könnte er einen Geist jagen. Er hat niemandem gesagt, daß es sich bei der Entführten um die Devi handelt. Niemand im Fort noch in Peshkhauri weiß es außer uns.«

»Aber was soll uns das nutzen?« fragte der Mann. »Meine Meister schickten mich mit Kerim Shah, um ihm auf jede Weise zu helfen . . .«

»Hilf dir doch selbst!« rief sie heftig. »Streif dein Joch ab.«

»Du meinst – ich soll meinen Meistern den Gehorsam verweigern?« rief er entsetzt, und sie spürte, wie er in ihrer Umarmung erstarrte.

»Ja!« Sie schüttelte ihn in ihrer Gefühlsaufwallung. »Auch du bist ein Zauberer! Weshalb willst du Sklave sein und deine Kräfte nur benutzen, um andere noch größer zu machen? Benutz deine Künste für dich selbst!«

»Das ist verboten!« Er zitterte wie im Fieber. »Ich gehöre dem Schwarzen Kreis nicht an. Nur auf Anweisung der Meister wage ich die Kräfte einzusetzen, die sie mich lehrten.«

»Aber du bist imstande, sie zu nutzen!« sagte sie heftig. »Tu, worum ich dich bitte. Natürlich hat Conan die Devi verschleppt, um sie als Geisel zum Auslösen der sieben Männer in des Statthalters Kerker zu benutzen. Vernichte diese Gefangenen, damit Chunder Shan die Devi nicht freikaufen kann. Und dann gehen wir in die Berge und holen sie uns von den Afghuli. Ihre Dolche nutzen nichts gegen deinen Zauber. Die Schätze der vendhyanischen Könige werden uns als Lösegeld für sie gehören – und sobald sie in unseren Händen sind, verkaufen wir die Devi, statt sie auszuliefern, an den König von Turan. Wir werden über alle Vorstellungen reich sein. Dann können wir Söldner anheuern, Khorbhul einnehmen, die Turaner aus den Bergen jagen, unsere Armeen gen Süden schicken und König und Königin über ein mächtiges Reich werden!«

Auch Khemsa keuchte jetzt und zitterte wie Espenlaub in ihren Armen. Sein Gesicht, über das dicke Schweißtropfen perlten, wirkte im Sternenlicht grau.

»Ich liebe dich!« rief sie plötzlich wild und raubte ihm fast den Atem, als sie ihn noch heftiger an sich drückte und ihn schließlich in ihrer Erregung schüttelte. »Ich mache dich zum König! Aus Liebe zu dir verriet ich meine Herrin! Verrate du aus Liebe zu mir deine Meister! Warum fürchtest du die Schwarzen Seher! Durch deine Liebe zu mir hast du bereits eines ihrer Gesetze gebrochen. Brich auch die restlichen! Du bist genauso stark wie sie!«

Selbst ein eiskalter Mann hätte der versengenden Glut ihrer Leidenschaft nicht widerstehen können. Mit einem heiseren Aufschrei preßte er sie an sich und überschüttete ihre Augen, ihre Lippen, ihr ganzes Gesicht mit brennenden Küssen.

»Ich werde es tun!« Die aufgewühlten Gefühle machten seine Stimme rauh. Er taumelte wie ein Betrunkener. »Was sie mich lehrten, soll mir von Nutzen sein, nicht ihnen. Wir werden über die Welt herrschen – die ganze Welt . . .«

»Dann komm!« Sie entwand sich geschmeidig seiner Umarmung und zog ihn zur Falltür. »Erst müssen wir dafür sorgen, daß der Statthalter die sieben Afghuli nicht gegen die Devi austauschen kann.«

Khemsa bewegte sich wie im Traum, bis sie am Fuß der Leiter angekommen waren und im Gemach daneben anhielten. Kerim Shah lag reglos auf einem Diwan, einen Arm über dem Gesicht, als wollte er seine Augen noch im Schlaf vor dem sanften Schein einer Messinglampe schützen.

Das Mädchen zupfte Khemsa am Ärmel und beschrieb eine flinke Geste quer über ihre Kehle. Khemsa hob die Hand, doch dann änderte sich sein Gesichtsausdruck, und er wich zurück.

»Ich habe sein Salz gegessen«, murmelte er. »Außerdem kann er uns ohnedies nichts anhaben.«

Er führte das Mädchen durch eine Tür, die sich zu einer Wendeltreppe öffnete. Nachdem ihre leisen Schritte sich in der Ferne verloren hatten, setzte der Mann auf dem Diwan sich auf und wischte den Schweiß von der Stirn. Einen Dolchstoß fürchtete er nicht, wohl aber den Mann Khemsa, als wäre er eine Giftschlange.

»Leute, die ihre Komplotte auf dem Dach schmieden, sollten nicht so laut reden«, murmelte er. »Nun, da Khemsa sich gegen seine Meister gewandt hat und er meine einzige Verbindung zu ihnen war, kann ich nicht mehr mit ihrer Hilfe rechnen. Von jetzt an bin ich auf mich selbst gestellt.«

Er stand auf, trat an einen Tisch, zog Feder und Pergament aus seinem Gürtel und kritzelte hastig ein paar Zeilen:

*An Khosru Khan, Statthalter von Secunderam! Der Cimmerier Conan hat die Devi Yasmina zu den Afghuli verschleppt. Das wäre eine günstige Gelegenheit, die Devi in unsere Hand zu bekommen, wie der König es sich lange schon wünscht. Schickt sofort dreitausend Kavalleristen. Ich werde sie mit einheimischen Führern im Gurashahtal erwarten.*

Er unterzeichnete mit einem Namen, der keine Ähnlichkeit mit ›Kerim Shah‹ hatte.

Dann griff er in einen goldenen Käfig, holte eine Brieftaube heraus und befestigte an ihrem Bein das Pergament, das er eng zusammengerollt hatte, mit einem Stück Golddraht. Er stieß den Vogel durch ein Fenster hinaus in die Nacht. Kurz zögerte die Taube mit flatternden Flügeln, dann schoß sie davon.

Kerim Shah nahm Helm, Schwert und Umhang und eilte die Wendeltreppe hinab.

Das Gefängnis von Peshkhauri war vom Rest der Stadt durch eine dicke hohe Mauer mit einem einzigen eisenbesetzten Tor getrennt. Über dem Torbogen brannte eine Öllampe, und am Tor lehnte ein Soldat mit Lanze und Schild. Hin und wieder gähnte er schläfrig, doch plötzlich sperrte er erstaunt die Augen weit auf. Vor ihm stand ein Mann, den er weder kommen gesehen noch gehört hatte. Er trug ein Kamelhaargewand und einen grünen Turban. Im flackernden Lampenlicht waren seine Züge kaum zu erkennen, wohl aber die Augen, die seltsam glühten.

»Wer da?« fragte der Soldat und streckte die Lanze aus. »Wer seid Ihr?«

Obgleich die Lanzenspitze fast seine Brust berührte, achtete der Fremde nicht darauf. Seine Augen schienen sich in die des Soldaten zu bohren.

»Was ist deine Pflicht?« fragte er mit sonderbarer Betonung.

»Das Tor zu bewachen!« antwortete der Soldat mit schwerer Zunge. Er stand starr wie eine Statue, und seine Augen wirkten glasig.

»Du lügst! Deine Pflicht ist, mir zu gehorchen. Du hast in meine Augen geblickt, und nun gehört deine Seele nicht mehr dir. Öffne das Tor!«

Steif, mit den unbewegten Zügen einer Statue, drehte der Soldat sich um, zog einen großen Schlüssel aus seinem Gürtel, drehte ihn im Schloß und stieß einen Torflügel auf. Dann stellte er sich stramm davor und blickte starr geradeaus.

Eine Frau glitt aus den Schatten und legte eine Hand auf den Arm des Mannes.

»Befiehl ihm, uns Pferde zu besorgen, Khemsa«, flüsterte sie.

»Nicht nötig«, antwortete der Rakhsha. Mit etwas lauterer Stimme wandte er sich an den Wächter: »Ich brauche dich nicht mehr! Töte dich!«

Der Soldat stieß den Lanzenschaft gegen den Fuß der Wand und drückte die Spitze unmittelbar unter den Rippen an seinen Leib. Dann preßte er sich mit unbewegtem Gesicht mit seinem ganzen Gewicht dagegen, so daß die Lanze in seinen Körper drang. Er fiel tot zu Boden.

Das Mädchen starrte den toten Soldaten mit weiten Augen an, bis Khemsa nach seiner Liebsten Arm griff und sie durch das Tor führte. Fackeln beleuchteten einen Durchgang zwischen der äußeren und der niedrigeren inneren Mauer. Ein Wächter patrouillierte hier. Als das Tor aufschwang, marschierte er arglos darauf zu, bis Khemsa und das Mädchen durch die Bogenöffnung traten. Und dann war es zu spät. Der Rakhsha vergeudete keine Zeit mit Hypnose, obwohl er wußte, wie sehr seine Geliebte – die sie für Zauber hielt – davon beeindruckt war. Der Soldat streckte drohend die Lanze aus, öffnete die Lippen, um Alarm zu schlagen und damit sofort die Soldaten aus den Wachstuben zu beiden Enden des Durchgangs herbeizurufen. Mit der Linken stieß Khemsa die Lanze wie eine Gerte zur Seite, während seine Rechte einmal vor und zurück schlug. Es sah aus, als berühre er nur sanft im Vorüberstreifen den Hals des Soldaten, doch dieser brach wortlos zusammen.

Khemsa beachtete ihn überhaupt nicht, sondern schritt weiter zu einer Bogentür. Er drückte die Handfläche auf das große Bronzeschloß. Die Tür kippte berstend nach innen. Als das Mädchen Khemsa folgte, sah sie, daß das dicke Teakholz zersplittert, der Bronzeriegel gebogen und aus der Halterung gerissen war und daß die schweren Angeln ausgebrochen waren. Ein tausend Pfund schwerer Rammbock, mit der Kraft von vierzig Mann hinter sich, hätte es weder schneller noch besser geschafft. Die neue Freiheit und das Bewußtsein seiner Kräfte machten Khemsa trunken. Er genoß seine Macht und protzte mit seiner Stärke wie ein junger Bulle mit dem Bedürfnis, sich auszutoben.

Die gebrochene Tür führte zu einem kleinen Innenhof, der von nur einer Lampe schwach beleuchtet wurde. Der Türöffnung gegenüber befand sich ein langes Eisengitter. Eine haarige Hand umklammerte einen der Gitterstäbe, hinter denen das Weiß von Augen schimmerte.

Khemsa blieb eine kurze Weile stumm stehen und spähte in die Schatten, aus denen die schimmernden Augen seinen Blick durchdringend erwiderten. Dann schob er seine Hand in sein Gewand. Als er sie wieder zurückzog und sie öffnete, rieselte glitzernder Staub auf das Pflaster. Grünes Licht stieg blendend davon auf und offenbarte die sieben Männer hinter den Gitterstäben in allen Einzelheiten. Große, behaarte Männer in der inzwischen zerlumpten Tracht der Bergstämme waren es. Kein Laut drang von ihren Lippen, aber aus ihren Augen leuchtete Todesfurcht, und ihre haarigen Finger umklammerten die Gitterstäbe.

Das grüne Feuer erstarb, aber ein Glühen blieb zurück: eine vibrierende Kugel auf dem Pflaster vor Khemsas Füßen. Die Afghuli vermochten den Blick nicht davon abzuwenden. Sie pulsierte, dehnte sich aus und wurde zu leuchtendem grünen Rauch, der kräuselnd aufstieg. Er drehte und wand sich wie der Schatten einer riesigen Schlange. Er wuchs zu einer Wolke an, die über das Pflaster schwebte – geradewegs auf das Gitter zu.

Mit angstverzerrten Augen beobachteten es die Afghuli. Die Gitterstäbe erzitterten unter dem verzweifelten Griff ihrer Finger. Bärtige Lippen öffneten sich, doch kein Laut entrang sich ihnen. Die grüne Wolke schwebte zum Gitter und verbarg es. Dann drang sie wie Nebelschwaden zwischen den Stäben hindurch, und die Männer waren nicht mehr zu sehen. Ein schnell abgewürgtes Keuchen war zu hören, wie das eines Mannes, dem das Wasser über den Kopf steigt. Das war alles.

Khemsa berührte den Arm des Mädchens, das mit offenem Mund und weitaufgerissenen Augen dastand. Mechanisch drehte sie sich mit ihm um, doch sie blickte über die Schulter zurück. Die Wolke löste sich bereits auf. Dicht an den Gittern sah sie ein Paar Füße in Sandalen, die Zehen himmelwärts gerichtet, und verschwommen die Umrisse von sieben reglos auf dem Boden liegenden Männern.

»Und jetzt ein Reittier, schneller als das flinkeste Pferd, das je ein Sterblicher großzog«, sagte Khemsa. »Noch vor dem Morgengrauen werden wir in Afghulistan sein.«

## IV

## BEGEGNUNG IM PASS

Nie konnte die Devi Yasmina sich ganz genau an die Einzelheiten ihrer Entführung erinnern. Es war so plötzlich und mit solcher Wildheit dazu gekommen, daß es sie regelrecht gelähmt hatte. Und so schnell war alles gegangen: Ein unerbittlicher Arm hatte sie gepackt, heißer Atem auf ihrer Haut gebrannt, und grimmige Augen hatten sie angefunkelt. Und dann der Sprung durchs Fenster zur Brustwehr, die wilde Raserei über Wehrgang und Dächer, wo ihre Furcht sie erst recht hatte erstarren lassen, und dann der Abstieg mit Hilfe eines Seiles, das um eine Zinne gebunden war. Ihr Entführer war an der Mauer fast hinuntergelaufen, während sie verzweifelt über seiner Schulter gehangen hatte. All das war ein wildes Kaleidoskop in ihrer Erinnerung. Besser entsann sie sich, wie er sie einem Kind gleich durch die Schatten hoher Bäume getragen und sich schließlich mit ihr auf den Rücken eines schnaubenden Bhalkhanahengstes geschwungen hatte, der sich wild aufbäumte. Und dann hatte sie das Gefühl gehabt, sie flögen dahin, obgleich sie die Funken sah, die von den Hufen aufsprühten, wenn sie gegen den Stein der Straße schlugen.

Als sie wieder klarer denken konnte, waren ihre ersten Empfindungen Wut und Scham. Sie war empört. Die Herrscher der goldenen Königreiche südlich der Himelianischen Berge wurden als göttergleich verehrt, und sie war schließlich die Devi von Vendhya! Königlicher Zorn überlagerte ihre Furcht. Wild schrie sie auf ihren Entführer ein und begann sich zu wehren. Sie, Yasmina, wurde wie eine gewöhnliche Straßendirne auf dem Sattelknauf eines Barbarenhäuptlings verschleppt! Aber er verstärkte seinen Griff um sie noch ein wenig mehr, und so bekam sie zum erstenmal in ihrem Leben Unterdrückung durch rohe Gewalt zu spüren. Seine Arme fühlten sich wie Eisenzangen um ihre schlanken Glieder an. Er blickte zu ihr herunter und grinste übers ganze Gesicht, so daß seine Zähne im Sternenschein schimmerten. Die Zügel lagen lose um die fliegende Mähne des Hengstes, jede Sehne und jeder Muskel des flinken Tieres spannten sich an, als es über den holprigen Pfad dahinflog. Trotzdem saß Conan bequem, ja fast sorglos im Sattel und ritt wie ein Zentaur.

»Du – du Hund!« keuchte sie, während die Mischung aus Scham, Grimm und dem Bewußtsein ihrer Hilflosigkeit sie erzittern ließ. »Du – du wagst es – *wagst es!* Dafür wirst du mit dem Leben bezahlen! Wohin bringst du mich?«

»Zu den Ansiedlungen der Afghuli«, antwortete er und warf einen Blick über die Schulter.

Hinter ihnen, jenseits der Hügel, die sie überquert hatten, erhellte

Fackelschein die Mauern des Forts, und er sah einen breiten Lichtschein, der bedeutete, daß das große Tor offenstand. Er lachte laut.

»Der Statthalter hat uns seine Reiter nachgehetzt. Bei Crom, das wird eine vergnügliche Jagd. Was meinst du, Devi, wird ihnen eine Kshatriya-Prinzessin das Leben von sieben Männern wert sein?«

»Sie werden eine ganze Armee ausschicken, um dich und deine Teufelsbrut auszurotten!« sagte sie mit tiefer Überzeugung.

Er lachte noch lauter und rückte sie zu einer bequemeren Haltung in seinen Armen herum. Aber sie betrachtete das als neue Unverschämtheit und begann sich erneut vergebens zu wehren, bis sie bemerkte, daß er sich über ihre Anstrengungen nur amüsierte. Außerdem litt darunter ihr dünnes Seidengewand, das im Wind flatterte. Also überlegte sie, daß es für ihre Würde besser wäre, wenn sie sich einstweilen in ihr Schicksal fügte, und so verfiel sie in erzürntes Schweigen und rührte sich nicht mehr.

Doch selbst ihren Grimm vergaß sie fast bei dem ehrfurchteinflößenden Anblick des Passes, der sich wie ein gewaltiger Schlund mit seinen schwarzen Steilwänden vor ihnen öffnete. Er sah aus, als hätte ein Riese einen schmalen Schlitz in das feste Gestein geschnitten. Tausende von Fuß hoben die Wände sich fast gerade dem Himmel entgegen, und in seiner Tiefe herrschte selbst im strahlenden Sonnenschein finsterste Nacht. Nicht einmal Conan mit seinen Katzenaugen konnte hier etwas sehen. Aber er kannte den Weg, und da er wußte, daß ihnen eine ganze Reiterschar auf den Fersen war, ließ er seinen Hengst weiter im Galopp dahinbrausen. Das mächtige Roß zeigte noch keinerlei Anzeichen von Erschöpfung. Es donnerte den Weg durch die Talsohle dahin, kämpfte sich einen Hang empor, balancierte an einem niedrigen Kamm entlang, wo brüchiger Schiefer zu beiden Seiten jeden falschen Schritt zur Lebensgefahr machte, und kam zu einem Pfad entlang einem breiten Sims der linken Wand.

Nicht einmal Conan bemerkte in dieser Dunkelheit den Hinterhalt der Zhaibarmänner. Als sie am Eingang einer Schlucht vorbeibrausten, die sich in den Paß öffnete, schwirrte ein Wurfspeer durch die Luft und traf den Hengst hinter der Schulter. Das mächtige Tier hauchte sein Leben in einem schluchzenden Laut aus und stürzte mitten im Schritt. Conan hatte die Flugbahn des Speeres erkannt und handelte blitzartig.

Noch während das Pferd fiel, sprang er weit aus dem Sattel, das Mädchen hoch in der Luft, um zu verhindern, daß sie gegen die Felsen schlug. Wie eine Katze landete er auf den Fußballen, stieß Yasmina in einen Spalt und wirbelte mit dem Dolch in der Hand herum.

Es war wieder alles so schnell gegangen, daß die Devi überhaupt nicht so recht wußte, was vorging, als sie vage eine Gestalt aus der Dunkelheit stürmen sah. Nackte Sohlen huschten über den Stein, Lumpenkleidung schlug in der Eile gegen die Beine des Herbeistürzenden. Stahl blitzte und klirrte bei Hieb und Gegenhieb, dann war zu hören, wie Conans langer Dolch den Schädel des anderen traf.

Der Cimmerier sprang zurück und duckte sich gegen die Felswand. In der Finsternis bewegten sich Gestalten, und eine durchdringende Stimme brüllte: »Was, ihr Hunde! Zieht ihr die Schwänze ein? Marsch, auf sie, und bringt sie mir!«

Conan richtete sich auf und spähte in die Finsternis, ehe er laut rief:

»Yar Afzal! Bist du es?«

Jemand fluchte hörbar erstaunt, dann erklang die fremde Stimme wachsam:

»Conan? Bist du es?«

»Ja!« Der Cimmerier lachte. »Komm her, alter Streithahn! Ich habe einen deiner Männer getötet.«

Zwischen den Felsen bewegte sich etwas, ein Licht flackerte auf, eine Fackel näherte sich leicht schwankend, und schließlich offenbarte sie ein wildes, bärtiges Gesicht. Der Mann, der das Licht trug, hielt es hoch ausgestreckt und verrenkte sich fast den Hals, als er sich zwischen den Steinblöcken umsah. In der anderen Hand hielt der Bursche einen riesigen Tulwar. Conan ging dem Mann entgegen und steckte seinen Dolch in die Scheide zurück.

Der andere brüllte erfreut: »Ja, es ist Conan! Kommt aus euren Verstekken heraus. Hunde! Es ist Conan!«

Weitere Männer drängten sich in den schwankenden Lichtkreis – wilde, zerlumpte Männer mit zerzausten Bärten und Augen wie Wölfe, lange Klingen in den Händen. Sie sahen Yasmina nicht, denn sie war hinter Conans breitem Rücken verborgen. Doch als sie vorsichtig hervorspitzte, legte zum erstenmal in dieser Nacht Furcht ihre eisigen Finger um ihr Herz. Diese Männer glichen eher Wölfen als menschlichen Wesen.

»Was jagst du denn mitten in der Nacht im Zhaibar, Yar Afzal?« erkundigte sich Conan. Der rundliche Häuptling grinste wie ein bärtiger Ghul.

»Man kann nie wissen, was des Nachts den Paß hochkommt. Wir Wazuli sind Nachtvögel. Aber was ist mit dir, Conan?«

»Ich habe eine Gefangene«, antwortete der Cimmerier. Er rückte zur Seite und holte mit langem Arm das zitternde Mädchen aus dem Felsspalt.

Von ihrer majestätischen Haltung war nichts geblieben. Verängstigt starrte sie auf den Halbkreis wilder, bärtiger Gesichter und war dankbar für die starken Arme, die sich besitzergreifend um sie legten. Die Fackel wurde ihr fast unter die Nase gestoßen, dann hörte man, wie die Männer laut die Luft einsogen.

»Sie ist meine Gefangene!« warnte Conan und blickte bedeutungsvoll auf die Füße des getöteten Angreifers, die gerade im Lichtkreis zu sehen waren. »Ich war dabei, sie nach Afghulistan zu bringen, aber jetzt habt ihr mein Pferd getötet, und die Kshatriya sind mir dicht auf den Fersen.«

»Komm mit zu unseren Hütten«, schlug Yar Afzal vor. »Wir haben in der Schlucht Pferde versteckt. In der Dunkelheit können sie uns nicht verfolgen. Du sagst, sie sind schon dicht hinter dir?«

»So dicht, daß ich ihren Hufschlag auf den Steinen höre«, antwortete Conan grimmig.

Sofort wurde die Fackel gelöscht, und die zerlumpten Gestalten tauchten wie Phantome in der Finsternis unter. Canon hob die Devi auf die Arme. Sie wehrte sich nicht. Die rauhen Steine schmerzten ihren Füßen in den dünnen Pantoffeln, und sie fühlte sich so unsagbar klein und hilflos in der undruchdringlichen Dunkelheit zwischen diesen rauhen zerklüfteten Felsen.

Als Conan spürte, wie sie im Wind zitterte, der durch die Schlucht heulte, riß er einem der Männer den zerschlissenen Umhang von der Schulter und hüllte sie darin ein. Er zischte ihr warnend ins Ohr, keinen Laut von sich zu geben. Sie hörte den fernen Hufschlag nicht wie die in den Bergen aufgewachsenen Männer, aber sie wäre ohnehin viel zu verängstigt gewesen, um Hilfe zu rufen.

Sie sah nichts als ein paar Sterne am Himmel, doch an der Dunkelheit, die noch tiefer zu werden schien, erkannte sie, daß sie die Schlucht betraten. Leichtes Stampfen unruhiger Pferde war zu hören, ein paar gemurmelte Worte, und Conan setzte sich auf das Pferd des Mannes, den er getötet hatte. Das Mädchen zog er zu sich hoch. Wie Phantome – sah man von dem Klicken der Hufe ab – ritten sie durch die dunkle Schlucht. Den Toten und das verendete Pferd ließen sie zurück. Beide wurden wenig später von den Kavalleristen aus dem Fort gefunden, die den Mann als Wazuli erkannten, woraufhin sie ihre eigenen Schlußfolgerungen zogen.

Yasmina, die sich in den Armen ihres Entführers wohlig warm fühlte, versuchte vergebens, wach zu bleiben. Obwohl der Weg holprig war und in ständigem Wechsel auf und ab führte, waren die Bewegungen des Pferdes doch rhythmisch und wirkten einschläfernd. Sie hatte jegliches Richtungs- und Zeitgefühl verloren. Tiefe Dunkelheit umgab sie, in der sie hin und wieder noch schwärzere Felswände mehr spürte als sah, und ab und zu hoben sich Felszacken hoch oben im schwachen Sternenlicht ab. Manchmal verrieten hohle Echos auch ungeheure Klüfte neben ihnen, und sie fühlte den eisigen Wind, der aus schwindelerregenden Höhen herabpfiff. Allmählich wurde alles zu einem Traumerlebnis für sie, in das das Hufklacken sich harmonisch einfügte.

Vage wurde ihr bewußt, daß die Bewegungen aufgehört hatten, sie vom Pferd gehoben und ein paar Schritte getragen wurde, ehe man sie auf etwas Raschelndes, Weiches legte und etwas – einen zusammengerollten Umhang möglicherweise – unter ihren Kopf schob. Der Umhang, in den Conan sie gehüllt hatte, wurde ein wenig zurechtgezogen. Sie hörte Yar Afzal lachen.

»Eine würdige Beute für den Häuptling der Afghuli, Conan!«

»Nur eine Geisel«, antwortete Conan. »Für sie bekomme ich meine sieben Männer zurück – mögen sie verdammt sein, daß sie sich fangen ließen.«

Mehr hörte sie nicht, denn dann schlief sie tief und fest.

Sie schlummerte, während Bewaffnete durch die dunklen Berge ritten und das Schicksal nicht nur eines Königreichs in der Schwebe hing. In den Schluchten und Klüften hallte in dieser Nacht der Hufschlag galoppierender Pferde wider, und Sternenschein schimmerte auf Helmen und Krummsäbeln, bis die Nachtwesen, die hier hausten, aus Spalten und über Felsblöcke in die Dunkelheit spähten und sich wunderten, was in den sonst so stillen Bergen vorging.

Eine Horde Männer saß auf hageren Rossen im schwarzen Schlund einer Schlucht, als die eiligen Hufe vorbeibrausten. Ihr Führer, ein gutgewachsener Mann in Helm und goldlitzenverziertem Umhang, hob warnend die Hand, bis die Reitschar vorbei war. Dann lachte er leise.

»Sie müssen die Spur verloren haben! Oder sie fanden heraus, daß Conan die Afghulis bereits erreicht hat. Ihr Nest auszuräuchern, bedarf es größerer Trupps. Im Morgengrauen werden mehrere Schwadronen den Paß hochreiten.«

»Wenn es zu Kämpfen in den Bergen kommt, wird es auch genug zum Plündern geben«, brummte eine Stimme hinter ihm im Dialekt der Irakzai.

»Daran wird es nicht fehlen«, antwortete der Mann im Helm. »Doch zuerst müssen wir zum Gurashahtal und die Reiter erwarten, die von Secunderam südwärts galoppieren werden, noch ehe der Tag anbricht.«

Er hob die Zügel und ritt aus der Schlucht. Seine Männer folgten ihm dichtauf: dreißig Phantome im Sternenlicht.

## V

## DER RAPPHENGST

Die Sonne stand schon hoch am Himmel, als Yasmina erwachte. Sie schaute nicht ungläubig um sich, sondern erinnerte sich sofort an die Geschehnisse der Nacht. Sie fühlte sich steif vom langen Ritt, und irgendwie war ihr, als spürte sie immer noch die kräftigen Arme ihres Entführers um sich.

Sie lag auf einem Schaffell, das über einen Laubhaufen auf festgetretenem Lehmboden gebreitet war. Ein zusammengerollter Schafpelzmantel diente ihr als Kopfkissen, und sie war in einen zerlumpten Umhang gehüllt. Sie befand sich in einer geräumigen Hütte mit Wänden aus unbehauenem Stein, der mit getrocknetem Lehm gefugt war. Schwere Balken trugen das Dach mit einer Falltür, zu der eine Leiter führte. Fenster gab es nicht in den dicken Mauern, nur Schießscharten. Die Tür war aus Bronze und vermutlich Plündergut von einer vendhyanischen Grenzstadt. Auf einer Seite befand sich eine breite Öffnung in der Wand, die statt durch eine richtige Tür durch ein festes Holzgitter gesichert war. Durch dieses Gitter sah Yasmina einen prachtvollen edlen Rapphengst, der Heu kaute. Die Hütte war ganz offensichtlich Fort, Wohnraum und Stallung in einem.

In einer Ecke der Hütte kauerte ein Mädchen im Mieder und Pluderhose, der Kleidung der Bergfrauen, neben einem kleinen Feuer und briet Fleischstreifen auf einem Eisengrill, der auf Steinblöcken ruhte. Ein paar Fuß über dem Boden war ein rußiger Spalt in der Wand, durch den ein Teil des Rauches abzog, der Rest trieb in dünnen blauen Schwaden durch den Raum.

Das Mädchen, das ein hübsches, keckes Gesicht hatte, warf einen Blick über die Schulter auf Yasmina, dann beschäftigte sie sich wieder mit dem brutzelnden Fleisch. Jemand unterhielt sich vor der Tür, die aufschwang. Conan trat ein. Mit der Mittagssonne im Rücken wirkte er noch größer und kräftiger, als Yasmina ihn in Erinnerung hatte, und ihr fielen nun auch einige Einzelheiten auf, die ihr am Abend entgangen waren. Seine Kleidung war sauber und ohne Risse und Löcher. Der breite Bakhariotwaffengürtel, von dem sein Dolch in einer reichverzierten Scheide hing, hätte der eines Prinzen sein können. Durch sein Hemd schimmerten die Glieder einer Kettenrüstung feinster turanischer Arbeit.

»Deine Gefangene ist wach, Conan«, wandte das Wazulimädchen sich an ihn. Er brummte etwas Unverständliches, schritt zum Feuer und schob ein paar Hammelfleischstreifen auf einen Steinteller.

Das kauernde Mädchen blickte lachend zu ihm hoch. Sie sagte etwas Zweideutiges, woraufhin er grinste und sie mit dem Fuß stupste, so daß sie nach vorn auf den Boden fiel. Diese rauhe Behandlung schien ihr ungemein zu gefallen, aber Conan kümmerte sich nicht weiter um sie. Er legte ein riesiges Stück Brot zu dem Fleisch und brachte das ganze mit einer Kupferkanne Wein zu Yasmina, die sich von ihrem Lager erhoben hatte und ihm ein wenig unsicher entgegensah.

»Kein Frühstück, wie eine Devi gewohnt ist«, brummte er. »Aber es ist das beste, was wir haben, und auf jeden Fall füllt es den Magen.«

Er stellte den Teller auf dem Boden ab, und plötzlich wurde Yasmina sich bewußt, wie hungrig sie war. Wortlos setzte sie sich mit gekreuzten Beinen auf den Boden, hob den Teller auf den Schoß und begann mit den Fingern zu essen, denn Besteck gab es hier offensichtlich nicht. Aber schließlich war Anpassungsfähigkeit ein Beweis wahrer Aristrokratie. Conan blickte, die Daumen in seinen Gürtel gehakt, auf sie hinunter. Er saß nie auf die Weise des Ostens auf überkreuzten Beinen.

»Wo bin ich?« fragte sie plötzlich.

»In der Hütte Yar Afzals, des Häuptlings der Khurum Wazuli«, antwortete er. »Afghulistan liegt viele Meilen weiter westlich. Wir verstekken uns hier eine Weile. Die Kshatriyas suchen die Berge nach dir ab – mehrere ihrer Schwadronen wurden bereits von den Stämmen aufgerieben.«

»Was hast du vor?« erkundigte sie sich.

»Ich behalte dich hier, bis Chunder Shan bereit ist, mir meine sieben Viehdiebe zurückzugeben. Ein paar Wazulifrauen sind schon dabei, Tinte aus Shokiblättern zu pressen. Wenn sie genügend haben, kannst du einen Brief an den Statthalter schreiben.«

Ein Teil ihres alten Grimmes ergriff sie, als sie daran dachte, wie sehr ihre Pläne schiefgelaufen waren, so daß sie nun Gefangene des Mannes war, den sie in ihre Gewalt hatte bringen wollen. Sie schleuderte den Teller mit den Resten ihres Mahls von sich und sprang weiß vor Zorn auf.

»Ich werde keinen Brief schreiben! Wenn du mich nicht zurückbringst, werden sie nicht nur deine sieben Männer hängen, sondern noch tausend dazu!«

Das Wazulimädchen lachte spöttisch, und Conan zog finster die Brauen zusammen, als die Tür aufschwang und Yar Afzal hereinstolziert kam. Der Wazulihäuptling war so groß wie Conan und noch breiter, aber er wirkte fett und langsam neben dem Cimmerier mit den harten Muskeln. Er zupfte an seinem rotgefleckten Bart und starrte das Wazulimädchen an, das sich daraufhin sofort erhob und die Hütte verließ. Erst jetzt wandte Yar Afzuli sich seinem Gast zu.

»Meine verdammten Leute brummeln, Conan«, sagte er. »Sie wollen, daß ich dich umbringe und wir die Frau hierbehalten, bis wir Lösegeld für sie bekommen. Mit ihrer Kleidung muß sie eine sehr vornehme Dame sein, sagen sie. Sie sagen, weshalb sollen die Afghulihunde durch sie profitieren, wenn sie sie beschützen müssen und sich so in Gefahr bringen.«

»Leih mir dein Pferd«, bat Conan. »Dann reite ich mit ihr weg.«

»Pah!« brummte Yar Afzal. »Glaubst du, ich kann nicht mit meinen Männern umgehen? Sie wissen, was ihnen blüht, wenn sie mich zu hintergehen versuchen! Sie mögen dich nicht – und auch sonst keinen Fremden –, aber du hast mir einmal das Leben gerettet, das werde ich dir nie vergessen. Aber komm jetzt mit mir hinaus, Conan. Ein Kundschafter ist zurückgekehrt.«

Conan rückte seinen Gürtel zurecht und folgte dem Häuptling ins Freie. Sie schlossen die Tür hinter sich. Yasmina spähte durch eine

Schießscharte. Sie sah einen ebenen Platz vor der Hütte, an dessen gegenüberliegender Seite mehrere Lehm- und Steinhütten standen. Nackte Kinder spielten zwischen den Felsen, und schlanke, gutgewachsene Frauen gingen ihrer Arbeit nach.

Ganz in der Nähe der Häuptlingshütte hockten haarige Männer im Halbkreis, der Tür zugewandt. Conan und Yar Afzal waren ein paar Schritte vor der Tür stehengeblieben. Im Halbkreis saß ein weiterer Mann mit überkreuzten Beinen und sprach im rauhen Dialekt der Wazuli (den Yasmina kaum verstehen konnte, obgleich zu ihrer königlichen Erziehung auch Unterricht in den Sprachen Iranistans und der verwandten ghulistanischen Dialekte gehört hatte) zum Häuptling.

»Ich habe mich mit einem Dagozai unterhalten, der die Reiter der Nacht gesehen hat«, sagte der Kundschafter. »Er lauerte ganz in der Nähe, als sie zu der Stelle kamen, wo wir den Lord Conan überfielen. Er belauschte sie. Chunder Shan war bei ihnen. Sie fanden den Kadaver des Pferdes und den Mann, den Conan getötet hatte, und sie erkannten, daß er ein Wazuli war. Also gaben sie ihre Absicht auf, weiter nach Afghulistan zu reiten. Aber sie wußten nicht, aus welchem Dorf der Tote stammte, und wir hatten keine Spuren hinterlassen, denen die Kshatryias folgen konnten. Also ritten sie zum nächsten Wazulidorf, nach Jugras. Sie brannten es nieder und töteten viele Stammesbrüder. Doch dann fielen die Männer von Khojur in der Dunkelheit über sie her, töteten einige und verwundeten den Statthalter, der sich mit den Überlebenden kurz vor Morgengrauen durch den Zhaibarpaß zurückzog. Aber noch ehe die Sonne aufging, kehrten die Kshatriyas mit Verstärkung wieder. Den ganzen Vormittag kam es zu Scharmützeln und größeren Kämpfen. Angeblich soll eine große Armee aufgestellt werden, um die Berge rings um den Zhaibar zu durchkämmen. Die Stämme wetzen ihre Dolche und liegen an allen Pässen von hier bis Gurashahtal im Hinterhalt. Außerdem ist Kerim Shah in die Berge zurückgekehrt.«

Die Männer sogen hörbar die Luft ein, und Yasmina lehnte sich bei der Erwähnung dieses Mannes, dem sie Mißtrauen entgegenbrachte, noch dichter an die Schießscharte.

»Wo ist er hin?« fragte Yar Afzal.

»Das wußte der Dagozai nicht. Er hatte dreißig Irakzai von den unteren Dörfern bei sich. Sie ritten in die Berge und verschwanden.«

»Diese Irakzai sind Schakale, die einem Löwen in der Hoffnung auf ein paar Überreste folgen«, knurrte Yar Afzal. »Sie haben gierig die Münzen eingesammelt, die Kerim Shah unter den Grenzstämmen verteilt, um sich Männer wie Pferde zu kaufen. Ich mag ihn nicht, auch wenn er ein mit uns verwandter Iranistanier ist.«

»Er ist keiner«, warf Conan ein. »Ich kenne ihn von früher. Er ist Hyrkanier, ein Spion Yezdigerds. Wenn ich ihn erwische, hänge ich ihn an einer Tamariske auf!«

»Aber die Kshatriyas!« murrten die Männer im Halbkreis. »Sollen wir untätig herumhocken, bis sie uns ausräuchern? Sie werden schließlich dahinterkommen, in welchem Wazulidorf das Mädchen festgehalten wird. Die Zhaibari mögen uns nicht, sie werden den Kshatriyas helfen, uns zu finden.«

»Sollen sie doch kommen!« knurrte Yar Afzal. »Wir können die Schlucht auch gegen die ganze Armee halten!«

Ein Mann sprang auf und schüttelte die Faust mit einem finsteren Blick auf Conan.

»Sollen wir seinetwegen unser Leben aufs Spiel setzen, während er die Belohnung einsteckt?« brüllte er. »Sollen wir seine Schlachten für ihn schlagen?«

Mit einem Schritt war Conan bei ihm und bückte sich leicht, um ihm ins volle haarige Gesicht zu starren. Der Cimmerier hatte sein langes Messer nicht gezogen, doch seine Linke umklammerte die Scheide und drückte den Griff bedeutungsvoll nach vorn.

»Ich bitte keinen, meine Schlachten zu schlagen«, sagte er gefährlich leise. »Zieh deine Klinge, wenn du den Mut dazu hast, japsender Hund!«

Der Wazuli wich fauchend wie eine Katze zurück.

»Wag es, mich hier anzugreifen, und fünfzig Männer werden dich zerreißen!« kreischte er.

»Was?« donnerte Yar Afzal, und sein Gesicht lief rot vor Grimm an. Er schob das Kinn vor und stemmte die Hände an die Hüften. »Bist du vielleicht der Häuptling von Khurum? Von wem nehmen die Wazuli Befehle entgegen? Von Yar Afzal oder von einem räudigen Hund?«

Der Mann wurde unter dem Blick seines unbezwingbaren Häuptlings immer kleiner. Yar Afzal packte ihn um die Kehle und würgte ihn, bis sein Gesicht sich blau färbte, dann warf er ihn wütend auf den Boden und stellte sich mit dem Tulwar in der Hand über ihn.

»Bestehen noch irgendwelche Zweifel, wer hier der Häuptling ist?« fragte er drohend leise. Seine Krieger wandten verlegen die Augen ab, als sein wilder Blick über den Halbkreis streifte. Yar Afzal brummte verächtlich und schob seine Waffe mit einer Geste in die Scheide zurück, die nicht beleidigender hätte sein können. Dann versetzte er dem halb unter ihm liegenden Aufwiegler einen Tritt, daß er vor Schmerzen aufheulte.

»Marsch, hinunter ins Tal mit dir zu den Spähern auf den Höhen und frag sie, ob sie etwas gesehen haben, dann komm sofort zurück!« befahl Yar Afzal. Zitternd vor Furcht und vor Wut mit den Zähnen knirschend, machte der Mann sich auf den Weg.

Wuchtig setzte Yar Afzal sich auf einen Felsbrocken und brummte in seinen Bart. Conan stand breitbeinig, die Daumen im Gürtel, neben ihm und beobachtete die Krieger aus engen Augenschlitzen. Sie starrten ihn finster an. Sie wagten nicht, Yar Afzals Wut auf sich herabzubeschwören, aber sie haßten den Fremden, wie nur ihresgleichen hassen konnten.

»Hört mir gut zu, ihr Hundesöhne, denn ich sage euch jetzt, was Lord Conan und ich uns ausgedacht haben, um die Kshatriyas an der Nase herumzuführen . . .« Die donnernde Stimme Yar Afzals folgte dem Krieger, der seines Häuptlings Grimm zu spüren bekommen hatte.

Er schlich vorbei an den Hütten, wo die Frauen, die seine Demütigung mitangesehen hatten, ihn jetzt auslachten und ihm spöttische Bemerkungen nachschickten, und rannte auf dem Pfad dahin, der sich zwischen Felsblöcken zum Tal hinunterschlängelte.

Als er um die erste Biegung kam, die ihn vor den Blicken im Dorf verbarg, blieb er abrupt stehen und riß die Augen weit auf. Er hatte es für unmöglich gehalten, daß ein Fremder das Tal von Khurum betreten konnte, ohne von den adleräugigen Wächtern auf den Höhen gesehen zu werden. Und doch saß da ein Mann mit überkreuzten Beinen auf einem niedrigen Sims neben dem Pfad – ein Mann in Kamelhaargewand und grünem Turban.

Der Wazuli wollte einen Warnschrei ausstoßen, und seine Hand fuhr um den Griff seines Dolches, aber in diesem Moment begegneten seine Augen denen des Fremden. Der Schrei erstarb in seiner Kehle, seine Finger hingen schlaff hinunter. Mit leeren, glasigen Augen stand er starr wie eine Statue.

Ein Weile tat sich überhaupt nichts, dann zog der Mann auf dem Sims mit dem Zeigefinger ein geheimnisvolles Zeichen in den Staub auf dem Fels. Der Wazuli sah nicht, daß er etwas ins Innere dieses Zeichens legte, aber plötzlich schimmerte dort etwas: ein glänzender schwarzer Ball, der aussah, als wäre er aus poliertem Gagat. Der Mann im Turban griff danach und warf ihm dem Wazuli zu, der ihn mechanisch auffing.

»Bring das Yar Afzal«, befahl der Mann. Willenlos drehte der Wazuli sich um und kehrte den Pfad zurück. Die schwarze Kugel hielt er in seiner ausgestreckten Hand. Er drehte nicht den Kopf, als die Frauen ihn erneut verhöhnten, während er an den Hütten vorbeiging. Er schien sie nicht einmal zu hören.

Der Mann auf dem Sims blickte ihm mit rätselhaftem Lächeln nach. Der Kopf des Mädchens tauchte über dem Simsrand auf. Sie schaute den Mann bewundernd an, aber auch mit einer Spur Furcht, die sie am Abend zuvor noch nicht empfunden hatte.

»Warum hast du das getan?« fragte sie.

Liebkosend strich er über ihre dunklen Locken.

»Bist du immer noch verwirrt von unserem Flug auf dem Luftpferd, daß du an meiner Weisheit zweifelst?« fragte er lachend. »Solange Yar Afzal lebt, ist Conan unter den Wazulikriegern sicher. Ihre Messer sind scharf und zahlreich. Mein Plan ist sicher, auch für mich, denn so brauche ich ihn nicht selbst zu töten, um an die Devi heranzukommen. Es gehört kein Zauber dazu, um vorherzusehen, was die Wazuli und Conan tun werden, wenn der Bursche dem Häuptling von Khurum die Kugel Yezuds aushändigt.«

Yar Afzal hielt mitten in einem Wortschwall inne und blickte überrascht und verärgert dem Mann entgegen, den er zum Tal geschickt hatte, der sich jetzt aber durch die Herumstehenden drängte.

»Habe ich dir nicht befohlen, zu den Spähern zu gehen?« brüllte er ihn an. »Du kannst noch gar nicht zurück sein!«

Der andere schwieg. Hölzern blieb er vor dem Häuptling stehen, stierte ihm leeren Blickes ins Gesicht und streckte ihm den Gagatball entgegen. Conan, der über Yar Afzals Schulter schaute, murmelte etwas und wollte die Hand auf des Häuptlings Arm legen, aber im gleichen Moment schlug Yar Afzal den Mann in einem Wutanfall nieder. Die Kugel entglitt seiner Hand und rollte auf Yar Afzals Fuß zu. Der Häuptling, der sie erst jetzt zu sehen schien, bückte sich danach. Die Männer, die verblüfft auf ihren bewußtlosen Kameraden starrten, sahen, wie ihr Häuptling sich bückte, doch nicht, was er vom Boden aufhob.

Yar Afzal richtete sich auf, betrachtete flüchtig den Gagatball und machte sich daran, ihn in seinen Gürtel zu schieben.

»Schafft den Burschen in seine Hütte!« knurrte er. »Er sieht aus wie ein Lotusesser. Er hat durch mich hindurchgeschaut. Ich – ahhh!«

In seiner Rechten, die er gerade zum Gürtel führte, hatte er eine plötzliche Bewegung gespürt, wo keine sein durfte. Seine Stimme erstarb, während er wie erstarrt stand und ins Leere blickte. In seiner geballten Rechten empfand er eine *Veränderung,* eine *Bewegung, Leben.* Er hielt keine glatte, glänzende Kugel mehr in seinen Fingern. Und er wagte nicht, nachzusehen. Seine Zunge klebte am Gaumen, und er konnte die Hand auch gar nicht öffnen. Seine erstaunten Krieger sahen, wie seine Augen sich unnatürlich weiteten, wie sein Gesicht jegliche Farbe verlor. Plötzlich drang ein grauenvoller Schmerzensschrei von seinen bartumrahmten Lippen. Er schwankte und fiel wie vom Blitz getroffen. Sein rechter Arm war ausgestreckt, als er so mit dem Gesicht auf dem Boden lag – und zwischen den sich öffnenden Fingern kroch eine Spinne heraus: eine häßliche schwarze Kreatur mit behaarten Beinen und einem kugelförmigen Leib, der wie Gagat glänzte. Die Männer schrien und wichen hastig zurück, doch die Spinne kümmerte sich nicht um sie, sondern verschwand in einem Felsspalt.

Die Krieger blickten auf und starrten wild um sich, als plötzlich über ihr Geschrei hinweg eine dröhnende Stimme scheinbar aus dem Nichts erklang.

»Yar Afzal ist tot! Tötet den Fremden!« befahl sie.

Später leugnete jeder, der noch am Leben war, daß er gerufen hatte. Aber gehört hatten es alle. Und dieser donnernde Befehl löste ihre Verwirrung. Alle Zweifel und Furcht gingen in der plötzlich aufwallenden Blutlust unter. Ein Schrei zerriß die Luft, als die Krieger sich daran machten, diesem Befehl zu gehorchen. Mit flatternden Umhängen, funkelnden Augen und erhobenen Dolchen stürmten sie auf Conan zu.

Der Cimmerier reagierte rasch. Als die Stimme erschallte, sprang er sofort zur Hüttentür. Doch die Männer waren ihm näher als er der Tür. Den Fuß auf der Schwelle, mußte er herumwirbeln und den Hieb einer drei Fuß langen Klinge parieren. Er traf den Kopf des Angreifers, duckte sich unter einem weiteren Messer, stach seinem Besitzer in den Bauch, fällte einen anderen mit der Linken und hieb einem vierten in den Leib, ehe er die Schultern gegen die geschlossene Tür warf. Klingen prallten neben seinen Ohren vom Messing ab, während andere Stücke aus dem hölzernen Rahmen hackten. Aber die Tür sprang auf, und er stolperte rückwärts in die Hütte. Ein Bärtiger, der die Klinge mit aller Kraft geschwungen hatte, als Conan zurückgesprungen war, verlor das Gleichgewicht und flog kopfüber durch die Türöffnung. Conan bückte sich, packte ihn am Gewand und riß ihn zur Seite, um sofort den Nachstürmenden die Tür ins Gesicht zu schmettern. Es krachte, und die Tür rastete ein. Hastig schob Conan den Riegel vor und wirbelte herum, um dem Angriff des anderen Mannes zu begegnen, der vom Boden aufgesprungen war und wie ein Wahnsinniger auf ihn losging.

Yasmina drückte sich in eine Ecke und beobachtete entsetzt die beiden Männer, die für ihren wilden Kampf den ganzen Raum brauchten und manchmal sogar sie in Gefahr brachten. Das Blitzen, Klirren und Krachen ihrer Klingen erfüllte die Luft, während die Meute vor der Hütte wie Wölfe heulte, mit ihren langen Dolchen ohrenbetäubend auf die Bronzetür schlugen und schwere Felsbrocken dagegen warfen. Einer holte einen Baumstamm, und die Tür erzitterte unter dem donnernden Angriff.

Yasmina drückte die Hände an die Ohren und starrte wild um sich. Ein schrecklicher Kampf fand vor ihren Augen statt, und außerhalb der Hütte herrschte der absolute Wahnsinn. Der Hengst in seiner Stallabteilung wieherte, bäumte sich auf und schlug mit den Hufen gegen die Wände. Er wirbelte herum und stieß die Vorderhufe durch das Holzgitter, gerade als der Wazuli, der vor Conans Hieben zurückwich, dagegen stolperte. Seine Wirbelsäule brach, und er wurde gegen den Cimmerier geschmissen, den er rückwärts umwarf, so daß die beiden schwer auf dem Boden landeten.

Yasmina schrie auf und rannte auf sie zu. Sie hielt beide für tot. Doch noch ehe sie die Männer erreicht hatte, stieß Conan den toten Gegner zur Seite und erhob sich. Sie griff nach seinem Arm und zitterte am ganzen Körper.

»Oh – du lebst! Ich dachte – ich dachte –, du seist ebenfalls tot!«

Er blickte schnell hinunter in ihr bleiches zu ihm aufschauendes Gesicht und die dunklen erschrockenen Augen.

»Weshalb zitterst du so?« fragte er. »Warum sollte es dir etwas ausmachen, ob ich lebe oder tot bin?«

Sie versuchte ein wenig ihrer Haltung wiederzugewinnen, aber es glückte ihr nicht so recht, die Devi herauszukehren.

»Ich ziehe dich jedenfalls diesen Wölfen vor, die da draußen heulen.« Sie deutete auf die Tür, deren steinerne Schwelle abzusplittern begann.

»Sie wird nicht mehr lange halten«, murmelte Conan und ging eilig zum Stall des Hengstes.

Yasmina verkrampfte die Hände ineinander und hielt den Atem an, als sie sah, wie er die geborstenen Holzstäbe zur Seite riß und zu dem panikerfüllten Tier trat. Der Hengst hatte sich hoch aufgebäumt. Er wieherte durchdringend mit entblößten Zähnen und hatte die Ohren zurückgelegt. Conan sprang und griff nach seiner Mähne. Mit unvorstellbarer Kraft zog er das Pferd auf die Vorderbeine herunter. Es schnaubte und zitterte, verhielt sich jedoch ruhig, während Conan ihm den Zügel anlegte und den goldverzierten Sattel mit den breiten silbernen Steigbügeln befestigte.

Der Cimmerier drehte das Pferd zur Wand um und rief Yasmina herbei. Vorsichtig zwängte sich das Mädchen an dem Tier vorbei. Conan hantierte an der Steinmauer und erklärte:

»Es gibt eine Geheimtür hier, von der nicht einmal die Wazuli etwas wissen. Yar Afzal zeigte sie mir einmal, als er sehr betrunken war. Sie führt hinaus in die Schlucht hinter der Hütte. Ha!«

Als er an einem natürlich wirkenden Steinvorsprung zog, glitt ein ganzer Wandteil auf geölten Eisenschienen zurück. Das Mädchen blickte hinaus in eine schmale Kluft mit hohen Steilwänden.

Schon saß Conan im Sattel und zog sie zu sich herauf. Hinter ihnen ächzte die dicke Messingtür wie ein lebendes Wesen und stürzte krachend nach innen. Wildes Geschrei brandete zum Dach, als sich die Öffnung sofort mit Wazuli füllte, die Dolche in den haarigen Fäusten trugen. Und dann schoß der edle Hengst wie von einer Sehne abgeschnellt durch die Kluft.

Das war völlig unerwartet für die Wazuli – genau wie für jene, die sich durch die Kluft zur Hütte stahlen. So schnell geschah es – dieser orkanartige Sturm des Streitrosses –, daß ein Mann im grünen Turban nicht mehr imstande war, ihm auszuweichen. Er ging unter den Hufen zu Boden, und ein Mädchen kreischte. Nur einen flüchtigen Blick erhaschte Conan von ihr, als sie vorüberbrausten: Eine schlanke junge Frau war es, in bauschiger Seidenhose und edelsteinbesetztem Brustband, die sich an die Steilwand drückte. Und schon flog der Hengst wie eine Feder im Wind weiter durch die Kluft. Die Männer, die durch die

Wandöffnung hinaus in die Kluft stürmten, um die Flüchtlinge zu verfolgen, stießen auf etwas, das ihre blutrünstigen Schreie zu jenen des Grauens und Verderbens machten.

## VI

## DER BERG DER SCHWARZEN SEHER

»Wohin jetzt?« Yasmina bemühte sich, auf dem schaukelnden Sattelbogen aufrecht zu sitzen, mußte sich jedoch an ihrem Entführer festhalten. Sie schämte sich ein wenig, daß sie als angenehm empfand, die kräftigen Muskeln unter ihren Fingern zu spüren.

»Nach Afghulistan«, antwortete Conan. »Es ist ein gefahrvoller Weg, aber mit diesem Pferd werden wir es schon schaffen, außer wir fallen einem Trupp deiner Freunde oder Feinden der Afghuli in die Hände. Nun, da Yar Afzal tot ist, werden wir die verdammten Wazuli auf den Fersen haben. Ich bin überrascht, daß wir sie noch nicht hinter uns sehen.«

»Wer war der Mann, den du niedergeritten hast?« fragte sie.

»Ich habe keine Ahnung. Ich habe ihn noch nie zuvor gesehen. Ghulistan war er gewiß nicht. Was, bei den Göttern, er in der Kluft zu suchen hatte, ist mir ein Rätsel. Es war auch ein Mädchen bei ihm.«

»Ja«, murmelte sie nachdenklich. »Gerade das verstehe ich nicht, denn es war meine Leibmagd Gitara. Glaubst du, sie kam, um mir zu helfen? Daß der Mann ein Freund war? Wenn ja, werden die Wazuli sie beide gefangengenommen haben.«

»Wie auch immer, wir können nichts für sie tun. Kehren wir um, werden sie uns beide umbringen. Es ist mir unbegreiflich, wie ein Mädchen mit nur einem Begleiter – und einem Weisen noch dazu, denn das war er seiner Kleidung nach – so weit in die Berge gelangen konnte. Etwas ist da nicht ganz geheuer. Dieser Bursche, den Yar Afzal gezüchtigt und mit einem Auftrag weggeschickt hatte, kehrte wie ein Schlafwandler zurück. Ich sah den Priestern von Zamora bei ihren schrecklichen Riten zu, ihre Opfer hatten den gleichen blicklosen, leeren Ausdruck wie dieser Mann. Die Priester blickten in die Augen ihrer Opfer, murmelten irgendwelche Beschwörungen, woraufhin die Bedauernswerten sich mit glasigen Augen wie wandelnde Tote bewegten und ohne eigenen Willen jeden Befehl der Priester ausführten.
Ich sah auch, was der Bursche in der Hand hielt und daß Yar Afzal es aufhob. Es glich einer kleinen Gagatkugel, wie sie die Tempeltänzerinnen von Yezud tragen, wenn sie vor der schwarzen Steinspinne tanzen, die ihr Gott ist. Nur sie hatte Yar Afzal in der Hand, das weiß ich sicher, doch als er tot auf dem Boden lag, kroch eine Spinne von der Art des

Yezudgottes aus seinen Fingern, nur viel kleiner natürlich. Und dann, als die Wazuli verwirrt herumstanden, befahl eine Stimme ihnen, mich zu töten. Die Stimme kam von keinem der Krieger, genausowenig von einer der Frauen bei den Hütten, daran zweifle ich nicht. Mir schien es, als erschallte sie aus der Luft *über* den Kriegern.«

Yasmina schwieg. Sie blickte auf die schroffen Felsen ringsum, und ihr schauderte. Sie erschienen ihr finster und drohend. Das hier war ein grimmiges rauhes Land, wo Schreckliches geschehen mochte. Für Menschen, die im Prunk und mit aller Bequemlichkeit der Städte in den Ebenen des heißen Südens aufgewachsen waren, galten sie als die Brutstätte unbeschreiblicher Schrecken.

Die Sonne stand hoch am Himmel und brannte mit glühender Hitze herab, doch der wechselnde Wind brachte eine Kälte wie von Gletschern mit sich. Einmal hörte sie ein seltsames Rauschen über ihren Köpfen, das nicht vom Wind kam. Aus der Art, wie Conan hockblickte, erkannte Yasmina, daß auch er sich Gedanken darüber machte. Ihr war, als wäre einen flüchtigen Moment das Blau des Himmels verschwommen gewesen, als hätte sich etwas Unsichtbares zwischen sie und die Sonne geschoben. Aber sie war nicht ganz sicher, ob sie es sich nicht eingebildet hatte. Weder sie noch Conan erwähnten es, doch der Cimmerier lockerte den Dolch in seiner Scheide.

Sie folgten einem undeutlich erkennbaren Pfad, der so tief kluftabwärts führte, daß kein Sonnenstrahl über ihn streifte, der wieder zu den steilen Hügeln anstieg, wo loser Schiefer jeden Schritt zur Gefahr machte, und sich über schmale Grate über widerhallenden Schlünden schlängelte.

Die Sonne hatte ihren Zenit überschritten, als sie zu einem schmalen Pfad kamen, der sich zwischen Felsen dahinwand. Conan zügelte den Hengst und folgte dem Pfad südwärts, in fast rechtem Winkel zu ihrem bisherigen Kurs.

»Am Ende dieses Weges liegt ein Dorf der Galzai. Ihre Frauen benutzten ihn, um Wasser von einer Quelle zu holen. Du brauchst andere Kleidung.«

Yasmina schaute an sich herunter und pflichtete ihm bei. Ihre Pantoffeln waren zerrissen, und ihr dünnes Gewand sowie das seidene Unterzeug hingen in Fetzen, die kaum noch richtig zusammenhielten. Vornehme Kleidung, wie sie auf den Straßen von Peshkauri gesehen wurde, war nicht gerade das Richtige für die Himelianischen Berge.

An einer Biegung saß Conan ab und half Yasmina vom Pferd. Er lauschte, dann nickte er, obgleich sie nicht das geringste hörte.

»Eine Frau kommt des Weges«, murmelte er.

In plötzlicher Panik umklammerte Yasmina seinen Arm. »Du – du wirst sie doch nicht töten!«

»Ich töte gewöhnlich keine Frauen«, brummte er, »obgleich einige dieser Bergfrauen wilder als Wölfinnen sind. Nein.« Er grinste wie über einen gelungenen Scherz. »Bei Crom, ich werde für ihre Kleidung *bezahlen!* Was sagst du dazu?« Er brachte eine Handvoll Goldmünzen zum Vorschein und steckte alle außer der größten wieder ein. Yasmina nickte erleichtert. Es war vielleicht natürlich, daß Männer sich gegenseitig umbrachten, aber ihr stellten sich die Härchen auf den Armen auf, als sie daran dachte, daß sie zusehen müßte, wie eine Frau abgeschlachtet wurde.

Kurz darauf kam ein schlankes Galzaimädchen, gerade gewachsen wie eine Gerte, um die Biegung. Beim Anblick der beiden entglitt ihr der Tonkrug, den sie getragen hatte. Im ersten Moment sah es aus, als wollte sie die Flucht ergreifen, doch dann schien ihr klarzuwerden, daß der riesenhafte Fremde viel zu nah war, um sie entkommen zu lassen. Also blieb sie stehen und starrte die beiden furchterfüllt, doch gleichzeitig neugierig an.

Conan zeigte ihr die Goldmünze. »Du wirst dieser Frau deine Sachen geben, dafür bekommst du das Geld.«

Das Mädchen strahlte sofort übers ganze Gesicht. Mit der Mißachtung der Bergfrau für die falsche Scham der Zivilisierten öffnete sie ihr reichbesticktes Mieder, schlüpfte aus der Pluderhose, zog die weitärmelige Bluse über den Kopf und löste die Sandalen. Sie bündelte alles zusammen und reichte es Conan, der es der überraschten Devi entgegenstreckte.

»Geh hinter den Felsblock und zieh das Zeug an«, forderte er sie auf und bewies damit wieder einmal, daß er nicht hier in den Bergen aufgewachsen war. »Roll deine alten Sachen zusammen und gib sie mir, wenn du fertig bist.«»Das Geld!« rief das Galzaimädchen fordernd und hielt Conan die Hand unter die Nase. »Das Gold, das du mir versprochen hast!«

Conan ließ das Goldstück in ihre Hand fallen. Sie schob es zwischen die Lippen und biß darauf, ehe sie es in ihrem Haar versteckte. Dann bückte sie sich nach ihrem Krug und schritt gleichmütig den Weg weiter.

Conan wartete ungeduldig, bis die Devi sich zum erstenmal in ihrem verwöhnten Leben selbst angekleidet hatte. Als sie hinter dem Felsblock hervortrat, pfiff er unwillkürlich durch die Zähne, und sie fühlte, wie ihr das Blut in den Kopf stieg angesichts der offenen Bewunderung, die sie in seinen Augen las. Sie empfand ein wenig Scham, Verlegenheit, aber auch etwas Eitelkeit und ein nicht unangenehmes Prickeln. Er legte eine schwere Hand auf ihre Schulter, drehte sie langsam um und betrachtete sie von allen Seiten.

»Bei Crom!« sagte er. »In diesen vornehmen Gewändern warst du unnahbar und kalt und fern wie ein Stern. Jetzt bist du plötzlich eine Frau aus warmem Fleisch und Blut. Als Devi von Vendhya bist du hinter den Felsen getreten, als Bergmädchen kommst du hervor – nur tausendmal schöner als jede Zhaibarfrau! Du warst eine Göttin – jetzt bist du Wirklichkeit!«

Er versetzte ihr einen ordentlichen Klaps, und da sie das als weiteres Zeichen seiner Bewunderung erkannte, entrüstete sie sich nicht darüber. Tatsächlich kam es ihr selbst so vor, als hätte der Kleiderwechsel auch ihre Persönlichkeit verändert. Alle Gefühle, die sie bisher unterdrückt hatte, machten sich nun frei, so daß sie schon fast glaubte, sie hätte mit der königlichen Gewandung unsichtbare Fesseln und Hemmungen abgelegt.

Trotz seiner ehrlichen Bewunderung für die Devi vergaß Conan nicht, daß überall um sie Gefahr lauerte. Je weiter sie sich vom Zhaibar entfernten, desto weniger wahrscheinlich wurde es, daß sie auf Kshatriyatruppen stießen, andererseits befanden die rachsüchtigen Wazuli sich zweifellos noch auf ihrer Spur.

Er hob die Devi aufs Pferd, schwang sich ebenfalls in den Sattel und lenkte den Hengst wieder westwärts. Das Bündel mit den königlichen Gewändern warf er in einen tiefen Spalt.

»Warum hast du das getan?« fragte sie ihn. »Du hättest die Sachen doch dem Mädchen geben können.«

»Die Reiter von Peshkhauri durchkämmen die Berge«, antwortete er. »Überall legt man ihnen einen Hinterhalt und lockt sie in Fallen. Als Vergeltungsmaßnahme brennen sie jedes Dorf nieder, das sie überfallen können. Es dauert vielleicht nicht mehr lange, bis sie sich westwärts wenden. Stießen sie auf ein Mädchen, das deine Gewänder trägt, würden sie sie foltern, bis sie alles sagt, was sie weiß, und das würde die Burschen vielleicht auf unsere Fährte führen.«

»Was wird das Mädchen tun?« fragte Yasmina.

»Ins Dorf zurückkehren und behaupten, ein Fremder habe sie überfallen. Natürlich werden sie uns verfolgen. Aber sie mußte unbedingt zuerst das Wasser holen, denn wagte sie sich ohne gefüllte Krüge zurück, würde man sie auspeitschen. Dadurch gewinnen wir einen ordentlichen Vorsprung. Sie werden uns nie einholen. Bei Einbruch der Nacht überqueren wir die Grenze nach Afghulistan.«

»Es gibt in dieser Gegend nirgends Pfade oder irgend etwas, das auf menschliche Behausungen hinweist«, bemerkte sie. »Selbst für die Himelians erscheint es mir ungewöhnlich still und verlassen hier. Wir haben keinen Pfad mehr gesehen, seit jenem, der zum Brunnen führte.«

Als Antwort deutete Conan in den Nordwesten, wo ein Berggipfel in einer Lücke zwischen schroffen Felsen zu sehen war.

»Yimsha«, brummte der Cimmerier. »Die Stämme bauen ihre Behausungen so weit entfernt von diesem Berg, wie sie nur können.«

Sie erstarrte. »Yimsha!« wisperte sie erschrocken. »Der Berg der Schwarzen Seher!«

»Das wird jedenfalls behauptet«, erwiderte er. »Näher war ich ihm noch nie. Ich bin nordwärts abgebogen, um kshatriyanische Truppen zu vermeiden, die möglicherweise durch die Berge streifen. Der übliche Weg von Khurum nach Afghulistan liegt weiter im Süden. Der hier ist uralt und wird nur selten benutzt.«

Sie starrte angespannt auf den fernen Berg. Ihre Nägel krallten sich in die rosige Handfläche.

»Wie lange würde man von hier zum Yimsha brauchen?«

»Den Rest des Tages und die ganze Nacht«, antwortete Conan grinsend. »Möchtest du denn hin? Bei Crom, es ist kein Ort für normale Sterbliche, wenn die Stämme hier recht haben.«

»Weshalb tun sie sich denn nicht zusammen und vernichten diese Teufel, die dort hausen?« fragte sie heftig.

»Die Zauberer mit Schwertern vernichten? Und warum auch? Sie kümmern sich nicht um die Menschen, außer jemand mischt sich in ihre Angelegenheiten. Ich selbst habe noch keinen von ihnen gesehen, aber ich unterhielt mich mit Männern, die behaupteten, sie hätten sie aus der Ferne beobachtet. Bei Sonnenaufgang und Sonnenuntergang kommen sie aus ihrem Turm und streifen durch die Felsen. Hochgewachsene schweigende Männer in schwarzen Gewändern sollen es sein.«

»Hättest du Angst, sie anzugreifen?«

»Ich?« Auf den Gedanken schien er bisher noch nicht gekommen zu sein. »Nun, wenn sie mir etwas anhaben wollten, würde ich es natürlich nicht duldsam hinnehmen. Aber ich habe mit ihnen nichts zu tun. Ich bin in diese Berge gekommen, um eine Streitmacht um mich zu sammeln, doch nicht, um die Hexer zu bekämpfen.«

Yasmina antwortete nicht sofort. Sie starrte auf den Gipfel, als wäre er ein menschlicher Feind, und sie spürte, wie all der Grimm und Haß sich erneut in ihrem Busen regte. Und noch ein Gefühl nahm vage Form an. Sie hatte ursprünglich geplant gehabt, den Mann, dessen Arme um sie lagen, gegen die Meister von Yimsha zu benutzen. Vielleicht gab es noch eine andere Weise als die ursprünglich vorgesehene, um ihr Ziel zu erreichen. Es war nicht schwer, den Ausdruck in den Augen dieses Mannes zu deuten, wenn sein Blick auf ihr ruhte. Wie oft schon fielen Königreiche, wenn die schlanken weißen Hände einer Frau an den Fäden des Geschicks zogen? Plötzlich erstarrte sie und streckte den Finger aus. »Schau!«

Über dem fernen Berggipfel war plötzlich eine ungewöhnliche Wolke zu sehen. Sie war von eisigem Rot mit glitzerndem Gold durchzogen, und sie bewegte sich! Während sie wie um ihre Achse wirbelte, zog sie sich zusammen. Sie schrumpfte zu einer sich drehenden Spindel zusammen, die in der Sonne blitzte. Und mit einmmal löste sie sich von dem schneebedeckten Gipfel, schwebte über die Leere wie eine bunte Feder und verlor sich gegen den blauen Himmel.

»Was mag das gewesen sein?« fragte das Mädchen unsicher, als sie an einer Felswand vorbeiritten, die die Sicht auf den fernen Berg raubte. Trotz ihrer Schönheit war die seltsame Erscheinung beunruhigend gewesen.

»Die Stämme hier nennen dieses . . . Ding Yimshas Teppich, was immer das bedeutet«, sagte Conan. »Ich sah fünfhundert meiner Männer davonlaufen, als wäre der Teufel hinter ihnen her, um sich in Höhlen und Felsspalten zu verstecken, nur weil sie die rote Wolke vom Berggipfel aufsteigen sahen. Was . . .«

Sie waren durch eine Kluft, kaum mehr als ein breiter Spalt, zwischen hohen Wänden gekommen und hatten sich einem breiten Sims genähert, von dessen einer Seite ein zerklüfteter Hang aufwärts führte, während der Abhang auf der anderen Seite in gewaltige Tiefen fiel. Der Pfad folgte dieser Leiste, bog um einen Felsvorsprung und führte in Serpentinen abwärts. Am Ende der Kluft, unmittelbar vor dem Sims, hatte der Hengst abrupt angehalten und schnaubte nun. Conan drängte ihn ungeduldig weiter, doch das Tier warf wiehernd den Kopf hoch und kämpfte zitternd wie gegen eine unsichtbare Barriere an.

Conan fluchte. Er sprang aus dem Sattel und hob Yasmina herunter. Eine Hand ausgestreckt, ging er vorsichtig den Weg weiter, als erwartete er tatsächlich, gegen eine Barrikade zu stoßen, aber nichts hinderte ihn am Vorwärtsschreiten. Doch als er das Pferd zu führen versuchte, wieherte es erneut schrill und wich zurück. Da schrie Yasmina plötzlich auf. Conan wirbelte herum, während seine Hand nach dem Dolchknauf griff.

Weder er noch Yasmina hatten ihn kommen sehen, aber plötzlich stand ein Mann in Kamelhaargewand und grünem Turban, mit auf der Brust überkreuzten Armen vor ihnen. Conan brummte vor Überraschung etwas Unverständliches, denn er erkannte in ihm den Mann, den der Rapphengst in der Kluft außerhalb des Wazulidorfs niedergerannt hatte.

»Wer, zum Teufel, seid Ihr?» fragte er.

Der Mann antwortete nicht. Conan fiel auf, daß seine Augen ungemein weit, starr und von gespenstischer Leuchtkraft waren. Und diese Augen hielten seinen Blick wie ein Magnet fest.

Khemsas Zauberei beruhte zu einem großen Teil auf Hypnose, wie überhaupt die meiste Magie in den östlichen Landen. Für den Hypnotiseur war der Weg durch unzählige Generationen geebnet, die im festen Glauben an die Wirklichkeit und Macht der Hypnosekräfte gelebt hatten und gestorben waren, durch eine Massenüberzeugung und Atmosphäre, gegen die der einzelne nicht ankommt, der mit den Traditionen des Landes aufgewachsen ist.

Aber Conan war kein Sohn des Ostens. Seine Traditionen bedeuteten ihm nichts. Er war in einer völlig anderen Atmosphäre groß geworden. In Cimmerien kannte man Hypnose nicht einmal vom Hörensagen. Das Erbgut, das einen Sohn des Ostens für Hypnose anfällig machte, war ihm fremd.

Er wußte, was Khemsa mit ihm zu tun versuchte, aber er spürte die unheimlichen Kräfte des anderen nur als vagen Zug, wie durch ein spinnwebenfeines Netz, das er mit der kleinsten Bewegung zerreißen konnte.

Und da er sich der Feindseligkeit dahinter ebenfalls bewußt war, zog er seinen langen Dolch und griff flink wie ein Berglöwe an.

Aber Khemsas Magie war nicht Hypnose allein. Yasmina, die genau beobachtete, konnte nicht sagen, durch welche listige Bewegung oder Illusion der Mann im grünen Turban dem schrecklichen Hieb entgangen war. Jedenfalls stieß die scharfe Klinge zwischen Seite und erhobenem Arm des Mannes hindurch, ohne etwas auszurichten, während Khemsa lediglich mit der Handfläche über Conans Hals zu streichen schien. Wie vom Blitz erschlagen, stürzte der Cimmerier zu Boden.

Doch Conan war nicht tot. Er milderte seinen Fall mit der Linken und hieb gleichzeitig mit dem Dolch in der Rechten im Stürzen nach Khemsas Beinen. Der Rakhsha konnte diesem sensengleichen Schlag nur durch einen sehr unzauberhaften Rückwärtssprung entgehen. Yasmina schrie schrill auf, als sie die Frau – die sie sofort als Gitara erkannte – hinter Felsblöcken hervor auf den Mann zukommen sah. Aber ihre Freude über das Wiedersehen legte sich sogleich, denn die Bosheit in dem schönen Mädchengesicht war nicht zu übersehen.

Conan erhob sich langsam, noch benommen von dem Schlag, der den Hals eines weniger muskelkräftigen Mannes gebrochen hätte. Es war ein Kunstschlag einer Kampfart gewesen, wie sie vor dem Untergang von Atlantis bekannt gewesen, aber seither längst vergessen war. Khemsa beobachtete Conan wachsam und ein wenig unsicher. Der Rakhsha hatte selbst die volle Flut seiner Kraft kennengelernt, als er den Dolchen der haßerfüllten Wazuli in der Kluft hinter dem Khurumdorf gegenübergestanden hatte. Doch der Widerstand des Cimmeriers hatte sein Selbstvertrauen ein wenig erschüttert.

Er machte einen Schritt und hob eine Hand – dann blieb er wie angewurzelt stehen und legte mit weiten Augen den Kopf schräg. Gegen seinen Willen folgte Conan seinem Blick, genau wie die beiden Frauen: das Mädchen neben dem zitternden Hengst und das andere neben Khemsa.

Wie eine schimmernde Staubwolke, die der Wind vor sich herwirbelt, kam eine rote spindelförmige Wolke den Hang herunter. Khemsas dunkles Gesicht wurde aschgrau. Seine Hand begann heftig zu zittern und fiel an der Seite hinab. Das Mädchen neben ihm spürte, daß eine Verwandlung in ihm vorging. Sie starrte ihn fragend an.

Die rote Spindel verließ den Hang und näherte sich in einem langen Bogen. Zwischen Conan und Khemsa landete sie auf dem Sims. Der Rakhsha wich mit einem würgenden Schrei zurück und schob Gitara schützend hinter sich.

Die rote Wolke drehte sich noch kurz in blendendem Glitzern, dann war sie so plötzlich verschwunden wie eine geplatzte Seifenblase. Auf dem Sims standen mit einemmal vier Männer. Es war unglaublich, unmöglich und doch Wirklichkeit. Es waren weder Geister noch Phantome, sondern hochgewachsene Männer mit kahlen Schädeln und geierartigen Gesichtern. Sie trugen schwarze Gewänder, die ihre Füße verbargen. Ihre Hände waren in weiten Ärmeln verborgen. Stumm nickten sie gleichzeitig. Sie standen Khemsa gegenüber, aber Conan hinter ihm spürte, wie ihm das Blut in den Adern zu gefrieren drohte. Er wich langsam zurück, bis er die Schulter des zitternden Hengstes im Rücken spürte. Die Devi schmiegte sich schutzsuchend an ihn. Niemand sprach ein Wort. Drückendes Schweigen herrschte.

Alle vier Schwarzgewandeten blickten Khemsa an. Ihre Raubvogelgesichter waren reglos, ihre Augen schienen nach innen gekehrt und nachdenklich. Khemsa zitterte heftig wie im Schüttelfrost. Er hatte die Beine, um besseren Halt zu haben, weit gespreizt, und die Wadenmuskeln drohten wie im Krampf die Haut zu sprengen. Schweiß rann in Strömen über sein dunkles Gesicht. Seine Rechte umklammerte so verzweifelt etwas unter seinem braunen Gewand, daß die Hand immer blutleerer wurde. Seine Linke umkrallte Gitaras Schulter, die sich wieder neben ihn gestellt hatte. Obgleich seine Finger sich wie Klauen in ihr Fleisch gruben, gab sie keinen Laut von sich und versuchte auch nicht, sich zu befreien.

Conan war in seinem wilden Leben Zeuge zahlloser Kämpfe gewesen, doch nie eines solchen Kampfes wie jetzt, da vier teuflische Energien eine geringere, aber nicht weniger teuflische Energie zu überwältigen versuchten. Nur vage ahnte er die Kräfte, die im Spiel waren. Mit dem Rücken zur Felswand, von seinen ehemaligen Meistern umstellt, kämpfte Khemsa mit all den finsteren Kräften, all den schrecklichen Künsten und dem Wissen, die er sich in den langen grimmigen Jahren des Noviziats erworben hatte, um sein Leben.

Er war stärker, als er selbst gedacht hatte, und da er seine Kräfte für seine eigenen Zwecke eingesetzt und so immer weiter ausgebildet hatte, hatte er ungeahnte Kraftreserven abgezapft. Und seine panische Furcht und Verzweiflung verliehen ihm noch weitere Kräfte. Er schwankte schier unter der gnadenlosen Eindringlichkeit dieser hypnotischen Augen, aber er hielt ihnen stand. Seine Züge waren zu einem qualvollen Grinsen verzerrt und seine Glieder wie auf der Folterbank verdreht. Es war ein Kampf der Seelen, ein Kampf von Gehirnen, die sich einer Kunst bedienten, wie sie dem Menschen seit Millionen von Jahren verboten war und die die Abgründe zwischen den Sternen genauso erforscht hatten wie die dunklen Sterne, die Brutstätte der Schatten sind.

Yasmina verstand es besser als Conan, und sie verstand auch, wieso Khemsa den konzentrierten Kräften dieser höllischen Energien widerstehen konnte, die den Fels unter seinen Füßen zu Atomen zerschmettern vermochten. Er verdankte es dem Mädchen, an das er sich mit der Kraft seiner Verzweiflung klammerte. Sie war für seine taumelnde Seele wie ein Anker, an dem die Wellen der seelischen Ausstrahlung rüttelten. Seine Schwäche war jetzt seine Kraft. Seine Liebe zu dem Mädchen, so wild und vom Bösen beherrscht sie auch sein mochte, war das Tau, das ihn an den Rest der Menschheit band und seinem Willen den irdischen Halt verlieh – ein Tau oder eine Kette, die seine nichtmenschlichen Feinde nicht brechen konnten, jedenfalls nicht durch Khemsa.

Das wurde den Fremden noch vor ihm klar.

Einer wandte seinen Blick von Rakhsha ab und voll auf Gitara. Hier stieß er auf keinen Widerstand. Das Mädchen erzitterte wie ein Blatt im Wind. Ohne eigenen Willen befreite sie sich aus dem Griff ihres Liebsten, ehe ihm bewußt wurde, was geschah. Und dann tat sich etwas Schreckliches. Das Gesicht den Schwarzgewandeten zugewandt, die Augen groß und leer wie dunkles Glas, hinter dem die Kerze erloschen war, schritt sie rückwärts zum Rand des Abgrunds. Khemsa stöhnte und taumelte ihr nach und fiel so in die ihm gestellte Falle. Ein abgelenkter Geist hatte nicht die gleiche Kraft wie ein konzentrierter Geist. Er war geschlagen, ein Strohhalm in ihren Händen. Wie eine Schlafwandlerin ging das Mädchen rückwärts, und Khemsa schwankte ihr wie ein Betrunkener nach, die Hände vergebens nach ihr ausgestreckt. Er ächzte und schluchzte in seinem Schmerz, und seine Füße schleppte er mit sich, als wären sie aus Blei. Hart am Rand des Simses hielt Gitara an, die Fersen hingen schon ein wenig ins Leere. Khemsa fiel auf die Knie und kroch wimmernd auf sie zu. Er streckte die Finger nach ihr aus, um sie zurückzuziehen. Doch noch ehe seine jetzt schwerfälligen Hände sie berühren konnten, lachte einer der Zauberer auf. Es klang, als schlüge eine Bronzeglocke in der Hölle. Das Mädchen schwankte plötzlich, und als Höhepunkt der wohlbedachten Grausamkeit gaben die schwarzen Seher dem Mädchen das volle Bewußtsein zurück, und sie erkannte die Lage, in der sie sich befand. Ihre Augen weiteten sich vor unbeschreiblicher Furcht. Sie schrie und griff verzweifelt nach den ausgestreckten Händen ihres Liebsten. Aber sie konnte sich nicht retten. Mit einem wimmernden Schrei stürzte sie in die Tiefe.

Khemsa zog sich mühsam an den Rand und lehnte sich hinüber. Lautlos bewegten sich seine Lippen. Dann drehte er sich um und starrte eine lange Weile mit weiten Augen, aus denen alles Menschliche geschwunden war, auf seine Foltermeister. Mit einem Schrei, der schier den Fels barst, schwankte er hoch und stürzte sich mit einem Dolch in der Hand auf sie.

Einer der Rakhshas stampfte mit dem Fuß auf. Ein Grollen erhob sich, das zum ohrenbetäubenden Donnern wurde. Vor den Zauberern öffnete sich im festen Gestein ein Spalt, der sich sofort weitete. Mit einem alleserschütternden Krachen splitterte ein ganzer Teil des Simses ab. Khemsa verschwand mit wild hochgeworfenen Armen in der Geröll-lawine, die in den Abgrund polterte.

Die vier blickten nachdenklich auf den aufgezackten neuen Rand der Felsleiste und drehten sich jäh um. Conan, der durch die Erschütterung des Berges von den Füßen gerissen worden war, griff nach Yasmina und erhob sich mit ihr. Er bewegte sich so langsam, wie sein Gehirn im Augenblick funktionierte. Er war so benommen, daß ihm das Denken schwerfiel. Er wußte, daß er unbedingt die Devi auf den Rapphengst setzen und mit ihr so schnell wie der Wind davongaloppieren mußte, aber eine unbeschreibliche Last schien ihn niederzudrücken.

Und jetzt hatten die Zauberer sich ihm zugewandt. Sie hoben die Arme, und vor seinen erschrocken aufgerissenen Augen verschwammen ihre Umrisse, wurden nebelhaft, während roter Rauch um ihre Füße wallte und sich schließlich aufwärts kräuselte, um zur wirbelnden Wolke zu wachsen. Jetzt erst wurde ihm bewußt, daß auch er in roten Dunst gehüllt war. Er hörte Yasmina aufschluchzen, und der Hengst schrie wie eine Frau unter großen Schmerzen. Die Devi wurde seinen Armen entrissen. Als er blindlings mit dem Dolch zustieß, traf ihn ein betäubender Schlag wie von einer plötzlichen Sturmböe und schmetterte ihn gegen die Felswand. Wie durch dichte Schleier sah er eine spindelartig sich drehende rote Wolke aufsteigen und über dem Berg verschwinden – mit ihr Yasmina und die vier Männer in Schwarz. Nur der verstörte Hengst blieb mit ihm auf dem Sims zurück.

## VII

## AUF ZUM YIMSHA!

Wie Nebel sich im brausenden Wind auflöst, lösten sich auch die Schleier der Benommenheit in Conans Gehirn. Mit einem wilden Fluch schwang er sich in den Sattel, und der Hengst bäumte sich wiehernd auf. Nach einem Blick den Felshang hinauf entschied er sich, weiter dem Weg zu folgen, den er eingeschlagen hatte, als Khemsa ihn aufhielt. Doch jetzt ritt er nicht gemessenen Schrittes, sondern gab dem Pferd freie Zügel. Das Tier sauste dahin wie der Blitz, als wollte es sein Grauen durch körperliche Anstrengung abschütteln. Über den jetzt viel schmaleren

Felsgrat brauste es, um eine Biegung im Fels hinunter den schmalen Serpentinenpfad. Als sie bereits tief unten waren, sah Conan, wo das Geröll des geborstenen Simses sich am Fuß eines Steilhanges gehäuft hatte.

Der Talboden befand sich noch weit unter ihm, als er zu einem langen hohen Kamm gelangte, der wie eine Landzunge vom Hang wegführte. Zu beiden Seiten fiel der Fels steil ab. Er sah den Pfad, dem er folgen mußte. In der Ferne verließ er den Kamm und beschrieb einen großen U-Bogen zum Flußbett auf der linken Seite. Conan fluchte, daß er ausgerechnet diesem Weg folgen mußte, aber es war unmöglich – außer für einen Vogel –, auf andere Weise zum Flußbett zu kommen.

Also lenkte er den ermüdeten Rapphengst über den schmalen Grat, bis das Klacken von Hufen von unten an sein Ohr drang. Er hielt das Pferd an, beugte sich ein wenig über den Gratrand und spähte hinunter auf das ausgetrocknete Flußbett entlang dem Fuß der Felsen. Eine bunte Menge ritt hindurch: etwa fünfhundert bärtige, waffenstarrende Männer auf halbwilden Pferden. Aus dreihundert Fuß Höhe brüllte Conan hinunter.

Als sie ihn hörten, zügelten sie ihre Pferde. Fünfhundert Mann starrten zu ihm hoch, und zahllose Stimmen brüllten durcheinander. Conan vergeudete keine Worte.

»Ich war auf dem Weg nach Ghor!« donnerte er, so daß es das Gebrüll übertönte. »Welch ein Glück, euch hier zu treffen! Folgt mir, so schnell eure lahmen Gäule es erlauben! Ich reite zum Yimsha und . . .«

»Verräter!« schlug es ihm wie ein Guß Eiswasser entgegen.

»Wa-as?« Sprachlos funkelte er zu ihnen hinunter. Er sah ihre Augen haßerfüllt brennen, ihre Gesichter sich vor Wut verziehen und ihre Fäuste erbost die Klingen schwingen.

»Verräter!« brüllten sie erneut. »Wo sind die sieben Häuptlinge, die gefangengenommen wurden?«

»Im Gefängnis des Statthalters, nehme ich an!« rief er zurück.

Blutrünstig heulten sie auf, während sie die Waffen noch wilder schwangen, und brüllten erneut durcheinander, so daß er nicht verstehen konnte, was sie sagten. Mit aller Kraft seiner Lunge donnerte er: »Was, zum Teufel, soll das? Laßt einen sprechen, damit ich euch verstehen kann!«

Ein hagerer alter Häuptling machte sich zum Wortführer. Als Einleitung schüttelte er seinen Tulwar drohend und schrie anklagend: »Du wolltest uns Peshkhauri nicht überfallen lassen, um unsere Brüder zu befreien!«

»Nein, ihr Narren!« schrie Conan aufgebracht. »Selbst wenn ihr eine Bresche in die Festung schlagen könntet, was sehr unwahrscheinlich ist, hätten sie die Gefangenen längst gehängt, ehe ihr sie erreichen würdet!«

»Und du bist allein zum Statthalter geritten, um mit ihm zu verhandeln!« brüllte der Afghul wutschäumend.

»Na und?«

»Wo sind die sieben Häuptlinge?« heulte der alte Unterführer und schlug mit dem Tulwar ein schimmerndes Rad über den Kopf. »Wo sind sie? Tot!«

»Was?« Conan fiel vor Überraschung fast vom Pferd.

»Ja, tot!« kreischten fünfhundert Stimmen.

Der alte Häuptling fuchtelte mit der Klinge herum, bis man ihm wieder das Wort überließ. »Und sie wurden nicht gehängt!« schrie er. »Ein Wazuli in einer anderen Zelle sah sie sterben! Der Statthalter schickte einen Zauberer, um sie durch Hexerei zu ermorden!«

»Das kann nicht stimmen!« rief Conan. »Das würde der Statthalter gar nicht wagen. Ich sprach mit ihm vergangene Nacht . . .«

Das hätte er nicht erwähnen sollen. Eine fast spürbare Welle des Hasses schlug ihm entgegen, und die schlimmsten Anschuldigungen wurden ihm an den Kopf geworfen.

»Ja! Du bist allein zu ihm! Um uns zu verraten. Und es stimmt! Der Wazuli floh durch die Tür, die der Zauberer aufgesprengt hatte, und berichtete unseren Spähern alles, die er im Zhaibar traf. Als sie des Wazulis Geschichte hörten, kehrten sie in aller Eile nach Ghor zurück, und wir sattelten unsere Pferde und griffen zu den Waffen!«

»Und was habt ihr Narren vor?« fragte der Cimmerier.

»Wir werden unsere Brüder rächen!« brüllte der Afghuli. »Tod den Kshatriyas! Tötet ihn, Brüder, er ist ein Verräter!«

Pfeile schwirrten empor und sirrten an Conan vorbei. Er erhob sich in den Steigbügel und versuchte sich über dem Lärm Gehör zu verschaffen, doch vergebens. Wütend und voll Verachtung wendete er das Pferd und galoppierte den Weg zurück, den er gekommen war. Immer weitere Pfeile kamen geflogen, und die Afghuli tobten in ihrem Haß. Sie waren viel zu erbost, auch nur daran zu denken, daß der Grat, auf dem er sich befand, von ihnen aus nur zu erreichen war, wenn sie das Flußbett in entgegengesetzter Richtung überquerten, dem U-Bogen und dann dem Serpentinenweg zum Kamm folgten. Als sie sich daran erinnerten und umkehrten, hatte ihr gestürzter Häuptling fast das Ende des Grates erreicht.

An der Felswand nahm er nicht den Weg, den er heruntergekommen war, sondern einen kaum erkennbaren Pfad an einem Abhang, wo der Hengst Mühe hatte, sich zu halten. Er war noch nicht sehr weit gekommen, da schnaubte das Tier und scheute vor etwas zurück, das auf dem Pfad lag. Conan starrte hinunter auf das, was einst ein Mann gewesen war und nun gebrochen vor ihm lag und mit den Zähnen knirschte.

Nur die finsteren Götter, die über das Los der Zauberer bestimmen, wissen, wie Khemsa seinen zerschmetterten Leib unter dem Grabhügel der Steinlawine hervor- und den steilen Hang zum Pfad hochgeschleppt hatte.

Aus einem ihm selbst unerklärlichen Grund saß Conan ab und beugte sich über das menschliche Bündel. Er wußte, daß es ein Wunder und wider der Natur war, daß der Mann noch lebte.

Der Rakhsha hob den Kopf. Seine von unerträglichen Schmerzen gezeichneten Augen, die im Nahen des Todes glasig zu werden begannen, erkannten Conan.

»Wo sind sie?« Das gequälte Röcheln war kaum noch einer Stimme ähnlich.

»Zurück in ihre verdammte Burg auf dem Yimsha«, knurrte Conan. »Sie haben die Devi mitgenommen.«

»Ich werde ihnen folgen«, krächzte Khemsa. »Sie töteten Gitara! Ich werde *sie* töten – die Akoluthen, die Vier des Schwarzen Kreises, den Meister! Sie alle werde ich töten!« Er plagte sich, seinen zerschmetterten Körper weiter über den Felsen zu schleppen, doch selbst sein unberechenbarer Wille vermochte ihn nicht mehr zu bewegen.

»Ihnen folgen!« wütete Khemsa, und Schaum quoll über seine Lippen. »Folgen . . .«

»Ich werde es tun!« knurrte Conan. »Ich wollte meine Afghuli holen, aber sie wandten sich gegen mich. Jetzt ziehe ich allein zum Yimsha. Ich werde mir die Devi zurückholen, und wenn ich den ganzen verdammten Berg mit den bloßen Händen niederreißen muß. Ich hatte nicht geglaubt, daß der Statthalter meine Häuptlinge töten würde, solange die Devi in meiner Gewalt ist – aber er hat es offenbar doch getan. Das wird er mir mit seinem Kopf büßen. Yasmina nutzt mir als Geisel nichts mehr, aber . . .«

»Der Fluch Yizils auf sie alle!« keuchte Khemsa. »Geh! Ich – Khemsa – sterbe. Warte – nimm meinen Gürtel!«

Mit der Hand fummelte er an seinen Fetzen. Conan, der wußte, was er vorhatte, bückte sich noch weiter und löste einen ungewöhnlichen Gürtel von dem zerschundenen Leib.

»Folge der goldenen Ader durch den Abgrund«, murmelte Khemsa. »Trag den Gürtel. Ich bekam ihn von einem stygischen Priester. Er wird dir helfen, auch wenn er mich schließlich im Stich ließ. Brich die Kristallkugel mit den vier goldenen Granatäpfeln. Hüte dich vor des Meisters Verwandlungen – ich eile zu Gitara – sie wartet in der Hölle auf mich – *aie, ya Seklos yar*!« Und so starb er.

Conan betrachtete den Gürtel. Das Haar, aus dem er geflochten war, schien kein Roßhaar zu sein, nein, er war sogar ziemlich sicher, daß es die dicken schwarzen Zöpfe einer Frau waren. Winzige Edelsteine, derengleichen er noch nie zuvor gesehen hatte, waren darin befestigt. Die ungewöhnliche Schließe aus Gold war als Schlangenschädel gearbeitet: flach, keilförmig und mit unvorstellbarer Kunstfertigkeit geschuppt.

Ein Schauder schüttelte ihn, als er darüber strich. Im ersten Ekel wollte er den Gürtel in den Abgrund werfen, doch dann zögerte er und schnallte ihn sich schließlich unter den Bakhariotgürtel. Dann schwang er sich wieder in den Sattel und ritt weiter.

Die Sonne war hinter den Bergen untergegangen. Der Hengst kletterte den Pfad in den gewaltigen Schatten der Felsen empor, ein Schatten, der sich wie ein dunkler Mantel über die Täler und Grate tief unten legte. Er war dem Kamm schon nahe und bog gerade um einen Felsvorsprung, als Conan vor sich das Klicken beschlagener Hufe hörte. Er drehte nicht um. Es wäre auch kaum möglich gewesen, denn so schmal war der Pfad, daß das mächtige Streitroß nicht hätte wenden können. Als er den Felsbuckel hinter sich hatte, wurde der Pfad ein wenig breiter. Drohendes Gebrüll empfing ihn, aber sein Hengst zwängte ein verstörtes Pferd gegen den Fels, und Conan packte den mit dem Säbel erhobenen Arm eines Reiters.

»Kerim Shah!« murmelte der Cimmerier, und seine Augen glühten auf. Der Turaner wehrte sich nicht. Ihre Pferde standen Schulterblatt an Schulterblatt. Conans Finger hielten den Schwertarm des anderen ganz fest. Hinter Kerim Shah reihte sich ein ganzer Trupp hagerer Irakzai auf mageren Pferden. Mit wölfischer Wut starrten sie den Cimmerier an und umklammerten Bogen und Dolche, wagten jedoch des engen Pfades und des gähnenden Abgrunds wegen nichts zu unternehmen.

»Wo ist die Devi?« zischte Kerim Shah.

»Was geht es dich an, hyrkanischer Spion?« knurrte Conan.

»Ich weiß, daß du sie hast«, sagte Kerim Shah finster. »Ich war auf dem Weg nach Norden mit einigen Stammesbrüdern, als wir von Feinden im Shalizahpaß überfallen wurden. Viele meiner Männer wurden getötet und ich mit dem Rest wie Schakale durch die Berge gejagt. Als wir unsere Verfolger abgehängt hatten, bogen wir nach Westen zum Amir-Jehun-Paß ab. Heute morgen stießen wir auf einen Wazuli, der allein durch die Berge irrte. Etwas hatte ihm den Verstand geraubt, trotzdem erfuhr ich aus seinem wirren Geplappere noch viel, ehe er starb. Er war der einzige Überlebende eines Trupps, der dem Häuptling der Afghuli und einer gefangenen Kshatriya in eine Kluft hinter dem Khurumdorf gefolgt war. Er brabbelte viel von einem Mann mit einem grünen Turban, den der Afghuli niedergeritten hatte, der aber die Wazuli, als sie ihn angriffen, auf unbeschreibliche Weise auslöschte.

Wie dieser eine Wazuli entkam, weiß ich nicht, er wußte es selbst nicht, aber seinem Geschwafel entnahm ich, daß Conan von Ghor mit seiner königlichen Gefangenen in Khurum gewesen war.

Und als wir weiter durch die Berge ritten, überholten wir ein nacktes Galzaimädchen mit einem Wasserkrug. Sie erzählte uns, sie sei von einem riesigen Fremden in der Kleidung eines Afghulihäuptlings überfallen und geschändet worden. Ihr Gewand hat er einer Vendhyanerin gegeben, die ihn begleitete. Sie sagte, die beiden ritten westwärts weiter.«

Kerim Shah hielt es nicht für angebracht zu erwähnen, daß er auf dem Weg zu dem Treffpunkt mit den Truppen aus Secunderam gewesen war und festgestellt hatte, daß ihm dieser Weg durch feindliche Bergkrieger versperrt war. Der Weg zum Gurashahtal durch den Shalizahpaß war länger als der über die Straße durch den Amir-Jehun-Paß, aber letzterer führte durch Afghuliland, das Kerim Shah zu durchqueren unbedingt vermeiden wollte, solange er nicht eine ganze Armee bei sich hatte. Da ihm dann jedoch der Weg zum Shalizah abgeschnitten war, hatte er die andere Route genommen, bis er erfuhr, daß Conan mit seiner Gefangenen Afghulistan noch nicht erreicht hatte. Daraufhin war er sofort südwärts abgebogen, in der Hoffnung, den Cimmerier in den Bergen einzuholen.

»Du verrätst uns besser, wo die Devi ist«, drohte Kerim Shah. »Wir sind in der Überzahl . . .«

»Soll nur einer von deinen Hunden einen Pfeil abschießen, dann werfe ich dich in den Abgrund!« warnte Conan. »Es würde dir ohnehin nichts nutzen, mich zu töten. Fünfhundert Afghuli sind auf meiner Fährte. Wenn sie feststellen, daß du sie um das Vergnügen gebracht hast, mich zu töten, werden sie dir die Haut bei lebendigem Leib abziehen. Außerdem habe ich die Devi nicht mehr. Sie ist in den Händen der Schwarzen Seher von Yimsha.«

»*Tarim!*« fluchte Kerim Shah und verlor zum erstenmal seine Fassung. »Khemsa . . .«

»Khemsa ist tot«, brummte Conan. »Seine Meister schickten ihn mit einer Geröllawine in die Hölle. Und jetzt mach mir Platz. Es wäre mir ein Vergnügen, dich zu töten, wenn ich Zeit hätte, aber ich muß mich beeilen, um zum Yimsha zu kommen.«

»Ich begleite dich«, sagte der Turaner abrupt.

Conan lachte. »Glaubst du, ich würde dir trauen, hyrkanischer Hund?«

»Das verlange ich auch nicht«, erwiderte Kerim Shah. »Wir beide wollen die Devi. Du kennst meine Gründe: König Yezdigerd will ihr Reich dem seinen anschließen und möchte sie selbst für seinen Harem. Und ich kenne dich aus den Tagen, als du Hetman der Kozaki warst. Du bist nur an Beute großen Stils interessiert. Du willst Vendhya plündern, dir ein gewaltiges Lösegeld für die Devi holen. Wir wollen uns eine Weile, ohne Illusionen über den anderen, zusammentun und versuchen, die Devi aus den Klauen der Seher zu befreien. Wenn es uns gelingt und wir am Leben bleiben, können wir ja darum kämpfen, wer sie behält.«

Conan musterte den anderen einen Moment aus halbzusammengekniffenen Augen, dann gab er den Arm des Turaners frei. »Abgemacht. Was ist mit deinen Leuten?«

Kerim Shah drehte sich zu den schweigenden Irakzai um und sagte kurz: »Dieser Häuptling und ich reiten zum Yimsha, um gegen die Zauberer zu kämpfen. Kommt ihr mit, oder bleibt ihr hier, um euch von den Afghuli, die diesen Mann verfolgen, lebendigen Leibes häuten zu lassen?«

Sie blickten ihn mit grimmiger Schicksalsergebenheit an. Sie wußten, daß sie dem Tod geweiht waren – wußten es, seit die singenden Pfeile der Dagozai sie aus dem Hinterhalt vom Shalizahpaß vertrieben hatten. Die Männer des unteren Zhaibars hatten zu viele Blutfehden mit denen der Höhen. Sie waren auch ein viel zu kleiner Trupp, als daß sie sich ohne Führung des gerissenen Turaners durch die Berge zurück zu den Grenzdörfern gewagt hätten, denn entgingen sie dem einen Stamm, fielen sie dem nächsten in die Hände. Und da sie sich so gut wie für tot hielten, gaben sie die Antwort, die kein Mensch mit auch nur ein bißchen Hoffnung geben würde: »Wir folgen Euch und sterben auf dem Yimsha.«

Kerim Shah lenkte sein Pferd zurück von dem Rappen und der Felswand, steckte seinen Säbel ein und wendete mit größter Vorsicht sein Tier. So schnell es der Pfad gestattete, eilte der Trupp bergauf. Sie erreichte den Kamm, der etwa eine Meile östlich von dem Punkt lag, wo Khemsa den Cimmerier und die Devi aufgehalten hatte. Selbst für die in den Bergen aufgewachsenen Männer war dieser Pfad gefährlich gewesen. Aus diesem Grund hatte Conan ihn auch mit Yasmina nicht genommen, während Kerim Shah diesem Weg nur gefolgt war, weil er fest geglaubt hatte, Conan hätte sich für ihn entschieden. Selbst der Cimmerier seufzte erleichtert auf, als sie endlich auf dem Kamm angelangt waren. Wie Phantome ritten sie nun durch dieses wie verzauberte Schattenland, bis wieder dunkle Hänge kahl und still im Sternenlicht vor ihnen lagen.

## VIII

## YASMINA LERNT DAS KALTE GRAUEN KENNEN

Nur einen Schrei hatte Yasmina hervorgebracht, als sie spürte, wie sie von dem roten Wirbel erfaßt und mit ungeheuerer Gewalt von der Seite ihres Beschützers gerissen wurde. Für einen zweiten Schrei reichte ihre Kraft nicht. Die rauschende Luftverdrängung raubte ihr den Atem, Sicht und Gehör und fast das Bewußtsein. Nur vage erkannte sie, daß sie mit betäubender Geschwindigkeit durch schwindelerregende Höhen getragen wurde, und dann verließen sie die Sinne.

Noch beim Erwachen erinnerte sie sich an diesen wahr gewordenen Alptraum. So schrie sie auf und schlug haltsuchend um sich, als stürze sie aus unendlicher Höhe. Ihre Finger krallten sich in etwas Weiches.

Erleichtert atmete sie auf, als ihr bewußt wurde, daß sie etwas durchaus Stabiles unter sich hatte. Sie öffnete die Augen und sah sich um.

Sie lag auf einem mit schwarzem Samt gepolsterten Diwan in einem großen dämmrigen Gemach, dessen Wände mit dunklen Behängen bedeckt waren, über die Drachen krochen. Erst beim zweiten Blick erkannte sie, daß diese Drachen ungemein lebensecht auf diese Behänge gestickt waren. Die tiefen Schatten ließen die hohe Decke nur ahnen, und die Düsternis in den Ecken erweckte beängstigende Phantasien. Es schien weder Fenster noch Türen zu geben, vielleicht waren sie aber auch bloß hinter den dunklen Wandteppichen verborgen. Woher das bißchen dämmerige Licht rührte, vermochte Yasmina nicht zu sagen. Dieser große Raum erschien ihr ein Reich der Geheimnisse, der Schatten und schattenhaften Formen zu sein. Obwohl sie nicht hätte schwören können, daß sich auch nur das geringste bewegte, erfüllte er sie mit schrecklichem, unbestimmtem Grauen.

Ihr Blick fiel auf etwas, das Wirklichkeit sein mußte: Auf einem zweiten, kleineren Diwan, nur wenige Fuß entfernt, saß ein Mann mit überkreuzten Beinen und blickte sie sinnend an. Sein langes schwarzes Samtgewand mit feiner Goldstickerei fiel lose und verbarg seine Figur. Die Hände waren in den Ärmeln gefaltet. Eine Samtkappe saß auf dem Kopf. Das Gesicht war ruhig und gelassen und nicht häßlich. Die leuchtenden Augen wirkten unergründlich. Er bewegte keinen Muskel, während er sie betrachtete, noch änderte sich sein Ausdruck, als er bemerkte, daß ihr Bewußtsein wiedergekehrt war.

Yasmina spürte Angst über ihren Rücken rinnen. Sie stützte sich auf die Ellbogen und blickte den Fremden furchterfüllt an.

»Wer seid Ihr?« fragte sie. Selbst in ihren Ohren klang ihre Stimme zittrig und brüchig.

»Ich bin der Meister von Yimsha.« Die Stimme war kräftig und klangvoll wie das Schallen einer Tempelglocke.

»Weshalb habt Ihr mich hierhergebracht?«

»Suchtet Ihr mich denn nicht?«

»Wenn Ihr einer der Schwarzen Seher seid – ja!« antwortete sie mutig, denn sie war sicher, daß er ihre Gedanken ohnedies lesen konnte.

Er lachte leise, und wieder rann es ihr kalt über den Rücken.

»Ihr wolltet die wilden Kinder der Berge gegen die Seher von Yimsha werfen!« Er lächelte rätselhaft. »Ich las es in Eurem Gehirn, Prinzessin, in diesem schwachen menschlichen Geist, den lächerliche Träume von Haß und Rache erfüllen.«

»Ihr habt meinen Bruder getötet!« Grimm überflutete sie und verdrängte kurz die Furcht. Sie hatte die Hände geballt und sich stolz aufgerichtet. »Weshalb habt Ihr ihn heimgesucht? Nie hat er Euch und den Euren etwas getan. Die Priester glaubten, die Seher mischten sich nicht in die Angelegenheiten der Menschen. Weshalb habt Ihr den König von Vendhya vernichtet?«

»Wie könnte ein Menschlein die Motive der Seher verstehen?« entgegnete der Meister ruhig. »Meine Akoluthen in den Tempeln in Turan, die die Priester hinter den Priestern Tarims sind, beschworen mich, mich für Yezdigerd einzusetzen. Aus eigenen Gründen tat ich es. Wie kann ich jemandem mit Eurem geringen Intellekt meine mystischen Gründe erklären? Ich würdet es nicht verstehen.«

»Ich verstehe eines: Mein Bruder starb!« Tränen der Trauer und Wut glänzten in ihren Augen. Sie erhob sich auf die Knie und funkelte ihn an – gefährlich wie eine Raubkatze in diesem Moment.

»Wie Yezdigerd es sich ersehnte«, bestätigte der Meister ungerührt. »Eine Weile gefiel es mir, seine Ziele zu fördern.«

»Ist Yezdigerd Euer Vasall?« Yasmina versuchte den gleichen Tonfall beizubehalten. Ihre Knie waren auf etwas Hartes unter einer Falte des Samtes gestoßen. Unauffällig änderte sie ihre Haltung und schob die Hand unter die Falte.

»Ist der Hund, der den Opferabfall im Tempelhof frißt, der Vasall Gottes?« erwiderte der Meister.

Er schien ihre verstohlenen Bewegungen nicht zu bemerken. Unter dem Samt verborgen schlossen ihre Finger sich um etwas, von dem sie sicher war, daß es sich um den Griff eines Dolches handelte. Sie neigte den Kopf, damit der Schwarzgewandete das triumphierende Aufleuchten ihrer Augen nicht sah.

»Ich habe genug von Yezdigerd«, fuhr der Meister fort, »und wandte mich anderen Vergnügungen zu – ha!«

Mit einem wilden Schrei sprang Yasmina auf wie eine Dschungelkatze und stach zu. Dann stolperte sie und glitt zu Boden, wo sie zusammengekauert zu dem Mann auf dem Diwan hinaufstarrte. Er hatte sich auf keine Weise gerührt, auch sein rätselhaftes Lächeln war unverändert. Zitternd hob sie die Hand und betrachtete sie mit weit aufgerissenen Augen. Keinen Dolch umklammerten ihre Finger, sondern den Stengel eines goldenen Lotus, dessen Blütenblätter auf dem zerquetschten Stiel herabhingen.

Sie ließ ihn fallen, als wäre er eine Natter, und wich verstört vor ihrem Peiniger zurück. Sie setzte sich wieder auf den Diwan, da das eine etwas würdevollere Haltung für eine Königin war, als sich furchterfüllt vor den Füßen eines Zauberers zu ducken, und beobachtete ihn ängstlich, denn sie erwartete Vergeltungsmaßnahmen.

Aber der Meister bewegte sich nicht.

»Alles ist eins für ihn, der den Schlüssel zum Kosmos hält«, sagte er geheimnisvoll. »Für einen Adepten ist nichts unverwandelbar. Wenn er will, blühen stählerne Blumen in fernen Gärten, oder Blütenschwerter blitzen im Mondschein.«

»Ein Teufel seid Ihr«, schluchzte Yasmina.
»Nicht ich!« Er lachte. »Ich wurde auf diesem Planeten geboren, vor langer, langer Zeit. Einst war ich ein gewöhnlicher Sterblicher. Ich habe auch in all den unzähligen Äonen meiner Erleuchtung nicht sämtliche menschliche Eigenschaften verloren. Ein Mensch, der der finsteren Künste mächtig ist, ist größer als ein Teufel. Ich bin menschlicher Abstammung, aber ich herrsche über Dämonen. Ihr habt die Meister des Schwarzen Kreises selbst gesehen – es würde Eurer Seele schaden, verriete ich Euch, aus welch fernen Reichen ich sie rief und von welcher Verdammnis ich sie mit verzaubertem Kristall und goldenen Schlangen bewahre.
Doch nur ich allein beherrsche sie. Mein törichter Khemsa bildete sich ein, er könne sich zum großen Mann machen – der arme Narr, der Türen sprengte und sich und seine Geliebte durch die Luft tragen ließ. Doch wäre er nicht vernichtet worden, hätten seine Kräfte sich dereinst vielleicht mit meinen messen können.«
Wieder lachte er. »Und Ihr, jämmerliche Törin! Auch nur daran zu denken, einen haarigen Berghäuptling gegen Yimsha schicken zu wollen! Ein Spaß, der von mir selbst hätte sein können, wäre ich auf die Idee gekommen, daß Ihr in seine Hände fallen könntet. In Eurem kindischen Geist las ich Eure Absicht, ihn durch Eure weibliche List zu verleiten, doch zu tun, was Ihr vorgehabt hattet.
Doch trotz all Eurer Dummheit seid Ihr hübsch anzusehen. Ich werde Euch als meine Sklavin behalten.«
Das Mädchen aus einem Geschlecht unzähliger stolzer Herrscher keuchte vor Scham und Wut bei diesen Worten.
»Das werdet Ihr nicht wagen!«
Sein spöttisches Gelächter traf sie wie ein Peitschenhieb.
»Wagt der König nicht, einen Wurm auf der Straße zu zertreten? Kleine Närrin, ist Euch denn nicht klar, daß Euer königlicher Stolz für mich nicht mehr als ein welkes Blatt im Wind ist? Für mich, der ich die Küsse von Königinnen der Hölle genoß! Ihr habt gesehen, wie ich mit einem Rebellen umgehe!«
Klein und furchterfüllt kauerte das Mädchen sich auf dem samtbedeckten Diwan zusammen. Die Züge des Meisters wurden schattenhafter. Seine Stimme hatte zuletzt einen neuen Befehlston angenommen.
»Nie werde ich zu Eurer Sklavin!« Ihre Stimme zitterte, und doch klangen ihre Worte ernstgemeint.
»Ihr werdet es«, sagte er ruhig. »Angst und Schmerzen werden Euch lehren, es zu sein. Mit solchem Grauen werde ich Euch peitschen, daß Ihr gar nicht anders könnt als nachzugeben. Ihr werdet zu Wachs in meinen Händen werden, das ich nach Belieben forme. Ihr werdet Gehorsam lernen wie noch keine Sterbliche je zuvor, bis selbst mein geringster Wunsch für Euch zum zwingenden Willen der Götter wird. Doch als

erstes, um Euren Stolz zu brechen, werdet Ihr durch die vergessenen Äonen reisen, um Euch all die Wesen anzusehen, die Ihr einst wart. *Aie, yil la khosa!«*

Bei diesen Worten begann der dämmerige Raum vor Yasminas verängstigten Augen zu verschwimmen. Ihre Kopfhaut prickelte, und ihre Zunge schien am Gaumen zu kleben. Irgendwo erschallte unheildrohend ein tiefer Gong. Die Drachen aus den Wandteppichen glühten im blauen Feuer und waren nicht mehr. Der Meister auf dem Diwan wurde zum formlosen Schatten. Seltsam pulsierende Finsternis verdrängte die Düsternis. Yasmina konnte den Meister nicht mehr sehen, sie konnte überhaupt nichts mehr sehen. Sie hatte das unheimliche Gefühl, daß Wände und Decken sich unsagbar weit zurückgezogen hatten.

Dann begann irgendwo in der Dunkelheit ein Pünktchen wie ein Glühwürmchen zu leuchten. Es pulsierte, wurde zu einer goldenen Kugel, und im Wachsen wurde das Licht heller und schließlich weißglühend. Mit einemmal zersprang die inzwischen riesige Kugel und besprühte die Finsternis mit weißen Funken, die jedoch die Schatten nicht erhellten. Ein schwaches Leuchten blieb zurück, in dem ein schlanker dunkler Schaft zu erkennen war, der aus dem schattenhaften Boden schoß. Unter den starren Augen des Mädchens breitete er sich aus, nahm deutlichere Formen an. Seitenstiele mit breiten Blättern wuchsen, und riesige schwarze Blüten ragten über ihr, die sich nun verstört an den schwarzen Samt drückte. Ein süßlicher Duft breitete sich aus. Yasmina erkannte die Pflanze, die vor ihr aus dem Boden gewachsen war. Es war der gefürchtete schwarze Lotus aus den gefährlichen Dschungeln Khitais.

Die breiten Blätter schienen ihr eigenes Leben zu haben, genau wie die Blüten, die sich ihr schlangengleich nickend auf ihren biegsamen Stengeln zuneigten. Auf gespenstische Weise hob die schreckliche Pflanze sich schwarz gegen die undurchdringliche Finsternis ab. Der Devi schwindelte von dem betäubenden Duft, und sie versuchte vom Diwan zu kriechen, doch dann klammerte sie sich verzweifelt an ihn, denn er kippte plötzlich. Vor Schrecken schrie sie auf und krallte die Finger in den Samt, aber unerbittlich riß etwas sie los. Die Wirklichkeit schien sich aufzulösen. Yasmina war nichts weiter mehr als ein zitterndes Atom mit eigenem Bewußtsein, das von einem seinsbedrohenden Wirbelsturm durch schwarzes eisiges Nichts gepeitscht wurde.

Dann folgte eine Zeit blinder Impulse und Bewegungen, als das Atom, das sie war, sich zu Myriaden anderen Atomen gesellte und mit ihnen verschmolz – Atome erwachenden Lebens im Urschlamm, geformt von bildenden Kräften –, bis sie wieder als bewußtes Einzelwesen hervorkam und eine endlose Lebensspirale entlangwirbelte.

Benommen durchlebte sie alle ihre früheren Seinsformen. Sie erkannte sie nicht nur wieder, sondern befand sich in den Körpern, die ihr Ich in sämtlichen wechselnden Äonen behaust hatten. Sie lief sich die Füße wund auf dem langen Weg des Lebens, der von ihrem Jetzt in die fernste Vergangenheit führte. Im Anbeginn der Zeit, die den Menschen hervorgebracht hatte, kauerte sie zitternd, von Raubtieren gejagt im Urwald. In Tierhäute gekleidet, watete sie hüfttief in Reisfeldern und kämpfte mit kreischenden Wasservögeln um kostbare Körner. Mit Ochsen plagte sie sich ab, den zugespitzten Stock durch die harte Scholle zu ziehen, und schier endlos saß sie gebückt über Spinnrad und Webstuhl in Bauernkaten.

Befestigte Städte sah sie in Flammen und floh schreiend vor Sklavenhändlern. Nackt und blutend taumelte sie über versengenden Sand und ging unter ihrem Sklavengeschirr zu Boden. Sie wand sich unter lüsternen Händen auf ihrem nackten Fleisch und lernte Scham, Schmerz und brutale Gier kennen. Sie schrie unter dem Biß der Peitsche und wimmerte auf der Streckbank. Von Sinnen vor Angst, wehrte sie sich gegen die Hände, die sie auf den blutigen Richtblock drückten.

Sie erlebte die Schmerzen des Gebärens und die Bitterkeit verratener Liebe. Ihr widerfuhren alles Unrecht und die Brutalität des Mannes gegenüber der Frau seit undenklicher Zeit, und sie litt unter der Gehässigkeit und Bosheit der Frau gegenüber der Frau. Und im Hintergrund von allem war sie sich ihres Devitums bewußt. Sie war all die Frauen, die sie je gewesen war, doch während sie diese Leben in Rückblende noch einmal durchmachte, wußte sie, daß sie Yasmina war. In ein und demselben Augenblick war sie eine nackte Sklavin, die sich unter der Peitsche wand, und die stolze Devi von Vendhya. Und sie litt nicht nur als Sklavin, sondern als Yasmina, für die in ihrem Stolz die Peitsche ein weißglühendes Brandeisen war.

Leben wich Leben endloser Pein, jedes mit seiner Bürde an Leid und Scham und Schmerzen, bis sie wie aus weiter Ferne ihre eigene Stimme diese unerträgliche Qual hinausbrüllen hörte, einem Echo all des Leides durch die Äonen gleich.

Dann erwachte sie auf dem Samtdiwan in dem geheimnisvollen Gemach.

In einem gespenstisch grauen Licht sah sie auch den anderen Diwan und die schwarzgewandete Gestalt darauf. Der Kopf unter der Kapuze war gesenkt, die Schultern zeichneten sich gegen die Düsternis ab. Sie konnte keine Einzelheiten erkennen, aber die Kapuze, an deren Stelle zuvor eine Samtkappe gewesen war, erweckte dumpfes Unbehagen in ihr. Während sie die Gestalt betrachtete, griff unbeschreibliche Angst nach ihr. Sie hatte das Gefühl, daß es nicht mehr der Meister war, der so still auf dem schwarzen Diwan saß.

Dann erhob die Gestalt sich über sie und beugte sich zu ihr herab. Die langen Arme in den weiten schwarzen Ärmeln legten sich um sie. In atemberaubender Furcht kämpfte sie gegen ihn an und staunte über ihre Härte. Der Kopf unter der Kapuze neigte sich tief zu ihrem abgewandten Gesicht hernieder. Und da schrie sie, schrie durchdringend in ihrer grauenvollen Angst und in entsetzlichem Ekel. Knochenarme hielten sie fest, und aus der Kapuze grinste die Fratze des Todes und der Verwesung – Züge wie verrottetes Pergament um einen modernden Schädel.

Wieder schrie sie. Und als die grinsenden Kiefer sich ihren Lippen näherten, verlor sie das Bewußtsein . . .

## IX

## DIE BURG DER ZAUBERER

Die Sonne war über den weißen Gipfeln der Himelians aufgangen. Am Fuß eines langen Hanges hielt ein Trupp Reiter an, und die Männer blickten hoch. Weit oben ragte aus der Bergwand ein steinerner Turm dem Himmel entgegen. Darunter, ein wenig dahinter und darüber, schimmerten die Mauern einer großen Festung, etwa in gleicher Höhe mit der Schneekappe des Yimshas. Irgendwie erweckte das ganze den Eindruck von Unwirklichkeit, mit den dunklen Hängen, die steil zu einer phantastischen Burg emporführten, und darüber glitzernde weiße Gipfel, die mit dem kalten Blau des Himmels zu verschmelzen schienen.

»Wir lassen die Pferde hier«, schlug Conan vor. »Zu Fuß ist das trügerische Gestein leichter zu erklimmen als beritten. Außerdem sind unsere Tiere völlig erschöpft.«

Er schwang sich von seinem Rapphengst, der breitbeinig und mit hängendem Kopf stehengeblieben war. Sie waren die ganze Nacht geritten und hatten nur hin und wieder kurz angehalten, wenn die Tiere unbedingt eine Rast brauchten. Sie selbst hatten im Sattel ein paar Bissen von ihrem kargen Proviant zu sich genommen.

»Der erste Turm ist der der Akoluthen der Schwarzen Seher«, erklärte Conan. »Zumindest hörte ich das. Sie sind die Wachhunde ihrer Herren und selbst Zauberer, wenn auch mit geringeren Kräften. Sie werden gewiß nicht untätig zusehen, wenn wir den Hang hinaufsteigen.«

Kerim Shah blickte den Berg empor, dann den Weg zurück, den sie gekommen waren. Sie waren die Yimshaseite schon ziemlich weit heraufgekommen, und niedrige Gipfel und Kämme breiteten sich unter ihnen aus. Vergebens suchte der Turaner dieses Labyrinth nach verräterischen Bewegungen und Farbflecken ab. Er atmete erleichtert auf. Offenbar hatten die Afghuli in der Nacht die Spur ihres ehemaligen Häuptlings verloren.

»Also, dann wollen wir aufbrechen!«

Wortlos banden sie die müden Pferde an einer Gruppe Tamarisken an und begannen den Hang hochzusteigen. Irgendeine Deckung gab es nicht. Es war eine kahle Wand mit nur wenigen Felsblöcken, die nicht groß genug waren, als Sichtschutz zu dienen. Aber sie verbargen etwas. Der Trupp war noch keine fünfzig Schritt gekommen, als etwas Wildes, Knurrendes hervorstürmte. Es war einer der ausgemergelten Hunde, wie es sie überall in den Bergdörfern gab. Seine Augen glühten rot, aus seinen Lefzen schäumte Geifer. Conan war der vorderste, doch das Tier griff nicht ihn an, sondern sauste an ihm vorbei und sprang Kerim Shah an. Der Turaner warf sich zur Seite, worauf der große Hund sich auf den Irakzai hinter ihm stürzte. Der Mann schrie auf und riß den Arm hoch, in den das Tier sich verbiß, während es ihn rückwärts zu Boden warf. Im nächsten Moment hackte ein halbes Dutzend Tulwar auf das Tier ein. Doch erst als die gräßliche Kreatur schon fast zerstückelt war, gab sie ihren wütenden Angriff auf.

Kerim Shah verband den heftig blutenden Arm des Verwundeten, betrachtete ihn aus engen Augenschlitzen, dann wandte er sich wortlos ab. Er schloß sich wieder Conan an, und sie setzten ihren Aufstieg fort.

Nach einer Weile sagte Kerim Shah: »Seltsam, auf einen Dorfhund zu stoßen.«

»Es gibt keine Abfälle hier«, brummte Conan.

Beide drehten sich zu dem Verwundeten um, der ihnen mit seinen Kameraden folgte. Schweiß glitzerte auf seinem dunklen Gesicht, und er hatte vor Schmerzen die Zähne entblößt. Dann blickten beide zu dem Steinturm hoch über ihnen.

Schläfrige Stille herrschte hier im Hochland. Der Turm verriet nicht, ob er Leben beherbergte, genausowenig wie das pyramidenförmige Bauwerk dahinter. Aber die Männer kämpften sich mit angespannten Nerven hoch, als schritten sie dicht am Rand eines Kraters dahin. Kerim Shah hatte seinen mächtigen turanischen Bogen in die Hand genommen, mit dem er aus fünfhundert Schritt Entfernung den Tod schicken konnte. Die Irakzai folgten seinem Beispiel und sahen nach ihren leichteren und nicht so gefährlichen Bogen.

Aber sie waren noch nicht in Pfeilschußweite des Turmes, als urplötzlich etwas vom Himmel herabsauste. So dicht kam es an Conan vorbei, daß er den Luftzug spürte, doch nicht er, sondern ein Irakzai taumelte und fiel, und Blut drang aus der Kehle. Ein Geier mit Schwingen wie aus brüniertem Stahl schoß wieder dem Himmel entgegen. Rot tropfte es aus seinem krummen, scharfen Schnabel. Er war jedoch noch nicht weit gekommen, als Kerim Shahs Sehne sirrte. Wie ein Stein stürzte der Greifvogel herab, doch niemand sah, wo er aufschlug.

Conan beugte sich über das Opfer des Geiers und stellte fest, daß der Mann bereits tot war. Keiner der Männer sprach. Was nutzte es, sich darüber auszulassen, daß Geier normalerweise keine Menschen anfielen? Rote Wut kämpfte mit fatalistischer Gleichgültigkeit in den wilden Seelen der Irakzai. Haarige Hände legten Pfeile an die Sehnen, und Augen blickten rachsüchtig zu dem Turm hoch, dessen Stille sie zu verhöhnen schien.

Der nächste Angriff kam schnell. Sie alle sahen ihn kommen: Eine weiße Rauchkugel fiel über den Turmrand und schwebte und rollte den Hang hinab auf den Trupp zu. Weitere folgten. Sie schienen harmlos zu sein, aber Conan trat hastig zur Seite, um eine Berührung durch die erste Kugel zu vermeiden. Ein Irakzai hinter ihm stieß seinen Säbel wuterfüllt in die wolkenhafte Masse. Sofort erschütterte heftiger Donner den Berg. Blendende Flammen stiegen auf, dann war die Kugel verschwunden, und von dem unvorsichtigen Krieger war nur ein Häufchen verkohlter Gebeine übriggeblieben. Die knöcherne Hand hielt noch den elfenbeinernen Säbelgriff, doch von der Klinge war nichts mehr zu sehen, sie war in der unvorstellbaren Glut geschmolzen. Trotzdem hatten die Männer, die unmittelbar neben dem Bedauernswerten gestanden hatten, keinerlei Schaden davongetragen. Sie waren von den plötzlichen Flammen nur geblendet worden.

»Stahl löst sie aus«, erklärte Conan. »Paßt auf, hier kommen weitere!« warnte er.

Der Hang über ihnen war fast bedeckt von den dunstigen Kugeln. Kerim Shah schoß einen Pfeil in die Masse. Die Bälle, durch die der Pfeil gedrungen war, platzten in berstenden Flammen. Seine Männer folgten dem Beispiel, und für eine ganze Weile war es, als tobe ein heftiges Gewitter mit pausenlosen Blitzen und Donnerschlägen auf dem Hang. Als der Beschuß endete, waren nur noch wenige Pfeile in den Köchern übriggeblieben.

Grimmig kletterten sie weiter über verbrannten, geschwärzten Boden, wo der kahle Fels an manchen Stellen durch die Sprengung der teuflischen Kugeln zu Lava geschmolzen war.

Jetzt befanden sie sich bereits in Pfeilschußweite des stillen Turms. Mit angespannten Nerven, auf jedes Grauen vorbereitet, das auf sie herabkommen mochte, bildeten sie eine gefächerte Formation.

Eine einzelne Gestalt zeigte sich auf dem Turm und hob ein zehn Fuß langes Bronzehorn an die Lippen. Das Schmettern des Instruments hallte dröhnend von den Hängen wider wie die Posaunen des Jüngsten Gerichts. Die erfolgende Antwort war grauenvoll. Der Boden erzitterte unter den Füßen der Invasoren, und ein drohendes Grollen war tief in der Erde zu hören.

Die Irakzai schrien und schwankten wie Betrunkene auf dem bebenden Hang. Conan achtete nicht darauf. Mit funkelnden Augen, den langen Dolch in der Hand, stürmte er den letzten Abhang hinauf bis zur

Tür in der Steinmauer. Höhnisch schallte das Horn über ihm. Da legte Kerim Shah ein Pfeil an die Sehne und schoß.

Nur ein Turaner konnte das schier Unmögliche vollbringen. Abrupt verstummte das Horn, statt dessen war ein hoher schriller Schrei zu vernehmen. Die grüngewandete Gestalt auf dem Turm schwankte, die Finger griffen nach dem langen Schaft, der plötzlich zitternd aus der Brust ragte, dann stürzte sie über die Brustwehr. Das gewaltige Horn verfing sich zwischen den Zinnen und drohte ebenfalls herabzufallen. Ein weiterer Grüngewandeter eilte vor Entsetzen schreiend darauf zu. Wieder sirrte ein Pfeil des Turaners, und wieder zerriß ein Schrei die Luft. Der zweite Akoluth schlug im Fallen mit dem Ellbogen gegen das Horn, daß es durch die Zinnen kippte und tief unten am Hang zerschellte.

So schnell hatte Conan die letzte Strecke zurückgelegt, daß die Echos des Sturzes noch nicht verstummt waren, als er bereits auf das Tor einhackte. Durch den Instinkt des Barbaren gewarnt, sprang er rechtzeitig zurück, als geschmolzenes Blei auf ihn heruntergeschüttet wurde. Die Tatsache, daß seine Feinde sich so irdischer Verteidigungsmittel bedienten, verlieh ihm weiteren Auftrieb. Die Zauberkräfte der Akoluthen waren also beschränkt. Vielleicht waren ihre magischen Mittel schon erschöpft.

Kerim Shah eilte nun ebenfalls den Rest des Hanges hinauf, seine Männer in ungleichmäßigem Halbkreis hinter ihm. Sie schossen im Laufen, und ihre Pfeile zersplitterten an der Mauer oder flogen über die Brustwehr.

Das schwere Teakholztor gab unter dem heftigen Ansturm des Cimmeriers nach. Wachsam spähte er, auf alles vorbereitet, ins Innere. Er sah einen kreisrunden Raum mit einer nach oben führenden Wendeltreppe. Auf der gegenüberliegenden Seite der Treppe stand eine Tür offen, durch die man den Außenhang sehen konnte – und die Rücken eines halben Dutzends panisch fliehender Grüngewandeter.

Conan brüllte, trat einen Schritt in den Turm, dann riß ein angeborener Sinn ihn zurück, und schon schmetterte ein riesiger Steinblock auf die Stelle, wo er soeben noch gestanden hatte. Er rief dem Turaner und den Irakzai eine Warnung zu und raste um den Turm.

Die Akoluthen hatten ihre erste Verteidigungslinie verlassen. Als er um den Turm bog, sah er ihre grünen Gewänder schon auf halber Bergeshöhe vor ihm. Er verfolgte sie, keuchend vor Kampfeslust, und hinter ihm stürmten Kerim Shah und die Irakzai herbei. Die Irakzai heulten wie die Wölfe, erfreut über die Flucht ihrer Feinde. Ihr augenblicklicher Triumph überwog ihre Schicksalsergebenheit.

Der Turm stand an einem Sims unterhalb eines Plateaurands, zu dem ein leichter Abhang hochführte. Mehrere hundert Fuß entfernt endete dieses Plateau abrupt an einer Kluft, die weiter bergab nicht zu sehen gewesen war. Ohne in ihrem Lauf anzuhalten, sprangen die Akoluthen in den Abgrund. Ihre Verfolger sahen ihre flatternden Gewänder über dem Rand verschwinden.

Wenige Momente später standen sie selbst an diesem Rand eines gewaltigen Grabens, der sie von der Burg der Schwarzen Seher trennte. Es war eine Klamm mit Steilwänden, die sich, soweit sie sehen konnten, in beide Richtungen erstreckte und vermutlich den Berg umringte. Sie schien etwa dreizehnhundert Fuß breit und ungefähr sechzehnhundert Fuß tief zu sein. In ihr, von Rand zu Rand, schimmerte und glitzerte ein seltsamer halbdurchsichtiger Dunst.

Conan brummte erstaunt, als er hinunterschaute. Tief unten auf dem Kluftboden, der wie brüniertes Silber glänzte, sah er die Akoluthen. Ihre Umrisse waren unklar und verschwommen, als bewegten sie sich tief im Wasser. Im Gänsemarsch stapften sie zur gegenüberliegenden Klammseite.

Kerim Shah legte einen Pfeil an die Sehne und schoß. Doch als der Pfeil in den Nebel der Kluft eindrang, schien er langsamer zu werden und vom Kurs abzukommen.

»Wenn sie unbeschadet hinuntergesprungen sind, können wir es auch!« brummte Conan, während Karim Shah verblüfft seinem Pfeil nachstarrte. »Zuletzt habe ich sie hier gesehen . . .«

Er spähte hinunter und sah etwas wie einen goldenen Faden über den Kluftboden verlaufen, und die Akoluthen folgten ihm offenbar. Plötzlich erinnerte er sich an Khemsas rätselhafte Worte: ›Folge der goldenen Ader!‹ Genau an der Stelle des Randes, wo er kauerte, direkt unter seinen Fingern, fand er es: eine dünne Ader glitzernden Goldes, die von einer geringen Erzablagerung fast an der Oberfläche über den Rand und quer über den silbrigen Boden führte. Und noch etwas entdeckte er, das aufgrund der sonderbaren Widerspiegelung des Lichtes fast verborgen war: Die goldene Ader folgte einer schmalen, mit Nischen für Hand- und Fußgriffe ausgestatteten Rampe in die Tiefe.

»Hier gingen sie hinunter«, erklärte er Kerim Shah. »Sie sind keine Adepten, die durch die Luft schweben können. Wir folgen ihnen . . .«

In diesem Augenblick schrie der Mann, der von dem tollwütigen Hund gebissen worden war, grauenvoll auf. Schaum quoll aus seinen Lippen. Er begann mit den Zähnen zu knirschen und sprang Kerim Shah an. Der Turaner, flink und geschmeidig wie eine Katze, hüpfte zur Seite, und der Mann stürzte kopfüber in die Kluft. Die anderen eilten zum Rand und blickten ihm verblüfft nach. Er plumpste nicht wie ein Stein hinunter, sondern schwebte langsam durch den rosigen Dunst, als tauche er durch tiefes Wasser. Er bewegte Arme und Beine wie ein Schwimmender, und sein Gesicht war purpurn und noch schlimmer verzerrt, als man es der Tollwut zuschreiben konnte. Tief unten blieb er reglos auf dem schimmernden Boden liegen.

»Der Tod haust in dieser Kluft«, murmelte Kerim Shah und wich vor dem rosigen Dunst zurück, den sein ausgestreckter Fuß fast berührt hatte. »Was nun, Conan?«

»Weiter!« bestimmte der Cimmerier grimmig. »Die Akoluthen sind gewöhnliche Sterbliche. Wenn der Dunst sie nicht tötet, bringt er mich auch nicht um.«

Er rückte seinen Gürtel zurecht, dabei berührten seine Finger den daruntergeschnallten zweiten Gürtel, den Khemsa ihm gegeben hatte. Er runzelte die Stirn, dann lächelte er düster. Er hatte ihn vergessen, aber jetzt wurde ihm bewußt, daß der Tod ihn dreimal übergangen und ein Opfer hinter ihm gewählt hatte.

Die Akoluthen hatten inzwischen die gegenüberliegende Kluftwand erreicht und krochen sie wie riesige grüne Fliegen empor. Conan stieg auf die Rampe und dann langsam abwärts. Die rosige Wolke leckte nach seinen Knöcheln und kam höher, je tiefer er hinunterstieg. Sie berührte seine Knie, seine Hüften, seine Brust, seine Achselhöhlen. Sie fühlte sich an wie dichter Nebel. Als sie sein Kinn erreichte, zögerte er kurz, dann tauchte er unter. Hastig stieß er den Kopf hoch und keuchte nach Luft.

Kerim Shah beugte sich zu ihm hinunter und sagte etwas. Doch Conan achtete nicht darauf. Er bemühte sich, nur an das zu denken, was der sterbende Rakhsha zu ihm gesagt hatte, und tastete nach der Goldader. Dabei stellte er fest, daß er bei seinem Abstieg davon abgekommen war. Mehrere Handgriffe waren in die Rampe gehauen. Er begann nun direkt über der Ader hinunterzusteigen. Der rosige Dunst hüllte ihn ein, jetzt auch seinen Kopf, doch immer noch atmete er reine Luft. Über sich sah er seine Begleiter zu ihm herunterstarren. Ihre Gesichter wirkten verschwommen durch den Dunst, der über seinem Kopf schimmerte. Er winkte ihnen zu, ihm zu folgen, und stieg schneller weiter, ohne darauf zu warten, ob sie es auch taten.

Kerim Shah steckte wortlos seinen Säbel in die Scheide zurück und stieg ebenfalls die Rampe hinunter. Die Irakzai, die mehr Angst hatten, allein hier oben zu bleiben, als vor dem Grauen, das sie da unten erwarten mochte, beeilten sich, es ihm gleichzutun. Jeder hielt sich nach Conans Vorbild genau an die Goldader.

Auf dem Kluftboden angekommen, turnten sie wie Seiltänzer weiter über die Goldader. Es war, als schritten sie durch einen Tunnel mit unsichtbaren Wänden, durch den die Luft frei zirkulierte. Zwar spürten sie, wie der Tod von oben und beiden Seiten darauf preßte, aber er konnte sie nicht berühren.

Die Goldader kroch die andere Kluftwand hinauf, über die die Akoluthen verschwunden waren. Ihre Nerven spannten sich an, als sie ihr weiter folgten, denn es war unmöglich vorauszusehen, was oben zwischen den Felszacken und Felsbrocken lauerte.

Es war jedoch kein übernatürliches Grauen, sondern die grüngewandeten Akoluthen erwarteten sie mit Dolchen. Möglicherweise hatten sie die Grenze erreicht, über die hinaus sie sich nicht zurückziehen konnten. Vielleicht hätte der stygische Gürtel um Conans Mitte verraten können, weshalb ihre Zauberkünste sich als so schwach erwiesen hatten und so schnell erschöpft gewesen waren. Es mochte natürlich sein, daß die Strafe für Versagen Tod war und sie deshalb mit funkelnden Augen hinter den Felsblöcken hervorsprangen und in ihrer Verzweiflung Dolche schwangen, da sie sich keiner magischen Mittel mehr bedienen konnten.

Kein Kampf mit Zauberkräften wütete zwischen den Felsen am Rand der Schlucht, sondern ein Kampf mit wirbelnden Klingen, deren Stahl tief ins Fleisch biß; wo echtes Blut floß; wo sehnige Arme Klingen schwangen; wo Menschen tot oder verwundet zu Boden gingen und andere in ihrer Kampfeslust über sie hinwegtrampelten.

Viele der Irakzai hauchten ihr Leben zwischen den Felsen aus. Von den Akoluthen hatte kein einziger den heftigen Kampf überstanden – sie lagen da oder schwebten durch den schimmernden Dunst hinab auf den Silberboden der Kluft.

Die Sieger schüttelten sich Blut und Schweiß aus den Augen und blickten einander an. Conan und Kerim Shah waren unverwundet geblieben, genau wie vier Irakzai.

Sie standen zwischen den Felszähnen, die wie Zinnen den Kluftrand einsäumten. Von hier führte ein Pfad einen sanften Hang zu einer breiten Treppe mit sechs Stufen empor. Die Stufen bestanden aus grünem Jade, waren gut hundert Fuß breit und endeten in einer weiten Plattform oder dachlosen Galerie aus dem gleichen polierten Stein. Darüber erhob sich stufenförmig die Burg der Schwarzen Seher, die wie aus dem Berg selbst gehauen schien. Sie war von beeindruckender Bauweise, ohne jegliches Zierwerk. Hinter den zahllosen vergitterten Fenstern hingen Vorhänge. Das Bauwerk war so still und verriet keinerlei Spur von Leben, als wäre es unbewohnt.

Schweigend und wachsam wie Menschen, die sich einer Schlangengrube näherten, stiegen sie den Pfad hinauf. Nach den Mienen der Irakzai zu schließen, glaubten sie in ihren Untergang zu schreiten. Selbst Kerim Shah stapfte stumm dahin. Nur Conan schien nicht bewußt zu sein, welch ein Verstoß gegen ihre innere Einstellung dieser Angriff war, welch nie dagewesener Bruch aller Tradition. Er war nicht aus dem Osten, er stammte aus einer Rasse, die gegen Teufel und Hexer genauso ungerührt kämpfte wie gegen menschliche Feinde.

Er stieg die glänzende Treppe hinauf und überquerte die weite grüne Galerie zur mächtigen goldbeschlagenen Teakholztür. Nur einen Blick warf er die gewaltige Stufenpyramide empor. Er streckte eine Hand nach dem Bronzegriff aus – doch dann zog er sie grimmig grinsend wieder zurück. Dieser Griff hatte die Form einer Schlange: Der Schädel hob sich vom gekrümmten Hals. Conan vermutete, daß dieser Metallschädel unter seiner Hand zu gräßlichem Leben erwachen würde.

Mit einem Hieb seiner Klinge trennte er ihn von der Tür. Obwohl er metallisch klirrend auf den Boden aufschlug, blieb der Cimmerier weiter vorsichtig. Mit der Dolchspitze stieß er ihn zur Seite und wandte sich wieder der Tür zu. Absolutes Schweigen herrschte. Weiter unter ihnen verloren die Berghänge sich in purpurnem Dunst. Die Sonne glitzerte auf den Schneekappen der Gipfel zu beiden Seiten. Hoch am Himmel hob ein Geier sich als schwarzer Punkt vom kalten Blau ab. Außer ihm und den Männern vor der goldbeschlagenen Tür war nirgends ein Zeichen von Leben, und die Männer waren selbst nur winzige Gestalten auf dem grünen Jade, hoch oben auf dem Berg, mit der phantastischen Pyramide über ihnen.

Ein schneidender Wind von den Gletschern ließ die Lumpenkleidung der Irakzai aufflattern. Conans langer Dolch, der immer wieder in die Teakholzfüllung drang, weckte schmetterndes Echo. Heftig hieb er gleichermaßen durch Holz und Metall. Durch die zersplitterte Tür spähte er schließlich wachsam und mißtrauisch wie ein Wolf ins Innere. Hinter der Tür lag ein breites Gemach, dessen polierte Steinwände ebenso kahl wie der Mosaikboden waren. Eckige glänzende Ebenholzhocker und ein steinernes Podest waren das einzige Mobiliar. Niemand hielt sich in diesem Raum auf, eine zweite Tür führte aus ihm hinaus.

»Ein Mann soll draußen Wache halten«, brummte Conan. »Ich gehe hinein.«

Kerim Shah stellte einen Krieger als Posten ab, der mit dem Bogen schußbereit zur Mitte der Galerie stapfte. Conan trat in die Burg, dicht gefolgt von dem Turaner und den drei restlichen Irakzai. Der als Wache eingeteilte Mann spuckte in hohem Bogen, brummte in seinen Bart und zuckte plötzlich zusammen, als ein leises höhnisches Lachen an sein Ohr drang.

Er hob den Kopf und sah auf der Pyramidenstufe über sich einen hochgewachsenen, schwarzgewandeten Mann, der leicht mit dem kahlen Schädel nickte, während er zu dem Posten hinunterschaute. Seine Haltung verriet Spott und Bosheit. Blitzschnell schoß der Irakzai einen Pfeil ab, der geradewegs in die Brust des Schwarzgewandten drang. Das höhnische Lächeln änderte sich nicht. Der Seher zupfte den Pfeil heraus und warf ihn dem Schützen zurück, doch nicht als Waffe schleuderte er ihn, sondern als Geste der Verachtung. Der Irakzai duckte sich unwillkürlich und warf instinktiv die Arme hoch. Seine Finger schlossen sich um den drehenden Schaft.

Plötzlich schrie er grauenerfüllt. Der hölzerne Schaft in seiner Hand *wand* sich, wurde nachgiebig und schien in seinen Fingern zu schmelzen. Er versuchte ihn von sich zu werfen, doch zu spät. Er hielt eine lebende Schlange, die sich bereits um sein Handgelenk gewickelt hatte. Ihr keilförmiger Schädel schnellte auf seinen muskulösen Arm zu. Wieder schrie er. Seine Augen weiteten sich, sein Gesicht lief blau an. Mit zuckenden Gliedern sank er auf die Knie und stürzte schließlich leblos zu Boden.

Die Männer, die ins Innere getreten waren, wirbelten bei seinem ersten Schrei herum. Conan rannte zur offenen Tür und blieb verwirrt stehen. Den Männern hinter ihm schien es, als drückte er gegen leere Luft. Er konnte es zwar nicht sehen, aber es bestand kein Zweifel, daß dickes Glas die Türöffnung versperrte, seine tastenden Finger konnten ihn nicht trügen. Durch die Scheibe hindurch vermochte er aber den Irakzai zu erblicken, der reglos auf dem Jadeboden lag. Ein ganz gewöhnlicher Pfeil steckte in seinem Arm.

Conan hob den Dolch und hieb damit zu. Es verblüffte die anderen, als seine Schläge offenbar mitten in der Luft mit lautem Klirren abprallten. Er gab es schnell auf, denn er wußte, daß nicht einmal der sagenhafte Tulwar Amir Khurums diesen unsichtbaren Vorhang zerschmettern konnte.

Mit wenigen Worten klärte er Kerim Shah auf. Der Turaner zuckte die Schultern. »Nun, wenn unser Ausgang versperrt ist, müssen wir einen anderen finden. Inzwischen aber haben wir anderes vor, nicht wahr?«

Brummend drehte der Cimmerier sich um und schritt zur anderen Tür. Er hatte das dumpfe Gefühl drohender Gefahr. Als er den Dolch hob, um die Tür einzuschlagen, öffnete sie sich wie von selbst. Er schritt in eine gewaltige Halle mit glasähnlichen Säulen zu beiden Seiten. Hundert Fuß von der Tür entfernt befand sich die erste Stufe einer breiten, jadegrünen Treppe, die aufwärts führte und sich wie die Seite einer Pyramide verjüngte. Was hinter der Treppe lag, war nicht zu erkennen, aber zwischen ihm und ihr stand ein seltsamer Altar aus glänzendem Gagat. Vier riesige Schlangen wanden sich um ihn herum und streckten ihre keilförmigen Schädel in die Luft, jede in eine andere Himmelsrichtung, wie die verzauberten Wächter eines legendären Schatzes. Doch auf dem Altar, zwischen den gekrümmten Hälsen, stand nichts weiter als eine Kristallkugel, die mit etwas Rauchähnlichem gefüllt war, in dem vier goldene Granatäpfel schwammen.

Der Anblick erinnerte ihn vage an etwas Bestimmtes, doch dann achtete er nicht länger auf den Altar, denn auf der untersten Stufe standen plötzlich vier schwarzgewandete Gestalten. Er hatte sie nicht kommen gesehen. Sie waren wie aus dem Nichts aufgetaucht, diese vier großen hageren Männer mit den Raubvogelgesichtern, die gleichzeitig nickten und deren Hände und Füße unter den wallenden Gewändern verborgen waren.

Einer hob den Arm. Der Ärmel fiel zurück und offenbarte eine Hand – die keine war. Mitten im Schritt blieb Conan stehen, gegen seinen Willen. Er war auf eine Kraft gestoßen, die sich von Khemsas Hypnosekunst unterschied. Er konnte nicht weitergehen, wohl aber sich zurückziehen, wenn er es wollte. Seine Begleiter hielten ebenfalls inne, und sie waren hilfloser als er, da sie sich in keine Richtung zu bewegen vermochten.

Der Seher mit dem erhobenen Arm winkte einen der Irakzai herbei. Wie ein Schlafwandler ging der Mann auf ihn zu. Er starrte blicklos geradeaus, und der Krummsäbel hing von den schlaffen Fingern. Als er an dem Cimmerier vorbeikam, legte Conan den Arm um seine Brust, um ihn zurückzuhalten. Unter normalen Umständen war der Cimmerier viel stärker als der Irakzai und hätte ihm ohne Mühe das Rückgrat brechen können, doch jetzt wurde sein muskelschwellender Arm wie eine Gerte zur Seite gestreift, und der Irakzai schritt unter dem Einfluß des fremden Willens weiter. An der Treppe angekommen, kniete er steif nieder, streckte dem Schwarzgewandeten seine Klinge entgegen und beugte den Kopf. Der Seher nahm den Säbel, schwang ihn hoch und dann hinab. Der Schädel des Irakzai fiel von den Schultern und schlug schwer auf dem schwarzen Marmorboden auf. Der Körper sackte zusammen und blieb mit ausgebreiteten Armen liegen.

Wieder hob sich eine mißgestaltete Hand und winkte. Ein zweiter Irakzai schritt steif in sein Verderben. Das gleiche gräßliche Schauspiel wiederholte sich, und ein weiterer Toter lag auf dem Boden.

Als der dritte Stammesbruder an Conan vorbei in den Tod entgegenschritt, wurde sich der Cimmerier fremdartiger unsichtbarer Kräfte bewußt, die rings um ihn zum Leben erwachten, während seine Schläfenadern zu bersten drohten vor Anstrengung, die unsichtbare Barriere zu brechen. Ohne Vorwarnung spürte er es, aber das Gefühl war so überwältigend, daß er an seinem Instinkt nicht zweifelte. Unwillkürlich glitt seine Linke unter den Bakhariotgürtel und legte sich um den stygischen Gürtel. Als er ihn umklammerte, floß neue Kraft in seine tauben Glieder. Sein Lebenswille war wie pulsierendes weißglühendes Feuer von derselben Heftigkeit wie seine brennende Wut.

Der dritte Irakzai war nun tot, und die gräßlichen Finger winkten erneut, als Conan spürte, wie die unsichtbare Barriere barst. Unwillkürlich stieß er einen wilden Schrei aus, während er mit der Plötzlichkeit und Gewalt aufgestauter Wut sprang. Seine Linke hielt weiter den stygischen Gürtel umklammert, und der lange Dolch blitzte in seiner Rechten. Die Männer auf der Treppe rührten sich nicht. Sie blickten ihm höhnisch, aber ruhig entgegen, und falls sie überrascht waren, zeigten sie es nicht. Conan dachte lieber gar nicht daran, was geschehen mochte, wenn er sie erreicht hatte. Das Blut pochte in seinen Schläfen, und ein roter Schleier schob sich vor seine Augen.

Ein weiteres Dutzend Schritte würden ihn zur Treppe und zu den höhnischen Teufeln bringen. Er holte tief Luft, und die Wut in ihm wuchs mit seinen schnelleren Schritten. Er schoß an dem Altar mit den goldenen Schlangen vorbei, als in seinem Gehirn übermächtig die Worte Khemsas widerhallten: *»Brich die Kristallkugel!«*

Er reagierte fast ohne bewußtes Zutun. Die Tat folgte dem Impuls so schnell, daß die größten Zauberer seiner Zeit nicht in der Lage gewesen wären, seine Gedanken zu lesen und die Ausführung zu verhindern. Er wirbelte mitten im Lauf geschmeidig wie eine Katze herum und hieb seinen Dolch hinab auf die Kristallkugel. Sofort vibrierte die Luft unter einem furchtbaren Dröhnen, das von überall her zu kommen schien. Dann drang ein Zischen an Conans Ohren, als die goldenen Schlangen zum Leben erwachten, sich wanden und auf ihn zuschnellen wollten. Er war flink wie ein gereizter Tiger. In einem Wirbel von Stahl flogen die Schlangenschädel von den Rümpfen, und dann schlug er erneut und immer wieder auf die Kristallkugel ein, bis sie schließlich mit ohrenbetäubendem Donnern zerbarst und die feurigen Splitter auf den schwarzen Marmor regneten. Wie von langer Gefangenschaft befreit, schossen die goldenen Granatäpfel zur hohen Decke und waren verschwunden.

Gräßliche Schreie hallten durch die große Halle. Auf den Stufen wanden sich die vier Schwarzgewandeten. Grauenvolle Zuckungen verzerrten ihre Glieder und Gesichter. Schaum quoll von ihren Lippen, bis sie mit einem anschwellenden unmenschlichen Heulen zusammenbrachen und erstarrten. Conan zweifelte nicht daran, daß sie tot waren. Er starrte auf den Altar und die Kristallscherben. Die vier kopflosen Schlangenleiber wanden sich immer noch um den glänzenden Gagat, aber sie waren wieder zu leblosem Gold geworden.

Kerim Shah erhob sich langsam von den Knien, auf die er durch eine unsichtbare Kraft geworfen worden war. Er schüttelte den Kopf, als könnte er sich damit von dem Klingen in seinen Ohren befreien.

»Hast du das Klirren gehört, als du die Kugel einschlugst? Es war, als würden tausend Kristallscheiben in der ganzen Burg zersplittern. Waren die Seelen der Zauberer in den goldenen Kugeln gefangen? – Ha!«

Conan wirbelte herum, als Kerim Shah den Säbel zog und deutete.

Ein Mann stand am Fuß der Treppe. Auch er trug ein schwarzes Gewand, aber seines war aus goldbesticktem Samt, und aus schwarzem Samt war auch die Kappe auf seinem Kopf. Sein durchaus nicht häßliches Gesicht war ruhig.

»Wer, zum Teufel, bist du?« fragte Conan drohend und starrte ihn mit dem Dolch in der Hand an.

»Ich bin der Meister von Yimsha!« Die Stimme klang wie das Schallen einer Tempelglocke. Eine Spur grausamer Freude war nicht zu überhören.

»Wo ist Yasmina?« fragte Kerim Shah.

Der Meister lachte.

»Was interessiert dich das, der du so gut wie tot bist? Hast du so schnell meine Kräfte vergessen, die ich dir einmal lieh, daß du dir mit

Waffengewalt Zutritt zu mir verschafft hast, armer Tor? Ich glaube, ich werde mir dein Herz holen, Kerim Shah!«

Er streckte die Hand aus, wie um etwas entgegenzunehmen. Der Turaner schrie im Todesschmerz. Er schwankte einem Betrunkenen gleich, und dann waren ein Bersten von Muskeln und das Krachen von Gliedern der Kettenrüstung zu hören. Der Turaner sackte zu Boden, während der Meister lachend das pulsierende Herz vor die Füße des Cimmeriers warf.

Mit Wutgeheul stürmte Conan die Treppe hoch. Aus Khemsas Gürtel spürte er Kraft und Haß über den Tod hinaus in sich strömen und gegen die unmenschliche Ausstrahlung ungeheurer Macht ankämpfen, die ihm entgegenschlug. Die Luft füllte sich mit stählern schimmerndem Dunst, durch den er mit gesenktem Kopf wie ein Schwimmer tauchte, den linken Arm vor das Gesicht gedrückt, den Dolch in der Rechten. Seine halbgeblendeten Augen spähten über den Ellbogen. Er sah den verhaßten Seher vor und über sich, und seine Umrisse wogten wie ein Spiegelbild in bewegtem Wasser.

Kräfte, die über seine Vorstellung gingen, zerrten an ihm, aber er spürte einen fremden Antrieb, der ihn trotz seiner betäubenden Schmerzen und der Gegenwehr des Zauberers unaufhaltsam hochtrug.

Er hatte das Ende der Treppe erreicht. Des Meisters Gesicht schwamm in dem stählernen Dunst vor ihm und verriet zweifellos einen Hauch ungewohnter Furcht. Wie durch eine Brandung watete Conan durch den Dunst, und sein Dolch schwang hoch wie etwas Lebendes. Die scharfe Spitze zerriß des Meisters Gewand, als der mit einem leisen Schrei zurücksprang. Und dann verschwand der Zauberer vor Conans Augen, verschwand wie eine geplatzte Seifenblase, und etwas Längliches, Wellenförmiges schoß die schmalere Treppe links neben der breiten hinauf.

Conan rannte ihm nach, ohne recht zu wissen, was es gewesen war, das er hier gesehen hatte, aber seine berserkerhafte Besessenheit überlagerte Übelkeit und Grauen in einem Winkel seines Bewußtseins.

Er stürmte auf einen breiten Korridor, dessen unbedeckte Wände und Böden aus poliertem Jade waren – und etwas Langes, Flinkes fegte über den Korridor vor ihm und durch eine vorhangbedeckte Türöffnung. Aus dem Raum dahinter schrillte ein grauenvoller Schrei, der Conans Füßen gleichsam Flügel verlieh. Kopfüber warf er sich durch den Vorhang.

Ein schrecklicher Anblick bot sich ihm. Yasmina kauerte auf einem samtbezogenen Diwan und schrie ihre Abscheu und ihr Grausen hinaus. Sie hatte einen Arm erhoben, als könnte sie damit den Angriff einer riesigen Schlange abwehren, deren glänzender Schuppenhals sich aus dem zusammengeringelten Leib hob. Mit einem würgenden Schrei warf Conan seinen Dolch.

Sofort wirbelte die Bestie herum und schnellte ihm entgegen. Der lange Dolch zitterte in ihrem Hals. Die Spitze und etwa ein Fuß der Klinge ragten aus einer Seite, der Griff und eine Handbreit Stahl aus der anderen, aber das schien die Wut des Riesenreptils nur zu erhöhen. Der mächtige Schädel hob sich hoch über den Menschen und schoß, die gifttäufelnden Kiefer weit aufgesperrt, zu ihm herab. Doch Conan hatte ein Messer aus seinem Gürtel gerissen und stieß es empor, als der Schädel herabschnellte. Die Spitze drang durch den Unterkiefer in den Oberkiefer und hielt so beide zusammen. Im nächsten Moment hatte der gewaltige Leib sich um den Cimmerier gewickelt, denn da sie ihre Fänge nicht mehr benutzen konnte, blieb der Schlange nur noch diese Art von Angriff.

Conans linker Arm war durch die zermalmenden Windungen an die Seite gepreßt, aber sein rechter war frei. Er spreizte die Beine, um sich aufrecht halten zu können, streckte die Hand aus und legte sie um den Griff des langen Dolches, der aus dem Schlangenhals ragte. Er zog und bekam ihn frei. Als ahnte sie mit mehr als tierischer Klugheit, was er beabsichtigte, wand sich die Schlange, bemüht, auch seinen rechten Arm zu umwickeln. Doch blitzschnell hieb der Dolch zu und schlitzte den mächtigen Rumpf bis fast zur Mitte auf.

Ehe der Cimmerier noch einmal zustoßen konnte, löste die Schlange sich von ihm und schleppte sich über den Boden, während Blut aus der tiefen Wunde schoß. Conan sprang ihr mit erhobenem Dolch nach, aber sein wilder Hieb durchschnitt leere Luft. Die Schlange war ausgewichen und schob nun den Kopf gegen den Paneel der Sandelholztäfelung. Es öffnete sich. Der lange Schlangenleib schnellte hindurch und war verschwunden.

Sofort hieb Conan auf die Täfelung ein. Mit ein paar Schlägen hatte er sie zersplittert, und er konnte in den düsteren Alkoven dahinter blicken. Doch keine Schlange war zu sehen, nur Blut auf dem Marmorboden und Spuren, die zu einer Bogentür führten – und diese Spuren waren die von den nackten Sohlen eines Mannes . . .

*»Conan!«*

Er wirbelte gerade rechtzeitig herum, um die Devi von Vendhya aufzufangen, die durch das Gemach gelaufen kam, um sich ihm glücklich, dankbar und doch von Angst und Panik erfüllt an den Hals zu werfen.

Sein wildes Blut war durch all die Geschehnisse zutiefst aufgewühlt. Er schloß sie mit solch einer Kraft in seine Arme, daß sie zu jeder anderen Zeit aufgeschrien hätte, und zerpreßte schier ihre Lippen. Sie wehrte sich nicht, war im Augenblick nur Frau. Sie schloß die Lider und genoß völlig hingegeben seine feurigen, leidenschaftlichen Küsse. Sie keuchte unter seiner Heftigkeit, als er ihre Lippen freigab, um Luft zu holen, und blickte auf sie hinunter.

»Ich wußte, daß du kommen würdest«, murmelte sie, »daß du mich nicht den Grausamkeiten dieser Teufel überlassen würdest.«

Bei ihren Worten wurde ihm die Umwelt wieder bewußt. Er hob den Kopf und lauschte angespannt. Schweigen herrschte in der Burg von Yimsha, aber es war eine unheilschwangere Stille. Gefahr lauerte in jedem Winkel, spähte unsichtbar von jeder Decke.

»Wir sollten zusehen, daß wir verschwinden, solange wir es können«, murmelte er. »Die Verletzungen hätten mehr als genügt, ein normales Tier – oder einen *Menschen* – zu töten, aber ein Zauberer hat ein Dutzend Leben. Verwundet man einen, zieht er sich zurück wie eine verstümmelte Schlange, nur um sich irgendwo durch frische Zauberkräfte zu stärken und mit neuen magischen Mitteln zu versehen.«

Er hob das Mädchen auf und trug sie wie ein Kind auf den glänzenden Jadekorridor und die Treppe hinunter. Alle Sinne gespannt, achtete er auf irgendwelche Zeichen oder Geräusche.

»Ich lernte den Meister kennen«, wisperte Yasmina und klammerte sich schaudernd an ihn. »Er wirkte seine Zauber an mir, um meinen Willen zu brechen. Der schrecklichste war ein vermodernder Leichnam, der mich in seine Arme schloß. Ich fiel in Ohnmacht und weiß nicht, wie lange ich das Bewußtsein verlor. Kurz nachdem ich wieder zu mir kam, hörte ich Schreie und Kampfgeräusche von unten, und dann glitt diese grauenvolle Schlange durch den Türvorhang – ahhh!« Die Erinnerung schüttelte sie. »Irgendwie wußte ich, daß es keine Illusion, sondern eine wirkliche Schlange war, die mich töten wollte.«

»Zumindest war es kein Phantasieschatten«, antwortete Conan rätselhaft. »Er wußte, daß er geschlagen war, und zog es vor, dich zu töten, statt zuzulassen, daß du befreit würdest.«

»Was meinst du mit ›er‹?« fragte sie voll Unbehagen, doch dann schrie sie auf, drückte den Kopf an seinen Hals und vergaß ihre Frage. Sie hatte die Toten am Fuß der Treppe entdeckt.

## X

## YASMINA UND CONAN

Conan schritt schnell durch die riesige Halle und das Vorgemach zur Tür, die auf die Galerie hinaus führte. Da sah er, daß der Boden mit winzigen glitzernden Glassplittern übersät war. Die Kristallscheibe, die die Türöffnung verschlossen hatte, war völlig zersprungen. Daher also das betäubende Klirren, als er auf die Kristallkugel einschlug. Er war nun auch ziemlich sicher, daß gleichzeitig jegliches Stückchen Kristall in der ganzen Burg zerbrochen war. Instinkt oder die vage Erinnerung an geheimnisvolle Legenden ließen ihn die Wahrheit über die schreckliche

Verbindung zwischen den Meistern des Schwarzen Kreises und den goldenen Granatäpfeln ahnen. Er spürte, wie sich ihm die Nackenhärchen aufstellten, und verdrängte hastig alle Gedanken daran.

Auf der Jadegalerie im Freien holte er tief und erleichtert Luft. Natürlich mußte erst noch die Schlucht durchquert werden, aber zumindest konnte er das saubere Weiß der Berggipfel sehen, die in der Sonne glitzerten, und die langen Hänge, die sich im fernen blauen Dunst verloren.

Der Irakzai lag, wo er gefallen war, ein Fleck auf der glasigen Fläche. Als Conan den gewundenen Pfad hinunterstapfte, wunderte er sich über den Stand der Sonne. Sie hatte den Zenit noch nicht verlassen, und doch schien es ihm, als wäre eine endlose Zeit vergangen, seit sie in die Burg der Schwarzen Seher eingedrungen waren.

Er spürte einen Drang, sich zu beeilen, der nicht blinde Panik war, sondern der sichere Instinkt, daß sich Gefahr hinter ihm zusammenbraute. Er erwähnte es Yasmina gegenüber nicht, die sich offenbar zufrieden an seine breite Brust schmiegte und in seinen Armen sicher fühlte. Am Rand der Kluft blieb er kurz stehen und blickte stirnrunzelnd hinunter. Der Dunst war nicht mehr so rosig und glitzernd wie zuvor, sondern rauchig, düster, gespenstisch wie das Leben, das sich nur noch schwach in einem Verwundeten regt. Aber tief unten schimmerte der Boden immer noch wie brüniertes Silber, und die Goldader glänzte ungetrübt. Conan legte Yasmina über eine Schulter, und sie verhielt sich völlig ruhig. Er eilte mir ihr die Rampe hinunter und über den hallenden Kluftboden. Er war aus unbestimmtem Grund überzeugt, daß es für sie ein Wettlauf mit der Zeit war, daß ihr Überleben davon abhing, die Kluft hinter sich gebracht zu haben, ehe der verwundete Meister der Burg genügend neue Kräfte geschöpft hatte, um das Verderben auf sie herabzuschicken.

Als er sich die andere Rampe hinaufgekämpft hatte, seufzte er am Kluftrand erleichtert auf und setzte Yasmina ab.

»Von hier aus kannst du selbst gehen«, sagte er. »Der Weg führt nun ständig bergab.«

Sie warf einen schaudernden Blick auf die schimmernde Pyramide auf der anderen Seite. Gleich einer Zitadelle des gnadenlosen Schweigens und des Bösen erschien sie ihr, wie sie sich gegen das Gletschereis abhob.

»Bist du ein Magier, daß du die Schwarzen Seher von Yimsha besiegen konntest, Conan von Ghor?« fragte sie, als sie den Pfad herunterstiegen und sie sich sicher fühlte, mit seinem Arm um ihre Taille.

»Ich verdanke es dem Gürtel, den Khemsa mir gab, ehe er starb«, antwortete der Cimmerier. »Ich stieß unterwegs auf ihn. Es ist ein ungewöhnlicher Gürtel, ich werde ihn dir zeigen, wenn dazu Zeit ist. Gegen manche Zauber hatte er mehr Kraft als gegen andere, und ein guter Dolch ist immer ein verläßlicher Freund.«

»Aber wenn der Gürtel dir bei der Bezwingung des Meisters half«, wunderte sie sich, »weshalb nutzte er dann Khemsa nicht?«

Conan schüttelte den Kopf. »Wer weiß das schon? Khemsa war des Meisters Sklave gewesen, vielleicht schwächte das seine Magie. Der Seher hatte nicht die Gewalt über mich wie über Khemsa. Doch ich kann nicht sagen, daß ich ihn bezwang. Er zog sich zurück, aber ich habe das Gefühl, daß wir ihn nicht zum letztenmal gesehen haben. Ich möchte so viele Meilen wie nur möglich zwischen uns und seine Burg legen.«

Wieder atmete er erleichtert auf, als er die Pferde bei den Tamarisken vorfand. Er löste sie schnell, schwang sich auf den Rapphengst und hob das Mädchen vor sich in den Sattel. Die anderen Tiere folgten ihnen, erholt nach ihrer langen Rast.

»Was jetzt?« fragte wißbegierig Yasmina. »Nach Afghulistan?«

»Nein.« Er grinste finster. »Jemand – vielleicht der Statthalter – tötete meine sieben Häuptlinge. Meine geistig etwas beschränkten Afghuli sind überzeugt, daß ich etwas damit zu tun habe, und wenn ich sie nicht vom Gegenteil überzeugen kann, werden sie mich wie einen waidwunden Schakal jagen.«

»Aber was ist dann mit mir? Wenn deine Häuptlinge tot sind, bin ich dir doch als Geisel von keinem Nutzen mehr. Wirst du mich töten, um sie zu rächen?«

Mit blitzenden Augen blickte er zu ihr hinunter und lachte sie gutmütig aus.

»Dann reiten wir doch zur Grenze«, schlug sie vor. »Dort bis du vor den Afghuli sicher . . .«

»Ja, an einem vendhyanischen Galgen.«

»Ich bin die Königin von Vendhya!« erinnerte sie ihn mit einer Spur des alten Dünkels. »Du hast mir das Leben gerettet, und dafür steht dir eine Belohnung zu.«

Sie meinte es nicht so von oben herab, wie es klang, aber Conan knurrte finster:

»Spar deine Belohnungen für deine Stadthunde, Prinzessin! Du bist Königin in der Ebene, und ich bin Häuptling in den Bergen. Ich werde dich nicht über die Grenze bringen!«

»Aber du wärst dort in Sicherheit«, versuchte sie es noch einmal verwirrt.

»Und du wärst wieder die unnahbare Devi. Nein, Mädchen! Du gefällst mir viel besser, wie du jetzt bist: eine Frau aus Fleisch und Blut, die vor mir im Sattel reitet.«

»Aber du kannst mich doch nicht *behalten!*« rief sie. »Du . . .«

»Wart ab!« unterbrach er sie grimmig.

»Aber du wirst ein königliches Lösegeld für mich bekommen . . .«

»Der Teufel hol dein Lösegeld!« brummte er, und seine Arme legten sich noch fester um ihre geschmeidige Figur. »Das ganze Königreich

Vendhya könnte mir nicht geben, was ich an dir habe. Ich setzte mein Leben ein, um dich aus den Klauen der Zauberer zu retten. Wenn deine Höflinge dich zurückhaben wollen, dann sollen sie den Zhaibar hochkommen und um dich kämpfen.«

»Aber du hast doch keine Leute mehr!« gab sie zu bedenken. »Du wirst gejagt. Wir kannst du dein Leben schützen, geschweige denn meines?«

»Ich habe immer noch Freunde in den Bergen«, erwiderte er. »Ich kenne einen Häuptling der Khurakzai, bei dem du in Sicherheit bist, bis ich mit den Afghuli ins reine gekommen bin. Wenn sie mich nicht mehr haben wollen, nun, dann reite ich nordwärts mit dir, in die Steppen der Kozaki. Ich war Hetman der Freien Getreuen, ehe ich südwärts zog. Ich mache dich zur Königin des Zaporoskas.«

»Aber das geht doch nicht!« protestierte sie. »Du darfst mich nicht meinem Volk fernhalten . . .«

»Wenn dir die Vorstellung, bei mir zu bleiben, so zuwider ist, weshalb schenktest du mir dann so willig deine Lippen?«

»Selbst eine Königin ist eine Frau«, erwiderte sie errötend. »Aber weil ich Königin bin, muß ich auch an mein Königreich denken. Bring mich nicht in irgendein fremdes Land, Conan! Komm nach Vendhya mit mir!«

»Würdest du mich zum König machen?« fragte er spöttisch.

»Nun – es – gibt Traditionen . . .« stammelte sie. Sein rauhes Lachen ließ sie verstummen.

»Ja, Traditionen und Sitten der zivilisierten Welt, die nicht gestatten, daß du tust, was du gern möchtest. Du wirst irgendeinen alten tattrigen König der Ebene heiraten, und ich muß mich mit der Erinnerung an ein paar Küsse abfinden. Ha!«

»Aber ich *muß* in mein Königreich zurückkehren!« wiederholte sie hilflos.

»Warum?« fragte er verärgert. »Um dir den Hintern auf dem goldenen Thron wund zu wetzen und dir die Schmeicheleien vornehmer, lächelnder Narren anzuhören? Was hast du davon? Hör zu: Ich wurde in den Bergen Cimmeriens geboren, wo alle Menschen Barbaren sind. Ich war schon Söldner, Soldat, Korsar, Kozal und hunderterlei anderes. Welcher König streifte durch so viele Länder, kämpfte in so zahllosen Schlachten, gewann die Liebe so vieler Frauen und eroberte so reiches Beutegut wie ich?

Ich kam nach Ghulistan, um eine Horde von Kriegern um mich zu scharen und mit ihnen die Königreiche des Südens auszurauben, darunter auch deines. Oberhäuptling der Afghuli zu sein, war für mich nur der Anfang. Wenn ich die Burschen wieder zur Vernunft bringen kann, wird mir in diesem Jahr wenigstens ein Dutzend Stämme folgen. Schaffe ich es nicht, kehre ich in die Steppen zurück und überfalle mit meinen Kozaki die turanischen Grenzstädte. Und du kommst mit mir. Zum Teufel mit deinem Königreich! Es kam auch ohne dich aus, ehe du geboren warst.«

Sie lag in seinen Armen und spürte, wie seine Worte etwas in ihr aufwühlten, und empfand die gleiche tollkühne Verwegenheit und Leidenschaft. Aber tausend Generationen ihres Herrschergeschlechts lasteten auf ihr.

»Ich kann nicht! Ich kann nicht!« wiederholte sie hilflos.

»Du hast gar keine Wahl«, versicherte er ihr. »Du – was, zum Teufel!«

Yimsha lag schon mehrere Meilen hinter ihnen. Sie ritten gerade einen hohen Grat entlang, der zwei tiefe Täler trennte, und waren an einem hohen Punkt angelangt, von dem aus sie eine gute Sicht über das Tal zu ihrer Rechten hatten. Eine bewegte Schlacht war dort im Gang. Der Wind blies in Gegenrichtung, trotzdem konnten sie das Klirren und Rasseln von Waffen und das Donnern von Hufen hören.

Sie sahen das Glitzern von Lanzenspitzen im Sonnenschein und glänzende Spitzenhelme. Etwa dreitausend gerüstete Kavalleristen trieben eine bunte Schar turbantragender Reiter vor sich her, die immer wieder wie gestellte Wölfe ausfielen und heftig kämpften.

»Turaner!« murmelte Conan erstaunt. »Schwadronen von Secunderam. Was, zum Teufel, machen die hier?«

»Wer sind die Männer, die sie verfolgen?« fragte Yasmina. »Und weshalb stellen sie sich immer wieder? Sie haben doch keine Chancen gegen eine solche Überzahl!«

»Es sind fünfhundert meiner unüberlegten Afghuli«, antwortete Conan und starrte finster ins Tal hinunter. »Sie stecken in der Falle und wissen es.«

Eine wirkungsvollere Falle konnte es gar nicht geben. Das Tal verengte sich vor den Afghuli zu einer schmalen Klamm, die sich in eine Art Becken öffnete, das ringsum von hohen unerklimmbaren Steilwänden umgeben war.

Die turbantragende Reiter wurden in die Klamm gedrängt. Unter dem Pfeilhagel und Schwerterwirbel konnten sie sich nicht dagegen wehren. Die gerüsteten Kavalleristen trieben sie durch die Klamm, vermieden es jedoch, ihnen allzu nahe zu kommen. Sie kannten die Wildheit der Bergstämme und wußten, daß sie in ihrer Wut ihr Leben nicht achteten, wenn sie den Gegner vernichten konnten. Und sie wußten auch, daß sie sie in der Falle hatten, aus der sie nicht mehr freikommen würden. Sie hatten sie als Afghuli erkannt und wollten sie zwingen, sich zu ergeben. Sie brauchten Geiseln für ihr Vorhaben.

Der Emir war ein Mann von Entschlußkraft, der sich nicht scheute, eigene Entscheidungen zu treffen. Als er das Gurashahtal erreicht und weder Führer noch Kerim Shah vorgefunden hatte, stieß er selbst weiter vor und verließ sich auf seine eigenen Kenntnisse des Landes. Den ganzen Weg von Secunderam hatten sie gekämpft, und in so manchem einsamen Bergdorf leckten die Stammesbrüder ihre Wunden. Ihm war natürlich klar, daß möglicherweise weder er noch seine Lanzer je die

Tore von Secunderam wiedersehen würden, denn zweifellos hatten alle Stämme hinter ihm sich inzwischen erhoben. Aber er war fest entschlossen, seinen Auftrag durchzuführen: den Afghuli die Devi Yasmina wegzunehmen, egal was es kostete, und sie als Gefangene nach Secunderam zu bringen oder – wenn das unmöglich war – sie zu töten, ehe er selbst starb.

Von all dem wußten die Beobachter auf dem Grat nichts. Aber Conan zappelte vor Nervosität.

»Wie, zum Teufel, sind sie in diese Falle geraten?« fragte er, ohne Antwort darauf zu erwarten. »Ich weiß natürlich, was sie hier machten: Sie suchten mich, die Hunde! Sie steckten ihre Nase in jedes Tal, und so saßen sie plötzlich fest, ehe sie es ahnten. Die verdammten Narren! Sie wollen sich den Turanern in der Klamm stellen, aber lange können sie sich dort nicht halten, und wenn die Turaner sie erst in das Becken zurückgedrängt haben, werden sie sie in aller Ruhe niedermetzeln.«

Der Lärm wurde lauter. In der engen Klamm hatten die Afghuli den Vorteil, daß die Turaner nur in kleinen Gruppen gegen sie kämpfen konnten.

Conan zog düster die Brauen zusammen, rutschte unruhig im Sattel und umklammerte den Dolchgriff. Schließlich sagte er rauh: »Devi, ich muß zu ihnen hinunter. Ich werde ein Versteck für dich suchen, wo du sicher bist, bis ich zurückkomme. Du sprachst von deinem Volk, nun, ich sehe, diese behaarten Teufel zwar nicht als meine Kinder an, aber ich fühle mich trotz allem immer noch verantwortlich für sie. Ein Häuptling darf seine Leute nie im Stich lassen, selbst wenn sie sich von ihm abwandten. Sie glaubten, sie wären im Recht gewesen, als sie mich verstießen! Ich bin immer noch der Häuptling der Afghuli, und ich werde es beweisen. Ich schaffe es schon, die Steilwand zur Klammsohle hinunterzuklettern.«

»Und was ist mit mir?« fragte sie. »Du hast mich aus meinem Land entführt, und jetzt willst du mich einfach allein in den Bergen sterben lassen, während du dich dort unten nutzlos opferst.«

Widerstreitende Gefühle rangen in ihm. »Du hast ja recht«, murmelte er hilflos. »Weiß Crom, was ich tun kann!«

Sie drehte leicht den Kopf, und ein seltsamer Ausdruck erwachte auf ihren Zügen.

»Hör doch!« rief sie plötzlich. »Horch!«

Der durch die Ferne gedämpfte Klang von Trompeten erreichte sie. Sie spähten hinunter in das tiefe Tal zu ihrer Linken und entdeckten auf der gegenüberliegenden Seite das Glitzern von Stahl. Eine lange Reihe von Lanzen und glänzenden Helmen, auf denen sich die Sonne spiegelte, bewegten sich durch das Tal.

»Vendhyganische Kavallerie!« murmelte Conan. »Es ist lange her, seit eine Kshatriya-Armee so tief in die Berge ritt.«

»Sie suchen mich!« versicherte ihm Yasmina aufgeregt. »Leih mir dein Pferd! Ich werde zu meinen Soldaten reiten. Der Hang links ist nicht so steil, ich werde schon herunterkommen. Geh du einstweilen zu deinen Männern und sag ihnen, die sollen noch eine Weile durchhalten. Ich werde meine Reiter am oberen Ende in das Tal führen und die Turaner von hinten überfallen. Dann haben wir sie in der Zange. Beil dich, Conan! Oder willst du deine Männer um deines eigenen Verlangens willen opfern?«

Der brennende Hunger der Steppen und Winterwälder sprach aus seinen Augen, aber er schüttelte den Kopf, schwang sich aus dem Sattel und übergab ihr die Zügel.

»Du hast gewonnen«, brummte er. »Reite wie der Teufel!«

Sie bog nach links ab, den Hang hinunter, und er rannte eilig den Grat weiter, bis er die schmale Klamm erreichte, in der der Kampf tobte. Wie ein Affe kletterte er die Steilwand hinunter und nutzte selbst den kleinsten Vorsprung oder Spalt als Fuß- oder Handgriff, bis er schließlich mitten hinein in das Getümmel sprang, das an der Klammündung herrschte. Klingen pfiffen und klirrten um ihn, Pferde wieherten und stampften, Federbüsche auf Helmen wippten zwischen zerfetzten Turbanen.

Wie ein Wolf brüllte er, als er auf den Zehen landete. Er faßte nach einem goldverzierten Zügel, und während er einem gegnerischen Krummsäbel auswich, stieß er seinen langen Dolch zu einem gegnerischen Reiter hoch. Einen Herzschlag später saß er im Sattel und brüllte seinen Afghuli Befehle zu. Einen Augenblick starrten sie ihn nur dumm an. Als sie aber sahen, welche Wirkung seine Klinge unter den Feinden erzielte, kämpften sie selbst weiter und nahmen seine Anwesenheit als gegeben hin. In dieser Hölle blitzender Klingen und wilder Hiebe war keine Zeit, Fragen zu stellen oder sie zu beantworten.

Die Reiter in ihren Spitzenhelmen und goldverzierten Harnischen hielten sich an der Klammöffnung, und ihre blitzenden Klingen waren in ständiger Bewegung. Die enge Klamm war dicht gefüllt, ja verstopft mit Männern und Pferden. Die Krieger quetschten sich Brust an Brust und stachen nur zu, denn selten fanden sie genügend Ellbogenfreiheit, um ihre Klingen zu schwingen. Ging ein Mann zu Boden, hatte er gar keine Chance mehr aufzustehen, denn sofort trampelten Pferdehufe über ihn hinweg. Körperkraft und Geschicklichkeit waren hier ungemein wichtig, und der Häuptling der Afghuli kämpfte für zehn. In Zeiten wie dieser übten Gewohnheiten einen beachtlichen Einfluß auf die Männer aus, deshalb empfanden die Afghuli, die gewohnt waren, Conan an der Spitze zu sehen, trotz ihres Mißtrauens neuen Mut.

Aber auch zahlenmäßige Stärke durfte nicht außer acht gelassen werden. Der Druck von hinten zwang die turanischen Reiter immer tiefer in die Klamm und geradewegs in die flinken Tulwars. Fuß um Fuß wurden die Afghuli zurückgedrängt, und ihre Gefallenen bedeckten den Boden. Während er wie ein Berserker um sich hieb, begannen Conan leise Zweifel zu quälen – würde Yasmina Wort halten? Wenn es ihr einfiel, brauchte sie sich nur ihren Soldaten anzuschließen, mit ihnen rückwärts zu reiten und ihn mit seinen Afghuli den Turanern zu überlassen.

Aber endlich, nach einem Jahrhundert verzweifelten Kampfes, wie ihm schien, waren über dem Schlachtgetümmel das Schmettern von Trompeten und das donnernde Hufgedröhn von fünftausend Reitern zu hören, die auf die Armee von Secunderam einstürmten.

Die turanischen Schwadronen lösten sich in kleine Trupps auf, die überall im Tal von den Vendhyanern niedergemacht wurden. In Herzschlagschnelle war der Kampfplatz aus der Klamm ins Tal davor verlegt. Es herrschte ein chaotisches Getümmel. Reiter kämpften einzeln und in kleinen Gruppen, und dann ging der Emir zu Boden, von einer Kshatriya-Lanze getroffen. Die Reiter in den Spitzhelmen gaben ihren Pferden die Sporen und versuchten verzweifelt, sich einen Weg durch die Vendhyaner zu kämpfen, die von hinten über sie hergefallen waren. Als sie sich fliehend zerstreuten, schwärmten auch ihre Feinde aus, um sie zu verfolgen, und überall durch die Talsohle, über die Hänge und Grate, strömten Fliehende und Verfolger. Die Afghuli, die noch dazu fähig waren, stürmten aus den Klamm und jagten ihre Feinde ebenfalls. Sie nahmen die unerwarteten Verbündeten als genauso gegeben hin wie die plötzliche Rückkehr ihres verstoßenen Häuptlings.

Die Sonne näherte sich langsam den fernen Berggipfeln im Westen, als Conan, dem die Kleidung in Fetzen vom Leib hing, auf die Devi Yasmina zuging, die auf ihrem Pferd zwischen den Edlen saß, auf einem Kamm in der Nähe eines steilen Abhangs.

»Du hast dein Wort gehalten, Devi!« brüllte er ihr entgegen. »Bei Crom, ich muß gestehen, mich quälten eine Weile schlimme Zweifel dort unten in der Klamm – *Vorsicht!*«

Ein Geier von ungeheuerer Größe tauchte mit Flügeldonnern aus dem Himmel, das die Männer von den Pferden hob.

Der säbelähnliche Schnabel hieb nach dem weichen Hals der Devi, aber Conan war flinker. Mit dem weiten Sprung eines Tigers hatte er sie erreicht. Sein Dolch stach zu, und der Geier stieß mit Menschenstimme einen grauenvollen Schrei aus, fiel seitwärts zu Boden und stürzte den Steilhang hinunter zum Klammboden und Fluß tausend Fuß tiefer. Im Fallen schlugen die schwarzen Schwingen durch die Luft und wurden zu den weiten Ärmeln eines goldbestickten Samtgewandes, und der Greifvogel ward zur Männergestalt, die auf den Felsen aufschlug.

Mit dem blutigen Dolch in der Hand, brennenden blauen Augen und zahllosen kleineren Wunden an den muskulösen Armen und Beinen, wandte Conan sich erneut Yasmina zu.

»Du bist wieder die Devi«, sagte er und betrachtete grimmig grinsend den vornehm dünnen Umhang, den sie über die Bergmädchentracht geworfen hatte, und ließ sich von den Edlen auf den Pferden um sich nicht beeindrucken. »Ich muß dir für das Leben von gut dreihundertfünfzig meiner Halunken danken, die nun endlich überzeugt sind, daß ich sie nicht verraten habe. Du hast meine Hände wieder um die Zügel bevorstehender Eroberungen gelegt.«

»Ich schulde dir noch eine Belohnung«, sagte sie, während ihre dunklen Augen mit seltsamem Ausdruck über ihn schweiften. »Du sollst zehntausend Goldstücke . . .«

Mit wilder, ungeduldiger Geste schüttelte Conan das Geierblut von seinem Dolch und steckte ihn in seine Hülle zurück, ehe er sich die Hände am Kettenhemd abwischte.

»Ich werde mir die Belohnung auf meine eigene Weise holen und zu einer Zeit, die ich bestimme«, sagte er. »In deinem Palast in Ayodhya werde ich sie fordern, und ich bringe fünfzigtausend Krieger mit, um sicherzugehen, daß die Waagschalen nicht schwanken.«

Sie lachte und legte die Hand um die Zügel ihres Pferdes. »Und ich werde dich am Ufer des Jhumdas mit hunderttausend erwarten!«

Seine Augen leuchteten in wilder Bewunderung auf. Er trat einen Schritt zurück, hob in majestätischer Geste die Hand, um ihr zu bedeuten, daß der Weg frei vor ihr lag.

# Das Auge der Göttin

L. Sprague de Camp

Seit mehr als fünfundvierzig Jahren hat L. Sprague de Camp Science-fiction- und Fantasy-Leser mit seinen Geschichten unterhalten. Obwohl er alle Arten von spekulativer Literatur schreibt, ist eines seiner Merkmale ein wohlentwikkelter Sinn für Humor, der ihm eine treue Leserschaft gesichert hat. Seine Hauptwerke umfassen mehr als vier Jahrzehnte vom ›Goldenen Zeitalter‹ der Science-fiction bis zur Gegenwart: *Lest Darkness Fall* (1941; dt. *Vorgriff auf die Vergangenheit,* 1973), *Roque Queen* (1951; dt. *Das Orakel der Fremden,* 1978), *The Incomplete Enchanter* (1942, mit Fletcher Pratt; dt. *An den Feuern des Nordens* und *Die Kunst der Mathemagie,* beide 1981), *Tales from Gavagan's Bar* (1953, ebenfalls mit Pratt; dt. *Geschichten aus Gavagans Bar, 1982), The Wheels of If* (1948; dt. *Die Räder der Zeit,* 1978), *The Best of L. Sprague de Camp* (1977; dt. *Die besten Stories von L. Sprague de Camp,* 1981), *The Great Fetish* (1978; dt. *Der große Fetisch,* 1980) und viele andere. Außerdem hat er eine große Anzahl von Geschichten um Conan den Barbaren mitverfaßt, einige davon nach Kurzgeschichten und Fragmenten, die von Conans Schöpfer, Robert E. Howard, hinterlassen wurden.

Eine vergnügliche Parodie der Schwert-und-Magie-Schatzsuche ist »Das Auge der Göttin«, eine amüsante Geschichte, die einen noch amüsanteren Film abgeben würde.

Einmal – vor so langer Zeit, daß seither neue Gebirge entstanden und Städte auf ihren Abhängen gewachsen sind – saß Derezong Taash, Zauberer am Hofe König Vuars des Launenhaften in seiner Bibliothek, las in den gesammelten Fragmenten von Lontang und trank den grünen Wein aus Zhysk. Er war im Einklang mit sich und der Welt, denn ganze zehn Tage lang hatte niemand versucht, ihn zu ermorden, weder mit natürlichen Mitteln noch mit anderen. Wenn das Entziffern der kryptischen Glyphen ihn ermüdete, blickte Derezong über den Rand des Bechers auf seine Dämonentafel, auf der der geniale Shuazid (bevor König Vuar eine plötzliche Abneigung gegen ihn entwickelt hatte) Derezongs Truppe von Dämonen vollständig abgebildet hatte, vom furchteinflößenden Fernazot bis hin zum kleinsten Schrat, der seinen Beschwörungen gehorchte.

Wenn man Derezong sah, fragte man sich, warum auch nur ein Schrat sich um ihn scherte. Derezong war ein kleiner, stämmiger Mann (das heißt klein für einen Lorsker), dessen weißes Haar ein rundes, jugendliches Gesicht einrahmte. Als er sich seinerzeit der Zompur-Kur unterzogen hatte, hatte er vergessen, auch seine Haare in den Katalog dessen einzubeziehen, wofür er ewige Jugend wünschte – eine Unterlassung, die den bissigen Spott seiner Mitmagier herausgefordert hatte.

Heute wollte Derezong Taash, sobald er betrunken genug war, seine behäbige Gestalt aus dem Lesesessel hieven und mit seinem Assistenten Zhamel Seh zum Abendessen wanken. Vier von Derezongs Söhnen würden das Essen servieren, als Vorsichtsmaßnahme gegen seine Widersacher, und Zhamel Seh würde es vorher probieren – eine zusätzliche Vorsichtsmaßnahme.

Es klopfte an der Tür, und er hörte die hohe Stimme von König Vuars frechstem Pagen: »Mylord, der König wünscht Euch sogleich zu sehen.«

»Worum geht's?«

»Weiß ich, wo die Störche überwintern? Bin ich eingeweiht in die Geheimnisse der Toten von Sedö? Hat mir der Nordwind anvertraut, was hinter den Riphaibergen liegt?«

»Wohl kaum.« Derezong gähnte, erhob sich und machte sich schwankend auf den Weg zum Thronsaal. Er sah sich mehrfach um, denn es behagte ihm gar nicht, die Palastgänge zu durchqueren, ohne daß Zhamel seinen Rücken vor einem plötzlichen Messerstich beschützte.

Das Lampenlicht spiegelte sich auf König Vuars kahlem Schädel, und der König blickte unter seinen buschigen Brauen zu Derezong Taash hoch. Er saß auf seinem Thron im Audienzsaal, und über ihm war an der Wand das Jagdhorn des großen Königs Zynah, Vuars Vater, befestigt.

Erst als Derezong sich von seiner tiefen Verbeugung aufrichtete, entdeckte er, was seiner Aufmerksamkeit vorher entgangen war: Auf dem kleinen Tisch vor dem Thron, der üblicherweise eine Vase mit Blumen trug, stand eine Silberschale, und darin ruhte der Kopf des

Handelsministers mit jenem geistlos-leeren Ausdruck, den Köpfe zu haben pflegen, wenn sie von ihren Körpern getrennt sind.

Der König war offensichtlich nicht in heiterster Laune.

»Ja, Majestät?« sagte Derezong Taash, während sein Blick nervös zwischen dem Kopf des verstorbenen Ministers und dem seines Souveräns hin und her huschten.

»Mein guter Lord«, sagte König Vuar, »meine Frau Ilepro, ich nehme an, Ihr kennt sie, hat ein Verlangen, das nur Ihr befriedigen könnt.«

»Ja, Majestät?«

»Sie wünscht sich den Edelstein, der das dritte Auge der Tandyla bildet. Ihr kennt diesen Tempel in Lotör?«

»Ja, Majestät.«

»Als ich ihm den Auftrag gab«, erklärte der König auf den Kopf weisend, »behauptete dieser Kleinkrämer, daß der Stein nicht zu kaufen sei. Worauf ich ihn einen Kopf kürzer machen ließ. Diesen etwas voreiligen Schritt bereue ich jetzt, denn es sieht so aus, als habe er recht gehabt. Es bleibt uns nur eines, nämlich, das Ding zu stehlen.«

»J-ja, Majestät.«

Der König stützte sein spitzes Kinn auf die Faust, und ließ den Blick seiner achatfarbenen Augen in die Ferne gleiten. An seiner Hand glitzerte der graue Metallring, der aus dem Herzen eines fallenden Sternes gefertigt worden war und eine so gewaltige magieabwehrende Kraft besaß, daß nicht einmal die Hexer von Lotör seinem Träger etwas anhaben konnten.

Dann fuhr er fort: »Wir könnten ihn uns natürlich vor aller Augen aneignen, was Krieg zur Folge hätte. Nun, wenn ich auch allerlei Mühe nicht scheue, um die Gelüste von Ilepro zu befriedigen, so schließen meine Pläne einen lotrischen Krieg nicht mit ein. Zumindest nicht, solange nicht alle anderen Möglichkeiten geprüft worden sind. Darum seid Ihr hiermit beauftragt, nach Lotör zu reisen und den Edelstein zu besorgen.«

»Ja, natürlich, Majestät«, sagte Derezong Taash mit einer Beherztheit, die, nicht nur ihm selbst künstlich schien. Alle Gedanken an Widerspruch, die ihm in den Sinn gekommen sein mochten, erstarben, wenn sein Blick auf den Kopf des unglücklichen Ministers fiel.

»Wenn Ihr natürlich«, sagte Vuar im Ton besorgter Abteilnahme, »Eure eignen Kräfte für unzureichend haltet, so leiht mir der König von Zhysk herzlich gerne seinen Magier, damit er Euch assistiere . . .«

»Niemals, Majestät!« rief Derezong Taash und richtete sich zu seiner vollen Größe auf. »Dieser spatzenhirnige Stümper würde mir nicht nützen, sondern nur so hinderlich sein wie eine Ankerkette um den Hals!«

König Vuar zeigte ein wölfisches Lächeln, für das Derezong sich keinen Grund denken konnte. »So sei es also.«

Derezong Taash kehrte in seine Gemächer zurück und läutete nach seinem Assistenten. Nach dem dritten Klingeln schlenderte Zhamel Seh herein. Er balancierte sein großes Bronzeschwert mit dem Knauf auf der Handfläche.

»Eines Tages«, sagte Derezong, »wirst du einem armen Wicht eine Zehe abhacken, wenn du mit deinem Trick prahlst, und ich wünsche dir, daß es dein eigener sei. Morgen brechen wir auf zu einer Mission.«

Zhamel Seh packte sein Schwert sicher am Griff und grinste auf seinen Arbeitgeber hinunter. »Gut! Wohin?«

Derezong Taash klärte ihn auf.

»Großartig! Spannung! Abenteuer!« Zhamels Schwert zerschnitt sausend die Luft. »Seit Ihr damals den Bann auf die Königinmutter gelegt habt, sitzen wir in diesen Gemächern wie Hühner auf der Stange und tun nichts, um König Vuars Großzügigkeit zu verdienen.«

»Was ist schlecht daran? Ich belästige niemanden, und niemand belästigt mich. Und jetzt, zu Winteranfang, müssen wir bis ans Ende des felsenreichen Lotör reisen, um diesen wertlosen Tand zu besorgen, an den die habgierige Lieblingsfrau des Königs ihr albernes Herz gehängt hat.«

»Warum wohl?« fragte Zhamel nachdenklich. »Als geborene Lotri, sollte man von ihr erwarten, daß sie die religiösen Symbole ihres Landes achtet, anstatt sie zu stehlen, um sich damit zu schmücken.«

»Kann man nie wissen. Unsere eigenen Frauen sind unberechenbar genug, und was die Lotris angeht . . . Aber machen wir uns an die Aufgabe, unsere Reiseroute und unsere Ausstattung zu planen.«

Sie ritten ostwärts in das fruchtbare Land Zhysk an den Ufern des Tritonischen Meeres. In der Stadt Bienkar suchten sie Derezongs Freund, den Edelsteinhändler Goshap Tuzh, auf, den sie um Informationen angingen, um gegen Unbill gewappnet zu sein.

»Der Stein«, berichtete Goshap Tuzh, »ist etwa von der Größe einer kleinen Faust, eiförmig ohne Facetten, und von dunkel-purpurner Färbung. Von einem Ende betrachtet, wirft er Strahlenbündel wie ein Saphir, doch sieben anstatt sechs. Er bildet die Pupille des mittleren Auges der Statue Tandylas und wird von Bleiklammern gehalten. Mit welchen anderen Mitteln, natürlichen oder sonstigen, die Priester Tandylas ihren Schatz schützen, weiß ich nicht, außer, daß sie sowohl wirksam als unerfreulich sind. In den letzten fünf Jahrhunderten wurden dreiundzwanzig Versuche unternommen, den Stein zu stibitzen, und alle endeten fatal für die Diebe. Das letzte Mal sah ich, Goshap Tuzh, die Leiche eines Diebes, die . . .«

Während Goshap in allen Einzelheiten beschrieb, wie der erfolglose Dieb zugerichtet worden war, würgte Zhamel, und Derezong starrte mit angewidertem Ausdruck in sein Weinglas, als schwimme ein vielfüßiges Krabbeltier darin – obwohl er und sein Assistent keinesfalls zu den zartbesaiteten Gemütern ihres grausamen Zeitalters gehörten.

»Und die Eigenschaften des Steins?« fragte Derezong Taash.

»Beachtlich, wenn auch wahrscheinlich von den Gerüchten überbewertet. Er ist der wirksamste Dämonenschutz der Welt und hält selbst den fürchterlichen Tr'lang zurück, der von allen Dämonen der tödlichste ist.«

»Wirksamer sogar als König Vuars Sternmetallring?«

»Bei weitem! Unserer alten Freundschaft zuliebe rate ich dir, den Namen zu wechseln und in den Dienst eines weniger anspruchsvollen Arbeitgebers zu treten. Es lohnt sich nicht, das Auge zu stehlen.«

Derezong Taash strich sich durch sein silberweißes Haar.

»Es ist wahr, daß er mich immer zu kränken versucht, indem er plump meine Fähigkeiten in Frage stellt. Aber es fällt mir schwer, den Luxus aufzugeben, den ich bei ihm genieße. Wo sonst könnte ich nach Belieben über derart unbezahlbare Bücher und so entzückende Frauen verfügen? Wenn er nicht gerade von einer seiner Launen ergriffen wird, ist König Vuar sogar ein höchst angenehmer Brotgeber.«

»Aber das meine ich ja. Woher weißt du, daß seine berüchtigten Launen sich nicht eines Tages gegen dich richten?«

»Ich weiß es nicht. Zuweilen denke ich, es wäre leichter, einem Barbarenkönig zu dienen. Barbaren, erstarrt in Brauch und Ritual, sind leicht zu durchschauen.«

»Warum also nicht fliehen? Jenseits des Tritonischen Meeres liegt das prächtige Torrutseish, wo jemand mit deinen Qualitäten schnell aufsteigen würde.«

»Du vergißt, daß König Vuar Geiseln in seiner Macht hat: meine nicht unbeträchtliche Familie. Ihretwegen muß ich es durchstehen, selbst wenn das westliche Meer das ganze Land Pusaad verschlingt, wie die Prophezeiungen verkünden.«

Goshap zuckte mit den Schultern. »Deine Sache. Ich deute nur an, daß du eine dieser ungeschickten Zwittergestalten bist, viel zu tonnenförmig, um ein erstklassiger Schwertkämpfer zu sein, viel zu phlegmatisch, um die höchsten Grade der magischen Zunft zu erreichen, weil du den Genüssen deines Harems nicht abschwören willst.«

»Dank dir, lieber Goshap«, sagte Derezong und nippte an seinem grünen Wein. »Wie dem auch sei, ich lebe nicht, um mich in irgendeiner asketischen Lebensweise auszuzeichnen, sondern um das Leben zu genießen. Zur Sache: Gibt es einen zuverlässigen Apotheker in Bienkar, von dem ich Syr-Pulver höchster Reinheit bekommen kann?«

»Dualor kann dich versorgen. Welche Gestalt willst du euch denn geben?«

»Ich dachte, wir könnten als Händler aus Parsk auftreten. Wenn du also von zwei Händlern hörst, die Lotör durchqueren und dabei viel Aufsehen und Gerede verursachen, versäume nicht, gebührendes Erstaunen zu zeigen.«

Derezong Taash kaufte Syr-Pulver und bezahlte mit Goldplättchen, die König Vuars Stempel trugen. Dann kehrte er zu Zhamel in die Herberge zurück, wo er ein paar Pentagramme zeichnete, das Pulver ausstreute und die Beschwörung der Neun rezitierte. Schließlich lagen sie beide hilflos am Boden, und ihr Aussehen hatte sich in das von zwei dunkelhäutigen hakennasigen Burschen in den weiten Gewändern der Parsker gewandelt, die Ringe in den Ohrläppchen trugen.

Wieder zu Kräften gekommen, zogen sie weiter. Sie durchquerten die Reshapwüste, ohne allzu sehr unter Durst, giftigen Schlangen oder Angriffen der Wüstengeister leiden zu müssen. Sie zogen durch den Antrowald und wurden weder von Wegelagerern und Säbelzahntigern noch von der Antrohexe behelligt. Und schließlich wand sich ihr Weg durch die steinigen Hügel von Lotör.

Eines Abends endlich sagte Derezong: »Nach meiner Schätzung und nach den Auskünften der Leute, die wir gefragt haben, sind wir nur mehr eine Tagreise vom Tempel entfernt. Es wäre also an der Zeit, auszuprobieren, ob wir unsere Aufgabe von einem Stellvertreter ausführen lassen können, ohne unsere wertvollen Personen selbst den Gefahren aussetzen zu müssen.« Und er begann, Pentagramme in den Staub zu zeichnen.

»Du willst Fernazot anrufen?« fragte Zhamel Seh.

»Genau.«

Zhamel fröstelte. »Eines Tages wirst du eine Ecke des Pentagramms offen lassen, und das wird unser Ende sein.«

»Zweifellos. Aber diese mächtige Festung dunkler Mächte mit geringeren als den stärksten Mitteln anzugreifen, wäre ein noch gewisserer Passierschein in den Untergang. Also, entzünde die Binsen und beginne.«

»Ich kann mir nichts Gefährlicheres denken, als sich mit Fernazot abzugeben«, murrte Zhamel, »außer vielleicht mit dem entsetzlichen Tr'lang persönlich.« Aber er tat, was ihm geheißen worden war.

Sie vollzogen die Br'tong-Beschwörung, wie Derezong sie aus den Lontangfragmenten rekonstruiert hatte, und die dunkle Gestalt Fernazots erschien wogend und wabernd außerhalb des Hauptpentagramms. Derezong spürte, wie seine Körperwärme von der Kälte des Daēv aufgesogen wurde, spürte die überwältigende Niedergeschlagenheit und Mattigkeit, die die Gegenwart des Dings hervorrief. Zhamel Seh kauerte sich trotz all seiner körperlichen Stärke nieder.

»Was wünscht Ihr?« flüsterte Fernazot.

Derezong Taash nahm seine geschwächten Kräfte zusammen und antwortete: »Du sollst den Edelstein aus dem Stirnauge der Statue der Göttin Tandyla holen und mir bringen.«

»Das ist mir unmöglich.«

»Und warum?«

»Erstens, weil die Priester der Tandyla einen magischen Ring von solcher Potenz um den Tempel gelegt haben, daß keine Projektion, keine Erscheinung und kein Geist – ausgenommen vielleicht der große Tr'lang – ihn durchbrechen kann. Und zweitens, weil das Auge selbst von einer so unheilbringenden Aura umgeben ist, daß weder ich noch irgendeiner meiner Art, nicht einmal Tr'lang selbst – ein solches Unterfangen erwägen könnte. Kann ich jetzt in meine eigene Dimension zurückkehren?«

»Verschwinde, verschwinde, verschwinde . . . Nun, Zhamel, es sieht so aus, als seien wir gezwungen, diese unerfreuliche Aufgabe selbst zu erledigen.«

Am nächsten Tag setzten sie ihre Reise fort. Die Hügel wichen Bergen ungewohnter Schroffheit, und die Straße verwandelte sich in einen schmalen, mühsam in den Fels geschlagenen Pfad. Die Pferde, an die weiten, von Büffelherden bevölkerten Ebenen des windreichen Lorsk gewöhnt, hielten sich ängstlich möglichst fern des Abgrunds und scheuerten die Beine ihrer Reiter an den rauhen Felswänden.

Wenige Sonnenstrahlen drangen in diese Schluchten aus schwarzem Fels, und schon kurz nach Mittag begann es zu dunkeln. Dann bewölkte sich der Himmel, und ein kalter Nebel machte den Stein glänzend und glitschig. Der Weg führte auf einer spinnwebhaften Hängebrücke über die Schlucht. Die Pferde scheuten.

»Ich kann es ihnen nicht übelnehmen«, sagte Derezong Taash, als er absaß. »Bei den Vollbluthengsten von Vrazh! Ich muß an meine begehrenswerteste Konkubine denken, damit ich die Nerven habe, dort hinüber zu gehen!«

Hintereinander, von Zhamel geschoben, betraten die Tiere widerstrebend die Brücke. Derezong, der sie zerrte und zog, riskierte einen kurzen Blick über den Brückenrand auf das tief unten schimmernde weiße Band schäumenden Wassers und beschloß hastig, das lieber nicht noch einmal zu tun. Füße und Hufe dröhnten hohl auf den Planken, hallten von den Felswänden wider, und der Wind spielte mit den Seilen der Brücke wie mit den Saiten einer riesigen Harfe.

Jenseits der Schlucht schlängelte sich der Pfad weiter in die Höhe. Ein Mann und eine Frau kamen ihnen entgegen, und sie mußten um eine Biegung zurückgehen, um den Platz zu haben, sie vorbeizulassen. Der Mann und die Frau blickten finster zu Boden und beantworteten Derezongs herzlichen Gruß mit einem kaum hörbaren mit einem Brummen.

Dann bog der Pfad abrupt in eine gewaltige Felsspalte, in der das Hufklappern dreimal so laut widerhallte. In der Dunkelheit ahnten sie kaum den nächsten Schritt auf dem stetig ansteigenden, glitschigen Fels.

Schließlich gelangten sie auf ein Geröllfeld mit vereinzelten, krüppelwüchsigen Bäumen. Der Weg führte zwischen den Felsblöcken hindurch an den Fuß einer Treppe, die wiederum zu dem Tempel der Tandyla selbst hinaufführte. Von diesem übel beleumdeten Tempel sahen die Reisenden nur den unteren Teil – schwarz, glänzend und mit scharfen Spitzen und Kanten. Der Rest verbarg sich in den Wolken.

Derezong dachte an die unerfreulichen Eigenarten, die man der Göttin zuschrieb, und an die noch unerfreulicheren Gewohnheiten, die man ihren Priestern nachsagte. So hieß es zum Beispiel, daß der Kult der Tandyla, einer eindeutig ziemlich finsteren Gestalt des Pusaadischen Pantheons, ein bloßer Vorwand sei, um üble, makabre Rituale zu kaschieren, die den Dämonen Tr'lang betrafen, welcher in alten Zeiten selbst eine Gottheit gewesen war. Das war, bevor die stolzen Lorsker von den eindringenden Hauskirik vom Festland über das Tritonische Meer nach Pusaad getrieben worden waren und bevor das Land seinen unheilvollen Abstieg begonnen hatte.

Derezong tröstete sich, daß sowohl Götter als auch Dämonen im allgemeinen nicht so außerordentlich waren, wie ihre Priester aus eigennützigen Motiven gerne glauben machten. Auch die wilden Geschichten über die Gewohnheiten der Priester erwiesen sich meistens als zumindest ein wenig übertrieben. Derezong vermochte seinen eigenen Aufmunterungen nicht so recht zu glauben, doch sie mußten in Ermangelung von überzeugenderen genügen.

Vor dem wolkenverhangenen Tempel angekommen, gab Derezong Taash sich einen Ruck, saß ab und beschwerte mit Zhamels Hilfe die Zügel der Pferde mit großen Steinen, um sie am Herumstreunen zu hindern.

Sie schickten sich an, die ersten Stufen der Treppe zu besteigen, da rief Zhamel:

»Meister!«

»Was gibt's?«

»Sieh uns an!«

Die Erscheinung der Händler aus Parsk war verschwunden, und sie waren wieder König Vuars Hofzauberer und sein Assistent, eindeutig und für jedermann erkennbar. Sie hatten wohl die Grenze, von der Fernazot gesprochen hatte, überschritten.

Derezong prüfte mit scharfem Blick den Tempeleingang, und halbverborgen im schwachen Licht sah er zwei Männer den Torgang flankieren. Sein Auge entdeckte den Schimmer polierter Bronze. Doch selbst wenn diese Torwächter ihre Verwandlung beobachtet hatten, so ließen sie sich das jedenfalls nicht anmerken.

Derezong Taash stapfte mit seinen kurzen Beinen die schwarzglänzenden Stufen empor. Die Wächter waren massige Lotris mit vorgewölbten Augenbrauen, vermutlich verwandt mit den Wilden von Ierarne im fernen Nordosten, die mit zugespitzten Steinen kämpften und die Verwendung von Pferden nicht kannten. Diese hier standen einander wie Statuen gegenüber und starrten geradeaus. Derezong und Zhamel gingen zwischen ihnen hindurch.

Sie gelangten in ein Vestibül. Zwei Lotrimädchen kamen auf sie zu: »Schwerter und Stiefel bitte, die Herren.«

Derezong löste seinen Gurt und reichte ihn einem der Mädchen mitsamt Schwert und Scheide; dann zog er seine Stiefel aus und stand barfuß, und das Gras, mit dem er sie gefüllt hatte, um sich vor dem Wundlaufen zu schützen, stak zwischen seinen Zehen hervor.

Er war froh, unter seinem Hemd auf dem Rücken das zweite Schwert zu fühlen.

»Komm«, sagte Derezong Taash und ging voran in die Tempelhalle, einen großen, weihrauchduftenden Raum. Eine Brüstung begrenzte den Bereich mit der riesigen schwarzen Statue der sitzenden Tandyla. Matt spiegelten sich die spärlichen Lampen auf dem polierten Basalt der Skulptur, und oben, wo ihr Kopf im Dämmerschatten verschwand, verriet ein Reflex purpurnen Lichts, wo sich der Edelstein befand.

Ein Lotripaar kniete Gebete murmelnd vor dem Geländer. Ein Priester tauchte aus dem Schatten und durchquerte watschelnd den Naos hinter der Brüstung. Derezong erwartete fast, daß der Priester ihn ansprechen und auffordern würde, ihm ins Sanktum des Oberpriesters zu folgen; doch der Priester ging an ihnen vorüber und verschwand auf der anderen Seite im Dunkel.

Derezong Taash und sein Assistent gingen langsam zur Brüstung, und als sie sich näherten, beendeten die beiden Lotris ihr Gebet und erhoben sich. Einer von ihnen ließ klirrend ein Geldstück in einen großen, kesselförmigen Behälter fallen, und die beiden gebückten Gestalten gingen eilig hinaus.

Derezong und Zhamel waren jetzt allein in dem großen Raum, konnten jedoch schwach Stimmen und Geräusche aus anderen Teilen des Tempels vernehmen. Derezong nahm seinen Beutel mit Syrpulver hervor, verstreute etwas davon, während er in großer Eile die Ansnan-Beschwörung herunterhaspelte. Als er endete, stand zwischen ihm und Zhamel ein Duplikat seiner selbst.

Derezong Taash kletterte über die Brüstung und schlich auf seinen plumpen Zehenspitzen hinter die Statue. Hier konnte er im Dämmerlicht mehrere Türen erkennen. Der Rücken der Statue war so nah an der Wand, daß ein trainierter Kletterer sich mühelos hinaufarbeiten konnte. Obwohl Derezong nicht sehr sportlich war, schlüpfte er in den Zwischenraum, und in einer steinernen Gewandfalte der Göttin blieb er liegen, bis er Zhamels Schritte verklingen hörte.

Zhamel sollte den Tempel zusammen mit Derezongs Doppelgänger verlassen, so daß die Wächter beruhigt annehmen würden, alle Besucher seien gegangen. Derezong würde den Stein stehlen; Zhamel sollte draußen einen Aufruhr verursachen und die Wächter »Schnell, hier!« auf eine falsche Spur lenken, so daß Derezong ungehindert den Tempel verlassen konnte.

Derezong Taash begann, sich zwischen Wand und Statue hinaufzuwinden. Es war eine schwere Aufgabe für ihn. Sein Umfang machte ihm zu schaffen, und Schweiß rann unter seiner Pelzkappe hervor über sein Gesicht. Alles blieb ruhig.

Auf Tandylas Schulter machte er Halt und hielt sich sicherheitshalber an ihrem Ohr fest. Der Stein unter seinen Füßen war glatt und kalt, und wenn er den Kopf in den Nacken legte, sah er das Profil der häßlichen Göttin. Hoch auf die Zehenspitzen gereckt, konnte er den Edelstein auf ihrer Stirn berühren.

Derezong holte einen kleinen Bronzestab aus seinem Gewand und begann vorsichtig die Bleiklammern, die den Stein hielten, eine nach der anderen aufzubiegen. Er ging sehr behutsam vor, um den Stein nicht zu verkratzen, und tastete immer wieder, ob er sich schon lockerte.

Im Tempel war es still.

Derezong bog die letzten Klammern auf, und der Stein ließ sich, leicht an den Klammern schleifend, herausholen. Mit seiner kurzen, dicken Hand versuchte Derezong Stein und Stab gleichzeitig in seinem Gewand zu verbergen, doch der Stab entglitt ihm und spang hell und laut klingend über Brust, Bauch und Schoß der Steinfigur und blieb endlich scheppernd am Boden liegen.

Derezong erstarrte. Sekunden verstrichen, nichts geschah. Die Wachen mußten es gehört haben . . .

Aber alles blieb still. Derezong verstaute den Stein in seinem Gewand und kletterte zurück über die Schulter ins Dunkel hinter der Statue. Stück um Stück ließ er sich zwischen dem steinernen Rücken und der Wand hinuntergleiten. Er erreichte den Boden. Außer schwachen Geräuschen, die von den Tempeldienern herrühren mochten, welche das Abendmahl für ihre Herren zubereiteten, war noch immer kein Laut zu hören. Derezong wartete auf die Ablenkungsmanöver, die Zhamel Seh versprochen hatte.

Er wartete und wartete. Von irgendwo kam das schrille Kreischen eines Menschen im Todeskampf.

Schließlich gab Derezong auf und eilte um die Hüfte der Göttin herum. Mit schneller Bewegung schnappte er den Stab, kletterte über das Geländer und ging auf Zehenspitzen zum Ausgang.

Dort standen die Wachen mit gezogenen Schwertern und erwarteten ihn. Derezong Taash griff nach hinten über die Schulter und zog sein zweites Schwert hervor. Doch einen echten Kampf gegen zwei trainierte

Schwertkämpfer konnte er nicht riskieren. Mit sehr viel Glück konnte er sie vielleicht überraschen, bei einem fingierten Angriff zwischen ihnen hindurchschlüpfen und sein Heil in der Flucht suchen. Er war darauf gefaßt, daß sie gleichzeitig von zwei Seiten auf ihn losgehen würden. Statt dessen machte der eine einen Schritt auf ihn zu und zielte einen ungeschickten Hieb gegen ihn. Derezong parierte mit einem Gegenhieb, und nach kurzem Schlagwechsel taumelte sein Gegener zurück, ließ sein Schwert fallen, packte sich mit beiden Händen an die Brust und sackte reglos zu Boden. Derezong war verblüfft. Er hätte schwören können, daß er ihn nicht getroffen hatte.

Da griff der andere Wächter an. Beim zweiten Hieb fiel ihm das Schwert aus der Hand, und er rannte in panischer Angst durch eine der vielen Türen davon.

Ungläubig betrachtete Derezong sein Schwert und fragte sich, ob er seine eigenen Fähigkeiten bisher so maßlos unterschätzt hatte. Der gesamte Schlagabtausch hatte vielleicht zehn Sekunden gedauert, und soweit er im Dämmerlicht erkennen konnte, trug sein Schwert nicht die geringste Spur von Blut. Er war versucht zu prüfen, ob sein Gegner wirklich tot war, rannte jedoch statt dessen aus der Vorhalle und sah sich nach Zhamel Seh und seinem Doppel um.

Von beiden keine Spur. Die Pferde standen nach wie vor wenige Schritte vom Fuß der Treppe entfernt. Derezongs nackte Füße schmerzten auf den kalten, spitzen Steinen.

Er zögerte einen Augenblick. Irgendwie mochte er Zhamel Seh, und seine Stärke hatte ihn ebensooft aus Schwierigkeiten gerettet, wie sein Mangel an Durchblick ihn in heikle Lagen gebracht hatte. In den Tempel zurückzuhasten, um seinen verlorenen Assistenten zu suchen, wäre dennoch tollkühner Wahnsinn gewesen. Außerdem hatte er einen eindeutigen Befehl vom König.

Er schob sein Schwert in die Scheide, kletterte auf den Rücken seines Pferdes und galoppierte, die anderen Pferde am Zügel mitführend, davon.

Während er den schmalen Pfad entlangritt, hatte Derezong Zeit, nachzudenken, und je mehr er nachdachte, desto weniger behagte ihm, was er dachte. Das Benehmen der Wächter war völlig unerklärlich, es sei denn, sie waren betrunken oder verrückt. Und beides konnte er nicht glauben. Daß sie den Stab nicht hatten fallen hören; daß sie ihn nicht gleichzeitig angegriffen hatten; die Leichtigkeit, mit der er sie besiegt hatte; daß der eine gestürzt war, ohne getroffen worden zu sein; daß sie nicht um Hilfe gerufen hatten . . .

Es sei denn, es war alles so geplant gewesen. Die Sache war zu einfach abgelaufen, um irgendeine andere Hypothese zuzulassen. Sie *wollten*, daß er den verfluchten Stein stahl.

Am Ende der Felsspalte, wo der Weg in die Hauptschlucht einbog, hielt er an, saß ab, band die Tiere fest und lauschte auf mögliche Verfolger. Dann holte er Tandylas Auge hervor und betrachtete es. Ja, von einem Ende betrachtet, zeigte es den siebenfachen Strahleneffekt, von dem Goshap Tuzh gesprochen hatte. Sonst war nichts Auffälliges oder Ungewöhnliches zu erkennen. Bislang.

Derezong Taash legte den Stein vorsichtig auf den Boden und trat ein paar Schritte zurück, um ihn aus größerer Entfernung zu betrachten. Während er zurücktrat, ruckte der Stein ein wenig und rollte auf ihn zu.

Derezong, der glaubte, er habe ihn vielleicht auf eine nicht ganz ebene Stelle gelegt, sprang schnell hinzu und packte ihn, bevor er über den Rand rollen und in den Abgrund fallen konnte. Er legte ihn an den Platz zurück und machte einen kleinen Wall aus Sand und Kieseln drumherum. Jetzt konnte er nicht mehr fortrollen!

Aber als Derezong zurücktrat, tat er es doch! Einfach über den kleinen Wall hinweg!

Derezong Taash begann wieder zu schwitzen, und diesmal nicht vor körperlicher Anstrengung. Der Stein rollte zu ihm, schneller und schneller. Er versuchte, sich in einer Nische im Fels zu verstecken. Der Stein wendete und rollte auf den Zeh seines nackten Fußes, wie ein Haustier, das zutraulich um eine Zärtlichkeit bettelt.

Derezong grub ein kleines Loch, legte den Stein hinein, deckte ihn mit einem großen Felsbrocken zu und entfernte sich. Der Felsbrocken wackelte, hob sich, und das Purpurei kam zum Vorschein, Kiesel und Sand vor sich herschiebend, als werde es von einer unsichtbaren Schnur gezogen. Es kullerte vor Derezongs Füße und blieb liegen.

Derezong nahm den Stein wieder in die Hand und betrachtete ihn von neuem. Nicht der geringste Kratzer war zu sehen. Er erinnerte sich, daß es Ilepro, des Königs Frau war, auf deren Wunsch das Juwel besorgt wurde.

Einem plötzlichen Impuls folgend, schleuderte Derezong den Stein kraftvoll zur gegenüberliegenden Seite der Schlucht.

Aller Berechnung nach hätte der Stein auf die gegenüberliegende Felswand prallen müssen. Statt dessen verlangsamte er auf halbem Wege über dem Abgrund seinen Flug, wendete und landete in der Hand, die ihn gerade geworfen hatte.

Derezong Taash zweifelte nun nicht mehr, daß die Priester der Tandyla eine raffinierte Falle für König Vuar vorbereitet hatten. Was allerdings der Stein dem König und dem Königreich Lorsk antun würde, falls Derezong seine Mission erfüllte, entzog sich seiner Vorstellung. Soweit er wußte, war der Stein nur ein Dämonenschild und mußte den König daher eigentlich schützen, nicht gefährden. Dennoch war er überzeugt, daß irgend etwas Unerfreuliches geplant war, und er hatte nicht die geringste Neigung, der Mittelsmann davon zu sein. Er legte den Edelstein auf einen flachen Fels und ließ einen riesigen Steinbrocken darauf niedersausen.

Das heißt, er versuchte es. Der Steinbrocken streifte einen Felsvorsprung, und schon sprang Derezong umher wie ein Teufelstänzer aus Dzen, lutschte an seinen gequetschten Fingern und verfluchte die Tandylapriester mit den Namen der fürchterlichsten Dämonen seines Repertoires. Der Edelstein war unbeschädigt. Offenbar hatten die Priester das Juwel nicht nur mit einem Folgezauber belegt, schloß Derezong, sondern auch noch mit der Duzhateng-Beschwörung, so daß jeder Versuch, den Stein zu zerstören, gegen ihn selbst zurückschlagen würde. Wenn er ein paar raffinierte Zerstörungsversuche unternahm, würde er wahrscheinlich mit einem gebrochenen Bein enden. Aufheben konnte man die Duzhateng-Beschwörung nur durch einen komplizierten Zauber, für den Derezong das Zubehör nicht zur Verfügung hatte und zu dem einige wirklich unangenehme und ekelerregende Substanzen gehörten.

Derezong Taash sah nur eine Möglichkeit, sowohl die Zauber zu neutralisieren als auch den Juwel in sicheren Gewahrsam zu bringen: ihn an seinen Platz in der Stirn der Statue zurückzubringen und mit den Bleiklammern festzuhämmern. Das allerdings versprach mehr Schwierigkeiten zu bereiten als der Diebstahl selbst. Denn wenn die Tandylapriester wollten, daß Derezong das Auge stahl, würden sie alles tun, ihn daran zu hindern, es zurückzubringen.

Aber er mußte es versuchen. Derezong Taash bestieg sein Pferd (die drei anderen waren noch zusammengebunden) und ritt durch den widerhallenden Felsspalt zurück. Als er das Plateau des Tandylatempels erreichte, sah er, daß man ihn tatsächlich erwartet hatte. Um den Tempeleingang herum stand eine Doppelreihe von Wächtern; ihre bronzenen Schuppenpanzer glitzerten matt in der Abendsonne. Die in der vorderen Reihe trugen Schilde aus Mammutleder und große Bronzeschwerter. Zwischen ihnen ragten von den Männern in der zweiten Reihe gehaltene lange Speere hervor. Ein Angreifer mußte es gleichzeitig mit Speeren und Schwertern aufnehmen.

Eine Möglichkeit war, auf sie zu zu galoppieren und zu hoffen, daß einer oder zwei ausweichen würden und dann zwischen ihnen hindurch in den Tempel zu gelangen, um den Stein an seinen Platz zu bringen, bevor sie ihn eingeholt hatten. Gelang dies nicht, dann würde es einen heftigen Zusammenprall geben, ein paar angeschlagene Wächter, ein verwundetes Pferd und einen vollständig zerstückelten Zauberer, alles zusammen in einem zuckenden Haufen.

Derezong zögerte. Er dachte an seine kostbaren Manuskripte in König Vuars Palast, den er nie wieder gefahrlos würde betreten können, wenn er nicht entweder den Edelstein oder eine akzeptable Entschuldigung bringen konnte. Er gab seinem Pferd die Sporen.

Das Tier galoppierte auf die Krieger zu, und je näher sie kamen, um so größer und spitzer sahen ihre Waffen aus, und um so unwahrscheinlicher schien es, daß sie ausweichen würden. Dann entdeckte Derezong eine Gestalt, die aus dem Tempel kam und mit wehenden Gewändern die Stufen hinter den Wächtern herunterrannte. Trotz des Priesterkleides erkannte Derezong im letzten Moment seinen Assistenten.

Der Zauberer riß die Zügel zurück, das Pferd schlitterte und bäumte sich und kam um Haaresbreite vor der nächsten Speerspitze zum Stehen.

Derezong rückte auf den Nacken des Pferdes vor, klammerte sich mit der linken Hand an die Mähne – man kannte keine Steigbügel zu jener Zeit – und langte mit der rechten nach dem Edelstein.

»Zhamel!« rief er. »Fang!«

Er warf den Stein, Zhamel sprang hoch und schnappte ihn, noch ehe er Zeit hatte, umzuwenden.

»Bring ihn zurück!« schrie Derezong.

»Was? Seid Ihr verrückt?«

»Bring ihn zurück, schnell, und mach ihn fest!«

Zhamel, gewöhnt auch den seltsamsten Befehlen zu gehorchen, rannte zurück in den Tempel, kopfschüttelnd und besorgt um die geistige Gesundheit seines Meisters. Derezong Taash setzte sich wieder zurecht und lenkte das Pferd außer Reichweite der Speerspitzen. Unter ihren lackierten Helmen drehten die Wächter, offensichtlich perplex, ihre Köpfe hin und her. Derezong vermutete, daß sie nur den einfachen Befehl erhalten hatten, ihn am Hereinkommen zu hindern, und daß man ihnen nicht gesagt hatte, wie sich sich verhalten sollten, wenn der Fremde mit einem ihrer Priester gemeinsame Sache machte.

Als die Wachen keine Anstalten machten, ihn anzugreifen, blieb Derezong auf seinem Pferd sitzen und starrte auf das Tempelportal. Er hatte Zhamel eine faire Chance gelassen, seine Mission zu erfüllen und zu entkommen, doch er hatte wenig Hoffnung für den jungen Mann. Wenn Zhamel versuchte, sich durch die Schlachtreihen zu schlagen, würden sie Hackfleisch aus ihm machen, unbewaffnet, wie er war. Und er, Derezong würde einen neuen Assistenten suchen und anlernen müssen, der sich voraussichtlich als ebenso unbefriedigend erweisen würde wie sein Vorgänger. Derezong konnte den Jungen nicht einfach so seinem Schicksal überlassen.

Da kam Zhamel die Stufen heruntergerannt. Vor sich hielt er einen Speer, wie ihn auch die Wachen trugen, und es sah aus, als wolle er einen von ihnen von hinten durchbohren. Derezong wußte, daß dies nicht gelingen konnte. Er schloß die Augen.

Aber gerade, bevor Zhamel die Wachen erreicht hatte, bohrte er die Speerspitze in den Boden und schnellte in steilem Sprung hoch in die Luft. Mit baumelnden Beinen wie ein Gehängter flog er über die lackierten Helme, Bronzeschwerter und Mammutlederschilde hinweg, landete vor den Wächtern, zerbrach dabei einen ihrer Speere mit lautem Krach, rollte auf die Füße und rannte zu Derezong. Dieser hatte sein Pferd schon gewendet.

Als Zhamel den Sattelholm zu fassen bekam, erhob sich hinter ihnen der Tumult der aus dem Tempel stürzenden, schreienden Priester. Derezong rammte dem Pferd seine nackten Fersen in die Flanken und galoppierte los. Zhamel schwang sich hinter ihn, und sie jagten, von dröhnendem Hufgeklapper verfolgt, die Felsspalte entlang.

Derezong verlor keinen Atem mit Fragen, und am Ende der Spalte stieg Zhamel auf sein eigenes Pferd; dann jagten sie weiter, so schnell sie es wagen konnten. Der Widerhall der verfolgenden Hufe dröhnte ohrenbetäubend in der engen Schlucht.

An der Hängebrücke scheuten die Pferde wieder, doch Derezong schlug erbarmungslos auf sein Reittier ein, bis es widerwillig über die schwankende Brücke ging. Der kalte Wind heulte in den Seilen, und die Dunkelheit nahm rasch zu.

Am anderen Ufer angelangt, sah Derezong Taash sich mit einem Aufseufzer um. Den Felswandpfad entlang näherten sich in halsbrecherischem Tempo ihre Verfolger.

»Hätte ich Zeit und Material, könnte ich die Brücke eingestürzt aussehen lassen«, meinte er.

»Und warum sie nicht wirklich einstürzen lassen?« rief Zhamel und lenkte sein Pferd zur Verankerung eines Seiles, das er auf dem Sattel stehend mit einem kräftigen Schwerthieb durchtrennte. Als die ersten Verfolger die Brücke betraten, sackte die Konstruktion zusammen und stürzte mit peitschenden Seilen und klappernden Bohlen in den Abgrund. Die Tempelmänner schrien, Pfeile zischten herrüber und schlugen gegen den Fels. Derezong Taash und Zhamel Seh machten, daß sie fortkamen.

Als sie schließlich wieder im sonnigen Bienkar im Garten hinter dem Laden des Edelsteinhändlers Goshap Tuzh saßen, erzählte Zhamel seinen Teil der Ereignisse:

»... als ich hinauskam, war da wieder das Lotrimädchen, das ihre Reize spielen ließ. Nun, dachte ich, es ist Zeit genug, die Arbeit für den Meister zu tun und gleichzeitig das Leben ein wenig zu genießen ...«

»Schürzenjäger!« knurrte Derezong in seinen Wein.

»... so folgte ich ihr. Und wirklich verlief alles angenehm und zum Besten, bis eines von diesen kinnlosen Wundern in Kutte und Kapuze hereingeschneit kam und mit einem Messer auf mich losging. Ich versuchte, den Kerl abzuwehren, und fürchte, daß in dem Gemenge sein Genick ein bißchen kaputt ging. So lieh ich mir sein Kostüm, da ich Ungelegenheiten erwartete, machte mich auf den Weg und stellte fest, daß mein Meister, die Pferde und der Doppelgänger meines Meisters allesamt fort waren.«

»Und wie die Zeit verflogen war!« sagte Derezong Taash sarkastisch. »Ich bin überzeugt, daß wenigstens das Lotrimädchen Grund hat, sich mit Genuß an die Episode zu erinnern. Der Doppelgänger dagegen, ein reines Schattenwesen ohne reale Existenz, ging geradewegs hinaus und schmolz, als er die magische Barriere durchschritt, die die Priester errichtet hatten.«

»Und«, fuhr Zhamel Seh fort, »überall rannten und schnatterten Priester und Wächter aufgeregt herum wie eine Herde Affen. Ich rannte mit, als sei ich einer der ihren, sah sie die Wachen vor dem Tor postieren und dann kam der Meister zurück und warf mir den Stein zu. Ich begriff die Situation, kletterte die Statue hinauf, stopfte Tandylas Auge zurück in seine Fassung und bog die Klammern mit dem Knauf meines Dolches fest. Dann nahm ich einen Speer aus dem Waffenschrank, schlug zwei Lotris zusammen, die mich für ein Verhör mitnehmen wollten, und den Rest kennt Ihr.«

Derezong rundete die Geschichte ab: »Guter Goshap, möge es das Glück fügen, daß Ihr uns Rat geben könnt, denn ich fürchte, daß, so wir uns persönlich bei König Vuar ohne den Juwel präsentieren, unsere Köpfe geschmackvoll auf Silbertabletts angerichtet sein würden, noch ehe wir unsere Geschichte zuende erzählt haben. Zweifellos würde ihn später Reue überkommen, doch uns würde das nicht mehr helfen.«

»Da er euch doch übel will, lieber Derezong, warum ihn nicht verlassen, wie ich Euch schon zuvor gedrängt?«

Derezong hob die Schultern. »Andere, o Jammer, zeigen ähnlichen Mangel an Respekt und erweisen sich als ebenso schwierige Herren. Hätten diese Tandylapriester mir zugetraut, eine so simple Aufgabe wie das Transportieren des Steines von Lotör nach Lorsk zu erfüllen, wäre ihr Anschlag zweifellos geglückt. Da sie aber fürchteten, ich könne den Stein unterwegs verlieren oder verkaufen, legten sie einen überflüssigen Zauber darauf. . . .«

»Wie war das möglich, wo doch der Stein so mächtige antimagische Eigenschaften besitzt?«

»Seine antimagischen Eigenschaften umfassen nur einfachen Antidämonismus, während der Folgezauber und die Duzhateng-Beschwörung sympathetische Magie und nicht Hexerei sind. Jedenfalls folgte er mir überallhin und bestätigte so meinen schon erwachten Verdacht.« Er seufzte und trank einen Schluck grünen Weines. »Was diese triste Welt braucht, ist Vertrauen.«

»Warum schreibt Ihr ihm nicht einen Brief, in dem Ihr ihm die Umstände auseinandersetzt? Ich leihe Euch einen Sklaven, der ihn nach Lorsk bringen kann, so daß König Vuars Zorn schon verraucht ist, wenn Ihr eintrefft.«

Derezong überlegte. »Ein kluger Vorschlag, Goshap, doch gibt es ein unüberwindliches Hindernis. Am Hof von Lorsk können nämlich nur sechs Männer lesen; König Vuar zählt nicht dazu. Von diesen sechs sind mindestens fünf meine Feinde, denen nichts lieber wäre, als mich aus meiner Position zu stürzen. Sollte die Aufgabe, König Vuar meine Botschaft vorzulesen, einem von diesen zufallen, so könnt Ihr Euch ausmalen, wie dieser meine harmlosen Schilderungen zu meinen Ungunsten verdrehen würde. Könnten wir eventuell den guten Vuar glauben machen, daß wir unsere Aufgabe erfüllt haben, indem wir ihm einen ähnlich aussehenden Stein überreichten? Kennt Ihr einen solchen?«

»Das ist tatsächlich eine gute Idee,« sagte Goshap Tuzh, »Laßt mich mal nachdenken . . . Im letzten Jahr, während der großen Hungersnot, gab König Daior seine kostbarste Krone in den Kelktempel, um dort Spenden zu sammeln, die helfen sollten, die Not seiner Untertanen zu lindern. Nun, diese Krone trägt als Zentralschmuck einen purpurnen Sternsaphir von außergewöhnlicher Größe und Feinheit, dem man nachsagt, die Götter selbst hätten ihn vor der Schöpfung der Welt zu ihrer eigenen Erbauung geformt. In Größe, Farbe und Glanz ist er dem Auge der Tandyla nicht unähnlich. Da dieser Stein noch niemals ausgestellt oder gehandelt worden ist, konnten die Priester damit Scharen von Neugierigen anlocken und um beträchtliche Opfergaben erleichtern. Aber wie dieser sicher bewachte Edelstein aus der Krone in Euren Besitz gelangen soll, fragt mich bitte nicht! Um die Wahrheit zu sagen, ich wüßte lieber nichts von der ganzen Angelegenheit!«

Am nächsten Tag gab Derezong Taash sich und Zhamel Seh das Aussehen von zwei Atlantern aus der nebligen Gebirgskette in der Gauthawüste, fern im Osten jenseits des Tritonischen Meers, wo es, wie man in Pusaad erzählte, Menschen mit Schlangen statt Beinen gab und andere ohne Kopf, doch Gesichtern auf der Brust.

Zhamel Seh brummte. »Was sind wir? Magier oder Diebe? Wenn uns das hier gelingt, hat vielleicht der König von Torrutseish jenseits des Tritonischen Meeres auch irgendeinen Klunker, an dem ihm besonders gelegen ist und den wir ihm rauben können . . .«

Derezong ließ sich auf keine Diskussion ein, sondern führte sie zum Vorplatz des Kelkentempels. Mit der Überheblichkeit echter Atlanter schlenderten sie zum Portal und betraten den Tempel. Die Krone lag auf einem Kissen, beschienen von einer Lampe und flankiert von zwei sieben Fuß großen Lorskas, der eine mit gezogenem Schwert, der andere mit einem schußbereiten Pfeil. Die Wächter blickten über ihre schwarzen Bärte finster hinunter auf die beiden rothaarigen Atlanter, die in ihren blauen Umhängen mit Orichalc-Armreifen behängten Armen aufgeregt gestikulierten und schwatzten, während sie die Krone betrachteten. Dann ging der kleinere Atlanter hinaus und ließ den anderen gaffend zurück.

Kaum hatte der Kleinere, das heißt Derezong, das Portal durchschritten, stieß er einen schrillen Schrei aus. Die Wachen sahen den Kopf des Atlanters von zwei Händen gepackt hinter dem Türrahmen hervorragen und nach oben schauen, als würde er von einem Gegner hinübergebogen.

Die Wachen, die nicht wußten, daß Derezong sich selbst würgte, hasteten zum Portal. Als sie sich näherten, verschwand der Kopf des angegriffenen Atlanters außer Sicht, und sie stießen auf Derezong Taash, der in seiner eigenen Gestalt auf den Eingang zuschlenderte. In der Zwischenzeit hatten Zhamel Sehs kräftige Finger den Stein aus König Daiors Krone gelöst.

»Ist irgend etwas nicht in Ordnung, die Herren?« fragte Derezong die Wachen, die wild um sich blickten, als Zhamel Seh aus dem Tempel trat, wieder als Lorsker wie die Wachen selbst, wenn auch nicht ganz so groß und mit weniger buschigem Bart.

»Wenn Ihr einen Atlanter sucht«, sagte Derezong zu den Wächtern, »ich sah zwei solche aus Eurem Tempel kommen und sich durch jenes Gäßchen davonschleichen. Sie taten so geheimnisvoll, daß Ihr vielleicht nachschauen solltet, ob sie nicht in Euren heiligen Hallen ein Unheil angerichtet haben.«

Während die Wachen zurück in den Tempel eilten, verschwanden Derezong Taash und sein Assistent schleunigst in der entgegengesetzten Richtung.

Zhamel Seh murmelte: »Hoffentlich müssen wir diesen Stein nicht auch wieder an seinen Platz zurückbringen!« Aber Derezong ging nicht darauf ein.

Sie erreichten Lezohtr spät in der Nacht und hatten noch nicht einmal ihre Lieblingskonkubinen gebührend begrüßt, als ein Bote die Nachricht brachte, der König wünsche Derezong sofort zu sehen.

Derezong Taash fand König Vuar im Audienzsaal; offensichtlich war er eben aus dem Bett gestiegen, denn er trug nur seine Krone und ein um seinen knochigen Körper geschlungenes Bärenfell. Auch Ilepro war dort, ebenso informell gekleidet, und mit ihr ihr unvermeidliches Lotri-Quartett.

»Habt Ihr's?« fragte König Vuar, eine buschige Braue hebend, was im Falle einer negativen Antwort nichts Gutes verhieß.

»Bitte sehr, Majestät,« sagte Derezong, erhob sich vom Boden und reichte dem König den Juwel aus König Daiors Krone.

König Vuar hielt ihn zwischen den Fingerspitzen und betrachtete ihn im Schein der einzigen Lampe. Derezong wartete gebannt, ob der König wohl die Strahlen zählen würde, tröstete sich dann aber mit dem Gedanken, daß König Vuar außerordentlich schwach in höherer Mathematik war.

Der König reichte Ilepro den Stein. »Bitte sehr, Madame«, sagte er, »und laßt uns hoffen, daß hiermit Eure endlosen Klagen ein Ende haben.«

»Mein Herr ist so großzügig wie die Sonne«, erklärte Ilepro mit ihrem schleppenden lotrischen Akzent. »Ich hätte noch mehr zu sagen, aber nicht vor den Ohren der Dienerinnen.« Sie sprach in Lotrisch zu den vier Dienerinnen, die hinaustrippelten.

»Nun?« fragte der König.

Ilepro starrte auf den Stein und machte mit der freien Hand eine Geste, während sie in ihrer Muttersprache etwas rezitierte. Sie sprach sehr schnell, so daß Derezong ihr nicht folgen konnte, doch er erkannte ein Wort, das mehrfach vorkam und das sein Blut gerinnen ließ. Das Wort war »Tr'lang.«

»Majestät!« rief er. »Ich fürchte, diese Hexe aus dem Norden hat nichts Gutes im Sinn!«

»Was?« brüllte König Vuar. »Ihr beleidigt meine Frau, und das vor meinen Augen? Ich werde Euch den Kopf . . .«

»Aber, Majestät! König! Seht doch!«

Der König unterbrach seine Tirade – und beendete sie nie. Die Flamme der Lampe war zu einem schwachen Glimmen zusammengesunken. Kalte Luft strömte in den Raum, in dessen Mitte sich die Dunkelheit zu Schatten und der Schatten zu Substanz verdichtete. Zunächst schien es formlose Dunkelheit zu sein, ein finsterer Nebel, doch dann hatte es plötzlich Augen, zwei glühende Punkte, die aus doppelter Manneshöhe herabfunkelten.

Derezong suchte verzweifelt nach Exorzismen, während seine Zunge vor Schrecken am Gaumen klebte. Sein Fernazot war wie ein Kätzchen neben diesem Wesen, und kein Pentagramm schützte ihn.

Die Augen wurden deutlicher, und weiter unten reflektierten hornige Krallen das schwache Licht der Lampe. Es war so kalt geworden, als sei ein Eisberg hereingekommen, und es roch wie brennende Federn.

Ilepro zeigte auf den König und schrie etwas in ihrer Sprache. Derezong glaubte riesige Zähne zu sehen, ein Maul, das sich öffnete und auf Ilepro zustürzte. Sie hielt den Juwel vor sich, um den Dämon abzuwehren. Es half ihr nichts.

Die Schwärze schloß sich um sie, und Ilepro stieß einen schrillen Schrei aus.

Die Tür flog auf, und die vier Lotrifrauen stürzten herein. Ilepros Schreien hielt an, wurde schwächer, als entferne sie sich mit großer Geschwindigkeit. Die Schattengestalt in der Mitte des Raumes wurde formlos und schwand.

Die erste der Lotrifrauen schrie »Ilepro!« und holte ein unter ihren Gewändern verstecktes Schwert hervor. Die anderen taten es ihr gleich, und Derezong erkannte, daß sie in Wirklichkeit vier stämmige Lotrimänner waren, die sich die Bärte abrasiert hatten.

Der Lotri schwang sein Schwert, doch wo die Erscheinung Tr'langs gewesen war, traf er auf keinen Widerstand als den der Luft. Dann wies er auf den König und seinen Zauberer.

»Nehmt sie gefangen!« befahl er auf Lotrisch. »Sie werden unseren sicheren Abzug garantieren.«

Die vier rückten mit gezogenen Schwertern vor, ihre freien Hände wie die Klauen des gerade verschwundenen Tr'lang ausgestreckt. Da öffnete sich die Tür, und Zhamel Seh stürmte herein. Im Arm trug er drei Schwerter, warf Derezong und dem König je eines zu und postierte sich neben den beiden.

»Zu spät!« rief ein anderer Lotri. »Erschlagt sie und rennt. Das ist unsere einzige Chance!« Und er ging auf die Lorsker los. Mit klingenden Schwertern fochten die sieben Männer, hieben und parierten. König Vuar hatte sein Bärenfell als Schild um den linken Arm gewickelt und focht nackt bis auf die Krone. Derezong kämpfte trotz seiner Körperfülle tapfer, fand sich aber bald in eine Ecke gedrängt und spürte den Schmerz einer Fleischwunde in der Schulter. Was immer ein Laie von der Macht eines Magiers erwarten mochte, es war ihm unmöglich, körperlich ums nackte Überleben zu kämpfen und gleichzeitig eine Zauberformel auszusprechen.

Der König brüllte nach Hilfe, aber es kam keine Antwort, denn in den inneren Gemächern erstickten die dicken, mit Teppichen behängten Steinmauern jedes Geräusch, bevor es in die äußeren Räume dringen konnte, wo König Vuars Wachen stationiert waren. Auch er wurde zurückgedrängt, und schließlich kämpften die drei Lorsker Schulter an Schulter in der Ecke. Ein Hieb traf Derezong seitlich am Kopf und betäubte ihn halb; ein metallisches Geräusch verriet, daß König Vuar einen Schlag auf die Krone bekommen hatte, und ein Aufschrei von Zhamel Seh zeigte, daß auch er verletzt worden war.

Derezong Taash ermüdete rasch. Sein Atem ging keuchend, und der Schwertgriff wurde glitschig in seinen schmerzenden Fingern. Bald würden sie ihn ihn überwältigen, falls er nicht eine Wende herbeiführen konnte, um ihnen auf indirekte Weise die Stirn zu bieten.

Er warf sein Schwert – nicht auf den Lotri vor ihm – sondern auf die kleine, flackernde Lampe auf dem Tisch. Die Lampe fiel klirrend zu Boden und erlosch, während Derezong auf allen vieren sein Schwert zurückholte. In der Dunkelheit hatten die Männer aufgehört zu kämpfen. Man hörte schleichende Schritte und verhaltenen Atem, fürchtend, sich zu verraten.

Derezong tastete sich der Wand entlang, bis er das Jagdhorn König Zynahs fand. Er riß das Museumsstück von der Wand, füllte seine Lungen und blies, so kräftig er konnte, hinein. Ohrenbetäubend hallte der Hornstoß durch den geschlossenen Raum, und Derezong machte eilig ein paar Schritte, um sich nicht lokalisieren und niederschlagen zu lassen, und stieß ein zweites Mal ins Horn.

Mit lautem Getrampel und Geklirr näherten sich König Vuars Wachen, die Türen flogen auf, und mit Fackeln und gezückten Waffen stürmten sie herein.

»Packt sie!« befahl König Vuar und deutete auf die Lotris. Einer von ihnen versuchte, Widerstand zu leisten, doch das Schwert eines Wächters schlug ihm die Hand vom Arm, und schreiend fiel der Lotri zu Boden. Die anderen wurden ohne große Mühe festgenommen.

»Nun«, sagte der König, »ich kann euch die Gnade eines schnellen Todes erweisen, oder ich kann euch den Folterern für einen langsameren und interessanteren Tod überlassen. Bekennt Ihr eure Pläne und Absichten in allen Einzelheiten, dann sei euch die erste Alternative gewährt. Sprecht.«

Der Lotri, der die anderen angeführt hatte, als sie hereingekommen waren, nahm das Wort. »Wißt, König, daß ich Paanuvel bin, Ilepros Gatte. Die anderen sind Edelleute vom Hofe Koesps, Ilepros Bruder, Oberhaupt von Lotör.«

»Edelleute!« schnaubte König Vuar.

». . . da mein Schwager keine eigenen Söhne hat, dachten er und ich uns diesen raffinierten Plan aus, um eines Tages sein Königreich und Eures unter der Herrschaft meines Sohnes Pendetr zu vereinigen. Euer Magier sollte das Auge der Tandyla stehlen, so daß Ilepro gefahrlos den Dämon Tr'lang beschwören konnte, der dann Euch entführt hätte statt ihrer, wie es jetzt geschehen ist. Denn solange ihr den Sternmetallring tragt, konnte kein geringeres Geschöpf der äußeren Dimensionen Euch gefährlich werden. Dann sollte sie das Kind Pendetr, das ja Ihr zum Thronfolger bestimmt habt, zum König proklamieren und selbst regieren, bis es volljährig war. Nun sind aber offenbar die dämonenabwehrenden Kräfte des Tandyla-Auges nicht mehr, was sie einst waren, denn Tr'lang verschlang meine Frau, obwohl sie ihm den Stein in den Rachen steckte.«

»Ihr habt offen und gut gesprochen«, sagte König Vuar, »obwohl ich es moralisch zweifelhaft finde, Eure Frau an mich weiterzugeben, während Ihr selbst nicht nur am Leben, sondern sogar in Verkleidung gegenwärtig wart. Nun, lotrische Sitten sind nicht die unseren. Wachen! Bringt sie hinaus und schlagt ihnen die Köpfe ab.«

»Noch ein Wort, König«, sagte Paanuvel, »um mich selbst ist es mir gleich, jetzt, wo meine geliebte Ilepro verloren ist. Aber ich bitte Euch, das unschuldige Kind Pendetr nicht für Fehler seines Vaters zu bestrafen und leiden zu lassen.«

»Ich werde darüber nachdenken. Nun, hinaus mit euch und ab mit euren Köpfen!«

Der König wandte sich an Derezong Taash, der sich an seiner Wunde zu schaffen machte: »Was ist der Grund für das Versagen des Tandyla-Auges?«

Derezong, zaghaft und zitternd, erzählte den wahren Hergang ihres Raubzuges nach Lotör und den nachfolgenden Diebstahl des Saphirs in Bienkar.

»Aha!« sagte König Vuar. »Das haben wir also davon, daß wir die Strahlen des Sternes nicht zählten!« Er hielt inne und bückte sich nach dem Edelstein, der in der Mitte des Raumes am Boden lag, während Derezong zitternd erwartete, daß ihm im nächsten Moment das gleiche Schicksal zuteil würde wie den drei Lotris.

Mit einem Anflug von Lächeln fuhr König Vuar fort: »Ein glückliches Versagen, wie es scheint. Ich bin euch beiden zu Dank verpflichtet, erstens für euer scharfsinniges Durchkreuzen der lotrischen Usurpationspläne und zweitens dafür, daß ihr heute so erfolgreich mit mir gekämpft habt.

Dennoch, die Situation, in der wir uns befinden, ist ziemlich peinlich. König Daior ist ein guter Freund von mir, und seine Freundschaft möchte ich nicht aufs Spiel setzen. Selbst wenn ich den Stein mit Erklärungen und Entschuldigungen zurückgäbe, würde ihm die Tatsache, daß meine Untertanen ihn bestohlen haben, gar nicht gefallen. Ich befehle Euch daher, sofort nach Bienkar zurückzukehren und . . .«

»O nein!« rief Derezong aus. Die Worte waren ihm entfahren, ehe er sie zurückhalten konnte.

». . . nach Bienkar zurückzukehren«, fuhr der König fort, als habe er nichts gehört, »und den Stein an seinen Platz in der Krone von Zhysk zurückzuschmuggeln, ohne daß irgend jemand erfährt, daß ich in sein Verschwinden und Wiederauftauchen verwickelt war. Für so ausgemachte Spitzbuben, als die Ihr und Euer Assistent euch erwiesen habt, dürfte dieses kleine Kunststück keine ernsthaften Probleme aufwerfen. Gute Nacht also.«

König Vuar warf sein Bärenfell über und zog sich in seine Gemächer zurück.

Derezong Taash und Zhamel Seh starrten ihm entgeistert nach.

# Die Ipswich-Phiole

Randall Garrett

In seiner unglaublich produktiven schriftstellerischen Laufbahn, die (von einer Story abgesehen) in den frühen fünfziger Jahren begann, veröffentlichte Randall Garrett mehrere hundert Science-fiction-Erzählungen. Er war auch Walter Bupp, David Gordon, Darrel T. Langart und eine Hälfte von Mark Phillips und Robert Randall, um nur ein paar von seinen vielen Pseudonymen zu erwähnen. Um die Mitte der sechziger Jahre hatte er mehr Geschichten in *Astounding/Analog* als irgendein anderer Autor. Unglücklicherweise sind sehr wenige von diesen Geschichten in Sammlungen erschienen, obwohl *The Best of Randall Garrett* ein beinahe definitiver Band ist. Am besten ist er bekannt für seine ›Lord-Darcy‹-Serie über einen Detektiv in einer Alternativwelt, wo England immer noch von den Plantagenets beherrscht wird und Magie zu einer Wissenschaft geworden ist. Sein vielleicht erfolgreichster Roman, *Too Many Magicians* (1967; dt. *Komplott der Zauberer*, 1981), ist Teil dieses Zyklus, wie auch die folgende Geschichte.

Der von zwei Pferden gezogene Brougham rollte in forschem Tempo in westlicher Richtung nach Cherbourg die Old Shore Road entlang, wenige Meilen von dem kleinen Dorf St. Matthée entfernt.

Der Kutscher, ein untersetzter, bulliger Mann mit einem schläfrigen Lächeln, hatte sich eng in seinen grauen Fahrtumhang gehüllt und die Kapuze über den Kopf gezogen, über die er zusätzlich einen Schlapphut mit breiter Krempe gedeckt hatte. Selbst im Juni konnte die Küste der Normandie am frühen Morgen recht kühl sein, vor allem dann, wenn eine steife Brise wehte.

»Halte hier an, Danglars«, sagte eine Stimme hinter ihm. »Dies scheint mir die rechte Stelle für einen Strandspaziergang zu sein.«

»Jojo, Mistress.« Er zügelte die Pferde und brachte den Brougham zu einem sanften Halt. »Seid Ihr sicher, daß es hier nicht gefährlich ist, Mistress Jizelle?« fragte er und blickte nach rechts, wo sich der Ärmelkanal nach Norden gen England erstreckte.

»Es ist doch Ebbe, nicht wahr?« fragte sie fröhlich.

Danglars sah auf seine Armbanduhr. »Jojo. Fängt gerade an.«

»Na schön, dann warte hier auf mich. Entweder komme ich hierher zurück, oder ich gehe vielleicht auch ein Stückchen weiter, dann werde ich dir von vorne auf dem Weg ein Zeichen geben.«

»Jo, Mistress.«

Sie nickte knapp, dann schritt sie auf den Strand zu.

Sie war eine hochgewachsene, nicht unattraktive Frau, die anscheinend in den mittleren Jahren war. Ihr silbergraues Haar war eine Spur kürzer geschnitten, als es üblich war, doch wunderschön frisiert. Sie trug die typische Kleidung einer anglofranzösischen Frau der gehobenen Mittelklasse, doch war diese eher von britischem als normannischem Stil: glänzend polierte, kniehohe Stiefel; ein schottischer Wollrock, dessen Saum den oberen Stiefelrand knapp bedeckte; eine dazu passende Jacke und ein weicher Pullover aus weißer Wolle, der sie von der Hüfte bis zum Kinn bedeckte. Sie trug keinen Hut und besaß die forsche, keinen Unfug duldende Haltung einer vernunftbetonten Frau, die sehr wohl wußte, wer und was sie war, und die in diesem Punkt keinerlei Fisematenten zu dulden bereit war.

Mistress Jizelle de Ville entdeckte einen Weg, der zum Strand hinabführte. An dieser Stelle gab es eine niedrige Klippe, die stellenweise fünfzehn, stellenweise auch zwanzig Fuß hoch war. Diese trennte den oberen Teil der Dünung vom eigentlichen Strand, doch gab es einige Bahnen und ausgewaschene Partien, wo man ohne große Schwierigkeiten hinabsteigen konnte. Die Klippe selbst stellte eine Flutmarke dar, doch stieg das Wasser des Meeres nur bei Sturm so hoch empor. Meistens blieb die Flut fünfzehn Fuß unterhalb des oberen Klippenrands. Der Zwischenraum war mit weichem, trockenem Sand bedeckt, auf dem das Gehen mühsam war. Mistress Jizelle überquerte den trockenen Sand, bis sie feuchteren und festeren Boden erreicht hatte, dann schritt sie in Richtung Westen weiter.

Es war ein schöner Morgen, trotz der leisen Kühle; eben jene Art von Morgen, wie man ihn sich für einen strammen, gesunden Spaziergang an einem schönen Strand aussuchen mochte. Mistress Jizelle war eine Frau, die körperliche Betätigung und ausgedehnte Spaziergänge liebte, und ganz besonders genoß sie schöne Landschaften. Zu ihrer Rechten ließ der sausende Wind das Wasser der Ebbe in weißen Katzenpfoten gischten und trug den »Meeresgeruch« herbei – einen Duft, den man nie auf offenem Meer wahrnahm, weil er sich aus dem Aroma von Seegetier zusammensetzte, das sich in den Prilen und den seichten Küstengewässern aufhielt, sowie aus dem leisen Verwesungsgeruch der toten und sterbenden Lebewesen und Dinge, die durch den rhythmischen Wechsel von Ebbe und Flut umspült wurden.

Über ihr stießen die dahintreibenden Möwen ihre klagenden, beinahe katzenhaften Schreie aus, während sie Jagd auf das reiche Futter machten, welches See und Küste ihnen bescherten.

Erst nachdem sie an die hundert englische Yards weit gegangen war, bemerkte Mistress Jizelle de Ville etwas Ungewöhnliches. Als sie es tat, blieb sie stehen und musterte es sorgfältig. Links vor ihr, ungefähr acht oder neun Yards vom Fuß der Klippe entfernt, lag ein Mann im trockenen Sand, an die zwanzig Fuß oberhalb der Hochflutmarke.

Sie verharrte einen Augenblick, dann schritt sie vorsichtig und bedächtig auf den Mann zu. Er trug alles andere als Badekleidung, sondern vielmehr den Abendanzug eines Gentleman. Sie trat an den Rand des feuchten Sandstreifens und blieb erneut stehen, um den Mann genau zu mustern.

Dann bemerkte sie etwas, das ihr die Haare zu Berge stehen ließ.

Danglars saß gelassen auf seinem Kutscherbock und rauchte seine Tonpfeife, als er die drei Männer herannahen sah. Er beäugte sie sorgfältig, wie sie sich dem Brougham näherten: zwei junge Männer und ein älterer, alle in der Kleidung typischer normannischer Bauern. Der älteste winkte mit der Hand und sagte etwas, das Danglars im Rauschen der Wellen und des Windes nicht verstand. Als sie auf Hörweite herangekommen waren, sagte der Ältere: »Allo! Irgendwelschen Ärga hia?«

Danglars schüttelte den Kopf. »Nö.«

Der Bauer ignorierte die Antwort. »Ich un' meine Jungs haben dich hia oben stehenbleiben sehen, da dacht'n wia, daß wia vielleich' helfen könn'. Heiße Champtier. Samel Champtier. Das hia sin' meine beiden Jungs, Evrit un' Lorin. Wenn de irgendwelsche Hilfe brauchs', werd'n wia tun, was wia könn'.«

Danglars nickte bedächtig, dann nahm er die Pfeife aus dem Mund.

»Nett von dir, Freisass Samel. Besten Dank auch. Aber ich hab' keine Probleme, nö nö. Die Mistress wollte nur'n Stück den Weg entlanglauf'n. Die mag das. Sind bald wieder unterwegs.«

Samel räusperte sich. »Habt ia schon die Nachtfast gebroch'n, du un' deine Miss-Lady? Meine Frau macht gerade Frühstück fertig. Soll'n wia euch was rüberbring'?«

Danglars zog wieder an seiner Pfeife und seufzte. Normannische Bauern waren nette, freundliche Menschen, aber manchmal übertrieben sie es auch. »Hab'n die Fast schon gebrochen, Freisass Samel. Besten Dank auch. Sobald die Mistress zurückkommt, geht's wieder weiter. Aber noch mal: schön' Dank.«

»Dann also Caffe«, entschied Samel. Er wandte sich an seinen ältesten Sohn. »Evrit! Geh und sag deina Mama, daß 'se dia'n Krug Caffe un' zwei Becher mitgeb'n soll. Un' beeil dich gefälligst!«

Evrit jagte davon wie von der Tarantel gestochen.

Danglars verdrehte die Augen gen Himmel.

Mistress Jizelle schluckte und sah erneut auf den toten Mann. Er hielt eine Pistole in der Rechten, und seine rechte Schläfe wies ein häßliches Loch auf. Der Sand, auf dem sein Kopf ruhte, war völlig blutdurchtränkt. Und es bestand auch nicht der geringste Zweifel daran, daß der Mann tot war.

Sie hob die Augen und blickte den Strand entlang, während sie sich ziemlich benommen mit den Handflächen über den Rock strich. Dann straffte sie ihre Schultern, machte kehrt und ging den Weg zurück, den sie gekommen war, parallel zu ihren eigenen Fußspuren. Außer ihr befand sich niemand sonst am Strand.

Danglars war im Gespräch mit drei Männern, und er schien sich dadurch nicht aus seiner Ruhe bringen zu lassen. Entschlossen schritt sie weiter.

Erst als sie fünfzehn Fuß von dem Brougham entfernt war, ließ Danglars sich dazu herab, sie zu bemerken. Er zupfte an seiner Stirnlocke und lächelte sein schläfriges Lächeln. »Gruß, Mistress, Gruß! 'n netten Spaziergang gemacht?« Er hielt einen Caffebecher in der Hand und zeigte mit der anderen auf die drei Männer. »Freisass Samel und seine Söhne, Mistress, vom Nachbarhof. Haben'n Pott Caffe gebracht.«

Auch die drei Bauern zupften an ihren Stirnlocken.

»Das weiß ich zu schätzen«, erwiderte sie. »Sehr sogar. Aber ich fürchte, wir haben es mit einem Notfall zu tun, der Vorrang hat. Kommt mit, und zwar alle!«

Danglars' Augen weiteten sich. »'n Notfall, Mistress?«

»Das habe ich doch gesagt, oder etwa nicht? Und jetzt kommt alle mit, und ich zeige euch, was ich meine.«

»Aber, Mistress . . .« fing Danglars an.

»Folgt mir!« befahl sie barsch.

Danglars stieg von seiner Kutsche. Es blieb ihm nichts anderes übrig, als sich den anderen anzuschließen.

Mistress Jizelle führte sie über das spärliche Gras zum Rand der Klippe, von wo aus man auf den Toten hinabblicken konnte.

»Und nun schaut mal dort unten hin. Da liegt ein toter Mann. Ich glaube, er ist erschossen worden. Ich bin zwar mit solchen Dingen nicht sonderlich vertraut, aber so hat es für mich jedenfalls den Anschein.«

Die vier knieten nieder und spähten zu dem Leichnam hinab. Nach kurzem Schweigen sagte Samel in etwas förmlichem Ton: »Da habt ia recht, Mistress. Tot isser.«

»Wer ist das, Freisass?« fragte sie.

Samel erhob sich bedächtig und staubte sich mit schwieligen Händen die Hose ab. »Weiß nich' so recht, Mistress.« Er blickte seine beiden Söhne an, die immer noch fasziniert in die Tiefe starrten. »Wer kann das sein, Jungs?«

Sie erhoben sich ebenfalls und klopften sich die Hosen aus, wie es ihr Vater getan hatte. Evrit, der ältere, antwortete: »Weiß nich', Papa. Is' nich' von hia.« Er stieß seinem jüngeren Bruder einen Ellenbogen in die Rippen. »Lorin?«

Lorin schüttelte den Kopf und blickte dabei seinen Vater an.

»Na, das ist jetzt auch nicht so wichtig«, entschied Mistress Jizelle. »In solchen Fällen gilt es, den Reichsgesetzen zu folgen, und das müssen wir nun tun. Danglars, nimm den Brougham und kehre zurück nach . . .«

»Aber Mistress Jizelle!« unterbrach Danglars sie. »Ich kann doch nicht . . .«

»Du mußt genau das tun, was ich dir sage, Danglars«, versetzte sie mit Entschiedenheit. »Das ist von größter Wichtigkeit. Kehre zurück nach St. Matthée und benachrichtige den Rektor. Dann fährst du weiter nach Caen und benachrichtigst die Schutzmänner. Freisass Samel und seine Jungen werden hier zusammen mit mir warten und dafür sorgen, daß niemand etwas anrührt. Hast du mich verstanden?«

»Jo jo, Mistress. Vollkomm'.« Und er machte sich auf den Weg.

Sie drehte sich zu Samel um. »Freisass, kannst du etwas Zeit entbehren? Ich weiß wohl, daß du viel zu tun hast, aber ich möchte nicht gern hier allein bleiben.«

Samel lächelte. »Die Morgenarbeit is' schon erledigt, Mistress. Mein Ältester, Orval, kann sich ruhig 'n paar Stunden allein drum kümman. Nur keine Soage.« Er blickte den jüngsten der beiden Söhne an. »Lorin, geh un' erzähl deina Mama und dei'm Bruda, was passiat is', aba niemand sons'. Un' sag ihnen, sie soll'n kei'm was davon erzähl'n, hast du gehöat?«

Lorin nickte und rannte davon.

»Un' bring was zu futtern mit!« brüllte Evrit ihm hinterher.

Samel blickte besorgt drein. »Mistress?«

»Ja, Freisass Samel?«

»Iss Euch nich's Komisches an dem Mann da unt'n aufgefall'n?«

»Etwas Komisches?« Sie hob eine Augenbraue.

»Ja, Mistress.« Er zeigte in die Tiefe. »Rund um ihn is' Sand. Ganz glatt. Keine Fußspuren, nur Eure, un' auch die kommen nich' an ihn heran. Er is' frisch gestorben, aba – wie isser dahingekomm'?«

Fünf Tage später saß Sir James le Lien, Spezialagent im Geheimdienst Seiner Majestät, in einem bequemen Sessel in dem studierzimmerähnlichen Büro von Lord Darcy, Oberermittlungsrichter Seiner Königlichen Hoheit Herzog Richard von der Normandie.

»Und ich weiß immer noch nicht, wo die Ipswich-Phiole ist, Darcy«, sagte er gerade verärgert. »Und die wissen es auch nicht.«

Durch das geöffnete Fenster drang der Lärm des Straßenverkehrs in den sechsten Stock empor: das leise Rauschen von Gummireifen auf dem Pflaster, Hufgetrappel, die Schritte und Stimmen von tausend Passanten und die Zehntausende anderer kleiner Geräusche, die das Lied der Stadt prägten.

Lord Darcy lehnte sich hinter seinem Schreibtisch im Sessel zurück und hob eine Hand.

»Immer mit der Ruhe, Sir James, sonst überschlagt Ihr Euch ja noch. Ich vermute, daß Ihr mit ›die‹ die *Serka* meint – den polnischen Geheimdienst. Aber was ist das überhaupt für eine Phiole?«

»Das kann ich Euch aus zwei Gründen nicht sagen. Erstens, weil Ihr es nicht zu wissen braucht, und zweitens, weil das für mich ebenso gilt, so daß ich es Euch selbst dann nicht verraten könnte, wenn ich wollte. Rein äußerlich handelt es sich um einen goldenen Zylinder von der Größe Eures Daumens, der auf einer Seite einen goldenen Stopfen aufweist, der wiederum mit weichem Gold versiegelt ist. Davon abgesehen, kenne ich nur seinen Kodenamen: die Ipswich-Phiole.«

Sean O Lochlainn, der Meisterhexer, der in einem weiteren Sessel ruhte, die Hände über dem Bauch zusammengefaltet, die Augen halb geschlossen und die Ohren weit aufgesperrt, sagte: »Würde einen guten Penny dafür hergeben, um zu erfahren, wer für diesen Kodenamen verantwortlich ist. Und dann würde ich ihn wegen Inkompetenz feuern lassen.«

»Wie bitte?« fragte Sir James. »Warum denn das?«

Master Sean öffnete die Augen. »Wenn die Polen nicht wissen sollten, daß sich das Ipswich-Labor in Suffolk unter Master Sir Greer Davidson mit geheimer Magieerforschung befaßt, dann sind sie derart unglaublich dämlich, daß wir uns ihretwegen überhaupt keine Sorgen zu machen brauchten. Bei einem Namen wie Ipswich-Phiole *muß* die *Serka* der Sache ja einfach nachgehen, wenn sie davon erfährt.«

»Vielleicht ist es ja nur ein Köder, mit dem sie von etwas anderem abgelenkt werden sollen«, warf Lord Darcy ein.

»Vielleicht«, gab Master Sean zu, »aber in diesem Fall wäre es ein ziemlich teurer Köder, My Lord. Was Sir James soeben beschrieben hat, ist ein aurastabilisierter magischer Schutzschirm. Was würdet Ihr in einen solchen Behälter tun? Irgendein chemisches Gebräu wie Sprengstoff oder Gift? Oder eine Geheimbotschaft? Das wäre sogar der Gipfel der Inkompetenz, so als würde man seine Einkaufsliste in Gold auf Pergament schreiben. Eine eklatante Verschwendung.«

»Ich verstehe«, sagte Lord Darcy. Er blickte Sir James an. »Wieso glaubt Ihr, daß die *Serka* sie nicht bereits in ihrem Besitz hat?«

»Wenn dem so wäre«, versetzte Sir James, »dann wären sie schon längst damit verschwunden. Und das sind sie nicht, im Gegenteil – es wimmelt nur so von ihnen. Es muß dort mindestens ein Dutzend Agenten geben.«

»Ich gehe doch wohl nicht fehl in der Annahme, daß es dort von Euren eigenen Männern ebenfalls wimmelt?«

»Wir versuchen, sie zu beschatten«, erwiderte Sir James.

»Dann wissen sie wohl auch, daß Ihr die Phiole ebensowenig besitzt.«

»Vermutlich.«

Lord Darcy seufzte und machte sich daran, seine mit Silber verzierte Porzellanpfeife zu stopfen. »Ihr sagt, der Tote sei Noel Standish.« Er klopfte mit dem Pfeifenholm auf einen Papierstapel. »Die hier sagen, daß der Mann als ein gewisser Bourke identifiziert wurde. Ihr sagt, es sei Mord gewesen. Die hier sagen, daß Seiner Majestät Untersuchungsgericht bereit war, es für Selbstmord zu erklären, bis Ihr genügend Druck ausgeübt habt, um einen entsprechenden Beschluß auszusetzen. James, ich werde das dumpfe Gefühl nicht los, daß ich benutzt werden soll. Ich möchte einmal darauf hinweisen, daß ich Oberermittlungsrichter des Herzogs der Normandie bin, und nicht – ich wiederhole: *nicht*! – Geheimagent in Seiner Majestät Geheimdienst.«

»Es ist ein Verbrechen geschehen«, wandte Sir James ein, »und es ist Eure Pflicht, ihm nachzugehen.«

Gelassen zog Lord Darcy so lange an seiner Pfeife, bis der Tabak richtig brannte. »James, James.« Sein hageres, anziehendes Gesicht blieb völlig unbewegt, als er eine dichte Rauchschwade ausstieß. »Ihr wißt doch ganz genau, daß ich nicht dazu verpflichtet bin, jeden Mord und Totschlag im Herzogtum zu untersuchen. Weder Standish noch Bourke war ein Mitglied der Aristokratie. Ich *muß* diesen Fall nicht untersuchen, es sei denn, ich erhalte direkten Befehl, entweder von Seiner Hoheit dem Herzog oder von Seiner Majestät dem König. Kommt schon, James – überzeugt mich doch lieber!«

Master Sean lächelte zwar nicht, doch kostete es ihn einige Anstrengung, das Gesicht *nicht* zu verziehen. Der stämmige kleine irische Hexer wußte nur zu gut, daß Seine Lordschaft bluffte. Lord Darcy konnte einem solchen Fall ebensowenig den Rücken kehren wie eine Biene den Kleeblüten. Doch Sir James wußte das nicht. Er wußte wohl, daß er den Fall seinen Vorgesetzten vortragen konnte, um schließlich einen Befehl des Königs zu erwirken – doch er wußte auch, daß die ganze Angelegenheit bis dahin wahrscheinlich schon vorüber sein würde.

»Was wollt Ihr, Darcy?« fragte der Agent des Königs.

»Information«, sagte Seine Lordschaft knapp. »Ihr wollt, daß ich mich nach St. Matthée begebe, um dort für Ablenkung zu sorgen, während Ihr und Eure Männer Eurer Arbeit nachgeht. Schön. Aber ich gebe mich nicht mit der Rolle des Hanswurst zufrieden. Ich will, verdammt noch einmal, wissen, was hier gespielt wird. Ich will die ganze Geschichte haben.«

Sir James dachte zehn bis fünfzehn Sekunden darüber nach, dann sagte er: »Also gut, My Lord. Dann will ich Euch alles unverblümt erzählen.«

Seit Jahrhunderten hatten die Könige von Polen ihre Reichsgrenzen nach dem Prinzip von Ebbe und Flut ausgedehnt, vornehmlich in Richtung Osten und Süden. Im Süden waren sie von den Osmanlis gebremst worden. Im Osten hatten sie sich mit der Annektierung der Ukraine in den frühen dreißiger Jahren des zwanzigsten Jahrhunderts den letzten Bissen einverleibt. König Casimir IX hatte 1937 im Alter von zwanzig Jahren den Thron bestiegen und sein Land zwei Jahre später in einen höchst erfolglosen Krieg gegen das Reich und seine skandinavischen Verbündeten gestürzt. Eine weitere Expansion nach Osten war ausgeschlossen, weil dies wahrscheinlich einen Zusammenschluß der russischen Staaten provoziert hätte.

Polen war nun im wortwörtlichen Sinne von Feinden umgeben, die es haßten, und von Nachbarn, die es fürchteten. Casimir hätte sich erst einmal einige Jahre Zeit nehmen sollen, um eine Konsolidierung und Aussöhnung herbeizuführen, doch es war nur zu deutlich, daß die Erinnerung an seinen Vater und sein Traumbild von sich selbst als Eroberer zu mächtig waren. Weil er genau wußte, daß jeder Versuch, mit seinen Armeen in den deutschen Pufferstaaten einzumarschieren, die seine eigene Westgrenze von der Ostgrenze des Anglo-Französischen Reichs trennten, beim gegenwärtigen Stand der Dinge der reine Selbstmord gewesen wäre, entschied sich Casimir dazu, seine stärkste nichtmilitärische Waffe ins Gefecht zu führen: die *Serka*.

Dieser Spitzname war einem Ausdruck entlehnt, der soviel bedeutete wie »der rechte Arm des Königs«. Aus finanziellen Gründen wurde sie im Etat des Ministeriums für Sicherheitsfragen geführt, so daß der Anschein erweckt wurde, als sei sie eine Abteilung der königlichen Regierung. Doch dem war nicht so. Nicht einer Seiner Majestät Minister oder Berater wußte davon oder verfügte über die Vollmacht, ihre Operationen zu kontrollieren oder zu steuern. Sie bestand aus fanatisch ergebenen Männern und Frauen, die ihren Treueeid dem König persönlich und nicht der Regierung geleistet hatten. Die *Serka* war nur dem König höchstpersönlich verantwortlich.

Sie setzte sich aus zwei Hauptabteilungen zusammen: aus der Geheimpolizei, die für die innere Sicherheit zuständig war, und aus dem Geheimdienst, der sich mit ausländischen Problemen und Aktionen befaßte. Doch war diese Trennung alles andere als eindeutig und scharf. So konnte ein Agent mal der einen, mal der anderen Abteilung unterstellt werden.

Die *Serka* war derzeit wahrscheinlich das mächtigste und skrupelloseste Regierungsinstrument auf der ganzen Welt. Ihre Agenten, von denen sehr viele Hexer mit magischem Talent waren, waren in allen Ländern Europas tätig, am stärksten im Anglo-Französischen Reich.

Nun war es freilich eine historische Tatsache, daß die Plantagenet-Könige es nicht gerne sahen, wenn ihr Reich durch fremde Könige angegriffen wurde. Seit acht Jahrhunderten hatten sie solche Invasionsversuche erfolgreich abzuwehren verstanden.

Es gab ein Sprichwort in Europa: »Wer sich von einem Plantagenet etwas borgt, kann es ohne Zins zurückzahlen. Wer einen Plantagenet aber bestiehlt, dem werden die Wucherzinsen das Genick brechen.«

Der gegenwärtige Herrscher, Seine Majestät John IV, von Gottes Gnaden König von England, Irland, Schottland und Frankreich; Kaiser des Heiligen Römischen Reichs Deutscher Nation; Oberster Häuptling des Moqtessumid Klans; Sohn der Sonne; Graf von Anjou und Maine; Prinzdonator des Souveränen Ordens des Heiligen Johannes zu Jerusalem; Souverän des Höchst Ehrwürdigen Ordens von der Tafelrunde, des Ordens vom Leoparden, des Ordens von der Lilie, des Ordens von den Drei Kronen und des Ordens vom Heiligen Andreas; Herrscher und Beschützer der Westlichen Kontinente von Neuengland und Neufrankreich; Verteidiger des Glaubens, bildete darin keine Ausnahme.

Anders als seine mittelalterlichen Vorgänger hegte König John jedoch keinerlei Verlangen, die Reichsbesitzungen in Europa zu erweitern. Der letzte Plantagenet, der das Reich in Europa erweitert hatte, war Harold I gewesen, der im Jahr 1420 den ursprünglichen Vertrag von Kobnhavn unterzeichnet hatte. Über ein Jahrhundert lang blieben die Grenzen des Reichs so gut wie eingefroren, bis die Entdeckung der Kontinente der westlichen Hemisphäre unter der Regentschaft von John III den anglofranzösischen Forschern eine völlig neue Welt eröffnete.

John IV dachte nicht mehr an eine Expansion in Europa, doch verabscheute er zutiefst die Invasion seines Reichs durch polnische Agenten der *Serka*. Aus diesem Grund hatte der Diebstahl einer kleinen goldenen Phiole aus dem Ipswich-Labor auch sofort eine Reaktion des Königs und Seiner Majestät Geheimdienst provoziert.

»Wer sie nun eigentlich gestohlen hat, ist unerheblich«, erklärte Sir James. »Das war lediglich ein gerissener Kunde, der Gelegenheit hatte, die Phiole an sich zu reißen. Es ist unwichtig, wie ihm dies genau gelang, aber Ihr könnt versichert sein, daß dieses Loch inzwischen gründlich gestopft worden ist. Der Mann hat eine Gelegenheit der Bereicherung erkannt und zugegriffen. Er war kein polnischer Agent, aber er wußte, wo er einen finden konnte, und so wurde man sich handelseinig.«

»Wieviel Zeit hatte er für die Verhandlungen, nachdem die Phiole gestohlen wurde?« wollte Lord Darcy wissen.

»Drei Tage, My Lord. Sir Greer hat den Diebstahl zwei Stunden, nachdem er durchgeführt worden war, bemerkt und uns sofort Meldung gemacht. Es war völlig offensichtlich, wer die Phiole entwendet hatte, aber wir brauchten drei Tage, um ihn aufzuspüren. Wie gesagt – ein gerissener Kunde.

Als wir ihn dann fanden, hatte er das Geschäft bereits abgewickelt und sein Geld erhalten. Wir sind nur eine knappe halbe Stunde zu spät gekommen. Ein Agent der *Serka* hatte die Phiole gerade in Empfang genommen und war mit ihr verschwunden.

Zum Glück war der Dieb auch wirklich nur ein Dieb – ein Dieb eben, und kein echter *Serka*-Agent. Als wir ihn erwischt hatten, hat er uns ohne Umschweife alles verraten, was er wußte. Das, und auch andere Informationen, die wir erhielten, ließ uns zu dem Schluß gelangen, daß sich unser Jagdziel in einem Zug nach Portsmouth befand. Wir haben Noel Standish zwar noch per Teleklang im Büro von Portsmouth erreichen können, aber . . .«

Die Pläne der Menschen deckten sich nicht unbedingt mit denen des Universums. Ein dreiminütiger Verkehrsstau – und Noel Standish mußte mit ansehen, wie das Schiff nach Cherbourg nur vierzig Fuß von ihm entfernt in Richtung Kanal entschwand.

Zwei Stunden später stand er an Bord der S. K. M. S. *Pfeil* und starrte gen Süden in die Dunkelheit hinaus, dem Rauschen des Kanalwassers lauschend, wie es gegen die Hülle des schnellen Kutters schwappte. Standishs Laune war nicht die beste.

Zum einen hatte die Teleklangnachricht ihn eben erreicht, als er mit Freunden im Bellefontaine essen gehen wollte, und er hatte keine Gelegenheit mehr gehabt, sich umzuziehen. Er kam sich fürchterlich albern vor, wie er nun im Abendanzug auf dem Deck eines Marinekutters stand. Zum anderen hatte es über eine Stunde gedauert, den Kommandierenden Admiral der Marinedocks von Portsmouth davon zu überzeugen, daß die Freigabe des Kutters von oberster Dringlichkeitsstufe sei – und auch dies war nur gelungen, nachdem er eine Teleklangverbindung mit London hatte herstellen lassen.

Die ganze betrübliche Situation wies nur einen einzigen Lichtblick auf: Standish hatte sein Opfer in festem paranormalem Spürgriff.

Er hatte bereits eine Beschreibung aus London erhalten: *Junger Mann, Anfang bis Mitte Zwanzig. Fünf Fuß, neun Zoll groß. Schlank, aber mit ausgeprägter Muskelbildung. Dickes, dunkelbraunes Haar. Glattrasiert. Braune Augen. Wohlgeformte Augenbrauen. Gesicht attraktiv, beinahe hübsch. Gut gekleidet. Konservatives dunkelgrünes Jackett, braunrote Weste, goldbraune Hose. Trägt einen dunkelolivfarbenen Attachékoffer.*

Außerdem hatte er sein Opfer deutlich an Bord der Kanalfähre erkennen können, als diese den Hafen von Portsmouth verlassen und Kurs auf Cherbourg genommen hatte.

Standish besaß einen gewissen Hauch des Talents. Er selbst bezeichnete seine recht spezialisierte Fähigkeit als »Versteckspiel«, wobei er selbst sowohl das Verstecken als auch die Suche übernahm. Wenn er einen Menschen erst einmal mit seinem magischen Spürsinn »gepackt« hatte, konnte er ihn überallhin verfolgen. Darüber hinaus wurde Standish für seine Opfer geistig unsichtbar; nicht einmal ein Meisterhexer hätte ihn bemerken können, solange Standish darauf achtete, auch optisch unsichtbar zu bleiben. Doch hatte sein Spürsinn auch einen begrenzten Radius von einigen Meilen, und der Mann mit der dunkelbraunen Weste befand sich, das wußte Standish, hart am Rande dieser Grenze.

Plötzlich klopfte ihm jemand auf die Schulter. »Entschuldigt, mein Herr . . .«

Standish wirbelte nervös herum. »*Was? Was?*«

Der junge Offizier hob die Augenbrauen, von der überplötzlichen Reaktion ein wenig überrascht. Dieser Standish schien ein reines Nervenbündel zu sein. »Verzeihung, mein Herr, aber der Kapitän wünscht mit Euch zu sprechen. Folgt mir bitte.«

Oberstleutnant zur See Malloix, der die S. K. M. S. *Pfeil* kommandierte, erwartete Standish in seiner königsblauen Uniform, in jeder Hand ein Glas Weinbrand. Er reichte Standish eines der Gläser, während sich der jüngere Offizier leise zurückzog. »Kommt herein, Standish. Nehmt Platz und entspannt Euch. Seitdem wir abgelegt haben, steht Ihr schon da und starrt gen Steuerbord, und das ist nicht gut. Dadurch kommen wir auch nicht schneller ans Ziel, nicht wahr?«

Standish nahm das Glas entgegen und zwang sich zu einem Lächeln. »Ich weiß, Käpt'n. Danke.« Er nippte an dem Getränk. »Aber dennoch – meint Ihr, daß wir es schaffen werden?«

Der Kapitän legte die Stirn in Falten, setzte sich und winkte Standish in einen Sessel, während er sagte: »Schwer zu sagen, um ehrlich zu sein. Wir fahren zwar mit voller Kraft, aber Meer und Wind verhalten sich nicht immer so, wie wir es gerne hätten. Wir können nicht das geringste dagegen unternehmen, also solltet Ihr tief durchatmen und abwarten, was passiert, eh?«

»Recht habt Ihr, Käpt'n.« Er nippte erneut an dem Weinbrand. »Wie gut ist unsere Ortung?«

Oberstleutnant zur See Malloix tätschelte mit einer Hand die Luft. »Keine Bange. Leutnant Seamus Mac Lean, unser Navigator, besitzt den Rang eines Wanderhexers in der Hexergilde, und diese Art von Aufgabe zählt zu seinen Spezialitäten. Das Paketboot befindet sich zwei Strich steuerbord, und bei unserer jetzigen Geschwindigkeit hat es einen Vorsprung von einundvierzig Minuten. Das war die gute Nachricht.«

»Und die schlechte?«

Achselzuckend erwiderte Malloix: »Windumschwung. Wir haben seit fünfzehn Minuten kein Stück aufholen können. Nehmt's nicht so tragisch. Schenkt Euch doch noch einen Brandy ein.«

Standish nahm es nicht tragisch und trank auch noch etwas Weinbrand, doch es nützte ihm nichts. Die *Pfeil* traf, allen Bemühungen zum Trotz, eine Minute zu spät in Cherbourg ein.

Dennoch war Edelmann Puce-Weskit keine hundert englische Yards entfernt, als Standish die Gangway der *Pfeil* hinabstürmte, und als er mit Hilfe seines unfehlbaren inneren Kompasses mit forschem Schritt die Verfolgung aufnahm, verringerte sich der Abstand zusehends.

Er hoffte, daß Puce-Weskit die Phiole noch immer bei sich trug. Tat er es nicht, hatte er sie an Bord des Schiffs an einen Unbekannten weitergegeben, dann war alles umsonst gewesen. Dann würde das Ding noch vor Ende des Monats in Krakowa sein.

Er versuchte, nicht darüber nachzudenken.

Er konnte nichts anderes tun, als seinem Opfer zu folgen, bis er Gelegenheit fand, dem Mann aufzulauern, ihn niederzuschlagen und zu durchsuchen.

Er hatte dem Kapitän der *Pfeil* bereits einen Brief überreicht, der sobald wie möglich an einer bestimmten Adresse auf der Rue Queen Brigid abgeliefert werden sollte. In diesem Brief erklärte er dem für das Bureau Cherbourg zuständigen Agenten, was geschehen war. Es gab keine andere Möglichkeit, mit ihm Kontakt aufzunehmen, und er durfte es nicht riskieren, Puce-Weskit aus den Augen zu lassen. Er konnte nicht einmal ein Treffen vereinbaren, weil er nicht wußte, wohin sein Opfer ihn führen würde.

Und wenn man schon einmal dringend einen Wachmann brauchte, war natürlich keiner da.

Zwanzig Minuten später bog Puce-Weskit in die Rue Queen Brigid ein.

*Der wird doch nicht ausgerechnet ins Geheimdienstbureau wollen!* dachte Standish. *Mein lieber Puce-Weskit, Ihr beliebt wohl zu scherzen*!

Doch diese Sorge erwies sich als grundlos. Ein Dutzend Plätze vor dem Geheimdienstbureau bog Edelmann Puce-Weskit in eine andere Straße und begab sich in ein Caféhaus namens »Aden«. Dort legte er eine Pause ein.

Standish war ihm auf der gegenüberliegenden Straßenseite gefolgt, weil dies die Gefahr seiner Enttarnung verringerte. Er huschte zwischen dem frühmorgendlichen Verkehr über die Rue Queen Brigid dem *Aden* entgegen, wobei er beinahe mit einem Brauereipferd zusammengestoßen wäre, das einen Karren voller Bierfässer zog.

Puce-Weskit befand sich vierzig Fuß von ihm entfernt, im hinteren Teil des Caféhauses. Ob er dort die Phiole einem Komplizen übergab?

Standish überlegte gerade, was er tun sollte, als ihm die Entscheidung abgenommen wurde. Plötzlich strafften sich seine Muskeln, als sein Opfer sich mit einemmal mit großer Geschwindigkeit in südlicher Richtung in Bewegung setzte.

Er rannte ins *Aden* hinein – und erkannte, welchen Fehler er begangen hatte.

Die hintere Wand des Saals war nur dreißig Fuß entfernt. Puce-Weskit war durch die Hintertür getreten und hatte dann *hinter* dem *Aden* gestanden!

Standish rannte durch den großen Raum und durch die Hintertür. Davor befand sich eine schmale Seitenstraße, doch der Mann, der dort, nur wenige Fuß entfernt, vor ihm stand, war mit Sicherheit nicht der Gesuchte.

»Schnell!« rief Standish keuchend. »Der Mann in der rotbraunen Weste! Wo ist er hingegangen?«

Der Mann wirkte etwas verblüfft. »Äh . . . ich . . . äh . . . ich weiß es nicht, mein Herr. Sobald sein Pferd gebracht wurde . . .«

»Sein Pferd? Woher hat er denn ein Pferd?«

»Oh, das hat er vor drei oder vier Tagen beim Besitzer in Pflege gegeben. Vor vier Tagen genau. Hat im voraus bezahlt. Er hat nach seinem Pferd verlangt und ist davongeritten. Wohin, das weiß ich auch nicht.«

»Wo kann ich hier ein Pferd mieten?« bellte Standish.

»Der Besitzer . . .«

»Führt mich sofort zu ihm!«

»Und das«, sagte Sir James le Lien, »war die letzte Spur, die wir hatten, bis er sich zwei Tage später in Caen meldete. Nicht einmal das wüßten wir, wenn einer unserer Männer an diesem Morgen nicht zufällig gerade im *Aden* gefrühstückt hätte. Er hat Standish natürlich erkannt, aber aus naheliegenden Gründen keinen Kontakt mit ihm aufgeommen.«

Lord Darcy nickte. »Und einen Tag später wird er am Morgen in der Nähe von St. Matthée tot aufgefunden. Irgendwelche Theorien, was er in diesen beiden Tagen angestellt haben könnte?«

»Das dürfte einigermaßen klar sein. Der Besitzer des *Aden* hat uns erzählt, daß unser Verfolgungsziel – nennen wir ihn Bourke – seine Satteltaschen mit Proviant in Konservierungszauberhüllen vollgepackt hatte, genug für einen drei-, vielleicht sogar viertägigen Ausritt. Kennt Ihr die alte Küstenstraße, die von Cherbourg aus in südöstlicher Richtung zur Vire führt, den Fluß überquert und sich dann westlich über den Orne zieht, bis sie in Windungen nach Harfleur führt?«

»Natürlich«, sagte Lord Darcy.

»Gut, dann wißt Ihr auch, daß die Gegend dort sehr ländlich ist, hauptsächlich Äcker mit wenigen, verstreuten Dörfern und ohne Teleklangverbindungen. Wir nehmen an, daß Bourke diese Straße genommen hat und daß Standish ihm gefolgt ist. Wir vermuten, daß Bourke nach Caen wollte.«

Master Sean hob eine Augenbraue. »Warum hat er dann nicht den Zug genommen? Das wäre doch viel bequemer und schneller gewesen, Sir James.«

Sir James lächelte. »Das schon, aber nicht sicherer. Das Problem bei öffentlichen Transportmitteln ist, daß man auf ihnen im Prinzip gefangen ist. Wenn jemand auf der Flucht ist, will er soviel Handlungsfreiheit wie möglich haben. Ist man erst einmal an Bord eines öffentlichen Verkehrsmittels, so ist man auch ziemlich eingeschränkt und dazu gezwungen, an Bord zu bleiben, bis es anhält, und darauf hat man selbst keinen Einfluß.«

»Aye, das leuchtet ein«, sagte Master Sean. Er sah nachdenklich drein. »Dieser paranormale Griff, den Ihr da erwähnt habt – seid Ihr sicher, daß Standish ihn auf Bourke angewandt hat?«

»Natürlich sind wir uns nicht absolut sicher«, gab Sir James zu. »Aber gewiß ist, daß er dieses Talent besaß. Ein Komitee von Meistern Eurer eigenen Gilde hat ihn überprüft. Ob er es nun in dieser Situation tatsächlich eingesetzt hat oder nicht, kann ich nur vermuten, aber ich glaube doch, daß die Annahme, daß er es getan hat, ein hohes Maß an Wahrscheinlichkeit hat.«

Lord Darcy beobachtete sorgfältig eine Pfeifenrauchschwade, die zur Decke emporstieg, und sagte nichts.

»Darin stimme ich Euch zu«, sagte Master Sean. »Ich bezweifle ja gar nicht, daß er es getan hat, und ich will auch nicht behaupten, daß er es nicht hätte tun sollen. *De mortuis non disputandum est.* Ich frage mich nur, ob er auch damit umgehen konnte.«

»Wie meint Ihr das?« fragte Sir James.

»Nun, nehmen wir einmal an, daß ein Mann sich völlig durchsichtig machen kann – mit anderen Worten, ›unsichtbar‹. Der arme Kerl müßte doch ziemlich vorsichtig sein, nicht wahr? Auf weichem Boden oder im Schnee hinterläßt er Fußspuren, in einer Menschenmenge wird er Leute anstoßen. Könnt Ihr Euch vorstellen, wie es wäre, wenn Ihr einen solchen Mann ergreifen würdet? Da habt Ihr einen Arm voll Luft, die sich fleischig anfühlt, nach Schweiß riecht, sich aufgeregt anhört und salzig schmecken würde, wenn Euch der Sinn danach stehen sollte, dieses Experiment zu versuchen. Ihr werdet doch wohl zugeben, daß ein solches Subjekt höchst verdächtig wäre?«

»Hm, ja, natürlich«, gab Sir James zu, »aber . . .«

»Sir James«, fuhr Master Sean fort, »Ihr habt ja keine Vorstellung, wie auffällig eine unsichtbare Person unter den falschen Umständen sein kann. Da steht der Mann nun, für Augen unsichtbar, anzufassen, hörbar und so weiter – *aber es ist niemand da*!

Ich will auf eines hinaus, Sir James. Auf die Frage, wie kompetent Noel Standish seine Fähigkeit zu handhaben imstande war.«

Sir James sperrte den Mund kurz auf, schloß ihn wieder und runzelte die Stirn. Nach einer kurzen Pause sagte er: »Wenn Ihr die Sache so darstellt, Master Sean, dann muß ich zugeben, daß ich es nicht weiß. Aber er hat sie zwölf Jahre lang erfolgreich angewendet.« Und hat einmal einen Fehler gemacht«, versetzte Master Sean. »Und zwar einen tödlichen.«

»Nun mal langsam, Master Sean«, warf Lord Darcy plötzlich ein. »Wir haben keinerlei Beweis dafür, daß er auf diese Weise umgekommen ist. Daß er sich hat umbringen lassen, ist eine nackte Tatsache. Aber daß es auf diese Weise zustande kam, ist blanke Vermutung. Wir wollen uns doch nicht auf unbegründete Vermutungen einlassen.«

»Aye, My Lord. Verzeihung.«

Lord Darcy richtete seine grauen Augen auf Sir James. »Dann bin ich also doch nicht nur eingeschaltet worden, um ein Ablenkungsmanöver zu veranstalten, eh?«

Sir James blickte ihn verständnislos an. »Wie bitte, My Lord?«

»Ich meine«, sagte Seine Lordschaft geduldig, »daß Ihr tatsächlich wollt, daß ich herausfinde, wer Noel Standish getötet hat?«

»Selbstverständlich! Habe ich das nicht klargemacht?«

»Nicht sonderlich.« Lord Darcy nahm die Akte wieder auf. »Dann wollen wir mal ein paar Dinge klären. Wieso wurde der Leichnam als Bourke identifiziert, und wo ist der wirkliche Bourke? Oder wer immer er gewesen sein mag.«

»Der Mann, den Standish verfolgte, hat sich im Gasthof zur Grünen Möwe unter diesem Namen angemeldet«, erklärte Sir James. »In England hat er denselben Namen verwendet. Er glich Standish sehr, was Körpergröße, Gewicht und Haarfarbe anging. Er ist in jener Nacht verschwunden, aber wir haben seitdem nicht mehr die geringste Spur von ihm entdecken können.«

Lord Darcy nickte nachdenklich. »Das paßt ins Bild. Ein junger Gentleman trifft in einem Dorfgasthof ein. Am nächsten Morgen wird der Leichnam eines jungen Gentleman gefunden. Da nur ein junger Gentleman gesehen wurde, muß es sich um selbigen handeln. Einen völlig Fremden zu identifizieren, ist auch sonst ziemlich schwierig.«

»Genau. Aus disem Grund habe ich auch an meiner eigenen Identifizierung festgehalten.«

»Ich verstehe«, sagte Lord Darcy. »Und wie kommt es nun, daß Ihr an jenem Abend ausgerechnet in St. Matthée wart?«

»Nun, sobald Standish sich einigermaßen sicher war, daß der Gesuchte sich im Gasthof einquartiert hatte, ist er nach Caen geritten und hat eine Nachricht an mein Büro hier in Rouen geschickt. Ich habe sofort den nächsten Zug genommen, aber als ich dort eintraf, waren beide schon verschwunden.«

»Ja.« Lord Darcy seufzte. »Na ja, ich schätze, wir sollten uns wohl am besten mal dorthin begeben. Ich muß Seine Königliche Hoheit darum bitten, mir den Auftrag dazu zu erteilen, deshalb solltet ihr mit mir kommen und Herzog Richard die ganze Sache noch einmal erklären.«

Sir James machte ein gequältes Gesicht. »Wahrscheinlich habt Ihr recht. Wir sollten sehen, daß wir so schnell wie möglich dorthin gelangen, sonst wird die ganze Situation völlig untragbar. Übermorgen beginnt dort unten das alberne Mittsommerfest, und es tauchen schon die ersten Fremden auf.«

Lord Darcy schloß die Augen. »Genau das fehlt uns noch: Komplikationen!«

Master Sean erhob sich und schritt zur Tür. »Ich werde Ciardi sagen, er soll unsere Sachen packen, My Lord. Sieht mir nach einem längeren Aufenthalt aus.«

Das kleine Dorf St. Matthée war damit beschäftigt, sein Aussehen zu verändern. Das eigentliche Kirchfest sollte auf einem riesigen Feld außerhalb der Dorfgrenzen stattfinden, und die Zelte begannen sich schon auf der Weide zu sammeln. Natürlich gab es im Dorf keine Bleibe für die Festbesucher. Der Gasthof zur Grünen Möwe hätte nicht einmal den hundertsten Teil von ihnen beherbergen können. Doch hatte man auf einem weiteren Anger eine ganz respektable Zeltstadt errichtet, und es waren auch genügend Parkplätze für Pferdewagen und Ähnliches geschaffen worden.

Im Dorf hatte man die Geschäfte mit bunten Flaggen geschmückt, und die Kaufleute waren emsig dabei, die Preise heraufzusetzen. Beide Wirtshäuser hatten schon seit Wochen zusätzliche Lebensmittel eingekauft. Neun Tage lang würde das Dorf nun von hektisch-geschäftigen Fremden wimmeln, die die Bewohner aus ihrer Ruhe aufstörten und eine seltsame Erregung auslösten. Dann würden sie wieder verschwinden und ganze Äcker voll häßlicher Abfälle und Truhen voll hübschen Bargelds zurücklassen.

Bis dahin würden alle eine herrliche Zeit verbringen.

Lord Darcy lenkte sein Pferd im Trab die River Road von Caen entlang und traf am Mittag jenes hellen Sonnentags in St. Matthée ein, in Reitkleidern, wie sie ein wohlhabender Händler wohl getragen hätte. Er kam zwar nicht strenggenommen inkognito, aber er wollte auch keine Aufmerksamkeit erregen. Gelassen bahnte er sich einen Weg durch die bereits wachsenden Menschenmassen auf die riesige alte Kirche zu, die dem heiligen Matthäus geweiht war und von der das Dorf seinen Namen hatte. Er lenkte sein Reittier zu dem Dorfplatz, wo die Pfosten aufgestellt waren. Dort band er das Pferd an und schritt zur Kirche hinüber.

Der Hochwürdige Father Arthur Lyon, Rektor der Kirche von St. Matthée und *ipso facto* Rektor des Sprengels von St. Matthée war ein breitschultriger Mann in den Fünfzigern, der die Sechs-Fuß-Marke noch um gute zwei Zoll überragte. Sein kahler Schädel war von silbrigem Haar umrahmt, und sein kompetent wirkendes, sympathisches Gesicht lächelte meistens. Er saß in seinem Büro hinter dem Schreibtisch.

Plötzlich klopfte es an seine Bürotür. Eine Frau in den mittleren Jahren trat hastig ein und sagte: »Tut mia ja leid, Euch zu stöan, Fadder, aber hia is'n Load Darcy, der Euch seh'n will.«

»Dann bittet ihn herein, Edelfrau Anna.«

Lord Darcy trat in Father Arthurs Büro und sah, daß der Priester ihn bereits mit ausgestreckter Hand erwartete.« Ist schon ein Weilchen her, My Lord«, sagte er mit breitem Lächeln. »Schön, Euch einmal wiederzusehen.«

»Ganz meinerseits. Wie geht es Euch, alter Freund?«

»Nicht schlecht. Bitte, nehmt doch Platz! Darf ich Euch etwas zu trinken anbieten?«

»Nein, jetzt bitte nicht, Father.« Er setzte sich in den angebotenen Sessel. »Wie ich höre, habt Ihr ein kleines Problem.«

Father Arthur lehnte sich in seinem Sessel zurück und verschränkte die Hände hinter dem Kopf. »Ach so, ja. Der sogenannte Selbstmord. Bourke.« Er gluckste. »Hatte mir schon gedacht, daß früher oder später jemand von oben vorbei kommen würde.«

»Warum sprecht Ihr vom ›sogenannten Selbstmord‹, Father?«

»Weil ich die Menschen kenne, My Lord. Wenn ein Mann darauf aus ist, sich zu erschießen, dann spaziert er dafür nicht erst an einen einsamen Strand. Wenn er überhaupt zum Strand geht, dann allenfalls, um sich zu ertränken. Um ins Meer zu spazieren. Ich will ja gar nicht behaupten, daß sich noch nie jemand am Meer erschossen hätte, aber das ist derartig selten, daß ich schon Verdacht schöpfen muß.«

»Der Meinung bin ich auch«, meinte Lord Darcy. Er kannte Arthur Lyon schon seit einigen Jahren, und er wußte, daß der Mann ein absolut treuer Diener seines Gottes und seines Königs war. Er hatte eine ungewöhnliche Karriere hinter sich. Im Krieg von '39 war er im Achtzehnten Infanterieregiment bis zum Hauptfeldwebel aufgestiegen. Danach war er Königlicher Friedensoffizier geworden und als Chief der Wachmannschaft in Pension gegangen, bevor er seiner Berufung zum Priester folgte. Er hatte sich nicht nur als hochkarätiger Priester bewiesen, sondern auch als Mensch mit einem gewaltigen Heilertalent, und so war er ehrenhalber in den Orden von Hl. Lukas aufgenommen worden.

»Alter Freund«, sagte Lord Darcy, »ich brauche Eure Hilfe. Was ich Euch jetzt erzähle, ist streng vertraulich. Ich muß Euch bitten, nichts davon ohne offizielle Genehmigung preiszugeben.«

Father Arthur nahm die Hände vom Hinterkopf und lehnte sich mit blitzenden Augen vor. »Sozusagen wie ein Beichtgeheimnis, My Lord. Fahrt fort.«

Lord Darcy brauchte über eine halbe Stunde dazu, dem guten Priester die ganze Geschichte zu erzählen, soweit er selbst damit vertraut war. Father Arthur hatte sich wieder mit hinter dem Kopf verschränkten Händen in seinem Schreibtischsessel zurückgelehnt und lächelte die Decke an wie ein Seraph. »Ach ja, My Lord. Absolut faszinierend. Ich erinnere mich noch sehr gut an Freitag, den sechsten Juni. In der Tat, äußerst gut sogar.«

Lord Darcy schloß das rechte Auge und hob die linke Braue in die Höhe. »Ich vermute, daß Ihr die Absicht hegt, mir zu verraten, welches Ereignis die Erinnerung an diesen Tag derart heftig in Euer Gedächtnis eingebrannt hat?«

»Aber gewiß doch, My Lord. Ich genoß es nur gerade, selbst kombiniert zu haben. Wenn ich Euch meine Geschichte erzählt habe, werdet Ihr wahrscheinlich zur selben Schlußfolgerung gelangen.« Er wandte den Blick von der Zimmerdecke und nahm die Arme wieder zurück. »Man könnte sagen, daß es am späten Donnerstagabend anfing. Da ich in der Nacht zuvor aufgrund eines Krankenbesuchs die meiste Zeit nicht zum Schlafen gekommen war, bin ich am Donnerstagabend schon recht früh zu Bett gegangen. Und so bin ich natürlich schon kurz vor Mitternacht wieder aufgewacht und konnte nicht mehr einschlafen. Ich beschloß, die Zeit wenigstens zu nutzen und beschäftigte mich eine Weile mit Papierkram, um schließlich in die Kirche zu gehen und am Altar die Morgenmesse zu zelebrieren. Danach wollte ich im Kirchhof spazierengehen. Das tue ich oft, es läßt sich dort sehr angenehm meditieren.

In jener Nacht schien kein Mond«, fuhr der Priester fort, »aber der

Himmel war wolkenfrei und klar. Es war ungefähr zwei Stunden vor Morgenanbruch. Natürlich war es recht dunkel, doch ich kenne die Grabsteine dort inzwischen ganz gut. Ich war etwa eine Viertelstunde dort, als die Sterne erloschen.«

Eine volle Sekunde lang wirkte Lord Darcy wie versteinert. »Als die Sterne *was?*«

»Als die Sterne erloschen«, wiederholte Father Arthur. »Einen Augenblick waren sie noch alle da, in ihren vertrauten Konstellationen – ich betrachtete gerade das Sternbild des Schwans –, und im nächsten war der Himmel plötzlich völlig schwarz. Der ganze Himmel. Auf einmal.«

»Ich verstehe«, sagte Lord Darcy.

»Na ja, *ich* habe es jedenfalls nicht verstanden«, sagte der Priester mit blitzendem Lächeln. »Es war so finster wie die Höllengrube. Ich muß zugeben, daß ich ein paar Sekunden beinahe in Panik geraten wäre. Ist ein ziemlich gespenstisches Gefühl, wenn die Sterne plötzlich ausgehen.«

»Kann ich mir denken«, murmelte Lord Darcy.

»Aber als Sensitiver«, fuhr der Priester fort, »wußte ich, daß keine Gefahr drohte, und etwa eine Minute später hatte ich mich wieder gefangen. Ich hätte in die Kirche zurückgehen können, aber ich beschloß, lieber noch ein Weilchen zu warten, um zu sehen, was noch geschehen würde. Ich weiß nicht genau, wie lange ich dort gestanden habe. Es kam mir wie eine Stunde vor, aber wahrscheinlich waren es keine fünfzehn Minuten. Dann leuchteten die Sterne wieder auf, genauso, wie sie verschwunden waren – alle auf einmal, am ganzen Himmel, zur selben Zeit.«

»Kein Verblassen?« fragte Lord Darcy. »Kein langsames Aufleuchten?«

»Nichts, My Lord. *Zack* – aus. *Zack* – an.«

»Also kein Meeresnebel.«

»Unmöglich. So schnell ist kein Nebel.«

Lord Darcy richtete den Blick auf eine ein Fuß hohe Statue des Hl. Matthäus, die in einer Wandnische stand. Er starrte den Apostel an, ohne ihn wahrzunehmen.

Nach einer Minute des Schweigens sagte Lord Darcy: »Ich habe Master Sean in Caen zurückgelassen, um die Leiche zu überprüfen. Er sollte eigentlich in einer Stunde hier eintreffen. Ich werde zwar mit ihm darüber sprechen, aber . . .« Er verstummte wieder.

Father Arthur nickte. »Unsere Spekulation bedarf mit Sicherheit der Bestätigung, My Lord, aber ich glaube, wir sind auf dem richtigen Weg. So, und wie kann ich Euch außerdem noch dienen?«

»Ach so, das, ja richtig.« Lord Darcy grinste. »Eure Offenbarung der erloschenen Gestirne hat mich beinahe vergessen lassen, weshalb ich Euch überhaupt sprechen wollte. Ich hätte es gern, Father, wenn Ihr mit den Leuten reden würdet, die am Fünften am Nachmittag und am späten

Abend in der Grünen Möwe waren. Ich bin fremd hier und würde ihnen wahrscheinlich nicht sehr viel entlocken können – jedenfalls mit Sicherheit nicht annähernd soviel wie Ihr. Ich möchte alles über das Kommen und Gehen erfahren. Einem alten Wachmann wie Euch brauche ich ja wohl nicht zu erklären, wonach Ihr Ausschau halten sollt, nicht wahr? Würdet Ihr das für mich tun?«

Father Arthur erwiderte sein Lächeln. »Mit Vergnügen, My Lord.«

»Und da ist noch etwas. Könntet Ihr Master Sean und mich für ein paar Tage bei Euch unterbringen? Leider ist im Gasthof kein Zimmer mehr frei.«

Father Arthurs donnerndes Gelächter schien den ganzen Glockenturm erschüttern zu wollen.

Master Sean O Lochlainn hatte schon immer etwas für Maultiere übrig gehabt. »Das Maultier«, pflegte er gerne zu sagen, »ist klüger als das Pferd, genau wie der Rabe klüger als der Falke ist. Weder ein Rabe noch ein Maultier wird sich einfach ins Kampfgetümmel stürzen, nur weil ein Mensch ihm das befehlen mag.« Und so kam es, daß der Hexer in schlichtes Braun gekleidet und auf einem reichlich abgenutzten Sattel sitzend, auf dem Rücken eines prächtigen Maultiers nach St. Matthée geritten kam. Er wirkte recht zufrieden mit sich selbst.

Die Flußstraße war stark befahren; die halbe Einwohnerschaft des Herzogtums schien auf das kleine Küstendorf St. Matthée zuzustreben. Deshalb war Master Sean auch sehr überrascht, als ihm plötzlich jemand entgegenkam, doch diese Überraschung legte sich bald, als er in dem Reiter Lord Darcy erkannte.

»Ihr wollt doch wohl nicht zurück nach Caen, My Lord?« fragte er, als Lord Darcy auf Hörweite herangekommen war.

»Ganz und gar nicht, mein guter Sean. Ich bin gekommen, um Euch zu treffen. Nehmen wir die westliche Abkürzung, die führt uns am Dorf vorbei und bringt uns zur alten Küstenstraße, in die Nähe der Stelle, wo man die Leiche gefunden hat.« Er ließ sein Pferd wenden und trabte neben Master Seans Maultier weiter. So ritten sie in forschem Tempo auf die alte Küstenstraße zu.

»Na«, fragte Lord Darcy, »was habt Ihr in Caen herausbekommen?«

»Widersprüchliches Beweismaterial, My Lord, sehr widersprüchliches Beweismaterial. Zumindest was die Selbstmordtheorie betrifft. Am Klippenrand gab es Spuren, die darauf hinwiesen, daß er die Klippe herabgestürzt ist oder in die Tiefe gestürzt wurde. Aber man hat ihn fünfundzwanzig Fuß von der Klippe entfernt gefunden. Er hatte zwei gebrochene Rippen und ein recht schlimm verstauchtes rechtes Handgelenk, ganz zu schweigen von einigen schweren Prellungen. Die sind ihm alle einige Stunden vor seinem Tod zugefügt worden.«

Lord Darcy stieß ein eher bitteres Lachen aus. »Was zwei Möglichkeiten beinhaltet. *Primus*: Edelmann Standish steht am Klippenrand, schießt sich in den Kopf, stürzt in die Tiefe in den Sand, kriecht fünfundzwanzig Fuß weiter und braucht schließlich mehrere Stunden, um an einer Wunde zu sterben, die ganz offensichtlich sofortige tödliche Wirkung hätte haben müssen. Oder, *secundus*: Er stürzt von der Klippe, schleppt sich fünfundzwanzig Fuß weiter, legt ein paar Stunden die Hände in den Schoß und entschließt sich endlich, sich zu erschießen. Die zweite Hypothese ist, finde ich, nur einen Hauch wahrscheinlicher als die erste. Daß sein rechtes Handgelenk auch noch stark verstaucht war, setzt dem ganzen die Krone auf. Kein Selbstmord; nein, Selbstmord kommt nicht in Frage.« Lord Darcy grinste. »Was nur noch Unfall oder Mord übrig läßt. Welche Hypothese zieht Ihr persönlich vor, mein guter Sean?«

Master Sean legte die Stirn in tiefe Falten, als befände er sich in der Gewalt der schlimmsten Qualen, welche die Konzentration aufzubieten hatte. Dann hellte sich sein Gesicht auf, als habe er eine plötzliche Erleuchtung gehabt. »Ich habe es, My Lord! Er ist aus Versehen ermordet worden!«

Lord Darcy lachte. »Ausgezeichnet! Na schön, nachdem wir das endlich geklärt hätten, gibt es noch weiteres Beweismaterial, von dem ich Euch noch nicht informiert habe.«

Er berichtete Master Sean von Father Arthurs ungewöhnlichem Erlebnis mit den erloschenen Sternen.

Als er geendet hatte, ritten die beiden eine kurze Zeit schweigend nebeneinander her, bis Master Sean schließlich leise sagte: »*Das ist es also*!«

Oben auf der Straße stand ein Wachmann am Fundort der Leiche, und ein zweiter saß am Boden. Als Lord Darcy und Master Sean näherkamen, erhob sich auch der zweite. Die beiden Reiter stiegen ab und führten ihre Reittiere zu den beiden Wachmännern hinüber.

»Es tut mir leid, Gentlemen«, sagte der erste Wachmann mit einer gewissen Autorität in der Stimme, »aber dieses Gebiet ist abgesperrt und nicht allgemein zugänglich, und zwar auf Befehl Seiner Königlichen Hoheit des Herzogs der Normandie.«

»Sehr schön, das freut mich zu hören«, meinte Lord Darcy und holte seinen Ausweis hervor. »Ich bin Lord Darcy. Das hier ist Meisterhexer Sean O Lochlainn.«

»Jawohl, My Lord«, erwiderte der Wachmann. »Tut mir leid, daß ich Euch nicht sofort erkannt habe.«

»Macht nichts. Hier hat man also die Leiche gefunden?«

»Jawohl, My Lord. Direkt unterhalb der Klippe dort drüben. Wollt Ihr Euch die Stelle einmal anschauen, My Lord?«

»Das möchte ich in der Tat, danke.«

Vor den respekterfüllten Augen der beiden Wachmänner untersuchte Lord Darcy minutiös den Klippenrand. Master Sean begleitete ihn und versuchte alles aufzunehmen, was Seine Lordschaft bemerkte.

»Alles schon eine Woche alt«, murmelte Lord Darcy verbittert. »Schaut Euch mal das Gras dort an. Vor einer Woche hätte ich Euch noch genau sagen können, wie viele Leute es aufgewühlt haben. Heute kann ich nur noch feststellen, daß es mehr als zwei waren. Ich vermute, daß es wohl keine Methode gibt, den alten Zustand zu rekonstruieren, mein guter Sean?«

»Nein, My Lord. Ich bin zwar Magier, aber kein Wundermacher.«

»Das habe ich mir schon gedacht. Seht mal, die Kante dieser Klippe. Gestürzt ist er, das ist sicher. Aber hat man ihn gestoßen? Oder hinabgeworfen? Läßt sich nicht feststellen. Dafür haben Wind und Wetter zu gute Arbeit geleistet. Um meinen Cousin de London zu zitieren: ›*Pfui*!‹«

»Jawohl, My Lord.«

»Na schön, dann gehen wir mal zum Strand hinunter und schauen uns die Sache von unten an.«

Um nach unten zu gelangen, mußten sie etwa fünfzig Yards die Klippe hinabsteigen, bis sie eine steil abfallende Mulde erreichten, die sie hinunterklettern konnten, um schließlich zu der Stelle zurückzukehren, an der Standish gestorben war.

Eine angenehme Brise wehte vom Land aufs Meer und führte den Duft wachsender Feldfrüchte mit. Ein Dutzend Yards entfernt zankten sich drei Möwen lärmend um die Überreste irgendwelchen verendeten Seegetiers.

Lord Darcy war immer noch unguter, verbitterter Laune. »Nichts, verdammt noch einmal! Absolut nichts! Alle Fußspuren schon längst weggespült oder vom Winde verweht. Verdammt, verdammt, *verdammt*! Wir haben nichts als die Aussagen von Augenzeugen, und die sind notorisch unzuverlässig.«

»Dann glaubt Ihr ihnen also nicht, My Lord?« fragte Master Sean.

Lord Darcy schwieg mehrere Sekunden, um dann mit etwas ruhigerer Stimme zu sagen: »Doch. Merkwürdigerweise glaube ich ihnen trotz allem. Ich glaube, daß die Aussage dieser Bauern absolut präzise ist. Sie haben gesehen, was sie gesehen haben, und was sie gesehen haben, haben sie auch berichtet. Aber sie haben nicht alles gesehen . . . sie *können* gar nicht alles gesehen haben!«

Einer der Wachmänner oben auf der Klippe rief: »Da ist die Stelle, genau dort drüben, My Lord. Neben dem abgeplatteten Felsen.« Er zeigte mit dem Finger darauf.

Doch Lord Darcy würdigte die Stelle nicht eines Blicks. Als der Wachmann ihn ansprach, hatte er den Kopf gehoben, um zu ihm emporzublicken, und nun blieb sein Blick auf etwas an der Klippe geheftet, das sich etwa zwei Fuß unterhalb der Stiefelspitzen des Wachmanns befand.

Master Sean folgte dem Blick Seiner Lordschaft und entdeckte sofort, was Lord Darcys Aufmerksamkeit fesselte. »Sieht so aus, als hätte jemand dort seine Initialen eingegraben, My Lord.«

»Tatsächlich. Wie lest Ihr das denn?«

»Sieht mir aus wie S . . . S . . . O. Wen kennen wir denn, der die Initialen SSO trägt?«

»Niemanden, der bisher mit dem Fall zu tun zu haben scheint. Die Buchstaben könnten schon vor einer ganzen Weile dort eingemeißelt worden sein. Aber . . .«

»Aye, My Lord«, meinte Master Sean. »Ich verstehe, was Ihr meint. Ich werde sie einer Zeitüberprüfung unterziehen. Soll ich sie konservieren?«

»Nur, wenn sie nicht älter als eine Woche sind. Ach, übrigens: Hatte Standish eigentlich ein Messer dabei, als man ihn gefunden hat?«

»Nicht, daß ich wüßte, My Lord. In den Berichten stand jedenfalls nichts davon.«

»Hmmmm.« Lord Darcy machte sich daran, das ganze Gebiet zu durchstreifen, was Master Sean vor allem an einen Leoparden auf der Suche nach einer Abendmahlzeit erinnerte. Endlich blieb er am Fuß der Klippe stehen, unmittelbar unterhalb der Stelle, wo die Glyphen in die Lehmwand gegraben worden waren. Er kniete nieder und begann zu graben.

»Irgendwo muß es doch sein«, murmelte er.

»Darf ich fragen, wonach Ihr sucht, My Lord?«

»Ein Stück Stahl, mein lieber Sean, ein Stück Stahl.«

Master Sean setzte seinen Reisesack im Sand ab und öffnete ihn. Dann holte er einen dünnen, dunklen metallblauen Stab hervor. Im selben Augenblick sagte Lord Darcy: »*Aha*!«

Den Stab noch immer in der Hand haltend, fragte Master Sean: »Was ist los, My Lord?«

»Seht selbst«, erwiderte Lord Darcy, stand auf und zeigte dem Hexer einen Gegenstand, der auf seiner Handfläche lag. »Seht und betrachtet es, alter Knabe: ein Männertaschenmesser.«

Master Sean lächelte breit. »Aye. Ich nehme an, Ihr möchtet, daß ich einen Beziehungstest durchführe, My Lord? Zwischen Gravierung, Messer und Leichnam?«

»Aber natürlich. Nein, legt den Stab noch nicht beiseite. Das ist doch Euer Metalldetektor, nicht wahr?«

»Aye, My Lord. Der ist magisch auf alles Metallische geeicht.«

»Gut. Legt das Messer mal für die spätere Untersuchung beiseite, dann gehen wir zu der Stelle hinüber, wo man die Leiche gefunden hat. Mal sehen, ob wir nicht noch mehr ausgraben.«

Der Meisterhexer zeigte mit dem Stab in der Rechten auf den Sand und schritt mit fast völlig geschlossenen Augen auf und ab, die Linke mit gespreizten Fingern hoch über den Kopf gehoben. Jedesmal, wenn er stehen blieb, grub Lord Darcy im weichen Sand nach und förderte Metallstücke hervor: einen rostigen Nagel, eine korrodierte Gürtelschnalle aus Messing, einen kupfernen Zwölfer, einen bronzenen Farthing und sogar eine Halbpfundmünze aus Silber. Alle Gegenstände trugen deutliche Anzeichen, daß sie sich schon seit langem an dieser Stelle befanden.

Während sie arbeiteten, sahen die beiden Wachmänner oben auf der Klippe zu, ohne ein Wort zu sagen. Es ist unklug, einen Magier bei der Arbeit zu stören.

Lord Darcy interessierte sich nur für eines der Fundstücke: einen kleinen Bleiklumpen. Er steckte ihn in seine Westentasche und fuhr mit dem Graben fort.

Endlich, Master Sean hatte inzwischen ein Stück von acht mal zwölf Fuß untersucht, sagte der Hexer: »Das war's, My Lord.«

Lord Darcy erhob sich, klopfte sich den Sand von Händen und Hose und musterte die Altmetallsammlung, die er auf dem großen, abgeplatteten Felsen ausgelegt hatte. »—Schade, daß wir keinen Sechser gefunden haben. Dann wären wir schon einen ganzen Solidus weiter. Gold ist auch keins dabei.«

Master Sean lachte leise. »Es wäre wohl zuviel verlangt, hier eine komplette Sammlung der Reichsmünze zu erwarten, My Lord.«

»Da habt Ihr wohl recht. Aber hier –« er holte den kleinen Bleiklumpen aus der Westentasche, ». . . ist das, was ich zu finden erwartet hatte. Wenn ich mich nicht sehr irre, stammt diese Kugel aus der 36er Heron, die der verstorbene Standish mit sich führte, und es ist das Geschoß, das seinen Schädel durchschlagen hat. Hier, überprüft es doch bitte mal, seid so nett, mein guter Sean.«

Master Sean deponierte das Geschoß in einer der magisch sorgfältig abgeschirmten Taschen seines voluminösen Reisesacks, und die beiden Männer machten sich wieder auf den Rückweg, den Sand entlang und den Abhang zum Klippenrand empor.

Master Sean legte sich bäuchlings auf den Rand der Klippe und spähte in die Tiefe. Nachdem er die Gravierung im sandigen Lehm der Klippenwand eine Minute inspiziert hatte, stand er auf, nahm einige Gegenstände aus seinem Reisesack und legte sie wieder hin, um sich an die Arbeit zu machen. Ein einfacher Kohäsionszauber genügte, um sicherzustellen, daß der Lehm nicht zerbröselte. Dann begann er mit geschickten Fingern, den Ziegel aus gehärtetem Lehm herauszuschneiden, den der Zauber umschloß.

In er Zwischenzeit hatte Lord Darcy den älteren der beiden Wachmänner beiseitegenommen und ihm eine Frage gestellt.

»Nein, My Lord, wir haben keine Schwierigkeiten gehabt«, sagte der Wachmann. »Seitdem der Leichnam entdeckt wurde, haben wir hier drei achtstündige Wachschichten eingelegt, und es ist kaum jemand vorbeigekommen. Die Leute von hier sind schlau genug, die kommen sowieso erst her, wenn die ganze Sache aufgeklärt ist und der Priester die Stelle geweiht hat. Natürlich war da noch die Sache von heute morgen.«

»Heute morgen?« Lord Darcy hob eine Augenbraue.

»Ja, My Lord.« Er sah auf seine Armbanduhr. »Kurz, nachdem wir unseren Dienst angetreten haben. Vor knapp sechs Stunden – um acht Uhr zwölf.«

»Und was ist da genau passiert?« fragte Seine Lordschaft mit scheinbar unendlicher Geduld.

»Na ja, da sind diese beiden Leute den Strand entlanggekommen, aus östlicher Richtung. War'n Zigeuner. Heut morgen ist eine ganze Sippe von ihnen in St. Matthée eingetroffen, auf dem Kirchfestgelände. Diese beiden – 'n Mann und 'ne Frau, ja – kamen Arm in Arm hier lang. Dan – das ist Wachmann Dael da drüben – hat ihnen ein Signal gegeben, sie sollten nicht näher kommen, aber die haben nur gewunken und gelächelt und sind immer weitergegangen. Also ist Dan schnell zum Strand runter und hat sie aufgehalten. Sie haben so getan, als könnten sie kein Anglo-Französisch, Ihr wißt ja, wie diese Zigeuner sind. Aber Dan hat ihnen klargemacht, daß sie nicht weitergehen dürfen, da sind sie abgehauen. Haben keinen Ärger gemacht.«

»Dann sind sie also ohne Streit wieder weggegangen, eh?«

»Jawohl, My Lord, das sind sie.«

»Na ja, dann ist ja nichts Schlimmes passiert. Weitermachen, Wachmann.«

»Jawohl, My Lord.«

Master Sean kam mit einem Klumpen thaumaturgisch gehärtetem Lehm in seinem ohnehin schon prall gefüllten symbolverzierten Reisesack vom Rand der Klippe zurück. »Noch etwas, My Lord?«

»Ich glaube nicht. Gehen wir irgendwo zu Mittag essen.«

In einem der Zelte in der Nähe des Festplatzes öffnete ein Agent der *Serka*, der Operationschef dieses Unternehmens, gerade etwas, das von außen wie ein angeschlagener, zerbeulter, abgenutzter alter Lederkoffer aussah. Sein Inneres war neu und in bestem Zustand, und der Inhalt glich auf verblüffende Weise dem, was Master Sean in seinem symbolverzierten Reisesack mitzuführen pflegte.

Er holte zwei kleine, kaum sechs Zoll große Stäbe aus rubinrotem Kristall hervor, die mit seltsam abgesetzten Spiralringen aus Silberdraht versehen waren, welche sich genau fünfmal um den Rubinkern wanden. Die beiden Stäbe glichen einander wie Spiegelbilder: Eine der Spiralen war rechts-, die andere linkswendig. Zudem holte er zwei kleine Glasflacons hervor, von denen einer eine weiße, grobgekörnte Substanz enthielt, der andere dagegen eine bernsteingelbe Masse aus feinem Granulat. Ihnen folgten ein merkwürdig geschmiedeter goldener Kerzenhalter von vier Zoll Höhe, eine zolldicke Kerze und ein kleines Räuchergefäß.

Wie jeder fähige Hexer besaß auch der Operationschef Hände, die zwar kräftig waren, aber doch auch feine Arbeiten durchführen konnten. Gerade steckte er die Bienenwachskerze in den Halter, als jemand draußen an der geschlossenen Eingangsklappe des Zelts kratzte.

Der Operationschef versteinerte. »Ja?«

»Eins-drei-sieben kommt«, flüsterte eine Stimme.

Der Operationschef entspannte sich wieder. »Gut, schickt ihn zu mir.«

Sekunden später öffnete sich die Zeltklappe flatternd, und ein zweiter Agent der *Serka* kam geduckt hereingehuscht. Er musterte die thaumaturgischen Gerätschaften auf dem Tisch, während er auf einem Schemel Platz nahm. »Soweit ist es also schon gekommen, eh?« fragte er.

»Ich bin mir noch nicht sicher«, erwiderte der Operationschef. »Es könnte sein. Ich wünsche es mir nicht. Ich habe keine Lust, mich mit Master Sean O Lochlainn messen zu müssen. Einen Mann von seinem Können und seiner Kraft sollte man lieber meiden, wenn er auf der anderen Seite kämpft.«

»Verzeihung, Operationschef, aber seid Ihr Euch wirklich sicher, daß der Mann, den Ihr heute morgen auf dem Maultier erblickt habt, tatsächlich Master Sean war?«

»Völlig sicher. Ich habe seine Vorlesungen an der Universität Budapest oft besucht, als ich dort zwischen achtundsechzig und siebzig im Grundstudium war. Damals arbeitete er an seinem ThD-Abschluß in Theoretik und Analogmathematik. Sein König hat das Stipendium aus seiner Privatschatulle finanziert, aber er hat sein Einkommen ein wenig aufgebessert, indem er Vorlesungen für das Grundstudium abhielt.«

»Würde er Euch wiedererkennen?«

»Höchst unwahrscheinlich. Wer achtet an einer großen Universität schon auf junge Semester?« Der Operationschef winkte ungeduldig ab. »Kommen wir lieber zu Eurem Bericht.«

»Jawohl, Operationschef«, sagte Agent 137 diensteifrig. »Ich bin dem Mann auf dem Maultier gefolgt, ganz wie Ihr es befohlen hattet. Er hat sich mit einem anderen Mann getroffen, der ihm zu Pferd aus dem Dorf entgegenkam. Dieser Mann war hochgewachsen, hager, aber muskulös, mit anziehenden Gesichtszügen, die ziemlich englisch aussehen. Er war wie ein Händler gekleidet, aber ich hatte den Verdacht . . .«

Der Operationschef nickte. »«Natürlich, Lord Darcy. Fahrt fort.«

»Ihr habt gesagt, daß sie sich an den Ort des Todes begeben würden, und als sie die linke Abzweigung nahmen, war ich mir dessen sicher. Ich brach die Verfolgung ab und galoppierte zum Dorf, wo Nummer 202 mit dem Boot wartete. Wir hatten einen steifen Westwind, so daß wir noch vor ihnen die Bucht erreichten. Dort sind wir etwa zweihundert Yards vor der Küste vor Anker gegangen. Nummer 202 hat geangelt, während ich das Ufer mit dem Feldstecher beobachtete.

Sie sprachen eine Weile mit den Wachmännern oben auf der Klippe, dann sind sie zum Strand hinuntergegangen. Einer der Wachmänner zeigte auf die Stelle, wo der Leichnam gelegen hatte. Lord Darcy sprach dann noch eine Weile mit ihm, dann ist er umhergegangen und hat sich alles angeschaut. Er ging hinüber zum Fuß der Klippe und begann zu graben. Er hat auch etwas gefunden, aber ich konnte nicht erkennen, was es war.

Master Sean tat es in seinen Sack und ist dann etwa zehn Minuten lang die Stelle abgeschritten, wo die Leiche gewesen war. Dabei hat er einen von diesen langen, schwarzblauen Metallstäben benutzt – Ihr wißt schon . . .«

»Ein Metalldetektor«, sagte der Operationschef. »Ja. Fahrt fort.«

»Jawohl. Lord Darcy hat jedesmal nachgegraben, wenn Master Sean auf eine Stelle zeigte. Hat eine unglaubliche Menge Zeug aus dem Boden geholt. Jedenfalls hat er *irgend etwas* gefunden, was ihn interessierte. Ich weiß nicht, was, konnte es auch nicht erkennen. Aber er hat es in die Tasche gesteckt und später dem Hexer überreicht.«

»Ich weiß, was es war«, sagte der Operationschef mit harter Stimme. »War das das einzige, was ihn interessiert hat?«

»Ja, soweit ich das erkennen konnte.«

»Und was geschah dann?«

Agent 137 zuckte mit den Schultern. »Dann sind sie wieder nach oben gestiegen. Darcy hat mit einem der Wachmänner gesprochen. Der andere hat dem Hexer zugesehen, wie er ein Loch in die Klippenwand gegraben hat.«

Der Operationschef furchte die Stirn. »Was hat er gegraben? Ein *Loch*?«

»Ja, genau. Hat flach auf dem Bauch gelegen, ein paar Fuß über den Klippenrand gegriffen und etwas ausgegraben. Was es war, konnte ich nicht sehen, aber es hat ein Loch von doppelter Faustgröße hinterlassen – vielleicht auch ein Stück größer.«

»Verdammt! Warum habt Ihr nicht genauer hingesehen?«

Die Gesichtszüge des Agenten verhärteten sich. »Es war sehr schwer, Genaues zu erkennen, Operationschef. Wenn wir näher als zweihundert Yards herangekommen wären, hätten wir ihre Aufmerksamkeit erregt. Habt Ihr schon einmal versucht, mit einem Sechser-Feldstecher von einem auf und ab schaukelnden Boot aus eine Scharfeinstellung zu erreichen?«

»Regt Euch ab, ich bin ja nicht auf Euch wütend. Ihr habt gute Arbeit geleistet. Ich wünschte nur, wir hätten bessere Informationen erhalten.«

Der Operationschef sah nachdenklich drein.»Das sagt uns etwas. Den Strand können wir jetzt vergessen. Befehlt den Leuten, sie sollen sich von dort fernhalten. Sie sollen auf keinen Fall mehr dorthin gehen.

Die Phiole ist nicht mehr da, sofern sie es jemals wirklich war. Wenn Master Sean sie nicht gefunden hat, dann war sie auch nicht da. Wenn er sie aber doch gefunden haben sollte, dann ist sie jetzt weg, und er und Lord Darcy wissen, wo sie ist. Und das ist ein Problem, über das ich nachdenken muß. Geht jetzt und laßt mir Zeit zum Überlegen.«

Agent 137 verließ das Zelt.

Das öffentliche Gastzimmer im Gasthof zur Grünen Möwe war so überfüllt, daß es wie ein Londoner Eisenbahnabteil in der Stoßzeit aussah.

Inmitten des Tohuwabohu wanderten Wein und Bier in einer Richtung über die Theke, während Kupfer und Silber die entgegengesetzte Richtung nahmen, was alle diesseits und jenseits des Tresens glücklich machte.

In der Club-Bar im Nebenzimmer war es etwas ruhiger, doch war der Lärm aus dem öffentlichen Gastzimmer nicht zu überhören. Hier bediente der Gastwirt die Gäste persönlich, und er kam seinen beruflichen Pflichten mit Stolz und Eifer nach. Außerdem waren hier die Trinkgelder größer, und die Arbeit war auch leichter.

»Wünscht Ihr noch was?« fragte er, als er die beiden Bierkrüge auf den Tisch stellte. »Vielleicht 'n Happen zu knabbern oder so?«

»Nein, jetzt nicht, Edelmann Dreyque«, sagte Father Arthur. »Das genügt fürs erste.«

»Schön, schön, Vadder. Dank auch un' Prost.« Lautlos zog er sich zurück.

Lord Darcy nahm einen tiefen Zug und seufzte. »Ein kühles Bier an einem Mittsommerabend ist doch etwas herrlich Erfrischendes. Die Grüne Möwe hat wirklich einen gepflegten Keller. Und das Essen ist auch gut. Master Sean und ich haben es heute nachmittag gekostet.«

»Wo ist Master Sean denn jetzt?« fragte der Priester.

»In den Räumen, die Ihr uns im Pfarrhaus zur Verfügung gestellt habt, mitten zwischen seinen Geräten. Er führt gerade einige Labortests an Beweisstücken durch, die wir ausgegraben haben.« Er senkte die Stimme. »Habt Ihr herausbekommen, was sich in der fraglichen Nacht zugetragen hat?«

»Weitgehend«, erwiderte Father Arthur ebenso leise. »Ein paar Dinge sind zwar noch unklar, aber ich glaube, daß wir die meisten Lücken schon selbst füllen können.«

Der von Standish Gesuchte war am Fünften am späten Nachmittag in der Grünen Möwe angekommen und hatte sich als »Richard Bourke« ausgegeben. Er hatte nur einen Attachékoffer mit sich geführt, doch da er außerdem noch ein Pferd mit Sattel und Satteltaschen dabei gehabt hatte, war dies dem Wirt als hinreichende Sicherheit gegen etwaige Zechprellerei erschienen.

Der Gasthof verfügte nur über sechs Fremdenzimmer, die sich alle in der oberen Etage des zweistöckigen Gebäudes befanden. Zwei davon waren bereits belegt gewesen. Um zehn nach zwei war dann jener Danglars hereingeommen und hatte sich und seine Herrin, die Mistress Jizelle de Ville, angemeldet.

»Bourke«, sagte Father Arthur, »kam um viertel nach fünf. An diesem Abend gab es keine weiteren Gäste. Und es hat auch niemand einen jungen Mann in Abendkleidung gesehen.« Er hielt inne und lächelte freudig. »Allerdings . . .«

»Aha! Ich wußte doch, daß ich mich auf Euch verlassen kann, mein guter Arthur! Was war es?«

Der gute Hochwürdige Father lächelte noch immer wie ein Seraph, hob einen Zeigefinger und sagte: »Der Fall des geheimnisvollen Küstermantels.«

»Ihr fasziniert mich. Bitte erklärt Euch.«

»Mein Küster«, sagte Father Arthur, »hat einen alten Mantel, der ursprünglich aus zwei gebrauchten Pferdedecken zusammengenäht worden war, so daß er selbst im Neuzustand nicht gerade ein Muster an modischer Schönheit darstellte. Aber immerhin ist er wirklich sehr warm. Im Sommer hängt er ihn im Stall hinter der Kirche auf. Er behaupet, das würde die Motten abhalten – der Geruch, meine ich.

Am Morgen des sechsten Juni brachte einer der Männer, die hier im Gasthof arbeiten, den Mantel in die Kirche und fragte meinen Küster, ob es seiner sei, was auch der Fall war. Wollt Ihr vielleicht einfach nur mal ganz wild raten, wo man ihn gefunden hat?« fragte Father Arthur.

»Geht das Zimmer, in dem sich Bourke einquartiert hat, nach vorne oder nach hinten hinaus?«

»Nach hinten.«

»Dann hat man ihn auf dem Kopfsteinpflaster hinter dem Gebäude gefunden.«

Noch breiter grinsend und lächelnd klatschte Father Arthur einmal kurz in die Hände. »Exakt, My Lord!«

Lord Darcy erwiderte das Lächeln. »Rekonstruieren wir mal. Bourke ist also vor halb sechs auf sein Zimmer gegangen. Richtig?«

»Richtig. Eine der Mägde hat ihn aufs Zimmer geführt, hat ihn eingelassen und ihm den Schlüssel gegeben.«

»Ist er danach noch einmal gesehen worden?«

»Nur einmal. Er hat eine leichte Mahlzeit bestellt, und die wurde ihm gegen sechs aufs Zimmer gebracht. Das war das letzte Mahl.«

»War jemand von den anderen Gästen zu dieser Zeit im Haus?«

»Nein. Der Diener Danglars war gegen halb fünf aus dem Haus

gegangen und nicht mehr zurückgekehrt. Es hat zwar niemand gesehen, wie Mistress Jizelle hinausging, aber die Kammerzofe, die die Betten gewendet hat, sagt, daß beide Zimmer gegen sechs Uhr leer waren. Zu dieser Zeit war Bourke noch da.«

»Hmm.«

Lord Darcy starrte in die Tiefen seines Biers hinein. Nach einer halben Minute sagte er: »Ehrwürdiger Vater, hat man in diesem Gasthof tatsächlich einen Fremden in einem alten Pferdedeckenmantel gesehen, oder spekulieren wir jetzt nur in substanzlosen, nebligen Gefilden?«

Father Arthurs Mundwinkel verzogen sich zu einer kleinen Grimasse. »Völlig substanzlos ist die Sache nicht, My Lord, aber auch nicht eben hieb- und stichfest. Das Mädchen, das an diesem Abend an der Theke Dienst tat, sagt, daß sie sich an ein paar Fremde erinnern kann, die hereinkamen, aber an mehr auch nicht. Sie ist nicht sonderlich helle.«

Lord Darcy lachte leise. »Na schön. Gehen wir also mal davon aus, daß Standish tatsächlich in einem gestohlenen – und ungemütlich warmen – Mantel hier hereingekommen ist. Wie ist es dazu gekommen, und was geschah danach?«

Father Arthur entzündete seine alte Briar und nahm einen weiteren Schluck aus seinem Bierkrug. »Hm, mal sehen. Standish trifft also eine Stunde nach Bourke im Dorf ein, vielleicht auch etwas später. Aber er kommt nicht direkt hier herein, sondern geht hinten um die Kirche. Warum? Doch nicht, um den Mantel zu stehlen. Woher hätte er denn wissen sollen, daß der dort hing?« Er schmauchte zwei weitere Züge lang an seiner Pfeife, dann hellte sich sein Blick auf. »Aber natürlich! Um sein Pferd anzubinden. Er wollte nicht, daß man es auf dem offenen Platz sah, und er wußte, daß es im Stall der Kirche in Sicherheit sein würde.« Wieder zwei Züge an der Pfeife.

»Hmm. Er sieht den Mantel an der Stallmauer hängen und erkennt, daß der als gute Verkleidung dienen kann, um seinen Abendanzug zu verdecken. Er nimmt den Mantel an sich und kommt hierher in den Gasthof. Er überzeugt sich davon, daß Bourke sich fest einquartiert hat, dann kehrt er zu seinem Pferd zurück, um auf ihm nach Caen zu jagen, von wo aus er Sir James benachrichtigen läßt. Dann kehrt er zur Grünen Möwe zurück. Er wartet, bis er sich unbemerkt nach oben in Bourkes Zimmer schleichen kann.«

Der Priester hielt inne, furchte die Stirn und nahm einen kräftigen, gesunden Schluck aus dem Krug. »Irgendwann später ist er durch das Fenster in den Hof hinabgeklettert, wobei er den Mantel verloren hat.« Er schüttelte den Kopf. »Aber was ist in der Zeit passiert, nachdem er nach oben gegangen ist, bis er schließlich den Mantel hat fallen lassen? Und zwischen diesem Zeitpunkt und seinem Tod? Da habe ich nicht die leiseste Ahnung.«

»Dafür habe ich gleich mehrere«, sagte Lord Darcy, »aber die sind alle sehr, sehr vage und unklar. Wir brauchen mehr Fakten. Ich habe eine ganze Reihe von Fragen.« Er zählte sie an den Fingern ab: »Eins: Wo ist Bourke? Zwei: Wer hat Standish erschossen? Drei: *Warum* hat man ihn erschossen? Vier: Was ist hier im Gasthof geschehen? Fünf: Was ist am Strand geschehen? Und schlußendlich: *Wo ist die Ipswich-Phiole*?«

Father Arthur hob seinen Krug, leerte ihn mit einem gewaltigen Zug bis zur Neige, setzte ihn fest auf dem Tisch ab und sagte: »Das weiß ich nicht. Das weiß nur Gott allein.«

Lord Darcy nickte. »In der Tat. Und eine seiner großartigsten Eigenschaften ist die, daß er einem immer eine Antwort gibt, wenn man ihm die richtige Frage auf die richtige Weise stellt.«

»Habt Ihr vor, um diese Antworten zu beten, My Lord?«

»Das auch, ja. Aber ich habe festgestellt, daß die beste Methode, Gott um eine Antwort in derlei Fragen zu bitten, darin besteht, hinauszugehen und sich seine Informationen selbst zu holen.«

Father Arthur lächelte. »*Dominus vobiscum.*«

»*Et cum spiritu tuo*«, erwiderte Lord Darcy.

»*Excavemus*!« sagte der Priester.

In seinem Zimmer im Pfarrhaus hatte Master Sean auf einem Tisch sorgfältig seine Gerätschaften aufgestellt. Die 36er Heron von Noel Standish befand sich fest in einem gepolsterten Schraubstock an einem Ende des Tischs montiert. Drei Fuß vor der Mündung lag das Projektil, das Lord Darcy im Sand ausgegraben hatte, auf einem kleinen Ständer, so daß es sich auf genau gleicher Höhe wie die Mündung befand. Gerade überzeugte er sich mit Hilfe bestimmter Instrumente davon, daß die Projektilachse genau auf der Seelenachse der Heron lag, als ein rhythmisches, kodiertes Klopfzeichen an der Tür ertönte. Der Hexer schritt durch den Raum, entriegelte die Tür und sagte: »Kommt herein, My Lord.«

»Ich hoffe, ich habe nichts unterbrochen?« fragte Lord Darcy.

»Überhaupt nicht, My Lord.« Master Sean sperrte die Tür wieder sorgfältig ab und verriegelte sie aufs neue. »Ich war gerade mit den Vorbereitungen für den Ballistiktest beschäftigt. Die Vergleichs- und Sympathietests haben bereits ergeben, daß Standish mit diesem Projektil erschossen wurde. Jetzt geht es nur noch darum, ob es aus seiner eigenen Waffe stammt. Habt Ihr weitere Indizien ausfindig machen können?«

»Keine«, gestand Lord Darcy. »Ich habe mir die Fremdenzimmer in der Grünen Möwe genauer ansehen können. Nichts. Absolut nichts. Ich habe zwar ein paar Ideen, aber keinerlei Beweise.« Dann zeigte er auf die Faustfeuerwaffe. »Fahrt doch bitte mit Eurer Arbeit fort. Es macht mir nichts aus, ein wenig zu warten.«

»Es dauert auch nur ein Minütchen«, sagte Master Sean entschuldigend. Er schritt zum Tisch zurück und setzte seine Vorbereitungen fort, während Lord Darcy schweigend zusah. Seine Lordschaft war mit dem Prinzip, um das es ging, wohlvertraut, denn er hatte den Test schon zahllose Male miterlebt. Er erinnerte sich an eine Vorlesung, die Master Sean einmal über das Thema gehalten hatte.

»Ihr müßt verstehen«, hatte der Hexer gesagt, »daß das Prinzip der Relevanz hier von größter Wichtigkeit ist. Die meisten Abnutzungserscheinungen einer Waffe sind rein mechanischer Art. Es spielt keine Rolle, *wer* den Abzug betätigt, müßt Ihr verstehen, denn die Erosion durch die Gase in der Patronenkammer und die Abschürfung durch das den Lauf durchjagende Projektil bleibt dieselbe. *Für die Waffe* hat es keine Relevanz, wer den Abzug betätigt hat oder worauf sie gerichtet war. Aber für das *Geschoß* ist es relevant, aus welcher Waffe es abgefeuert wurde und was es getroffen hat. All dies läßt sich mit den richtigen Zaubern bestimmen.«

Obwohl er ihn schon zahllose Male miterlebt hatte, genoß es Lord Darcy immer wieder, dem Test zuzusehen, denn wenn er erfolgreich war, verlief er auch stets recht spektakulär. Master Sean streute etwas magisch vorbehandeltes Pulver auf Geschoß und Pistole. Dann hob er den Stab und murmelte leise eine Beschwörung vor sich hin.

Kaum hatte er die letzte Silbe ausgesprochen, als plötzlich ein Geräusch erklang wie von einer scharf angeschlagenen Glocke: Das Projektil war verschwunden. Die 36er Heron erzitterte in ihrer Schraubzwinge.

Master Sean atmete erleichtert aus. »Wie eine heimgekehrte Brieftaube, My Lord. Waffe und Geschoß gehören zusammen.«

»Ich habe mich schon oft gefragt, warum die Kugel das tut«, meinte Lord Darcy.

Master Sean kicherte leise. »Nennen wir es einen induzierten Zurück-in-den-Mutterleib-Komplex, My Lord. Wolltet Ihr etwas Bestimmtes?«

»Ein paar Sachen.« Lord Darcy schritt zu seinem Koffer hinüber, öffnete ihn und holte ein Halfter hervor, in dem eine Pistole steckte. Es war eine präzisionsgefertigte Mac-Gregor vom Kaliber 40 – eine schwere Kampfwaffe.

Während er die MacGregor selbst überprüfte, sagte er: »Das ist das eine. Das andere ist eine Frage. Wie lange vor dem Fund der Leiche ist Standish gestorben?«

Master Sean rieb sich mit einem dicken Finger die Nase. »Nun, der Untersuchungshexer in Caen, ein recht kompetenter Wanderhexer, hat den Zeitpunkt des Todes auf maximal fünfzehn Minuten vor der Entdekkung der Leiche terminiert. Meine eigenen Tests ergaben einen Maximalwert von fünfundzwanzig Minuten, aber nicht einmal der beste aller Konservierungszauber kann nach einer Woche sämtliche Unschärfen rückgängig machen.«

Lord Darcy steckte die MacGregor in das maßgeschneiderte Halfter und rückte seine Jacke zurecht, um sie zu bedecken. »Mit anderen Worten, es gibt immer eine gewisse Unschärfe. Aber die Schürfwunden und Frakturen wurden ihm vor dem Tod zugefügt?«

»Mit Sicherheit, My Lord. Etwa drei Stunden vorher, plus/minus eben diese fünfzehn Minuten.«

»Ich verstehe«, sagte Lord Darcy. »Interessant. Hochinteressant.« Er blickte in den Wandspiegel und rückte seine Krawatte zurecht. »Habt Ihr noch etwas zu tun?«

»Ich muß nur noch das Messer untersuchen«, erwiderte Master Sean.

Lord Darcy wandte sich von dem Spiegel ab. »Könnt Ihr mich mit einem Peiler ausrüsten? Ich will ein bißchen durchs Dorf schlendern und möglicherweise auch zum Festplatz hinaus. Ich erwarte zwar keine Gefahr, aber ich möchte auch nicht unbedingt verschollengehen.«

»Sehr wohl, My Lord«, sagte der Hexer resignierend. Er öffnete seinen symbolverzierten Reisesack und entnahm ihm eine kleine Holzschachtel. Sie enthielt kleine Holzstäbe, die eine verblüffende Ähnlichkeit mit einzölligen Zahnstochern aufwiesen, nur daß sie von gleichmäßiger zylindrischer Form und nicht zugespitzt waren und aus Esche anstatt aus Kiefer bestanden. Er suchte einen davon aus und verstaute die Schachtel wieder in dem Reisesack. Dann reichte er Lord Darcy den kleinen Zylinder. Der nahm ihn zwischen Daumen und Zeigefinger der rechten Hand.

Nun entnahm der Meisterhexer einen Tropfen duftenden Öls aus einem goldenen Ölbehälter und träufelte ihn auf seinen rechten Daumen, um den Eschensplitter damit von Lord Darcys Daumen bis zum gegenüberliegenden Ende einzureiben. Schließlich packte er dieses Ende selbst mit Daumen und Zeigefinger der Rechten.

Eine schnelle, knappe Drehung der Handgelenke, und der Eschensplitter zerbarst.

Doch geistig und symbolisch waren beide Hälften noch immer Teile eines unzerstörten Ganzen. Solange jeder der beiden Männer seine Hälfte bei sich trug, waren sie miteinander auf magische Weise verbunden.

»Ich danke Euch, mein guter Sean«, sagte Lord Darcy. »Und nun werde ich mich ins Nachtleben dieser Metropole stürzen.«

Mit diesen Worten war er auch schon verschwunden, und Master Sean machte sich wieder an die Arbeit.

Als Lord Darcy durch das Tor des Kirchhofs schritt, war die Sonne ein fetter, zerquetscht wirkender orangerötlicher Ellipsoid am Himmel, der säuberlich auf dem Horizont ruhte. In wenigen Minuten würde sie verschwunden sein. Die langen Schatten des Kirchturms griffen über das

Dorf hinweg nach den Feldern. Die Flaggen und Fahnen und Wimpel des festlich geschmückten Dorfs hatten alle einen leichten Rotton. Das Wetter war den ganzen Tag schön und trocken gewesen, und so würde es auch bleiben, wie die Wahrsager im Wetteramt verkündet hatten. Es würde eine angenehme Nacht werden.

»Bitte, My Lord . . . seid Ihr Lord Darcy?«

Lord Darcy hatte die Frau aus der Kirche kommen sehen, doch da der Marktplatz voller Menschen war, hatte er sie nicht weiter beachtet. Nun blickte er sie aufmerksam an und war angenehm überrascht. Sie war das hübscheste Geschöpf, das er seit langem erblickt hatte.

»Der bin ich, Demoselle«, sagte er lächelnd. »Aber ich fürchte, Ihr kennt mich besser als ich Euch.«

Ihr eigenes Lächeln war schüchtern, beinahe ängstlich. »Ich heiße Sharolta.«

Ihr Name, ihr leichter Akzent und ihre Kleidung – sie alle wiesen sie als Zigeunerin aus. Ihr langes weiches, dunkles Haar und ihre dunklen Augen, ihre wohlgeformte Nase und ihre vollen, beinahe allzu vollkommenen Lippen und ihre üppigen Formen, die von dem Zigeunerkleid noch betont wurden, wiesen sie dagegen als Schönheit aus.

»Kann ich Euch behilflich sein, Demoselle Sharolta?«

Sie schüttelte den Kopf. »Nein, nein. Ich verlange nichts von Euch. Aber vielleicht kann ich Euch ja helfen.« Ihr Lächeln schien leise ins Wanken zu geraten. »Können wir irgendwohin gehen, um uns zu unterhalten?«

»Wohin denn zum Beispiel?« fragte Lord Darcy vorsichtig.

»Wohin Ihr wollt, My Lord. Irgendwohin, solange wir ungestört sind.« Dann berichtigte sie sich: »Ich meine natürlich nicht in *diesem* Sinne ungestört. Ich meine, wo wir reden können. Ihr versteht schon.«

»Natürlich. Es ist noch nicht Zeit für die Vesper. Ich schlage vor, wir gehen in die Kirche.«

»Ja, das wäre gut, ja.« Sie lächelte wieder. »Da waren nicht viele Leute drin. Das müßte gut sein.«

Das Innere der Matthäuskirche war dunkel, aber alles andere als düster. Die flackernden Kerzengruppen vor den Statuen und Tafelbildern wirkten wie kleine zwinkernde grellbunte Sternenhaufen.

Lord Darcy und die Demoselle Sharolta setzten sich in eine der hinteren Bänke. Die meisten der etwa ein Dutzend Leute in der Kirche befanden sich weiter vorne in Altarnähe und beteten. Es war niemand in Hörweite der Stelle, die Lord Darcy ausgewählt hatte.

Lord Darcy wartete wortlos darauf, daß das Mädchen das Schweigen brach. Zigeuner wurden immer stumm, wenn sie unter Druck standen; schuf man ihnen ein Vakuum, das es zu füllen galt, so sprudelten die Worte in eifriger Eloquenz nur so aus ihnen hervor.

»Ihr seid der große Lord Darcy, der große Detektiv«, begann sie plötzlich. »Ihr untersucht den Tod des armen Edelmanns Standish, den man vor einer Woche am Strand tot aufgefunden hat. Stimmt das so?«

Lord Darcy nickte stumm.

»Nun, dann muß etwas faul sein am Tod dieses Mannes, sonst wärt Ihr nicht gekommen. Und deshalb muß ich Euch berichten, was ich weiß.

Vor einer Woche kamen fünf Männer zu unserer Sippe. Sie sagten, sie seien von der Sippe Chanro – das Schwert –, die aus der Gegend von Buda-Pest stammt. Ihr Anführer, der sich Suv nennt – die Nadel –, bat unseren Häuptling um Schutz und Bleibe, wie es ihr Recht ist, und die wurden ihnen auch gewährt. Aber sie verhalten sich untereinander sehr geheimnisvoll und zurückhaltend. Damit Ihr mich nicht mißversteht – sie benehmen sich sehr gut, sie sind nicht irgendwie unfreundlich oder roh oder so. Aber es ist etwas . . . wie soll ich es ausdrücken . . . etwas *Verkehrtes* an ihnen.

Zum Beispiel heute morgen, davon muß ich Euch erzählen. Der Mann, der sich Suv nennt, wollte, daß ich mit ihm am Strand spazierengehe. Ich wollte das nicht, denn ich finde ihn nicht anziehend – versteht Ihr?«

Wieder nickte Seine Lordschaft. »Selbstverständlich.«

»Aber er meinte, daß er nichts dergleichen im Sinne hätte. Er sagte, er wollte am Meer spazierengehen, aber nicht allein. Er wollte mir die Küstenlandschaft zeigen, mir die Vögel, die Tiere in den Prilen und die Pflanzen erklären. Das interessierte mich, und da ich glaubte, daß nichts Schlimmes dabei sei, kam ich mit.

Er hielt auch Wort. Er versuchte nicht, mit mir Liebe zu machen. Eine Weile lang war es recht nett. Er zeigte mir die Prile und welche verschiedenen Lebewesen darin hausen. In einem war sogar eine Qualle.« Sie hob den Blick von den Händen und legte die Stirn in Falten.

»Dann«, fuhr sie fort, »kamen wir zu der kleinen Bucht, wo man die Leiche gefunden hatte. Ich wollte umkehren, aber er sagte nein, er wollte sie sich anschauen. Ich sagte, daß ich da nicht mitmachen wollte und drehte mich um. Da drohte er mir, er würde mir den Arm brechen, wenn ich nicht mitkäme. Also kam ich mit.« Sie schien unter ihrem hellen Kleid zu zittern. »Als der Wachmann erschien, ging er immer weiter und tat so, als verstünde er kein Anglo-Französisch. Dann sahen wir, daß es zwei waren, Wachmänner, meine ich, also sind wir umgekehrt und zurückgegangen. Suv war schrecklich wütend.«

Sie brach ab und verstummte.

»Meine Liebe«, fragte er sanft, »warum richtet sich eine Zigeunerin mit einer solchen Geschichte an die Obrigkeit? Kümmern sich die Zigeuner denn nicht selbst um die ihren?«

»Doch, My Lord. Aber diese Männer sind keine Roma.«

»Ach nein?«

»Ihr Zelt steht neben dem meinen. Ich habe gehört, wie sie sich unterhielten, wenn sie sich unbelauscht glaubten. Ich verstehe ihre

Sprache nicht sehr gut, aber ich erkenne sie, wenn ich sie höre. Sie sprachen *Burgdeutsch* miteinander.«

»Ich verstehe«, sagte Lord Darcy leise und nickte nachdenklich. Das brandenburgische Deutsch war die Hofsprache Polens, was die ganze Sache plötzlich sehr interessant machte.

»Meint Ihr, Demoselle«, fragte er, »daß Ihr mir diesen Suv mal zeigen könntet?«

Sie blickte ihn mit ihren großen, wunderbaren Augen an und lächelte. »Da bin ich mir ganz sicher, My Lord. Kommt, hüllt Euch in Euren Umhang, dann gehen wir durchs Dorf.«

Draußen vor der Kirche wurde die Dunkelheit nur durch die vorgeschriebenen Gaslaternen der verschiedenen Geschäfte gemildert – und durch den Viertelmond, der wie ein halbgeschlossenes Auge am Himmel hing.

Im tieferen Dunkel des Kirchenvorsprungs nahm Lord Darcy zu seiner eigenen Überraschung das Mädchen plötzlich in die Arme und küßte sie, wobei er ihre wärmste Unterstützung fand. So verstrichen einige wortlose Minuten, bevor sie auf die Straße hinausschritten.

Master Sean erwachte unruhig, als die Glocken zum Sechs-Uhr-Angelus läuteten. Eine kurze geistige Konzentration auf seine Hälfte des Peilers verriet ihm, daß Lord Darcy nicht in Gefahr war. Aber wäre er das gewesen, wäre Master Sean ohnehin sofort von allein erwacht.

Doch als Master Sean um sieben nach unten zur Messe ging, hatte er immer noch das gleiche seltsame Gefühl. Bei der Fürbitte an den Hl. Basilius den Großen hatte er Konzentrationsschwierigkeiten, und das änderte sich nicht bis zum Sanctus.

Nach der Messe begab er sich in Father Arthurs kleines Gesellschaftszimmer in der Pfarrei, wo er zum Frühstück eingeladen worden war. Zu seinem gelinden Erstaunen fand er dort nicht nur den Priester vor, sondern auch Sir James le Lien.

»Guten Morgen, Master Sean«, sagte Sir James ruhig. »Habt Ihr die Phiole inzwischen gefunden?«

Der Hexer schüttelte den Kopf. »Nicht, daß ich wüßte.«

Sir James knabberte an einem Butterbiskuit und nippte heißen schwarzen Caffe. Trotz seiner gelassenen Miene war es für Master Sean deutlich, daß er beunruhigt war.

»Ich fürchte«, sagte Sir James schließlich gedehnt, »man hat uns reingelegt.«

»Inwiefern?« fragte Father Arthur.

»Nun, entweder hat die *Serka* die Phiole, oder sie glauben, daß wir sie inzwischen in Sicherheit gebracht haben. Jedenfalls scheinen sie die ganze Sache abgeblasen zu haben.« Er nahm einen weiteren Schluck

Caffe. »Kurz nach Mitternacht ist jeder uns bekannte *Serka*-Agent unseren Männern entwischt und verschwunden. Sie sind einfach wie vom Erdboden verschluckt, und wir haben seit acht Stunden nicht einen von ihnen mehr aufspüren können. Wir haben Grund zu der Annahme, daß sich einige von ihnen nach Süden begeben haben, in Richtung Caen; andere nach Westen, auf Cherbourg zu, und wiederum andere nach Osten, Richtung Harfleur.«

Master Sean runzelte die Stirn. »Und Ihr glaubt . . .«

»Ich glaube, daß sie die Ipswich-Phiole gefunden haben und daß einer von ihnen sie gerade nach Krakowa bringt. Oder zumindest über die polnische Grenze. Ich bin sofort nach Caen geritten und habe mehr Teleklanggespräche geführt als je zuvor in meinem Leben in solch kurzer Zeit. Wir haben die Netze jetzt ausgeworfen und können nur noch hoffen, daß wir den Mann mit der Phiole ergreifen werden. Wenn nicht . . .« Er schloß die Augen. »Wenn nicht, dann könnte es sein, daß uns ein Landangriff der Armeen Seiner Slavischen Majestät droht, und zwar durch einen oder mehrere der deutschen Staaten. Dann möge Gott uns helfen.«

Nach einer entsetzlich lang wirkenden Pause fragte Master Sean: »Sir James, ist es auch nur im geringsten wahrscheinlich, daß Noel Standish die versiegelte Phiole mit einem Messer bearbeitet haben könnte?«

»Das weiß ich nicht. Warum fragt Ihr?«

»Wir haben in der Nähe vom Leichenfundort ein Messer entdeckt. Meine Untersuchungen haben ergeben, daß sich Goldspuren an der Schneide befinden.«

»Darf ich es mal sehen?« fragte Sir James.

»Selbstverständlich, ich hole es eben. Entschuldigt mich eine Minute.«

Er verließ den Gesellschaftsraum und schritt den ziemlich schmalen Flur des Pfarrhauses entlang. Aus der nahen Kirche ertönte das sanfte Läuten einer kleinen Glocke. Die Acht-Uhr-Messe begann gerade.

Master Sean öffnete die Tür zu seinem Zimmer . . .

. . . und blieb wie versteinert stehen, starrte volle fünfzehn Sekunden lang in den Raum und erfaßte ihn mit den Augen und seinen anderen Sinnesorganen.

Dann brüllte er, ohne sich zu rühren: »Sir James! Father Arthur! Kommt her! Schnell!«

Die beiden Männer kamen herbeigerannt und blieben an der Tür stehen.

»Was ist los?« bellte Sir James.

»Irgend jemand«, sagte Master Sean mit zornigem Grollen, »hat hier'n Zimmerchen durchstöbert! Und so was läßt den Iren in mir verdammt wütich wer'n!« Master Seans irischer Akzent hing stark von seiner Stimmung ab. Wenn er ruhig einen Vortrag hielt oder diskutierte, war davon fast nichts zu bemerken. Doch wenn er sich aufregte . . .

Er trat ins Zimmer, um den Tisch genauer zu betrachten, den er für seine thaumaturgischen Analysen verwendet hatte. Mitten auf der Tischplatte lag ein Haufen zerbröselter Lehm. »Die haben mein Beweismaterial vernichtet! Schaut Euch das an!« Master Sean zeigte auf den Lehm.

»Und was ist das, wenn ich fragen darf?«

Master Sean berichtete von den Buchstaben, die sie in der Klippenwand entdeckt hatten, und er erzählte auch, wie er den Lehmklumpen herausgestochen hatte, um ihn zu untersuchen.

»Und mit diesem Messer sind die Buchstaben hineingeritzt worden.« Er zeigte darauf, es lag ebenfalls auf dem nahen Tisch. »Ich hab' das Ding noch nicht auf Zusammenhänge mit Standishs Leiche untersuchen können.«

»Ist das das Messer mit den Goldspuren an der Klinge?« fragte Sir James.

»Ja.«

»Na, das ist mit Sicherheit das Messer von Standish. Ich habe es oft selbst gesehen. Ich könnte Euch sogar erklären, wo diese tiefe Kerbe im Elfenbeingriff herrührt.« Er blickte nachdenklich drein. »S . . S . . . O . . .« Einen Augenblick später schüttelte er den Kopf. »Sagt mir nichts. Habe auch keine Ahnung, was es für Standish bedeutet haben könnte.«

»Nun«, sagte der stämmige irische Hexer, »Standish muß sich oben auf der Klippe befunden haben, als er es eingeritzt hat. Was für ihn richtigherum war, muß für jemanden, der unten steht, auf dem Kopf stehen. Wie wär's denn mit OSS?«

Sir James dachte erneut nach, um schließlich einmal mehr den Kopf zu schütteln. »Immer noch nichts, Master Sean. Father?«

»Nein, mir sagt es leider auch nichts«, gestand Father Arthur kopfschüttelnd.

Sir James sagte: »Hier hat mit Sicherheit ein Agent der *Serka* herumspioniert. Aber warum? Und wie konnte er hier eindringen, ohne daß Ihr es bemerkt habt?«

Master Sean schnitt eine zornige Grimasse. »Für einen Hexer ist das völlig klar. Erstens: Wer immer das getan hat, muß selbst ein fähiger Hexer sein, sonst hätte er nie den Vermeidungszauber durchbrechen können, der nur auf mich und Seine Lordschaft geeicht ist. Zweitens: Er hat sich genau den richtigen Augenblick ausgesucht – als ich die Messe besuchte und mich auf andere Dinge konzentrieren mußte, so daß ich nicht bemerken konnte, was er vorhatte. Wenn ich selbst es getan hätte, hätte ich mir den Zeitpunkt ausgesucht, als die Glocken zum Sanctum geläutet wurden. Und danach – kein Problem mehr.« Er sah finster drein. »Ich hab' einfach nicht damit gerechnet, das ist alles.«

»Ich wünschte, ich hätte mir diese Lehmritzung einmal anschauen können«, sagte Sir James.

»Na ja, immerhin könnt Ihr Euch den Abdruck ansehen, wenn sie den nicht auch . . .« Master Sean zog eine Schreibtischschublade auf. »Nein, haben sie nicht.« Er holte eine dicke Gipsplatte hervor. »Die hier habe ich mit schnell trocknendem Gips hergestellt. Natürlich ist der Abdruck spiegelverkehrt, aber Ihr könnt ihn Euch ja in dem Spiegel dort drüben anschauen.«

Sir James nahm dem Hexer die Gipsplatte ab, behielt den Blick aber immer noch auf den Lehmhaufen geheftet. »Meint Ihr, daß Standish die Ipswich-Phiole vielleicht in diesem Lehm vergraben haben könnte, um sie vor einer Entdeckung zu bewahren?«

Master Seans Augen weiteten sich. »Großer Himmel! Das könnte sein! Wenn sie von einem aurastabilisierten magischen Schutzschirm umgeben ist, hätte ich sie überhaupt nicht wahrnehmen können!«

Sir James stöhnte. »Das beantwortet zumindest die Frage nach dem Warum, nicht wahr?«

»Sieht so aus«, murmelte Father Arthur.

Niedergeschlagen hielt Sir James die Gipsplatte vor den Spiegel über dem Frisiertisch. »SSO. Nein, einen Augenblick mal.« Er drehte die Platte um, und sein hageres Gesicht wurde bleich. »Nein! Nein! O Gott!« sagte er leise. »Nein, bitte nicht! Nein!«

»Was ist denn?« fragte der Priester. »Bedeutet OSS etwas Bestimmtes?«

»Nicht OSS«, sagte Sir James noch leiser. »055. Nummer 055 der *Serka*. Olga Polovski, die schönste und gefährlichste Frau Europas.«

In diesem Augenblick erlosch die Sonne.

Der Hochwürdige Father Mac Kennalty hatte sich gerade den Gläubigen zugewandt und sie aufgefordert, ihre Herzen empor zum Herrn zu richten, auf daß sie auf rechte Weise am Heiligen Altaropfer teilnehmen mochten – als plötzlich eine Wolke die Sonne zu verfinstern schien und das Licht zum Erlöschen brachte, das durch die bemalten Kirchenfenster einfiel. Sogar die Altarkerzen schienen plötzlich matter zu leuchten.

Er bemerkte es kaum, denn dergleichen war nichts sonderlich Ungewöhnliches. Ohne innezuhalten, forderte er die Gemeinde dazu auf, Gott dem Herrn zu danken, und setzte die Messe fort.

Einen Augenblick lang standen die drei Männer schweigend in der völligen Finsternis des Zimmers da.

»Na, damit wäre die Sache wohl klar«, sagte Sir James' Stimme im Dunkeln. Es war auffällig, wie wenig überrascht er wirkte – und auch von Panik war nicht die leiseste Spur zu bemerken.

»Ihr habt Seine Lordschaft also angelogen«, sagte Master Sean.

»Ja, das hat er tatsächlich«, sagte Father Arthur.

»Was meint Ihr damit?« fragte Sir James gereizt.

»Ihr habt gesagt«, verwies ihn Master Sean, und seine Stimme klang mehr als ätzend, »daß Ihr nicht wüßtet, welche Funktion die Ipswich-Phiole hat.«

»Wie kommt Ihr denn darauf, daß ich es doch weiß?«

»Zum einen hat Euch diese Verfinsterung nicht überrascht. Und zum anderen müßt Ihr es gewußt haben, weil Noel Standish es auch wußte.«

»Ich hatte meine Befehle«, sagte Sir James le Lien in hartem Ton. »Darum geht es jetzt nicht. Das verdammte Ding ist gerade im Einsatz. Ich –«

»*Hört mal*!« unterbrach ihn Father Arthur scharf. »*Hört mal*!«

Alle drei hörten den lieblichen Dreiklang der Sanctus-Glocke in der Finsternis.

*Heilig . . . heilig . . . heilig* . . . Herr Gott Sabaoth . . .

»Was . . .? fragte Sir James mit leiser Stimme.

»Begreift Ihr denn nicht?« fragte Father Arthur. »Das Unterdrückungsfeld reicht nicht bis zur Kirche. Father Mac Kennalty könnte die Messe zwar auch in der Finsternis weiterführen, aus dem Gedächtnis. Aber die Kirchgänger würden das wahrscheinlich nicht tun. Jedenfals klingen sie alles andere als aufgeregt.«

»Ihr habt recht, Father«, meinte Master Sean. »Das verrät uns etwas über den Wirkungskreis, nicht wahr? Mal sehen, ob wir uns hier heraustasten können, zur Kirche. Möglicherweise steckt seine Lordschaft in Schwierigkeiten.«

»Folgt mir«, erwiderte der Priester. »Diese Kirche kenne ich wie meine Westentasche. Faßt meine Hand an und folgt mir.«

Vorsichtig schritten die drei Männer aus der Finsternis dem Licht entgegen. Sie steuerten noch immer die Treppe an, als die Sonne plötzlich wieder aufleuchtete.

Lord Darcy kam in den Stallhof hinter der Matthäuskirche geritten, wo ihn vier Männer erwarteten. Der Küster nahm ihm das Pferd ab, als er abstieg, und führte es in den Stall. Die anderen drei sahen ihn nur erwartungsvoll an.

»Ich könnte eine Tasse Caffe gebrauchen, mit einem ordentlichen Schuß Weinbrand und einem großen Teller Spiegeleier mit Schinken, falls so etwas gerade zur Hand sein sollte«, sagte Lord Darcy mit einem ziemlich verträumten Lächeln. »Wenn nicht, trinke ich einfach nur den Caffe mit dem Brandy.«

»Was ist passiert?« platzte es aus Sir James heraus.

Lord Darcy tätschelte abwehrend die Luft. »Alles zu seiner Zeit, mein guter James, alles zu seiner Zeit. Es ist jedenfalls alles in Ordnung, das kann ich Euch versichern.«

»Ich glaube, ein solches Frühstück läßt sich einrichten«, meinte Father Arthur lächelnd. »Kommt nur.«

Caffe und Brandy folgten sofort, von Father Arthur in einem großen Becher serviert. »Spiegeleier und Schinken kommen gleich«, sagte der Priester.

»Vortrefflich! Ihr seid wirklich ein vollkommener Gastgeber, Father.« Lord Darcy nahm einen tiefen Schluck aus dem Becher, dann fischte er mit Daumen und Zeigefinger in seiner Westentasche. »Ach, übrigens, Sir James, hier ist Euer kleines Spielzeug.« Er hielt eine kleine goldene Röhre hoch.

Sir James nahm sie entgegen und musterte sie, während Master Sean sie mit einer finsteren Grimasse anstarrte, daß es fast den Anschein hatte, als würde er schielen.

»Das Siegel ist aufgebrochen worden«, sagte Sir James.

»Ja. Von Eurem Mann, von Standish also. Ich schlage vor, daß Ihr die Phiole Master Sean gebt, damit er sie aufs neue versiegelt, bis Ihr sie nach Ipswich zurückgebracht habt.«

Sir James reichte Master Sean die Phiole. »Wie habt Ihr sie ihnen denn wieder abgenommen?« fragte der Agent des Königs.

»Überhaupt nicht.« Lord Darcy lehnte sich in seinem geräumigen Sessel zurück. »Wenn Ihr etwas Geduld habt, will ich alles erklären. Gestern abend hat mich eine junge Frau angesprochen . . .«

Seine Lordschaft wiederholte wortwörtlich das ganze Gespräch und berichtete von ihrem Gesichtsausdruck und ihren Gesten während der Unterhaltung in der Kirche.

»Und dann seid Ihr mit ihr gegangen?« fragte Sir James ungläubig.

»Aber gewiß doch. Aus zwei guten Gründen. *Primus:* Ich mußte feststellen, was hinter ihrer Geschichte steckte. *Secundus:* Ich hatte mich verliebt.«

Sir James starrte ihn fassungslos mit aufgesperrtem Mund an. Master Sean nahm einen ausdruckslosen Gesichtsausdruck an. Father Arthur richtete die Augen gen Himmel.

Sir James war der erste, der sich erholte und das Wort ergriff. »*Verliebt*?« Es klang fast wie ein Krächzen.

Lord Darcy nickte gelassen. »Verliebt. Schrecklich verliebt. Wahnsinnig verliebt. Leidenschaftlich.«

Sir James sprang wie von der Tarantel gestochen auf. »Seid Ihr verrückt, Darcy? Wißt Ihr denn nicht, daß diese Frau eine Agentin der *Serka* ist?«

»Eben dies habe ich vermutet. Setzt Euch, James. Derlei Ausbrüche geziemen sich nicht.« Sir James setzte sich mit langsamen Bewegungen wieder in seinen Sessel. »Und nun paßt mal auf«, fuhr Lord Darcy fort. »Natürlich wußte ich, daß sie eine Spionin ist. Wenn Ihr genau zugehört hättet, als ich ihre Worte wiedergab, wäre Euch aufgefallen, daß sie sagte, ich würde den Tod von *Standish* untersuchen. Und dabei weiß doch jeder hier, daß die Leiche als *Bourke* identifiziert wurde.

Offensichtlich hatte sie Standish erkannt und kannte auch seinen Namen.«

»Standish hat sie auch erkannt«, warf Sir James ein. »Geheimagentin Nr. 055, von der *Serka*. Wirklicher Name: Olga Polovski.«

»Olga«, sagte Lord Darcy und ließ das Wort auf der Zunge zergehen. »Das ist aber wirklich ein hübscher Name, findet Ihr nicht auch?«

»Entzückend. Absolut bezaubernd. Und obwohl sie eine polnische Agentin ist, liebt Ihr dieses Mädchen?«

»Das habe ich nicht gesagt, Sir James«, erwiderte Lord Darcy. »Ich habe nicht gesagt, daß ich sie liebe, sondern ich habe gesagt, daß ich mich verliebt hatte. Zwischen Lieben und Verliebtsein gibt es einen feinen Unterschied, und ich habe genug Erfahrung, um beide Zustände voneinander zu unterscheiden. Ihr Wort ›bezaubernd‹ trifft die Sache übrigens ziemlich genau. Das Gefühl war künstlich erzeugt worden. Die Frau ist eine Zauberin.«

Plötzlich schnippte Master Sean mit den Fingern. »Also *daher* kenne ich den Namen! Olga Polovski! Vor sechs Jahren hat sie ihr Grundstudium an der Universität Buda-Pest absolviert. Eine gute Studentin, hochtalentiert. Kein Wunder, daß Ihr Euch in sie ›verliebt‹ habt!«

Sir James' Augen verengten sich. »Ich verstehe. Es ging also darum, aus Euch Informationen herauszupressen. War sie damit erfolgreich?«

»In gewisser Weise«, meinte Lord Darcy leise lachend. »Ich habe gesungen wie eine Nachtigall. Ja, wirklich, Darcys *Lügenkantaten, forte e claro* gesungen, könnten einmal zu einem der meistgefeierten Musikwerke des zwanzigsten Jahrhunderts werden. Verzeiht mir, ich bin etwas euphorisch.«

»My Lord haben Seine Bettgeschichten nun offenbart«, meinte Sir James leicht verärgert. »Und was war nun das Ergebnis dieses Baritonsolos?«

»Genaugenommen war es ein Duett. Wir haben uns mit Versikeln und Antwortstrophen abgewechselt. Das Thema meines Liedes lautete ganz schlicht, daß ich nur ein Kriminalinspektor bin und weiter nichts. Daß ich nicht die geringste Vorstellung hätte, was Seiner Majestät Reichsgeheimdienst vorhaben mochte. Daß der Geheimdienst aus irgendeinem Grund sehr daran interessiert sei, diesen Mörder zu fangen, und daß aus eben diesem Grund einige seiner Agenten hier herumhingen, um mich zu unterstützen. Daß sie aber in Wirklichkeit eher ein Klotz am Bein als eine echte Hilfe seien.« Er hielt inne, um einen weiteren Schluck Caffe zu sich zu nehmen, dann fuhr er fort. »Ach ja, und noch etwas – daß sie Verstärkung aus England anfordern müßten, weil vor vier Tagen vier schwerbewaffnete Männer mit einem Marinekutter nach London abgefahren seien.«

Sir James' Miene hellte sich nach kurzem Stirnrunzeln wieder auf. »Ah, ja! Ihr habt also angedeutet, daß wir die Phiole bereits gefunden und wieder nach England in Sicherheit gebracht hätten.«

»Ganz genau. Und da sie von diesem ach so geheimen Unternehmen noch nichts gehört hatte, war sie auch überzeugt davon, daß es kein bloßer Bluff meinerseits sein konnte. Das Resultat war, daß sie die ganze Mission abblies. Um Mitternacht hat sie sich für einen Augenblick entschuldigt und mit jemandem gesprochen – ich vermute, daß es der zweite Mann war, der vielgeschmähte Suv. Ihre Männer machten sich in drei der vier Windrichtungen aus dem Staub.«

»Und sie selbst nicht?«

»Natürlich nicht. Warum sollte sie auch meinen Verdacht erregen? Es war doch viel klüger, mich unter Aufsicht zu behalten, während ihre Männer sich verzogen. Ich habe sie kurz nach Morgengrauen verlassen und –«

»Ihr wart von Sonnenuntergang bis zum Morgengrauen bei ihr? Warum habt Ihr denn so lange gebraucht?«

Lord Darcy sah gequält drein. »Mein lieber James, Ihr glaubt doch wohl selbst nicht, daß ich ihr diese ganze Fehlinformation innerhalb einer halben Stunde hätte geben können, ohne daß sie Verdacht geschöpft hätte, oder? Ich mußte mir alles von ihr scheibchenweise entlocken lassen. Ich mußte dafür sorgen, daß sie mir wiederum ihrerseits mehr Informationen gab, als sie ursprünglich vorgehabt hatte, damit sie von mir die ganze Geschichte bekam. Und natürlich mußte *sie* ja auch sehr behutsam taktieren, damit *ich* nicht meinerseits mißtrauisch wurde. Es war ein höchst delikater und zeitraubender Handel, das könnt Ihr mir getrost glauben.«

Sir James tat sein Bestes, um nicht anzüglich die Mundwinkel zu verziehen. »Das kann ich mir gut vorstellen.«

Father Arthur blickte aus dem Fenster und sog feierlich an seiner Pfeife, als befände er sich in tiefster Meditation – und als könnte er nichts von alledem hören.

Ziemlich hastig warf Master Sean ein: »Dann wart Ihr es also, der den Lehmziegel zerstört hat, den ich aus der Klippenwand gegraben habe, My Lord.«

»Ja, das war ich. Es tut mir leid, daß ich Euch nichts mehr davon sagen konnte, aber Ihr wart in der Kirche, und ich hatte es etwas eilig. Versteht Ihr, es gab ja nur zwei mögliche Orte, wo sich die Phiole befinden konnte. Deshalb habe ich an der unwahrscheinlichsten Stelle als erstes nachgesehen, nämlich in dem Lehmklumpen. Standish hätte die Phiole immerhin theoretisch dort verstecken können, aber das hielt ich für unwahrscheinlich. Trotzdem mußte ich für alle Fälle nachsehen. Aber sie war wirklich nicht dort.

Also holte ich mein Pferd und ritt zu der Stelle hinaus, wo man die Leiche gefunden hatte. Versteht Ihr, Standish *mußte* die Phiole dabeigehabt haben, denn er hat sie geöffnet, um seinen Verfolgern zu entkommen. Ich vermute, daß Master Sean wahrscheinlich weiß, nach welchem

Prinzip das Ding funktioniert. Ich weiß jedenfalls nur, daß es jeden im Umkreis von etwa eineinhalb Meilen blind macht.«

Master Sean räusperte sich. »Es ist etwas Ähnliches wie bei der sogenannten hysterischen Blindheit. Die Augen bleiben dann völlig in Ordnung, nicht wahr, aber der Geist blockiert die Sehzentren im Gehirn. Die Phiole enthält einen geladenen Stab, der mit dem Verschluß verbunden ist. Wenn man sie öffnet und den Stab freilegt, wird alles schwarz. Das ist auch der Grund für das aurastabilisierte magische Feld, welches die Phiole selbst bildet.«

»Für den, der die Phiole in der Hand hält, wird aber nicht alles schwarz«, sagte Lord Darcy. »Farblos-Grau, das schon, aber sehen kann man dann immer noch.«

»Das ist der eingebaute Sicherheitszauber im Verschluß«, erklärte der kleine irische Hexer.

»Na schön, aber wo *war* denn das vermaledeite Ding nun tatsächlich?« wollte Sir James wissen.

»Im Sand vergraben, beinahe direkt unter dem großen Felsen, wo man den Leichnam gefunden hat. Ich mußte nur ein bißchen graben, bis ich sie gefunden hatte.« Lord Darcy sah ernst drein. »Ich fürchte, meine analytischen Kräfte lassen mich langsam im Stich. Sonst hätten Master Sean und ich sie schon gestern gefunden. Aber ich habe mich ausschließlich auf seinen Metalldetektor verlassen, um sie zu finden. Und dabei hat Master Sean mir doch ausdrücklich erklärt, daß ein Psychoschild alles geistig unsichtbar macht. Natürlich meinte er eigentlich Standish damit, aber ich hätte begreifen müssen, daß dieselbe Logik selbstverständlich auch für die Ipswich-Phiole gilt.«

»Wenn Ihr mir gesagt hättet, wonach Ihr sucht, My Lord . . .« sagte Master Sean sanft.

Lord Darcy lachte leise und freudlos. »Obwohl wir nun schon jahrelang zusammenarbeiten, mein guter Sean, neigen wir doch immer noch dazu, einander zu überschätzen. Ich hatte geglaubt, daß Ihr bereits kombiniert hättet, wonach wir suchten, obwohl Ihr doch gar kein Detektiv seid. Und Ihr seid davon ausgegangen, daß ich etwas von geistigen Schutzschilden verstünde, obwohl ich kein Thaumaturg bin.«

»Ich begreife noch immer nicht völlig, wie nun alles abgelaufen ist«, warf Father Arthur ein. »Könntet Ihr uns das nicht mal erläutern? Was hatte Standish überhaupt am Strand zu suchen?«

»Nun ja, betrachten wir einmal die Nacht vor seinem Tod. Er hat den geheimnisvollen Bourke verfolgt. Als Bourke sich dauerhaft in der Grünen Möwe einquartiert hatte, ist Standish nach Caen geritten, hat Sir James per Teleklang benachrichtigt und ist zurückgekehrt. Dann hat er sich den Mantel des Küsters ausgeliehen und ist in den Gasthof hinübergegangen. Als sich die Möglichkeit dazu ergab, ist er schnell die Treppe emporgehuscht und in Bourkes Zimmer eingedrungen, vermutlich, um die Phiole an sich zu bringen.

Nun dürfen wir allerdings nicht vergessen, daß all dies nur Vermutung ist. Ich kann nichts davon beweisen, und ich wüßte auch nicht, wie man es je beweisen könnte. Ich habe nicht sämtliche Beweise, die ich dafür benötigen würde, und ich kann sie mir auch nicht beschaffen. Aber alles, was ich weiß, weist unweigerlich auf diese Schlußfolgerung hin.

Master Sean behauptet, daß ich einen Anflug Talent habe – nämlich die Fähigkeit, von unbewiesenen Annahmen zu vorzeitigen Schlüssen zu springen. Dem mag so sein. Jedenfalls *weiß* ich, was geschehen ist.

Also gut. Standish begab sich in Bourkes Zimmer, um ihn festzunehmen. Er wußte genau, daß Bourke im Raum war, weil er in geistigem Kontakt zu ihm stand.

Doch als er ins Zimmer eindrang, wurde er plötzlich mit einer Frau konfrontiert – mit einer Frau, die er kannte. Die Frau war von dieser Begegnung ebenso überrascht wie Standish.

Ich weiß nicht, wer von beiden sich von seiner Überraschung als erster erholte, aber ich hege den starken Verdacht, daß es die Frau war. Nummer 055 ist reichlich geistesgegenwärtig, das könnt Ihr mir glauben.

Doch Standish war der Stärkere. In den folgenden Sekunden mußte er zwar einige Prellungen und Schürfwunden einstecken, aber es gelang ihm dennoch, sie bewußtlos zu schlagen. Ich habe die Schürfwunde an ihrem Hals gestern nacht gesehen.

Er durchsuchte den Raum und entdeckte die Phiole. Leider hatte der Lärm des Handgemenges zwei, möglicherweise auch drei ihrer Mitagenten alarmiert. Deshalb mußte er durchs Fenster fliehen, wobei er den Mantel verlor. Die Männer folgten ihm.

Er lief zum Strand und . . .«

»Moment mal«, unterbrach ihn Sir James. »Wollt Ihr etwa damit sagen, daß Bourke in Wirklichkeit Olga Polovski war? Verkleidet?«

»Aber sicher. Sie ist eine ausgezeichnete Schauspielerin. Es ging ursprünglich darum, Bourke völlig von der Bildfläche verschwinden zu lassen. Sie wußte, daß der Geheimdienst ihr auf der Fährte war, und sie wollte keine Spuren zurücklassen. Aber sie war sich im unklaren darüber, daß Standish ihr bereits derart dicht auf den Fersen war, weil er ja geistig unsichtbar war. Deshalb war sie auch so schockiert, als er in ihr Zimmer kam.

Auf jeden Fall ist er zum Strand gelaufen. Zu dieser Nachtzeit gab es keinen anderen Ort, an den er hätte fliehen können, mit Ausnahme der Kirche, doch dort hätte man ihn schnell in die Enge gedrängt.

Ich muß zugeben, daß ich nicht sehr präzise schildern kann, was während der Flucht genau geschah, aber wir müssen berücksichtigen, daß er zwei Tage lang ohne große Ruhepausen geritten war, und die Hiebe, die er von Olga hatte einstecken müssen, hatten ihn auch etwas geschwächt. Endlich fand er sich jedenfalls am Rande der Klippe wieder, und die Agenten der *Serka* umzingelten ihn. Ihr erinnert Euch, daß es eine mondlose Nacht war und daß ihm zum Sehen nur das Sternenlicht zur Verfügung stand. Aber von den polnischen Agenten hatte mindestens einer eine Laterne dabei.

Standish saß am Klippenrand in der Falle, er konnte nicht erkennen, wie tief die Klippe nach unten abfiel oder was ihn unten erwartete. Also lag er flach am Boden und rührte sich nicht, doch die anderen kamen immer näher. Er beschloß, sich der Phiole zu entledigen. Es war immer noch besser, sie zu verlieren, als sie in die Hände von König Casimir fallen zu lassen. Er holte sein Messer hervor und grub das ›055‹ in die Klippenwand, um die Stelle zu markieren und um sicherzugehen, daß andere es wahrnehmen würden, falls man ihn umbringen sollte. Ich bin überzeugt davon, daß er vorhatte, ein Loch zu graben, um die Phiole an Ort und Stelle zu verstecken. Ich glaube nicht, daß er zu diesem Zeitpunkt noch sehr klar denken konnte.

Die *Serka*-Agenten kamen immer näher, und es wurde zusehends ungemütlich. Jeden Augenblick mußten sie ihn entdecken. Also brach er das Siegel der Phiole und öffnete sie. Daraufhin: völlige Finsternis.

Da er seine Verfolger, wenn auch nur sehr undeutlich, erkennen konnte, diese ihn aber nicht, beschloß er, den Versuch zu wagen, sich an ihnen vorbeizuschleichen, um ins Dorf zurückzukehren. Wenn er einen Zeitgewinn verbuchen konnte, würde er vielleicht ein Versteck ausfindig machen können.

Er stand auf.

Aber als er sich umdrehte, trat er daneben und stürzte zwanzig Fuß in die Tiefe, wo er auf dem Sand aufprallte.« Lord Darcy machte eine Pause.

Father Arthur musterte ihn nachdenklich und fragte: »Er hatte doch eine Waffe dabei. Warum hat er sie nicht benutzt?«

»Weil die anderen ebenfalls bewaffnet und außerdem in der Überzahl waren. Er wollte seine Stellung nicht durch sein Mündungsfeuer preisgeben, wenn es sich irgendwie vermeiden ließ«, erklärte Lord Darcy. »Aber fahren wir fort. Der Sturz war es, wodurch er sich die Rippen brach und das Handgelenk verstauchte. Es ist auch ziemlich wahrscheinlich, daß er für ein paar Minuten die Besinnung verloren hat. Als er wieder zu sich kam, muß ihm klargeworden sein, daß er doch einen etwas größeren Vorteil hatte, als er zunächst geglaubt hatte. Die *Serka*-Agenten konnten nämlich das Mündungsfeuer seiner Pistole nicht erkennen. Schwerverwundet erwartete er sie.«

»Bewundernswert«, meinte Father Arthur. »Es ist geradezu unglaublich, daß er beim Sturz beide Teile der Phiole nicht verloren hat. Er muß sie mit größter Verbissenheit festgehalten haben.«

»Das sähe Standish ähnlich«, sagte Sir James grimmig. »Fahrt fort, My Lord.«

»Nun, die Jungs von der *Serka* müssen sich das gleiche gedacht haben. Sie konnten nicht wissen, wie sehr er verletzt war, und sie wußten auch nicht genau, wo er sich befand. Also haben sie sich zurückgezogen. Langsam natürlich, weil sie sich ja im Finstern vortasten mußten, aber als sie wieder auf der Old Shore Road waren, ging es schon besser.

Inzwischen war Standish wieder der Ohnmacht nahe. Er mußte die Phiole immer noch verstecken, deshalb hat er sie im Sand vergraben, wo ich sie dann später gefunden habe.«

»My Lord«, sagte Master Sean, »ich weiß immer noch nicht, wer Standish umgebracht hat und aus welchem Grund.«

»Ach so, das, ja. Aber das war doch von Anfang an völlig offensichtlich. Nicht wahr, Father Arthur?«

Der gute Father Arthur starrte Lord Darcy fassungslos an. »Verzeihung, My Lord, aber für *mich* nicht.«

Lord Darcy wandte den Kopf. »Sir James?«

»Nein.«

»Ach herrje. Na schön, dann muß ich wohl ein Stückchen zurückgehen. Also: Die Demoselle Olga mußte, um ihre Spur zu verdecken, ›Bourke‹ beseitigen. Aber wenn ›Bourke‹ sich plötzlich in Nichts auflösen und ein anderer ebenso plötzlich aus dem Nichts wieder auftauchen sollte, dann hätte selbst ein Vollidiot den Verdacht gehegt, daß die beiden ein und derselbe waren. Also mußte sie für eine Tarnung sorgen. Jemand anders, der in keiner Weise mit ›Bourke‹ in Verbindung gebracht wurde, mußte in der Grünen Möwe auftauchen, und zwar *bevor* ›Bourke‹ dort erschien!

Was geschieht also? Ein Kutscher namens Danglars erscheint, ein Diener, der sich und seine Herrin, Mistress Jizelle de Ville, ins Gästebuch einträgt. (Danglars und Suv waren übrigens mit großer Sicherheit ein und derselbe.) Aber wer bekommt Mistress Jizelle zu Gesicht? Niemand! *Bis zum nächsten Morgen ist sie nichts als ein Name im Gästebuch!*

Es war ursprünglich geplant gewesen, daß Mistress Jizelle am Abend auftauchen sollte, dann Bourke noch einmal, und so weiter. Es sollte klar und deutlich werden, daß beide Personen nicht miteinander in Verbindung standen. Dadurch, daß Standish eintraf und sich in das Bild drängte, geriet alles durcheinander, aber es funktionierte dennoch halbwegs.

Es *muß* Mistress Jizelle gewesen sein, die ihn tötete. Schaut Euch mal das Beweismaterial an! Standish ist – berichtigt mich bitte, falls ich mich irren sollte, Master Sean – plus/minus fünfzehn Minuten, bevor beziehungsweise nachdem man ihn gefunden hatte, gestorben.«

Master Sean nickte.

»Natürlich«, fuhr Seine Lordschaft fort, »gehen wir bei der Zeitangabe immer von einem aus. Wie sollte ein Mensch auch getötet werden, *nachdem* man ihn gefunden hat?

Aber es war niemand sonst da, der ihn hätte umbringen können! Ein Bauer und seine beiden Söhne hielten sich nahe genug an der Straße auf, um jeden zu bemerken, der dort entlangkam, es sei denn, er wäre über den Strand gegangen. Aber im feuchten Sand waren keinerlei Fußspuren zu sehen – außer denen der ›Mistress Jizelle‹!

Stellt es Euch vielleicht folgendermaßen vor: Nummer 055, die immer noch etwas benommen ist und eine Halswunde hat, erfährt von ihren zurückkehrenden Leuten, daß sie Standish verloren haben. Aber sie ist klug genug, um zu begreifen, was geschehen sein mußte. Sobald es geht, legt sie ihre ›Mistress Jizelle‹-Maske an und läßt sich von ihrem Leutnant zu dem fraglichen Strandabschnitt fahren. Dort klettert sie die Klippe hinab, um nachzusehen, und entdeckt Standish.

Standish ist mittlerweile wieder zu sich gekommen. Er öffnet die Augen und erblickt Olga Polovski. Er hält die Pistole noch immer in der Hand, versucht, sie auf sie zu richten. Sie springt ihn an, um ihr Leben fürchtend. Ein Handgemenge, der Schuß löst sich – *Finis.*«

»Hätten die Bauern den Schuß nicht hören müssen?« fragte Sean.

»Auf diese Entfernung bei starkem Wind, gischtendem Meer und einer schallschluckenden Klippe dazwischen – nein, da wäre es sehr schwer gewesen, einen Pistolenschuß wahrzunehmen. Außerdem wurde der Schall dadurch gedämpft, daß sich die Mündung direkt an Standishs Schläfe befand. Nein, der war nicht zu hören.«

»Warum endeten ihre Fußspuren dann fünf Ellen vor dem Körper?« wollte Sir James wissen. »Im trockenen Sand waren keine Abdrücke zu sehen.«

»Teilweise, weil sie ihre Fußspuren verwischt hat, teilweise aufgrund des Windes, der heftig genug blies, um sie zu verwehen. Sie war benommen und in Sorge, aber sie hat sich doch noch die Zeit genommen, um nach der Phiole zu suchen. Natürlich wollte sie keine Spuren dieser Suche zurücklassen. Sie ist zurückgekehrt, um sich mit Danglars-Suv zu beraten. Als sie die Bauern sah, blieb ihr nichts anderes mehr übrig als der Bluff. Was ihr auch, wie ich sagen muß, wunderbar gelungen ist.«

»In der Tat.« Sir James le Lien sah gleichzeitig kühl und grimmig aus. »Wo ist sie jetzt?«

»Inzwischen wird sie sich ein Pferd genommen haben und fortgeritten sein.«

»Wahrscheinlich im Damensattel.« Seine Stimme war ebenso kalt wie sein Gesichtsausdruck. »Ihr habt sie also laufen lassen. Warum habt Ihr sie nicht festgenommen?«

»Aufgrund welcher Beweise? Sir James, seid doch bitte kein Narr! Wessen wolltet Ihr sie denn anklagen? Könntet Ihr vor Seiner Majestät Oberstem Gerichtshof wirklich beschwören, daß ›Mistress Jizelle‹ in Wirklichkeit Olga Polovski war? Wenn ich versucht hätte, sie zu verhaften, dann läge ich jetzt als Leiche in dem Zigeunerlager, und wenn ich noch soviel Beweise gehabt hätte. Aber da ich die nicht hatte und immer noch nicht habe, wäre das zwecklos gewesen.

Ich möchte diesen Fall bestimmt nicht als zufriedenstellend gelöst bezeichnen, o nein! Aber Ihr habt die Phiole wieder, und die wolltet Ihr ja auch. Ich fürchte, der Tod von Noel Standish muß wohl auf das Konto ›Ergebnis von Feindeinwirkung im Krieg‹ gebucht werden. Es war kein Mord ersten Grades, es war, wie Master Sean es gestern ausdrückte, ein Mordunfall.«

»Aber –«

Lord Darcy lehnte sich in seinem Sessel zurück und schloß die Augen. »Gebt's auf, Sir James. Ihr werdet sie schon irgendwann fangen.«

Und dann begann er ganz leise zu schnarchen.

»Verdammt noch einmal!« sagte Sir James. »Da habe ich mir die ganze Nacht die Hacken abgelaufen, und alles ohne Erfolg. Und er verbringt die Nacht im Bett mit der schönsten Frau Europas und bekommt dafür alle Ergebnisse in den Schoß gelegt!«

»So etwas hängt immer von der Vorgehensweise ab«, meinte Master Sean. Er öffnete seinen symbolverzierten Reisesack und holte einen großen schweren Wälzer hervor.

»Natürlich, natürlich, aber ja!« sagte Sir James verbittert. »Manche arbeiten eben in der Vertikalen und andere in der Horizontalen.«

Father Arthur Lyon starrte weiterhin durch das Fenster hinaus, nichts hörend, was er nicht hören wollte.

»Was seht Ihr denn da nach, in Eurem Grimoire?« fragte er Master Sean nach einer Weile.

»*Zauber, Liebes-, Beseitigung von*«, erwiderte Master Sean gelassen.

# »Lot No. 249«

Sir
Arthur Conan
Doyle

Sir Arthur Conan Doyle (1859–1930) schuf den berühmtesten Detektiv der Welt, Sherlock Holmes. Aber er schrieb auch viele hervorragende Werke der Science-fiction und Phantastik, darunter die folgende Geschichte, die vielleicht – oder auch nicht – die inoffizielle Inspiration für den ersten Mumienfilm abgegeben haben mag.*

* Sir Arthur Conan Doyles *Phantastische Romane und Geschichten* (Bastei-Lübbe Taschenbuch 72 047) sind gesammelt in einer preiswerten Sonderausgabe erschienen. Anm. des Übersetzers.

Mit letzter Sicherheit wird man wohl nie erfahren, was zwischen Edward Bellingham und William Monkhouse Lee geschah und was das Grauen ausgelöst hat, das Abercrombie Smith widerfuhr. Wir können uns nur auf seinen eigenen, ausführlichen Bericht stützen und auf die Aussagen des Dieners Thomas Styles und des Pastors Plumptree Peterson und eben solcher Leute, die zufällig einen kleinen Teil dieser unglaublichen Kette von Ereignissen bezeugen können. Im wesentlichen müssen wir uns allein auf Smith verlassen, und die meisten von Ihnen halten es sicherlich für wahrscheinlicher, daß auch ein noch so klares Gehirn einmal seinen kleinen Fehlern und Schwächen unterliegen kann, als daß an einem Ort der Wissenschaft, wie ihn die Universität von Oxford zweifellos darstellt, in so flagranter Weise grundlegende Naturgesetze verletzt werden konnten. Wenn wir jedoch bedenken, wie schwach das Licht ist, mit dem unsere Wissenschaft den unüberschaubaren Raum dieser Gesetze beleuchten kann, wie in allen Winkeln Irrtümer wie Irrlichter aufblitzen und uns für lange Zeit erblinden lassen können, so hieße es, die Augen freiwillig zu verschließen, wenn wir jedes *unerwartete* Ereignis kurzerhand und nur scheinbar skeptisch als Halluzination abtäten.

An einem Flügel der Universitätsgebäude gibt es ein Ecktürmchen, das besonders alt sein soll. Der schwere Steinbogen, der seinen offenen Eingang überspannt, scheint nur noch von dem Netz aus Flechten und Efeuranken, die ihn überwuchern, vor dem Zusammenstürzen bewahrt zu werden. Von der Tür windet sich über zwei Absätze eine grobe Steintreppe nach oben, deren Stufen von Generationen wissensdurstiger Studenten ganz rund und formlos getreten sind, wie Steine in einem Flußbett, die die Zeit rundgeschliffen hat. Was mag heute noch übrig sein von all dem jungen, englischen Leben, all den Hoffnungen und Anstrengungen, die dieser Turm seit den Tagen der Plantagenets gesehen haben mag? Ein paar unleserliche Kerben auf irgendwelchen verwitterten Grabsteinen, vielleicht noch eine Handvoll Staub unter modrigen Sargresten, und eben auch diese abgetretenen Stufen, diese grauen Mauern, die in ihrer eigenen Sprache von vergangenen Zeiten künden.

Im Monat Mai des Jahres 1884 bewohnten drei junge Männer die kleinen Zimmer, jeweils ein Schlafraum und ein Wohnraum, die in dem Turm für Studenten zur Verfügung standen. Zu ebener Erde wohnte der Diener oder Bursche, Thomas Styles, der für die drei jungen Herren über ihm zu sorgen hatte. Unter den fleißigeren Kandidaten erfreuten sich diese Räume einer gewissen Beliebtheit, da man sich dort, umgeben von Hörsälen und Bibliotheken, gut zur Klausur zurückziehen konnte. Zu diesen Kandiaten zählten auch die drei, die nun dort wohnten – in der Turmspitze Abercrombie Smith, eine Treppe tiefer Edward Bellingham, und im ersten Stock William Monkhouse Lee.

Es war zehn Uhr, ein strahlender, blauer Fühlingsabend war zu Ende gegangen. Abercrombie Smith saß in seinem Lehnstuhl vor dem Kamin und rauchte schweigend seine Bruyèrepfeife. Ihm gegenüber saß genauso entspannt in einem ganz ähnlichen Sessel sein alter Schulfreund Jefferson Hastie. Beide trugen noch Wolljacken, denn sie hatten den Abend am Fluß verbracht, zwei Naturburschen mit frischen, klaren Gesichtern, denen man ansah, daß sie stets für das Männliche und Starke waren. Hastie war denn auch Schlagmann seines College-Bootes, und Smith war ein ebenso starker Ruderer, doch ein bevorstehendes Examen warf schon seinen Schatten voraus und fesselte ihn an seine Bücher, bis auf die wenigen Stunden in der Woche, die er seiner Gesundheit schuldig zu sein glaubte. Die medizinischen Bücher auf seinem Tisch sowie verstreute Knochen und Gipsmodelle und anatomische Tafeln wiesen auf Art und Umfang seiner Studien hin, während die Ruder und ein Paar Boxhandschuhe an der Wand jedem, der das Zimmer betrat, zeigten, womit er sich in Form hielt: stark und männlich. Und Hastie half ihm dabei. Sie kannten sich sehr gut – so gut, daß sie oft, wie auch an diesem Abend, schweigend zusammensitzen konnten. Weiter kann sich eine Freundschaft nicht entwickeln.

»Ich habe noch Whisky«, sagte Abercrombie Smith zwischen zwei Rauchwolken. »Scotch in dem Krug und Irischen in der Flasche.«

»Nein danke. Wir haben bald ein Rennen. Kein Schnaps während des Trainings! Wie steht es mit dir?«

»Ich muß noch sehr viel lesen. Ich glaube, ich trinke besser auch nichts.«

Hastie nickte, die beiden fielen wieder in ihr zufriedenes Schweigen.

»Übrigens«, fragte Hastie plötzlich, »hast du inzwischen einen der Jungs, die unter dir wohnen, kennengelernt?«

»Mehr als ein ›Guten Tag‹ war bisher noch nicht drin.«

»Hm! Vielleicht ist es am besten so. Ich kenne die beiden zwar nicht gut, aber mir reicht es. An deiner Stelle würde ich sie nicht gerade an meine Brust drücken. Nichts gegen Monkhouse Lee, aber . . .«

»Du meinst den Schmächtigen?«

»Genau; er ist ein feiner kleiner Kerl, ich glaube schon, er ist in Ordnung. Doch er ist ständig mit Bellingham zusammen.«

»Das ist also der Dicke.«

»Genau, und den möchte ich lieber nicht kennen.«

Abercrombie Smith sah seinen Kameraden neugierig an.

»Was ist denn mit ihm los?« fragte er. »Trinkt er? – Oder ist er ein Spieler, ein Schuft? Du bist doch sonst nicht so kritisch.«

»Ach, du kennst ihn eben nicht, sonst würdest du nicht so fragen. Er hat etwas an sich – wie eine Kröte. Mein Ekel vor ihm wird immer größer. Für mich ist er ein richtig ekelhafter kleiner Verklemmter, obwohl er kein Idiot zu sein scheint. In seinen Fächern soll er sogar einer der besten sein, die das College jemals hatte.«

»Medizin oder Philologie?«

»Orientalische Sprachen. Er ist ein wahrer Teufel auf dem Gebiet. Chillingworth traf ihn in den letzten Ferien irgendwo am Nil, wie er mit den Arabern sprach, als sei er einer von ihnen oder zumindest unter ihnen aufgewachsen. Er sprach koptisch mit den Kopten, hebräisch mit den Juden und arabisch zu den Beduinen, und alle hätten ihm am liebsten den Rocksaum geküßt, sogar die Typen, die sonst nur auf Steinen hocken und jeden Fremden, der vorbeikommt, mit den Blicken töten wollen und vor ihm ausspucken. Doch als sie diesen Bellingham sahen, wälzten sie sich vor ihm im Staub, bevor er fünf Worte ausgesprochen hatte. Chillingworth erzählte, daß er so etwas noch nie erlebt hätte. Und für Bellingham schien es ganz selbstverständlich zu sein, zwischen ihnen herumzustolzieren und sie zu behandeln, als seien sie seine Sklaven. Ganz gut für einen Studenten, nicht wahr?«

»Du sagtest, man könne an Lee nicht herankommen, ohne auch mit Bellingham zu tun zu bekommen; wieso?«

»Weil Bellingham mit Lees Schwester Evelyn verlobt ist. Sie ist ein so hübsches, fröhliches Mädchen. Ich kenne die ganze Familie sehr gut, und ich finde es furchtbar, mitansehen zu müssen, wie sie sich mit dieser Kröte abgibt. Die Kröte und die Taube, daran erinnern mich die beiden immer.«

Smith grinste und klopfte seine Pfeife am Kaminsims aus.

»Ich habe dich durchschaut, Alter«, sagte er, »das Ganze liegt ganz einfach zu klar auf der Hand, Bellingham würde dich gar nicht stören, wenn er nicht zufällig mit Evelyn verlobt wäre.«

»Na ja, ich kenne sie von klein auf, und ich will nicht, daß sie ein Risiko eingeht, das tut sie bestimmt. Er sieht einfach unheimlich aus. Und er hat unheimliche, gefährliche Launen. Erinnerst du dich an seinen Streit mit dem langen Norton?«

»Nein; du vergißt immer, daß ich noch nicht solange hier bin.«

»Ach ja, es war im letzten Winter. Aber du kennst sicher den schmalen Pfad unten am Fluß. Ein paar Studenten, Bellingham vorne weg, gingen in die eine Richtung, aus der anderen kam ihnen eine alte Marktfrau entgegen. Es hatte geregnet, du weißt, was das dort unten heißt, der Weg ist sehr schmal und ringsherum nichts als Schlamm und Pfützen. Doch was tut dieses Schwein Bellingham? Er bleibt auf dem Weg und stößt die Alte mit all ihrem Plunder in den Schmutz. Es war eine wirklich gemeine Szene, und Norton wurde so wütend, daß er Bellingham ins Gesicht sagte, was er davon hielt. Ein Wort gab das andere, und die beiden hätten sich fast geprügelt, es war ein Riesenärger. Du mußt mal sehen, wie Bellingham Norton anschaut, wenn er ihm heute einmal über den Weg läuft, es ist wirklich furchterregend. Himmel, es ist ja schon elf Uhr!«

»Keine Eile! Zünde dir deine Pfeife ruhig wieder an.«

»Das geht nicht, ich bin doch im Training und sollte eigentlich schon längst im Bett sein. Und was tu ich statt dessen? Ich sitze hier und schwätze. Ich nehme deinen Schädel mit, wenn du ihn im Moment nicht brauchst. Meiner liegt schon seit einem Monat bei Williams. Du könntest mir auch die Ohrknöchelchen borgen, aber nur, wenn du sie wirklich nicht brauchst. Vielen Dank. Eine Tasche brauche ich nicht, ich nehme das Zeug unter den Arm. Gute Nacht, mein Sohn, und denke daran, was ich dir über deinen Nachbarn erzählt habe.«

Als Hastie mit seinem Anatomiekram verschwunden war, leerte Abercrombie Smith seine Pfeife in den Papierkorb, schob seinen Sessel näher zur Lampe und griff nach einem prächtigen, grün eingebundenen Wälzer, der all die großen, bunten anatomischen Karten enthielt, Karten eines Landes, dessen macht- und hilflose Könige wir sind. Wenn er auch in Oxford erst angefangen hatte, als Mediziner war er schon fortgeschritten, denn er hatte vier Jahre in Glasgow und Berlin gearbeitet, und nach seiner nächsten Prüfung würde er als fertiger Arzt dastehen. Der entschlossene Mund, die breite Stirn und das klar geschnittene, etwas harte Gesicht ließen sofort vermuten, daß er zäh und geduldig genug war, auch ohne brillantes Talent manchen glänzenden Kopf am Ende in den Schatten stellen zu können. Ein Mann, der sich unter Schotten und Preußen behaupten kann, läßt sich nicht so leicht in die Ecke stellen. Smith hatte sich in Glasgow und Berlin einen guten Namen geschaffen, und jetzt wollte er in Oxford soviel erreichen, wie mit Fleiß und Engagement möglich war.

Er hatte etwa eine Stunde gelesen, die Zeiger seines geräuschvollen Reiseweckers würden sich bald auf der Zwölf treffen, als ein seltsames Geräusch ihn aufschreckte – ein lautes, fast schrilles Geräusch, wie ein gequältes, schmerzvolles Stöhnen. Smith ließ das Buch sinken und spitzte die Ohren. Links und rechts nebenan war nichts, das Geräusch konnte nur von seinem Nachbarn unter ihm kommen – demselben Bellingham, von dem sein Freund ein so ungünstiges Bild gezeichnet hatte. Smith kannte ihn nur als einen schwabbeligen, blassen Kerl, der ganz in seinen Studien aufzugehen schien; oft brannte bei ihm sogar noch Licht, wenn ringsherum schon längst alle schlafen gegangen waren. Dadurch fühlte sich Smith ihm irgendwie verbunden, denn auch er studierte oft bis tief in die Nacht. Es beruhigte ihn, zu wissen, daß ganz in der Nähe noch jemand war, dem seine Arbeit so wichtig war, daß er den Schlaf darüber vergaß. Sogar jetzt waren seine Gedanken an ihn noch freundlich. Hastie war ein guter Kumpel, doch er war auch ziemlich grobgestrickt und hatte wenig Phantasie. Abweichungen von seinem Idealbild reiner Männlichkeit konnte er nicht ertragen. Fiel einmal ein Student ein wenig aus der Reihe seiner frisch gewaschenen, sportlichen Kommilitonen, so war er Hastie gleich suspekt. Wie viele Sportler neigte er dazu, die körperliche Erscheinung eines Menschen mit seinem Charakter zu verwechseln. Smith kannte diesen Fehler seines Freundes sehr wohl und war sich dessen bewußt, als er jetzt an seinen Nachbarn dachte.

Smith wollte sich gerade wieder an die Arbeit machen, als ein Schrei die Stille der Nacht durchbrach – eindeutig der Schrei eines verzweifelten Menschen, der alle Selbstkontrolle aufgegeben hatte. Smith war mit einem Sprung aus seinem Sessel und legte sein Buch beiseite. Er hatte starke Nerven, doch in diesem ungehemmten Schreckensschrei war etwas, das das Blut in seinen Adern erstarren und seine Haare zu Berge stehen ließ. Zu dieser Stunde, an diesem Ort kamen ihm sofort tausend unglaubliche Ideen in den Kopf. Sollte er schnell hinunterlaufen und nachsehen, oder sollte er lieber abwarten? Wie alle Engländer haßte er jede Art unnötigen Aufsehens, er kannte seinen Nachbarn kaum und scheute davor zurück, sich in dessen Angelegenheiten zu mischen. Er schwankte immer noch zwischen Hilfsbereitschaft und Zurückhaltung, als der junge Monkhouse Lee, halb angezogen und aschfahl im Gesicht, die Treppe heraufgestürzt kam und seine Tür aufriß.

»Kommen Sie herunter!« keuchte er. »Bellingham ist krank.«

Sie gingen zusammen ein Stockwerk tiefer, wo Bellingham seine zwei Zimmer hatte, und als sie über dessen Schwelle traten, blieb Abercrombie Smith nichts anderes übrig, als seinen Blick durch die fremde Behausung schweifen zu lassen. Ein solches Zimmer hatte er noch nie gesehen – es war eher ein Museum als eine Studierstube. Wände und Decke waren über und über bedeckt mit Erinnerungsstükken aus dem Orient, aus Ägypten. Auf einem Fries marschierten hohe, kantige, schwer bewaffnete Gestalten in einem wunderlichen Reigen um das Zimmer herum, das mit storchen-, stier-, katzen- oder eulenköpfigen Statuetten, mit käferhaften ägyptischen Lapis-Lazuli-Gottheiten bis an die Decke gefüllt war. Aus jeder Nische, von jedem Regal starrten ihn Horus und Isis und Osiris an, und mitten im Raum hing ein wahrer Sohn des Nils, ein riesiges Krokodil, in zwei Schlingen von der Decke.

In der Mitte der Kammer stand ein quadratischer Tisch, der mit Papieren, Flaschen und getrockneten Blättern einer palmähnlichen, zierlichen Pflanze beladen war. Alles war zu einem großen Haufen zusammengeschoben worden, um Platz zu schaffen für einen Mumiensarg, der vorher offensichtlich seinen Platz an einer Wand hatte und jetzt quer über dem Tisch lag. Die Mumie, ein abstoßendes, schwarz verschrumpeltes Etwas, das seinen Kopf vielleicht in einen brennenden Busch gehalten hatte, hing halb aus ihrer Kiste heraus, ihre krallige Hand und der knochige Unterarm ruhten auf der Tischplatte. Daneben lagt eine alte, vergilbte Papyrusrolle, und davor saß auf einem kleinen Holzthron der Inhaber des Zimmers; sein Kopf hing nach hinten über die Lehne, die weit aufgerissenen Augen waren erschrocken auf das Krokodil fixiert, und durch die dicken blauen Lippen kamen vereinzelte, röchelnde Atemstöße.

»Mein Gott, er stirbt!« schrie Monkhouse Lee.

Er war ein schlanker, hübscher Junge mit olivfarbener Haut und dunklen Augen, eher ein spanischer als ein englischer Typ. Seine keltische Impulsivität stand in scharfem Kontrast zum echt sächsischen Phlegma des Abercrombie Smith.

»Es ist nur ein Schock, glaube ich«, sagte der Medizinstudent.

»Auf das Sofa mit ihm. Packen Sie seine Füße. Können Sie vielleicht die kleinen Holzteufel dort beiseite schaffen? Welche Unordnung! Es wird ihm sofort bessergehen, wenn wir seinen Kragen öffnen und ihm etwas Wasser geben. Was ist eigentlich passiert?«

»Ich weiß nicht. Ich hörte ihn schreien. Ich lief hinauf. Ich kenne ihn sehr gut, wissen Sie. Es war sehr nett von Ihnen, herunterzukommen.«

»Sein Herz hört sich an wie eine Kinderrassel.« Smith hatte sein Ohr an die Brust des bewußtlosen Bellingham gelegt.

»Ich glaube, irgend etwas hat ihn fast zu Tode erschreckt. Spritzen Sie ihm etwas Wasser ins Gesicht. Oh, dieses Gesicht überhaupt!«

Es war ein seltsames, ein wirklich abstoßendes Gesicht, unnatürlich sowohl in Farbe als auch in den Konturen. Es war weiß, nicht einfach vor Angst erblaßt, sondern blutleer weiß wie weißes Wachs. Er war sehr fett, doch er schien früher noch fetter gewesen zu sein, denn seine Haut hing in Säcken und Falten an ihm herab. Seinen mit struppigem, braunem Kurzhaar geschmückten Schädel zierten seitlich zwei kleine, fette Schweineohren. Seine hellgrauen Augen waren immer noch offen, krampfhaft unbeweglich mit erweiterten Pupillen. Smith schien es, als wolle die Natur mit dem Zustand dieses Mannes ein Warnzeichen setzen: Bis hierher und nicht weiter. Und ihm begann zu dämmern, wie ernst es Hastie vor einer Stunde mit seinen Worten gewesen war.

»Was zum Henker kann ihn so erschreckt haben?« fragte er.

»Die Mumie.«

»Die Mumie? – Wieso?«

»Ich weiß nicht. Sie ist unheimlich und böse. Ich wünschte, er würde sie zerstören. Dies ist schon das zweite Mal, daß er mich so erschreckt. Letzten Winter war es dasselbe. Ich fand ihn in genau demselben Zustand, und er war mit derselben schrecklichen Sache beschäftigt.«

»Was hat er mit der Mumie vor?«

»Oh, er ist ein Fanatiker in diesen Sachen. Er weiß mehr darüber als irgendwer sonst in England. Doch ich wollte, es wäre nicht so! Ah, er kommt zu sich!«

Blasses Rosa hatte sich auf Bellinghams speckige Wangen zurückgeschlichen, seine Augenlider flatterten wie Segel im Wind. Mit einem langen, pfeifenden Atemzug füllte er seine Lungen, dann hob er ruckartig den Kopf und warf einen ersten, prüfenden Blick in die Runde. Als sein Auge auf die Mumie fiel, sprang er auf, raffte die Papyrusrolle zusammen, stopfte sie in eine Schublade, drehte den Schlüssel und stolperte zurück auf das Sofa.

»Was gibt's?« fragte er. »Was wollt ihr, Jungs?«

»Du hast geschrien und dich angestellt wie eine Leiche«, sagte Monkhouse Lee. »Wenn unser Nachbar nicht so freundlich gewesen wäre, herunterzukommen, hätte ich gar nicht gewußt, was ich mit dir machen sollte.«

»Aha, Sie sind also Abercrombie Smith.« Bellingham sah ihn an. »Sehr gut, daß Sie gekommen sind. Was bin ich doch für ein Narr! Mein Gott, ich bin ein Idiot!«

Er schlug die Hände vors Gesicht und verfiel in stoßartiges, hysterisches Gelächter.

Smith schrie ihn an und schüttelte ihn. – »Wachen Sie auf! Sie müssen aufhören! Ihre Nerven hängen in Fetzen. Sie müssen Schluß machen mit Ihren mitternächtlichen Mumienspielchen, oder Sie werden noch total verrückt. Sie sind auf dem besten Weg dahin!«

Bellingham hörte auf zu lachen. »Ich glaube nicht, daß Sie noch so ruhig wären wie ich, wenn Sie gesehen hätten, was . . .«

»Was denn?«

»Ach, nichts. Ich wollte sagen, daß Sie wahrscheinlich auch nicht nachts mit einer Mumie zusammenhocken könnten, ohne nervös zu werden. Aber Sie haben recht. Ich habe es bestimmt zu weit getrieben, doch es geht mir schon wieder besser. Bitte gehen Sie jetzt nicht. Bleiben Sie noch ein paar Minuten, bis ich wieder ganz ich selbst bin.«

»Die Luft ist sehr stickig hier«, bemerkte Lee und riß das Fenster auf, um die kühle Nachtluft herein zu lassen.

»Das Harz der heiligen Pflanze«, sagte Bellingham. Er nahm eines der getrockneten Blätter vom Tisch und hielt es in die Gluthitze über der Petroleumlampe. Es verpuffte zu schweren Rauchwolken, ein scharfer, beißender Geruch erfüllte die Kammer. »Die Pflanze der Priester. Kennen Sie sich in den orientalischen Sprachen ein wenig aus, Smith?«

»Nein. Ich kenne kein einziges Wort.«

Dem Ägyptologen schien ein Stein vom Herzen zu fallen.«

»Wie lang hat es überhaupt gedauert, bis ich zu mir kam, nachdem Sie heruntergekommen waren?« fragte er weiter.

»Nicht lange. Vielleicht vier oder fünf Minuten.«

Bellingham seufzte erleichtert auf. »Was für eine seltsame Sache die Bewußtlosigkeit doch ist. Ich könnte selbst wirklich nicht sagen, ob sie Sekunden oder Wochen gedauert hat. Den hohen Herrn auf dem Tisch dort hat man jedenfalls zur Zeit der elften Dynastie zu Grabe getragen, was gut viertausend Jahre her ist. Doch wenn er noch sprechen könnte, würde er uns bestimmt erzählen, daß ihm diese Zeit nicht mehr war als ein kurzer Schlaf. Er ist eine außerordentlich schöne Mumie, Smith.«

Smith ging zum Tisch hinüber und betrachtete die schwarze, faltige Gestalt mit dem geschulten Auge eines Mediziners. Wenn auch alles schwarz wie verkohlt war, so war das Gesicht noch deutlich zu erkennen, sogar zwei kleine Äuglein schimmerten noch schwach tief in ihren schwarzen Höhlen. Die getrocknete Haut spannte sich straff von Knochen zu Knochen, und ein Gestrüpp schwarzer, buschiger Haare fiel über ihre Ohren. Zwei kleine Rattenzähne preßten sich in die Unterlippe. Von dem schrecklichen Leichnam mit eingeknickten Gliedmaßen und verdrehtem Kopf schien eine Energie auszugehen, vor der Smith instinktiv Ekel empfand. Unter der ledrigen Haut zeichneten sich die Rippen klar ab, und auf dem eingesunkenen Leib war noch der Schnitt des Präparators zu erkennen; der Unterleib war mit gelben, vermoderten Bandagen umwickelt. Kleine Stückchen Myrrhe und Kassia waren über die Mumie und in der Kiste verstreut.

»Ich kenne seinen Namen nicht«, sagte Bellingham, während er mit einer Hand den schrumpligen Schädel streichelte. »Der Außensarg mit den Inschriften fehlt leider. Objekt Nr. 249 ist jetzt seine Bezeichnung. Sie sehen die Zahl auf seiner Kiste. Das ist die Nummer, unter der er bei der Auktion geführt wurde, wo ich ihn erworben habe.«

»Für seine Zeit war er bestimmt ganz gut dabei«, bemerkte Abercrombie Smith.

»Er war ein Riese. Die Mumie ist über zwei Meter groß, und die Ägypter hätten einen Mann dieser Größe sicherlich als Riesen bezeichnet, da sie im allgemeinen nicht gerade großwüchsig waren. Schauen Sie sich die stabilen, schweren Knochen an; er war sicher einmal ein furchterregender Kämpfer.«

»Vielleicht haben diese Hände mitgeholfen, Stein auf Stein zu Pyramiden aufzutürmen«, sinnierte Monkhouse Lee, während er voller Abscheu die langen schmutzigen Fingernägel der Mumie betrachtete.«

»Keine Angst. Unser Freund ist vollkommen steril. Er war in Natron eingelegt, auch sonst ist er aufs sorgfältigste behandelt worden. Die Einbalsamierer waren damals wirkliche Spezialisten. Man hat ausgerechnet, daß eine ähnlich gute Arbeit heutzutage etwa siebenhundert Pfund kosten würde. Dieser Kerl muß jedenfalls ein Adliger gewesen sein. Wofür würden Sie die kleine Inschrift dort an seinem Fuß halten, Smith?«

»Ich sagte Ihnen schon, daß ich kein einziges ägyptisches Wort kenne.«

»Ach ja. Ich meine, es ist der Name des Präparators. Er muß ein sehr gewissenhafter Arbeiter gewesen sein. Glauben Sie, von unserer heutigen Welt wird in viertausend Jahren noch etwas übrig sein?«

So plapperte er immer weiter, doch Abercrombie Smith merkte natürlich, daß der dicke Mann immer noch ganz außer sich vor Angst war. Seine Hände zitterten, und immer wieder verfing sich sein gehetzter Blick an seinem düsteren Zimmergenossen. Bei aller Angst war aber in seiner Stimme ein triumphierender Unterton nicht zu überhören. Seine Augen glänzten, und wie er in der Kammer hin und her hetzte, waren seine Schritte groß und entschlossen. Er machte den Eindruck eines Mannes, der durch eine Folter gegangen war, deren Narben er zu tragen hatte, die ihn aber seinem Ziel einen Schritt nähergebracht hatte.

»Sie gehen doch noch nicht?« schrie er, als Smith von dem Sofa aufstehen wollte.

Bei dem Gedanken, bald wieder allein zu sein, schienen all seine Ängste wieder auf ihn zurückzufallen. Er lief auf ihn zu, um ihn festzuhalten.

»Ich muß jetzt gehen. Ich habe noch zu arbeiten, und Ihnen geht es anscheinend besser. Ich gebe Ihnen den Rat, schonen Sie Ihre Nerven ein wenig, diese Art Studien macht Sie krank.«

»Oh, normalerweise sind meine Nerven ganz in Ordnung; dies ist auch nicht die erste Mumie, die ich ausgepackt habe.«

»Das letzte Mal bist du in Ohnmacht gefallen«, bemerkte Monkhouse Lee.

»Ja, das stimmt. Ich brauche wohl Tabletten oder Stromstöße. Du gehst doch nicht, Lee?«

»Ich werde tun, was du willst, Ned.«

»Dann schlafe ich bei dir auf dem Sofa. Gute Nacht, Smith. Es tut mir wirklich leid, Sie mit meiner Dummheit belästigt zu haben.«

Sie gaben sich die Hand, dann stolperte der Medizinstudent die krumme Wendeltreppe hinauf. Unten verhallten die Schritte seiner beiden neuen Bekannten auf dem Weg zum ersten Stockwerk. Auf diese seltsame Weise begann die Bekanntschaft zwischen Edward Bellingham und Abercrombie Smith, eine Bekanntschaft, die zumindest der letztere nicht zu vertiefen beabsichtigte. Nur Bellingham schien Gefallen gefunden zu haben an seinem wortkargen Nachbarn. Seine Annäherungen waren derart, daß man sie nicht abwehren konnte, ohne unfreundlich zu werden. Zweimal kam er herauf, um Smith für seine Hilfe zu danken, und danach stand er oft mit Büchern, Papieren und anderen Sachen vor der Tür, die man unter Nachbarn austauschen kann. Wie Smith bald herausfand, war er ein außerordentlich belesener Mann mit weitläufigen Interessen und einem erstaunlichen Gedächtnis. Sein Benehmen war so taktvoll und angenehm, daß man nach einer gewissen Zeit sein abstoßendes Äußeres einfach übersah. Für einen müden und abgespannten Mann war er eine angenehme Gesellschaft, und bald schon war Smith soweit, daß er sich auf die Besuche freute und sie sogar erwiderte.

Doch der Medizinstudent war nicht so dumm, den Abgrund des

Wahnsinns nicht zu bemerken, an dem Bellinghams Geist sich zu bewegen schien. Der Kontrast zwischen den abgehobenen, aufgeblasenen Reden, die er manchmal führte, und seinem einfachen Leben war einfach zu groß.

»Es ist wundervoll«, rief er einmal, »zu fühlen, daß man die Kräfte des Guten und des Bösen beherrschen kann – man kann Engel sein oder Teufel.« Und über Monkhouse Lee sagte er einmal: »Lee ist ein guter Freund, ein treuer Kamerad, doch er hat keine Kraft, keinen Ehrgeiz. Er paßt nicht zu einem Mann, der etwas Großes vor hat. Er paßt nicht zu mir.«

Bei solchen Anfällen von Größenwahn pflegte Smith verträumt an seiner Pfeife zu ziehen und mit gerunzelter Stirn den Kopf zu schütteln. Manchmal riet er ihm auch, früher schlafen zu gehen und sich mehr frische Luft zu gönnen.

Seit kurzem hatte sich Bellingham angewöhnt, ständig zu sich selbst zu sprechen. Spät nachts, wenn Bellingham bestimmt allein war, hörte er von unten leise, zuweilen nur geflüsterte endlos eintönige Monologe, für Smith ein bekanntes Symptom einer akuten Geistesstörung. Das nächtliche Gemurmel beunruhigte ihn so sehr, daß er seinen Nachbarn des öfteren darauf ansprach. Bellingham wurde jedesmal rot dabei und bestritt barsch, auch nur einen Ton von sich gegeben zu haben. Er regte sich jedenfalls mehr über die Sache auf, als man für normal halten würde.

Hätte Abercrombie Smith irgendeinen Zweifel an seinen Wahrnehmungen gehegt, so hätte er auch ohne Mühe einen Zeugen finden können. Tom Styles, der kleine, krumme Diener, der schon länger für die wechselnden Bewohner des Turmes sorgte, als irgend jemand sich erinnern konnte, hatte auch seinen Kummer mit Bellingham.

Eines Morgens beim Saubermachen fragte er Smith: »Verzeihen Sie, Sir, glauben Sie, daß es Mr. Bellingham gutgeht?«

»Was meinen Sie damit, Styles?«

»Ich meine, ob er ganz richtig im Kopf ist, Sir.«

»Warum bezweifeln Sie das?«

»Na ja, ich weiß nicht. Sein Benehmen ist in letzter Zeit so seltsam. Er ist nicht mehr der alte, wenn er auch nie so war wie meine anderen jungen Herren, um die ich mich gekümmert habe, wie Mr. Hastie oder Sie, Sir. In letzter Zeit hat er aber angefangen, irendwelche schlimmen Selbstgespräche zu führen. Stört Sie das eigentlich nicht? Ich weiß nicht, was ich mit ihm machen soll, Sir.«

»Was geht Sie das überhaupt an, Styles?«

»Es interessiert mich einfach, Mr. Smith. Vielleicht ist es aufdringlich von mir, doch ich kann es nicht ändern. Manchmal meine ich, ich müsse meinen jungen Herren Vater und Mutter gleichzeitig sein. Wenn irgend etwas passiert, bin ich für die Verwandten an allem schuld. Was ist nur mit Mr. Bellingham, Sir? Wer läuft in seinem Zimmer herum, wenn er ausgegangen ist und die Tür von außen abgeschlossen?«

»Was? Sie phantasieren wohl, Styles.«

»Vielleicht, Sir; doch meinen Ohren kann ich noch trauen, und die Schritte habe ich mehr als einmal gehört.«

»Unsinn, Styles!«

»Sehr wohl, Sir. Sie läuten, wenn Sie mich brauchen.«

Smith gab nicht viel um das Geschwätz des greisen Hausdieners, doch ein Vorfall, der sich einige Tage später zutrug und ihm äußerst unangenehm war, ließ ihn unwillkürlich wieder an Styles' Worte denken.

An einem späten Abend saß Bellingham bei ihm und erzählte interessante Geschichten über die Felsengräber von Beni Hassan in Oberägypten. Plötzlich hörte Smith ganz deutlich, wie sich im unteren Stockwerk eine Tür öffnete. Auf sein Gehör konnte er sich verlassen, so daß kein Zweifel möglich war.

»Da hat jemand Ihre Tür geöffnet. Haben Sie noch Besuch?«

Bellingham sprang auf und wußte einen Moment lang, halb ungläubig, halb ängstlich, nicht, was er machen sollte.

»Ich habe die Tür doch abgeschlossen. Ich bin ganz sicher, daß ich sie abgeschlossen habe«, stammelte er. »Kein Mensch könnte die Tür öffnen.«

»Jedenfalls höre ich jemand die Treppe heraufkommen«, sagte Smith.

Bellingham stürzte hinaus, schlug die Tür hinter sich zu und jagte die Treppe hinunter. Ungefähr auf halbem Weg hörte Smith ihn stehenbleiben und sich im Flüsterton mit jemandem unterhalten. Im nächsten Augenblick fiel die Tür unten krachend ins Schloß, und Bellingham kam mit dicken Schweißperlen auf dem Gesicht zurück.

»Alles in Ordnung«, sagte er und fiel erschöpft in einen Sessel. »Es war nur der blöde Hund. Er hat die Tür aufgestoßen, ich hatte vergessen, sie abzuschließen.«

»Ich wußte gar nicht, daß Sie einen Hund halten«, sagte Smith langsam und sah seinem Gegenüber skeptisch in das verstörte Gesicht.

»Ich habe ihn noch nicht lange, und ich muß ihn bald wieder loswerden. Er ist eine richtige Plage.«

»Das glaube ich gern, wenn er schon so geschickt im Öffnen von Türen ist. Eigentlich sollte es doch nicht nötig sein, die Tür zu verriegeln, um einen Hund daran zu hindern, frei herumzulaufen . . .«

»Ich wollte verhindern, daß der alte Styles ihn herausläßt. Das Tier ist ziemlich wertvoll, und es wäre sehr ärgerlich, wenn es davonliefe.«

»Ich habe Hunde auch ganz gern«, sagte Smith, während er seinen Nachbarn aus dem Augenwinkel beobachtete. »Darf ich ihn mir einmal ansehen?«

»Natürlich, doch heute abend geht es leider nicht. Ich habe noch eine

Verabredung. Geht diese Uhr richtig? Dann bin ich schon eine Viertelstunde zu spät. Sie entschuldigen mich bitte.«

Er nahm seinen Hut und eilte aus dem Zimmer. Trotz der Verabredung hörte Smith, wie er in sein eigenes Zimmer zurückging und die Tür hinter sich verriegelte.

Nach diesem Vorfall wußte Smith sicher, daß er mit seiner neuen Bekanntschaft äußerst vorsichtig sein mußte. Bellingham hatte ihn angelogen, und das hatte er in einer so plumpen Art getan, daß er trifftige Gründe haben mußte, sich so bloßzustellen. Smith wußte, daß sein Nachbar keinen Hund hatte. Er war sich auch ganz sicher, daß die Schritte auf der Treppe nicht von einem Tier stammten. Doch was konnte es dann gewesen sein? Da war die Aussage des alten Styles, der jemand im Zimmer auf und ab laufen gehört hatte, als eigentlich niemand zu Hause war. Vielleicht eine Frau? Der Gedanke gefiel Smith. Wenn es so wäre, würde das für Bellingham Schande und Verbannung bedeuten, sobald die Verwaltung dahinterkäme. Das könnte auch der Grund für seine Nervosität und seine dummen Ausflüchte sein. Doch schließlich erschien es ihm mehr als unwahrscheinlich, daß ein Student eine Frau in seinem Zimmer verbergen konnte, ohne daß das sofort auffiel. Wie dem auch sei, die ganze Geschichte war ihm so zuwider, daß er beschloß, jede weitere Vertraulichkeit seines schwammigen, am Ende bestimmt für sich und andere ungesunden Nachbarn unerbittlich abzublocken.

Doch in dieser Nacht sollte er nicht mehr zum Arbeiten kommen. Kaum hatte er wieder ein Buch in der Hand, als er schnelle Schritte, immer drei Stufen auf einmal, die Treppe hinaufstürmen hörte: Sportsmann Hastie stattete ihm noch einen Besuch ab.

»Immer noch an der Arbeit!« sagte er und plumpste in seinen Lieblingssessel. »Was bist du nur für ein Kerl, daß du gar nicht aufhören kannst, zu pauken! Ein Erdbeben könnte dich wohl nicht von deinen Büchern aufschrecken, du würdest zwischen den Trümmern von Oxford hocken bleiben und weiterbüffeln. Ich will dich aber nicht lange stören. Ein Pfeifchen, dann bin ich wieder weg.«

»Was gibt's also Neues?« fragte Smith, während er mit dem Zeigefinger seine Pfeife stopfte.

»Nichts Besonderes. Wilson hat siebzig Punkte für die Erstsemester gegen die Elfer gemacht. Er soll jetzt wohl für Buddicomb in die Mannschaft, denn der ist total außer Form. Früher war er mal ein ganz guter Werfer, doch heute bringt er absolut nichts mehr.«

»Ein absolut schwacher Patzer, das sieht man doch sofort.« Smith war wie die meisten seiner Kommilitonen ein eingefleischter Kricketfan.

»Na ja«, erwiderte Hastie, »auf nassem Boden war er früher ein echt gefährlicher Mann. Übrigens, hast du davon gehört, was dem langen Norton passiert ist?«

»Was denn?«

»Er ist überfallen worden.«
»Überfallen?«
»Ja, direkt an der Ecke High Street, hundert Meter vor dem Tor der alten Uni.«
»Und? Wer war es?«
»Tja, das ist der Punkt. Du hättest besser gefragt, was war es! Norton schwört, daß es kein Mensch war, und als ich die Abdrücke an seinem Hals sah, war ich sehr geneigt, ihm zu glauben.«
»Was soll denn das jetzt? Glaubt ihr jetzt schon an Gespenster?«
Abercrombie Smith paffte verächtlich seinen Knaster.
»Nein, natürlich nicht. Ich glaube eher, daß es ein Menschenaffe gewesen sein könnte, der irgendeinem Zirkus stiften gegangen ist. Norton geht diesen Weg jeden Abend ungefähr zur selben Zeit. Über dem Weg hängt ein Ast der großen Ulme aus Rainys Garten. Norton glaubt, daß die Kreatur auf diesem Ast auf ihn gewartet hat, um sich auf ihn zu stürzen. Jedenfalls hätten ihn fast zwei Arme umgebracht, von denen er sagt, sie seien so stark und so dünn wie Stahlseile gewesen. Sehen konnte er nichts, nur diese beiden unheimlichen Arme, die versuchten, ihm das Genick zu brechen. Er schrie, was er konnte, ein paar Jungs kamen schließlich zu Hilfe, und die Gestalt sprang wie eine Katze über die Gartenmauer, ohne daß Norton sie nur einen Augenblick lang in voller Größe sehen konnte. Ich kann dir sagen, er war zu Tode erschrocken. Er sah aus, als sei ihm der Teufel persönlich begegnet.«
»Wahrscheinlich war es nur ein ganz gewöhnlicher Würger«, sagte Smith.
»Höchstwahrscheinlich. Nur Norton sagt nein, doch was der sagt, ist ja egal. Jedenfalls hatte der Würger lange Fingernägel und war ein ziemlich geschickter Turner. Da fällt mir ein, dein hübscher Nachbar wird seinen Spaß haben, wenn er die Geschichte hört. Er hatte mit Norton ja noch eine Rechnung zu begleichen, und soweit ich ihn kenne, ist er nicht der Typ, der so etwas auf sich beruhen läßt. – Hallo, Alter, was geht dir jetzt im Kopf herum?«
»Nichts«, antwortete Smith knapp.
Er saß steif in seinem Sessel und sah wirklich aus wie ein Mann, dem gerade eine furchtbare Idee durch den Kopf ging.
»Habe ich irgend etwas Falsches gesagt? Übrigens, wie ich gehört habe, hast du nach meinem letzten Besuch die Bekanntschaft des guten Herrn B. gemacht, nicht wahr? Monkhouse Lee hat mir so etwas erzählt.«
»Ja; ich kenne ihn flüchtig. Er war ein- oder zweimal bei mir.«
»Immerhin bist du groß und gehässig genug, auf dich selbst aufzupassen. Ich würde ihn nicht gerade zu den angenehmsten Zeitgenossen zählen, obwohl er bestimmt sehr klug und ein interessanter Gesprächspartner ist. Doch du wirst ihn schon noch selbst kennenlernen. Lee ist in

Ordnung, ein sehr netter kleiner Kerl. So, ich gehe jetzt. Wir treffen uns nächsten Mittwoch, wenn ich gegen Mullins um den Kanzlerpokal rudere. Komm doch vorbei, wenn du Zeit hast. Bis dann.«

Smith legte die Pfeife weg und stürzte sich wie ein Ochse wieder auf die Bücher. Doch so sehr er sich auch mühte, war es ihm doch unmöglich, sich auf seine Arbeit zu konzentrieren. Immer wieder schweiften seine Gedanken zu dem Mann, der unter ihm wohnte und zu dem Geheimnis, das ihn umgab. Dann dachte er an den unglaublichen Überfall, von dem Hastie erzählt hatte, und an den Groll, den Bellingham auf Norton gehabt hatte. Je länger er daran dachte, desto klarer wurde ihm, daß ein Zusammenhang bestehen mußte, und gleichzeitig sträubte sich sein Verstand gegen den wahnsinnigen Verdacht, der in ihm aufstieg.

»Zum Teufel mit dem Kerl!« schrie Smith und warf sein Pathologiebuch gegen die Wand. »Er hält mich von der Arbeit ab, und das allein wäre schon Grund genug, ihn in Zukunft zu schneiden, wenn es nicht noch andere gäbe.«

Zehn Tage lang schloß er sich nun mit seinen Büchern ein, ohne sich von einem seiner Hausgenossen stören zu lassen. Zu Zeiten, wenn Bellingham ihn gelegentlich besucht hatte, verzog er sich in die hinterste Ecke seiner Behausung, an der Außentür konnte dann klopfen, wer wollte, er reagierte nicht. Doch manchmal mußte er doch hinaus, und so geschah es, daß Bellinghams Tür aufflog, gerade, als er die Treppe hinunterging. Monkhouse Lee kam herausgestürzt, seine Augen funkelten, seine Wangen waren zorngerötet. Auf den Fersen folgte ihm Bellingham mit vor schwitzender Leidenschaft glänzendem Gesicht.»

»Du Narr«, zischte er. »Das wird dir noch leid tun.«

»Mag sein«, schrie der andere. »Paß auf, was ich sage. Es ist vorbei! Ich will nichts mehr davon hören!«

»Du hast es mir versprochen.«

»Ja, keine Angst! Ich werde nicht reden. Aber ich werde auch nicht zulassen, daß du Evi ins Grab bringst. Ein für allemal, es ist aus. Sie wird tun, was ich sage. Wir wollen dich nicht mehr sehen.«

Soviel bekam Smith von der Unterhaltung mit, ob er wollte oder nicht, und er beeilte sich, weiterzukommen, um nicht in den Streit verwickelt zu werden, denn daß sie ernsthaften Streit hatten, war schon nach diesen wenigen Worten klar. Lee würde alles tun, um die Verlobung zwischen seiner Schwester und Bellingham zu lösen. Smith dachte an Hasties Vergleich von der Taube und der Kröte, und er war froh, daß diese Verbindung nun zu Ende sein würde. Wenn Bellingham wütend war, sah er noch widerwärtiger aus als sonst, so einem sollte man auf keinen Fall das Leben eines unschuldigen Mädchens in die Hand geben. Er hätte gern gewußt, was den Streit ausgelöst hatte. Was war das für ein Versprechen, das Monkhouse Lee unbedingt halten sollte?

An jenem Tag sollte das Rennen zwischen Hastie und Mullins stattfinden, die Studenten strömten zum Ufer der Isis hinunter. Die Maisonne glänzte am Himmel und warf lange Ulmenschatten auf den sandigen Weg. Hinter den Bäumen standen die grauen Gebäude der ehrwürdigen Alma Mater wie Felsen in der Brandung des jungen Lebens, das sie fröhlich umströmte. Tutoren in Schwarz, magere Büroleute, bläßliche Jünglinge, die noch beim Gehen in ein Buch vertieft waren, und braungebrannte junge Sportler mit Strohhüten, in weißen Pullovern oder bunten Blazern, jeder ging in seinem Tempo hinunter zu den Wiesen, die den Flußbogen bei Oxford säumten.

Smith als alter Ruderer eilte natürlich schnurstracks auf die Stelle am Fluß zu, wo es, wenn überhaupt, spannend werden könnte. In der Ferne hörte er den Startschuß, die Massen kamen am Ufer entlang auf ihn zugelaufen, auf dem Fluß schaukelten einige Boote in Erwartung der Wettkämpfer, die jetzt, begleitet von einer Gruppe halbnackter, schnaufender Läufer, vor ihm auftauchten. Hastie zog in einem kraftvollen Sechsunddreißiger-Takt an ihm vorbei, während sein Gegner mit einem angestrengten Vierziger-Schlag eine gute Bootslänge hinter ihm lag. Das Rennen war gelaufen, Smith schaute auf seine Uhr und wollte sich auf den Rückweg zu seiner Klause machen, als ihn jemand an die Schulter tippte. Es war der junge Monkhouse Lee, der plötzlich neben ihm stand.

»Ich habe Sie zufällig hier stehen sehen«, fing er ängstlich und unsicher zu reden an. »Ich würde gern mit Ihnen sprechen, wenn Sie eine halbe Stunde für mich übrig hätten. Die Hütte dort gehört mir zusammen mit Harrington vom King's College. Kommen Sie auf eine Tasse Tee mit hinein?«

»Eigentlich muß ich sofort wieder zurück«, sagte Smith. »Ich habe noch ein Riesenpensum vor mir. Doch ein paar Minuten Pause sollten noch drin sein. Wäre Hastie nicht mein Freund, wäre ich gar nicht hergekommen.«

»Ich kenne ihn auch ganz gut. Ist sein Stil nicht wundervoll? Mullins hatte keine Chance. Doch kommen Sie bitte herein. Es ist etwas primitiv, doch während der Sommermonate kann man dort angenehm arbeiten.«

Die weiße, rechteckige Hütte mit ihren grünen Türen und Fensterläden und einer kleinen Veranda stand nur etwa fünfzig Meter vom Ufer entfernt. Der einzige größere Raum darin war als Studierzimmer eingerichtet, mit einem Schreibtisch, einem rohen Bücherregal und einigen billigen Öldrucken an den Wänden. Über einer Spiritusflamme kochte das Teewasser, und auf dem Tisch stand alles bereit, was man für den Nachmittagstee benötigt.

»Setzen Sie sich doch und rauchen Sie eine Zigarette«, bat Lee. »Nehmen Sie Zucker zum Tee? Es ist sehr nett von Ihnen, daß Sie meiner Einladung gefolgt sind, ich weiß, daß Sie im Moment sehr wenig Zeit haben. Was ich Ihnen sagen wollte, ist, daß Sie sich am besten sofort um eine neue Wohnung kümmern sollten.«

»Was?«

Smith war konsterniert, in seiner einen Hand brannte ein Streichholz, in der anderen hielt er die kalte Zigarette.

»Ja; sicher, es muß für Sie seltsam klingen, zumal ich Ihnen nicht den Grund für meinen Ratschlag sagen kann, ein feierliches Gelübde verbietet mir das – ein Versprechen, das ich unter keinen Umständen brechen darf. Ich kann Ihnen nur soviel verraten, daß es nicht ungefährlich ist, in der Nähe von Bellingham zu wohnen. Ich werde jedenfalls für eine Zeit aus Oxford verschwinden, sobald es möglich ist.«

»Nicht ungefährlich! Was meinen Sie damit?«

»Das darf ich eben nicht sagen. Doch nehmen Sie meinen Rat ernst, ziehen Sie um. Ich hatte heute Streit mit Bellingham, Sie haben uns bestimmt gehört, als Sie die Treppe hinuntergingen.«

»Ja, ich sah Sie aus seinem Zimmer kommen.«

»Er ist ein furchtbarer Mensch, Smith, ja furchtbar, anders kann man ihn nicht beschreiben. Seit jener Nacht, Sie erinnern sich, als Sie herunterkommen mußten, war er mir nicht mehr geheuer. Heute war ich noch einmal bei ihm, und er erzählte mir Dinge, daß mir die Haare zu Berge standen; er wollte, daß ich bei ihm bleibe. Ich bin bestimmt kein Sonntagsschüler, aber ich bin, wie Sie wissen, der Sohn eines Priesters, und ich glaube, daß es eine Grenze gibt zwischen gut und böse, die man nicht überschreiten darf. Ich kann nur Gott danken, daß ich ihn noch früh genug durchschaut habe, denn fast wäre er mein Schwager geworden.«

»Das ist ja alles schön und gut, Lee«, sagte Smith. »Doch ich finde, Sie reden entweder viel zu viel oder viel zu wenig.«

»Ich will Sie nur warnen.«

»Gäbe es wirklich einen Grund dafür, brauchten Sie sich an kein Versprechen gebunden zu fühlen. Mich jedenfalls könnte kein noch so heiliges Gelübde dazu zwingen, einen Verbrecher zu decken.«

»Gut, aber ich kann nichts gegen ihn ausrichten, ich kann Sie nur warnen.«

»Sie müßten mir schon sagen, wovor.«

»Vor Bellingham.«

»Das ist doch kindisch. Warum sollte ich mich vor ihm oder vor irgend jemand anderem fürchten?«

»Ich kann es Ihnen nicht sagen. Ich kann Sie nur inständig bitten, sich ein anderes Zimmer zu suchen. Sie sind in Gefahr. Ich will noch nicht einmal sagen, daß Bellingham es darauf anlegt, Ihnen zu schaden. Doch ob er will oder nicht, er ist ein gefährlicher Mann für jeden, der in seiner Nähe ist.«

»Vielleicht weiß ich mehr, als Sie glauben«, sagte Smith und sah gerade in Lees besorgtes Jungengesicht.

»Was würden Sie sagen, wenn ich Ihnen erzählte, daß Bellingham nicht allein in seinem Zimmer ist?«

Monkhouse Lee sprang erschrocken von seinem Stuhl auf.

»Was? Sie wissen es?« hauchte er.

»Eine Frau . . .«

Lee ließ sich seufzend auf seinen Stuhl zurückfallen.

»Meine Lippen sind versiegelt«, sagte er. »Ich darf nicht reden.«

»Wie dem auch sei«, sagte Smith und erhob sich, »ich kann es mir nicht erlauben, vor Angst aus einer Wohnung zu fliehen, die ansonsten optimal für mich ist. Ich würde mir zu komisch dabei vorkommen, mit meinen ganzen Büchern und Gerümpel umzuziehen, nur weil Sie mir erzählen, daß Bellingham irgendwie, wie, wollen sie ja nicht sagen, gefährlich ist. Ich werde einfach mein Glück versuchen und bleiben, wo ich bin, außerdem ist es schon fast fünf, ich muß Sie bitten, mich zu entschuldigen.«

Er verabschiedete sich kurz und machte sich in der milden Frühlingsluft auf den Heimweg. Wie jeder andere kräftige Mann, der, ganz der Realität verhaftet, in seiner Situation wäre, bedroht von einer unwirklichen, unfaßbaren Gefahr, fühlte er sich halb beunruhigt und halb belustigt.

Einen kleinen Luxus mochte sich Abercrombie Smith nicht verwehren, steckte er auch noch so tief in der Arbeit. Zweimal die Woche, dienstags und freitags, spazierte er hinaus nach Farlingford, anderhalb Meilen außerhalb von Oxford, um Doktor Plumptree Peterson zu besuchen. Peterson war ein alter Freund seines älteren Bruders Francis, und er war ein glücklicher Junggeselle mit allem, was dazugehört, einem guten Weinkeller und einer noch besseren Bibliothek, was ihn zum geeigneten Mann machte, einen überarbeiteten Studenten aufzumuntern. Zweimal die Woche ging Smith also auf die schattige Landstraße, um eine entspannende Stunde bei einem Glas Portwein in Petersons Studierzimmer zu verbringen, wo man den neuesten Universitätsklatsch und die aktuellen Entwicklungen in der Medizin besprach.

Am Tage nach seinem Gespräch mit Monkhouse Lee schloß Smith seine Bücher um Viertel nach acht, um sich auf den Weg zu seinem Freund Peterson zu machen. Zufällig fiel sein Blick aber auf die Bücher, die Bellingham ihm geliehen hatte, und das Gewissen plagte ihn, weil er sie noch nicht zurückgegeben hatte. Mochte der Mann auch ein Ekel sein, die Gebote des Anstands mußte er auch ihm gegenüber einhalten. Er ging also hinunter und klopfte an seine Tür. Keine Antwort; doch die Tür war nicht abgeschlossen. Smith war erleichtert, sich nicht mit seinem Nachbarn unterhalten zu müssen. So ging er hinein und legte die Bücher mit seiner Visitenkarte auf Bellinghams Schreibtisch.

Obwohl das Licht nur schwach brannte, konnte er alle Einzelheiten im Zimmer erkennen. Alles war, wie er es kannte – der Fries, die Götterstatuen, das Krokodil an der Decke und die Papiere und getrockneten Blätter, die auf dem Tisch verstreut lagen. Der Mumiensarg stand aufrecht an der Wand, nur die Mumie selbst war nirgendwo zu entdekken. Nichts deutete darauf hin, daß außer Bellingham noch jemand in dem Zimmer wohnte, und als er den Raum verließ, hatte er das Gefühl, daß er ihm vielleicht unrecht getan hatte. Wenn Bellingham irgend etwas zu verbergen hätte, würde er sich bestimmt hüten, seine Tür offen zu lassen, so daß jeder ein- und ausgehen konnte, wie er wollte.

Im Treppenhaus war es stockfinster, Smith ging vorsichtig die ausgetretenen Stufen hinunter. Plötzlich merkte er, wie irgend etwas in der Dunkelheit an ihm vorbei huschte. Es war kaum wahrnehmbar, nur ein Luftzug, der ihn streifte. Er blieb stehen und lauschte; draußen spielte der Wind im Laub, sonst konnte er nichts hören.

»Sind sie es, Styles?« rief er.

Keine Antwort. Vielleicht war es nur eine Windböe, die das alte Gebälk ächzen und krachen ließ. Und doch hätte er schwören können, daß soeben jemand direkt an ihm vorbei die Treppe hinaufgelaufen war und ihn am Ellbogen gestreift hatte. Er war immer noch ganz benommen, als er ins Freie trat und den Eingang des Turmes hinter sich schloß.

»Bist du es, Smith?« Ein Mann kam über die sanft gewellte Wiese auf ihn zugelaufen.

»Hastie, hallo!«

»Um Gottes willen, Smith, komm sofort mit! Man hat Lee aus dem Fluß gefischt! Der Arzt ist nicht zu erreichen. Du mußt unbedingt helfen, vielleicht lebt er noch.

»Habt ihr Brandy?«

»Nein.«

»Wir müssen welchen mitnehmen. Auf meinem Tisch steht noch eine Flasche.

Smith hetzte die Treppe hinauf, nahm immer drei Stufen auf einmal, ergriff die Schnapsflasche und wollte schnellstens wieder unten sein, doch als er an Bellinghams Zimmer vorbei wollte, bot sich ihm ein Anblick, der ihn auf dem Treppenabsatz erstarren ließ.

Die Tür, die er vorher hinter sich geschlossen hatte, stand jetzt weit offen, das spärliche Licht fiel direkt auf den Mumiensarg. Vor drei Minuten war er noch leer gewesen, das konnte er schwören. Nun aber, starrte er dem grausigen Leichnam, der aufrecht in seiner Kiste stand, ins grimmige, schwarze Gesicht. Der Körper war vollkommen steif und leblos, doch diese Augen – war da nicht noch ein Funken Leben, ein Schimmer von Bewußtsein in diesen bösen kleinen Augen, die tief in ihren schwarzen Höhlen steckten? – Smith war so erschrocken und verwirrt, daß er alles vergaß und erst wieder zu sich kam, als er die Stimme seines Freundes hörte.

»Wo bleibst du, Smith!« rief er. »Es geht um Leben und Tod. Beeil dich!« Als der Medizinstudent endlich unten war, redete er aufgeregt weiter. »Wir müssen einen Sprint einlegen. Es ist keine Meile, in fünf Minuten sollten wir da sein. Jetzt geht es um mehr als einen Pokal.«

Nebeneinander schossen sie durch die Dunkelheit und ließen nicht nach, bis sie dampfend und erschöpft die kleine Hütte am Fluß erreicht hatten. Lee lag schlaff und durchnäßt wie eine angespülte Wasserpflanze auf dem Sofa, sein schwarzes Haar war bedeckt mit Wasserklee, und auf seinen stahlblauen Lippen lag feiner, weißer Schaum. Neben ihm kniete sein Studienfreund Harrington und versuchte, die durchgefrorenen Glieder warmzureiben.

»Ich glaube, er lebt noch«, sagte Smith, während seine Hand auf Lees Brust lag. »Halte dein Uhrglas vor seine Lippen. Da, es beschlägt. Nimm du den anderen Arm, Hastie, und mache es wie ich, dann werden wir ihn bald zurückgeholt haben.«

So füllten und leerten sie die Lungen des Bewußtlosen zehn Minuten lang. Dann lief ein Zittern durch den schlaffen Körper, seine Lippen zuckten, und er öffnete schließlich die Augen. Die drei Studenten ließen einen Freudenschrei los.

»Wach auf, Alter. Du hast uns schon genug erschreckt.«

»Nimm einen Schluck aus der Flasche, das wird dir guttun.«

»Ein Glück, er lebt«, sagte sein Hausgenosse Harrington. »Mein Gott, was für ein Schreck! Ich saß hier und habe gelesen, er wollte sich am Fluß etwas die Füße vertreten.

Plötzlich ein Schrei und Platsch! Ich rannte sofort hinunter, doch als ich ihn schließlich fand, schien er schon alles Leben ausgehaucht zu haben. Zu allem Unglück konnte ich Simpson nicht nach einem Doktor schicken, da er sich den Knöchel verstaucht hat, so mußte ich selbst los. Ich weiß nicht, was ich gemacht hätte, wenn ihr nicht zu Hilfe gekommen wärt. So ist es richtig, mein Freund, komm hoch.«

Monkhouse Lee hatte sich aufgerappelt. Auf alle viere gestützt hockte er auf dem Sofa und schaute wild um sich.

»Was ist passiert?« fragte er. »Ach ja, ich war im Wasser, ich erinnere mich.«

Furchtbares Grauen schien auf ihn zurückzufallen, wie man in seinen Augen lesen konnte, und er verbarg sein Gesicht mit den Händen.

»Wie konntest du ins Wasser fallen?«

»Ich bin nicht gefallen.«

»Wie ist es denn sonst passiert?«

»Ich bin hineingeworfen worden. Ich stand am Ufer, da packte mich etwas von hinten, hob mich auf wie eine Feder und warf mich im hohen Bogen in den Fluß. Ich konnte weder etwas sehen, noch hören. Aber trotzdem, ich weiß, was es war.«

»Ich weiß es auch«, flüsterte Smith.

Lee sah ihn überrascht an.

»Sie wissen jetzt, worum es geht? Erinnern Sie sich an den Rat, den ich Ihnen gegeben habe?«

»Ja, und ich glaube, ich werde ihn in Zukunft befolgen.«

»Zum Teufel, wovon redet ihr eigentlich?« fragte Hastie. »Lee gehört jetzt ins Bett. Ihr habt noch Zeit genug, über das Warum und Wieso zu reden, wenn er wieder etwas bei Kräften ist. Smith und ich lassen euch jetzt besser allein. Ich gehe zurück zum College; wenn du in dieselbe Richtung mußt, können wir ja noch etwas schwatzen.«

Doch daraus wurde nichts. Smith war einfach zu beschäftigt mit den Ereignissen dieses Abends. Alles paßte zu gut zusammen – zuerst der leere Sarg, dann die schemenhafte Begegnung auf der Treppe, das Wiederauftauchen der Mumie, all diese unglaublichen Vorgänge – und schließlich der Mordanschlag auf Lee, dem ein Überfall auf einen anderen Mann vorausgegangen war, mit dem Bellingham im Streit lag. All das, zusammen mit den Beobachtungen, die er schon vorher im Turm gemacht hatte, die Schritte, die Geräusche, die Umstände, unter denen er Bellingham kennengelernt hatte, wurde in seinen Gedanken zum schlüssigen Bild einer unglaublichen Wirklichkeit. Was vorher ein vager Verdacht, nichts als eine düstere, unheimliche Vermutung war, stand jetzt vor ihm als grausige Tatsache, an der er nicht mehr vorbei konnte. Doch wie unerhört diese Wirklichkeit war, wie weit jenseits aller menschlichen Vorstellung. Jeder unvoreingenommene Richter, ja sogar der Freund, der neben ihm ging, würde ihm schlicht erklären, daß er sich getäuscht haben muß, daß die Mumie ihren Sarg nie verlassen hat, daß Lee ganz einfach in den Fluß gefallen ist, wie es jedem passieren kann, und daß er, Smith, besser nicht soviel arbeiten sollte. Er wußte, daß dies genau seine Worte wären, wenn Hastie an seiner Stelle wäre und ihm diese Geschichte auftischte. Und trotzdem war er jetzt ganz sicher, daß Bellingham im Grundes seines Herzens ein Mörder war, ein Mörder, der sich einer Waffe zu bedienen wußte, die die lange und grausige Geschichte des Verbrechens bisher noch nicht kannte.

Hastie machte ein paar neckische Bemerkungen über die Unleidlichkeit seines Freundes und bog zu seiner Wohnung ab, während Abercrombie Smith mit einem starken Gefühl des Widerwillens gegen seine Behausung und alles, womit er dort zu tun hatte, den Platz vor seinem Turm überquerte. So bald wie möglich wollte er Lees Rat befolgen und sich eine andere Bleibe suchen, denn wie sollte ein Mensch studieren, wenn er unwillkürlich jedem Geräusch im Zimmer unter ihm lauschen mußte. Von der Wiese aus sah er, daß in Bellinghams Zimmer noch Licht brannte, und als er die Treppe hinaufschlich, öffnete sich die Tür im zweiten Stock. Der dicke Mann grinste ihn an. Mit seinem fetten, bösen Gesicht sah er aus wie eine Giftspinne, die gerade ein Opfer verspeist hatte.

»Guten Abend«, sprach er, »wollen Sie nicht hereinkommen?«

»Nein!« schrie ihn Smith an.

»Warum nicht? Sind Sie immer noch so fleißig wie stets? Ich wollte Sie fragen, wie es Lee geht. Ich habe so ein Gerücht gehört, daß etwas mit ihm nicht in Ordnung ist. Das tut mir sehr leid.«

Der Ernst in seiner Stimme wirkte aufgesetzt, denn seine Augen lachten verstohlen. Smith bemerkte das sofort, und er hätte ihn dafür niederschlagen können.

»Es wird Ihnen noch mehr leid tun, daß es Monkhouse Lee ganz gutgeht, er ist außer Gefahr«, antwortete er. »Ihre teuflischen Tricks haben diesmal nicht funktioniert. Sie brauchen gar nicht zu versuchen, sich herauszureden. Ich weiß alles.«

Bellingham wich vor dem wütenden Mann einen Schritt zurück und versteckte sich halb hinter seiner Tür. Er schien wohl zu spüren, daß ihm Prügel drohten.

»Sie sind ja verrückt«, sagte er. »Was wollen Sie überhaupt? Glauben Sie etwa, ich hätte irgend etwas zu tun mit Lees Unfall?« »Ja!« donnerte Smith, »Sie und dieser Knochenhaufen hinter Ihnen, den Sie für Ihre schmutzigen Mordanschläge benutzen. Ich will Ihnen etwas sagen, Sie Stinktier: Man hat zwar hierzulande aufgehört, solche wie Sie auf dem Scheiterhaufen zu schmoren, aber einen Henker haben wir immer noch. Und bei Gott, wenn irgend jemand in diesem College umkommt, solange Sie hier sind, werden Sie dafür hängen, so wahr ich hier stehe. Sie werden schon noch merken, daß Ihre schmutzigen ägyptischen Tricks in England nicht ziehen.«

»Sie sind ja wahnsinnig«, sagte Bellingham.

»Wie Sie wollen. Sie werden schon an meine Worte denken, wenn Sie auf der Falltür stehen.«

Die Tür knallte ihm ins Gesicht, und er ging wutschnaubend hinauf in seine Kammer. Er verriegelte die Tür und verbrachte die halbe Nacht damit, an seiner Pfeife zu paffen und über die seltsamen Ereignisse des Abends nachzudenken.

Am nächsten Morgen sah und hörte er nichts von seinem Nachbarn, statt dessen kam Harrington vorbei, um ihm zu sagen, daß Lee schon fast wieder der Alte war. Den ganzen Tag über blieb er in seine Studien vertieft, doch am Abend beschloß er, den Besuch bei seinem Freund Peterson nachzuholen, zu dem er am Tag zuvor schon unterwegs gewesen war. Ein strammer Fußmarsch und eine nette Unterhaltung würden seinen strapazierten Nerven wohltun.

Bellinghams Tür war geschlossen, als er vorbeiging, doch als er aus einiger Entfernung zurückblickte, sah er den Rundschädel seines Nachbarn am Fenster, der sich anscheinend die Nase an der Scheibe plattdrückte. Es war eine Wohltat, aus seinem Dunstkreis zu entkommen, wenn auch nur für wenige Stunden. Smith ging schnell weiter und genoß die frische Frühlingsluft. Im Westen, zwischen zwei gotischen Türmen, stand die Mondsichel und tauchte die Landstraße in silbernes Licht, durchbrochen von zackigen Kernschatten der Bäume und Häuser. Es wehte eine frische Brise, und hoch unter dem Himmel trieben langsam wattige Eiswolken. Das College steht am Stadtrand, so daß er schon nach fünf Minuten inmitten der Maidüfte einer mittelenglischen Landstraße wandelte.

Die Straße, die zum Haus seines Freundes führte, war einsam und kaum benutzt. Obwohl es noch nicht spät war, traf Smith keine Menschenseele. Er ging zügig weiter, bis er zum Tor des Parkweges kam, der in Farlingford endete. Von ferne schimmerte das trauliche, rote Licht der Wohnstuben durchs Geäst. Einen Moment lehnte er an dem Eisentor und schaute zurück auf die Straße, über die er gekommen war. Nun sah er es: Er wurde verfolgt.

Eine dunkle, gebückte Gestalt bewegte sich lautlos im Schatten der Hecke, kaum wahrnehmbar vor dem dunklen Hintergrund. Innerhalb eines Augenblicks kam sie zwanzig Schritt näher, schon war sie ganz dicht hinter ihm. In der Finsternis erspähte er einen dünnen Hals und zwei Augen, die ihn ewig im Schlaf verfolgen sollten. Langsam drehte er sich um, von blankem Entsetzen gepackt, begann er zu laufen, er lief um sein Leben, denn dort, kaum mehr als einen Steinwurf entfernt, war die Rettung: Häuser, Menschen. Er war als ausgezeichnetere Läufer bekannt, doch so schnell wie an diesem Abend war er noch nie gelaufen.

Das schwere Tor fiel hinter ihm zu, doch er hörte bald, wie sein Verfolger es wieder aufstieß. Er rannte wie von Sinnen, denn hinter sich hörte er immer die federleichten, schnellen Schritte des Monstrums, und als er einen schnellen Blick zurückwarf, sah er, daß das Ungeheuer wie ein Tiger an seinen Fersen klebte, ein Schlag seines sehnigen Armes hätte genügt, den verzweifelten Mann zu Fall zu bringen. Gott sei Dank, die Tür war nur angelehnt, im Flur brannte Licht. Direkt an seinem Ohr hörte er ein kehliges Gurgeln. Mit letzter Anstrengung stürzte er durch die Tür, knallte sie ins Schloß und verriegelte sie hastig: Gerettet. Halb betäubt fiel er in den nächsten Sessel.

»Mein Gott, Smith, was ist passiert?« Peterson erschien in der Tür seiner Bibliothek und lief auf ihn zu.

»Ich brauche einen Brandy, bitte.«

Peterson verschwand für einen Augenblick und kam mit einer Karaffe und einem Glas zurück. Smith trank eine anständige Füllung in einem Zug leer.

»Anscheinend hast du wirklich einen gebraucht. Mann, du bist ja weiß wie die Wand, was ist denn los?«

Smith stellte sein Glas ab, stand auf und holte tief Luft. »Jetzt geht es mir schon besser«, sagte er. »So bin ich noch nie vor etwas davongelaufen. Wenn Sie erlauben, möchte ich heute nacht hier schlafen. Ich glaube nicht, daß ich mich jemals wieder auf die Straße trauen werde, höchstens bei Tageslicht. Ich weiß, es hört sich feige an, aber ich kann einfach nicht mehr.«

Peterson blickte seinem Gast fragend in die Augen.

»Natürlich kannst du hier schlafen, wenn du es wünschst. Ich werde Mrs. Burney Bescheid sagen, sie wird das Gästebett fertigmachen. Doch sag mir endlich, was ist passiert?«

»Kommen Sie nur mit zum Fenster, von dem man den Eingang sehen kann. Ich möchte, daß Sie es sehen.«

Sie gingen ins Obergeschoß, von wo sie den Zugang zum Haus überblicken konnten. Der Weg und die Felder ringsum lagen friedlich im Mondlicht.

»Wirklich, Smith, ich weiß genau, daß du kein Trinker bist, sonst würde ich denken, die Weingeister sind hinter dir her. Was in aller Welt kann dich nur so erschrecken?«

»Ich erzähle es Ihnen sofort. Doch wo kann es nur sein? Ah, da, sehen Sie, in der Kurve direkt hinter dem Tor!«

»Ja, ja, ich sehe ja; du brauchst mir nicht gleich den Arm auszureißen. Da geht ein Mann entlang; er ist offenbar sehr dünn und groß, sehr sehr groß. Doch was soll mit ihm sein? Was ist mit dir? Du zitterst ja immer noch wie Espenlaub.«

»Um ein Haar hätte mich der Teufel erwischt, das ist alles. Aber gehen wir doch besser in die Bibliothek, dort kann ich Ihnen alles von Anfang an erzählen.«

In dem warmen Zimmer saß er also bei einem Glas Wein seinem vertrauten Freund gegenüber und beruhigte sich allmählich. Alles, was er seit dem Abend erlebt hatte, als er Bellingham bewußtlos vor dem Mumiensarg fand, bis zu dem Schrecken, der ihn vor wenigen Minuten ereilt hatte, die ganze Kette der mehr oder weniger bedeutenden Ereignisse, die ihn seiner Sache so sicher machten, trug er dem geduldigen Zuhörer nach und nach vor.

»Das ist die ganze, schreckliche Wahrheit«, schloß er nach einer Stunde, »so ungeheuerlich und unglaublich sie auch klingen mag, es ist die Wahrheit.«

Für einen Augenblick verharrte Dr. Plumptree Peterson in Schweigen. Sein Gesicht drückte ungläubige Verwirrung aus.

»So etwas habe ich in meinem ganzen Leben noch nicht gehört!« sagte er schließlich. »Du hast mir die Fakten vorgetragen, nun sag mir, welche Schlüsse du aus dem Ganzen ziehst.«

»Sie können Ihre eigenen Schlüsse daraus ziehen.«

»Ich möchte aber gern hören, was du davon hältst. Du hast sicher schon viel darüber nachgedacht, ich aber nicht.«

»Gut, für mich ist die Sache in den wichtigsten Punkten, wenn auch nicht in allen Details, sonnenklar. Dieser Bellingham ist im Laufe seiner orientalischen Studien in den Besitz eines teuflischen Geheimnisses gelangt, das ihm erlaubt, Mumien – vielleicht auch nur eine bestimmte Mumie – zeitweise zum Leben zu erwecken. An dem Abend, als er in Ohnmacht fiel, hat er die Methode ausprobiert. Als es funktionierte und die widerliche Gestalt sich bewegte, muß er selbst so schockiert gewesen sein, daß seine Nerven versagten, obwohl er darauf vorbereitet war. Das erklärt seine ersten Worte, als er sich, kaum war er aufgewacht, einen Idioten nannte. Nun gut, das passierte ihm kein zweites Mal, danach konnte er die schauerliche Prozedur ausführen, ohne in Ohnmacht zu fallen. Das Leben, das er der Kreatur einhauchen konnte, war offensichtlich nicht von Dauer, denn die meiste Zeit war die Mumie so tot wie dieser Tisch und stand regungslos in ihrer Kiste. Wie ich vermute, kann er sie aber jederzeit wieder aufwecken, und von dort bis zu der Idee, sie als sein Werkzeug zu benutzen, war es nicht mehr weit, denn das Ungeheuer ist intelligent und stark wie ein Bär. Aus irgendeinem Grund zog er Lee ins Vertrauen, doch der wollte als rechtschaffener Christ nichts mit dieser Sache zu tun haben. Schließlich bekamen sie Streit, und Lee drohte, seine Schwester über Bellinghams wahren Charakter aufzuklären. Das wollte Bellingham unter allen Umständen verhindern, und fast hätte er es auch geschafft, indem er sein Monstrum auf Lee hetzte. Er wußte, daß es ihm gehorchte, denn vorher hatte er es schon auf Norton losgelassen, mit dem er noch ein Hühnchen zu rupfen hatte. Hätte das Ungeheuer nicht letztlich versagt, so hätte er schon zwei Morde auf dem Gewissen. Als ich ihn schließlich zur Rede gestellt hatte, war es natürlich sein dringendstes Anliegen, mich aus dem Weg zu räumen, bevor ich etwas von dem ausplaudern konnte, was ich wußte. Als ich heute abend ausging, bekam er auch seine Chance, denn er kennt meine Gewohnheiten und wußte, wohin ich wollte. Ich bin dem Verhängnis nur haarscharf entgangen, hätte ich nicht solch ein unglaubliches Glück gehabt, dann hätten Sie mich morgen früh tot vor Ihrer Tür gefunden. Sie wissen, ich bin für gewöhnlich kein Angsthase, nie hätte ich gedacht, daß man mich so zu Tode erschrecken kann wie heute abend.«

»Mein lieber Junge, du nimmst die Sache zu ernst«, sagte sein väterlicher Freund. »Offenbar hast du soviel gearbeitet, daß deine Nerven dir einen Streich spielen. Es ist doch unmöglich; wie könnte diese Satansgestalt selbst nachts mitten durch Oxford spazieren, ohne gesehen zu werden?«

»Man hat sie gesehen. Die ganze Stadt redet von einem ausgebrochenen Affen, für den man die Mumie wohl hält.«

»Gut, mein Junge, die Kette von Ereignissen ist wirklich frappierend, doch trotzdem mußt du zugeben, daß es für jedes einzelne Glied auch eine natürliche Erklärung geben kann.«

»Ach was, ich weiß doch, was ich heute abend erlebt habe!«

»Wirklich? – Deine Nerven hängen doch in Fetzen, in deinem Kopf dreht sich alles nur noch um deine absonderliche Theorie. War es nicht nur ein dürrer, halb verhungerter Landstreicher, der hinter dir her war und der sich ermutigt fühlte, dich zu verfolgen, als er sah, daß du vor ihm davonliefst? – Und den Rest, die glühenden Augen und den Tigergang, wird deine Angst und deine Phantasie dazugetan haben.«

»Nein und nochmals nein; Sie kennen mich doch, Peterson.«

»Und weiter, die Sache mit dem leeren Mumiensarg, dessen Bewohner nach wenigen Minuten plötzlich wieder da war. Du sagtest, die Lampe in dem Zimmer sei halb abgedreht gewesen, und du hattest keinen Grund, genau hinzusehen. Es wäre also ohne weiteres möglich, daß du die Mumie beim ersten Mal einfach im Halbdunkel nicht gesehen hast.«

»Nein, nein, nein; das ist ausgeschlossen.«

»Und außerdem: Lee kann gestürzt sein, Norton das Opfer eines ganz gewöhnlichen Halsabschneiders gewesen sein. Die Anschuldigungen, die du gegen Bellingham vorbringst, sind einfach zu phantastisch; jeder Polizist, dem du diese Geschichte auftischen würdest, würde dich auslachen.«

»Das weiß ich. Deswegen werde ich die Sache auch selbst in die Hand nehmen.«

»Wie bitte?«

»Ja; ich weiß genau, es ist meine Pflicht, die Allgemeinheit von dieser unglaublichen Gefahr zu befreien, und außerdem muß ich auch an meine eigene Sicherheit denken. Ich kann mich doch nicht von dieser Bestie vom College vertreiben lassen. Ich weiß schon, was ich machen werde. Zunächst, können Sie mir für eine Stunde Feder und Papier zur Verfügung stellen?«

»Natürlich; auf dem Tisch dort findest du alles, was du brauchst.«

Eine Stunde lang saß Smith vor dem leeren Blatt, dann jagte die Feder nur so über das Papier. Er füllte Seite um Seite, während sein Freund in seinem Lehnstuhl saß und ihm geduldig dabei zusah. Am Ende sprang Smith mit einem Seufzer der Erleichterung auf, sortierte seine Papiere und legte die letzte Seite vor Peterson auf den Tisch.

»Würden Sie bitte hier als Zeuge unterschreiben?« sagte er.

»Als Zeuge? Wofür?«

»Ich möchte nur, daß Sie meine Unterschrift und das Datum beglaubigen. Das Datum ist das Wichtigste. Vielleicht hängt mein Leben davon ab.«

»Mein lieber Smith, was redest du da. Bitte, geh doch zu Bett und schlafe dich einmal richtig aus!«

»Ich verspreche, daß ich sofort schlafen gehen werde, wenn Sie unterschrieben haben. Ich bin mir meiner Sache wirklich sicher.«

»Was hast du da überhaupt geschrieben?«

»Auf diesen Seiten habe ich noch einmal alles festgehalten, was ich Ihnen heute abend erzählt habe. Ich möchte nur, daß Sie meine Unterschrift beglaubigen und gegebenenfalls bezeugen, daß ich Ihnen alles heute so erzählt habe, wie es hier steht.«

»In Ordnung«, sagte Peterson und setzte seinen Namen unter den seines jungen Freundes. »So, das war's. Doch sag mir: Was führst du im Schilde?«

»Nehmen Sie die Aufzeichnungen nur in Verwahrung, und gehen Sie damit zur Polizei, falls ich verhaftet werde.«

»Weswegen sollte man dich verhaften?«

»Vielleicht wegen Mord. Es ist alles möglich, ich möchte auf alles vorbereitet sein. Es bleibt mir keine andere Wahl, ich muß etwas unternehmen.«

»Um Himmels willen, tue bitte nichts Unüberlegtes!«

»Unüberlegt wäre, jetzt noch stillzuhalten, glauben Sie mir. Ich hoffe, es wird nicht nötig sein, doch es beruhigt mich, zu wissen, daß Sie über meine Motive Bescheid wissen und notfalls diese Aufzeichnungen vorlegen können. Und jetzt werde ich Ihren Rat befolgen und schlafen gehen; morgen früh muß ich ausgeruht sein. Gute Nacht, mein Freund.«

Abercrombie Smith war nicht gerade der Mann, den man sich als Feind gewünscht hätte. Er war gewöhnlich kaum aus der Ruhe zu bringen, doch wenn er einmal gezwungen war, zu handeln, konnte ihn nichts mehr aufhalten. Alles, was er unternahm, tat er mit derselben geradlinigen Entschlossenheit, die ihn auch als Student auszeichnete. Für einen Tag ließ er seine Arbeit ruhen, und diesen Tag wollte er auf keinen Fall verschwenden. So war er am nächsten Morgen schon um neun Uhr unterwegs nach Oxford, nachdem er sich von Peterson verabschiedet hatte, ohne ihm aber von seinen weiteren Plänen zu erzählen.

In der High Street ging er in Cliffords Waffenladen und kaufte einen schweren Revolver und eine Schachtel Patronen. Sechs davon schob er in die Trommel, dann spannte er den Hahn und steckte die Waffe in seine Manteltasche. Er mußte noch bei Hastie vorbei, den er beim Frühstück antraf, zwischen Kaffee und »Sporting Times«.

»Hallo! Was gibt's? Kaffee gefällig?«

»Nein danke. Ich möchte, daß du mitkommst, du kannst mir helfen.«

»Aber sicher, mein Junge.«

»Nimm am besten einen schweren Knüppel mit.«

»Heihei!« Hastie sah ihn verdutzt an. »Ich habe noch einen Totschläger, mit dem ich einen Ochsen umhauen könnte.«

»Noch etwas. Du hast doch einen Satz Amputiermesser. Ich hätte gern das längste davon.«

»Mann, o Mann, du scheinst wohl auf dem Kriegspfad zu sein. Aber bitteschön. Brauchst du noch etwas?«

»Nein; das sollte reichen.« Er schob das Messer unter seinen Mantel und ging voraus Richtung Turm. Als sie davor angekommen waren, sagte er zu Hastie: »Ich glaube zwar, daß ich allein fertig werde, doch zur Sicherheit ist es besser, wenn du hier unten wartest. Ich habe ein paar Worte mit Bellingham zu reden. Bekomme ich es nur mit ihm zu tun, werde ich dich natürlich nicht brauchen. Andernfalls komm herauf, wenn ich schreie, du wirst dann schon sehen, was los ist, und schlage mit deiner Keule zu, so fest du kannst. Hast du verstanden?«

»In Ordnung. Ich komme, sobald ich dich brüllen höre.«

»Gut, warte jetzt hier. Es kann etwas dauern, aber gehe nicht, bevor ich wieder herunterkomme.«

»Du kannst dich auf mich verlassen.«

Smith ging die Treppe hinauf, riß Bellinghams Tür auf und ging hinein. Bellingham saß an seinem Tisch und schrieb. Neben ihm, inmitten seines fremdartigen Gerümpels, stand der Mumiensarg. Die Versteigerungsnummer 249 klebte immer noch auf dem Deckel. Ohne sich um Bellingham zu kümmern, schloß er die Tür hinter sich, ging quer durch das Zimmer und machte ein Feuer im Kamin. Bellingham starrte ihn aus seinen Schweineäuglein wütend an.

»Fühlen Sie sich nur wie zu Hause, Sie Schwachkopf«, zischte er.

Smith setzte sich unbeeindruckt an den Tisch, legte seine Uhr vor sich hin, zog die Pistole, spannte sie und hielt sie locker in der rechten Hand. Dann zog er das lange Amputiermesser unter seinem Mantel hervor und knallte es vor Bellingham auf den Tisch.

»Los jetzt«, sagte er, »an die Arbeit. Mit dem Messer können Sie Ihre stinkende Mumie leicht in handliche Teile zerlegen.«

»Oh, das ist es, was Sie wollen.« Bellingham grinste verächtlich.

»Ja, das ist es. Ich habe gehört, daß das Gesetz Ihnen nichts anhaben kann. Es gibt aber auch noch andere Möglichkeiten. Zum Beispiel kann ich Ihnen versprechen, daß Sie in fünf Minuten eine Kugel in Ihrem schmierigen Kopf haben werden, wenn Sie bis dahin noch nicht gespurt haben.«

»Sie würden mich umbringen?«

Bellingham lehnte verkrampft über dem Tisch. Sein Gesicht war puterrot.

»Ja, das würde ich«, sagte Smith ruhig.

»Und wozu?«

»Um Ihr Treiben zu beenden. Eine Minute ist schon vorbei.«

»Was habe ich denn getan?«

»Ich weiß es, und Sie wissen es auch.«

»Sie können mich nicht einschüchtern.«

»Aufgepaßt, gleich sind schon zwei Minuten vorbei.«

»Aber warum? – Sie sind ein Irrer – ein gefährlicher Irrer. Warum sollte ich mein Eigentum zerstören? Die Mumie ist sehr wertvoll.«

»Sie werden sie zerschneiden und verbrennen.«

»Nichts werde ich tun!«

»Vier Minuten . . .«

Sein Gesicht war unerbittlich. Sein Griff um die Pistole wurde fester, langsam hob er den Arm, sein Finger lag auf dem Abzug.

»Nein, bitte nicht!« schrie Bellingham; er schaute jetzt genau in die Mündung des schweren Revolvers. – »Ich mache es, ich mache es ja schon!«

In panischer Hast griff er das Messer und hackte damit auf die Mumie ein, wobei er sich immer wieder ängstlich zu seinem Nachbarn umsah, der immer noch gnadenlos die Waffe auf ihn gerichtet hatte. Unter den Hieben der scharfen Klinge krachte und knirschte der verschrumpelte Körper, der durch die Kunst des Präparators die Jahrtausende überdauert hatte, dicker, gelber Staub wirbelte auf, getrocknete Kräuter und Essenzen fielen zu Boden, und plötzlich gab mit einem Krachen das Rückgrat nach, die Figur stürzte in sich zusammen, übrig blieb nur ein bräunlicher Haufen spröder Knochen und ledriger Hautfetzen auf dem Fußboden.

»Nun ins Feuer damit!« sagte Smith.

Die getrockneten Leichenreste brannten wie Zunder, und sofort pufften dicke, schwere Rauchwolken in das kleine Zimmer, der Geruch verbrannten Harzes und versengter Haare verpestete die Luft. Und immer noch arbeitete der dicke Mann wie ein Besessener, um alle Überreste der Mumie ins Feuer zu bringen, während der andere ruhig hinter ihm saß und ihn beobachtete. Nach einer Viertelstunde schließlich zog der Rauch ab; übrig blieb nicht mehr als ein Häufchen schwarzer Asche.

»Sind Sie jetzt zufrieden?« schnappte Bellingham. Sein Gesicht war nur noch Haß und Furcht vor seinem Peiniger.

»Nein; ich muß endgültig aufräumen in Ihrer verfluchten Zauberküche. Die Schwarze Magie muß ein Ende haben. Weg mit diesen getrockneten Blättern, wer weiß, wozu die gut sein können.«

Bellingham ließ auch sie in Rauch aufgehen. – »Und was noch?«

»Jetzt die Papyrusrolle, die damals auf Ihrem Tisch lag. Sie ist in der Schublade dort, nicht wahr?«

»Nein, nein!« schrie Bellingham, »das dürfen wir nicht! Sie wissen ja nicht, was Sie tun; die Rolle ist unwiderbringlich, einmalig; sie enthält ein Wissen, das man sonst nirgendwo finden kann.«

»Her damit!«

»Das kann doch nicht Ihr Ernst sein, Smith. Ich werde das Wissen mit Ihnen teilen, ich werde Sie alles lehren, was darin verborgen ist. Oder warten Sie, lassen Sie mich nur schnell eine Kopie machen, bevor Sie sie verbrennen!«

Doch Smith ließ sich nicht beirren. Er ging zu der Konsole, holte die zerknitterte Papierrolle heraus und stieß sie mit dem Fuß ins Feuer.

Bellingham schrie auf und versuchte sie noch zu retten, doch Smith stieß ihn zurück und blieb vor dem Kamin stehen, bis nur noch ein graues Aschenhäufchen übrig war.

»So, Mr. Bellingham, den Zahn habe ich Ihnen gezogen. Sollten Sie noch andere Tricks auf Lager haben, werden Sie wieder von mir hören. Und nun guten Morgen, ich muß zurück zu meinen Büchern.«

Soweit die unglaublichen Ereignisse, die sich im Frühjahr '84 nach dem Bericht des Abercrombie Smith im alten College zu Oxford zugetragen haben sollen. Da Bellingham sofort danach die Universität verlassen hat – zuletzt wurde er im Sudan gesehen –, gibt es niemand, der dieser Version widersprechen könnte. Der Mensch ist klein, und die Natur ist unergründlich, und niemand kann sagen, was man auf ihren dunklen Wegen noch alles finden wird, wenn man nur danach sucht.

# Der Kandidat

Henry Slesar

Henry Slesar (geb. 1927), der Gewinner eines EMMY und eines EDGAR, ist bekannt geworden durch seine Leistungen für das Fernsehen und auf dem Gebiet des Krimis. Aber er hat auch über hundert Texte geschrieben, die der Science-fiction und der Fantasy angehören, von denen viele hervorragend sind. Die folgende Geschichte illustriert eine seiner größten Stärken, die Meisterschaft eines O.-Henry-Endes.

»Der Wert eines Menschen läßt sich an der Bedeutung seiner Feinde ermessen.« Burton Grunzer stieß auf den Satz in einer Taschenbuch-Biographie, die er an einem Zeitschriftenkiosk gekauft hatte. Er ließ das Buch sinken und starrte aus dem trüben Fenster des Pendlerzuges. Die Dunkelheit versilberte das Glas und ließ ihn nur sein eigenes Spiegelbild sehen, aber es paßte zu seiner Stimmung. Wie viele Menschen haßten dieses Gesicht, die Augen, deren Kurzsichtigkeit durch eine Brille auszugleichen seine Eitelkeit ihm verbot, die Nase, die er insgeheim für aristokratisch hielt, den Mund, der weich war, wenn er sich entspannte, aber hart, wenn er sprach oder lächelte oder jemanden mißbilligend anschaute. Wie viele Feinde er wohl hatte? Grunzer überlegte. Einige wenige konnte er nennen, bei anderen konnte er es sich denken. Aber nur ihre Bedeutung zählte. Männer wie Whitman Hayes zum Beispiel stellten einen vierundzwanzig-karätigen Gegner für ihn dar. Grunzer lächelte und warf dem Mann auf dem Nebensitz einen Seitenblick zu; er wollte sich seine geheimen Gedanken nicht anmerken lassen. Grunzer war vierunddreißig; Hayes war doppelt so alt, sein weißes Haar gleichbedeutend mit Erfahrung, ein Feind, auf den man stolz sein konnte. Hayes kannte das Fleischgeschäft, o ja, er hatte es von der Picke auf gelernt: sechs Jahre lang hatte er Waggons beladen, zehn Jahre war er Makler gewesen, zwanzig Jahre lang Geschäftsführer einer Fleischfirma, bevor der Alte ihn als seine rechte Hand in die Firma geholt hatte. Hayes auszustechen war nicht einfach, und das krönte Grunzers schmalen, aber wachsenden Triumph. Er gratulierte sich selbst. Er hatte Hayes' Vorzüge in Nachteile verkehrt, hatte seine Erfahrung als Senilität und Altmodischkeit erscheinen lassen; in Konferenzen hatte er seine Aufmerksamkeit auf das neue Gebiet der Supermärkte und Vorstädte gerichtet, um dem Alten zu zeigen, daß die Zeiten sich gewandelt hatten, daß die Vergangenheit tot war, daß neue Verkaufstrategien gebraucht wurden und daß nur ein jüngerer Mann diese liefern konnte . . .

Plötzlich fühlte er sich niedergeschlagen. Seine Freude über die errungenen Siege schmeckte schal. Gut, er hatte ein oder zwei unbedeutende Schlachten im Konferenzraum der Gesellschaft gewonnen; er hatte Hayes' feistes Gesicht dunkelrot anlaufen lassen und ein verstohlenes Grinsen über die faltigen Züge des Alten huschen sehen. Aber was hatte er erreicht? Hayes schien selbstsicherer zu sein als jemals zuvor, und der Alte noch abhängiger von seinen Ratschlägen . . .

Jean, seine Frau, stellte keine Fragen, als er später als gewöhnlich nach Hause kam. Nach acht Jahren kinderloser Ehe, in deren Verlauf sie ihren Mann nur zu gut kennengelernt hatte, bot sie ihm nicht mehr als einen stummen Gruß, ein warmes Essen und die tägliche Post. Grunzer blätterte die Rechnungen und Drucksachen durch und fand einen Brief ohne Absender. Er steckte ihn in die Tasche, um ihn später in Ruhe zu lesen, und aß schweigend zu Ende.

Nach dem Essen schlug Jean einen Film vor, und er stimmte zu; er hatte eine Vorliebe für harte Action-Filme. Aber zuerst schloß er sich selbst im Badezimmer ein und öffnete den Brief. Der Briefkopf war seltsam: Gesellschaft für gemeinsames Handeln. Die Adresse lautete auf ein Postfach. Er las:

Lieber Mr. Grunzer,
Ihr Name wurde uns von einem gemeinsamen Bekannten vorgeschlagen. Unsere Organisation geht einer ausgefallenen Aufgabe nach, auf die ich in diesem Brief nicht näher eingehen kann, die für Sie aber von großem Interesse sein dürfte. Wir würden uns über ein möglichst baldiges persönliches Gespräch sehr freuen. Wenn ich von Ihnen in den nächsten Tagen nichts Gegenteiliges höre, werde ich mir erlauben, Sie in Ihrem Büro anzurufen.

Unterzeichnet war mit Carl Tucker, Geschäftsführer. Eine schmale Zeile am unteren Rand der Seite lautete: Eine gemeinwirtschaftliche Organisation.

Seine erste Reaktion war Abwehr; er befürchtete aufgrund seines Taschenbuches eine hinterhältige Attacke. Seine zweite war Neugier: er ging ins Schlafzimmer und suchte im Telefonbuch, aber er fand keine entsprechende Organisation aufgeführt. Okay, Mr. Tucker, mal sehen, dachte er und verzog das Gesicht.

Als an den nächsten drei Tagen kein Anruf kam, verstärkte sich seine Neugier noch. Aber bis zum Freitag vergaß er das Versprechen im Brief über dem Streß der Büroarbeit wieder. Der Alte hatte ein Treffen mit dem Vertrieb der Fleischwaren angesetzt. Grunzer saß Whitman Hayes am Konferenztisch gegenüber, bereit, sich auf jeden Fehler in dessen Erklärungen zu stürzen. Einmal hatte er ihn fast, aber Eckhardt, der Vertriebsmanager, verteidigte Hayes' Ansichten. Eckhardt war erst seit einem Jahr bei der Firma, aber offensichtlich hatte er schon die Seiten gewechselt. Grunzer starrte ihn an und reservierte für Eckhardt einen Platz in seiner gedanklichen Liste der Leute, die er haßte.

Um drei Uhr rief Carl Tucker an.

»Mr. Grunzer?« Die Stimme klang freundlich, sogar fröhlich. »Ich habe nichts von Ihnen gehört, also nehme ich an, daß Sie nichts gegen meinen heutigen Anruf haben. Können wir uns gelegentlich einmal treffen?«

»Nun, wenn Sie mir einige Hinweise geben könnten, Mr. Tucker –«

Ein leises Lachen ertönte als Antwort. »Wir sind keine Wohltätigkeitsorganisation, Mr. Grunzer, falls Sie das annehmen. Wir verkaufen auch nichts. Unsere Gruppe leistet unverbindliche Hilfestellungen: momentan haben wir über tausend Mitglieder.«

»Um ehrlich zu sein, habe ich noch nie von Ihnen gehört«, sagte Grunzer mißbilligend.

»Nein, das haben Sie nicht, und das hat seinen Grund. Ich denke, Sie werden es verstehen, wenn ich Ihnen von uns erzähle. Ich kann in fünfzehn Minuten drüben in Ihrem Büro sein, falls Ihnen ein anderer Tag nicht lieber wäre.«

Grunzer schaute in seinen Kalender. »Okay, Mr. Tucker. Gleich jetzt paßt es mir am besten.«

»Gut. Ich bin sofort drüben.«

Tucker war pünktlich. Als er in das Büro trat, schaute Grunzer bestürzt auf die große Aktentasche, die der Mann in der rechten Hand hielt. Aber er fühlte sich besser, als Tucker, ein rüstiger Mann Anfang Sechzig mit schmalem, höflichem Gesicht, zu sprechen begann.

»Nett von Ihnen, daß Sie sich die Zeit nehmen, Mr. Grunzer. Und glauben Sie mir, ich bin nicht hier, um Ihnen Versicherungen oder Rasierklingen zu verkaufen. Könnte es nicht einmal, wenn ich es versuchte, ich bin ein miserabler Vertreter. Nun ja, worüber ich mit Ihnen zu sprechen habe, ist ziemlich – persönlich, deshalb muß ich Sie bitten, mir in einem bestimmten Punkt entgegenzukommen. Dürfte ich wohl die Tür schließen?«

»Sicher«, sagte Grunzer verwundert.

Tucker schloß sie und rückte seinen Stuhl näher. »Es geht um Folgendes: Was ich Ihnen sage, muß völlig vertraulich behandelt werden. Falls Sie dieses Vertrauen brechen, falls Sie in irgendeiner Form etwas über unsere Gesellschaft an die Öffentlichkeit dringen lassen, können die Konsequenzen sehr unangenehm sein. Sind wir uns soweit einig?«

Grunzer nickte stirnrunzelnd.

»Schön!« Der Besucher öffnete die Aktentasche und holte ein geheftetes Manuskript heraus. »Also, die Gesellschaft hat diese kleine Broschüre über unsere grundsätzlichen Ansichten vorbereitet, aber ich will Sie damit nicht langweilen. Ich komme direkt zur Sache. Möglicherweise können Sie schon unserem obersten Leitsatz nicht zustimmen, das möchte ich jetzt herausfinden.«

»Was meinen Sie mit oberster Leitsatz?«

»Nun . . .« Tucker errötete ein wenig. »Um es ganz ungeschminkt zu sagen, Mr. Grunzer, die Gesellschaft für gemeinsames Handeln ist der Ansicht, daß *einige* Leute kein Recht auf Leben haben.« Er schaute rasch auf, als wolle er ängstlich die unmittelbar Reaktion abschätzen. »So, jetzt habe ich es gesagt.« Er lachte irgendwie erleichtert. »Einige unserer Mitglieder halten nichts davon, wenn ich so mit der Tür ins Haus falle; sie meinen, man müßte diese Ansicht diskreter vorbringen. Aber ehrlich gesagt, ich habe mit dieser direkten Methode hervorragende Ergebnisse erzielt. Wie denken Sie über das, was ich gesagt habe, Mr. Grunzer?«

»Ich weiß nicht. Ich habe mir darüber noch nie ernsthaft Gedanken gemacht.«

»Waren Sie im Krieg, Mr. Grunzer?«

»Ja. In der Navy.« Grunzer massierte sein Kinn. »Ich schätze, ich habe damals gedacht, die Jappse hätten kein Recht auf Leben. Aber es gibt wohl noch andere Fälle. Ich meine, nehmen Sie Schwerverbrechen, da glaube ich daran. Mörder, Leute, die Frauen vergewaltigen, Perverse, zum Teufel, ich glaube bestimmt nicht, daß *die* ein Recht auf Leben haben.«

»Aha«, sagte Tucker. »Demnach akzeptieren Sie also unseren obersten Leitsatz. Es ist eine Frage der Einordnung, nicht wahr?«

»So könnte man es sagen.«

»Gut. Dann versuche ich es jetzt mit einer anderen direkten Frage. Haben Sie – persönlich – jemals gewünscht, daß jemand tot wäre? Oh, ich meine nicht diese flüchtigen Wünsche aus dem Affekt, die jeder hat. Ich meine einen richtigen, von Herzen kommenden Todeswunsch ohne wenn und aber für jemanden, den *Sie* für nicht lebenswert erachten. Haben Sie?«

»Sicher«, sagte Grunzer frei heraus. »Ich denke, das habe ich.«

»Kommt es vor, daß Sie es, Ihrer Meinung nach, für nützlich hielten, wenn jemand das Zeitliche segnete?«

Grunzer lächelte. »He, was soll das? Kommen Sie von der Mörder-GmbH oder sowas?«

Tucker grinste zurück. »Kaum, Mr. Grunzer, kaum. Unsere Ziele und Methoden sind in keiner Weise kriminell. Ich habe gesagt, wir wären eine ›geheime‹ Gesellschaft, aber wir sind nicht die Black Hand. Sie wären von den Positionen unserer Mitglieder überrascht; einige sind sogar Juristen. Was halten Sie davon, wenn ich Ihnen erzähle, wie die Gesellschaft entstand?

Es begann mit zwei Männern; ich kann ihre Namen jetzt nicht verraten. Es war 1949, und einer dieser Männer arbeitete bei der Staatsanwaltschaft des Distrikts. Der andere Mann war ein staatlicher Psychiater. Beide waren in einen wirklich sensationellen Prozeß verwickelt; es ging um einen Mann, der eines abscheulichen Verbrechens an zwei Jugendlichen angeklagt war. Ihrer Meinung nach war der Mann zweifelsfrei schuldig, aber eine außergewöhnlich überzeugende Verteidigung und leicht zu beeinflussende Geschworene verschafften ihm einen Freispruch. Als das skandalöse Urteil verkündet wurde, waren die beiden, die sowohl Kollegen als auch persönliche Freunde waren, rasend vor Empörung. Sie spürten, daß ein himmelschreiendes Unrecht geschehen war, und sie konnten nichts dagegen tun . . .

Aber ich sollte Ihnen etwas über den Psychiater erklären. Er betrieb einige Jahre lang Studien auf einem Gebiet, das man anthropologische Psychiatrie nennen könnte. Eine dieser Forschungen betraf die Voodoo-Riten einiger Völker, zum Beispiel auf Haiti. Wahrscheinlich haben Sie schon eine Menge über Voodoo gehört, oder Obeah, wie man es auf Jamaica nennt, doch ich möchte nicht den Eindruck hervorrufen, als ob wir Stammesriten betreiben oder Nadeln in Puppen stechen würden . . . Das wichtigste Ergebnis der Forschungen war jedenfalls der unglaubliche *Erfolg* einiger dieser seltsamen Bräuche. Natürlich lehnte er als Wissenschaftler jede übernatürliche Erklärung ab und suchte nach einer rationalen. Und natürlich gab es nur eine Antwort. Wenn der Voodoo-Priester die Bestrafung oder den Tod eines Übeltäters verfügte, verlieh das eigene Schuldgefühl des Täters den Todeswünschen Erfolg, sein eigener Glaube an die Macht des Voodoos ließ die Wünsche möglicherweise wahr werden. Manchmal geschah das auf organischem Wege – sein Körper reagierte psychosomatisch auf den Voodoo-Fluch, so daß er erkrankte und starb. Manchmal starb er durch einen ›Unfall‹ – ein Unfall, der dadurch zustande kam, daß er insgeheim glaubte, er *müsse* sterben, wenn er einmal verflucht wäre. Unheimlich, nicht wahr?«

»Ohne Zweifel«, sagte Grunzer. Seine Lippen waren trocken.

»Jedenfalls begann unser Freund, der Psychiater, ernsthaft darüber nachzudenken, ob *irgend jemand* von uns so sehr unsere zivilisatorischen Werte verinnerlicht hatte, daß er gegen diese Art von ›suggerierter‹ Bestrafung nicht anfällig war. Er schlug vor, es an diesem Mann auszuprobieren.

Es war ganz einfach«, sagte er. »Sie besuchten den Betreffenden und erklärten ihm, um was es ging. Sie sagten ihm, daß sie ihn *zu Tode wünschen* würden. Sie erklärten, warum und in welcher Form der Wunsch wahr werden würde, und obwohl er über ihr Vorhaben lachte, konnten sie sehen, wie abergläubische Furcht sein Gesicht überschattete. Sie versicherten ihm, daß sie regelmäßig, jeden Tag, seinen Tod wünschen würden, bis er dem mystischen Einfluß nicht mehr widerstehen könnte, der den Wunsch dann wahr werden ließe.«

Grunzer erschauderte plötzlich und ballte seine Faust. »Das ist wirklich verrückt«, sagte er leise.

»Zwei Monate später starb der Mann an einem Herzinfarkt.«

»Natürlich. Ich wußte, daß Sie das sagen würden. Aber es gibt auch so etwas wie Zufall.«

»Sicher. Und unsere Freunde waren zwar erstaunt, aber nicht zufrieden. *Deshalb haben sie es noch einmal versucht.*«

»Noch einmal?«

»Ja, noch einmal. Ich werde nicht sagen, wer das Opfer war, aber ich verrate Ihnen, daß sie diesmal von vier Mitarbeitern unterstützt wurden. Die kleine Gruppe von Pionieren bildete die Keimzelle der Gesellschaft, die ich heute vertrete.«

Grunzer schüttelte den Kopf. »Und Sie wollen mir erzählen, daß Sie mittlerweile *eintausend* sind?«

»Ja, tausend und mehr, über das ganze Land verstreut. Eine Gesellschaft, deren einzige Tätigkeit darin besteht, *Leute zu Tode zu wünschen.* Zuerst war die Mitgliedschaft unverbindlich, aber jetzt haben wir ein System. Jedes neue Mitglied der Gesellschaft für gemeinsames Handeln schließt sich uns an, indem es ein mögliches Opfer vorschlägt. Natürlich untersucht die Gesellschaft, warum die Person sterben soll. Wenn es einen guten Grund gibt, beginnen *alle* Mitglieder, *ihn zu Tode zu wünschen.* Sobald diese Aufgabe erfüllt ist, muß das neue Mitglied an allen künftigen Handlungen teilnehmen. Das und ein kleiner jährlicher Beitrag ist der Preis für die Mitgliedschaft.«

Carl Tucker lächelte.

»Und falls Sie glauben sollten, ich würde Ihnen etwas vormachen, Mr. Grunzer –«

Er griff wieder in seine Aktentasche und holte diesmal ein blaues Buch von der Dicke eines Telefonbuchs heraus. »Hier sind die Unterlagen. Bis heute wurden zweihundertneunundzwanzig Opfer von unserem Auswahlkommitee benannt. *Einhundertundvier* davon leben nicht mehr. Zufall, Mr. Grunzer?

Was den Rest von einhundertfünfundzwanzig betrifft – vielleicht zeigt das, daß unsere Methode nicht unfehlbar ist. Wir sind die ersten, die sich damit beschäftigen. Aber ständig werden neue Techniken entwickelt. Ich versichere Ihnen, *wir werden sie alle kriegen.«*

Er blätterte in dem blauen Buch.

»Unsere Mitglieder sind in diesem Buch aufgelistet, Mr. Grunzer. Ich biete Ihnen an, einen, zehn oder hundert von ihnen anzurufen. Rufen Sie sie an und prüfen Sie nach, ob ich die Wahrheit sage.«

Er warf das Manuskript auf Grunzers Schreibtisch. Mit einem dumpfen Knall landete es auf der Schreibunterlage. Grunzer hob es auf.

»Nun?« fragte Tucker. »Möchten Sie sie anrufen?«

»Nein.« Er leckte sich über die Lippen. »Ich vertraue Ihrem Wort, Mr. Tucker. Es ist unglaublich, aber ich kann mir vorstellen, wie es funktioniert. *Allein das Wissen,* daß tausend Leute einem den Tod wünschen, reicht aus, jemanden in den Wahnsinn zu treiben.« Er kniff die Augen zusammen. »Aber ich habe noch ein Frage. Sie sprachen von einem ›kleinen‹ Beitrag –«

»Er beläuft sich auf fünfzig Dollar, Mr. Grunzer.«

»Fünfzig, ja? Fünfzig mal eintausend, das ist ein hübscher Batzen Geld, nicht wahr?«

»Ich versichere Ihnen, daß es der Gesellschaft nicht um Gewinn geht. Nicht so, wie Sie glauben. Die Gebühren decken lediglich die Ausgaben, die Arbeit des Kommitees, Forschungen und dergleichen. Das können Sie sicher verstehen?«

»Ich glaube schon.«

»Dann sind Sie interessiert?«

Grunzer drehte sich auf dem Stuhl zum Fenster herum.

Mein Gott! dachte er.

Mein Gott, wenn es *wirklich* funktionierte!

Aber wie konnte es? Wenn Wünsche wahr würden, hätte er in seinem Leben schon Dutzende von Leuten umgebracht. Halt, es gab einen Unterschied. Seine Wünsche waren immer geheim geblieben, niemand hatte davon wissen können. Aber diese Methode war anders, praktischer, schrecklicher. Ja, er konnte sich vorstellen, wie sie funktionierte. Er konnte sich tausend Menschen vorstellen, die ausschließlich von dem Wunsch des Todes erfüllt ware, konnte das Opfer zuerst ungläubig grinsen und dann stufenweise, langsam, aber sicher dem Druck unterliegen sehen, von Angst geschüttelt, daß es möglicherweise *doch* funktionierte, daß so viele Gedanken an den Tod geheimnisvolle, tödliche Strahlen auszusenden vermochten.

Plötzlich sah er geisterhaft das gerötete Gesicht Whitman Hayes' vor sich.

Er wandte sich um und sagte: »Aber das Opfer muß natürlich über alles *Bescheid wissen*, nicht? Es muß wissen, daß es die Gesellschaft gibt und daß sie erfolgreich ist und *seinen* Tod wünscht. Das ist die Voraussetzung, nicht wahr?«

»Die grundlegende Voraussetzung«, sagte Tucker und steckte das Manuskript in die Aktentasche zurück. »Sie haben den springenden Punkt erkannt, Mr. Grunzer. Das Opfer muß informiert werden, und genau das habe ich getan.« Er schaute auf seine Armbanduhr. »Die Wünsche für Ihren Tod begannen heute mittag. Die Gesellschaft hat ihre Arbeit aufgenommen. Tut mir aufrichtig leid.«

Auf der Türschwelle drehte er sich um und hob seinen Hut und die Aktentasche zu einem Abschiedsgruß.

»Auf Wiedersehen, Mr. Grunzer«, sagte er.

# Satan und Sam Shay

Robert Arthur

Robert Arthur (1909–1969) war Rundfunk- und Fernsehproduzent, ein kenntnisreicher Herausgeber und ein begnadeter Autor von Krimis, Fantasy und Science-fiction. Gleichermaßen mit dem Horror wie mit der Komödie vertraut, sind viele seiner Werke, einschließlich der nun folgenden Kurzgeschichte, anerkannte Klassiker.

Man hat mir berichtet, daß die Sünde nicht mehr ganz so hoch im Kurs steht, seit Satan Sam Shay traf. Ich kann nicht darauf schwören, aber man sagt, seit jenem Abend, als Sam Shay drei Wetten gegen den Teufel gewann, hätte die Produktion deutlich nachgelassen. Und dies ist die Geschichte davon.

Sie müssen wissen, daß Sam Shay, obwohl in den Staaten geboren und aufgewachsen, ein frecher Draufgänger mit irischem Blut in den Adern war. Sechs Fuß groß war er, mit breiten Schultern, breitem Grinsen und dunklem, leicht gelocktem Haar. Wenn man seine Hände und seine Muskelpakete sah, konnte man kaum glauben, daß er in seinem ganzen Leben noch keinen Tag ehrlich gearbeitet hatte. Aber so war es. Denn Sam war ein Spieler, und schon als kleiner Junge hatte er mit seinen Freunden Münzen geworfen oder geknobelt, und seitdem war jeder Penny, der durch seine Finger ging, die Frucht seiner Wettlust gewesen. Inzwischen war er fast dreißig.

Aber glauben Sie nun nicht, Sam Shay wäre ein knallharter Spieler gewesen, der nur auf Dinge setzte, die er sicher wußte, oder die zumindest sehr zu seinem Vorteil standen. Er wettete nicht aufgrund von Berechnungen, sondern nach seiner Intuition, und das Wetten selbst war ihm genauso wichtig wie das Gewinnen. Wenn Sie ihm hätten Geld schenken wollen, hätte er es abgelehnt; es wäre kein Nervenkitzel dabei gewesen. Um es genießen zu können, mußte er es mit seinem Köpfchen gewinnen, und er kam auch auf seine Kosten, wenn er eine gute Wette verlor.

So war es eine traurige Sache für Sam, daß seine Herzallerliebste, Shannon Malloy, mit seiner Spielleidenschaft alles andere als einverstanden war. Denn der selige Malloy hatte sein ganzes Vermögen genau mit den Vergnügungen verpulvert, die Sam so sehr schätzte, und die Witwe Malloy hatte ihre Tochter mit strenger Hand dazu erzogen, von jedem Mann abzuschwören, der das Geräusch fallender Würfel oder gemischter Karten liebte, oder dessen Puls schneller schlug, wenn die Pferde in die Zielgerade einschwenkten und zum Endspurt ansetzten.

Zu Beginn ihrer Bekanntschaft hatte Shannon Malloy, ein kleingewachsenes Mädchen mit dunklen Augen, die tief drinnen glühten, Sams Makel übersehen, denn sie glaubte, Sam würde sich aus Liebe zu ihr bessern. Und tatsächlich versprach Sam es ihr. Doch ohne seine Wetten konnte er genausowenig leben wie ohne Essen – schlechter sogar, denn einen Tag ohne Essen überstand er mühelos, doch seit zwanzig Jahren war die Sonne nicht mehr untergegangen, ohne daß er irgendwelche Art von Wette gewagt hätte, wie klein sie auch immer war, einfach nur, um in der Übung zu bleiben.

So fiel Sam Shay nach einiger Zeit in Ungnade, während Shannon, die eher besorgt als erzürnt war, ihm Vorhaltungen machte. Und jedesmal versprach Sam, sich zu bessern, während er doch tief in seinem Herzen wußte, daß er wieder fehlen würde. Und unvermeidlich kam der Augenblick, als Shannon die Schleier abstreifte, die die Liebe ihr über die Augen gelegt hatten, und mit trauriger Gewißheit sah, daß Sam Shay eben Sam Shay war und nichts ihn ändern würde. Sie liebte ihn, doch ihre Überzeugungen waren unerschütterlich. Deshalb gab sie ihm den Ring zurück, den sie von ihm angenommen hatte, als er sein Versprechen noch gehalten hatte.

»Es tut mir leid, Sam«, hatte sie an diesem Abend erst gesagt, und als Sam jetzt in der weichen Abenddämmerung, die über dem Park lag, nach Hause ging, klangen ihre Worte in seinen Ohren nach wie Totenglocken. »Es tut mir leid«, und dann war ihre Stimme gebrochen. »Aber ich habe heute gehört, wie man über dich geredet hat. Es waren einige Männer. Und sie sagten, du seist ein geborener Spieler, der mit Satan drei Wetten wagen und alle drei gewinnen könnte. Und wenn das wahr ist, kann ich dich nicht heiraten. Ich kann mir meine Gefühle nicht gestatten. Nicht, ehe du dich geändert hast.«

Und Sam, der wußte, daß nur eine viel stärkere Macht als er selbst ihn vom Wetten abhalten konnte, nahm den Ring und ging, mit nur einem einzigen Blick zurück. Dieser Blick zeigte ihm Shannon Malloy, die trotz ihrer Tränen fest entschlossen blieb, und er war ebenso stolz auf ihre Entschlossenheit, wie er traurig war, daß sie wegen seiner kleinen Schwäche so starke Gefühle entwickelte.

Der Ring war in seiner Tasche, und im Gehen berührte er ihn traurig mit den Fingern. Der kleine Ring fühlte sich kalt an; eine metallene Null, die seine Chancen, Shannon Malloy zur Frau zu bekommen, symbolisierte. Zwielicht lag über dem Park, der seltsam still war, so als läge eine Drohung über ihm. Doch er schritt gedankenverloren aus und nahm keine Notiz davon.

Es geschah, als er auf gleicher Höhe mit einer alten Eiche war, daß ihr Schatten, der über den Gehweg fiel, plötzlich die feste Gestalt einer kirchturmhohen schwarzen Säule annahm, um sich rasch in einen etwas kurz geratenen Mann mit fließenden weißen Locken und einem würdigen Gesicht zu verwandeln.

Der Mann, der Sam so unverhofft in den Weg getreten war, trug einfach geschnittene Kleidung, ein altmodisches Cape um die Schultern und einen weichen, dunklen Hut auf dem weißen Haar. Er lächelte Samuel Shay unschuldig und gewinnend an und sprach mit milder und freundlicher Stimme.

»Guten Abend, Sam«, sagte er, wie man einen alten Bekannten begrüßt, den man lange nicht gesehen hat. »Ich möchte wetten, daß du nicht weißt, wer ich bin.«

Doch Sam, der mit der rechten Hand den kräftigen Stock packte, den er gern mit sich nahm, ließ sich nicht ins Boxhorn jagen. Er hatte gesehen, wie sich der Schatten einer Eiche in einen Mann verwandelte, und das war zumindest etwas ungewöhnlich.

»Oh«, rief er mutig aus, »ich habe hundert Dollar in der Tasche, und ich wette hundert zu eins, daß du Satan bist.«

Satan – Sams Intuition hatte ihn nicht getrogen – ließ einen Ausdruck des Mißfallens über das würdige Antlitz gleiten, das er für diese Begegnung angenommen hatte. Denn auch er hatte gehört, was Shannon Malloy Sam vorgehalten hatte – daß er nämlich drei Wetten mit dem Teufel wagen und sie alle gewinnen könnte. Und da seine Neugierde erregt war, hatte sich der Teufel aufgemacht, um Sams Kühnheit zu prüfen, denn auch er liebte das Spiel, wenn er auch ein schlechter Verlierer war.

Doch der Gesichtsausdruck verschwand sofort, und das sanfte Lächeln breitete sich wieder aus. Der alte Herr langte unter seinen Mantel und zog eine Brieftasche heraus, die angenehm gewölbt war, wenn sie auch aus einem Leder bestand, nach dessen Herkunft Sam lieber nicht fragte.

»Das mag sein, Sam«, erwiderte Satan hinterhältig. »Und wenn ich es bin, dann schulde ich dir einen Dollar. Aber ich habe hier nochmal hundert, und die sagen, daß du es nicht beweisen kannst.«

Er wartete stillvergnügt, denn dies war eine Prüfung, an der sich schon seit Jahrhunderten viele bedeutende Philosophen aufgerieben hatten. Doch Sam Shay war ein Mann der Taten und nicht der Worte.

»Akzeptiert«, willigte er sofort ein und hob den Spazierstock über den Kopf. »Ich schlage dir einfach ein-, zweimal auf die Rübe. Wenn du ein ehrbarer Bürger bist, nehme ich dir die Brieftasche weg, und wenn du Satan bist, habe ich sowieso gewonnen. Denn du kannst dir selbst nicht mehr in die Augen sehen, wenn du dich von einem Sterblichen verprügeln läßt – dafür bist du bekannt. Also –«

Und Sam ließ den Spazierstock heruntersausen.

Mitten aus dem Stamm der Eiche brach eine schweflige Flammenzunge hervor, und der Stock zerfiel in tausend Stücke, die zischend davonflogen. Durch Sams Arm fuhr ein starker Schmerz, und ein kitzliges, betäubtes Gefühl breitete sich bis in die Schulter aus. Doch er rieb sich das Handgelenk und war's zufrieden.

Nicht so Satan. In seiner Wut war der alte Herr aufgeschossen, zwölf Fuß groß war er jetzt, und wirkte nun eher erschreckend als würdevoll.

»Du hast gewonnen, Sam Shay«, sagte Satan mißmutig. »Aber nun kommt die dritte Wette.« Sam hatte es gewußt, denn jedesmal, wenn der Teufel sich einem Sterblichen zeigte, mußte der Unglückliche drei Wetten gegen ihn gewinnen, um seine Freiheit zu erlangen. »Und diesmal werden wir den Einsatz erhöhen. Deine Seele gegen den Inhalt dieser Brieftasche, daß du nicht noch einmal gegen mich gewinnen kannst.«

Sam zögerte keinen Augenblick. Er mußte wetten, ob er wollte oder nicht.

»Topp«, antwortete er. »Aber ich darf die Wette auswählen, denn du hast die anderen beiden ausgesucht, und jetzt bin ich an der Reihe.«

Satan dagegen zögerte, doch Sam hatte recht, und so nickte er schließlich.

»Dann sag die Wette«, befahl er, und seine Stimme war wie grollender Donner im Himmel.

»Nun, was das angeht«, sagte Sam mit einem unverschämten Grinsen, »ich wette, daß du nicht die Absicht hast, mich diese Wette gewinnen zu lassen.«

Die Worte hatten kaum seinen Mund verlassen, da schoß Satan in unkontrollierter Wut zu gewaltiger Höhe auf, und sein schwarzer Mantel flatterte um ihn, als hätte sich die Nacht über die Stadt gelegt. Denn Sam hatte ihn auf dem Punkt erwischt. Wenn er antwortete, daß er die Absicht hätte, Sam gewinnen zu lassen, mußte Sam natürlich seine Freiheit bekommen. Und wenn er erwiderte, daß er nicht die Absicht hätte, dann hätte Sam ohnehin gewonnen.

Satan warf aus gewaltiger Höhe einen schrecklichen Blick auf Sam Shay herab.

»Du hast mich betrogen!« rief er mit einer Stimme, die vor Wut zitterte. Die Hochhäuser in der Nähe schwankten etwas, und am nächsten Tag berichteten die Zeitungen, es hätte ein kleines Erdbeben gegeben. »Höre gut zu, Sam Shay! Von diesem Augenblick an sollst du niemals wieder eine Wette gewinnen! Alle Mächte der Hölle werden sich gegen dich verschwören und es verhindern.«

Und während Sam noch erschrocken nach oben blickte, verblaßte die riesige Gestalt. Ein mächtiger, heißer Luftstrom umwehte Sam und versengte die Blätter der Bäume in der Umgebung. Er hörte ein fernes Klappern, als wäre ein Eisentor geschlossen worden. Danach war alles still wie zuvor.

Sam Shay blieb einige Minuten stehen und dachte nach, bis er bemerkte, daß er immer noch mit dem Ring spielte, den Shannon Malloy ihm zurückgegeben hatte. Er lachte mit einiger Erleichterung auf.

»Allmächtiger!« sagte er laut. »Ich stehe hier herum und träume und lasse meine Gedanken spazierengehen. Wenn schon Alpträume, dann will ich sie wenigstens im Bett bekommen.«

Und er eilte nach Hause und hielt sich unterwegs nur einen Augenblick damit auf, einen Wettzettel für die Rennen des kommenden Tages zu kaufen.

Am nächsten Morgen hatte Sam die seltsame Benommenheit des vergangenen Abends fast vergessen. Doch daß Shannon ihn abgewiesen und ihm den Ring zurückgegeben hatte, wußte er noch genau. Das kleine Stück Gold schien in seiner Tasche ebenso schwer zu wiegen wie die Sorgen auf seinem Herzen, und so machte er sich bedrückt daran, die Wetten für die Rennen des Tages auszuwählen.

Vielleicht war es diese Bedrückung, die es ihm schwerer als sonst machte, seine Wahl zu treffen. Normalerweise entschied er sich rasch und intuitiv. Doch heute grübelte er lange, und als er seine Wette markiert hatte, war er nur halb zufrieden.

Dann, nachdem er gefrühstückt hatte, wobei sich immer wieder Shannon Malloys Gesicht vor seinen Kaffee schob, fuhr er zur Rennbahn hinaus. Heute brauchte er Leben, Gedränge, Lärm und Aufregung, um sich von Shannons Ablehnung abzulenken. So kam ihm das Geschiebe an den Wettschaltern und das Murmeln der Menge, das sich zu schrillem Heulen steigerte, wenn die Pferde aus den Gattern schossen, und das packende Gefühl, wenn sie in die Zielgerade einbogen, gerade recht.

Und als er, die Abschnitte in der Tasche verwahrt, in der Menge stand und die führenden Pferde um die Kurve biegen sah, fühlte er sich besser. Er freute sich, als er sah, daß sein Pferd ein halbes Dutzend Längen führte, doch dann passierte es. Vielleicht war der Gaul in ein Loch auf der Strecke getreten. Vielleicht kam er aus dem Schritt oder wurde einfach müde. Auf jeden Fall fiel er zurück, wurde langsamer, als hätte ihn der Teufel selbst am Schwanz gepackt – warum fiel ihm gerade dieser Vergleich ein? fragte sich Sam Shay. Und sein Pferd verlor um Haaresbreite.

Sam zerriß seine Abschnitte und ließ sie im Wind davonflattern. Er machte sich keine Sorgen. Es kamen noch sechs weitere Rennen, und seine Taschen waren gut mit Geld gefüllt.

Doch als das zweite Pferd nach einer Dreiviertelmeile den Jockey abwarf und als beim dritten Rennen ein Sattelgurt riß, gerade als der Jockey sein Pferd zum Endspurt antrieb, begann Sam Shay halblaut zu pfeifen.

Es war komisch. Es war verdammt komisch, und das gefiel ihm absolut nicht. Und als sein viertes Pferd, gerade als es klar führte, abschwenkte und den dahinterliegenden Gaul schnitt, so daß es disqualifiziert wurde, war sein Pfeifen entschieden unmelodisch. Er schnüffelte mehrmals. Ja, da war es – irgendwo hing ein ganz schwacher Geruch von Schwefel. In einer sehr meditativen Stimmung kaufte Sam ein einzelnes Zweidollar-Ticket für das fünfte Rennen.

Wie er zu seinem Unglück lernen mußte, war das Ticket eine schlechte Investition, denn sein Pferd verlor in der Gegenkurve ein Hufeisen und humpelte als letztes ins Ziel.

Sams Pfeifen wurde leiser, bis es fast nicht mehr zu hören war. Er drängte sich zum Sattelplatz und beobachtete die aufmarschierenden Pferde. Und als das Pferd, auf das er gesetzt hatte, vorbeikam, war der Schwefelgeruch deutlich wahrzunehmen.

Mit langsamen Schritten, die nicht verrieten, daß seine Gedanken aufgeregt wirbelten, kehrte Sam zur Tribüne zurück und dachte in den letzten Minuten vor dem nächsten Rennen angestrengt und rasch nach.

Seine Taschen, die vor kaum einer Stunde noch so reichlich gefüllt gewesen waren, waren mittlerweile fast leer. Und auf Sams Stirn zeichneten sich die Falten einer bösen Vorahnung ab.

Diesesmal kaufte er kein Ticket. Doch er suchte den Mann, den er brauchte, und baute sich während des Rennens neben ihm auf. Die Gäule drängten sich gerade an der Dreiviertelmeilen-Markierung, um danach auf die Zielgerade einzubiegen. Zwischen dem ersten und dem letzten lagen gut vierzig Längen, als Sam plötzlich sagte:

»Zehn Dollar gegen einen Dime«, sagte er zu seinem Bekannten, »daß die Sieben nicht gewinnt.«

Der Buchmacher starrte ihn verwundert an. Die Nummer Sieben war ein Tempomacher, der inzwischen vierzig Längen zurücklag und immer mehr Boden verlor. Jeder vernünftige Mensch konnte sehen, daß sie nicht gewinnen konnte, und der Mann kam auf die Idee, daß Sam sie nicht alle hätte.

»Zwanzig Dollar!« sagte Samuel Shay. »Gegen ein Fünfcentstück!«

Diesem Angebot konnte man nicht widerstehen, und der Buchmacher nickte.

»Topp!« erklärte er, und er hatte kaum ausgesprochen, da schoß die Sieben vor. Sie schien sich mit jeder Bewegung weiter in die Luft zu heben. Ihre Beine bewegten sich rasend schnell. Und sie schoß so rasch nach vorn, daß ihr erstaunter Jockey um ein Haar allein durch den Luftdruck aus dem Sattel gegangen wäre. Sie schloß unglaublich schnell zum Feld auf, erreichte die führenden Pferde und gewann mit einem knappen Yard Vorsprung.

Die Menge war zu verblüfft, um zu schreien. Die Rennrichter versammelten sich stirnrunzelnd zu einer Konferenz, doch an der Nummer Sieben fand sich nichts Illegales – keine elektrischen Batterien, keine verbotenen Vorrichtungen –, und so wurde endlich ihre Nummer gezogen.

Sam bezahlte die zwanzig Dollar, während ihn sein Bekannter anstierte. Er wollte ihm Fragen stellen, doch Sam war nicht in der Stimmung zu antworten. Er entfernte sich rasch und suchte sich einen Sitzplatz. Dann dachte er nach.

Es konnte keinen Zweifel mehr geben. Der Traum des letzten Abends war kein Traum gewesen. Er hatte im Park Satan selbst von Angesicht zu Angesicht gegenübergestanden, und Satan rächte sich nun dafür, daß er hereingelegt worden war. Sam konnte sich an keinen Mann in der Geschichte erinnern, der den Teufel übertrumpft und es nicht bereut hatte, und es war offensichtlich, daß er keine Ausnahme sein würde.

Das Wetten war Sams Leben, und Satan hatte das genau gewußt. Und wenn Sam nie wieder eine Wette gewinnen würde – er schluckte schwer bei dem Gedanken. Er hätte nicht nur Shannon Malloy für nichts und wieder nichts verloren, sondern er wäre dazu gezwungen, auf unwürdige Weise seinen Lebensunterhalt mit der Kraft seiner Hände zu verdienen, er, der bisher so angenehm von seiner Gewitztheit gelebt hatte.

Es war ein ernüchternder Gedanke. Doch für den Augenblick wollte ihm kein rettender Plan einfallen. Kurz bevor die Glocke das letzte Rennen des Tages einläutete, stand Sam jedoch energisch auf. Er zählte sein Geld. Vom Fahrgeld für den Rückweg in die Stadt abgesehen, hatte er nur noch vierzehn Dollar. Sieben Zweidollartickets – und im letzten Rennen starteten sieben Pferde!

Sam kicherte und kaufte sieben Tickets auf Sieg, eins für jedes Pferd. Dann suchte er sich beruhigt einen guten Platz, um das Rennen zu beobachten. »Und jetzt«, sagte er halblaut, »wollen wir doch mal sehen, ob der Teufel verhindern kann, daß eines der Tickets gewinnt!« Und er betrachtete zufrieden die sieben Pferde, die einen guten Start hinlegten.

Das Rennen verlief bis zur Hälfte völlig normal, dann kam die Dreiviertelmeilen-Markierung, und immer noch geschah nichts. Sam kicherte wieder, denn wenn er ein Gewinnticket für dieses Rennen einlöste, hätte er Satan abermals hereingelegt, und der Fluch über seine Wettleidenschaft wäre gebrochen.

Doch das Kichern kam zu früh. Als die Sieben in die Zielgerade einbogen, zog eine purpurne und schwarze Sturmwolke über den bisher strahlend blauen Himmel. Aus der Wolke schoß ein blendend heller Blitzstrahl herab und schlug in die Äste einer alten Ulme, die in der Nähe der Ziellinie neben der Tribüne stand. Anschließend betäubte ein schrecklicher Donnerschlag die Zuschauer. Die Ulme schwankte. Dann kippte sie und stürzte über die Rennbahn, und die sieben Jockeys konnten gerade noch rechtzeitig ihre Pferde zügeln, ehe sie in das Hindernis rasten.

Der Sturm verzog sich ebenso schnell wieder, wie er gekommen war.

Doch offensichtlich gab es im letzten Rennen keinen Gewinner. Die verdutzten und erschütterten Preisrichter erklärten das Rennen sofort für ungültig und gaben bekannt, daß alle Einsätze erstattet würden. Sam bekam sein Geld zurück – aber das war kein Gewinn. Und nachdem er die Scheine in seine Jacke geschoben hatte, kehrte er in düsterer Stimmung in seine Wohnung zurück, um noch einmal gründlich über die Sache nachzudenken. Denn es war klar, daß der Teufel hielt, was er versprochen hatte – Sam würde nie wieder eine Wette gewinnen. Und da nun die unzähligen Geister der Hölle sich gegen ihn verschworen hatten, sah Sam keine Möglichkeit, daran etwas zu ändern.

Doch die Shays waren keine Verlierer. Obwohl Beelzebub und seine Schergen gegen ihn wirkten, war Sam nicht bereit, sich ernsthafter Arbeit zuzuwenden, ohne es dem Teufel heimzuzahlen. So ließ Sam in den folgenden Tagen nicht nach, verbissen nach einer Wette zu suchen, die er gewinnen konnte. Seine Bemühungen wurden in der Hölle nicht ohne Sorge beobachtet.

Eines Nachtmittags, etwa zwei Wochen nach der schicksalhaften Begegnung zwischen Satan und Sam Shay, rief sich der Teufel die Angelegenheit wieder ins Gedächtnis und drückte auf den Knopf, der seinen Chief Lieutenant zum Bericht herbeirief. Der Erste Assistent des Teufels, der in seinem Privatlabor an einem schwierigen Experiment gearbeitet hatte, mit dem eine völlig neue und verbesserte Form der Sünde erschaffen werden sollte, eilte ohne Zeitverlust über die Distanz von sieben Millionen Meilen herbei und nahm, von der Geschwindigkeit seines Fluges immer noch schmorend, vor Satan Haltung an.

Der Teufel, der an seinem Basaltschreibtisch saß, blickte ihn stirnrunzelnd an.

»Ich wünsche zu wissen«, erklärte er, »ob meine Anordnungen bezüglich des verfluchten Sterblichen Sam Shay ausgeführt worden sind.«

»Wortwörtlich, Eure Höllische Hoheit«, erwiderte sein Lieutenant mit leichter Abscheu.

»Er hat keine Wette mehr gewonnen, seit ich meinen Fluch über ihn sprach?«

»Nicht die Unbedeutendste.«

»Und es geht ihm schlecht?«

»Sehr.«

»Ist er so verzweifelt, daß er sogar Selbstmord begehen und sich damit in unsere Hände begeben könnte?«

Der andere schwieg. Satans Stimme wurde schärfer.

»Er ist *nicht* verzweifelt?«

»Es geht ihm wirklich sehr schlecht«, erwiderte der Chief Assistant widerstrebend. »Aber er denkt absolut nicht an Selbstmord. Er ist trotzig. Und äußerst unbequem, wie ich hinzufügen muß.«

»Unbequem?« Der drei Milliarden-Leuchter an der Decke klirrte. »Wie kann ein bloßer Sterblicher den Kräften der Hölle unbequem sein? Sei so freundlich, dich zu erklären.«

Die Flügelspitzen des Lieutenants zitterten vor Nervosität, und er zupfte sich geistesabwesend eine lockere Schuppe von der Brust. Dann nahm er Haltung an und antwortete.

»Er ist ein störrischer Sterblicher, dieser Sam Shay«, erwiderte er unterwürfig. »Obwohl ihm Euer höllischer Fluch auferlegt ist, weigert er sich, einzusehen, daß er ihm nicht entgehen kann. Er entwirft immer wieder Pläne, um ihn durch Betrug und Wortklauberei zu umgehen. Und ich mußte einen großen Teil meiner besten und findigsten Mitarbeiter abstellen, um Sam Shay rund um die Uhr im Auge zu behalten, damit er keinen Erfolg hat. Laßt mich erklären.

Letzte Woche, nachdem er bereits einige hundert verschiedene Wetten ausprobiert hatte, bot er einem Bekannten an, darum zu wetten, daß es am Vormittag nicht mehr regnen würde. Es war eine Spitzfindigkeit, denn bis zur vollen Stunde fehlten nur noch zehn Sekunden, und die

Sonne strahlte aus einem wolkenlosen Himmel, während der Wetterdienst einen Sturm vorausgesagt hatte.

Sam Shay jedoch sorgte dafür, daß der andere sein Angebot akzeptierte, indem er ihm versprach, daß er, falls er gewann, seinem Bekannten das Doppelte seines Gewinns in Form starker Getränke ausgeben würde. Eine ausgesprochen betrügerische Wette. Dennoch, hätte es in der Stunde vor Mittag nicht mehr geregnet, hätte er die Wette gewonnen, und Euer höllischer Fluch wäre verletzt worden.

So blieben mir nur noch Sekunden, um zweihundertachtzig Helfer von der dringenden Arbeit an Neuzugängen abzuziehen, weitere hundert mußte ich mir von der Bestrafungsabteilung ausborgen, ein Dutzend meiner besten Forschungstechniker abziehen und alle zum Ort des Geschehens dirigieren. Es gelang ihnen, einen Sturm umzuleiten, der über Ohio tobte und eine Flut verursachen sollte, die uns schätzungsweise hundertachtzig neue Seelen gebracht hätte. Er traf gerade noch rechtzeitig über Neuengland ein.

Doch die Angelegenheit rief vielerlei Kommentare hervor und warf uns aus dem Zeitplan und zersplitterte meine gesamten Kräfte, denn ich mußte rund um die Uhr eine große Bereitschaftstruppe vorhalten, die in Situationen wie dieser sofort eingreifen konnte. Und es gab Dutzende davon, wirklich Dutzende!«

Über die Stirn des unglücklichen Dämons rollte ein Schweißtropfen und verdampfte.

»Das ist nur ein Beispiel«, sagte er ernst. »Dieser Sam Shay hat noch haufenweise ähnliche Tricks im Ärmel. Erst gestern versuchte er eine Wette auf der Rennbahn zu gewinnen, und seine Bemühungen hielten uns den ganzen Nachmittag in Atem. Im fünften Rennen schloß er so komplizierte Wetten auf die Positionen der Pferde untereinander ab, daß mein vertrauenswürdigster Mitarbeiter völlig die Übersicht verlor. Er mußte mich persönlich im letzten Augenblick hinzuziehen, und da eine der Wetten lautete, daß das Rennen insgesamt nicht beendet werden würde, blieb mir nur noch die Möglichkeit, alle Pferde gleichzeitig über die Ziellinie gehen zu lassen, mit Ausnahme des Pferdes, auf dessen Sieg Sam Shay gesetzt hatte.

Dieses Pferd mußte ich dann, um den Kerl zu verwirren, völlig aus dem Rennen nehmen und in Australien absetzen, damit keine der zahlreichen Wetten, die Shay für dieses Pferd abgeschlossen hatte, gewinnen konnte. Doch das Gerede, das entstand, als sieben Pferde gleichzeitig über die Ziellinie gingen – und das völlige Verschwinden eines Tieres samt Jockey – führten zu einiger Aufregung.

Der Sturm, den ich arrangieren mußte und eine ganze Anzahl ähnlicher Dinge haben die Religion wiederbelebt. Die Menschen drängen sich in die Kirchen und machen unsere besten Werke zunichte. Deshalb, Eure Höllische Hoheit, würde es uns sehr die Arbeit erleichtern, wenn wir die eine oder andere komplizierte Wette Sam Shays übersehen könnten –«

Das Krachen von Satans Hufen auf dem harten Boden unterbrach ihn.

»Niemals! Ich habe diesem Shay meinen Fluch auferlegt! Er muß wortwörtlich ausgeführt werden. Kümmere dich darum!«

»Ja, Prinz des Bösen«, quietschte der Erste Assistent, und da er ein kluger Dämon war, eilte er rasch davon und durch die sieben Millionen Meilen Weltraum zurück zu seinem Labor, so schnell, daß er am anderen Ende mit solcher Wucht einschlug, daß er noch einen ganzen Monat danach humpelte. Und er wagte es nie wieder, die Angelegenheit zur Sprache zu bringen.

Sam Shay hatte natürlich keine Ahnung. Er hatte mit seinen eigenen Problemen genug zu tun. Nachdem er jede Wette verloren hatte, wie schwierig sie auch zu verlieren war, fiel er in einen deprimierten Zustand.

Sein Geld ging zu Ende. Er hatte nur noch ein paar Dollar in den Taschen, und sein Bankkonto war leer. Shannon Malloy wollte ihn nicht sehen. Er hatte seit jenem Abend, als er dem Teufel begegnet war, keine einzige Wette mehr gewonnen, und er war schon so bedrückt, daß seine Augen ab und zu an den Kleinanzeigen für Aushilfskräfte hängen blieben.

An diesem Tag war er so tief verzweifelt, daß bereits der Nachmittag kam, ohne daß er versucht hätte, den Teufel auf die Probe zu stellen und doch noch eine Wette zu gewinnen, trotz der dämonischen Wächter, die ihn beobachteten. Der Tag paßte gut zu seiner Stimmung. Der Himmel war tief und grau verhangen, und Regen peitschte von Norden heran, als sei jeder einzelne Tropfen persönlich wütend auf die Erde, die er traf. Und Sam Shay saß in seinem Zimmer und starrte in den Sturm hinaus, verzweifelt wie nie zuvor.

Schließlich rappelte er sich auf; es lag einem Shay nicht im Blut, so herumzuhängen und düster zu brüten. Er nahm seinen Hut und seinen Regenschirm und ging mit schweren Schritten hinaus auf die Straße und in eine gemütliche Bar, wo vielleicht ein fröhlicher Kumpan wartete, der seine Stimmung heben konnte.

In einer Ecke, wo ein Kaminfeuer glühte, fand er den gemütlich sitzenden Tim Malloy, der, nebenbei bemerkt, Shannons Bruder war – ein rundlicher, fröhlicher kleiner Mann, der umso fröhlicher war, als vor ihm ein Krug mit dunklem Bier stand. Tim Malloy begrüßte ihn erfreut, und Sam setzte sich und erwiderte den Gruß so freundlich er konnte. Er bestellte sich auch einen Krug dunkles Bier und fragte nach Shannon.

»Oh, die«, sagte Tim Malloy und leerte mit großen Schlucken die Hälfte seines Kruges. »Manchmal höre ich sie nachts hinter ihrer verschlossenen Tür weinen. Und –« er trank sein Dunkelbier ganz aus – »das tut sie erst, seit sie dir den Ring zurückgegeben hat, Sam.«

»Bestell dir noch eins«, lud Sam, der plötzlich etwas beherzter wurde, ihn ein. »Meinst du, sie würde vielleicht den Ring zurücknehmen, wenn ich sie darum bitte?« fragte er hoffnungsvoll.

Tim Malloy akzeptierte das Bier, doch nachdem er es angetrunken hatte, schüttelte er, einen schaumigen Schnurrbart auf den Lippen, den Kopf.

»Nicht, solange du wettest, Sam, also nie«, sagte er. »Es sei denn, eine magische Kraft, die stärker ist als ihr Wille, zwingt sie dazu. Sie hat dich fortgeschickt, obwohl sie den Rest ihres Lebens unglücklich sein wird.«

Sam seufzte.

»Würde es etwas ändern, wenn sie wüßte, daß ich jetzt alle Wetten verliere?« fragte er.

»Nicht die Bohne«, erwiderte Tim Malloy. »Nicht die Bohne. Aber mal etwas anderes, was meinst du, wie lange es noch regnet?«

»Den ganzen Tag, würde ich sagen«, antwortete Sam, der wieder in sein Brüten verfiel. »Und die ganze Nacht hindurch, da habe ich keinen Zweifel. Obwohl ich es in fünf Minuten aufhören lassen könnte, wenn ich wollte.«

»Das könntest du?« fragte Tim Malloy interessiert. »Zeig mir, wie das geht, Sam, du hast mich neugierig gemacht.«

Sam Shay zuckte die Achseln.

»Wette mit mir um einen Dollar, daß es in fünf Minuten zu regnen aufhört«, sagte er. »Und ich wette einen Dollar, daß es nicht aufhört. Aber da es mich einen Dollar kosten wird, mußt du mir versprechen, mich danach für einen Dollar einzuladen.«

»Das ist nur fair«, sagte Tim Malloy sofort. »Ich versprech's dir. Also, Sam, ich wette, daß es in den nächsten fünf Minuten zu regnen aufhört.«

Sam akzeptierte lustlos, und sie legten die Einsätze auf den Tisch. Und natürlich wehten binnen fünf Minuten die Sturmwolken davon. Der Himmel wurde blau, die Sonne schien, und es war, als hätte es den Sturm nie gegeben.

»Das ist aber seltsam, Sam«, sagte Tim Malloy mit großen Augen, während er das nächste Bier bestellte. »Wenn du das jederzeit machen kannst, könntest du ein Vermögen verdienen.«

»Oh, das kann ich«, seufzte Sam desinteressiert. »Von blauem Himmel zum Sturm, vom Sturm zum blauen Himmel; ich muß nur darauf wetten, und das Gegenteil passiert, egal, was es ist. Auf mir liegt ein Fluch, Tim.«

»Wirklich?« sagte Tim Malloy und riß die Augen noch weiter auf. »Und wer hat dir den Fluch auferlegt, Sam Shay?«

Sam beugte sich vor und flüsterte es ihm ins Ohr, und Tim Malloy fielen fast die Augen heraus.

»Hol tief Luft«, sagte Sam nickend. »Schnüffle, Tim. Du wirst es schon merken.«

Tim Malloy schnüffelte lange und tief und verzog ängstlich das Gesicht.

»Schwefel!« flüsterte er. »Pech und Schwefel!«

Sam nickte nur und trank einen Schluck Bier. Doch Tim Malloy streckte eine Hand aus und legte sie ihm auf den Arm.

»Sam«, sagte er mit belegter Stimme, »hast du noch nie gehört, daß manche Leute bereit sind, gutes Geld dafür zu bezahlen, daß das Wetter an einem bestimmten Tag so wird, wie sie es wollen? Hast du noch nie von einer Versicherung gegen Stürme gehört, Sam, und gegen Unfälle, Krankheit, Zwillinge und ähnliche Unglücke? Und Versicherungen sind keine Wetten – sie sind ein Geschäft, ein erlaubtes Geschäft, in dem man gutes Geld verdient.«

Sam hörte zu trinken auf. Er stellte seinen Krug mit einem Knall auf den Tisch, und sein Gesichtsausdruck veränderte sich.

»So ist es«, sagte er, als ihm aufging, was Tim gesagt hatte. »So ist es!«

»Sam«, sagte Tim Malloy aufgeregt, »laß uns nur ein einziges Beispiel nehmen. Am kommenden Sonntag ist die Parade der Loyal Sons of St. Patrick's. Angenommen, die Loyal Sons sagen zu dir: ›Sam, wir wollen uns dagegen versichern, daß es am Sonntag regnet. Hier sind zwanzig Dollar Versicherungsprämie gegen Regen. Wenn es regnet, mußt du uns fünfhundert bezahlen, aber wenn es schön bleibt, kannst du die Zwanzig behalten. Und angenommen, Sam, du kommst dann zu mir und sagst: ›Tim, ich will mit dir wetten. Und du setzt einen Dollar gegen einen Dollar darauf, daß es am Sonntag regnet.‹ Und darauf sage ich zu dir: ›Sam, die Wette gilt. Einen Dollar darauf, daß es am kommenden Sonntag nicht regnet.‹

Und weil du die Wette verlieren mußt, wird es nicht regnen; du behälst die zwanzig Dollar, die dir die Loyal Sons bezahlt haben, und dein Profit, Sam, dein ehrlich verdienter Profit bei einem ganz normalen Geschäft, das niemand eine Wette nennen kann, wären –«

»Neunzehn Dollar!« sagte Sam bewegt. »Neunzehn Dollar Gewinn, Tim, und keine Wette. Und du meinst, daß viele Leute so eine Versicherung haben wollen?«

»Tausende«, sagte Tim Malloy. »Tausende und Abertausende. Und es gibt keinen Grund, warum du sie nicht gegen alles versichern solltest, was sie wollen – denn man könnte sagen, daß du die Arbeitskraft einer gigantischen Firma im Rücken hast.«

Sam Shay stand auf, und in seinen Augen glomm ein neuer Funke.

»Tim«, sagte er mit energischer Stimme, »hier sind zwanzig Dollar. Miete mir ein Büro und laß ein Schild malen, auf dem steht: ›Sam Shay, Versicherungen.‹ Das größte Schild, das du bekommen kannst. Und hier, Tim, ist ein Dollar. Um diesen Dollar wette ich mit dir, daß Shannon nicht ›Ja‹ sagt, wenn ich jetzt gleich um sie anhalte. Nimmst du die Wette an?«

»Die Wette gilt, Sam«, willigte Tim Malloy ein, doch Sam schritt schon hinaus und stand kaum eine Minute später groß und selbstbewußt ihm Wohnzimmer der Malloys, während Shannon, die versucht hatte, ihm die Tür zu versperren, ihn wütend anstarrte.

»Sam Shay!« rief sie, »Ich will dich nicht sehen!«

»Du kannst nicht anders, als mich zu sehen«, erwiderte Sam sanft, »denn ich stehe hier vor dir.«

»Dann werde ich dich nicht ansehen!« rief Shannon und schloß die Augen.

»In diesem Fall mußt du die Konsequenzen auf dich nehmen«, sagte Sam, trat vor und küßte sie, so daß Shannon die Augen wieder aufriß.

»Sam Shay«, platzte sie heraus. »Ich –«

»Ich wette einen Dollar«, unterbrach Sam sie, »daß du gleich sagen wirst, daß du mich haßt.«

Das war tatsächlich genau das, was Shannon sagen wollte, doch ein perverser Dämon schien ihre Zunge gepackt zu haben.

»Nein, werde ich nicht!« leugnete sie. »Ich wollte sagen, daß ich dich liebe.« Und als sie es gesagt hatte, starrte sie Sam an, als traute sie ihren Ohren nicht.

»Dann, Shannon, Liebes«, fragte Sam Shay, »wirst du meinen Ring zurücknehmen und mich heiraten? Und ich wette noch einen Dollar, daß du nein sagen wirst.«

Und Shannon versuchte wirklich ›Nein‹ zu sagen, doch wieder war es, als hätte ihr ein böser Teufel die Zunge verdreht.

»Nein, das werde ich nicht«, erklärte sie, während sie über ihre eigenen Worte erschrak. »Denn ich sage ja, und ich will.«

Und dann nahm Sam sie in die Arme und küßte sie so herzhaft, daß sie keine Zeit mehr hatte, sich darüber zu wundern, wie ihre Zunge verdreht worden war. Tatsächlich glaubte sie sogar, daß eine unheimliche Kraft in Sam selbst die Worte aus ihr gezogen hatte. Und Sam war so klug, ihre Ansicht in diesem Punkt nie zu korrigieren.

So heirateten sie, und heute läuft Sams Versicherungsgeschäft unglaublich gut. Das Geld strömt von allen Seiten herbei, und da Sam ein kluger Mann ist, hat er seine Dinge gut geordnet. Er hat mit Tim Malloy, seinem Juniorpartner, gewettet, daß er und Shannon nicht bis zum neunzigsten Jahr in guter Gesundheit leben werden, während Tim darauf gesetzt hat, daß sie so alt werden. Ebenso hat Sam darauf gewettet, daß er und Shannon kreuzunglücklich werden, während Tim auf das Gegenteil gesetzt hat. Schließlich hat Sam noch gewettet, daß sie nicht zehn hübsche, stramme Kinder bekommen werden, sechs Jungen und vier Mädchen, wogegen Tim sein Geld genau darauf gesetzt hat.

So ist, während Sams Geschäft wächst, die Sünde nicht mehr hoch im

Kurs, und Sam selbst schläft nachts tief und zufrieden. Und wenn es im Haus manchmal ganz leicht nach Schwefel riecht, ein Duft, den die armen Teufel in ihrer Eile hinterlassen, so kümmert sich niemand im Haus darum, nicht einmal Dion, der jüngste der zehn kleinen Shays.

# Der Weihnachts-Schadrach

Frank R. Stockton

Frank R. Stockton (1834–1902) erlernte den Beruf eines Holzschnitzers, bevor er sich auf das Schreiben verlegte und durch seine wundervollen Märchen, wie etwa *The Griffin and the Minor Canon, The Bee Man of Orn* und *Old Pipes and the Dryad,* allmählich große Beliebtheit erlangte. Seine Geschichten sind, wie man auch der folgenden entnehmen kann, voller Charme und Artigkeit.

Wenn ich jemand ein Weihnachtsgeschenk mache, dann soll es etwas bedeuten; es muß nicht unbedingt meine Gefühle gegenüber der betreffenden Person offenbaren, aber manchmal ist es ein Ausdruck dessen, was der Betreffende für mich tun oder sein soll. Zu Anfang eines bestimmten Winters, vor gar nicht langer Zeit, war ich hinsichtlich eines bestimmten Weihnachtsgeschenkes in großer Verlegenheit.

Die Sache war so. Es gab eine junge Dame, die Tochter eines Nachbarn und alten Freundes meines Vaters, die mit der Zeit eine Haltung zu mir entwickelt hatte, die ich nicht nur als unbefriedigend empfand, sondern die mir sogar immer peinlicher wurde. Ihr Name war Mildred Bronce. Sie war zwischen zwanzig und fünfundzwanzig Jahren alt und in jeder Beziehung, die man sich nur wünschen konnte, eine wundervolle Frau. Sie war hübsch, von sanfter und großmütiger Wesensart, ausgesprochen klug und umfassend gebildet. Wir kannten uns bereits seit langer Zeit, und mit vierzehn oder fünfzehn Jahren war Mildred meine liebste Gefährtin gewesen. Sie war ein wenig jünger als ich, und ich mochte sie lieber als jeden Jungen, den ich kannte. Unsere Freundschaft hatte sich über die Jahre gehalten, doch in letzter Zeit hatte es eine Veränderung gegeben; Mildred hatte mich schätzen gelernt, doch in ihrer Wertschätzung schienen gewisse Elemente zu liegen, die mich störten.

Niemand konnte sich wünschen, ein schöneres Mädchen zu lieben als Mildred Bronce, doch ich hatte sie nie geliebt – jedenfalls nicht ernsthaft –, und ich wünschte auch nicht, daß zwischen uns eine dauerhafte Liebesbeziehung entstünde. Mildred schien anderer Meinung zu sein; mit jedem Tag sah ich deutlicher, daß sie mich als ihren Geliebten betrachtete und mehr als bereit war, meine Zuneigung zu erwidern.

Doch ich hatte in dieser Sache andere Vorstellungen. In die ländliche Kleinstadt, in der meine Familie den größten Teil des Jahres verbrachte, war vor kurzem eine junge Dame, Miss Janet Clinton, gekommen, der meine Seele im Nu zugeflogen war. In gewisser Weise war sie Mildred vielleicht nicht ebenbürtig, doch sie war sehr hübsch: sie war klein, hatte einen niedlichen Mund, war anscheinend sehr anhänglich, und ihre dunklen Augen warfen mir Blicke zu, die mich auf eine Weise kitzelten, wie es bisher noch nie ein Blick vermocht hatte. Ich hatte mich in sie verliebt, weil ich es so wünschte, und das Bewußtsein dieser Tatsache gab mir eine stolze Zufriedenheit. Die Affäre war keine Folge der Umstände, sondern meines eigenen freien Willens.

Ich wollte mir Mildreds Freundschaft erhalten; ich wollte sie glücklich machen, und angesichts letzterer Absicht wünschte ich sehr, daß sie durch ihre Erwartungen an die Zukunft keine Enttäuschung erleiden mußte.

Ich hatte es mir zur Gewohnheit gemacht, Mildred jedes Jahr etwas zu Weihnachten zu schenken, und nun suchte ich etwas, das sie erfreuen und gleichzeitig meinen Absichten dienen konnte.

Wenn ein Mann ein Geschenk für eine Dame auswählt, das seine Gefühle für sie ausdrücken, zugleich aber andeuten soll, daß er nicht nur nicht geeignet ist, sie zu ehelichen, sondern daß es sogar äußerst unklug von ihr wäre, derartige Neigungen in bezug auf ihn zu entwickeln; daß egal, mit welcher Zuneigung ihr Herz sich ihm zuwendet, sein Herz sich nicht ihr zuwenden wird, und daß trotz aller Gefühle, die durch die lange Bekanntschaft und den natürlichen Lauf der Dinge entstanden sind, sie nicht erwarten kann, für ihn jemals mehr als eine Schwester zu sein – dann hat dieser Mann in der Tat eine schwierige Aufgabe vor sich. Doch genau dies war die Aufgabe, die ich mir gestellt hatte.

Tag um Tag streifte ich durch die Geschäfte. Ich betrachtete ausgefallene Schmuckstücke und allerlei Krimskrams und viele eigenartige alte Gegenstände und Kunstwerke, die eine Bedeutung zu haben schienen, doch nichts hatte jene Bedeutung, die ich suchte. Ich fand auch kein Buch, mit dem ich zufrieden war – nicht eines, das fähig gewesen wäre, genau die Wirkung zu erzielen, die ich beabsichtigte.

Eines Nachmittags war ich in einem kleinen Kellerladen, dessen Inhaber einen langen Übermantel trug. Soweit ich es beurteilen konnte, kaufte er Kuriositäten an, ohne aber jemals etwas zu verkaufen. Ich hatte einige Minuten eine wundervoll verzierte Untertasse betrachtet, für die es keine passende Tasse gab; der Eigentümer des Ladens verriet mir, daß bisher keine entsprechende Tasse gefunden oder hergestellt worden sei. Dieser Gegenstand, als Geschenk für eine Dame gedacht, verkörperte einige Hinweise, die meiner Absicht entgegenkamen, doch war die Aussage zu drastisch – ich wollte schließlich nicht andeuten, daß Mildred nie eine Tasse finden könnte. Wenn ich ihr ein derartiges Geschenk machte, wäre es sicher besser, ihr eine Tasse und eine Untertasse zu schicken, die nicht zusammenpaßten, und die auf keinen Fall und unter keinen Umständen zusammen benutzt werden konnten.

Ich stellte die Untertasse ab und setzte meine Suche in den staubigen Regalen und Schaukästen fort.

»Wie wäre es mit einem Briefbeschwerer?« fragte der Ladenbesitzer. »Hier ist ein ziemlich ausgefallenes Stück«, sagte er, indem er mir einen fast faustgroßen, dunkel gefärbten Mineralklumpen gab. Die Unterseite war flach, oben war er hübsch unregelmäßig geformt. Um die Unterkante verlief ein verschnörkeltes Band aus einem trüben Metall, wahrscheinlich aus Neusilber. Ich nahm ihn lächelnd entgegen.

»Das ist für ein Weihnachtsgeschenk nicht gut genug«, sagte ich. »Ich möchte etwas Ausgefallenes haben, aber es soll doch einen gewissen Wert haben.«

»Nun«, sagte der Mann, »es besitzt keinen wirklichen Wert, aber es ist etwas Seltsames daran, das mich interessierte, als ich davon hörte, und deshalb kaufte ich es. Dieses Mineral ist ein Stück von der Art, die die Metallarbeiter Schadrach nennen. Es ist ein Stück Eisen oder Eisenerz, das durch den Schmelzofen geht, ohne von der Hitze verändert zu werden, und deshalb haben sie ihm den Namen eines hebräischen Jungen gegeben, der von Nebukadnezar in den Feuerofen geworfen wurde und unverletzt wieder herauskam.* Manche Leute glauben, daß dieser Schadrach Zauberkräfte besitze und menschlichen Wesen einen Teil seiner Macht abgeben könne, um ihren Verstand ruhig zu halten, wenn sie in Gefahr sind, allzu hitzig zu werden. Der alte Herr, dem dies gehörte, war seinen Wutanfällen ausgeliefert, und er dachte, dieser Schadrach könnte ihm helfen, ihnen zu widerstehen. Ab und zu ließ er ihn im Haus eines heißblütigen Nachbarn zurück, im Glauben, der zornige Mann würde eine Weile abkühlen, ohne zu wissen, wodurch die Veränderung hervorgerufen worden sei. Ich habe von der Witwe des alten Mannes viele Dinge gekauft, und unter anderem auch diesen Gegenstand. Ich dachte, ich könnte es vielleicht einmal selbst versuchen, doch ich bin nie dazu gekommen.«

Ich hielt den Schadrach in der Hand, und die Gedanken, die er ausgelöst hatte, schossen in rascher Folge durch meinen Kopf. Wäre es nicht eine großartige Sache, Mildred diesen Stein zu schenken? Wenn er tatsächlich die Eigenschaften besaß, die ihm zugeschrieben wurden, wenn er wirklich ihre Zuneigung zu mir abkühlte, konnte es kein besseres Geschenk für sie geben. Ich zögerte nicht lange.

»Ich will ihn kaufen«, sagte ich, »doch die Ornamente müßten schöner sein. So wie er jetzt aussieht, wirkt er zu billig und zu geschmacklos.«

»Das kann ich für Sie erledigen«, sagte der Händler. »Ich kann ihn, wenn Sie wollen, in eine Gold- oder Silberfassung legen lassen, etwa wie diese hier.«

Ich stimmte seinem Vorschlag zu und bestellte eine Silberfassung, denn die kühle Farbe dieses Metalls schien mir besser zu der Bedeutung des Geschenkes zu passen als die wärmeren Töne von Gold.

Als ich Mildred mein Weihnachtsgeschenk gab, freute sie sich; sein seltsames Aussehen gefiel ihr sehr.

»Ich glaube nicht, daß irgendein anderer Mensch so einen Briefbeschwerer hat«, sagte sie, als sie sich bedankte. »Woraus besteht er?«

Ich sagte es ihr und erklärte, was ein Schadrach war, doch ich ließ seinen angeblichen Einfluß auf menschliche Wesen unerwähnt, der schließlich doch nur Phantasterei sein konnte. Ich fühlte mich nicht ganz wohl, als ich hinzusetzte, daß es nur eine Kleinigkeit sei, ein Ding ohne jeden Wert, wenn man von der Erinnerung an die gemeinsame Zeit absah.

»Die Tatsache, daß es ein Geschenk von dir ist, verleiht ihm seinen Wert«, sagte sie, indem sie mich lächelnd anblickte.

Ich verließ ihr Haus – wir wohnten damals alle in der Stadt – mit

* Daniel 3, 27

einigen Schuldgefühlen. Welche Täuschung tat ich diesem edlen Mädchen an, das, wenn sie mich nicht ohnehin schon liebte, zumindest kurz davor war. Sie hatte mein Geschenk angenommen, als hätte es die Wärme meiner Gefühle für sie ausgedrückt, während es überreicht worden war, um ihre Gefühle für mich abzukühlen.

Doch ich rief meine Vernunft zu Hilfe und hielt mir vor, daß das Ding, das ich Mildred gegeben hatte – falls es tatsächlich irgendeine Wirkung zeigte –, auf jeden Fall eine äußerst wertvolle Gabe war. Es war etwas, das sie davor hüten würde, ihre Zuneigung zu verschwenden und an ihren Hoffnungen zu zerbrechen. Keine Freundlichkeit konnte aufrichtiger, keine Sorge um ihr Glück ernsthafter sein, als die Motive, die mich veranlaßt hatten, ihr den Schadrach zu schenken.

Mildred sah ich eine Weile nicht mehr, doch ich besuchte nun so oft wie möglich Janet. Sie empfing mich stets mit bezaubernder Herzlichkeit, und wenn diese sich zu wärmeren Gefühlen entwickeln sollte, so wollte ich sie gewiß nicht abkühlen. Janet schien in vielerlei Hinsicht besser zu mir zu passen als Mildred. Einer der größten Vorzüge dieses schönen Mädchens war ein sanftes Zutrauen, als sei ich ein Mann, auf den sie sich stützen und zu dem sie aufschauen konnte. Das gefiel mir sehr; es war etwas ganz anderes als Mildreds Art – bei ihr war ich schon zufrieden gewesen, wenn ich das Gefühl hatte, auf gleicher Ebene mit ihr zu sein.

Die Wochen und Monate vergingen, und wieder waren wir alle auf dem Lande, wo ich Mildred häufiger sah. Unsere Häuser lagen nicht weit auseinander, und unsere Familien waren sehr eng miteinander befreundet. Da ich Mildred nun regelmäßig beobachten konnte, zweifelte ich nicht, daß sie sich verändert hatte. Wenn wir uns trafen, war sie freundlich wie immer, und sie schien sich zu freuen, mich zu sehen, wie sie sich bei jedem anderen Mitglied meiner Familie freute, doch sie war nicht mehr die Mildred, die ich früher einmal gekannt hatte. Es war klar, daß meine Existenz nicht mehr den früheren Eindruck auf sie machte. Sie schien es nicht für wichtig zu halten, wann ich kam oder ging, ob ich im Zimmer war oder nicht, ob ich mich einer Gesellschaft anschloß oder ausblieb. Alles dies war früher völlig anders gewesen. Ich wußte sehr gut, daß Mildred meiner Gegenwart große Bedeutung beigemessen hatte, und ich war jetzt sicher, daß mein Weihnachtsschadrach seinen Zweck erfüllt hatte. Mildreds Gefühle für mich waren abgekühlt. Ihre Zuneigung, oder, um es zurückhaltender auszudrücken, ihre Neigung, für mich Zuneigung zu empfinden, verwandelte sich langsam in Freundschaft. Dies kam meinen Empfindungen sehr entgegen, denn ich bemühte mich Tag für Tag nach Kräften, Janets Seele zu erwärmen. Ich war nicht sicher, ob ich damit Erfolg hatte; Janet war sanft und vertrauensvoll und bezaubernd wie immer, doch nicht mehr, als sie es vor Monaten schon gewesen war.

Manchmal glaubte ich, sie wartete auf eine Andeutung von mir, daß meine Wärme, meine Gefühle sich verstärkt hätten, bevor sie ihren eigenen Empfindungen erlaubte, an Hitze zu gewinnen. Doch aus irgendeinem Grund schob ich die Lösung dieses Problems immer wieder auf. Janet legte viel Wert auf Gesellschaft, und obwohl wir uns häufig sahen, waren wir nicht oft allein. Wenn wir zwei häufiger spazierengegangen, gefahren oder zusammen gerudert wären, wie ich es mit Mildred getan hatte, ich bin sicher, dann hätte Miß Clinton bald jede denkbare Gelegenheit gehabt, sich über die Glut meiner Leidenschaft klarzuwerden.

Die Sommerwochen vergingen, und es hatte keine Veränderung in den Dingen gegeben, die mich jetzt sehr bedrückten, bis auf die Tatsache, daß ich Mildred immer gleichgültiger zu werden schien. Nachdem sie für mich mehr empfunden hatte als für ihre anderen Freunde, empfand sie nun für mich weniger als für die meisten anderen Menschen. Ich will damit nicht sagen, daß sie Abneigung zeigte, doch sie behandelte mich mit einer Art von Gleichgültigkeit, die mir überhaupt nicht gefiel. Es ging mir eindeutig zu weit, und man konnte nicht wissen, wie weit es noch gehen würde. Es war offensichtlich, daß der Schadrach übertrieb.

Ich befand mich in einem sehr unausgeglichenen Zustand. So sehr ich wünschte, Janets Liebe zu gewinnen, schmerzte es mich, Mildreds warmherzige Freundschaft zu verlieren – die Freundschaft, die mir während des größten Teils meines Lebens so vertraut gewesen war, und von der ich, wie ich nun entdeckte, auch abhing.

In diesem Zustand besuchte ich Mildred. Ich fand sie schreibend in der Bibliothek. Sie empfing mich erfreut und äußerte ihr Bedauern, daß ihr Vater nicht daheim sei. Sie bat um Entschuldigung, weil sie den Brief, mit dem sie gerade beschäftigt war, zu Ende schreiben wollte, um ihn vor Dienstschluß noch im Postamt aufgeben zu können. Ich setzte mich vor ihren Schreibtisch, und sie beendete den Brief, um dann hinauszugehen und ihn einem Diener zu geben.

Ich sah mich um und entdeckte den Schadrach. Er lag halb unter einem Stapel Papier verborgen statt darauf. Ich nahm ihn in die Hand und betrachtete ihn, als Mildred zurückkehrte. Sie setzte sich und fragte mich, ob ich schon von den Veränderungen des Eisenbahnfahrplans gehört hätte. Wir sprachen eine Weile über dieses Thema, und dann erwähnte ich den Schadrach. Ich sagte beiläufig, daß es interessant sein könnte, das Metall zu analysieren; der Klumpen hatte einen kleinen Vorsprung, der entfernt werden konnte, ohne den Stein zu beschädigen.

»Nimm ihn nur mit«, sagte sie, »und experimentiere damit, wie es dir gefällt. Ich benutze ihn kaum; für einen Briefbeschwerer ist er unnötig schwer.«

Ihr Tonfall ließ mich fast vermuten, daß sie vergessen hatte, daß ich ihn ihr geschenkt hatte. Ich erklärte, daß ich mich sehr freuen würde, wenn ich den Briefbeschwerer eine Weile ausborgen könne, steckte ihn in die Tasche und ging hinaus, während sie die Papiere auf dem Schreibtisch mit derselben Aufmerksamkeit ordnete, die sie meinem kurzen Besuch geschenkt hatte.

Ich konnte nicht sicher sein, ob die Abwesenheit des Schadrachs die Kälte ihrer Gefühle für mich vermindern konnte, doch ich hatte einigen Grund zu der Annahme, daß dadurch verhindert würde, daß sie noch kühler wurden. Wenn sie diesen Schadrach behielt, hätte sie mit der Zeit womöglich sogar begonnen, mich zu hassen. Ich war sehr froh, daß ich ihn ihr fortgenommen hatte.

Nachdem ich in dieser Hinsicht etwas beruhigt war, wandte sich mein Herz erleichtert Janet zu, und als ich sie am nächsten Tag aufsuchte, freute ich mich, sie allein zu finden. Sie war reizend und herzlich wie immer, doch ihr Gesicht war gerötet, und sie schien zornig.

»Ich bin heute schlechter Laune«, sagte sie, »und ich bin froh, daß Sie gekommen sind, um mit mir zu plaudern und mich zu beruhigen. Dr. Gilbert hat mich für heute nachmittag zu einer Ausfahrt eingeladen; wir wollten in die Berge fahren und wilden Rhododendron suchen. Ich habe gehört, daß er dort oben noch blüht, und ich wollte Blüten finden, um sie zu malen. Und außerdem war ich ganz närrisch darauf, mit seinen neuen Pferden zu fahren, doch nun hat er mir eine Nachricht geschickt, daß er verhindert sei.«

Diese Erklärung schockierte mich, und ich begann sie nach Dr. Gilbert zu fragen. Ich erfuhr bald, daß sie schon einige Male mit diesem hübschen jungen Arzt ausgefahren war, doch bisher noch nicht, wie sie sagte, mit seinen neuen Pferden und auch nicht zu den Rhododendron-Hügeln.

Dr. Hector Gilbert war ein angenehmer junger Mann, der gerade in der Stadt seine Praxis aufbaute. Ich war gern mit ihm zusammen, doch ich hätte nicht gedacht, daß er mit Janet in Verbindung stand. Nun aber konnte ich sehen, daß er ein möglicherweise gefährlicher Rivale war. Wenn ein junger und begabter Arzt, der sich begeistert seinen Studien widmet und ernsthaft versucht, eine Praxis aufzubauen, und der, wenn er noch nicht ganz ausgelastet ist, bei den Nachbarn natürlich den Eindruck zu erwecken versucht, daß dies doch der Fall sei, freiwillig einige Stunden, an ich weiß nicht wie vielen Tagen, damit verbringt, mit einer junge Dame ins Umland zu fahren, dann kann man wohl annehmen, daß er in sie verliebt ist. Und nach Janets augenblicklicher Stimmung zu schließen, wurde die Zuneigung des Arztes erwidert.

Ich ging nach Hause und dachte über den Stand der Dinge nach; ich strich mir mit den Fingern durchs Haar und starrte wie gebannt auf den Boden. Plötzlich stand ich auf. Ich hatte eine Eingebung: ich würde Dr. Gilbert den Schadrach geben.

Ich ging sofort zur Praxis des Arztes und traf ihn auch an. Er war nicht sehr guter Laune.

»Ich hatte fast den ganzen Nachmittag zwei alte Damen hier, die mich zu Tode gelangweilt haben«, sagte er. »Ich konnte sie nicht loswerden, weil sie sich verabredet hatten, um mich heute aufzusuchen und mit mir über ein geplantes Krankenhaus zu sprechen, dessen Bau ich vor einiger Zeit vorschlug und das mir wirklich sehr am Herzen liegt. Ich wünschte allerdings, sie hätten einen anderen Augenblick gewählt, um mich zu besuchen. Was ist das für ein Ding?«

»Das ist ein Schadrach«, sagte ich, »der zu einem Briefbeschwerer umgearbeitet wurde.« Und ich fuhr fort und erklärte, was ein Schadrach war und welche besonderen Eigenschaften er besitzen mußte, um der Kraft der Hitze zu widerstehen, die offenbar anderes Metall derselben Art ohne weiteres schmelzen konnte; ich fügte hinzu, daß es interessant sein könnte, ein Stück davon zu analysieren und herauszufinden, welche feuerfesten Bestandteile es enthielt.

»Das würde ich gern tun«, sagte der Doktor, während er den Schadrach aufmerksam musterte. »Darf ich ein Stück entfernen?«

»Sie können ihn behalten«, sagte ich, »und damit tun und lassen, was Sie wünschen. Wenn Sie ihn analysiert haben, würde ich mich sehr freuen, die Resultate Ihrer Untersuchung zu erfahren.«

Der Arzt zierte sich einen Augenblick, den Briefbeschwerer mit seiner hübschen Silberfassung zu nehmen, doch ich versicherte ihm, daß das ganze Ding kaum etwas gekostet habe und ich zufrieden sei, wenn er es annähme. Er akzeptierte das Geschenk und dankte mir. Als ein neuer Patient kam, verließ ich ihn.

Eigentlich hatte ich nicht das Recht, den Briefbeschwerer, der schließlich Mildred gehörte, zu verschenken, doch es gibt Zeiten, zu denen ein Mann das Augenmerk auf das vorrangige Gute richten muß und sich nicht um Nebensächlichkeiten kümmern darf. Außerdem war es offensichtlich, daß Mildred das Stück Metall völlig gleichgültig war, und sie hatte es mir ja beinahe geschenkt.

Es gab noch einen Punkt, den ich in meine Überlegungen einbezog. Es konnte auch sein, daß der Schadrach Dr. Gilberts Gefühle für mich abkühlte, und das wäre weder angenehm noch vorteilhaft. Wenn ich es hätte so arrangieren können, daß er ihn von Janet erhalten hätte, wäre es in Ordnung gewesen. Doch nun konnte ich nichts weiter tun als warten und sehen, was geschehen würde. Wenn der Arzt ganz allgemein abkühlen würde, wäre es schon eine Hilfe. Vielleicht dachte er dann mehr an seine Praxis und sein Krankenhaus und ließ Janet von anderen Leuten zu Ausfahrten einladen.

Etwa eine Woche später traf ich den Doktor wieder; er schien in Eile zu sein, doch ich hielt ihn auf. Ich wollte erfahren, ob er den Schadrach schon analysiert hätte und fragte ihn danach.

»Nein«, sagte er, »noch nicht. Ich hatte keine Zeit dazu. Ich habe ein Stückchen abgeschlagen, und ich werde mich darum kümmern, sobald ich die Gelegenheit finde. Guten Tag.«

Natürlich, wenn der Mann viel zu tun hatte, konnte man nicht von ihm erwarten, daß er sich um eine derartige Nebensächlichkeit kümmerte, doch ich dachte, deshalb hätte er nicht gleich so kurz angebunden sein müssen. Ich blickte ihm nach, wie er rasch die Straße hinunterlief. Bevor ich weiterging, sah ich, wie er das Haus der Clintons betrat. Die Dinge hatten sich nicht sehr günstig entwickelt. Der Schadrach hatte Dr. Gilberts Gefühle für Janet nicht abgekühlt.

Doch obwohl der Arzt immer noch etwas für das Mädchen empfand, das ich liebte, ließ ich in meiner Aufmerksamkeit für sie nicht nach. Ich besuchte sie, wann immer ich einen Vorwand dafür finden konnte. Meist war noch jemand da, doch Janet gab sich so großmütig, daß jeder Besucher sich verpflichtet fühlte, mit dem zufrieden zu sein, was er bekam, wie sehr er sich auch etwas anderes wünschte.

Doch eines Morgens überraschte Janet mich. Ich traf sie in Mildreds Haus, wo ich mir ein wichtiges Buch ausleihen wollte. Obwohl ich sie gebeten hatte, sich nicht solche Mühe zu machen, stand Mildred schon auf einer kleinen Leiter und suchte nach dem Buch, weil sie, wie sie sagte, genau wußte, was ich wollte, und weil sie sicher war, den entsprechenden Band schneller zu finden als ich. Janet hatte lesend am Fenster gesessen, doch als ich hereinkam, legte sie das Buch fort und begann eine Unterhaltung mit mir. Es tat mir etwas leid, weil Mildred so freundlich darum bemüht war, mir einen Dienst zu erweisen, und weil ich mit ihr wirklich über das Buch sprechen wollte, nach dem sie suchte. Mildred zeigte an diesem Morgen soviel von ihrer früheren Art, daß es mir sehr leid getan hätte, bei ihr den Eindruck zu erwecken, ich wüßte ihr wiedererwachtes Interesse für mich nicht zu schätzen. Deshalb wollte ich, während ich unter anderen Umständen froh gewesen wäre, mit Janet sprechen zu können, ihr in diesem Augenblick nicht meine volle Aufmerksamkeit widmen. Doch Janet Clinton war ein Mädchen, das darauf bestand, daß die Menschen, mit denen sie sprach, ihr die volle Aufmerksamkeit schenkten, wenn sie es wünschte, und nachdem sie durch eine offene Tür in den Garten hinausgetreten war, rief sie mich sogleich zu sich hinaus. Ich mußte ihr natürlich folgen.

»Ich will Sie Ihrer Studienfreundin nicht lange vorenthalten«, sagte sie, »aber ich möchte Sie um einen Gefallen bitten.« Und in ihre dunklen, aufschauenden Augen kam ein zärtlicher, vertrauensvoller Ausdruck von einer Klarheit, die ich noch niemals gesehen hatte. »Wollen *Sie* nicht mit mir in die Rhododendron-Hügel fahren?« sagte sie. »Ich glaube, sie sind inzwischen wohl verblüht, aber ich war noch nie dort, und ich möchte so gern einmal hinfahren.«

Ich konnte nicht umhin zu bemerken, daß Dr. Gilbert sie zu dieser Fahrt eingeladen hatte.

»Dr. Gilbert, ach was!« sagte sie mit einem kleinen Lachen. »Er hat es einmal versprochen und ist nicht gekommen, und am nächsten Tag, für den er es geplant hatte, regnete es. Ich glaube, Ärzte geben keine guten Begleiter ab; man weiß nie, wer gerade krank ist, wenn man ausfahren will. Außerdem weiß ich nicht, welche Vorträge über Botanik ich anhören müßte, und wenn ich zum Vergnügen ausfahre, habe ich kein großes Interesse an Studien. Aber ich will Ihnen natürlich keine Umstände machen.«

»Umstände!« rief ich. »Es wird mir die größte Freude sein, Sie auf dieser oder einer anderen Fahrt zu begleiten, wann immer Sie es wünschen.«

»Sie sind immer so gut und freundlich zu mir«, sagte sie, indem sie wieder die dunklen Augen hob. »Und nun lassen Sie uns hineingehen und sehen, ob Mildred das Buch gefunden hat.«

Ich sagte die Wahrheit, als ich erklärte, daß Janets Vorschlag mich erfreut hatte. Eine lange Fahrt mit diesem reizenden Mädchen, verbunden mit dem Gefühl, daß sie mich zu ihrem Begleiter gewählt hatte, war eine größere Freude, als ich hätte erwarten können, doch es wäre noch erfreulicher gewesen, wenn sie mich in ihrem eigenen Haus und nicht in Mildreds darum gebeten hätte; wenn sie verhindert hätte, daß die Liebe, die, wie ich hoffte, in ihr wuchs, durch die Wiederbelebung der alten Freundschaft zwischen Mildred und mir gestört wurde.

Doch als wir in die Bibliothek zurückkehrten, saß Mildred mit einem Buch am Schreibtisch. Sie hatte es an der Stelle aufgeschlagen, die ich gesucht hatte.

»Ich hab's gerade gefunden«, sagte sie lächelnd. »Nimm dir einen Stuhl, damit wir zusammen die Karten durchgehen können. Du sollst mir zeigen, welchen Weg er nahm, nachdem er sein Schiff verlassen hatte.«

»Tja, wenn ihr zwei zum Nordpol reist«, sagte Janet mit dem allerliebsten Lächeln, »dann werde ich mich wieder über meinen Roman hermachen.«

Sie schien nicht das Geringste gegen meine geographischen Studien mit Mildred zu haben, und wenn letztere meine Bereitschaft bemerkt hatte, sie auf Janets Ruf sofort alleinzulassen, so zeigte sie es nicht. Anscheinend war sie eine ebensogute Kameradin wie eh und je. Dieser Stand der Dinge war höchst erfreulich. Wenn ich von Janet geliebt werden und dennoch Mildred als Freundin behalten konnte, welche größere Freude auf Erden konnte ich verlangen?

Die Ausfahrt mit Janet mußte verschoben werden, weil es regnete. Tag um Tag regnete es oder der Himmel war verhangen, und wir waren beide der Meinung, daß die Sonne strahlen mußte, wenn wir unseren

Ausflug unternahmen. Wenn es soweit wäre, und wenn wir in den Rhododendron-Hügeln allein wären, wollte ich Janet eröffnen, wie es um mein Herz stand.

Es mag anderen Menschen seltsam vorkommen, und zu jener Zeit kam es mir auch selbst seltsam vor, doch es gab noch einen weiteren Grund, vom regnerischen Wetter abgesehen, der meine Liebeserklärung an Janet verhinderte. Meine Freundschaft mit Mildred wurde von einer gewissen nervösen Besorgtheit überschattet. Meine Absicht, alle Anstrengungen zu unternehmen, um Janet zur Frau zu bekommen, schwankte keinen Millimeter, doch zur gleichen Zeit war ich von einer gewissen Besorgtheit bedrückt, daß ich, wenn ich dieses Vorhaben ausführte, zugleich die Gefühle des anderen Mädchens verletzte.

Diese Bereitschaft, auf Mildreds Gefühle Rücksicht zu nehmen, wurde so stark, daß ich mich zu fragen begann, ob nicht meine eigenen Gefühle einer gewissen Kontrolle bedurften. Es war nicht richtig, daß ich, während ich eine Frau liebte, mir solche Gedanken um meine Beziehung zu einer anderen Frau machte. Mir kam die Idee, daß ich in gewisser Weise das Schicksal jener Leute teilte, die den hebräischen Jungen in den Feuerofen geworfen hatten. Mein Herz war nicht von den Flammen verbrannt worden, doch indem ich den Schadrach in die Gefühle warf, die ich bei Mildred vermutete, war es gut möglich, daß ich von ihnen versengt worden war. Auf jeden Fall sagte mir mein Gewissen, daß unter den gegebenen Umständen meine Empfindungen für Mildred zu stark waren; wenn ich Janet aufrichtig lieben wollte, mußte ich sie völlig vergessen.

Ich sagte mir, daß es vielleicht gut gewesen wäre, den Schadrach, den Mildred mir gegeben hatte, nicht zu verschenken, sondern für mich zu behalten. Sehr bald nachdem ich zu diesem Schluß gekommen war, wurde es für mich offensichtlich, daß Mildreds Gefühle für mich ebenso schnell erkalteten, wie das Quecksilber nach dem Sonnenuntergang im September fällt. Diese Entdeckung ließ nun aber nicht auch mein Quecksilber fallen, sondern brachte es eine Zeitlang fast zum Kochen. Ich konnte mir nicht vorstellen, was geschehen war. Ich vernachlässigte Janet beinahe, so begierig war ich, herauszufinden, was diesen Wandel bei Mildred bewirkt hatte.

Die Wochen vergingen, ohne daß ich etwas entdeckte, außer daß Mildred mir gegenüber noch gleichgültiger geworden war. Sie ließ durchblicken, daß sie an meiner Gesellschaft keine große Freude hatte.

Janet bekam ihre Fahrt in die Rhododendron-Hügel, doch sie fuhr mit Dr. Gilbert und nicht mit mir. Als ich davon hörte, schmerzte es mich, obwohl ich nicht umhin konnte zuzugeben, daß ich die Strafe verdient hatte; doch meine Überraschung war beinahe ebensogroß wie mein Schmerz, denn Janet hatte mir kürzlich Grund zu der Annahme gegeben, daß sie sehr wenig von dem jungen Arzt hielt. Sie hatte ihn sogar so scharf kritisiert, daß ich mich verpflichtet fühlte, ihn zu verteidigen. Ich befand mich nun in einer sehr peinlichen Zwickmühle, und ich konnte nur in einer Hinsicht völlig sicher sein – ich mußte mich gegenüber Mildred abkühlen, wenn ich mir weiterhin Hoffnung darauf machen wollte, Janet zu heiraten.

Eines Nachmittags, als ich mit Mr. Bronce in seiner Bibliothek sprach, fiel mein Blick auf den Schreibtisch, den seine Tochter benutzte. Ich war erstaunt, dort auf einem kleinen Stapel von Briefen den Weihnachtsschadrach zu sehen. Sobald ich die Gelegenheit dazu hatte, nahm ich ihn eilig in die Hand und untersuchte ihn neugierig. Ich hatte mich nicht geirrt. Es war der Briefbeschwerer, den ich Mildred gegeben hatte. Die Silberfassung war noch intakt, und ich sah die kleine Stelle, wo der Arzt ein Stückchen abgeschlagen hatte. Mildred war nicht daheim, doch ich war entschlossen, auf sie zu warten und mit ihr zu sprechen. Ich würde mit den Bronces zu Abend essen; ich würde den Abend bei ihnen verbringen; ich würde die ganze Nacht bleiben; ich würde das Haus erst verlassen, wenn ich dieses Geheimnis aufgeklärt hatte. Sie kehrte eine halbe Stunde später zurück und begrüßte mich mit der etwas steifen Art, die sie seit einiger Zeit angenommen hatte, doch als sie meinen verwirrten Gesichtsausdruck sah, ich hielt immer noch den Schadrach in der Hand, setzte sie sich an den Tisch, an dem ich eine Weile allein gewartet hatte.

»Ich nehme an, du willst mich nach diesem Briefbeschwerer fragen«, bemerkte sie.

»In der Tat«, erwiderte ich. »Wie in aller Welt hast du ihn zurückbekommen?«

»Zurückbekommen?« wiederholte sie ironisch. »So könnte man es wohl ausdrücken. Ich will es dir erklären. Vor einer kleinen Weile besuchte ich Janet Clinton, und auf ihrem Schreibtisch sah ich diesen Briefbeschwerer. Ich konnte mich sofort daran erinnern. Es war der, den du mir letztes Jahr zu Weihnachten geschenkt und den du dir danach ausgeborgt hast, um ihn, wie du sagtest, zu analysieren oder so etwas. Ich hatte ihn kaum benutzt, und natürlich war ich bereit, ihn dir zu überlassen, damit du deine Experimente damit machen konntest, aber ich muß sagen, daß ich, als ich ihn auf Janet Clintons Schreibtisch sah, gleichermaßen schockiert und verärgert war. Ich fragte sie, woher sie ihn bekommen hätte, und sie erzählte mir, ein Herr hätte ihn ihr geschenkt. Ich brauchte keine Worte mehr zu verschwenden, um herauszufinden, wer dieser Herr war, doch ich erklärte, daß sie keinem Irrtum in bezug auf den wahren Besitzer unterliegen sollte und erzählte ihr offen, daß der Mensch, der ihn ihr gegeben hatte, ihn vorher mir geschenkt hatte; daß der Stein also mir gehörte, und daß er kein Recht gehabt hätte, ihn jemand anders zu schenken. ›Oh, wenn das so ist‹, rief sie, ›dann nimm ihn mit, ich bitte dich. Das Ding bedeutet mir nicht viel, und was noch wichtiger ist, der Mann, der ihn mir gegeben hat, bedeutet mir ebensowenig wie das Ding selbst.‹ So nahm ich ihn mit nach Hause. Nun weißt du, wie ich ihn zurückbekommen habe.«

Ich konnte einen Augenblick nicht antworten. Dann fragte ich sie, wie lange es her sei, daß sie den Schadrach von Janet Clinton bekommen habe.

»Oh, ich weiß es nicht mehr genau«, sagte sie, »es war vor einigen Wochen.«

Jetzt wußte ich alles; alle Geheimnisse der jüngsten Vergangenheit waren mir enthüllt. Der junge Arzt hatte, im leidenschaftlichen Wunsch, der Frau, die er liebte, eine Freude zu machen, Janet diesen ausgefallenen Briefbeschwerer gegeben. Von diesem Augenblick an hatte sie seine Bemühungen mit immer größerer Teilnahmslosigkeit betrachtet, um schließlich – ihre Natur ließ sie stets zu Extremen neigen – sogar eine Abneigung gegen ihn zu entwickeln. Mildred, die sich wieder in den Besitz des Schadrachs gebracht hatte, nahm ihn nicht als Geschenk, sondern als ihr rechtmäßiges Eigentum von Janet zurück, denn ich hatte ihn zuerst ihr geschenkt. Und dieses schreckliche kleine Ding hatte, vermutlich mit erneuter Kraft, die Gefühle dieses lieben Mädchens für mich abgekühlt, sogar fast gefrieren lassen. Gleichzeitig war der Bann von Janets Gefühlen genommen worden, und sie fuhr mit Dr. Gilbert in die Rhododendron-Hügel.

Eins war gewiß. Ich mußte diesen Schadrach haben.

»Mildred«, rief ich aus, »willst du mir diesen Briefbeschwerer geben? Willst du ihn mir zurückschenken?«

»Was willst du damit?« fragte sie ironisch. »Ihn noch einmal analysieren?«

»Mildred«, sagte ich, »nicht ich habe ihn Janet gegeben. Ich habe ihn Dr. Gilbert gegeben, und er muß ihn ihr geschenkt haben. Ich weiß, daß ich nicht das Recht hatte, ihn überhaupt fortzugeben, doch ich glaubte, es machte dir nichts aus. Nun aber bitte ich dich, ihn mir zu geben. Ich will ihn für mich selbst behalten. Und ich verspreche dir feierlich, daß ich ihn nie wieder fortgeben werde. Dieses Ding hat bereits genug Schwierigkeiten gemacht.«

»Ich verstehe nicht genau, was du mit Schwierigkeiten meinst«, sagte sie, »doch nimm ihn, wenn du ihn haben willst. Ich gebe ihn dir gern.« Und indem sie Handschuhe und Hut vom Tisch aufnahm, ließ sie mich allein.

Als ich nach Hause ging, wuchs mit jedem Schritt mein Haß auf das verdammte Stück Metall, das ich in der Hand hielt. Ich betrachtete es voller Abscheu, als ich am Abend zu Bett ging, und als am nächsten Morgen mein Blick darauf fiel, zuckte ich innerlich zusammen, als wäre es ein böser Fluch. Den ganzen Tag über fragte ich mich immer wieder, warum ich etwas in meinem Besitz behalten sollte, das meine Wertschätzung für Mildred immer weiter abnehmen ließ, bis sie mir schließlich völlig gleichgültig würde? Der bloße Gedanke, Mildred könnte mir gleichgültig werden, jagte einen scharfen Schmerz durch mein Herz.

Meine Gefühle drängten mich, mich sofort von dem Ding zu befreien, das ich als Unheilsbringer betrachtete, doch mein Verstand schaltete sich ein. Wenn ich immer noch wünschte, Janet zu heiraten, war es meine Pflicht, jede Gleichgültigkeit Mildred gegenüber Willkommen zu heißen.

In dieser Stimmung ging ich zu einem Spaziergang aus, um nachzudenken und eine Entscheidung zu treffen; und um bereit zu sein, nach meiner Entscheidung sofort zu handeln, steckte ich den Schadrach in die Tasche. Ohne direkt die Absicht zu haben, ging ich über das Anwesen der Bronces und fand mich bald am Rand eines kleinen Teichs, der am Fuße des Gartens lag, wieder. Hier, im Schatten eines Baumes, stand eine Bank, und auf der Bank lag ein Buch, in dessen Seiten ein elfenbeinerner Brieföffner als Lesezeichen steckte.

Ich wußte, daß Mildred das Buch auf der Bank zurückgelassen hatte; es war ihre Gewohnheit, an dieser Stelle zu lesen. Da sie das Buch nicht mitgenommen hatte, beabsichtigte sie wahrscheinlich, bald zurückzukehren. Doch dann kam mir der traurige Gedanke, daß sie, wenn sie mich sah, nicht kommen würde. Ich nahm das Buch in die Hand, las die Seiten, die sie zuvor gelesen hatte. Und wie ich las, hatte ich das Gefühl, beim Lesen dieselben Gedanken zu denken wie sie. Ich wurde von einem Verlangen gepackt, mit ihr zu sein, mit ihr zu lesen und zu denken. Noch nie war meine Seele so wie in diesem Augenblick zu Mildred geflogen, und doch hing schwer in meiner Tasche das Ding – ich konnte es nicht ertragen, daran zu denken. Einem plötzlichen Impuls folgend, legte ich das Buch fort. Ich nahm den Schadrach aus der Tasche, riß die silberne Fassung ab und warf das böse Metallstück in den Teich.

»Da!« rief ich. »Verschwinde aus meinem Besitz, aus meinem Angesicht! Auf mich sollst du keinen Einfluß haben. Laß die Natur ihren Lauf nehmen und die Dinge so geschehen, wie sie wollen.« Dann ging ich, erleichtert von der Last auf meinem Herzen und in meiner Tasche, nach Hause.

Die Natur nahm ihren Lauf, und kaum vierzehn Tage später wurde die Verlobung von Janet und Dr. Gilbert bekanntgegeben. Ich hatte nichts getan, um es zu verhindern, und die Neuigkeit störte nicht meinen Seelenfrieden; meine Beziehung zu Mildred störte ihn allerdings sehr nachhaltig. Ich hatte gehofft, daß, befreit vom unheilvollen Einfluß des Schadrach, ihre freundschaftlichen Gefühle für mich zurückkehren würden, und meine Leidenschaft für sie war inzwischen so stark geworden, daß ich wartete und beobachtete, wie ein gestrandeter Matrose auf den Anblick eines Segels wartet – auf ein Zeichen, daß sie mir wieder so geneigt wäre, daß ich es wagen konnte, von meiner Liebe zu sprechen. Doch kein derartiges Zeichen war zu erkennen.

Ich besuchte das Haus der Bronces jetzt nur noch selten; kein Mitglied dieser Familie, die einst meine besten Freunde gewesen waren, schien Wert darauf zu legen, mich zu sehen. Offenbar hatten Mildreds Gefühle für mich auf den Rest ihres Hauses übergegriffen. Das war nicht überraschend, denn ihre Familie hatte schon lange die Gewohnheit, dasselbe zu denken wie Mildred.

Eines Tages traf ich Mr. Bronce auf der Post, und als sich einige weitere Herren zu uns gesellt hatten, sprachen wir über den Plan, im Dorf eine Wasserversorgung anzulegen, eine Verbesserung, die viele Einwohner für dringend erforderlich hielten.

»Was mich angeht«, sagte Mr. Bronce, »ich brauche nichts Derartiges. Denn seit ich meine Dampfpumpe in Betrieb genommen habe, versorge ich mein Haus aus dem Teich am Ende des Gartens, der uns alles Wasser liefert, das wir nur brauchen.«

»Meinen Sie damit«, fragte einer der Herren, »daß Sie auf diese Weise Ihr Trinkwasser gewinnen?«

»Gewiß«, erwiderte Mr. Bronce. »Das Teichbecken wird so sauber und in Ordnung gehalten, wie es ein Wasserspeicher sein muß, und das Wasser stammt aus einer guten, rasch fließenden Quelle. Es gibt nichts Besseres.«

Als ich dies vernahm, durchlief mich ein Schauer. Der Schadrach lag im Teich. Jeder Tropfen Wasser, den Mildred trank, der sie berührte, war von diesem dämonischen Briefbeschwerer beeinflußt, der, ohne daß ich wußte, was ich getan hatte, auf diese Weise die ganze Bronce-Familie in seinen Bann schlug.

Auf dem Nachhauseweg suchte ich überall nach einem Stein, der etwa die Größe und das Gewicht des Schadrachs hatte. Dann zog ich mich an eine einsame Stelle zurück und versuchte, den Wurf nachzuahmen, mit dem ich das Stück Metall in den Teich geschleudert hatte. Dabei maß ich jedesmal, wie weit der Stein geflogen war, und schließlich konnte ich in etwa abschätzen, wie weit ich den Schadrach geworfen hatte, als ich ihn im Wasser des Teiches versenkte.

In jener Nacht war Halbmond, und zwischen elf und zwölf Uhr, als hoffentlich alle Menschen im Dorf in ihren Betten lagen und schliefen, ging ich über die Felder zur Rückseite des Grundstückes der Bronces. Ich hatte eine lange Angelschnur mit einem Knoten dabei, der mir in etwa die Entfernung zeigte, über die ich den Übungsstein geschleudert hatte. Als ich den Teich erreichte, stellte ich mich so nahe wie möglich an die Bank, von der aus ich den Schadrach geworfen hatte, und machte ein Ende der Leine fest. Ich trug einen alten Tennisanzug, und nachdem ich Schuhe und Socken ausgezogen hatte, ging ich, die Seilrolle haltend, ins Wasser. Ich wickelte die Schnur langsam ab und arbeitete mich zur Mitte des Teichs vor, und als ich den Knoten erreichte, blieb ich stehen. Das Wasser ging mir bis zur Hüfte.

Der Boden des Teiches war eben und frei von Pflanzen und Schlamm, und ich begann nun, mit den nackten Füßen in einem kleinen Bogen umherzutasten; doch ich entdeckte nichts weiter als einen Kiesel, kaum größer als eine Walnuß.

Ich ließ noch etwas Seil aus und ging ein Stück weiter zur Teichmitte, wo ich langsam einen weiteren Bogen beschrieb. Das Wasser ging mir hier fast bis zu den Achseln, doch es war nicht kalt, und selbst wenn es kalt gewesen wäre, ich glaube, bei meiner fieberhaften Suche hätte ich mich nicht darum gekümmert. Plötzlich traf mein Fuß auf etwas Hartes, das etwa die Größe meiner Faust hatte, doch einen Augenblick später verschwand es unter meinem Fuß; es mußte eine Schildkröte gewesen sein. Dieses Erlebnis ließ mich etwas schaudern, doch ich schwankte nicht in meiner Entschlossenheit, und indem ich noch etwas Seil freigab, ging ich weiter in den Teich hinein. Hier reichte mir das Wasser schon bis zum Kinn, und eine gespenstische, geheimnisvolle und erschreckende Atmosphäre legte sich über mich, als ich so tief im schweigenden Wasser stand, die Augen so nahe an der sanft gekräuselten Oberfläche des Teiches, der wie in einem Traum vom untergehenden Mond beschienen und von Gott weiß was für kalten, glitschigen Wesen bewohnt wurde. Doch ich bewegte mich langsam hin und her, tastete mit den Füßen in alle Richtungen und hoffte, das Ding zu berühren, nach dem ich suchte.

Plötzlich traf mein rechter Fuß auf etwas Hartes, Unregelmäßiges. Ich tastete es nervös mit den Zehen ab, klopfte mit der nackten Fußsohle darauf. Es war so groß wie der Schadrach! Es fühlte sich an wie der Schadrach. Einige Augenblicke später war ich fast überzeugt, daß der furchtbare Briefbeschwerer unter meinem Fuß lag.

Ich schloß die Augen und hielt die Luft an, bückte mich ins Wasser und tastete den Boden mit den Händen ab. Irgendwie hatte ich beim Bücken meine Position verändert, denn zuerst konnte ich nichts finden. Als ich mitten im dunklen, stillen Wasser schwebte – um mich, über mir, überall war es –, überkam mich ein Gefühl von Furcht. Ich schien fast zu ersticken, und ich fühlte mich sogar vom Schadrach verlassen. Doch gerade als ich glaubte, keinen Augenblick länger den Atem anhalten zu können, berührten meine Finger das Ding, das unter meinem Fuß gelegen hatte. Ich packte es und tauchte auf, schob den Kopf aus dem Wasser. Ich mußte warten, bis ich zwei-, dreimal tief Luft geholt hatte; dann hielt ich das Ding ins Licht des versinkenden Mondes hoch und sah, daß es dem Schadrach ähnelte – so sehr, daß ich das Gefühl hatte, er mußte es sein.

Ich machte kehrt und verließ das Wasser so rasch wie möglich. Auf sicherem Boden angelangt, fiel ich auf die Knie und zündete zitternd die Lampe an, die ich auf der Bank zurückgelassen hatte, und richtete ihren Schein auf das Ding, das ich gefunden hatte. Es durfte keinen Zweifel geben; wenn dies nicht der Schadrach war, würde ich noch einmal hineingehen. Doch es war nicht nötig, abermals in den Teich zu steigen; es *war* der Schadrach.

Die gelöschte Laterne in der einen und den bösen Mineralklumpen in der anderen Hand, eilte ich nach Hause. Meine feuchten Kleider fühlten sich in der Nachtluft klebrig und kalt. Einige Male stolperte ich in meiner Hast über Erdschollen und Sträucher, und meine Schuhe, die zuzubinden ich mir nicht die Zeit genommen hatte, ruschten beim Rennen hin und her. Doch ich scherte mich nicht um diese Widrigkeiten; der Schadrach war in meinem Besitz.

Als ich ein weites Feld überquerte, hörte ich nicht weit entfernt das Trampeln von Hufen, wie von einem Reiter, der sich in vollem Galopp näherte. Ich blieb stehen und blickte in die Richtung der Geräusche. Meine Augen hatten sich inzwischen an das Zwielicht angepaßt, so daß ich die Umgebung einigermaßen klar erkennen konnte, und ich sah sofort, daß das Tier, das da herangaloppierte, ein Bulle war. Ich wußte genau, welcher Bulle dies war; es war Squire Starlings Weide, und dies war sein großer Alderney-Bulle, Ramping Sir John of Ramapo II.

Ich kannte diesen Bullen sehr gut, der wegen seines wilden Temperaments und seiner edlen Abstammung in der ganzen Gegend berühmt war – der Sohn von Ramping Sir John of Ramapo I, dessen Ahne Great Randolphin war, Sohn von Prince Maximus of Granby, welcher wiederum eine Tochter besaß, die achtzehn Pfund Butter die Woche lieferte, und der höchstpersönlich zwei Männer getötet hatte.

Der Bulle, der mich nicht bemerkt hatte, als ich auf dem Hinweg seine Weide überquerte, weil ich dabei so leise wie möglich gegangen war, schien nun geneigt, mein Eindringen in sein Reich zu bestrafen, und kam brüllend heran. Ich war in großer Gefahr. Mit meinen klatschenden Schuhen war es unmöglich, durch rasche Flucht zu entkommen; ich mußte bleiben und mich verteidigen. Ich wandte mich um und blickte der wilden Kreatur, die noch zwanzig Fuß entfernt war, entgegen und schleuderte mit aller Kraft den Schadrach, den ich in der rechten Hand hielt, direkt gegen seine zottige Stirn. Ich konnte mit beachtlicher Kraft werfen, denn ich hatte oft beim Baseball als Wurfmann gespielt, und als der Schadrach mit einem lauten Bums gegen den Kopf des Bullen prallte, blieb dieser stehen, als wäre er plötzlich gegen eine Wand gerannt.

Ich weiß nicht, ob der gewaltsame Aufprall eines Schadrachs auf einen Organismus seine Wirkung auf den Geist besagten Organismus' fördert, aber ich weiß, daß die Berührung meines Wurfgeschosses mit dem Kopf des Bullen die Wut des Tieres augenblicklich abkühlte. Er blieb einige Augenblicke lang stehen und starrte mich an, dann schien sein Interesse an mir als Mensch und Eindringling zu schwinden, und Ramping Sir John of Ramapo II entfernte sich langsam von mir und begann Gras abzurupfen.

Ich hielt mich nicht damit auf, den Schadrach zu suchen; meiner

Meinung nach war er gut aufgehoben. Solange Squire Starling diese Wiese als Weidegrund benutzte, würden Mineralsammler kaum Lust haben, darüberzuwandern, und wenn sie gepflügt wurde, würde der Schadrach, der für normale Augen ein gewöhnlicher Stein war, unter der Erde begraben. Ich erwachte am nächsten Morgen erfrischt und glücklich und durch meinen feuchten Spaziergang unbeschadet.

»Und nun«, sagte ich mir, »soll die Natur wirklich ihren Lauf nehmen. Wenn in mein Leben und in das der Menschen, die ich liebe, das Unheimliche kommt, dann soll es nicht durch meine Hand kommen.«

Etwa eine Woche später dinierte ich mit den Bronces. Sie waren sehr herzlich, und es schien mir das Natürlichste der Welt, an ihrem Tisch zu sitzen. Nach dem Essen gingen Mildred und ich in den Garten hinaus. Es war ein wundervoller Abend. Wir setzten uns auf die Bank am Rand des Teiches. Ich sprach über einige Passagen des Buches, das ich einst an dieser Stelle gefunden hatte.

»Oh, hast du es gelesen?« fragte sie interessiert.

»Ich habe nur zwei Seiten gesehen«, sagte ich. »Und zwar in dem Buch, das du hier auf dieser Bank liegengelassen hast, mit einem Brieföffner als Lesezeichen. Ich würde gern mehr lesen und mit dir darüber sprechen.«

»Oh, warum hast du denn nicht gewartet? Du hättest dir doch denken können, daß ich zurückkommen würde.«

Ich sagte ihr nicht, daß ich wußte, daß sie eben nicht gekommen wäre, weil ich dort war. Doch bevor ich die Bank verließ, entdeckte ich, daß sie bereit war, mir zu folgen und bei mir zu bleiben, wohin immer ich ginge.

Früh im folgenden Jahr waren Mildred und ich verheiratet, und auf unserer Hochzeitsreise kamen wir durch ein Bergbaugebiet im Gebirge. Hier besuchten wir eine große Eisengießerei, und wir interessierten uns beide sehr für die wundervolle Macht der Männer, der Luft und des Feuers über den widerspenstigen König der Metalle.

»Was ist dies hier?« rief Mildred dem Angestellten zu, der uns durchs Werk führte.

»Das«, sagte der Mann, »ist ein Klumpen, den wir Schad –«

»Meine Liebste«, rief ich, »wir müssen uns beeilen und sofort aufbrechen, wenn wir nicht den Zug verpassen wollen. Komm, rasch; wir dürfen keinen Augenblick zögern.« Und mit einem Wort des Dankes für den Führer nahm ich ihre Hand und zog sie, fast im Laufschritt, ins Freie hinaus. Mildred war erstaunt.

»Noch nie«, rief sie, »habe ich dich in solcher Hast gesehen. Ich dachte, der Zug, den wir nehmen wollen, fährt erst in einer Stunde.«

»Ich habe es mir anders überlegt«, sagte ich. »Ich glaube, es ist viel besser, wenn wir den Zug nehmen, der in zehn Minuten fährt.«

# Der Drache, der nicht kämpfen wollte

Kenneth Grahame

Kenneth Grahame (1859–1932), der selber von Verwandten aufgezogen wurde, schrieb Kinderbücher, während er ansonsten seinem Beruf in der Bank of England nachging. Seine ersten beiden Fantasy-Bücher waren *Pagan Papers* (1859) und *The Golden Age* (1895). Aber *The Wind in the Willows* (1908; dt. *Der Wind in den Weiden)* und der Abschnitt »The Reluctant Dragon« in *Dream Days* (1899) sind seine berühmtesten Werke; beide wurden zu Disney-Zeichentrickfilmen verarbeitet. Das erste berichtet von den diversen Abenteuern einer verantwortungslosen Kröte und ihrer Freunde, dem Dachs, dem Maulwurf und der Ratte. Das zweite handelt von den Versuchen eines Jungen, St. Georg davon abzuhalten, einen freundlichen Drachen zu töten.

Vor langer Zeit – vielleicht sogar vor vielen hundert Jahren – lebte in einer Hütte auf halbem Weg zwischen diesem Dorf und jener Hügelkette der Downs dort droben ein Schäfer mit seinem Weib und ihrem kleinen Sohn. Nun verbrachte dieser Schäfer seine Tage – und zu gewissen Zeiten im Jahr auch seine Nächte – oben auf den endlosen Wogenkämmen der Downs, mit nur der Sonne, den Sternen und den Schafen als Gesellschaft und der freundlich-geschwätzigen Welt der Menschen fern außer Hör- und Sehweite. Aber sein kleiner Sohn verbrachte, wenn er seinem Vater nicht half – und oft selbst dann –, viel von seiner Zeit in dicke Bücher vergraben, die er von leutseligen Landadligen und interessierten Pfarrern in der Umgebung ausborgte. Seine Eltern hatten ihn sehr lieb, und sie waren auch ziemlich stolz auf ihn, obwohl sie sich in seiner Gegenwart nie darüber ausließen, so daß er weitgehend sich selbst überlassen blieb und soviel lesen konnte, wie er wollte. Und anstatt häufig einen Puff dafür einzustecken, wie es ihm wohl hätte geschehen können, wurde er von seinen Eltern mehr oder weniger als ein Gleichgestellter behandelt; denn diese hielten es für eine sehr vernünftige Arbeitsteilung, daß sie das praktische Wissen und er das geistige hatte. Sie wußten, daß Gelehrsamkeit sich in der Not oft als nützlich erweisen konnte, trotz allem, was ihre Nachbarn sagten. Womit sich der Junge hauptsächlich befaßte, waren Naturgeschichte und Märchen, und er nahm sie einfach so, wie sie kamen, eins nach dem anderen, ohne Trennstriche zu ziehen, und das war, wenn man es recht bedachte, wohl das Vernünftigste, was er tun konnte.

Eines Abends kam der Schäfer, der schon seit einigen Nächten einen merkwürdigen verstörten Eindruck gemacht hatte, als hätte ihn irgend etwas aus der Fassung gebracht, am ganzen Leibe zitternd nach Hause, und nachdem er sich an den Tisch gesetzt hatte, wo sein Weib und sein Sohn friedlich zugange waren, sie mit ihrem Nähwerk und er mit den Abenteuern des Riesen ohne Herz im Leibe, rief er in großer Erregung: »Mit mir ist es aus, Maria! Nimmermehr kann ich die Hügel droben hinaufsteigen, wie ich's von je her getan!«

»Nun reg dich mal nicht so auf«, sagte sein Weib, das eine *sehr* vernünftige Frau war, »sondern erzähl uns erst einmal, was dir so einen Schrecken versetzt hat, und dann sollten ich und du und unser Sohn hier der Sache schon gemeinsam auf den Grund kommen.«

»Es begann vor einigen Nächten«, sagte der Schäfer. »Ihr kennt jene Höhle dort droben – ich habe sie irgendwie nie gemocht, und die Schafe mochten sie auch nicht, und wenn Schafe etwas nicht mögen, dann gibt es im allgemeinen einen Grund dafür. Nun, seit einiger Zeit waren aus dieser Höhle leise Geräusche zu hören – Geräusche wie schweres Seufzen, mit einem gelegentlichen Ächzen dazwischen, und manchmal ein Schnarchen, ganz tief unten – ein *richtiges* Schnarchen, doch irgendwie kein *echtes* Schnarchen, wie bei unsereinem des Nachts, weißt du?«

»*Ich* weiß das«, stellte der Junge ruhig fest.

»Natürlich hatte ich schreckliche Angst«, fuhr der Schäfer fort, »doch irgendwie ließ es mich nicht los. Und so machte ich heute abend, bevor ich den Abstieg begann, einen kleinen Abstecher zu jener Höhle, ganz leise. Und da – o Herr! Da sah ich ihn schließlich, so deutlich wie ich euch jetzt vor mir sehe!«

»*Wen* denn?« fragte sein Weib, das langsam von dem Entsetzen ihres Gatten angesteckt wurde.

»Na, *ihn* natürlich, ich sag's dir doch!« meinte der Schäfer. »Er lugte halb aus der Höhle heraus und schien die Abendkühle zu genießen, wie ein Dichter. Er war so groß wie vier Zugpferde und ganz mit glänzenden Schuppen bedeckt – tiefblaue Schuppen auf dem Rücken, die sich nach unten zu einem zarten Grün vertieften. Und wenn er den Atem ausstieß, dann war da ein Flimmern über seinen Nüstern, wie man es auf unseren Kreidestraßen an einem heißen windstillen Tag im Sommer sieht. Er hatte das Kinn auf seine Pranken gelegt, und es sah so aus, als sei er tief in Gedanken versunken. O ja, er machte schon einen friedlichen Eindruck für so ein Tier, und er wütete nicht und machte kein Unheil und tat auch sonst nichts, was nicht recht und gut gewesen wäre. Und doch, was soll ich tun? Schuppen, weißt du, und Klauen und gewiß ein Schweif noch obendrein, wenn ich auch den Teil von ihm nicht gesehen habe – ich bin einfach nicht daran gewöhnt, und ich kann das nicht gutheißen, und das ist nun mal so!«

Der Junge, der anscheinend in sein Buch vertieft gewesen war, während sein Vater erzählt hatte, schloß nun den Band, gähnte, faltete die Hände hinter dem Kopf und sagte schläfrig: »Ist schon recht, Vater. Mach dir keine Sorgen. Es ist nur ein Drache.«

»Nur ein Drache?« rief sein Vater. »Was meinst du damit? *Nur* ein Drache! Was weißt *du* denn darüber?«

»Weil's einer ist, und weil ich davon was verstehe«, antwortete der Junge ruhig. »Schau her, Vater, du weißt, daß ein jeder von uns sein Fachgebiet hat. *Du* verstehst etwas von Schafen und Wetter und so; *ich* verstehe etwas von Drachen. Du weißt, ich hab' immer gesagt, daß die Höhle dort droben eine Drachenhöhle sei. Ich hab' immer gesagt, sie müsse einmal einem Drachen gehört haben und sollte heute einem Drachen gehören, wenn Regeln überhaupt etwas gelten. Nun erzählst du mir, daß ein Drache darin sei, und so hat das schon seine Richtigkeit. Es hätte mich viel mehr erstaunt, wenn da *kein* Drache drin gewesen wäre. Die Regeln treffen immer zu, wenn man nur lange genug wartet. Also, überlaß das alles nur mir. Und ich werde dann morgen früh – nein, am Morgen kann ich nicht, ich habe noch eine Menge zu tun – nun, vielleicht am Abend, wenn ich frei bin, dann gehe ich mal rauf und rede mit ihm, und du wirst sehen, es wird alles seine Ordnung haben. Nur, bitte, geh du nicht ohne mich hin und mach mir den Drachen scheu. Du verstehst nichts von diesen Wesen, und sie sind sehr empfindlich, weißt du.«

»Er hat ganz recht, Vater«, sagte seine vernünftige Mutter. »Wie er sagt, sind Drachen sein Gebiet und nicht unseres. Er versteht so wunderbar viel von Bücher-Tieren, das gibt jeder zu. Und um die Wahrheit zu sagen, ich bin selber nicht ganz glücklich bei dem Gedanken, daß jenes arme Tier jetzt allein da droben liegt, ohne eine warme Abendmahlzeit oder jemanden, mit dem es Neuigkeiten austauschen kann, und vielleicht können wir wirklich etwas für es tun, und wenn es Böses im Schilde führt, dann wird unser Sohn dies schnell genug herausfinden. Er hat so eine nette Art an sich, daß jeder ihm alles erzählt.«

Am nächsten Tag, nach dem Nachmittagstee, ging der Junge den kreidigen Weg hinauf, der zur höchsten Kuppe der Downs führte, und dort fand er tatsächlich den Drachen, faul auf dem Grün vor seiner Höhle ausgestreckt. Die Aussicht von der Stelle aus war großartig. Zur Rechten und Linken erstreckten sich die baumlosen, welligen Meilen der Downs; und voraus das Tal mit seinen Gehöften, seinem Netz von weißen Straßen, die sich wie Bänder durch Obstgärten und wohlbestellte Felder zogen, und in der Ferne eine Ahnung grauer alter Städte am Horizont. Ein kühler Windhauch strich über die Grasflächen, und die silberne Scheibe des Mondes stieg über den fernen Ginsterbüschen empor. Kein Wunder, daß der Drache in einer friedlichen und genügsamen Stimmung zu sein schien; ja, als der Junge näher kam, konnte er das Tier mit schöner Regelmäßigkeit schnurren hören. »Man lernt im Leben nie aus«, sagte er zu sich selbst. »In keinem von meinen Büchern habe ich je etwas davon gelesen, daß Drachen schnurren.«

»Hallo, Drache«, sagte der Junge, als er nähertrat.

Als der Drache die Schritte hörte, machte er Anstalten, sich höflich zu erheben. Als er aber sah, daß es nur ein Junge war, zog er seine Augenbrauen streng zusammen.

»Jetzt schlag mich nicht«, sagte er, »und wirf keine Steine und spritz nicht mit Wasser oder sonstwas. Ich mag das nicht, sag ich dir!«

»Ich tu dir ja nichts«, sagte der Junge müde und ließ sich neben dem Tier ins Gras fallen. »Und hör auf, mir zu erzählen, was ich alles nicht tun soll; ich höre das den ganzen Tag, und es ist eintönig und ermüdend. Ich habe bloß hereingeschaut, um zu fragen, wie es dir geht und so; aber wenn ich störe, kann ich auch wieder gehen. Ich habe viele Freunde, und niemand kann sagen, ich würde mich aufdrängen, wenn ich nicht erwünscht bin.«

»Nein, nein, sei doch nicht gleich eingeschnappt«, sagte der Drache hastig. »Tatsache ist – ich bin recht glücklich hier oben, den ganzen Tag lang nie ohne Beschäftigung, mein Lieber, nie ohne Beschäftigung! Und doch, unter uns gesagt, es ist manchmal schon ein bißchen öde.«

Der Junge riß einen Grashalm ab und kaute darauf herum. »Hast du die Absicht, länger hier zu bleiben?« fragte er höflich.

»Derzeit schwer zu sagen«, erwiderte der Drache. »Scheint kein übles Fleckchen hier zu sein – aber ich bin noch nicht lange hier, und man muß sich umsehen und überlegen und alles gut bedenken, ehe man sich niederläßt. Es ist eine ziemlich ernste Sache, sich irgendwo niederzulassen. Außerdem – also, da muß ich dir was erzählen! Du würdest es nie raten, wenn du dir auch noch soviel Mühe gäbest! – Tatsache ist, ich bin ein so furchtbar fauler Kerl!«

»Du überraschst mich«, sagte der Junge.

»Es ist die traurige Wahrheit«, fuhr der Drache fort, während er den Kopf zwischen die Pranken sinken ließ, offensichtlich entzückt, endlich einen Zuhörer gefunden zu haben. »Und ich schätze, das ist wohl auch der Grund, weshalb ich hier gelandet bin. Weißt du, all die anderen Drachen waren so emsig und so eifrig bei der Sache – immerzu nur darauf bedacht zu wüten und zu scharmützeln und den Wüstensand zu durchstreifen und den Meeressaum abzuschreiten und Ritter umherzuscheuchen und Maiden zu verschlingen und so weiter – wohingegen ich meine regelmäßigen Mahlzeiten liebte und danach einen Felsen, gegen den man sich lehnen konnte, um ein wenig zu dösen und dann aufzuwachen und zu denken, daß alles seinen Lauf nimmt und wie es immer weiter so seinen Lauf nehmen wird, verstehst du? Und so wurde ich einfach überrascht, als es geschah.«

»Als *was* geschah, bitte?« fragte der Junge.

»Das ist es eben, was ich nicht genau weiß«, sagte der Drache. »Ich nehme an, die Erde nieste oder schüttelte sich, oder der Boden ist aus irgend etwas rausgefallen. Jedenfalls gab es eine Erschütterung und ein Getöse und ein allgemeines Durcheinander, und ich fand mich selbst meilentief unter dem Grund und ziemlich eingeklemmt obendrein. Nun, zum Glück sind meine Bedürfnisse gering, und zumindest hatte ich Frieden und Ruhe und niemand kam dauernd zu mir gerannt und bedrängte mich, doch etwas zu *tun*. Und ich habe solch einen eifrigen Verstand – immer beschäftigt, kann ich dir sagen! Doch die Zeit zog sich hin, und eine gewisse Gleichförmigkeit im Leben war nicht abzuleugnen, und endlich kam ich zu der Überlegung, es wäre vielleicht ganz lustig, sich nach oben zu graben und zu sehen, was die anderen so machen. Und so kratzte und wühlte ich mich hier lang und dort hin, und am Ende kam ich schließlich durch diese Höhle hier raus. Und ich liebe das Land und die Aussicht und die Leute – was ich von ihnen gesehen habe –, und im großen und ganzen bin ich durchaus geneigt, mich hier niederzulassen.«

»Womit ist denn dein Verstand immer so beschäftigt?« fragte der Junge. »Das wüßte ich wirklich gerne.«

Der Drache verfärbte sich ein wenig und sah zur Seite. Dann meinte er verschämt: »Hast du je – nur zum Spaß – versucht, Gedichte zu schreiben – Verse, weißt du?«

»Natürlich«, sagte der Junge. »Jede Menge. Und einiges davon ist ganz gut, glaube ich, nur interessiert sich hier niemand dafür. Mutter ist sehr nett und alles, wenn ich ihr etwas davon vorlese, und Vater auch, was das betrifft. Aber irgendwie scheinen sie doch nicht recht zu . . .«

»Genau«, rief der Drache aus, »exakt mein eigener Fall. Irgendwie scheinen sie doch nicht recht zu, und man kann mit ihnen nicht darüber reden. Also du hast Kultur, das hast du, ich konnte es dir gleich ansehen, und ich hätte gern deine offene Meinung über ein paar kleine Sachen, die ich so zusammengereimt habe, als ich dort drunten war. Ich bin schrecklich froh, dich kennengelernt zu haben, und ich hoffe, die übrige Nachbarschaft ist genauso nett wie du. Da war ein sehr netter älterer Herr erst letzte Nacht hier oben, aber er wollte anscheinend nicht stören.«

»Das war mein Vater«, sagte der Junge, »und er *ist* ein netter älterer Herr, und ich werde dich eines Tages mit ihm bekanntmachen, wenn du möchtest.«

»Könnt ihr zwei nicht morgen raufkommen, zum Abendessen oder so?« fragte der Drache eilfertig. »Natürlich nur, wenn ihr nichts Besseres zu tun habt«, fügte er höflich hinzu.

»Herzlichsten Dank«, sagte der Junge. »Aber wir gehen nirgendwohin aus ohne meine Mutter, und, um die Wahrheit zu sagen, ich fürchte, sie könnte etwas gegen dich haben. Siehst du, es läßt sich nun mal leider nicht leugnen, daß du ein Drache bist. Und wenn du davon redest, dich niederzulassen, und von Nachbarschaft und so weiter, dann kann ich mir nicht helfen, aber ich glaube, daß du deine Situation nicht richtig einschätzt. Du bist immerhin ein Feind der menschlichen Rasse!«

»Hab' keinen Feind auf der ganzen Welt«, sagte der Drache frohgemut. »Zu faul, mir welche zu machen, zum ersten. Und wenn ich anderen Leuten meine Gedichte vorlese, bin ich immer nur zu gern bereit, mir auch ihre anzuhören.«

»Meine Güte!« rief der Junge aus. »Ich wünschte, du würdest versuchen, die Situation richtig zu begreifen. Wenn die anderen Leute dich finden, dann werden sie mit Speeren und Schwertern und allen möglichen anderen Dingen auf dich eindringen. Man wird dich ausmerzen müssen, so wie sie es sehen. Du bist eine Geißel und eine Plage und ein schreckliches Ungeheuer!«

»Daran ist kein Wort wahr«, sagte der Drache, und er schüttelte den Kopf. »Mein Charakter wird der strengsten Untersuchung standhalten. Und jetzt, wenn du gestattest, hätte ich da ein kleines Sonett, an dem ich arbeitete, bevor du auftauchtest . . .«

»Oh, wenn du nicht vernünftig sein willst«, rief der Junge aus und stand auf, »dann gehe ich wieder nach Hause. Nein, ich kann mir nicht noch dein Sonett anhören; meine Mutter wartet. Ich werde dich morgen wieder besuchen, sobald ich kann, und versuche dir um Himmels willen darüber klar zu werden, daß du eine schreckliche Geißel bist, oder du wirst die größten Schwierigkeiten kriegen. Gute Nacht!«

Der Junge fand es leicht, die Befürchtungen seiner Eltern hinsichtlich seines neuen Freundes zu zerstreuen. Sie hatten jenes Gebiet immer ihm überlassen, und sie verließen sich ohne Murren auf sein Wort. Der Schäfer wurde dem Drachen vorgestellt, und man tauschte viele Komplimente und wohlgemeinte Fragen aus. Sein Weib jedoch, obwohl sie ihre Bereitschaft bekundete, alles zu tun, was sie konnte – Sachen zu flicken oder die Höhle aufzuräumen oder ein bißchen zu kochen, wenn der Drache vor lauter Nachbrüten über das Sonett seine Mahlzeiten vergaß, wie das bei Männern so vorkommt –, ließ sich nicht dazu bewegen, ihn gesellschaftlich anzuerkennen. Die Tatsache, daß er nun mal ein Drache war und »man ja nicht wußte, wer er war«, schien bei ihr alles andere aufzuwiegen. Sie erhob jedoch auch keine Einwände dagegen, daß ihr kleiner Sohn seine Abende beschaulich mit dem Drachen verbrachte, solange er um neun Uhr zu Hause war. Und so verbrachten die beiden manch schöne Nacht auf dem Grün vor der Höhle, während der Drache Geschichten von alten Zeiten erzählte, wo das Geschlecht der Drachen noch zahlreich war und die Welt ein aufregenderer Ort, als sie es jetzt ist, und das Leben voller Aufregung und Nervenkitzel und Überraschungen.

Was der Junge jedoch gefürchtet hatte, sollte bald eintreten. Der bescheidenste und zurückgezogenste Drache der Welt kann sich nicht völlig dem Auge der Öffentlichkeit entziehen, wenn er zumal so groß wie vier Zugpferde und mit blauen Schuppen bedeckt ist. Und so sorgte die Tatsache, daß ein wirklicher lebender Drache in einer Höhle in den Downs hockte, natürlich für Gesprächsstoff in der Dorfschenke.

Obgleich die Dörfler sich überaus fürchteten, waren sie doch zugleich auch ziemlich stolz. Einen eigenen Drachen zu haben, das war schon etwas, und man empfand ihn als Schmuckfeder im Hut des Dorfes. Indes war man doch allgemein der Ansicht, daß so etwas auf die Dauer nicht tragbar sei. Das entsetzliche Tier mußte ausgemerzt werden; das Land mußte von dieser Plage, diesem Schrecken, dieser zerstörerischen Geißel befreit werden. Die Tatsache, daß nicht einmal eine Hühnerstange seit des Drachens Auftauchen durch diesen zu Schaden gekommen war, ließen sie nicht gelten. Er war ein Drache, und das konnte er nicht leugnen, und wenn er sich eben nicht wie ein Drache verhalten wollte, dann war das sein Problem. Aber trotz manch wackerer Rede fand sich kein Held, der willens gewesen wäre, Schwert und Schild zu nehmen und das geplagte Dorf zu befreien und sich selbst unsterblichen Ruhm zu erringen, und jede Nacht endete die hitzige Diskussion ohne Ergebnis. Indessen räkelte sich der Drache auf dem Rasen, genoß die Sonnenuntergänge, erzählte dem Jungen vorsintflutliche Anekdoten und feilte an seinen alten Versen, während er über neue nachdachte.

Eines Tages fand der Junge, als er in das Dorf kam, daß ein jeder sein Festtagsgewand trug, obwohl es laut Kalender dafür keinen Anlaß gab. Teppiche und bunte Fahnen hingen aus den Fenstern; die Kirchenglokken läuteten, die kleine Straße war mit Blumen bestreut, und die ganze Bevölkerung hatte sich zu beiden Seiten derselben versammelt, und das Gerede und Geschubse und Gedrängel um die vordersten Plätze war groß. Der Junge sah einen Freund seines eigenen Alters in der Menge und rief ihn an.

»Was ist los? Kommen die Spielleute oder die Bären oder ein Zirkus oder was?«

»Alles in Ordnung«, rief sein Freund zurück. »Er kommt.«

*Wer* kommt?« fragte der Junge, indem er sich in die Menge stürzte.

»Na, St. Georg natürlich«, antwortete sein Freund. »Er hat von unserem Drachen gehört, und so kommt er hergeritten, um das gräßliche Untier zu töten und uns von seinem schrecklichen Joch zu befreien. Oh, das wird ein toller Kampf werden!«

Das war in der Tat eine Neuigkeit! Der Junge dachte bei sich, daß er sich selbst vergewissern sollte, und er schlängelte sich zwischen den Beinen der wohlmeinenden Erwachsenen hindurch, wobei er sich die ganze Zeit lauthals darüber beschwerte, daß sie ihn nicht vorließen. In vorderster Reihe erwartete er die Ankunft des Helden.

Alsbald erhob sich vom anderen Ende der Reihe lauter Jubel. Als nächstes ließ der gemessene Schritt eines großen Schlachtrosses sein Herz schneller schlagen, und dann fand er sich mit dem Rest in Jubelgeschrei ausbrechen, als unter Willkommensrufen, dem schrillen Kreischen von Frauen, dem Hochheben von Kindern und Winken von Taschentüchern St. Georg langsam die Straße heraufgeritten kam. Dem Jungen stockte das Herz, und sein Atem kam nur noch schluchzend, denn die Schönheit und die Anmut des Helden gingen weit über alles hinaus, was er je gesehen hatte. Die kanellierte Rüstung war mit Gold eingelegt, ein mit Federn geschmückter Helm hing an seinem Sattelknauf, und dichtes blondes Haar umgab ein Gesicht, das huldreich und edel über alle Maßen war, bis man die Strenge in seinen Augen gewahrte. Vor der kleinen Schenke zügelte der Heilige sein Roß, und die Dörfler drängten sich mit Begrüßungen und Dankesbezeugungen und wortreichen Erklärungen über das Unrecht und die Kümmernisse und Bedrängnisse, worunter sie zu leiden hatten, heran.

Der Junge hörte die ernste, sanfte Stimme des Heiligen, der ihnen versicherte, alles würde nun gut werden und daß er ihnen beistehen und Recht schaffen und sie von ihrem bösen Feind befreien werde; dann stieg er vom Pferd und trat durch die Tür der Schenke, und die Menge folgte ihm hinein. Aber der Junge drehte sich um und rannte zum Hügel hinauf, so schnell seine Beine ihn tragen konnten.

»Es ist alles vorbei, Drache!« schrie er, sobald er in Sichtweite des

Tieres war. »Er kommt! Er ist hier! Du wirst dich zusammenreißen und endlich etwas *tun* müssen!«

Der Drache war dabei, seine Schuppen zu lecken und sie mit einem Putzlappen, den die Mutter des Jungen ihm geliehen hatte, zu polieren, bis er wie ein großer Türkis blitzte.

»Nun mal langsam, Junge«, sagte er, ohne aufzublicken. »Setz dich und komm erst einmal zu Atem und versuche dich daran zu erinnern, daß das Verbum vom Substantiv bestimmt wird, und dann wirst du vielleicht so gut sein, mir zu sagen, *wer* kommt.«

»Bitte, nimm's nur auf die leichte Schulter«, sagte der Junge. »Ich hoffe, du wirst halb so gelassen sein, wenn du meine Neuigkeiten gehört hast. Es ist nur St. Georg, der da kommt, das ist alles. Er kam vor einer halben Stunde ins Dorf geritten. Natürlich hast du keine Angst vor ihm – ein großer starker Kerl wie du! Aber ich dachte, ich sollte dich warnen, weil er bestimmt bald hier auftauchen wird, und er hat die längste und spitzeste Lanze, die man je gesehen hat!« Und der Junge sprang auf und begann vor lauter Vorfreude auf den Kampf herumzuhüpfen.

»Ach du meine Güte«, stöhnte der Drache, »das ist wirklich schlimm. Ich will nicht, und das ist mein letztes Wort. Ich will den Kerl überhaupt nicht kennenlernen. Ich bin mir sicher, er ist nicht nett. Du mußt ihm sagen, er soll sofort wieder wegreiten. Sag, er kann mir schreiben, wenn er will, aber ich kann ihm keine Audienz gewähren. Ich empfange derzeit niemanden.«

»Also, Drache, Drache«, sagte der Junge nachdrücklich, »sei doch nicht so eigensinnig und verstockt. Du wirst irgendwann einmal mit ihm kämpfen *müssen,* weißt du, weil – nun, er ist eben St. Georg, und du bist der Drache. Besser, du bringst es gleich hinter dich, und dann können wir mit den Sonetten weitermachen. Und du solltest auch ein wenig an die anderen denken. Wenn es hier oben eintönig für dich gewesen ist, was glaubst du, wie öde es für mich erst war!«

»Mein lieber kleiner Mensch«, sagte der Drache feierlich, »du mußt ein für allemal verstehen, daß ich nicht kämpfen kann und nicht kämpfen will. Ich habe nie in meinem Leben gekämpft, und ich werde auch jetzt nicht damit anfangen, nur um dir eine Zirkusnummer zu bieten. In den alten Zeiten habe ich das Kämpfen immer den anderen Drachen – den *ernsthaften* Drachen – überlassen, und das ist zweifellos der Grund, weshalb ich jetzt das Vergnügen habe, hier zu sein.«

»Aber wenn du nicht kämpfst, wird er dir den Kopf abschlagen!« stieß der Junge hervor, den die Aussicht, sowohl seinen Kampf als auch seinen Freund zu verlieren, ganz elend machte.

»Oh, das glaube ich nicht«, sagte der Drache in seiner trägen Art. »Dir wird schon irgend etwas einfallen. Ich setze mein volles Vertrauen in dich. Lauf nur hinunter, sei ein braver Junge, und laß dir was einfallen. Wie du die Sache regelst, überlasse ich ganz dir.«

Der Junge ging sehr niedergeschlagen ins Dorf zurück. Erstens würde es keinen Kampf geben; zweitens hatte sich sein lieber und geschätzter Freund, der Drache, nicht in einem ganz so heroischen Licht gezeigt, wie er es gern gesehen hätte, und drittens machte es keinen Unterschied, ob der Drache im Herzen ein Held war oder nicht, weil St. Georg ihm zweifellos den Kopf abschlagen würde. »Mir was einfallen lassen!« sagte er bitter zu sich selbst. »Der Drache behandelt die ganze Sache, als sei es eine Einladung zum Tee und Croquet.«

Die Dörfler waren bereits allenthalben auf dem Heimweg, als er die Straße entlangkam; sie waren alle in bester Stimmung und führten lebhafte Gespräche über den bevorstehenden Kampf. Der Junge ging weiter bis zur Schenke und trat in die Gaststube, wo St. Georg nun allein saß und über die Aussichten für den Kampf und über die traurigen Geschichten von Greueltaten nachsann, mit denen man ihm erst jüngst die Ohren vollgestopft hatte.

»Darf ich hereinkommen, St. Georg?« fragte der Junge höflich, als er an der Tür verhielt. »Ich wollte mit Euch über diese kleine Sache mit dem Drachen reden, wenn Ihr ihrer zu diesem Zeitpunkt noch nicht müde seid.«

»Komm nur herein, Junge«, sagte der Heilige freundlich. »Eine weitere Geschichte von Elend und Missetaten, fürchte ich. Ist es ein Elternteil, dessen der Tyrann dich beraubt hat? Oder jemand von deinen lieben Geschwistern? Nun, es wird bald gerächt werden.«

»Nichts dergleichen«, sagte der Junge. »Es gibt da irgendwo ein Mißverständnis, und ich wollte es zurechtrücken. Die Tatsache ist, dies ist ein *guter* Drache.«

»Genau«, sagte St. Georg mit einem freundlichen Lächeln. »Ich verstehe schon. Ein guter *Drache.* Glaub mir, ich bedauere nicht im geringsten, daß er ein Widersacher ist, der meines Stahls würdig ist, und kein schwächliches Exemplar seiner üblen Art.«

»Aber er ist *nicht* von übler Art«, rief der Junge bekümmert. »Ach, wie *dumm* die Leute doch sind, wenn sie einmal eine Idee im Kopf haben! Ich sage Euch, er ist ein *guter* Drache und mein Freund, und er erzählt mir die wunderschönsten Geschichten, alle über die alten Zeiten und wie er noch klein war. Und er war so nett zu Mutter, und Mutter würde alles für ihn tun. Und Vater mag ihn auch, obwohl Vater nicht viel um Kunst und Poesie gibt und immer einschläft, wenn der Drache über *Stil* zu reden anfängt. Aber die Tatsache ist, daß ihn jeder einfach gern haben muß, wenn er ihn nur ein bißchen näher kennt. Er ist so einnehmend und so zutraulich und so einfältig wie ein Kind!«

»Setz dich und hol deinen Stuhl herein«, sagte St. Georg. »Ich mag einen Jungen, der für seine Freunde eintritt, und ich bin sicher, der Drache hat seine guten Seiten, wenn er einen Freund wie dich hat. Aber das ist nicht der Punkt. Den ganzen Abend habe ich mit Kummer und unaussprechlicher Seelenpein Geschichten von Mord, Diebstahl und Unrecht gelauscht; Geschichten, die vielleicht ein wenig überzeichnet waren, vielleicht auch nicht immer ganz überzeugend, aber doch am Ende eine sehr schwere Liste von Verbrechen ergeben. Die Geschichte lehrt uns, daß die größten Schurken oft alle heimischen Tugenden besitzen, und ich fürchte, daß dein kultivierter Freund, trotz der Eigenschaften, die ihm – zu recht – deine Wertschätzung eingebracht haben, mit aller gebotenen Eile zur Strecke gebracht werden muß.«

»Oh, Ihr habt Euch von den ganzen Geschichten einwickeln lassen, welche die Leute Euch erzählt haben«, sagte der Junge ungeduldig. »Unsere Dörfler sind die größten Geschichtenerzähler weit und breit. Es ist eine bekannte Tatsache. Ihr seid ein Fremder in dieser Gegend, sonst hättet Ihr bereits davon gehört. Alles, was sie wollen, ist ein *Kampf*. Sie tun alles, um nur einen Kampf geboten zu kriegen. Hunde, Stiere, Drachen – es ist ihnen gleich, solange es nur einen Kampf gibt. Ja, sie halten einen armen unschuldigen Dachs hinten im Stall gefangen, in diesem Augenblick. Sie wollten heute mit ihm ihren Spaß haben, aber sie haben ihn sich jetzt aufgehoben, bis *Euer* kleiner Kampf vorüber ist. Und ich habe keinen Zweifel, sie haben Euch gesagt, was für ein Held Ihr wärt und wie Ihr einfach gewinnen müßtet, als Kämpfer für Recht und Gerechtigkeit, und so weiter. Aber laßt mich Euch sagen, ich kam soeben die Straße hinab, und sie schlossen offen Wetten ab mit sechs zu vier auf den Drachen.«

»Sechs zu vier auf den Drachen!« murmelte St. Georg betroffen und stützte sein Kinn auf die Hand. »Dies ist eine böse Welt, und manchmal beginne ich zu denken, daß nicht all ihre Bosheit in den Drachen angehäuft ist. Und doch – kann nicht dieses Tier dich über seinen wirklichen Charakter getäuscht haben, damit dein gutes Wort für ihn als Mantel für seine üblen Taten dienen möchte? Ja, kann nicht in diesem Augenblick eine hilflose Prinzessin irgendwo in jenen dunklen Höhlen schmachten?«

Im selben Augenblick, als er dies aussprach, taten St. Georg seine Worte leid; denn der Junge machte ein so ehrlich betrübtes Gesicht.

»Ich versichere Euch, St. Georg«, sagte er, »es gibt nichts dergleichen in der Höhle. Der Drache ist ein wirklicher Gentleman vom Kamm bis zur Schweifspitze, und ich darf sagen, daß niemand mehr schockiert und bekümmert sein würde als er, Euch in solch . . . solch *leichtfertiger* Art über Dinge reden zu hören, über die er eine sehr deutliche Meinung vertritt.«

»Nun, vielleicht war ich zu leichtgläubig«, sagte St. Georg. »Vielleicht habe ich dem Tier unrecht getan. Aber was sollen wir tun? Hier sind der Drache und ich, beinahe von Angesicht zu Angesicht, und von jedem von uns glaubt man, er müsse nach des anderen Blut dürsten. Ich sehe da keinen Ausweg aus der Situation. Was schlägst du vor? Kannst du dir nicht irgendwie etwas einfallen lassen?«

»Das ist genau das, was der Drache auch sagte«, entgegnete der Junge ziemlich gereizt. »Wirklich, wie ihr beide anscheinend alles mir überlaßt – ich nehme an, Ihr ließet Euch wohl kaum überreden, still und heimlich wieder fortzureiten, oder?«

»Unmöglich, fürchte ich«, sagte der Heilige. »Ganz gegen die Regeln. *Du* weißt das ebensogut wie ich.«

»Nun denn, schaut her«, sagte der Junge. »Es ist noch früh – würde es Euch etwas ausmachen, einen kleinen Spaziergang mit mir zu unternehmen und den Drachen zu besuchen und die Sache zu bereden? Es ist nicht weit, und ein Freund von mir wird immer willkommen sein.«

»Nun, es ist *irregulär«*, sagte St. Georg, während er sich erhob, »aber es erscheint mir wohl als das Vernünftigste. Du nimmst für deinen Freund eine Menge auf dich«, fügte er wohlmeinend hinzu, als sie zusammen durch die Tür traten. »Aber Kopf hoch! Vielleicht wird es am Ende doch keinen Kampf geben.«

»Oh, das wäre aber wirklich schade!« entgegnete der Kleine wehmütig.

»Ich habe einen Freund mitgebracht, Drache«, sagte der Junge ziemlich laut.

Der Drache fuhr mit einem Ruck aus dem Schlaf auf. »Ich habe – eh – gerade ein wenig nachgedacht«, sagte er in seiner schlichten Art. »Sehr erfreut, Eure Bekanntschaft zu machen. Schönes Wetter heute.«

»Dies ist St. Georg«, sagte der Junge knapp. »St. Georg, darf ich Euch den Drachen vorstellen? Wir sind gekommen, um die ganze Sache ruhig zu bereden. Drache, und nun, um Himmels willen, laß uns ein bißchen gesunden Verstand beweisen und zu einer praktikablen Regelung kommen; denn ich habe die Nase voll von Ansichten und Lebensphilosophien und persönlichen Neigungen und diesen ganzen Dingen. Ich darf vielleicht hinzufügen, daß meine Mutter auf mich wartet.«

»Es freut mich, Eure Bekanntschaft zu machen, St. Georg«, begann der Drache ziemlich nervös, »weil Ihr viel herumgekommen seid, wie ich höre, und ich immer eher ein Stubenhocker gewesen bin. Aber ich kann Euch viele Altertümer zeigen und viele interessante Winkel unserer Gegend, wenn Ihr bei Gelegenheit mal wieder vorbeikommt . . .«

»Ich denke«, sagte St. Georg in seiner offenen, angenehmen Weise, »daß wir besser dem Rat unseres jungen Freundes hier Folge leisten und zu einer Abmachung kommen sollten, rein geschäftsmäßig, was diese Sache zwischen uns betrifft. Nun, meint Ihr nicht, es wäre das Beste, sie einfach auszukämpfen, den Regeln entsprechend, und den Besten gewinnen zu lassen? Drunten im Dorf setzen sie auf Euch, wie ich Euch sagen kann, aber das macht mir nichts.«

»O, ja, *mach* das, Drache«, sagte der Junge voll Eifer. »Es würde die Sache gewaltig vereinfachen!«

»Mein junger Freund, du bist jetzt still«, sagte der Drache streng. »Glaubt mir, St. Georg«, fuhr er fort, »ich würde niemandem in der Welt lieber zu Gefallen sein als Euch und diesem jungen Herrn hier. Aber die ganze Sache ist Unsinn und Konventionalität und öffentliche Hartleibigkeit. Es gibt absolut nichts, um das man kämpfen könnte, von Anfang bis Ende. Und außerdem habe ich nicht die Absicht, und damit wäre das wohl geklärt.«

»Aber angenommen, ich zwinge Euch?« meinte St. Georg, ziemlich gereizt.

»Das könnt Ihr nicht«, erklärte der Drache triumphierend. »Ich würde nur in meine Höhle gehen und mich für eine Zeitlang in das Loch zurückziehen, aus dem ich gekommen bin. Ihr würdet es bald ziemlich leid sein, draußen zu sitzen und darauf zu warten, daß ich herauskomme und mit Euch kämpfe. Und sobald Ihr wirklich fort wäret, ja, dann würde ich frohgemut wieder heraufkommen; denn ich sage Euch frei, ich mag diesen Ort, und ich werde hier bleiben!«

St. Georg blickte eine Weile auf die schöne Landschaft ringsum. »Aber dies wäre ein herrlicher Platz für einen Kampf«, versuchte er ihn dann erneut zu überzeugen. »Diese großen kahlen gewellten Downs als Arena – und ich in meiner goldenen Rüstung als Kontrast zu Euren großen blauen schuppigen Windungen! Stellt Euch vor, was das für ein Bild abgeben würde!«

»Nun versucht Ihr, mir über mein künstlerisches Feingefühl beizukommen«, sagte der Drache. »Aber so nicht. Gewiß, es würde ein schönes Bild abgeben, wie Ihr sagt«, fügte er ein wenig unschlüssig hinzu.

»Wir scheinen der Sache ein wenig näherzukommen«, warf der Junge ein. »Du mußt einsehen, Drache, daß es irgendeine Art von Kampf geben muß, denn du willst bestimmt nicht in jenes dreckige alte Loch zurückkriechen und dort bleiben müssen bis Gott weiß wann.«

»Die Sache ließe sich hinkriegen«, meinte St. Georg gedankenvoll. »Ich *muß* Euch natürlich irgendwie mit meiner Lanze treffen, aber ich muß Euch dabei nicht unbedingt sonderlich wehtun. Da ist soviel von Euch, daß es irgendwo ein paar *entbehrliche* Teile geben muß. Hier zum Beispiel, genau hinter Eurem Vorderbein. Es dürfte eigentlich nicht besonders wehtun, da an der Stelle!«

»Da bin ich aber kitzlig, Georg«, sagte der Drache kokett. »Nein, da geht es nicht. Selbst wenn es nicht wehtun würde – und ich bin sicher, das würde es, und zwar scheußlich –, würde es mich zum Lachen bringen, und das würde alles verderben.«

»Versuchen wir es dann sonst irgendwo«, meinte St. Georg geduldig. »Unter Eurem Hals, zum Beispiel – bei diesen ganzen dicken Falten –, wenn ich Euch dort mit der Lanze treffen würde, würdet Ihr es nicht einmal merken!«

»Ja, aber seid Ihr sicher, daß Ihr die richtige Stelle treffen könnt?« fragte der Drache besorgt.

»Natürlich kann ich das«, sagte Georg zuversichtlich. »Das überlaßt nur mir!«

»Es ist bloß, *weil* ich es Euch überlassen muß, daß ich frage«, gab der Drache zurück. »Zweifellos würdet Ihr jeden Irrtum, den Ihr in der Hitze des Gefechts machen würdet, tief bedauern; aber Ihr würdet es nicht halb so sehr bedauern wie ich! Doch ich schätze, man muß im Leben irgend jemandem vertrauen, und Euer Plan erscheint mir im großen und ganzen so gut wie jeder andere auch.«

»Schau her, Drache«, unterbrach der Junge, der ein wenig besorgt um seinen Freund war, weil dieser dabei das schlechtere Geschäft zu machen schien: »Ich sehe nicht ganz, wo *du* dabei ins Spiel kommst! Es soll also offenbar einen Kampf geben, und du sollst ihn verlieren; und was ich gerne wissen möchte ist, was *du* davon hast.«

»St. Georg«, sagte der Drache. »sagt Ihr ihm bitte – was wird geschehen, nachdem ich in dem tödlichen Kampf bezwungen worden bin?«

»Nun, nach den Regeln, denke ich, werde ich Euch im Triumph zum Marktplatz führen oder was immer dem entspricht«, sagte St. Georg.

»Genau«, sagte der Drache. »Und dann . . .?«

»Und dann wird es Geschrei und Reden und solche Sachen geben«, fuhr St. Georg fort. »Und ich werde erklären, daß Ihr bekehrt seid und Eure Irrtümer eingesehen habt und so weiter.«

»Richtig«, sagte der Drache. »Und dann?«

»Oh, und dann . . .«, sagte St. Georg, »nun, und dann wird es das übliche Bankett geben, nehme ich an.«

»Exakt«, sagte der Drache, »und das ist der Punkt, wo *ich* ins Spiel komme. Schau her«, fuhr er fort, zu dem Jungen gewandt, »ich langweile mich hier oben zu Tode, und niemand weiß mich wirklich zu schätzen. Ich werde mich in die Gesellschaft begeben, das werde ich, mit der freundlichen Unterstützung unseres Freundes hier, der um meinetwillen solche Mühen auf sich nimmt, und du wirst sehen, ich habe all die Eigenschaften, die mich Leuten, die sich unterhalten wollen, empfehlen können. So, da nun alles geregelt ist, und wenn es den Herren nichts ausmacht – ich bin ein altmodischer Bursche – ich will niemanden vor die Tür setzen, aber –«

»Denkt daran, Ihr werdet Euren geziemenden Anteil am Kampf beizutragen haben, Drache!« sagte St. Georg, der den Wink verstanden hatte und sich erhob, um zu gehen. »Ich meine, wüten und Feuer spucken und so weiter!«

»Wüten macht mir keine Schwierigkeiten«, antwortete der Drache zuversichtlich. »Was das Feuerspucken betrifft, so ist es verblüffend, wie schnell man aus der Übung gerät, aber ich werde mein Bestes tun. Gute Nacht!«

Sie waren den Hügel hinabgestiegen und fast schon wieder unten im Dorf, als St. Georg plötzlich innehielt. »Ich *wußte* doch, daß ich etwas vergessen hatte«, sagte er. »Wir brauchten noch eine Prinzessin. Vor Angst gelähmt und an einen Felsen gekettet und was so dazugehört. Junge, kannst du nicht noch eine Prinzessin auftreiben?«

Der Junge war gerade mitten in einem gewaltigen Gähnen. »Ich bin todmüde«, stöhnte er, »und ich kann keine Prinzessin auftreiben und auch sonst nichts mehr zu dieser nachtschlafenden Zeit. Und meine Mutter wartet auf mich, und ich habe mir für heute schon genug einfallen lassen.«

Am nächsten Morgen begannen die Leute bereits zu früher Stunde zu den Downs emporzuströmen, in ihren Sonntagskleidern und mit Körben, aus denen Flaschenhälse herausragten; jeder wollte sich einen guten Platz für den Kampf sichern. Dies war gar keine so einfache Sache; denn es bestand natürlich durchaus die Möglichkeit, daß der Drache gewinnen würde, und in diesem Fall konnten selbst die, die ihr Geld auf ihn gesetzt hatten, kaum erwarten, daß er mit ihnen anders verfahren würde als mit dem Rest. Die Plätze suchte man sich daher mit Umsicht aus und mit einem Auge auf eine schnelle Rückzugsmöglichkeit im Notfall, und die vordere Reihe setzte sich hauptsächlich aus Jungen zusammen, die der elterlichen Obhut entschlüpft waren und sich nun auf dem Gras rollten und balgten, unbekümmert ob der schrillen Drohungen und Warnungen, mit denen sie ihre Eltern von den hinteren Rängen bedachten.

Der Junge hatte sich einen guten Platz in der vordersten Reihe gesichert, nahe an der Höhle, und war so nervös wie ein Bühnenregisseur vor der Premiere. Würde der Drache sein Wort halten? Er mochte seine Meinung ändern und die ganze Vorstellung schmeißen oder auch bei dem Gedanken daran, daß die ganze Sache viel zu übereilt geplant worden war, ohne auch nur eine einzige Probe, vor lauter Lampenfieber gar nicht erst auftreten. Der Junge warf einen scharfen Blick in die Höhle, aber sie zeigte kein Zeichen von Leben oder Bewohntsein. Hatte der Drache sich vielleicht über Nacht aus dem Staub gemacht?

Die höheren Teile des Geländes waren nun schwarz vor Zuschauern, und alsbald ließen ein Erklingen von Hochrufen und ein Winken von Taschentüchern darauf hindeuten, daß sie etwas sahen, was der Junge weiter oben am anderen Ende der Zuschauerreihen nicht sehen konnte. Eine Minute später, und St. Georgs roter Helmbusch tauchte über dem Hügel auf, als der Heilige langsam auf den großen Platz hinausgeritten kam, der sich vor dem gähnenden Schlund der Höhle erstreckte. Sehr ritterlich und schön war er auf seinem großen Schlachtroß anzusehen; seine goldene Rüstung blinkte in der Sonne, sein großer Speer ragte empor, und der kleine weiße Wimpel mit dem roten Kreuz flatterte an dessen Spitze. Er zügelte sein Pferd und stand reglos. Die Reihen der

Zuschauer begannen nervös ein wenig zurückzuweichen, und selbst die Jungen in der vordersten Front hörten auf, einander zu schubsen und an den Haaren zu ziehen, und beugten sich erwartungsvoll vor.

»Nun denn, Drache!« murmelte der Junge ungeduldig und rutschte auf seinem Sitz hin und her. Er hätte sich keine Sorgen zu machen brauchen, denn die dramatischen Möglichkeiten der Sache hatten den Drachen immens gekitzelt, und er war schon seit früher Stunde auf, um sich für sein erstes öffentliches Auftreten mit soviel Eifer vorzubereiten, als ob die Zeit rückwärts gelaufen und er wieder ein kleiner Drächling wäre, der mit seinen Schwestern auf dem Boden der mütterlichen Höhle spielte, das Spiel »Heiliger gegen Drache«, bei dem der Drache immer gewann.

Ein leises Grollen, gemischt mit Schnauben, ließ sich nun vernehmen; es wuchs zu einem donnernden Brüllen an, das die Ebene erfüllte. Dann verhüllte eine Rauchwolke den Eingang der Höhle, und aus ihrer Mitte kam der Drache selbst, schimmernd, meerblau, prächtig, in seinem Glanz hervorgeschritten, und jedermann sagte: »Oo-oo-ooh!«, wie bei einer großen Feuerwerksrakete. Seine Schuppen glänzten, sein langer stachelbewehrter Schweif peitschte seine Flanken, seine Klauen wühlten die Erde auf und ließen sie hoch über seinen Rücken spritzen, und Rauch und Feuer fauchten unaufhörlich aus seinen zorngeblähten Nüstern hervor. »Oh, gut gemacht, Drache!« rief der Junge aufgeregt. »Ich dachte gar nicht, daß er so was könnte«, fügte er zu sich selbst hinzu.

St. Georg senkte seine Lanze, beugte das Haupt, gab seinem Roß die Sporen und sprengte los. Der Drache kam seinem Angriff brüllend und heulend entgegen – eine große blaue wirbelnde Kombination von Windungen und Schnauben und schnappenden Kiefern und Stacheln und Feuer.

»Daneben!« schrie die Menge. Für einen Augenblick sah man nur ein Knäuel von goldener Rüstung und blaugrünen Windungen und stachligem Schweif, und dann trug das große Pferd, dem der Schaum von der Trense troff, den Heiligen mit hoch erhobenem Speer fast bis zum Eingang der Höhle hinauf.

»Ende der ersten Runde«, dachte der Junge. »Wie sie das hingekriegt haben! Aber ich hoffe, der Heilige wird jetzt nicht nervös. Dem Drachen kann ich trauen. In dem Burschen steckt ja ein richtiger Schauspieler!«

St. Georg hatte endlich sein Pferd zum Stehen gebracht und blickte sich um, während er sich den Schweiß von der Stirn wischte. Als er den Jungen sah, lächelte er und nickte und hielt kurz drei Finger hoch.

»Es scheint alles genau vorgeplant zu sein«, sagte der Junge zu sich selbst. »Die dritte Runde soll offensichtlich die letzte sein. Schade, ich hätte gern gehabt, wenn es ein bißchen länger gedauert hätte. Was hat denn der alte Narr von einem Drachen jetzt im Sinn?«

Der Drache nutzte die Pause, um der begeisterten Menge noch eine

Gratisvorführung im Wüten zu geben. Wüten, sollte man an dieser Stelle erklären, besteht für einen Drachen darin, immer in einem großen Kreis zu laufen und dabei Wellen von Bewegung das ganze Rückgrat entlanglaufen zu lassen, von den spitzen Ohren bis hin zu dem Dorn am Ende des langen Schwanzes. Wenn man dabei noch mit blauen Schuppen bedeckt ist, ist die Wirkung besonders augenfällig, und der Junge erinnerte sich an den neulich geäußerten Wunsch des Drachen, ein sozialer Erfolg zu werden.

St. Georg ergriff nun wieder die Zügel und begann loszureiten, wobei er die Spitze seiner Lanze senkte und sich um einen festen Sitz im Sattel bemühte.

»Ring frei!« schrien alle aufgeregt, und der Drache ließ von seinem Wüten ab, setzte sich auf und begann mit großen, ungelenken Sätzen von einer Seite auf die andere zu springen, wobei er ein Kriegsgeschrei wie ein Indianer ausstieß. Dies brachte natürlich das Pferd aus der Fassung, das zur Seite ausbrach, so daß sich der Heilige an der Mähne festhalten mußte, um nicht abgeworfen zu werden, und als sie an dem Drachen vorbeischossen, schnappte dieser tückisch nach dem Schweif des Pferdes, was das arme Tier zu einer wilden Flucht weit über die Downs veranlaßte, so daß die Worte des Heiligen, der einen Steigbügel verloren hatte, glücklicherweise für den Großteil der Zuhörerschaft unverständlich blieben.

Die zweite Runde rief eine hörbare Bezeugung von Sympathie für den Drachen hervor. Die Zuschauer waren sportlich genug, einem Kontrahenten Anerkennung zu zollen, der sich so gut hielt und offensichtlich einen guten Kampf liefern wollte, und manch ermutigender Zuruf erreichte das Ohr unseres Freundes, während er mit geschwellter Brust und aufgerichtetem Schweif hin und her stolzierte und seine neue Popularität in vollen Zügen genoß.

St. Georg war vom Pferd gestiegen und war dabei, den Sattelgurt anzuziehen und seinem Pferd mit einer geradezu orientalischen Bildhaftigkeit zu erklären, was er von ihm und seinen Verwandten und seinem Benehmen bei der heutigen Veranstaltung hielt; so bahnte sich der Junge seinen Weg zum anderen Ende der Zuschauerränge, wo der Heilige sich befand, und hielt ihm die Lanze.

»Das war ein prächtiger Kampf, St. Georg!« sagte er mit einem Seufzer. »Könnt Ihr ihn nicht noch ein bißchen länger dauern lassen?«

»Ich glaube, besser nicht«, gab der Heilige zurück. »Ich sehe die Gefahr auf uns zukommen, daß dein armer alter Freund sich allmählich etwas einzubilden beginnt, jetzt wo sie angefangen haben, ihm zuzujubeln, und ich fürchte, er wird unsere ganze Abmachung vergessen und den Hanswurst spielen, und man weiß nie, wo das enden wird. Ich werde ihn in der nächsten Runde ausschalten.«

Er schwang sich in den Sattel und ließ sich von dem Jungen die Lanze reichen. »Du brauchst keine Angst zu haben«, fügte er freundlich hinzu. »Ich habe die Stelle genau markiert, und *er* wird mir soviel Hilfestellung dabei geben, wie er kann; denn er weiß, daß es seine einzige Chance ist, zum Bankett eingeladen zu werden.«

St. Georg faßte nun die Lanze kürzer, daß der Schaft unter seiner Achsel zu liegen kam, und anstatt zu galoppieren wie zuvor, ritt er nun in forschem Trab auf den Drachen zu, der sich bei seinem Näherkommen zusammenkauerte und mit dem Schweif zuckte, bis es in der Luft knallte wie eine große Wagenpeitsche. Der Heilige schwenkte zur Seite, als er sich seinem Gegner näherte, und umkreiste ihn vorsichtig, wobei er ein Auge auf die besagte Stelle hielt, während der Drache eine ähnliche Taktik einschlug und gleichfalls mit Vorsicht denselben Kreis abschritt; wobei er gelegentlich mit dem Kopf Ausfälle machte.

Obwohl die Runde einige Minuten dauerte, kam das Ende so schnell, daß alles, was der Junge sah, eine blitzartige Bewegung des Heiligen mit seinem Arm war und dann ein Wirbel und ein Knäuel von Stacheln, Klauen, Schweif und fliegenden Erdbrocken. Der Staub senkte sich, die Zuschauer jubelten und rannten schreiend herbei, und der Junge konnte erkennen, daß der Drache am Boden lag, vom Speer an die Erde genagelt, während St. Georg vom Pferd gestiegen war und breitbeinig über ihm stand.

Es wirkte alles so echt, daß der Junge atemlos hinzulief und nur hoffte, daß der gute alte Drache nicht wirklich verletzt war. Als er näherkam, hob der Drache ein großes Augenlid, blinzelte ihm feierlich zu und sank dann wieder in sich zusammen. Er wurde am Hals fest zu Boden gehalten, aber der Heilige hatte ihn an der vereinbarten entbehrlichen Stelle getroffen, und es schien nicht einmal zu kitzeln.

»Wollt Ihr ihm nicht den Kopf abschlagen, Meister?« fragte einer aus der jubelnden Menge. Er hatte auf den Drachen gesetzt und war nun natürlich ein klein wenig sauer.

»Nun, *heute* nicht, deucht mir«, erwiderte St. Georg freundlich. »Das kann man schließlich immer noch tun. Kein Grund zur Eile. Ich meine, wir sollten erst alle zusammen ins Dorf hinuntergehen und eine kleine Erfrischung zu uns nehmen, und dann werde ich ihm einiges erzählen, und ihr werdet sehen, danach wird er ein ganz anderer Drache sein.«

Bei dem magischen Wort *Erfrischung* stellte sich die ganze Menge in Reih und Glied auf und wartete stumm auf das Zeichen zum Abmarsch. Die Zeit des Redens und Jubelns und Wettens war vorbei, die Stunde der Tat war gekommen. St. Georg zog mit beiden Händen seine Lanze heraus und erlöste so den Drachen, der sich aufsetzte und schüttelte und seine Stacheln und Schuppen und so weiter betrachtete, um zu sehen, ob sie alle in Ordnung waren. Dann stieg der Heilige auf sein Roß und führte die Prozession ab, der Drache folgte lammfromm in Begleitung des Jungen, während die durstigen Zuschauer einen respektvollen Abstand wahrten.

Große Dinge taten sich, als sie wieder ins Dorf zurückkamen und vor der Schenke Aufstellung genommen hatten. Nachdem Erfrischungen gereicht worden waren, hielt St. Georg eine Rede, in der er seine Zuhörerschaft davon in Kenntnis setzte, daß er die schreckliche Plage beendet habe, unter großen Mühen und Gefahren für seine eigene Person, und darum sollten sie jetzt aufhören zu murren und sich einzubilden, sie hätten Beschwerden, weil es keine gebe. Und sie sollten nicht so begierig auf Kämpfe sein, denn beim nächstenmal würden sie vielleicht das Kämpfen selbst erledigen müssen, und das wäre dann etwas ganz anderes. Und es gäbe da einen gewissen Dachs im Stall der Schänke, der müsse sofort freigelassen werden, und er würde selbst kommen und darauf sehen, daß dies geschehe. Dann sagte er ihnen, daß der Drache über alles nachgedacht habe und nun sähe, daß es für alles zwei Seiten gebe, und er wolle es nicht wieder tun, und wenn sie gut wären, dann würde er vielleicht bleiben und sich dort niederlassen. So müßten sie nun Freunde werden und ihre Vorurteile ablegen und nicht so tun, als ob sie alles wüßten, denn sie wüßten gar nicht alles, bei weitem nicht. Und er warnte sie vor der Sünde, sich Sachen einzubilden und Geschichten zu erfinden und zu glauben, daß andere Leute sie glauben würden, nur weil sie so einleuchtend und interessant seien. Dann setzte er sich, unter viel reuevollem Applaus, und der Drache stieß den Jungen in die Seite und flüsterte, er hätte es selber nicht besser machen können. Dann gingen alle nach Hause, um sich für das Bankett umzuziehen.

Bankette sind immer angenehme Dinge, da sie meist aus Essen und Trinken bestehen; aber das besonders Nette an einem Bankett ist natürlich, daß es kommt, wenn alles vorbei ist und es nichts mehr gibt, worüber man sich Sorgen machen muß, und morgen eine lange Zeit entfernt ist. St. Georg war glücklich, weil es einen Kampf gegeben hatte und er niemanden hatte töten müssen; denn er liebte das Töten eigentlich nicht, obwohl er es dauernd tun mußte. Der Drache war glücklich, weil es einen Kampf gegeben hatte und er dabei nicht zu Schaden gekommen war, sondern im Gegenteil allgemeinen Beifall und einen sicheren Platz in der Gesellschaft gewonnen hatte. Der Junge war glücklich, weil es einen Kampf gegeben hatte und seine beiden Freunde sich trotz allem gut verstanden. Und alle anderen waren glücklich, weil es einen Kampf gegeben hatte und – nun, sie brauchten keinen anderen Grund für ihr Glücklichsein. Der Drache gab sich allergrößte Mühe, für jeden das rechte Wort zu finden, und war der Mittelpunkt des ganzen Abends, während der Heilige und der Junge beim Zuschauen das Gefühl hatten, als seien sie nur Nebenfiguren auf einem Fest, bei dem die Ehre und der Ruhm allein dem Drachen zukamen. Doch gutmütig, wie sie waren, machte es ihnen nichts aus, und der Drache war nicht im mindesten stolz oder gedankenlos. Im Gegenteil, alle zehn Minuten oder so, beugte er sich zu dem Jungen hinüber und sagte eindrucksvoll: »Hör mal! Du bringst mich doch nachher nach Haus, nicht wahr?« Und der Junge nickte jedesmal, obwohl er seiner Mutter versprochen hatte, nicht allzu spät zu kommen.

Schließlich war das Bankett vorbei, die Gäste waren einer nach dem anderen gegangen, mit vielen Gutenachtgrüßen und Glückwünschen und Einladungen, und der Drache, der die letzten von ihnen verabschiedet hatte, trat auf die Straße hinaus, gefolgt von dem Jungen, wischte sich die Stirn, seufzte, ließ sich auf den Boden plumpsen und blickte zu den Sternen empor. »Wunderbare Nacht«, murmelte er. »Und wunderbare Sterne! Ein wunderbarer kleiner Ort ist das hier. Glaube, ich werde hier bleiben. Keine Lust, einen blöden Hügel hochzuklettern. Junge hat versprochen, mich heimzubringen. Junge soll sich was einfallen lassen. Keine Verantwortung von meiner Seite. Verantwortung alle beim Jungen!« Und das Kinn sank ihm auf seine breite Brust, und er begann friedlich zu schnarchen.

»Oh, steh *auf,* Drache!« rief der Junge mit Tränen in den Augen. »Du *weißt,* daß meine Mutter auf mich wartet, und ich bin so müde, und du hast mir das Versprechen abgenommen, dich nach Hause zu bringen, und ich wußte nicht, wie das gemeint war, sonst hätte ich es nie gegeben!« Und der Junge setzte sich neben dem schlafenden Drachen auf die Straße und weinte bitterlich.

Die Tür hinter ihnen öffnete sich, ein Lichtstrahl fiel auf die Straße, und St. Georg, der noch einen kleinen Spaziergang in der kühlen Nachtluft machen wollte, sah die beiden Gestalten da sitzen – den großen reglosen Drachen und den tränenüberströmten kleinen Jungen.

»Was ist los, Junge?« fragte er freundlich, als er zu ihm trat.

»Oh, es ist dieser große dumme *Ochse* von einem Drachen«, schluchzte der Junge. »Zuerst nimmt er mir das Versprechen ab, ihn nach Hause zu bringen, und dann sagt er, ich soll mir etwas einfallen lassen und legt sich schlafen! Ich könnte genausogut einen *Heuhaufen* nach Hause bringen! Und ich bin so müde, und meine Mutter . . .« Er konnte nicht mehr weiter.

»Jetzt wein mal nicht«, sagte St. Georg. »Ich werde dir schon helfen, und wir werden ihn *zusammen* nach Hause bringen. Wach auf, Drache!« sagte er scharf und rüttelte das Tier am Ellenbogen.

Der Drache blickte verschlafen auf. »Was für eine Nacht, Georg!« murmelte er. »Was für . . .«

»Jetzt hör mal zu, Drache«, sagte der Heilige streng. »Hier ist ein kleiner Knirps, der darauf wartet, dich nach Hause zu bringen, und du *weißt,* daß er schon seit zwei Stunden im Bett hätte sein sollen, und was seine Mutter sagen wird, möchte *ich* nicht wissen, und jeder außer einem selbstsüchtigen Ochsen hätte ihn schon *lange* ins Bett geschickt . . .«

»Und er *wird* ins Bett gehen!« rief der Drache und sprang auf. »Der arme kleine Kerl, daß er so spät noch auf ist! Es ist eine Schande, jawohl, das ist es, und ich glaube nicht, St. Georg, daß du dafür eine Entschuldigung . . . aber jetzt komm, und laß uns keine weiteren Diskussionen oder Streitereien mehr anfangen. Du gibst mir jetzt deine Hand, Junge – danke, Georg, ein Arm den Hügel hinauf ist genau, was ich wollte!«

So zogen sie ab, Arm in Arm, den Hügel hinauf, der Heilige, der Drache und der Junge. Die Lichter in dem kleinen Dorf begannen auszugehen; aber die Sterne und ein später Mond leuchteten ihnen, als sie zusammen zu den Downs emporstiegen. Und als sie um die letzte Ecke bogen und außer Sichtweite verschwanden, trug der Nachtwind Fetzen eines alten Liedes zurück. Ich bin nicht sicher, wer von ihnen sang, aber ich *glaube,* es war der Drache.

# Es war einst ein Ritter

Robert F. Young

Einer der produktivsten Autoren auf dem Gebiet der Science-Fiction-Kurzgeschichte, Robert F. Young (1915–1986), war ein Maschinenbauingenieur mit dem Herzen eines Poeten. Fast alle seine Texte sind gut geschrieben. Seine besondere Vorliebe galt dem romantischen Abenteuerroman, und das Ausspinnen von Märchen und Mythen waren seine beherrschenden Themen. Zu seinen herausragenden Werken gehören *One Love Have I* (1955), *Flying Pan* (1956), *The Dandelion Girl* (1961; dt. *Das Mädchen mit dem Löwenzahn,* 1985), *When Time was New* (1964), *L'Arc de Jeanne* (1966; dt. *Johanna II von Orleans,* 1966) und *Starscape with Frieze of Dreams* (1970).

In einer Sammlung ausgewählter Werke dürfte jedoch die folgende Erzählung nicht fehlen. Es ist die Geschichte eines Zeitdiebes, der seine Lebensaufgabe darin sieht, den Heiligen Gral zu stehlen.

*Es war einst ein Ritter, ein solch würd'ger Mann,*
*daß er, vom ersten Kriegsritte an,*
*von Herzen liebte das Rittertum,*
*Wahrheit und Ehre, Freiheit und Ruhm.*
Die Canterbury-Erzählungen

# 1

Mallory, der unter anderem ein Zeitdieb war, rematerialisierte das Zeitraumschiff *Anachronia* im östlichen Teil eines abgelegenen Tales im alten Britannien. Er projizierte auf die Lumillusionstafel: SCHLOSS, FRÜHES SECHSTES JAHRHUNDERT. Dann ging er hinüber zum Telefenster des Kontrollraums und studierte den dreidimensionalen Bildschirm. Zeit: 20 Uhr; Jahreszeit: Sommer; Jahr: 542 A.D.

Die Dunkelheit war schon hereingebrochen, aber der Vollmond stieg den Himmel hinauf, und er konnte in nicht allzu weiter Entferung Bäume erkennen – Eichen und Buchen zumeist. Er richtete das Objektiv der Kamera aus und sah noch mehr Bäume dieser Art. Das »Schloß Anachronia« war sicher in einem Wald verborgen. Zufrieden wandte er sich ab.

Wenn seine Berechnungen stimmten, befand sich Schloß Carbonek im südlich benachbarten Tal. Und dort, in einer Kammer des Schlosses, ruhte auf einem silbernen Tisch das Objekt all seiner Bemühungen.

*Wenn* seine Berechnungen stimmten.

Mallory war kein Freund von Unentschlossenheit. Er begab sich in den Lagerraum, zog sich bis auf die Unterkleidung aus und machte sich daran, die stilgetreue Rüstung anzulegen, die er eigens für die bevorstehende Operation erworben hatte. Wenn auch genaueste Nachbildung des Stils des frühen sechsten Jahrhunderts obligatorisch gewesen war, so war es doch glücklicherweise nicht die Nachbildung der entsprechenden Materialien jener Zeit. Man hatte Eisenschuhe, Sporen, Beinschienen, Schenkelschutz, Helm und Kettenhemd aus einer besonders leichten Legierung gefertigt, die bei einem Zehntel des damals üblichen Gewichts den zehnfachen Schutz gewährte. Der Helm war sein besonderer Stolz und seine Freude: einem Originalstück der Periode getreu nachgeformt, sah er aus wie ein umgekehrter metallener Papierkorb, aber die einseitige Transparenz der verwendeten Legierung erlaubte ihm uneingeschränkte Sicht. Zwei eingebaute Verstärker leisteten seinem Gehör den entsprechenden Dienst.

Die Oberfläche eines jeden Stückes war auf Hochglanz poliert worden. Und als er in den Spiegel des Lagerraumes schaute, war er von seiner eigenen Erscheinung überwältigt. Dieser Eindruck steigerte sich noch, als er sich die verchromte Scheide und das Schwert mit dem roten Heft umband und den schneeweißen Schild über seine Schulter schwang. Als er aber die blanke Lanze neben sich stellte, erschien es ihm beinahe wie ein Stilbruch. Das hätte nicht sein dürfen. Die Lanze hatte nahezu zehn Zentimeter Durchmesser am unteren Ende und war so hoch wie ein Fahnenmast.

Als er so dastand und sein Spiegelbild betrachtete, schien das rote Kreuz in der Mitte seines Schildes plötzlich wie aus frischem Blut gezeichnet. Der Epochenexperte, der mit dem Entwurf des Schildes beauftragt worden war, hatte auf dieser Illusion bestanden und versichert, gerade dies erhöhe die Authentizität. Mallory hatte nicht mit ihm streiten wollen. Jetzt war er froh, daß er es nicht getan hatte. Er hob das Visier seines Helmes, blinzelte sich selbst zu und sagte: Hiermit taufe ich Euch auf den Namen ›Sir Galahad‹.«

Als nächstes kümmerte er sich um sein Pferd. Er verließ den Lagerraum, begleitet vom Klirren seiner Rüstung, und ging das kurze Stück hinunter in die Empfangshalle. Sie nahm den gesamten vorderen Teil der ZRB ein und war ausschließlich für die Bedürfnisse der Zeittouristen eingerichtet, die Mallory regelmäßig auf Reisen in die Vergangenheit begleitete. Auf diese Weise suchte er die illegalen Aktivitäten zu tarnen, deren er sich zwischen den Reisen befleißigte. Im Augenblick schien ihm die Halle ausgezeichnet zu *Anachronias* lumillusioniertem Äußeren zu passen. Mit ihrem gallerieartigen Zwischengeschoß, dem langen Eßtisch und dem imitierten Pflastersteinboden gab sie in gewisser Weise die Atmosphäre des frühen sechsten Jahrhunderts wieder – gestört freilich durch die »unzeitgemäßen« Telefenster, die rundum in regelmäßigen Abständen in die Wände eingelassen waren.

Mallorys Pferd stand in einem durchaus stallähnlichen, vom Raum abgetrennten Viereck, das von der Touristenbar und einer der Wände gebildet wurde. Es war in der Tat ein tolles »Viech«. Großartiger hätte die Roboterindustrie des zweiundzwanzigsten Jahrhunderts es nicht schaffen können. Ursprünglich wollte Mallory ein richtiges Pferd mitnehmen. Da er dann aber hätte reiten lernen müssen, entschied er sich dagegen. Die Entscheidung erwies sich als gut: Goldregen sah mehr nach einem Pferd aus, als die meisten echten Pferde es taten. Es konnte sich doppelt so schnell bewegen und war so einfach zu lenken und zu manövrieren wie ein »caddie-jet«.* Es war hellbraun mit einem weißen rhombenförmigen Fleck auf der Stirn und hatte einen eingebauten Sattel mit einem Geheimfach dahinter. Das fessellange Staatsgeschrirr bestand aus echter Syntheseide und war mit Goldfäden durchwirkt. Gepanzert war es

* Wörtlich »Teedosen-Düsenflugzeug«; der »Cadillac« schwingt im Wortklang auch noch mit. Die Red.

jedoch nicht, und das war auch nicht nötig, denn Waffen aus dem Zeitalter des Rittertums vermochten seine Hülle ebensowenig zu durchdringen wie ein Zahnstocher.

*Na komm, Goldregen,* enzephalopathierte Mallory. *Wir beide haben einen harten Job vor uns.*

Das Roboroß wieherte einige Male absolut echt, kam aus seinem »Stall« hervor, trabte flink und spritzig an seine Seite und rieb seine Nüstern an Mallorys rechtem Schulterblech. Mallory saß auf – nicht gerade graziös, um ehrlich zu sein, aber immerhin ohne die Hilfe einer Winde, deren es bedurft hätte, wäre seine Rüstung im sechsten Jahrhundert angefertigt worden. Er steckte den roten Knauf seiner Lanze in die entsprechende Hülse am Steigbügel. Nachdem er die automatische Verriegelung der *Anachronia* aktiviert hatte, ritt er hinaus auf die imaginäre Zugbrücke, die sich über den Illusionsgraben spannte, und verschwand im Wald. Als das »Fallgatter« sich hinter ihm schloß und damit symbolisch die erste Phase der Operation Heiliger Gral beendet war, dachte er an Jason Perfidion.

Vor dem wandfüllenden Kamin in dem großen Raum stehend, an den sich ein auslandender Balkon anfügte, hatte Jason gesagt: »Mallory, du vergeudest deine Zeit. Schlimmer noch, du vergeudest meine.«

Der Raum war der oberste einer Anzahl etwas weniger prunkvoller, übereinanderliegender Geschäftsräume im sogenannten Perfidion-Turm. Er stand neben einer ganzen Reihe balkongesäumter Brüder auf einer Asphaltinsel inmitten von Kansas' größtem Golfplatz. Nicht weit von dieser brüderlichen Versammlung entfernt erhob sich ein weiterer Turm – ein »falscher « Turn, in den Mallory bei seiner Ankunft seine ZRB lumillusioniert hatte. Auf der Golfterrasse, wie man die Asphaltinsel nannte, hatte jeder und jedes mehr oder weniger in Übereinstimmung miteinander zu sein.

Der Raum war unter Zeitdieben als »Perfidions Lauer« bekannt. Und doch schien an Jason Perfidion nichts zu sein – physisch jedenfalls –, das das Raubtier in ihm hätte verraten können. Er war im gleichen Alter wie Mallory, dreiunddreißig, groß, schlank, dunkelhaarig und auffallend gutaussehend. Er wirkte – und war es ja auch – wie ein überaus erfolgreicher Geschäftsmann mit einem Dreifachen auf dem Sterntalerweg. Dabei machte er den Eindruck, den lieben langen Tag über vertrauenswürdig zu sein. Doch war auch das Raubtier in ihm immer präsent, und wenn man aufmerksam genug war, konnte man es gelegentlich einen Moment lang erkennen, wie es mit stechendem Blick durch die trüben Fensterscheiben seiner Augen hervorlugte.

Doch gerade jetzt lauerte es nicht, schien zu schlafen. Es konnte aber jede Minute erwachen. »Dann bist du also nicht daran interessiert, den Heiligen Gral auf den Markt zu bringen?« fragte Mallory.

Eine deutliche Verstimmung verstärkte noch die leicht dunkle Färbung von Perfidions Teint. »Mallory, du weißt so gut wie ich, daß der Gral niemals wirklich existierte, daß er nichts als ein vom Met inspirierter Tagtraum einer Horde überspannter Ritter ist. Laß dein Haar wieder schneiden und vergiß das Ganze!«

»Aber angenommen, *daß* er existierte . . .« Mallory blieb hartnäckig. »Angenommen, ich komme morgen nachmittag hier herein und stelle ihn auf genau diesen Tisch? Wieviel könntest du dafür bekommen?«

Perfidion lachte. »*Was* ich nicht alles dafür bekommen könnte! Selbst ohne lange nachzudenken, kann ich dir ein Dutzend Sammler nennen, die ihren rechten Arm dafür geben würden.«

»An rechten Armen bin ich nicht interessiert«, sagte Mallory. »Ich denke eher an Dollars. Wieviel Kennedies könntest du dafür bekommen?«

»Eine Megamillion – vielleicht mehr. Mit Sicherheit genug, daß du mit der Zeitklauerei aufhören und dich auf dem Sterntalerweg niederlassen kannst. Aber er existiert nicht und hat nie existiert. Scher dich also weg, Mallory, und hör auf, meine kostbare Zeit zu verschwenden.«

Mallory zog ein kleines Stereofoto aus seiner Brusttasche und warf es lässig auf den Schreibtisch. »Schau dir das erst mal an! Dann werde ich gehen.«

Perfidion nahm das Foto. »Eine ganz gewöhnliche gelbe Schale«, begann er, stockte, schnappte nach Luft und ließ seine Hand auf einen der zahllosen Knöpfe fallen, die die Schreibtischplatte zierten. Sekunden später tänzelte eine schlanke Blondine aus dem Liftschacht, die Mallory noch nie vorher gesehen hatte. Wie die meisten Allroundsekretärinnen trug sie ein Maximum an Make-up und ein Minimum an Textil und bewegte sich in einer Aura von Effizienz und Sex. »Bringen Sie mir den Foto-Projektor, Miss Tyler«, sagte Perfidion.

Als sie ihn gebracht hatte, stellte Perfidion ihn auf den Schreibtisch und legte das Stereofoto ein. Augenblicklich erschien ein riesiger Kubus mitten im Raum. Im Innern des Kubus zeigte sich das verblüffend realistische Abbild eines silberglänzenden Tisches, und auf ihm erschien ebenso real das Abbild einer strahlenden, goldenen Schale. Wieder rang Perfidion nach Luft.

»Ungewöhnliche Handarbeit, nicht wahr?« brach Mallory das Schweigen.

Perfidion wandte sich der Blonden zu: »Sie können gehen, Miss Tylon.«

Sie starrte auf den Inhalt des Kubus' und hörte ihn offenbar nicht. »Ich sagte, Sie können gehen, Miss Tyler«, wiederholte er.

»Oh . . . ja, Sir.«

Als die Tür des Liftschachtes sich hinter ihr geschlossen hatte, wandte Perfidion sich wieder Mallory zu. Für den Bruchteil einer Sekunde war das Raubtier hinter den trüben Fensterscheiben seiner Augen sichtbar, doch blitzschnell verschwand es wieder. »Wo ist das aufgenommen, Tom?«

»Es ist eine Fernaufnahme«, erklärte Mallory. »Ich schoß sie durch eines der Fenster der Kirche des Joseph von Arimathäa in Glastonbury.«

»Aber woher wußtest du . . .«

»Daß er sich dort befand? Nun, er *mußte* dort sein! Als ich vor einiger Zeit eine Touristengruppe durch das alten Britannien begleitete, wurde ich zufällig Zeuge der Landung des Joseph von Arimathäa – und sah auch kurz den Gegenstand, den er mitbrachte. Damals glaubte ich ebenfalls, der Gral sei eine fixe Idee, aber nachdem ich ihn mit eigenen Augen gesehen hatte, war ich eines Besseren belehrt. Mir war allerdings klar, daß ich etwas in der Hand haben müßte, um dich zu überzeugen. Ich sprang also zurück in eine etwas spätere Ortszeit und machte die Aufnahme.«

»Aber warum eine Aufnahme, Tom? Warum hast du ihn dir nicht gleich geschnappt?«

»Du stimmst also zu, daß es der Gral ist?«

»Natürlich ist es der Gral – das ist keine Frage mehr! Warum hast du ihn nicht mitgenommen?«

»Nun, zunächst einmal wollte ich mich vergewissern, daß es sich für mich lohnt, ihn zu stehlen. Und zum zweiten war Glastonbury nicht der logische Zeit-Ort, an dem er hätte gestohlen werden können. Nehmen wir einmal an, auch der Rest der Legende ist wahr, dann ist er ja danach an einem anderen Zeit-Ort noch gesehen worden. Bisher hat noch kein Zeitdieb in die Geschichte eingegriffen und ist heil davongekommen, Jason. Ich halte mich an die Regeln.«

»Das tust du, Tom. Du bist einer der besten Männer im Zeitraubgeschäft. Allen voran würde die Vergangenheitspolizei das bestätigen . . . Ich gehe davon aus, daß du den exakten Zeit-Ort bereits festgelegt hast?«

Mallory grinste und zeigte seine weißen Zähne. »Gewiß habe ich das, aber wenn du glaubst, daß ich das ausplaudere, irrst du dich gewaltig, Jason. Und hör endlich auf, mein Haar anzustarren. Es würde dir eh nichts verraten, außer daß ich Haarfix benutze. Schulterlanges Haar war in mehr als nur einer Epoche der Modegag.«

Perfidion lächelte besänftigend und klopfte Mallory auf die Schulter. »Ich will ja gar nicht in deinem Geheimnis herumstöbern, Tom. Ich habe anderes zu tun. Dein Job ist das Klauen, meiner die Hehlerei. Du wirst mir den Gral bringen, ich werde ihn verkaufen, meinen Anteil kassieren, und alles hat seine Ordnung. Du kennst mich doch, Tom!«

»O ja«, sagte Mallory, nahm das Stereofoto aus dem Projektor und barg es wieder sorgsam in seiner Brusttasche.

Perfidion schnippte mit den Fingern. »Da kommt mir eine ausgezeichnete Idee! Ich habe eine Verabredung zum Golf mit Rowley von Puriproducts. Hast du Lust mitzumachen, Tom? Du spielst doch recht gut, soweit ich mich erinnere.«

Mallory war besänftigt. »Wenn du mir ein Set Schläger leihst.«

»Ich werde sie dir auf dem Weg nach unten besorgen. Gehen wir, Tom?«

Mallory folgte ihm durch den großen Raum. »Und halte Rowley gegenüber den Mund«, mahnte Perfidion vertraulich. »Er ist ein potentieller Kunde, aber wir wollen die Katze schließlich noch nicht aus dem Sack lassen, stimmt's? – Oder sollte ich sagen ›den Gral‹?« Er nahm sich etwas Zeit, um über seinen eigenen Scherz zu lachen. Dann fuhr er fort: »Ich nehme an, du bist bereits bestens vorbereitet, was Kostüm, Ausrüstung und das alles angeht.«

»Ich habe den süßesten kleinen Panzeranzug, der dir je untergekommen ist«, sagte Mallory.

»Schön – dann brauche ich dir diesbezüglich ja meinen Rat nicht mehr anzubieten.« Perfidion öffnete die Lifttür. »Nach dir, Tom.«

Sie fuhren gemeinsam hinunter.

Es war ein gutes Spiel gewesen – von Mallorys Standpunkt aus jedenfalls. Er hatte es Rowley mächtig gegeben, und als er gerade im Begriff war, Perfidion die gleiche Schmach anzutun, wurde dieser mitten im Spiel zum Telefon gerufen und war erst wieder zurückgekehrt, als es beendet war. Nun ja, dachte Mallory, während er sein Roboroß enzephalopathisch durch den alten Wald dirigierte, es wird noch andere Gelegenheiten geben. Dann sagte er laut: »Jetzt in den Galopp, Goldregen, laß uns diesen Streich hinter uns bringen, damit wir in die Zivilisation zurückkehren und endlich erleben können, was es heißt, reich zu sein.«

Goldregen reagierte sogleich auf die Enzephalowellen, die Mallory gesendet hatte, während er sprach, und beschleunigte seinen Gang. Die Infrarotstrahlung seiner Augen erleuchtete den Weg. An manchen Stellen drang das Licht des aufgehenden Mondes durch das Laub der Bäume, aber sonst war es stockfinster. Die Luft war kühl und feucht. Der See konnte nicht weit entfernt sein, denn der Gesang von Fröschen und Insekten war allgegenwärtig. Hier und dort war das raschelnde Fluchtgeräusch eines aufgeschreckten Waldtieres zu hören.

Nun begann auch schon der Erdboden leicht anzusteigen, und bald lichteten sich nach und nach die Bäume. Roboroß und Reiter tauchten ein in das volle Mondlicht auf dem Kamm der Hügelkette, die die beiden Täler voneinander schied. In der Ferne erspähte Mallory die mondversilberten Türme und Zinnen eines gewaltigen Schlosses. Und er wußte ohne jeden Zweifel: das war Carbonek. Er seufzte erleichtert. Nun war es soweit; er war bestens ausgestattet – vorausgesetzt, seine Maskerade würde bestehen. Andernfalls, würde sie nicht bestehen, wäre er erledigt. Schwert und Lanze waren seine einzigen Waffen, Schild und Panzer sein einziger Schutz. Gewiß war jedes dieser Teile in Qualität und Haltbarkeit denen aus dem Zeitalter des Rittertums überlegen, doch war jedes *nur* das, was es auch zu sein schien. Mallory mochte zwar ein Zeitdieb sein, aber im Rahmen seines Berufes vertraute er auf das Prinzip der Fairneß.

Goldregen bahnte sich seinen Weg die Böschung hinunter zum Rand der Hügelkette und tauchte wieder in den Wald ein, den enzephalopathierten Anweisungen Mallorys folgend. Bald trafen sie auf das, was man in jenen Tagen beschönigend eine »Hauptstraße« nannte, jedoch kaum etwas anderes war als ein breiter Trampelpfad. Da Mallory bei seinem ganzen Aktionsplan auf Risikofreudigkeit setzte, mied er die Schatten der Eichen und Buchen, die den Weg säumten, und enzephalopathierte Goldregen, die Mitte des Pfades zu halten. Obwohl es noch recht früh war, begegnete ihnen niemand, und das war auch nicht verwunderlich. Es war sehr unwahrscheinlich, daß irgendein Edelmann oder fahrender Ritter, der sich gerade in der Gegend aufhielt, nach Einbruch der Dunkelheit noch hier draußen unterwegs sein würde.

Er grinste. Bei der Lektüre des *Morte d'Arthur* mochte man den Eindruck gewinnen, die Ritterjungs seien vierundzwanzig Stunden am Tag damit beschäftigt gewesen, böse Riesen zu erschlagen, schöne Jungfrauen zu retten und nach dem Heiligen Gral zu suchen. Wenn man aber zwischen den Zeilen las, sah das ganz anders aus. Mallory hatte *Arthur* nur flüchtig gelesen, aber beständig den Verdacht gehegt, daß die Suche nach dem Heiligen Gral meist nur als ein Vorwand diente. Und vermutlich hatten die Ritter der Tafelrunde mehr Zeit damit verbracht, herumzuhuren und zu zechen, als sich der von ihnen sogenannten weihevollen Suche zu widmen. Dieser Verdacht hatte für die Entwicklung seiner Strategie eine wesentliche Rolle gespielt.

Die Hauptstraße wand sich hierhin und dorthin, führte nie stracks geradeaus, es sei denn an Stellen, an denen ein solcher, an sich erwartbarer Verlauf unvermeidbar war. Einmal glaubte er, Hufschläge zu vernehmen, aber er begegnete niemandem. Nach einer Weile erblickte er die bleiche steinerne Masse von Carbonek, die zu seiner Linken über den Baumwipfeln bedrohlich aufragte. Er enzephalolenkte Goldregen auf den Weg, der zum Haupttor führte. Dieses war nicht mit einem Graben versehen, aber das Fallgitter war mächtig beeindruckend. Zu beiden Seiten stand ein riesiger Steinlöwe, und brennende Fackeln, die in gleichmäßigen Abständen in den Nischen steckten, rahmten es ein. Wächter in Kettenhemd und Helm schauten von der erhabenen Zinne herab. Ihre Hellebarden blitzten bedrohlich im flackernden Fackelschein. Mallory schluckte: die Stunde der Wahrheit war gekommen.

Er ließ Goldregen anhalten und neigte seinen weißen Schild so, daß das rote Kreuz in seiner Mitte von dort oben gesehen werden konnte. Dann bemühte er sich, seine stümperhaften Kenntnisse des Altenglischen überzeugend aneinanderzureihen: »Ih pin Sir Galahad vun der Tafelrunde.« Er ließ seine Stimme so kühn und mutig erklingen wie er vermochte. »Ih wolde gern mine Augen am Heiligen Grale erbouen.«

Sogleich herrschte oben auf der Zinne ein nicht geringes Durcheinander, da die Wächter darum wetteiferten, wem wohl die Ehre zukomme, die schwerfällige Winde betätigen zu dürfen, die das Fallgitter hinauf- und hinunterbewegte. Und augenblicklich begann das massige eiserne Gitterwerk sich zu heben, unter Begleitung eines Chores von Quietschen, Ächzen und Knurren. Mallory zwang sich, solange zu warten, bis es eine Höhe erreicht hatte, die einem Ritter von Sir Galahads Kaliber angemessen schien. Dann ritt er durch den Torbogen hindurch in den Hof ein und beglückwünschte sich selbst zum Gelingen seiner Verkörperung des Sir Galahad.

»Ihr werdet zur Kammer des Heiligen Grales gelangen, wenn Ihr sechzig Schritt dem Korridor folgt. Dann betretet Ihr zu Eurer Linken die Hauptburg, Herr Ritter«, rief einer der Wächter herunter. »Wäret Ihr ein wenig früher gekommen, hättet Ihr dem Herrn Lancelot vom See begegnen können, welcher hierher kam, die Burg zu betreten, die er gleich darob wieder verließ.«

Mallory hätte sich gern den Schweiß von der Stirn gewischt, wenn seine Stirn erreichbar und seine Hände nicht in Panzerhandschuhe gezwängt wären. Die Wächter zu übertölpeln, war eine Sache, sich aber dem Mann, der Galahads Vater war, als Sir Galahad zu präsentieren, war eine ganz andere. Im *Arthur* seines Namensvetters hatte er gelesen, daß Sir Lancelot Carbonek vor Galahad besucht hatte, aber die Seiten gaben keine Auskunft darüber, ob nur Minuten, Stunden oder gar Jahre dazwischen lagen. Zudem konnte Mallory nicht sicher sein, ob zu dem erwähnten zweiten Besuch der echte Sir Galahad wirklich erschienen, oder dies nur der Phantasie des Dichters entsprungen war. Nur letzteres konnte für Mallory Erfolg bedeuten, ersteres aber Gefahr. Sein Namensvetter hatte dies alles geschickt im Dunkeln gelassen, und bei der Lektüre seines Werkes war man nie genau im Bilde, wer sich gerade wo aufhielt oder wann genau ein bestimmtes Ereignis stattfand.

Der Hof war menschenleer. Mallory überquerte ihn, stieg ab und enzephalopatierte Goldregen, sich nicht vom Fleck zu rühren. Dann stieg er die vielen Stufen hinauf, die zum eigentlichen Schloß führten, und trat ungehindert ein. Er befand sich im Schnittpunkt dreier Korridore. Der

Hauptkorridor führte geradeaus und mündete in eine riesige Halle. Die beiden anderen erstreckten sich im rechten Winkel dazu, einer zur Rechten, einer zur Linken. Aus der Halle schallte ihm ausgelassenes Gelächter entgegen. Ritter und Edelleute waren dort an einer langen Speisetafel versammelt. Zwischen ihnen saßen hier und da edle Damen in üppigen Seidengewändern, und hinter ihnen sprangen Diener mit großen Ballonflaschen hin und her. Er grinste. Genau so hatte er sich das vorgestellt: König Pelles gab eine tolle Party.

Rasch verschwand Mallory in den Korridor zu seiner Linken und zählte seine Schritte. Unter seinen Füßen raschelte es, und das flakkernde Licht der Fackeln an den Wänden zeichnete bizarre Schatten. Niemand war zu sehen. Alle Diener befanden sich wohl in der Halle, um Wein und Met auszuschenken. Er lachte laut.

Achtundvierzig Schritte genügten, und er stand vor der Kammertür. Es war eine ganz gewöhnliche Tür. Als er sie öffnete, war sein erster Eindruck, auch die Kammer sei eine ganz gewöhnliche. Doch dann gewahrte er die brennenden Kerzen, die rundum die Wände zierten, und darunter, in der Mitte des Raumes, stand der Tisch aus reinem Silber, der Tisch des Heiligen Grals . . .

Der Heilige Gral aber war nicht dort, auf dem Tisch. Er war nicht in diesem Raum. Nur ein Mädchen war da. Sie saß verzagt in eine Ecke gekauert und weinte.

## 2

Mallory legte seine Lanze beiseite, durchquerte eilends den Raum und zog das Mädchen an den Schultern hoch. »Der Heilige Gral«, stieß er hervor und vergaß in seiner Erregung ganz die paar Brocken Altenglisch, die er sich eingeprägt hatte. »Wo ist er?«

Sie richtete ihren verwirrten Blick auf ihn. Ihre Augen waren so rund und fast so groß wie Pflaumen. Auch ihr Gesicht war rund und noch fast kindlich. Ihr dunkelbraunes Haar war aufgesteckt zu einer seltsamen, undefinierbaren Frisur, bezaubernd und verwirrend zugleich. Sie trug ein knöchellanges, weißes Kleid. Der Ausschnitt war mit einer Schleife verziert, die genau zu dem Pflaumenblau ihrer Augen paßte. Etwas Make-up, geschickt angewendet, hätte sie in eine attraktive Frau verwandelt. Doch auch ohne das verdiente sie eingehendere Betrachtung.

Sie starrte ihn eine Zeitlang an und stammelte dann: »Ihr seid gewiß eine Erscheinung, Sir. Ich . . . ich kenne Euch nicht.«

Mallory schwang seinen Schild nach vorn, so daß sie das rote Kreuz sehen konnte. »Jetzt erkennt Ihr mich aber?«

Sie rang nach Luft, und ihre Augen rundeten sich noch mehr. »Sir . . . Sir Galahad! Oh, edler Ritter, warum sagtet Ihr nicht . . .«

Mallory überhörte die Frage. »Der Heilige Gral«, wiederholte er. »Wo ist er?«

Ihre Tränen, die nur eine Weile versiegt waren, begannen wieder zu fließen. »Oh, *edile here!*« klagte sie. »Ihr seht vor Euch eine Maid, dem Unheil preisgegeben, derselben ihrem eig'nen Wunsche gemäß die Hut des Heiligen Gefäßes oblag. Doch sie verwirkte die ihr gewährte Treuhand, eine Maid . . .«

»Nehmt es Euch nicht so zu Herzen«, beschwichtigte Mallory. »Wo ist der Heilige Gral?«

»Ih wet niet, *edile here.*«

»Ihr müßt es doch aber wissen, da Ihr ihn bewachtet.«

»Ih wet niet, wohin er gebracht wurde.«

»Ihr wetet aber doch, wer ihn genommen hat.«

»Daz wet ih wol, edile Ritter. Sir Lancelot, Euer Vater, trug ihn aus der Kammer.«

Mallory war wie betäubt. »Aber das ist unmöglich! Mein Vater Lancelot würde mitnichten den Heiligen Gral stehlen.«

»Wol wet ih daz, *edile here;* dennoch hat er ihn gestohlen. Er trat in diese Kammer und sprach: Ih het Sir Lancelot vom See vun der Tafelrunde. Und ich erkannte wohl seine Rüstung. So nahm er also das Gefäß, bedeckt mit rotem Seidenbrokat, und trug es mit sich fort, derweil ich . . .«

»Wann war das?«

»Nur eine kleine Weile vor der achten Stunde. Seitdem habe ich geweint. Nun weiß ich keinen guten Ritter, keinen guten Mann . . . Doch von Eurem heil'gen Schild und Eurem guten Namen weiß ich, daß Ihr ein guter Ritter seid, und ich bitt' Euch flehentlich, mir zu helfen. Fürwahr, Ihr seid ein glorreicher Ritter, und dessentwillen werdet Ihr keine Maid in der Not zurückweisen, die Euch um Hilfe so ersuchte.«

Mallory hörte ihr nur halb zu. Was er da über Lancelot gehört hatte, war zuviel für ihn. Es war unfaßbar, daß ein Ritter von solch hehren Prinzipien es auch nur in Betracht ziehen würde, den Heiligen Gral anzurühren – ganz zu schweigen davon, ihn zu mopsen. Und doch waren vielleicht seine Prinzipien nicht ganz so ehrenwert, wie man sie im nachhinein dargestellt hatte. War er nicht immerhin Königin Guineveres Liebhaber gewesen? Und war er nicht auch zu Elaine ins Bett gestiegen? Wenn man das alles in Erwägung zog, mochte er durchaus tief in seinem Innern ein Halunke gewesen sein. Ja, ein Halunke, dessen wahre Natur von Dichtern wie Malory und Tennyson übertüncht worden war. Doch so sehr die Umstände auch darauf hinwiesen, daß er sehr wohl in der Lage gewesen war, den Heiligen Gral zu stehlen, so wenig vermochten sie zu erklären, was ihn dazu bewegt haben mochte. Mallory fühlte sich an den Punkt zurückgeworfen, an dem er begonnen hatte.

Er wandte sich dem Mädchen zu. »Ihr sagtet, Ihr brauchet meine Hilfe. Was wünscht Ihr, daß ich tun soll?«

Sogleich versiegten ihre Tränen vollends. Sie klatschte in die Hände und blickte voller Verehrung zu ihm auf. »Oh, *edile here,* Ihr seid fürwahr überaus freundlich! Wol wet ih von Eurer schimmernden Rüstung, daß Ihr . . .«

»Laß den Schmus«, entfuhr es Mallory.

»Laß den Schmus? Ih wet niet, waz . . .«

»Ach, nichts! Sagt mir nur, was ich tun soll.«

»Ihr müßt mich aus dem Schloß herausbringen, *edile here;* denn erfährt der König, daß ich meine Treuhand verwirkt habe, wird sein Zorn sich über mir entladen. Sodann müßt Ihr mir helfen, den Heiligen Kelch zu finden und in diese Kammer zurückzubringen.«

»Darüber, wie wir den Kelch wiederbekommen, werden wir uns Gedanken machen, wenn wir erst einmal jenseits der Mauern sind«, sagte Mallory, während er bereits auf die Tür zuging. »Nun kommt! Sie sitzen alle im Bankettsaal und sind voll bis obenhin. Sie werden uns nicht bemerken.«

Sie hielt ihn zurück. »Aber die Wächter, *edile here,* sind nicht berauscht. Auf meinen eig'nen Wunsch hat König Pelles ihnen untersagt, mich hinauszulassen.«

Mallory starrte sie an. »Auf Euren eigenen Wunsch? Ja, bei allen guten . . .« Abrupt brach er ab. »Nun gut, *wie* kommen wir hier heraus?«

»Es ziehet sich von der Burg zum Walde ein gar schauriger Geheimgang, darin Satan haust und vor demselben ich mich recht sehr ängstige. Doch seid Ihr an meiner Seite, edile Ritter, will nimmer ich mich fürchten.«

Mallory hatte genug Malory gelesen, um in der Lage zu sein, mit Dämonen des sechsten Jahrhunderts fertig zu werden. »Ich werde mein Pferd mitnehmen müssen. Wird es dort gehen können?«

»Ja, *edile here.* Es geht die Mär, daß vor Zeiten gar viele Kämpen dort hinausritten und die Sachsen, Sarazenen und Heiden erschlugen, die das Schloß umzingelt hielten, worauf sie die Schlacht gewannen.«

Mallory verließ die Kammer, dicht hinter ihm das Mädchen, und enzephalopathierte die nötigen Anweisungen. Nach einer Weile trabte Goldregen den Korridor entlang und blieb vor ihnen stehen. Das Mädchen stieß einen Laut des Entzückens aus und schlang seine Arme zu Mallorys Erstaunen um den Hals des Roborosses. »Fürwahr, ein edles Roß, guter Herr, und würdig eines Ritters, dem der *Platz der Gefahr* bestimmt ist.«

Plötzlich trat sie, erschrocken die Stirn runzelnd, einen Schritt zurück. »Es . . . es ist so kalt, guter Herr.«

»Alle Pferde dieser Rasse sind es«, erklärte Mallory. »Es heißt übrigens Goldregen.«

»Ei! Welch seltsamer Name.«

»Gar nicht so seltsam.« Mallory lüftete sein Visier und nahm sich vor, in Zukunft nur noch vollklimatisierte Rüstungen zu kaufen. Er griff nach seiner Lanze. »Nun laßt uns aufbrechen, ja?«

»Ihr . . . Ihr habt blaue Augen, guter Herr.«

»Meine Augenfarbe ist jetzt nicht so wichtig, wir müssen 'raus hier.«

Sie schien in diesem Augenblick einen Entschluß zu fassen. »Wollt Ihr mir folgen, Ritter«, forderte sie ihn auf und betrat den Korridor.

Eine Rampe, deren Zugang hinter einer Biegung der inneren Mauer verborgen lag, führte zu dem unterirdischen Gang. Im flackernden Licht der Fackel, die das Mädchen mitgenommen hatte, schien der Gang zunächst nur eine natürliche Höhle zu sein, in Jahrhunderten durch den Wasserlauf, der immer noch in ihrer Mitte floß, nach und nach erweitert. Doch dann entdeckte Mallory, daß die Steinwände an einigen Stellen so behauen worden waren, daß der Gang auf beiden Seiten des Wasserlaufs nirgends schmaler als vier Fuß wurde. Noch andere Spuren von Menschenhand sah er: Kerker. Jetzt waren sie allerdings nur noch flache Höhlungen, da ihre Eisengitter verrostet und aus den Angeln gefallen waren.

Nachdem sie etwa fünfzig Meter gegangen waren, blieb er stehen. »Ich weiß gar nicht, warum wir laufen, da uns doch ein wunderbares Pferd zur Verfügung steht«, wandte er sich dem Mädchen zu. »Kommt, ich helfe Euch in den Sattel, und ich werde hinter Euch aufsitzen.«

Sie schüttelte den Kopf. »Nein, guter Herr, es ziemt einem Edelfräulein nicht, vor Ihrem Kämpen zu reiten. Ihr werdet aufsitzen und ich hinter Euch.«

»Wie es Euch beliebt«, brummte Mallory. Er stieg mit Gerassel und Geklapper in den Sattel. Dann half er ihr auf Goldregens Kruppe. »Da fällt mir ein, daß Ihr mir noch gar nicht Euren Namen gesagt habt.«

»Ih het die Maid Rowena.«

»Sehr erfreut«, gab Mallory höflich zurück und enzephalopathierte *Hühott, Goldregen.*

Kurze Zeit ritten sie schweigend dahin. Der Schein der Fackel in Rowenas Hand tanzte in wilden Figuren auf den nackten Wänden und der tropfenden Decke. Goldregens Hufschlag war durch das Plätschern des Wasserlaufs hindurch kaum vernehmbar. Plötzlich mahnte Rowena: »Es wäre angebracht, guter Herr, Ihr würdet das Schwert ziehen und bereithalten, denn alsbald wird der Satan uns zu Leibe rücken.«

»Er ist uns doch bis jetzt nicht zu Leibe gerückt«, stellte Mallory fest.

»Oh, guter Herr, er wird.«

Er fand, daß es ja nicht schaden könne, ihr diesen Gefallen zu tun und tat, was sie geraten hatte. »Ihr erwähntet vorhin, daß Euch die Wache über den Heiligen Gral auf Euren eigenen Wunsch anvertraut wurde. Wie kam es dazu?« wollte er wissen.

»So hört, guter Herr, ich will es Euch kundtun. Doch zuvor muß ich Euch von Sir Bors de Ganis berichten, dessen Bruder Sir Lionel ist. Eines Tages ritt dieser Sir Bors in einen Wald, der dem Königreiche Mennes' zugehört, so um die Mittagsstund'. Dort traf ihn eine gar unglaublich' Fährnis. An einem Scheidewege begegneten ihm zwei Ritter, die seinen Bruder Lionel mit sich führten. Ganz nackt war er, auf einen Wagen gebunden, gefesselt die Hände vor der Brust. Die zweie hielten Dornenzweige in den Händen, mit welchen sie ihn schlugen, daß ihm das Blut aus mehr als hundert Wunden quoll, bis daß er ganz davon bedeckt ward, vorne wie auch hinten. Doch sagte er kein Wort, unendlich standhaft ertrug er, was immer sie ihm taten, als fühlt' er keinen Schmerz.

Sogleich ermannte sich Sir Bors, ihn zu retten, der sein Bruder war. Doch als er um sich schaute, erblickt' er einen Ritter, der ein schönes Edelfräulein mit sich schleppte und in das tiefste Waldesdickicht zerren wollte, um sich zu bergen vor denen, die schon nach ihm suchten. Und sie, die ihres Lebens nicht mehr sicher war, rief mit lauter Stimme: ›Heilige Maria, errette deine Jungfrau!‹ Sodann erspähte sie Sir Bors, der dorten auf sie zuritt. Und als sie ihm schon näher war, da glaubte sie, einen Ritter der Tafelrunde in ihm zu sehen, und hoffte, Trost bei ihm zu finden. Also beschwor sie ihn: bei der Treu', die Ihr dem schuldet, in dessen Dienste Ihr getreten seid, und um der Treue willen, die Ihr dem hehren Rittertum geschworen, und um des edlen König Artus' willen, der Euch gar wohl zum Ritter machte, so helfet mir und laßt mich nicht erdulden, daß dieser Ritter hier mich schände. Als . . .«

»Moment mal!« Mallory unterbrach sie, aufs Äußerste bestürzt und zugleich von einer irrationalen Ahnung des *déjà vu* erfaßt. »Dieses Edelfräulein, von dem Ihr sprecht – das solltet doch nicht etwa Ihr gewesen sein?«

»Wet iv wol, guter Herr. Als . . .«

»Wenn sie aber Ihr seid, warum benutzt Ihr dann nicht die erste Person Singular anstelle der dritten?«

»Ih wet niet, waz . . .«

»Warum sagt Ihr nicht ›ich‹ statt ›sie‹, wenn Ihr über Euch selbst sprecht?«

»Das wäre unziemlich, guter Ritter. Als Bors sie nun so reden hörte, befiel ihn große Pein, so daß er nicht wußte, welchen Dings zu tun sei. Denn: Überlasse ich den Bruder dem Geschick, so wird er hier erschlagen, und das will ich mitnichten. Komm ich jedoch der Maiden nicht zu Hilf', geschändet wird sie sein auf ewig. Ihre Jungfernschaft wird sie verlieren, die niemals wiederherzustellen ist. Er erhob seine Augen gen Himmel und flehte unter Tränen: Guter, lieber Herr, dessen Lehnsmann ich doch bin, erhalt' mir Lionel, den Bruder, daß die Ritter hier ihn nicht erschlagen! Um der Barmherzigkeit und um Mariens willen, erretten werd' ich diese Maid. Sodann drang er auf jenen Ritter ein, der das Edelfräulein bei sich hatte, und nun . . .«

»Pst!« flüsterte Mallory. »Ich habe etwas gehört.«

Einen Augenblick lang flackerte das Licht heftig auf, als hätte sie beinahe die Fackel fallen lassen. »Wo . . . woher kam der Laut, guter Ritter?«

»Von der anderen Seite des Wasserlaufs.« Er spähte suchend in die zitternden Schatten hinein, konnte aber nichts weiter erkennen als die tiefere Schattierung einer der zahllosen Höhlungen von Menschenhand. Das Geräusch, das er gehört hatte, schien dem dumpfen Laut zu gleichen, den auf Stein schlagendes Metall verursacht. Es war so schwach gewesen, daß man es über dem Plätschern des Wassers kaum hatte wahrnehmen können. Im Nachhinein war er nicht einmal mehr sicher, ob er überhaupt etwas gehört hatte. »Meine Phantasie scheint noch das Beste an mir zu sein«, dachte er laut. »Es ist niemand da.«

Ihr warmer Atem drang durch die Ritzen seiner Halsberge und umfächelte seinen Nacken. »Ihr . . . Ihr wähnet nicht, es könnte der Satan auf Beutezug gewesen sein?«

»Natürlich wähne ich das nicht! Beruhigt Euch und erzählt Eure Geschichten weiter. Aber kommt endlich zum Wesentlichen, ja?«

»Wiez . . . wiez iv geualle . . . Nun ref Sir Bors: Herr Ritter, laßt Eure Hände von dieser Maid, oder Ihr werdet den Tod kosten! Daraufhin ließ er die Maid hinab. Mit allen gehörigen Stücken war er bewaffnet, nur mißte er die Lanze. Er wappnete sich mit seinem Schilde, entblößte sein Schwert, und Bors traf ihn so mächtig an der linken Schulter, daß es ihm Schild und Panzer glatt durchschlug. Mit ungeheurer Kraft zwang er ihn zu Boden. Als Bors sodann seine Lanze herauszog, sank jener in Ohnmacht. Und Bors schritt auf die Maid zu und redete zu ihr: Was dünkt Euch nun, da Ihr von diesem Ritter befreiet seid? Nun, Herr, sprach sie, bitt' ich Euch, führt Ihr mich dorthin, wo dieser Ritter mich ergriff. So will ich gerne tun: und nahm das Roß des Verwundeten, setzte die Maid auf dessen Rücken und brachte sie, wohin sie wünschte. Herr Ritter, sprach sie bald, zu glücklicherer Zeit, als Ihr wohl wähnen mögt, seid Ihr gekommen. Denn wär' ich meiner Jungfernschaft beraubt, hätten dafür an die fünfhundert Mann ihr Leben lassen müssen. Wer war der Ritter, der Euch in den Wald entführte? Bei meiner Seele, so sprach sie, 's ist mein Cousin. Nimmer mag ich wissen, auf welche Weise Satan ihn berückte, da er mich gestern meinem Vater hat geraubt. Noch keiner meines Vaters Mannen hat ihm je mißtraut. Doch hätt' er mir die Jungfernschaft genommen, gestorben wäre er dafür, geschändet hätt' man seinen Leichnam, für alle Zeiten ihn entehrt. Als so . . .«

»*Scht!*«

Diesmal war Mallory sicher, etwas gehört zu haben. Das Geräusch war dem vorigen ähnlich, nur daß es eher an das Schaben von Metall auf Stein erinnerte als an einen Aufprall. Jenseits des Wasserlaufes, genau gegenüber, war wieder eine jener Höhlungen zu sehen. Diese war flach genug, um den Fackelschein in ihre tieferen Schatten eindringen zu lassen. Und als er diese Schatten prüfend beobachtete, nahm er den schwachen Schimmer reflektierten Lichtes wahr. Auch Rowena mußte ihn gesehen haben, denn er hörte, wie ihr hinter ihm der Atem stockte. »Es mag nun wohl angebracht sein, daß ich Euch danke für Eure große Freundlichkeit, guter Herr«, hauchte sie, »denn nun werden wir gewiß nicht länger am Leben bleiben.«

»Unsinn!« protestierte Mallory. »Wenn Euer Satan tatsächlich hier irgendwo in der Nähe ist, fürchtet er uns vermutlich mehr als wir ihn.«

Die Höhlung lag nun hinter ihnen. »Er . . . er mag ja zu unserem Glück heute schon Fleisch genossen haben«, flüsterte Rowena hoffnungsvoll. »Die Mär sagt, daß, wenn Satan gesättigt ist, er müde werde und denen nicht zu Leibe rückt, die friedlich an ihm vorüberziehen.«

»Ich werde mein Schwert bereithalten für den Fall, daß er es sich anders überlegt«, versicherte ihr Mallory. »Fahrt inzwischen mit Eurer Autobiographie fort. Nur, um Himmels wissen, faßt Euch kurz!«

»Wiez geualle, guter Herr. Als so das zarte Edelfräulein mit Sir Bors redete, da kamen Ritter, zwölwe an der Zahl, die nach ihr suchten. Und sie tat ihnen kund, wie Bors sie befreiet habe. Sie waren hocherfreut und drängten ihn, vor ihrem Vater, einem edlen König, zu erscheinen, und er sei gewiß recht herzlich willkommen. Doch vermag ich dies nicht jetzt, sprach Bors, denn große Prüfung hab' ich zu bestehen. Er empfahl sie Gott und zog von hinnen. Das zarte Fräulein war gar sehr betrübt, ihn ziehn zu sehen, und sprach: Ihr Ritter, edel war der Dienst, den dieser Tapf're Eures Lehnsherrn Tochter bot, als ihre Jungfernschaft er rettete, die sie ja nimmer wieder hätt' erlangen können, denn: kein and'rer als sein Bruder war's, den er dafür dem Schicksal überließ. Edel also muß sein König sein und auch sein' Sach', weshalben es nur ziemlich wäre, daß ein Fräulein Eures Lehnsherrn Tochters Art das Schloß des Vaters nun verläßt, um der Sache ihres Retters gebührend Dienst zu leisten, auf daß sie seiner Tat als würdig sich erweise. Also sprach das zarte Edelfräulein, worauf sie gleich ihr Roß bestieg, von dannen zog und so schnell ritt, als ihr Roß sie wohlzutragen vermochte. Nach vielen, vielen Tagen gelangte sie nach Carbonek, sprach bei König Pelles vor und ersuchte ihn, daß er sie zur Hüterin des Grales mache. Großzügig kam er ihrem Wunsche nach und auch demselben, als Gefang'ne in der Festung zu verweilen. Nun, guter Herr, hat diese Treuhand sie verwirkt. Der silbern' Tisch, auf welchem einst der Gral wohl ruhte, der steht nun leer.«

Mallory schwieg eine ganze Weile, nachdem sie ihre Erzählung beendet hatte. Wollte sie ihn zum Narren halten? fragte er sich. Oder waren die Edelfräulein ihrer Zeit und ihres Alters wirklich so edelmütig und zugleich weltfremd, wie sie ihn glauben machen wollte? Doch er beschloß, im Augenblick dieser Sache nicht weiter auf den Grund zu gehen. »Sagt, Rowena, wenn der Heilige Gral nur denen sichtbar ist, die seiner würdig sind, wie man mich glauben lehrte, wie soll dann irgendeiner von den grölenden Zechern dort im Bankettsaal herausfinden, ob er verschwunden ist oder nicht?«

»Oftmals hat sich erwiesen, daß nicht jeder den Heiligen Kelch sehen kann, wie Ihr sagt, guter Herr. Dennoch, seit Beginn meiner Obhut, hat jeder, der die Kammer betrat, ihn sehen können. Und auch Sir Lancelot, welcher gewiß von Sünde befleckt ist, hat ihn gesehen – und genommen.«

»Aber er wird nicht weit damit kommen«, versicherte Mallory und wechselte das Thema. »Wie lang ist übrigens dieser Tunnel?«

»Alsbald werden wir die Sterne sehen, guter Herr.«

Sie hatte recht. Wenige Minuten später, nach einer letzten Biegung des finsteren Ganges, gelangten sie ins Freie, an das Ufer eines schmalen Flusses. Auch der unterirdische Wasserlauf, der sie so lange begleitet hatte, trat hier aus dem Tunnel aus und vereinigte sich mit der größeren Schwester auf ihrem Weg zum Meer. Zu beiden Seiten ragten Felsen auf, und das sanfte Rauschen der sich auf dem Sand brechenden Wellen war von weitem zu hören.

Mallory dirigierte Goldregen stromaufwärts, wo die Felsenriffe sich in sanfte, dicht bewaldete Abhänge hinein auflösten. Er brauchte einen kurzen Augenblick, sich zu orientieren, und sogleich strebten Roboroß und Reiter der Hauptstraße zu. »Wenn Ihr mir nun sagt«, begann er wieder zu reden, »wo ich Euch absetzen soll, werde ich sehen, was ich tun kann, um den Gral zurückzuholen.«

Kurzes Schweigen, dann: »Wenn . . . wenn Ihr es wollt, so laßt mich hier.«

Er ließ Goldregen anhalten, stieg ab und half ihr hinunter. Er schaute sich um, da er erwartete, irgendeine Behausung vorzufinden. Doch außer Bäumen war nichts zu sehen. Dann sah er wieder das Mädchen an. »Habt Ihr keine Freunde oder Verwandte, bei denen Ihr bleiben könnt?«

Ein silberner Strahl des Mondlichts neigte sich durch das Laub des Waldes und beschien ihr Gesicht. »Nein, guter Herr, es gibt niemanden, nicht im Umkreis von einhundert Meilen. Ich werde Eure Wiederkehr hier im Walde erwarten . . .«

Mallory starrte sie an. Sie sah nicht so aus – und verhielt sich auch nicht so –, als wäre sie imstande, mit dieser Situation allein fertig zu werden. »Warten? Hier im Wald? Aber Ihr würdet nicht eine einzige Woche überleben!«

»Doch lange vor dieser Frist werdet Ihr mit dem Heiligen Gral zurückkehren. Dann werden wir beide zusammen den Kelch in die Kammer zurückbringen, und ich werde nicht erleiden müssen, daß man mir die Hände vom Körper trennt.«

Er war entsetzt. »Sie würden es nicht wagen, Euch die Hände abzuhacken!«

»Sie wagen vieles, guter Ritter. Seid Ihr mit den Bräuchen des Landes nicht vertraut?«

Er schwieg. Was in aller Welt sollte er mit ihr anfangen? Wahrscheinlich würde sie wirklich hier auf ihn warten und entweder verhungern oder, was ebenso betrüblich wäre, aufgegriffen werden. Unwillkürlich zuckte er die Schultern – soweit sein Panzer es erlaubte – und stieg wieder auf sein Roboroß. Warum sollte es ihn etwas angehen, was aus ihr wurde? Er war in das Zeitalter des Rittertums zurückgekehrt, um den Heiligen Gral zu stehlen, nicht um die Kinderschwester eines bedrängten Mägdeleins zu spielen. »Jetzt nur keine weichen Knie bekommen!« sagte er sich.

Zwei winzige Sternchen blitzten aus der Blässe um ihre Augen auf und kullerten ihr die Wangen hinunter. »Gott sei mit Euch auf Eurer Suche, guter Ritter, und möge Euch beschützen.«

»Ach, um Himmels willen!« stöhnte Mallory, griff hinunter und zog sie zu sich auf Goldregens Kruppe hinauf. »Mein Schloß ist nicht weit von hier. Ich werde Euch dort absetzen und mich dann um den Heiligen Gral kümmern.«

Ihr Atem sickerte als ein warmer, zarter Hauch durch die Ritzen seiner Halsberge. »Oh, Ihr guter Herr, Ihr seid der Edelste unter den Rittern des ganzen Landes, und bis an das Ende meiner Tage will ich Euch treu dienen!«

Das Roboroß wieherte. *Hü-hott, Goldregen,* enzephalopathierte Mallory, und sie machten sich auf den Weg.

# 3

Rowena fiel voll und ganz auf die *Anachronia* herein. Nicht einmal die moderne Innenausstattung erregte ihren Verdacht. Sie deutete einfach alle Gegenstände, die außerhalb ihrer Fassungskraft lagen – und derer gab es viele – als »standesgemäße Ausstattung eines edlen Ritters«. Und was die einzelnen Räume anging, so identifizierte sie diese mit jenen in ihrem Erfahrungsbereich, denen sie am ehesten ähnelten. So wurde die Empfangshalle zum »Bankettsaal«, der Vorratsraum zur »Küche«, der Kontrollraum zum »Turm des Magiers«, die Touristenkabinen zum »Schlafturm«, Mallorys Büro-Schlafraum zu »des Herrn Gemach«, das Bad zur »Kapelle« und der Maschinenraum zum »Verlies«. Es gab nur zwei Dinge, die sie verunsicherten: die Abwesenheit von Dienern und der Umstand, daß Goldregen seinen »Stall« im Bankettsaal hatte. Mallory löste das erste Problem, indem er ihr weismachte, er habe die Dienerschaft beurlaubt, und sie das zweite, indem sie es für durchaus angemessen erklärte, daß ein solch prächtiges Roß eine besondere Behandlung erfahre. Immerhin, dachte Mallory, ist sie kooperativ.

Nachdem er ihr alles gezeigt hatte, wollte er keine Zeit mehr verlieren und endlich zur Sache kommen. Er ging in den Kontrollraum, gab die erforderlichen Daten ein, um die *Anachronia* auf 19 Uhr 15 desselben Tages zurückzuversetzen und sie eine halbe Meile weiter westlich von der gegenwärtigen Position zu rematerialisieren. Sofort wurde die Zeitüberschreitung in Gang gesetzt, begleitet von einem leichten, kaum wahrnehmbaren Vibrieren, und zugleich verwandelte sich die tiefe Dunkelheit in Abenddämmerung.

Als er von der Programmiertafel aufblickte, sah er, daß Rowena im Türrahmen stand und ihn mit großen Augen beobachtete. »Wir sind jetzt zu einem Zeitpunkt vor dem Raub des Heiligen Grals zurückgekehrt«, erklärte er. »Und wir befinden uns weiter unten im Tal. Aber laßt Euch dadurch nicht aus der Fassung bringen. Kein anderer als Merlin hat diese magische Maschine gebaut, die ihr in diesem Raum vor Euch seht. Ihr wißt ja, was immer Merlin will, das kann er auch vollbringen.«

Sie blinzelte einmal, zeigte darüber hinaus jedoch kein Anzeichen von Verwunderung. »Ja, guter Herr, ich weiß wohl um die Magie Merlins.«

»Nun«, fuhr Mallory fort, »Magie wie diese ist aber nichts für ein Edelfräulein wie Euch, um damit herumzuspielen. Deshalb verbiete ich Euch, diesen Raum während meiner Abwesenheit zu betreten. Und ebensowenig dürft Ihr das Schloß während meiner Abwesenheit verlassen, solange diese Operation läuft. Merlin würde rasen vor Zorn, wenn zwei Maiden, die Rowena heten, sich zu gleicher Zeit in der Gegend herumtrieben.«

Sie blinzelte wieder. »Bei meiner Ehre, guter Herr«, entrüstete sie sich,

»liever wolde ih sterben als Euren beiden Geboten nicht zu gehorchen.« Dann fragte sie plötzlich: »Hattet Ihr heute schon etwas Fleisch?«

Diesmal blinzelte Mallory. »Fleisch?«

»Es wäre gut, Ihr würdet etwas Fleisch essen, bevor Ihr ausreitet.«

»Ach, Ihr meint Nahrung! Ich werde essen, wenn ich zurück bin. Aber Ihr braucht nicht auf mich zu warten.« Er führte sie in den Vorratsraum und zeigte ihr, wo die Vakuumdosen standen. »Und so öffnet Ihr sie«, erklärte er, nahm eine heraus und aktivierte die Entsiegelung. »Sobald der Inhalt etwas abgekühlt ist, könnt Ihr Euch hinsetzen und speisen.«

»Aber das ist kein Fleisch«, wandte sie ein.

»Das nicht, aber ein guter Ersatz und viel besser für Euch.« Ein Gedanke durchfuhr ihn, und er nahm sie mit ins Bad, um ihr zu zeigen, wie Warm- und Kaltwasserspender zu bedienen waren. Auch diese Konstruktion schrieb er der großen Magie Merlins zu. Er schwankte, ob er ihr auch Funktion und Zweck der Dusche erläutern solle, entschied sich dann aber dagegen. Alles hatte seine Grenzen, und ein Gerät, das dazu dient, den ganzen Körper zu reinigen, war allzuweit hergeholt, als daß ein Mensch aus dem sechsten Jahrhundert es hätte ernstnehmen können.

Wieder in der Empfangshalle, setzte er seinen Helm auf, streifte die Panzerhandschuhe über, stellte die darin eingebaute Uhr zurück, ergriff seine Lanze und enzephalopathierte Goldregen zu sich. Er stieg auf und befestigte die Lanze in der Hülse am Steigbügel. Rowena starrte mit ihren runden, pflaumenblauen Augen voller Ehrfurcht und Bewunderung zu ihm hinauf – und auch mit Sorge. »Ach, wet wol, guter Herr«, mahnte sie, »daß Sir Lancelot, welcher Euer Vater, ein überaus siegreicher Ritter ist. So nehmt Euch wohl in acht.«

Mallory grinste. »Sorgt Euch nicht, schöne Maid! Ich werde ihn aus dem Sattel gehoben haben, bevor er nach der Königin Guinevere rufen kann.« Er rückte sein Schwertgehenk zurecht, aktivierte die Entriegelung der *Anachronia,* ritt über den Illusionsgraben davon und verschwand im Wald. Das »Fallgitter« schloß sich hinter ihm.

Als er sich der Hauptstraße näherte, hatte sich die Dämmerung wieder in Nacht verwandelt. In etwa einer halben Stunde würde er erneut die Hauptstraße erreichen. Dieses scheinbare Paradox berührte ihn nicht im geringsten, war es doch nicht das erste Mal, daß er sich selbst bei einer Unternehmung zurückdatierte.

Wie »vorher« mied er die Schatten der Eichen und Buchen zu beiden Seiten und enzephalopathierte Goldregen, die Mitte des Pfades zu halten. Und, wie »vorher« war sonst niemand unterwegs. Vermutlich war König Pelles' Gelage bereits in vollem Gange; andernfalls waren die noblen Ritter und Damen noch in der Abendandacht. So oder so: er erreichte den Weg, der zum Schloß Carbonek führte, ohne Zwischenfall.

Jetzt enzephalopathierte er Goldregen, sich im Schatten der Bäume am Wegrand zu verbergen. Er machte es sich im Sattel bequem und wartete. Rowenas Auskunft, der Raub habe »nur eine kleine Weile vor der achten Stunde« stattgefunden, war gewiß eine recht grobe Schätzung gewesen. Deshalb hatte er sich einen großzügigen Spielraum gelassen und war ein wenig zu früh am Schauplatz angekommen. Gut so, denn kaum war eine Minute vergangen, da hörte er Hufschläge von Süden herannahen, und einen Augenblick später sah er einen großen Ritter auf einem prächtigen Pferd in den Pfad einbiegen. Seine Rüstung blitzte im Mondlicht und verriet eine Qualität und Klasse, die nur ein Ritter von Lancelots Rang sich leisten konnte.

Mallory schaute ihm nach, wie er den Pfad zu dem löwenbewachten Eingang hinunterritt und hörte seine Ankündigung als Sir Lancelot. Ohne Verzug wurde das Fallgitter hochgezogen. Der Ritter preschte durch das Tor und entschwand seinem Blick.

Mallory runzelte grübelnd die Stirn. Irgend etwas an diesem Vorgang vermochte ihn nicht zu überzeugen. Er ging es in Gedanken noch einmal durch, konnte aber jetzt, zumal im nachhinein, keine Einzelheit ausfindig machen, die in irgendeiner Weise unstimmig war. Er versuchte es noch einmal mit gleichem Ergebnis und zog den Schluß, daß jener Mißklang seiner Phantasie entsprungen war.

Wieder richtete er sich darauf ein, zu warten. Zwar war er nicht besonders besorgt über den Ausgang der bevorstehenden Begegnung – die Überlegenheit seiner Waffen und Rüstung sollten mehr als genug sein, ihn glimpflich davonkommen zu lassen –, doch wünschte er, es gäbe eine Möglichkeit, sie zu vermeiden. Es gab sie nicht. Der Raub des Heiligen Grals durch Lancelot war als Faktum bereits geboren und konnte, als *fait accompli* auch nicht durch einen vorausgehenden Raub umgangen werden. Mallory konnte erst nach dem *fait accompli* handeln, in der Hoffnung, daß das zu dem Zeitpunkt geschah, zu dem er gehandelt *hatte.* Ein Zeitdieb hatte bei weitem nicht den Spielraum, den seine scheinbare Handlungsfreiheit den Uneingeweihten glauben machte. Ein wenig mit dem Schicksal herumzuspielen und seine Gelegenheiten abzuwarten, das war schon fast alles, was er tun konnte. Wenn das Schicksal ihm hold war, mochte es gelingen, zürnte es ihm, dann eben nicht. Doch Mallory war optimistisch angesichts der bisherigen Entwicklung bei seinen Bemühungen um den Gral. Denn selbst wenn es ihm nicht beschieden sein sollte, daß er Sir Lancelot den Kelch entreißen konnte, so war dies doch seine Chance: er wäre gar nicht erst so weit gekommen, wie er es nun war.

Er schätzte, daß der Mann fünf Minuten brauchen würde, um das Schloß zu betreten, den Gral zu holen, in den Hof zurückzukehren und zum Fallgitter zu reiten. Sieben Minuten erwiesen sich als richtig. Auf einen Ruf hin, der innerhalb der Mauer erscholl, beugten sich einige der Wächter über die Winde, und sogleich quietschte und ächzte sich das Fallgitter empor. Der große Ritter preschte heraus, als die Zeiger auf Mallorys Uhr 19 Uhr 43 anzeigten.

Mallory ließ ihn vorbei. Vergeblich bemühte er seine Augen, den Anblick des Grals zu erhaschen. Er wartete, bis Lancelot etwa fünfzig Meter weit auf der Hauptstraße war, bevor er Goldregen enzephalopathierte, ihn zu verfolgen. Dann wartete er eine Biegung der Straße ab, die Schloß Carbonek außer Sicht brachte und enzephalopathierte den Befehl: jetzt los! In diesem Moment bemerkte Sir Lancelot, daß er nicht allein war. Er riß sein Pferd herum, ergriff, ohne auch nur eine Sekunde zu zögern, die Lanze, und startete den Gegenangriff. Mallory war, als rollte eine Dampflokomotive des zwanzigsten Jahrhunderts auf ihn zu.

Er schluckte verbissen, rüstete sich ebenfalls mit seiner Lanze und beschleunigte Goldregen. Spielten eben zwei Lokomotive! Der nahende Ritter und sein Roß wurden bedrohlich größer und größer, der Klang der Hufschläge schwoll zu einem donnergrollenden Stakkato an. Die Lanze, direkt auf Mallorys Brustpanzer gerichtet, mutete ihn wie ein düsengetriebener Fahnenmast an. Hastig rückte er seinen Schild in Position. Vielleicht würde der Gegner das rote Kreuz erblicken, seine Bedeutung erkennen und den Angriff stoppen.

Doch jener gab kein Anzeichen dafür zu erkennen, daß er darauf achtete, sondern kam nur umso schneller auf ihn zu. Mallory bereitete sich auf den bevorstehenden Zusammenprall vor, zu dem es aber gar nicht mehr kam. Im letzten Augenblick richtete der Gegner seine Lanzenspitze auf Mallorys Helm und brachte es irgendwie fertig, daß diese sich mit einem weißglühenden Aufblitzen vom Schaft löste und wie ein kleiner Komet durch die Luft auf ihn zusauste. Mallory versuchte auszuweichen, doch ebensogut hätte er versuchen können, einem echten Kometen auszuweichen. Ein ohrenbetäubender Knall ertönte in der Gegend seines linken Verstärkers, und seine ganze linke Gesichtshälfte wurde gefühllos. Unmittelbar bevor er bewußtlos wurde, sah er noch, daß der auf ihn zustürmende Ritter abdrehte, sein Pferd herumriß und fortritt. Und über die Schulter des Mannes hinweg erscholl der Klang eines allzu vertrauten Gelächters.

»Noch einmal«, tönte es aus dem Miet-Robogogen. »A wie Atom, B wie Bombe, C wie Comics, D wie Dollar, E wie enzephalernen, F wie Fleiß. Und nun, was kommt nach F?«

Der kleine Mallory wandte sich auf seinem ABC-Stuhl. »Ich weiß nicht, was danach kommt, und es ist mir auch völlig schnuppe!«

»Du kriegst eine Nuß hinter die Ohren«, drohte der Robogoge.

»Das wagst du nicht!«

»Und ob! Ich bin ein Modell mit automatischer körperlicher Züchtigung, daß du's nur weißt. Also, versuchen wir es noch einmal: A wie Atom, B wie Bombe, C wie Comics, D wie Dollar, E wie enzephalernen, F wie Fleiß. Was kommt nach F?«

»Ich habe gesagt, ich weiß es nicht und daß es mir völlig schnuppe ist!«

»Ich habe dich gewarnt!« krächzte es aus dem Robogogen.

»Aua!« schrie der kleine Mallory.

»Auahhh!« stöhnte der große Mallory und richtete sich im Gebüsch am Rande der Hauptstraße des sechsten Jahrhunderts auf.

Alles um ihn herum war still, ausgenommen das Summen und Zirpen der Insekten und das *Qua-ak quakak quaaak* der Frösche. Einige Meter entfernt stand Goldregen unbeweglich im Mondlicht. Mallory tastete mit einer Hand nach dem Helm und prüfte die deutlich spürbare Delle, die die Lanzenspitze hinterlassen hatte. Vorsichtig nahm er den Helm ab. Wer in aller Welt hätte auch nur zu träumen gewagt, daß es in diesem Zeitalter automatische Geschütze gab!

Die Absurdität dieses Gedankens brachte ihn blitzartig zu vollem Bewußtsein, und im nächsten Augenblick erinnerte er sich an den Schall des wohlbekannten Gelächters.

Perfidion!

Sein Wunsch, den Gral in die Hände zu bekommen, mußte an Besessenheit grenzen, sonst würde er sich nicht selbst darum bemühen. Das bedeutete, daß er viel mehr wert war, als Perfidion angegeben hatte. Aber wie hatte er erfahren, wann und wo der Raubversuch zu starten sei? Genauer, wie hatte er das so kurzfristig herausbekommen?

Mallory versuchte, sich zu erinnern. Er war ziemlich sicher, daß ihm während seines Besuchs bei Perfidion und während des anschließenden Golfspiels kein unbedachtes Wort entschlüpft war, keine verräterische Angabe zur Ortszeit, die er so sorgfältig ausfindig gemacht hatte. Wo also hatte er einen Fehler begangen?

Da hörte er in seiner Erinnerung Perfidion sagen: »Ich nehme an, Tom, du bist bereits bestens vorbereitet, was Kostüm, Ausrüstung und das alles angeht.«

»Ich habe den süßesten kleinen Panzeranzug, der dir je untergekommen ist«, hörte Mallory sich selbst antworten.

Er fluchte. Das war's! Perfidion brauchte lediglich bei den Ausstattern, die auf Waffen spezialisiert waren, seine Runde zu machen und bei dem, der zuletzt für Mallory gearbeitet hatte, ein paar Kennedies springen zu lassen. Und in der Kenntnis, daß Mallory als Sir Galahad in der Vergangenheit auftreten würde, hatte er nur noch bei einem der vielen Experten, die nach seiner Pfeife tanzten, Rat einzuholen brauchen. Der Experte hatte ihm zweifellos verraten, wo Sir Galahad den Gral gefunden haben soll, bevor er ihn nach Sarras brachte, und auch, was natürlich ebenso wichtig war, wann ungefähr dieses Ergebnis stattgefunden haben mußte. Durch weitere Fragen hatte er dann gewiß auch in Erfahrung gebracht, daß Sir Lancelot vor Galahad die Kammer des Heiligen Grals betreten hatte. Aus all dem hatte Perfidion sich ohne Zweifel zusammengereimt, daß auch Lancelot nichts anderes als ein verkleideter Zeitdieb gewesen sein konnte. Und auf diese Weise mochte er, der als erster am Schauplatz erschienen war, für die sogenannte Entrückung des Gral in den Himmel verantwortlich gewesen sein, wenn auch die Legende Gegenteiliges berichtete. Mit Sicherheit war die Sache es wert, das Spiel zu wagen, und offensichtlich hatte Perfidion es gewagt und den Jackpot gewonnen.

Aber das bedeutete nicht, daß er den Jackpot behalten sollte, jedenfalls nicht lange! Mallory enzephalopathierte Goldregen zu sich, zog sich am linken Steigbügel hoch und stülpte seinen Helm über den Sattelknauf. Dann hob er seine Lanze auf und kletterte mehr schlecht als recht in den Sattel. »Noch sind wir nicht geschlagen, Goldregen!« *Hü-hott!*

Goldregen wieherte, stampfte mit den Hufen und trabte los, zurück zur *Anachronia*. Als sie wieder den Weg kreuzten, der zum Schloß Carbonek führte, hörte Mallory das *Klap-klap* nahender Hufschläge. Da er in seinem angeschlagenen Zustand keinen weiteren Zusammenstoß riskieren wollte, enzephalopathierte er Goldregen weg von der Hauptstraße in den tiefen Schatten einer mächtigen Eiche. Ein ganz merkwürdiges, quälend prickelndes Gefühl überkam ihn angesichts des Reiters und Rosses, die da die Hauptstraße heraufkamen. Kein Wunder: das »Roß« war Goldregen, der Reiter er selbst. Er war auf dem Weg zum Schloß Carbonek, um den Gral zu stehlen. Mallory starrte angeekelt der wieder entschwindenden Verkörperung seiner selbst nach. »Trottel«, preßte er durch seine Zähne.

## 4

Rowena geriet fast außer sich, als Mallory in die Empfangshalle ritt. »Oh, guter Ritter, Ihr seid ernstlich verwundet!« rief sie aus und half ihm vom Roboroß. »Fürwahr! Ihr blutet so sehr, daß Ihr wohl sterben möget!«

Mallory spürte ein dumpfes Klopfen in seinem Kopf und sah gar zwei Maiden, die Rowena heten, statt einer. »Ich muß mich nur eine Weile hinlegen, dann bin ich wieder in Ordnung«, stammelte er. »Und macht Euch keine Sorgen wegen des Blutens – es hat schon fast aufgehört.«

Er bewegte sich einen Schritt auf seinen Büro-Schlafraum zu, taumelte und wäre hingestürzt, hätte sie nicht seinen Arm ergriffen. Er wunderte sich über ihre Kraft, denn trotz der Leichtigkeit seiner Rüstung verlieh sie ihm doch ein Gesamtgewicht von etwa zwei Zentnern. Und dennoch gab ihre Schulter, die sie ihm zur Stütze bot, auf dem ganzen Weg zu seinem Bett nicht ein einziges Mal nach. Im Handumdrehen hatte sie ihn von Schulterblechen, Brustpanzer und Armschutz befreit. Hüftschutz, Beinschienen und Eisenschuhe folgten. Das letzte, das er wahrnahm, war, daß er in Unterkleidung und Kettenhemd dalag. Und in dem Nebel vor seinen Augen schwammen drei Gesichter, ein jedes mit der besonderen Schönheit ausgestattet, die aufrichtige Besorgnis – und nur diese – zu verleihen vermag.

»Na, wie geht's Mammikas kleinem Mann jetzt?« fragte die Miet-Mammika, als sie lindernde Sedasalbe auf das geschwollene Ohr des kleinen Mallory strich.

»Er hat mich geschlagen, Mammika«, schluchzte der kleine Mallory. »Nur weil ich ihm nicht sagen wollte, daß danach G kommt, G wie Geographie. Ich hasse Geographie! Ich hasse sie, hasse sie!«

»Böser alter Robogoge! Mammika hat ihn fortgeschickt. Er war ein altes Modell und ist irrtümlich vermietet worden. Ist das Öhrchen von Mammikas kleinem Mann jetzt wieder heil?«

Der kleine Mallory setzte sich auf. »Ich will meine richtige . . .«

Der große Mallory setzte sich auf. »Ich will meine richtige . . .«

»Ich bin hocherfreut über Eure geschwinde Genesung, guter Herr«, sagte Rowena.

Sie beugte sich über die Bettkante und strich eine kühlende, wohltuende Salbe auf sein Ohr. Auf dem Tischchen neben dem Bett stand eine Schüssel mit Wasser, und auf ihrem Schoß lag eine rosa Tube. Er griff nach der Tube und prüfte das Etikett. *Sedasalbe.* Erleichtert seufzte er. »Wo habt Ihr sie gefunden?«

»Ach, guter Herr, als Ihr mir nicht mehr lebendig schienet, lief ich von einem Ende des Schlosses zum anderen, ein Zaubermittel zu suchen, mit dem ich Euch retten könnte. Endlich fand ich in der Kapelle eine weiße Schachtel, in welcher sich solch magische Behältnisse vielerlei Art und Farbe fanden. So wählt' ich eines und . . .«

Mallory mochte es nicht glauben. »Ihr habt einfach so eine Tube gewählt?« fragte er aufgeregt. »Oh, mein Gott, sie hätte genau das Gegenmittel enthalten und mich glatt umbringen können!«

»Die . . . die Buchstaben darauf schienen mir von magischer Kraft zu zeugen, guter Ritter. Und . . . und auch die Farbe schien mir passend.«

»Schon gut, es war ja die richtige.« Er betrachtete sie. Ob sie lesen konnte? Er war versucht, sie zu fragen, ließ es aber bleiben, weil er sie nicht in Verlegenheit bringen wollte. »In derselben weißen Schachtel«, bat er sie statt dessen, »werdet Ihr eine große Flasche, gefüllt mit roten Perlchen, finden. Würdet Ihr sie mir bitte holen?«

Als sie mit dem Gewünschten zurückgekommen war, nahm er zwei von den Pillen und legte seinen Kopf wieder auf das Kissen. »Sie werden das Blut neu bilden, das ich verloren habe«, erklärte er ihr. »Dazu muß ich jetzt aber wenigstens eine Stunde lang absolut ruhig liegen.«

Sie setzte sich auf die Bettkante. »Fürwahr! Wunderbar ist die Zauberkraft Merlins, wenn auch nicht so wunderbar wie die Macht des Joseph von Arimathäa!«

»Was hat er denn so Wunderbares vollbracht?«

Mit ihren pflaumenblauen Augen schaute sie ihm nun offen ins Gesicht. »Iv wetet niet vun der Mär vun dem weißen Schilde, den Ihr tragt, guter Herr? So hört, ich will's Euch künden:

Es begab sich nach dem Leiden uns'res Herrn, erst zweiunddreißig Jahr', daß Joseph von Arimathäa, der ein sanftmütiger Ritter war, derselbe unsern lieben Herrn vom heil'gen Kreuz genommen, zu jenen Zeiten von Jersualem her kam und eine große Schar Getreuer mit ihm. Er litt viel Mühsal, bis sie endlich zu einer Stadt mit Namen Sarras kamen. Und zu der gleichen Stunde war dort auch ein König, Evelake geheißen, der mit den Sarazenen sich im Krieg befand, besonders gar mit einem Sarazenen, derselbe Evelakes Cousin wohl war, ein König, reich und mächtig, der gegen jenes Land war ausgezogen, sein Name: Tolleme la Feintes. Eines gewissen Tags also, da trafen beide sich zum Kampfe. Es ging Joseph, Sohn des Joseph von Arimathäa, zu König Evelake, ihm zu künden, er werde arg bedrängt und gar erschlagen, wenn er dem alten Glauben nicht entsagen und dem neu'n Gesetz sich unterwerfen wolle. Er wies ihn in den rechten Glauben ein von der Trinität, den nahm er an aus ganzem Herzen. Und darauf wurd' dies Schild gemacht, in Seinem Namen, der am Kreuz gestorben. Und dann . . .«

»Einen Moment«, unterbrach Mallory. »Dieser Schild, zu dem Ihr nun endlich gekommen seid – ist das auch der, von dem Ihr mir bereits zu Anfang berichten wolltet?«

»Wet iv wol, guter Herr. Und dann, durch Evelakes starken Glauben, besiegt' er König Tolleme. Als nämlich Evelake stand im Kampfe, da war der Schild mit Tuch verseh'n. Als die Gefahr am größten ward, nahm er das Tuch behende fort, darauf nun sah'n die Feinde den Mann am Kreuze hangen, wodurch dieselben aufgebracht. Und so geschah es, daß von Evelakes Mannen einem die Hand vom Rumpf getrennt ward, und hielt die eine in der andern. Joseph hieß ihn zu sich kommen und empfahl ihm also gleich, mit Ehrfurcht und auch Frömmigkeit dem Kreuze sich zu nahen. Als so der Mann das Kreuz berührt', heil ward die Hand als wie zuvor. Darauf geschah ein großes Wunder: das Kreuz verschwand mit einem Mal vom Schilde, ward nimmermehr gesehen. Da ließ sich König Evelake taufen und mit ihm eine Vielzahl aus der Stadt. Alsbald zog Joseph fort von dannen, und Evelake folgte ihm, wohin auch immer dieser ging. So kamen sie, o Glück, in dieses Land, das Groß Britannien heißt. Hier traf ein Heidenwicht auf sie, der Joseph in den Kerker warf. Doch, oh . . .«

»Ein *was?*« fragte Mallory. Irgendwie kam ihm diese Geschichte bekannt vor. Was ihn aber beunruhigte, war, daß sie ihm auch noch auf andere Weise vertraut erschien – auf welche aber, das konnte er im Augenblick nicht dingfest machen.

»Ein gottlos' Ungläubiger. Doch, o Glück, die Kund' gelangte zu einem würd'gen Manne, der Mondrames hieß, und er versammelte all seine Leut' um des großen Ruhmes willen, den von Joseph er vernommen. So kam er in das Land Britannien, beraubt' den Heiden seiner Macht, tötete ihn gar, wodurch er Joseph aus dem Kerker hat gebracht. Sodann ward unser ganzes Volk zum Christentum bekehret.

Nur kurze Zeit verrann, bis Joseph auf dem Sterbebette lag. Als König Evelake dieses sah, ward er sehr betrübt und sprach: Um Eurer Liebe willen verließ ich gar mein Heimatland, und da Ihr aus der Welt nun scheidet, so gebt mir doch ein Unterpfand, daß Eurer immer ich gedenken muß. Und Joseph sprach: so will ich gerne tun. Bringt mir den Schild, den ich Euch gab, als gegen König Tolleme Ihr kämpftet. Da stürzte plötzlich Blut aus Josephs Nase, das nicht gestillet werden wollte. So malte er auf diesen Schild ein Kreuz von seinem eig'nen Blut. Dies soll Euch die Erinn'rung sein, daß ich Euch herzlich liebte, wenn Ihr den Schild auch nimmermehr erblickt, gedenken sollt Ihr mein. Dies Zeichen soll so frisch als heute für alle Zeiten sein. Doch keiner soll dies' Schild um seinen Nacken tragen, er würd' es jämmerlich bereun. Bis zu den Tagen Galahads, des guten Ritters, sollt Ihr ihn bewahren. Dann soll der letzte mein's Geschlechts ihn an seinem Arme tragen, und er wird große Ding' vollbringen. Wo wollt Ihr, daß den Schild ich berge, sprach nunmehr König Evelake, daß jener Ritter ihn erwerbe? Dort wo Nacien, der Eremit, nach seinem Tode muß verweilen, denn dorthin wird der gute Ritter fünfzehn Tag' nach seiner Weihe eilen: und so . . .«

Als Mallory erwachte, ruhte Rowenas Kopf auf seiner Brust, und sie atmete die sanften und gleichmäßigen Züge unbekümmerten Schlafes. Ihr Haar, aus dieser Nähe betrachtet, war gar nicht so dunkel, wie er zuerst geglaubt hatte. Braun war es, ja, aber nicht dunkelbraun, und unwahrscheinlich glänzend. Ohne recht zu wissen, was er tat, legte er seine Hand behutsam auf ihren Kopf. Da bewegte sie sich, setzte sich auf und rieb ihre pflaumenblauen Augen. Einen Augenblick lang starrte sie ihn verwirrt an, dann stammelte sie etwas verlegen: »Bitt' Euch, vergebt mir, guter Herr.«

Nun setzte sich auch Mallory auf: »Was soll ich Euch vergeben? Geht und öffnet lieber zwei Vakuumdosen, während ich wieder in meine Rüstung schlüpfe. Ich will endlich diese Sache zu Ende bringen.«

»Ist . . . ist denn Eure Kraft vollends wieder hergestellt?«

»Ich habe mich in meinem ganzen Leben noch nie so gut gefühlt.«

Als er sich in der Empfangshalle zu Tisch gesetzt hatte, eine der Vakuumdosen, die sie geöffnet hatte, vor sich, bemerkte er: »Ihr habt mich gar nicht gefragt, was geschehen ist.«

»Ihr werdet es mir aus freien Stücken sagen, wenn Ihr wünscht, daß ich es wissen soll.«

Mallory nahm einen Bissen Simulsteak, kaute und schluckte ihn hinunter. »Euer Sir Lancelot hat sich als ein Schwindler entpuppt und ein Kaninchen aus seinem Zylinder gezogen, das ich Euch lieber nicht näher beschreiben will.«

Zwei Augen, rund wie Pflaumen, schauten über den Tisch hinweg zu ihm hinüber. »Ein . . . ein Schwindler, guter Herr?«

Mallory nickte. »Das ist so eine Art Heidenwicht, der Golf spielt.«

»Aber ich sah seine Rüstung mit meinen eigenen Augen, guter Ritter.«

»Richtig – seine Rüstung. Ihn selbst aber saht Ihr nicht. Ein gewisser Kerl namens Perfidion steckte in der Blechhülle, nicht der gute Sir Lancelot.«

»Perfidion?«

Mallory grinste. »Sir Jason Perfidion – ein fahrender Ritter, vun dem Ihr niet wetet. Aber der ganze Wirbel ist noch nicht zu Ende, und diesmal habe *ich* das Kaninchen im Hut; er glaubt, ich sei tot.«

»Er . . . er ließ Euch totgeglaubt dort liegen, guter Herr?«

»Genau das, und wenn sein niedlicher kleiner Gehirnpuster auch nur zwei Zentimeter weiter rechts getroffen hätte, wäre ich das auch.« Er schob die leere Vakuumdose beiseite und stand auf. »Entschuldigt mich – ich muß mich in den Turm des Magiers zurückziehen.«

Im Kontrollraum datierte er die *Anachronia* noch einmal zurück, diesmal auf 19 Uhr 20 desselben Tages, und rematerialisierte sie nochmals eine halbe Meile weiter unten im Tal. Als er sich umdrehte, sah er, daß Rowena ihm gefolgt war und ihn beobachtete. Sie stand im Türrahmen. »Welchenorts mag ich wohl Hafer finden, damit ich Euer Roß füttern kann, guter Ritter?«

»Goldregen frißt nicht. Er . . .« Mallory schwieg voll Verwunderung, als die zwei größten Tränen, die er je sah, sich in ihren Augen sammelten und ihre Wangen hinunterkullerten. Rasch fügte er hinzu: »O nein, nicht etwa, weil er krank ist. Es ist nur, daß Pferde seiner Art kein Futter brauchen, um sich am Leben zu erhalten. Goldregens Funktionsdauer ist . . . er wird noch dreißig Jahre leben.«

Über dem pflaumenblauen Horizont ihrer Augen ging die Sonne wieder auf. »Oh, wie glücklich es mich macht, solches von Euch zu hören, guter Ritter. Ich . . . ich habe nämlich große Freude an ihm.«

Wieder in der Empfangshalle, streifte Mallory die Panzerhandschuhe über, stellte die Uhr zurück und setzte den Helm auf. Der linke Verstärker war zwar zerschossen, doch ansonsten war das Stück noch in gutem Zustand – abgesehen von der Delle natürlich. Er enzephalopathierte

Goldregen an seine Seite, schwang den Schild um seinen Nacken und stieg auf. »Wollt Ihr mir bitte die Lanze reichen, Rowena?« fragte er sie.

Sie reichte sie ihm. »Ihr seid in der Tat ein überaus edler Ritter, daß Ihr Euer eigenes Leben so gering achtet im Dienste an einem Edelfräulein, das Eurer Taten gar nicht würdig ist. Ich . . . ich möcht' lieber wünschen, daß Ihr den Heiligen Gral fahren lasset, als daß Euch ein Leids' geschieht.«

Ihre Sorge rührte ihn. Er nahm seinen Helm wieder ab, beugte sich hinunter und küßte sie auf die Stirn. »Hütet derweil das Schloß«, sagte er sanft. Dann, wieder behelmt, aktivierte er die Entriegelung, stürmte über den Illusionsgraben und verschwand noch einmal im Wald.

## 5

Als Mallory dieses Mal den Kamm der Hügelkette erreichte, die beide Täler voneinander trennte, peilte er genau die Türme von Carbonek an und enzephalogrammierte Goldregen, den direktest möglichen Kurs zu nehmen.

Im Osten begann der Mond den Himmel zu erklimmen, und im Westen glommen am Horizont noch die letzten blutroten Spuren des Sonnenuntergangs. Auf der Hauptstraße drunten saß auf dem Rücken eines braunen Roborosses ein Ritter, der einen weißen Schild geschultert trug, in dessen Mitte ein rotes Kreuz leuchtete. Er galoppierte auf Carbonek zu, um einen »Heidenwicht« des zwanzigsten Jahrhunderts herauszufordern, der gerüstet war mit einer Imitation des Ritterzeitalters. In dem Tal, das Mallory gerade hinter sich gelassen hatte, standen nun zwei Schlösser mit dem Namen *Anachronia,* und bald sollte noch ein drittes aus dem Boden schießen, aus dem ein weiterer Mallory geritten kam. Mallory grinste. Das alles kam ihm wie ein Schachspiel vor.

Der Wald, den Goldregen nun betrat, ähnelte stellenweise einem Park. Hier und dort lichteten sich die Bäume zu weiten, in Mondlicht getauchten Wiesen. Mallory erblickte den ersten Stern, und als nach einer Weile Goldregen auf die Hauptstraße sprengte, zeigte sich der Himmel in vollster Mittsommernachtpracht. Das Roboroß hatte geradezu perfekt seine Programmierung umgesetzt und war knapp südlich unterhalb des Weges, der nach Carbonek führte, aus dem Wald aufgetaucht. Nun mußte er es nur noch die Hauptstraße etwas weiter hinunter lenken, zu einem Punkt ein wenig unterhalb dessen, an dem der Zusammenstoß bevorstand. Dabei hielt er sich sorgfältig seitwärts in dem bergenden Schatten der Eichen und Buchen, wo der Boden weich war und das verräterische *Klap-klap* der Hufschläge nicht wiedergeben würde. Seine

Umsicht erwies sich als klug – wie sie sich ja schon oft erwiesen hatte –, denn als der falsche Lancelot auf seinem Weg zum Schloß und zur Kammer des Heiligen Grals vorüberritt, bemerkte er ebensowenig die Gegenwart von Mallory III, wie er bald darauf die Gegenwart von Mallory II in den Schatten der den Weg säumenden Bäume erahnen sollte.

Wieder grinste Mallory III und brachte Goldregen hinter der nächsten Biegung zum Stehen. »Wet wol, Sir Jason, Eure Stunden sind gezählt«, mokierte er sich schadenfroh.

Da saß er nun im Sattel und war recht zufrieden mit der Welt. Sollte ihm dies Ein-Mann-Manöver gelingen, würde er im Nullkommanichts wieder zurück in der *Anachronia* sein und dann im Zweiundzwanzigsten Jahrhundert beim Frisör. Es würde zwar nicht leicht sein, den Gral ohne die Hilfe eines professionellen Zeithehlers wie Perfidion zu verkaufen, doch möglich war es. Und hatte Mallory das erst einmal geschafft, würde er sich auf dem Sterntalerweg niederlassen, und niemand würde irgendwelche Fragen stellen. Allerdings gab es da noch ein Problem: was sollte er mit einer gewissen Maid, die Rowena het, anfangen, Doch darum wollte er sich zu gegebener Zeit kümmern. Vielleicht sollte er sie etwa zehn, zwölf Jahre weiter in der Zukunft absetzen, in einer Gegend, die weit genug von Carbonek entfernt war, um ihr Sicherheit zu bieten. Das würde sich noch zeigen.

Mitten in solchen Überlegungen versetzten ihn herannahende Hufschläge in Alarmbereitschaft. Im nächsten Augenblick vernahm er den Hufschlag eines zweiten Pferdes und wußte, daß Mallory II so seine Gegenwart kundgetan hatte. Das Hufschlagpaar vereinte sich, schwoll an zu donnergrollendem Stakkato, als die beiden »Ritter« aufeinander zustampften. Und gleich darauf waren ein Knall und ein Scheppern zu hören, und Mallory II stürzte aus dem Sattel, rollte ins Gebüsch am Rande der Straße. Schließlich nahte nur noch eines Pferdes Hufschlag, und Mallory III sah Roß und Reiter um die Biegung der Hauptstraße auf sich zukommen. Nun rüstete er sich.

Bevor er seinen Schachzug startete, wartete er, bis Roß und Reiter genau auf seiner Höhe waren. Dann enzephalopathierte er Goldregen, loszupreschen. »Sir Lancelot« gelang es, rechtzeitig seinen Schild zu schürzen, doch wurde ihm dies zum Verhängnis. Mallorys Lanzenspitze traf genau in die Mitte des Schildes, und »Sir Lancelot« flog in hohem Bogen aus dem Sattel, um mit entsetzlichem Geschepper flach auf seinem Rücken auf der Straße zu landen. Er stand nicht wieder auf.

Mallory stieg vom Pferd und nahm dem Mann den Helm ab. O ja, es war Perfidion. An einer Seite seines Kopfes war ein großer Bluterguß zu sehen. Er fühlte sich kalt an, atmete aber noch. Nun machte sich Mallory daran, den Gral zu suchen. Perfidion hatte ihn irgendwo versteckt, und offenbar gut. Da seine Rüstung einen Gegenstand dieser Größe nicht hätte verbergen können, mußte sich das Versteck irgendwo am Körper des Roborosses befinden. Das Pferd stand ruhig neben Goldregen, mitten auf der Hauptstraße. Es war pechschwarz, sein Staatsgeschirr blau, mit Silber durchwoben. Ansonsten waren beide Pferde identisch. Da kam Mallory eine Idee. Er ging zu dem schwarzen »Pferd«, schlug die Pferdedecke zurück, entdeckte den winzigen Bedienungsknopf und drückte ihn. Die Haube der Kruppe öffnete sich, und dort in dem Geheimfach, in roten Seidenbrokat gehüllt, lag die Ursache des Bevölkerungsrückgangs an Artus' Hof.

Mallory, der Skeptiker, lupfte ein Eckchen des Stoffes, um auch sicherzugehen, daß man ihn nicht hereingelegt hatte. Im gleichen Augenblick schoß ihm ein reflektierter Strahl des Mondlichts in die Augen, und einen Moment lang war er geblendet. Er verbannte gleich wieder den Gedanken, der ihm ins Bewußtsein schleichen wollte, schloß die Haube, brachte die Pferdedecke wieder in Ordnung und trat neben Perfidion. Es war nicht leicht, den panzerbeschwerten Mann zu dem schwarzen Roboroß hinüberzuziehen und ihn über den Sattel zu hieven, aber Mallory schaffte es. Dann hob er Perfidions Helm und Lanze auf, stülpte ersteren über den Sattelknauf und befestigte letztere an einem der Steigbügel. Schließlich erklomm er selbst Goldregen und enzephalopathierte dem schwarzen Roboroß, ihm zu folgen. So trabten sie die Hauptstraße hinunter und ließen Carbonek hinter sich.

Die Schein-Schlösser mochten einen Menschen der damaligen Zeit an der Nase herumführen, nicht aber einen Profi. Er entlarvte die erschwindelten Türme von Perfidions ZRB, die über den Bäumen emporragten, noch bevor er eine halbe Meile hinter sich gebracht hatte. Nachdem er das »Fallgitter« geöffnet hatte, zog er den Mann vom schwarzen Roboroß, schleppte ihn hinein und lehnte ihn gegen die Bar in der Empfangshalle. Helm und Lanze legte er daneben. Nach sorgfältiger Überlegung betrat er den Kontrollraum und programmierte die Zeit: 10. Juni 1964, den Ort: eine belebte Kreuzung in Los Angeles' Innenstadt. Auf der Lumillusionstafel tippte er ein: WÜRSTCHENBUDE. Mit sich selbst sehr zufrieden ging er dann in den Maschinenraum und verursachte einen Kurzschluß in der Sicherungsautomatik, so daß der Generator während der Rematerialisierung durchbrennen würde. Er fand eine Rolle starken Bindfadens, ging in den Kontrollraum zurück, band ein Ende am Hauptschalter fest und spulte die Bindfadenrolle ab, während er rückwärts die ZRB verließ.

In der Empfangshalle blieb er einen Augenblick stehen und grinste auf den noch bewußtlosen Perfidion hinunter. »Das ist ein besseres Geschäft, als du mir zugedacht hast, Jason. Aber mach dir keine Sorgen. Wenn du den Behörden erst einmal erklärt hast, was du in einer Rüstung des sechsten Jahrhunderts machst und welcher Teufel dich ritt, mitten im Verkehrschaos einer Kreuzung eine riesige Würstchenbude zu errichten, wirst du wieder fein 'raus sein. Mit deiner Kenntnis der zukünftigen Entwicklung wirst du wahrscheinlich ein reicherer Mann werden, als du es jetzt bist – wenn dich der Smog nicht vorher erwischt.« Mallory schlüpfte durch die Luke nach draußen, zog an dem Faden, und das »Schloß« löste sich in Luft auf.

Er bestieg Goldregen, enzephalopathierte dem schwarzen Roboroß, ihm zu folgen, und kehrte auf dem kürzesten Weg zur *Anachronia* zurück. Auf halbem Wege, als er gerade zu einer der weiten Wiesen gelangt war, erblickte er den Ritter mit dem weißen Schild. Im hellen Mondlicht ritt er geradewegs auf ihn zu, und von der Mitte seines Schildes strahlte ihm wie lebendig ein rotes Kreuz entgegen.

Als der Ritter Mallory sah, brachte er sein Roß zum Stehen. Unheimlich schimmerte das Mondlicht auf seinem Schild und verwandelte seinen Helm in Silber. Seine Rüstung schien ein überirdisches Licht auszusenden – ein Licht, furchteinflößend und erhaben. Das Heft seines Schwertes war blutrot wie das Kreuz auf dem Schild, so auch der Knauf seiner Lanze. Dies war die inkarnierte Rechtschaffenheit. Dies war in der Gestalt eines Mannes in Rüstung auf einem Pferd die Quintessenz des Rittertums. – Nicht etwa des Rittertums, das von dem eitlen und protzenden Adel vertreten wurde, der neun Zehntel der fahrenden Ritterschaft ausmachte und die Suche nach dem Heiligen Gral als Vorwand mißbrauchte, um Fleischtöpfen und Maiden nachzujagen, sondern des Rittertums, wie es hätte sein können, wenn die Vielen statt der Wenigen sein Ideal gelebt hätten. Kurz: das Rittertum, wie es der Nachwelt durch die Seiten des *Morte d'Arthur* von Malory überliefert worden war.

Alsbald hub der Ritter zu reden an: »Ih het Sir Galahad vun der Tafelrund'.«

Widerstrebend enzephalopathierte Mallory seinen beiden Roborossen, stehenzubleiben, und sagte das einzige, das ihm zu sagen übrig blieb: »Ih het Sir Thomas vun dem Schlosse *Anachronia*.«

»Auf wes' Geheiß tragt Ihr Gleichnisse der roten Waffen und den weißen Schild, auf welchem das rote Kreuz pranget, dasselbe Joseph von Arimathäa zeichnete, als er auf dem Totenbette sterbend lag?«

Mallory antwortete nicht.

Schweigen. Dann fuhr Sir Galahad fort: »Ich will mit Euch kämpfen.«

Da war sie, zum Greifen nahe die Herausforderung –

Das Todesurteil!

Unsinn! sagte Mallory zu sich selbst. Er ist nur ein Junge von neunzehn Jahren. Mit deinem Roboroß und deinen überlegenen Waffen wirst du ihn in Sekundenschnelle aus dem Sattel gehoben haben. Und liegt er erst einmal unten, wird ihn dieser vielgerühmte Blechhaufen, den er trägt, so fest an den Erdboden kleben, daß er nicht einmal einen Finger wird heben können!

Laut sagte er: »So stürmt denn los!«

Augenblicklich riß Galahad sein Roß herum und ritt zum äußersten Ende der Wiese, beschrieb dort nochmals einen Halbkreis und nahm die Lanze in Position. Das Mondlicht tanzte eine silbrige Sarabande auf seinem weißen Schild, das blutrote Kreuz verschwamm und schien zu tropfen.

Auch Mallory griff nach seiner Lanze. Und sogleich preschte Sir Galahad auf ihn zu. *Volle Kraft voraus, Goldregen,* enzephalopathierte Mallory, und das Roboroß schoß ab wie eine Rakete.

Wenn er sich nur gut festhielt, dann würde er den Sieg in der Tasche haben. So ermutigte er sich. Sir Galahads Lanze würde wie ein Streichholz zerbrechen, während seine eigene, absolut überlegene, durch Galahads Schild dringen würde, als sei dieser aus Papier. Und in einem gewissen Sinne war er es ja auch, wenn man das Metall, aus dem er bestand, mit den modernen Legierungen verglich. Wie auch immer man die Lage beurteilen mochte, der Junge würde eine bittere Niederlage erleiden. Mallory empfand fast Mitleid mit ihm.

Die Hufschläge von Pferd und Roboroß schwollen zu einem Donnergrollen an, und sogleich erscholl das widerhallende *Dong* des gewaltigen Aufpralls von Stahl auf Stahl. Mallorys Lanze traf Sir Galahads Schild genau in der Mitte – und barst in zwei Teile. Sir Galahads Lanze traf Mallorys Schild genau in der Mitte – und Mallory flog in hohem Bogen über Goldregens Kruppe und stürzte krachend zu Boden.

Mallory war niedergeschmettert, nicht nur physisch, sondern auch psychisch. Wankend erhob er sich, zog sein Schwert und rüstete seinen Schild. Sir Galahad hatte inzwischen wieder gewendet und kam aufs neue angeritten. Einige Meter vor Mallory warf er seine Lanze fort, stieg ab, so leichtfüßig, als trüge er gar keine Rüstung, zückte sein Schwert und schritt auf ihn zu. Auch Mallory, dessen Zuversicht zurückgekehrt war, wagte einige Schritte vorwärts. Seine Lanze war eben defekt, das war alles. Schwert und Schild aber waren vollkommen intakt. Und da der Junge ihm nun einmal die Gelegenheit der sportlichen Erprobung geboten hatte, wollte er diesem jungen Aufsteiger eine Lektion verpassen, die er sobald nicht wieder vergessen sollte.

Ein zweites Mal stießen die beiden Männer aufeinander. Sir Galahads Schwert aus dem sechsten Jahrhundert sauste herab, und vorbei war es mit Mallorys Schild aus dem zweiundzwanzigsten Jahrhundert. Mit einem durchdringenden *Knack* brach der Schild inmitten entzwei.

Entsetzt trat Mallory zurück. Sir Galahad drang mit erhobenem Schwert weiter auf ihn ein, und Mallory konnte den schrecklich niedersausenden Streich nur mit seiner eigenen Schwertklinge abfangen. Sein Schwert war glatt durchschnitten und das linke Schulterblech säuberlich zerteilt. In seiner linken Schulter breitete sich eine bedrohliche Taubheit aus. Er ging zu Boden.

Er blieb am Boden.

Sir Galahad beugte sich über ihn, sein unversehrtes Schwert erhoben. Das Kreuz in der Mitte seines schneeweißen Schildes brannte nun in einem umso helleren Feuerrot. »Gebt Ihr Euch besiegt? Sonst mag ich Euch erschlagen.«

»Ich ergebe mich«, stöhnte Mallory.

Sir Galahad barg sein Schwert in der Scheide. »Ihr seid nicht ernstlich verwundet. Und da ich keines Eurer Rosse nehmen mag, sie möchten wohl so wertlos sein wie Eure Waffen, könnt Ihr nun ohne Hilf' zu Eurem Schlosse zurückkehren.«

Mallory wurde ohnmächtig, und als er wieder zu sich kam, war der strahlende Ritter verschwunden.

Er blieb einige Zeit dort im Mondschein liegen und schaute zu den Sternen hinauf. Dann richtete er sich mühsam wieder auf und enzephalopathierte die beiden Roborosse zu sich. Als er Goldregen erstiegen hatte, enzephalopathierte er ihm, zu dem »Schloß Anachronia« zurückzukehren, das am weitesten westwärts lag, und das andere Roboroß sollte folgen. Seine zerbrochenen Waffen ließ er liegen.

Was zum Teufel war während der letzten sechzehnhundert Jahre in der Welt vorgegangen, daß sich der hochentwickelte Stahl des zweiundzwanzigsten Jahrhunderts gegenüber dem primitiven, rohen Eisen des sechsten in seiner Qualität als minderwertig erwies? Was besaß Sir Galahad, das ihm, Mallory, fehlte? Er schüttelte den Kopf; er wußte es nicht.

Die mondbeschienenen »Türme« von *Anachronia* lugten schon durch die Bäume hindurch, als es ihn durchfuhr, daß der Ritter, bervor er den Kampfplatz verließ, den Heilgen Gral aus der Kruppe des schwarzen Roborosses entfernt haben könnte. Nach *Le Morte d'Arthur* hatten die Gefährten Galahads, Sir Parzival und Sir Bors, sowohl den silbernen Tisch als auch den Gral nach Sarras gebracht, wo etwas später der Heilige Gral in den Himmel »entrückt« und niemals mehr gesehen worden war. Der silberne Tisch interessierte Mallory nicht. Was ihn aber interessierte: wenn sie wirklich den Heiligen Gral dorthin gebracht hatten, so war das nur möglich, wenn er in genau dieser Nacht Galahad in die Hände gefallen war. Morgen würde es zu spät sein – nein, es war bereits jetzt zu spät – vorausgesetzt natürlich, Mallory sollte es bestimmt sein, ihn mit sich in das zweiundzwanzigste Jahrhundert zu nehmen. Hier und jetzt war der Scheideweg, die wirkliche Stunde der Wahrheit: war es ihm bestimmt, oder war es das nicht?«

Hastig enzephalopathierte er beiden Roborossen, stehenzubleiben, stieg ab und schlug die Pferdedecke des schwarzen Roborosses zurück. Ihm schwindelte von seinem Blutverlust, doch ließ er sich dadurch nicht von seinem Vorhaben abbringen. Und in Sekunden hatte er das Geheimfach geöffnet. Als er hineinschaute, hielt er den Atem an, konnte ihn jedoch gleich darauf erleichtert wieder ausstoßen. Der Heilige Gral war unberührt.

Er nahm ihn aus dem Geheimfach, glättete sanft die Decke aus Seidenbrokat und barg ihn liebevoll in seinem Arm. Zu schwach, um wieder aufzusteigen, enzephalopathierte er den beiden Roborossen, ihm zu folgen, und ging zu Fuß in Richtung der *Anachronia.* Rowena mußte ihn durch eines der Telefenster bereits erspäht haben, denn als er ankam, war sie entriegelt. Sie wurde ganz weiß im Gesicht, als sie ihn sah. Und als sie gar den Gral erblickte, wurden ihre Augen noch größer als Pflaumen. Er betrat die Empfangshalle und stellte ihn dort ganz vorsichtig auf den Tisch. Dann brach er auf dem nächsten Stuhl zusammen. Seine Geistesgegenwart reichte gerade noch aus, um sie nach der Flasche mit den Blutersatzpillen zu schicken, und seine Kraft, um einige davon zu schlucken. Dann ging er an Bord des Phantomschiffes, das auf mysteriöse Weise neben ihm erschienen war, und setzte die Segel auf dem geräuschlosen Meer der Nacht.

## 6

»Nein«, sagte die Miet-Mammika, »sie wird nicht zu dir kommen. Sie ist enttäuscht über dein Ergebnis beim Sterntalerrennen.«

»Ich hab' getan, was ich konnte«, schluchzte der kleine Mallory. »Aber als ich auf all die Gesichter treten sollte, konnte ich nicht mehr. Ich konnte es einfach nicht tun!«

Der Miet-Mammika gelang es, in ihrer äußeren Erscheinung ein Stirnrunzeln anzudeuten, und ihr Griff um den Arm des kleinen Mallory wurde fester. »Du wußtest, daß sie nur auf den Boden des Spielfeldes gemalt waren, um den Konkurrenzgeist zu symbolisieren«, sagte das Ding. »Warum konntest du nicht darauf treten?«

Der kleine Mallory machte einen letzten verzweifelten Versuch, an die Schlafzimmertür heranzukommen, die seine Mutter gerade zugeschlagen hatte. Aber die Miet-Mammika stand davor. Er gab auf und warf sich zu Boden. »Ich weiß nicht warum. Ich konnte es einfach nicht, das ist alles«, schluchzte er. Dann wurde seine Stimme lauter und schriller. »Aber ich *werde* drauftreten! Ich werde sogar auf richtige Gesichter treten – wart's nur ab. Ich werde ein größerer Sterntalermann sein, als mein Vater es sich je erträumt hat. Ich werd's ihr schon zeigen!«

»Ich werd's ihr schon zeigen«, murmelte der große Mallory, »wart's nur ab.«

Er öffnete die Augen. Er war allein in seinem Büro-Schlafraum. »Rowena!«

Keine Antwort.

Er rief lauter: »Rowena!«

Wieder keine Antwort.

Er überlegte. Die Zimmertür stand offen, und das »Schloß« war gewiß nicht so groß, daß man seinen Ruf nicht in jedem Winkel hätte hören können.

Er spürte ein schwaches Klopfen in seiner Schulter, aber ansonsten war er sich seiner Wunde kaum bewußt. Rowena hatte sie sehr sorgfältig verbunden. Es hieß, daß die Edeldamen des Ritterzeitalters sich gut auf diese Dinge verstanden. Und offensichtlich hatte sie auch diesmal das richtige Heilmittel erwischt.

Er setzte sich auf, schwang seine Beine auf den Boden. So weit, so gut. Dann versuchte er aufzustehen, doch augenblicklich erfaßte ihn ein heftiges Schwindelgefühl. Als es vorbei war, fühlte er sich wie neugeboren. Die Blutersatzpillen hatten tadellos gewirkt.

Trotzdem war nicht alles so, wie es sein sollte. Irgend etwas stimmte ganz entschieden nicht. »Rowena!« rief er wieder.

Immer noch keine Antwort.

Sie hatte ihm die Rüstung ausgezogen und sie ordentlich zu Füßen des Bettes hingelegt. Jetzt wußte er es wieder: Irgend etwas hatte ihn geweckt. Das Schlagen einer Tür . . . oder der Außenverriegelung.

Er atmete tief ein. Es roch nach Pflanzen, Feuchtigkeit, nach Wald und Abendluft . . .

Nun wußte er, was nicht stimmte. Die Verriegelung der *Anachronia* war geöffnet worden und mußte längere Zeit offengestanden haben, so daß die Abendluft in das Innere der ZRB eindringen konnte; mit anderen Worten, lange genug, daß jemand über die imaginäre Zugbrücke reiten konnte, die den Illusionsgraben überspannte. Danach war die Außentür selbsttätig wieder zugefallen.

Hastig eilte er in die Empfangshalle. Goldregen stand ganz alleine da, hinter der Touristenbar. Das schwarze Roboroß war fort.

Sein Blick schnellte hinüber zum Tisch. Der Heilige Gral! Auch er war fort.

Grimmig knurrte er. Dieser kleine Dummkopf brachte ihn zurück! Und das, nachdem er ihr verboten hatte, das »Schloß« zu verlassen! Doch nein, das hatte er ihr ja gar nicht verboten, nur, es *während seiner Abwesenheit* zu verlassen.

Er lief zu dem Telefenster, das der Außentür am nächsten war, und spähte suchend auf den Bildschirm. Sie war nirgends zu sehen. Die Nacht brach herein, und seine Sicht, wenn auch beträchtlich unterstützt vom Licht des aufgehenden Mondes, reichte nur bis zu den ersten Baumreihen.

Er geriet ins Grübeln. War dies noch dieselbe Nacht, oder war er fast vierundzwanzig Stunden lang bewußtlos gewesen?

Es *konnte nicht* dieselbe Nacht sein! Die Position des Mondes verriet es. Und dennoch hätte er schwören können, nur wenige Stunden bewußtlos gewesen zu sein.

Wenig später fiel ihm die Uhr in seinem Panzerhandschuh ein, und er ging in den Büro-Schlafraum zurück. Die Uhr zeigte 22 Uhr 32 an. Doch auch das ergab keinen Sinn, denn der Mond stand noch niedrig am Himmel.

Da wußte er, daß es hierauf nur eine Antwort geben konnte. Hals über Kopf stürzte er in den Kontrollraum. Klar! Der Zeit-Wähler auf der Programmiertafel war auf 20 Uhr desselben Tages gestellt worden. Er prüfte auch den Raum-Wähler. Dort war eingegeben worden, daß die *Anachronia* nochmals eine halbe Meile weiter westlich rematerialisiert werden sollte.

Er wischte sich den Schweiß von der Stirn. O Gott, sie hätte glatt die ZRB in das Zeitalter der Saurier versetzen können! Schlimmer noch, sie hätte sie mitten in den Dritten Weltkrieg verfrachten können!

Aber sie hatte nicht! Tatsächlich hatte sie ganz genau getan, was ihren Plänen entsprach – die *Anachronia* an den Zeitpunkt zurückversetzt, zu dem der Heilige Gral wieder in das Schloß Carbonek gebracht werden konnte, und zwar weniger als eine Stunde nach dem Diebstahl.

Plötzlich erinnerte er sich daran, wie sie ihn jedesmal von der Tür des Kontrollraums aus beobachtet hatte, wenn er Zeit- und Raum-Wähler betätigte. In ihrem Verhältnis zur Technologie war sie kaum mehr als ein Kleinkind, aber Programmiertafeln waren ebenso unkompliziert, wie die moderne Technologie sie nur zu machen vermochte, und selbst ein Kind konnte sie bedienen.

Wütend stapfte Mallory in den Büro-Schlafraum und schlüpfte in seine Rüstung. Dann bestieg er Goldregen, trotz des wieder auftretenden Klopfens in seiner Wunde, und ritt hinaus. Er hatte keine Waffen mehr, aber das konnte er nun einmal nicht ändern. Mit etwas Glück würde er keine brauchen. Und ein bißchen Glück war jetzt fällig, meinte er.

Er vermutete, daß Rowena den Weg zur Kammer des Heiligen Grals wählen würde, den sie genommen hatten, als sie dieselbe verließen. Sie hatte ja auch keine andere Wahl! Und er enzephalopathierte Goldregen, in schnellem Galopp auf den Fluß zuzuhalten, in der Hoffnung, er werde sie einholen, bevor sie den Eingang zum unterirdischen Tunnel erreicht haben würde. Doch diese Hoffnung ging nicht in Erfüllung. Keine Spur war von ihr zu sehen, bis er den Eingang erreicht hatte. Strenggenommen erblickte er auch jetzt keine Spur von ihr, wohl aber einige lose Steine, die die Hufe des schwarzen Roborosses aufgeworfen haben könnten.

Als er den Tunnel betrat, stutzte er. Bis zu diesem Augenblick war ihm der Widersinn, daß ein Fräulein aus dem sechsten Jahrhundert ein Roboroß aus dem zweiundzwanzigsten enzephalolenken konnte, nicht aufgefallen. Doch mußte er nach einer kurzen Weile zugeben, daß dies gar nicht so widersinnig war, wie es auf den ersten Blick schien. »Enzephalopathieren« war nur ein hochtrabendes Wort für »Denken«. Und Rowena mußte schon bald, nachdem sie Perfidions Roß bestiegen hatte, bemerkt haben, daß sie nur zu denken brauchte, wohin sie wollte, um das Roboroß dorthin zu lenken.

Er hatte nicht daran gedacht, ein Licht mitzunehmen, noch brauchte er eines. Die Infrarotstrahlung von Goldregens Augenpaar war mehr als ausreichend für sein Vorhaben, und das Mädchen einzuholen wäre kinderleicht gewesen – wenn nicht auch sie ein Roboroß geritten hätte. Doch das war nicht einmal von überragender Bedeutung: Selbst wenn sie den Heiligen Gral schon zurückgebracht hatte, konnte er ihn ebenso leicht wieder an sich reißen wie zuvor.

Das Merkwürdige an der ganzen Sache war, daß Mallory nicht ein einziges Mal an die unvermeidliche Überschneidung dachte, bis er ein Stück weiter vorn das Aufflackern einer Fackel sah. Im nächsten Augenblick hörte er eine Frauenstimme, und instinktiv enzephalolenkte er Goldregen in die nächste Höhlung des Mauerwerks.

Der Fackelschein wurde heller und heller, und sogleich ließen sich Hufschläge vernehmen. Die Frauenstimme erklang nun laut und deutlich, und Mallory verstand jedes Wort, selbst über dem Gurgeln des Wasserlaufes: ». . . Daraufhin ließ er die Maid hinab. Mit allen gehörigen Stücken war er bewaffnet, nur mißte er die Lanze. Er wappnete sich mit seinem Schilde, entblößte sein Schwert, und Bors traf ihn so mächtig, daß es ihm an der linken Schulter glatt Schild und Panzer durchschlug. Mit ungeheurer Kraft zwang er ihn zu Boden. Als Bors sodann seine Lanze herauszog, sank jener in Ohnmacht. Und Bors schritt auf die Maid zu und redete zu ihr: Was dünkt Euch nun, da Ihr von diesem Ritter befreiet seid? Nun, Herr, sprach sie, bitt' ich Euch, führt Ihr mich dorthin, wo dieser Ritter mich ergriff. So will ich gerne tun: und nahm das Roß des Verwundeten, setzte die Maid auf dessen Rücken und brachte sie, wohin sie wünschte. Herr Ritter, sprach sie bald, zu glücklicherer Zeit, als Ihr wohl wähnen mögt, seid Ihr gekommen. Denn wär' ich meiner Jungfernschaft beraubt, hätten dafür an die fünfhundert Mann ihr Leben lassen müssen. Wer war der Ritter, der Euch in den Wald entführte? Bei meiner Seele, so sprach sie, 's ist mein Cousin. Nimmer mag ich wissen, auf welche Weise Satan ihn berückte, da er mich gestern meinem Vater hat geraubt. Noch keiner meines Vaters Mannen hat ihm je mißtraut. Und hätt' er mir die Jungfernschaft genommen, gestorben wäre er dafür, geschändet hätt' man seinen Leichnam, für alle Zeiten ihn entehrt. Als so . . .«

In diesem Augenblick fühlte Mallory sich durch die Erkenntnis des *déjà vu,* das er beim erstmaligen Hören dieser Geschichte empfunden hatte, so vor den Kopf geschlagen, daß dieser unwillkürlich eine abrupte Bewegung nach hinten machte. Dabei berührte sein Helm die Felswand und schabte gegen den Stein. Das Roboroß und seine beiden Reiter befanden sich jetzt genau gegenüber, auf der anderen Seite des Wasserlaufs. »*Scht!*« flüsterte Mallory I.

Rowena I stockte der Atem. »Es mag nun wohl angebracht sein, daß ich Euch danke für Eure große Freundlichkeit, guter Herr«, hauchte sie, »denn nun werden wir gewiß nicht länger am Leben bleiben.«

»Unsinn!« protestierte Mallory I. »Wenn Euer Satan tatsächlich hier irgendwo in der Nähe ist, fürchtet er uns vermutlich mehr als wir ihn.«

»Er . . . er mag ja zu unserem Glück heute schon Fleisch genossen haben«, flüsterte Rowena I hoffnungsvoll. »Die Mär sagt, daß, wenn Satan gesättigt ist, er müde werde und denen nicht zu Leibe rückt, die friedlich an ihm vorüberziehen.«

»Ich werde mein Schwert bereithalten für den Fall, daß er es sich anders überlegt«, versicherte ihr Mallory I. »Fahrt inzwischen mit Eurer Autobiographie fort. Nur, um Himmels willen, faßt Euch kurz!«

»Wiez geualle, guter Herr. Als so das zarte Edelfräulein mit Sir Bors redete, da kamen Ritter, zwölwe an der Zahl, die nach ihr suchten. Und sie . . .«

Noch einige Zeit, nachdem die Stimmen schon wieder verblaßt waren, war Mallory VI wie erstarrt. Da er nun die Geschichte ein zweites Mal gehört hatte, und, wichtiger noch, als Beobachter der Szene, war er in der Lage, sie als das zu identifizieren, was sie wirklich war – ein Auszug aus *Le Morte d'Arthur*. Auch die Geschichte über Joseph von Arimathäa war ein Auszug gewesen, durchfuhr es ihn, möglicherweise sogar Wort für Wort aus dem Text zitiert. Das war in der Tat merkwürdig, daß ein Fräulein aus dem sechsten Jahrhundert, das zudem vermutlich nicht einmal lesen konnte, so vertraut sein sollte, mit einem Buch, das erst neunhundertdreiundvierzig Jahre später erscheinen würde.

Aber nicht so merkwürdig, wenn sie eine Blondine aus dem zweiundzwanzigsten Jahrhundert in der Kleidung einer Maid aus dem sechsten war!

Als er sich nun an Perfidions Sekretärin erinnerte, wurde ihm schlecht. Nein, es gab keine offensichtliche Ähnlichkeit zwischen ihr und der Maid, die Rowena het. Doch der Verzicht auf Mieder und ein viertel Pfund Make-up, die Anwendung von brauner Haarfarbe mit »Seidenglanz«, dazu pflaumenblaue Kontaktlinsen konnten eine solche Ähnlichkeit durchaus herstellen – und hatten es offenbar auch. Die Vergangenheitspolizei verstand sich ausgezeichnet auf derartige Inkarnationen, und die meisten ihrer Angehörigen beherrschten die Kunst, als solche völlig real zu wirken.

*Na komm, Goldregen,* enzephalopathierte Mallory. *Wir beide haben eine kleine Rechnung zu begleichen.*

Als er die Kammer des Heiligen Grals betrat, war Rowena IV gerade dabei, den Gral mit dem roten Seidenbrokat zu umhüllen. Sie fuhr zurück, als sie ihn sah. »Fürwahr, guter Herr, habt Ihr mich erschreckt! Mich dünkte, Ihr schlafet in Eurem Schloß.«

»Laß den Schmus«, warf Mallory unwillig ein. »Die Maskerade ist vorbei.«

Sie schaute ihn mit runden, fragenden Augen an. Sie mußte geweint haben. »Die . . . die Maskerade, guter Ritter?«

»Genau . . . die Maskerade. Du bist ebensowenig die Maid Rowena, wie ich der Ritter Sir Galahad bin.«

Sie senkte ihren Blick bis auf die Höhe seines Brustpanzers. »Ih . . . ih wet wol, Ihr seid nicht Sir Galahad, guter Herr. Es . . . es war mir einst vergönnt, ihn mit meinen eigenen Augen zu schauen. Und als Ihr Euch Eures Helmes entblößet und ich Euer Angesicht erblickte, da wußte ich, daß Ihr nicht der sein konntet, von dem Ihr spracht.« Dann, plötzlich, sah sie ihn erhobenen Hauptes fast herausfordernd an. »Doch verrieten Eure Augen mir, guter Herr, daß Ihr höchst ehrenwert seid, und gabt Ihr Euch aus für jenen, der Ihr nicht seid, so tatet Ihr es gewiß aus ehrenhaften Gründen. So ward es nicht an mir, weiter nachzuforschen.«

»Ich sagte, laß den Schmus«, wiederholte Mallory, wenn auch deutlich weniger überzeugt. »Ich bin dir auf die Schliche gekommen – merkst du das nicht? Du bist ein Zeit-Spitzel.«

»Ein . . . ein Zeit-Spitzel? Ih wet niet waz . . .«

»Eine Agentin der Vergangenheitspolizei. Eine jener Wohltäterinnen, die in der Geschichte herumflitzen, um gestohlene Wertsachen zurückzubringen und hart arbeitende Leute wie mich zu verpfeifen. Du hast dich verraten, indem du die Geschichte mit Sir Bors direkt aus *Le Morte d'Arthur* zitiertest und . . .«

»Doch ich sprach zu Euch wahrhaftig, guter Herr. Es hat Sir Bors mir meine Jungfernschaft gerettet. Ih wet niet, wie es zugeht, daß es Eurer Zweie und meiner Zweie gibt und gar vier Rosse, die zuvor nur zwei waren, und ih wet niet, wie ich es vermochte, als ich den magischen Tisch in Eurem Schloß berührte, die Stund' zurückzustellen. Ih wet niet, wie das Zauberroß, das ich bestieg, mich hierher brachte – ih wet niets von diesen Dingen, guter Herr. Ih wet nur, daß der Zauber Eures Schlosses ein gar wunderbarer ist.«

Eine ganze Weile konnte Mallory nichts dazu sagen. In diesen pflaumenblauen Augen, die ihm so offen ins Gesicht schauten, lag Wahrhaftigkeit, und dieselbe hatte aus jedem ihrer Worte geklungen. Dem entgegengesetzten Anschein zum Trotz und trotz des eklatanten Paradoxes, das dieses Zugeständnis aufwarf: die Maid Rowena war kein Schwindel, nie einer gewesen und würde niemals einer sein. Sie war tatsächlich – von Sir Galahad abgesehen – der einzige vollkommen anständige Mensch, dem er je in seinem Leben begegnet war.

»Sagt«, fuhr er schließlich fort, »habt Ihr Euch nicht gefürchtet, allein den Tunnel zu durchreiten? Fürchtetet Ihr nicht, Satan würde Euch ergreifen?«

»Ach, guter Herr, übergroß war meine Furcht. Doch wär's nicht recht, würd' ich in solcher Lage meiner selbst gedenken.« Sie schwieg einen Augenblick, dann fuhr sie fort: »Wie ist Euer rechter Name, Herr Ritter?«

»Mallory«, antwortete Mallory. »Thomas Mallory.«

»Ich bin ob Eurer Bekanntschaft sehr beglückt, Sir Thomas.«

Mallory hörte sie nur halb. Er betrachtete den von Seidenbrokat verhüllten Heiligen Gral. Nun stand nichts mehr zwischen ihm und seinem Ziel, und die Zeit verstrich unnütz. Er war im Begriff, einen Schritt auf den silbernen Tisch zu machen.

Sein Fuß blieb wie angewurzelt auf dem Boden.

Er nahm nur noch Rowenas Augen wahr. Ja, er spürte sozusagen ihre Berührung auf seinem Gesicht. Dabei waren sie nicht anders als zuvor, aber er wurde sich plötzlich des Vertrauens und der Bewunderung schmerzlich bewußt, die ihm darin entgegenleuchteten. Er konnte sich einfach nicht gegen das Gefühl wehren, in hellem, blendendem Sonnenlicht zu stehen.

Nochmals versuchte er einen Schritt auf den silbernen Tisch zu. Wieder blieb sein Fuß, wo er war.

Was ihn plagte, war nicht so sehr, daß sie nicht glaubte, daß er den Heiligen Gral an sich reißen würde, sondern daß es völlig außerhalb ihrer Vorstellungskraft lag, er könne das tun. Man mochte sie vielleicht davon überzeugen, daß Schwarz Weiß sei und Weiß Schwarz, daß Dämonen in einsamen Höhlen und in Schlössern lauerten. Doch niemals würde man sie davon überzeugen können, daß ein »Ritter« mit den Eigenschaften, die sie ihm, Mallory, zuschrieb, eine verwerfliche Tat zu vollbringen vermochte.

Da war er nun, zum Greifen nahe. Bei allen Vorteilen, die der Gral Mallory verschaffen mochte – er hätte ebensogut auf dem Meeresgrund vor Mindanao ruhen können.

Er seufzte. Seine Rechnung war ebensowenig aufgegangen wie Perfidions. Letztlich war der echte Sir Galahad derjenige, dem der Gral bestimmt war – nicht der falsche. Der falsche grinste wehmütig.

»Nun«, sagte er, der Maid Rowena zugewandt, »es war schön, Euch zu begegnen.« Er schluckte. Aus einem unerfindlichen Grund spürte er einen Kloß im Hals. »Ich . . . ich denke, für Euch wird nun alles gut.«

Zu seiner Verwunderung brach sie in Tränen aus. »Oh, Sir Thomas!« rief sie aus. In meiner großen Eile, den Heiligen Gral zu dieser Kammer zurückzutragen und die schwere Schuld des untreuen Ritters Sir Jason zu tilgen, hab' ich wiederum meine Treuhand verwirkt. Denn als ich Euch und mich und Goldregen in dem Tunnel erblickte, erfaßte mich ein solcher Schreck, daß, als ich mit meinem Roß in einer Höhle mich wollt' bergen, der Heilige Gral aus meinen Händen sich befreite und . . . und . . .«

Mallory starrte sie an. »Ihr ließet ihn fallen?«

Sie trat zu dem silbernen Tisch vor und lüpfte ein Eckchen des roten Brokattuches. Die Delle war nicht groß, und dennoch brauchte man nicht zweimal hinzusehen, um sie zu entdecken. »Ih . . . ih wet nu nimmer, waz ih sol tun!« jammerte sie.

Jetzt erinnerte Mallory sich an das erste Geräusch, daß er in dem Gang vernommen hatte, als er mit Rowena das Schloß Carbonek verließ. »Nein, wie furchtbar!« sagte er und grinste. »Versteh' ich recht, dies bringt Euch erneut in Gefahr?«

»Gewiß, Sir Thomas, doch lieber möcht' ich sterben als erneut Euch zu ersuchen . . .«

». . . was es für einen Ritter meiner Art außer Frage stellt, Euch hier allein zurückzulassen.« Mallory war glücklich und faßte ihren Arm. »Kommt, ich weiß zwar nicht, wie ich ein Fräulein aus dem sechsten Jahrhundert in die Gesellschaft des zweiundzwanzigsten einführen soll, aber glaubt mir, ich will es versuchen!«

»Und . . . und werdet Ihr auch Goldregen mit in jenes Land nehmen, von dem Ihr sprecht, Sir Thomas?«

»Sir Thomas« grinste. »Wet iv wol, und seinen Kumpel auch. Kommt!«

In der *Anachronia* warf er seinen Helm und seine Panzerhandschuhe in eine Ecke der Empfangshalle und eilte geradewegs in den Kontrollraum. Dort, Rowena dicht an seiner Seite, stellte er den Zeit-Wähler auf den 21. Juni 2178, den Raum-Wähler auf Kansas City, Zeittouristen-Hafen. O mein Gott, das würde guttun, wieder zu Hause zu sein und einen Haarschnitt verpaßt zu bekommen! »Nun geht's los«, erklärte er Rowena und betätigte den Hauptschalter. Ein schwaches Vibrieren war zu spüren. »Nun, wartet's ab, Rowena.« Er ging mit ihr hinüber zum Telefenster.

Gemeinsam schauten sie gespannt auf den Bildschirm. Mallory verschlug es glatt den Atem. Da präsentierten sich nicht etwa, wie er erwartete, die in Spiralen sich in den Himmel schraubenden Wohnhäuser einer Vorstadt, sondern statt dessen eine grüne, mit Bäumen durchsetzte Landschaft. In der Ferne konnte man klar und deutlich ein Schloß erkennen.

Er starrte auf dieses Bild. Es war nicht eine Sechst-Jahrhundert-Sache wie Carbonek – es war moderner. Aber es war und blieb ein Schloß. Offensichtlich war in der Umsetzung der Programmierung ein Fehler unterlaufen, und die *Anachronia* war nur ein kleines Stückchen in die Zukunft hineingeworfen worden, während sie den gleichen Standort so ungefähr beibehalten hatte.

Er ging zur Programmiertafel zurück, um die Sache zu überprüfen. Gerade als er sie erreichte, flackerten die vielen Kontrollämpchen auf und erloschen dann. Zeit- und Raum-Wähler glommen allerdings noch lange genug, um zu erkennen, wann und wo sich die ZRB rematerialisiert hatte. Das Jahr war 1428 A.D.; der Ort war Warwickshire.

Mallory stürzte in den Maschinenraum. Der Generator qualmte, der Raum war erfüllt vom Gestank durchgeschmorter Kabel.

Er fluchte. Perfidion!

Deshalb also hatte dieser Schuft mit der Tradition gebrochen und ihn, einen gewöhnlichen Zeitdieb, zu einem Golfspiel eingeladen!

Wäre es jemand anders als Perfidion gewesen, hätte er die Funktionen der *Anachronia* so ausgetrixt, daß Mallory direkt im fünfzehnten Jahrhundert gelandet wäre, ohne Aufenthalt im sechsten. Perfidion aber wollte, daß Mallory erfahren solle, wie vollkommen er ihn hereinlegen würde. Hätte er geahnt, daß die beiden Besuche in der Kammer des Heiligen Grals so kurz aufeinanderfolgten, hätte er gewiß dafür gesorgt, daß Mallory sein Sir Galahad-Kostüm erst gar nicht gebraucht hätte.

Wieder im Kontrollraum, sah Mallory, daß die Lumillusionstafel vorprogrammiert worden war, die *Anachronia* als ein Schloß des fünfzehnten Jahrhunderts zu rematerialisieren. Offenbar war es seit jeher vorbestimmt, daß er ein Ritter im fünfzehnten Jahrhundert werden sollte, ebenso wie es Perfidion bestimmt gewesen war, Besitzer einer fehlplazierten Würstchenbude zu werden.

Mallory lachte. Er hatte immerhin den besseren Teil erwischt. Es gab wenigstens keinen Smog im fünfzehnten Jahrhundert.

Wer würde er wohl sein? fragte sich Mallory. War sein Name vielleicht sogar in die Geschichte eingegangen?

Plötzlich stockte sein Atem. War *er* der Sir Thomas Malory mit Besitzungen in Northhampshire und Warwickshire? War *er* der Sir Thomas Malory, der *Le Morte d'Arthur* zusammengetragen, übersetzt und geschrieben hatte? Kaum etwas war über dessen Leben bekannt, und das Wenige, daß man wußte, beruhte auf Annahmen. Er *könnte* also aus dem Nichts aufgetaucht sein, sein Glück durch Vorherwissen gemacht haben und zum Ritter geschlagen worden sein. Er *könnte* also ein im fünfzehnten Jahrhundert gestrandeter, bekehrter Zeitdieb gewesen sein.

Wenn aber er, Mallory, Malory war, wie in aller Welt sollte er fünfhundert Kapitel mit halbhistorischen Angaben zusammenbekommen und diese als *Le Morte d'Arthur* der Nachwelt weitergeben?

In diesem Augenblick verstand er alles.

Er ging zu Rowena hinüber, die immer noch vor dem Telefenster stand, und sagte: »Ich wette, Ihr wißt endlose Geschichten über die Taten der Ritter von der Tafelrunde zu erzählen.«

»Ach, Sir Thomas! Seit ich das Licht der Welt erblickte, hörte ich am Hofe meines Vaters nichts anderes.«

»Dann erzählt mir«, forderte er sie auf, »wie die ganze Sache mit der Tafelrunde begann. Oder, besser noch, wie es mit dem Heiligen Gral begann. Um die Tafelrunde können wir uns später kümmern.«

Sie dachte einen Moment lang nach. Dann hub sie an zu reden: »So höret, guter Herr, was ich Euch künde: Es geschah in der Vigil des Heil'gen Pfingsten, als alle Angehörigen der Tafelrunde nach Camelot gekommen waren und dort dem Gottesdienste beigewohnet und alle Tische für das Mahl bereitet, da erschien in der gar großen Halle eine wunderschöne Edelfrau auf eines Rosses Rücken. Geschwind, so schien's, war sie geritten, denn das Roß war Schweißes naß. Dort saß sie ab, trat vor den König, grüßte ihn. Er sprach also: Segne Euch Gott, ehrwürd'ge Frau. Herr, sprach sie dann, um Gottes willen, saget mir, wo Sir Lancelot ich finde. Dort hinten werdet Ihr ihn seh'n, antwortet' ihr der König. Darauf trat sie zu Lancelot, so zu ihm redend: Sir Lancelot, gegrüßet seid in König Pelles' Namen. Hiermit ersuch' ich Euch, mich zu geleiten in einen tiefen, dunklen Wald. Dann fragte sie Sir Lancelot, mit welchem Manne sie wohl lebe. Ich lebe, so sprach sie, mit König Pelles. Wozu alsdann brauchet Ihr mich? so sagte Lancelot, und sie: Des werdet Ihr gewärtig, alsbald Ihr . . .«

»Das reicht für den Augenblick«, unterbrach Mallory. »Wir werden darauf zurückkommen, sobald ich einen Vorrat an Papier und Tinte erstanden habe.« Dann fügte er hinzu: »Scheherezade!«

»Scheherezade, Sir Thomas? Ih wet niet . . .«

Er beugte sich zu ihr hinab und küßte sie. »Ihr braucht es auch nicht zu weten.« Er dachte nach. Vermutlich würde er einige Nachforschungen anstellen müssen, um die Ereignisse aufzuschreiben, die zu seiner und Rowenas Flucht geführt hatten. Und ironischerweise würden diese Nachforschungen in der Aufzeichnung der echten Besuche der Herren Galahad und Lancelot in der Kammer des heiligen Grals münden – den »Zeit-Lücken«, auf die er und Perfidion gesetzt und verloren hatten. Der Hauptteil des Werkes aber war ihm sozusagen in den Schoß gefallen, und dessen Stil und Geist war von vornherein festgelegt. Darüber hinaus, im Widerspruch zu dem, was die Geschichte später festhalten würde, würde diese Arbeit nicht im Gefängnis getan werden, sondern genau hier, im »Schloß Anachronia«, Rowena an seiner Seite, diktierend. Es war zwar unmöglich, eine Maid aus dem sechsten Jahrhundert als seine Hauptquelle anzugeben, doch das konnte ja vermieden werden – wie es schon einmal vermieden worden war –, indem er zahlreiche Anspielungen auf imaginäre französische Quellen machen würde. Und was das größte Hindernis an diesem Vorhaben anging, sein Zynismus aus dem zweiundzwanzigsten Jahrhundert, der war ihm bei seinem Zusammentreffen mit Sir Galahad gründlich vergangen.

Das Buch würde erst 1485 erscheinen, und doch brannte er bereits vor Eifer, jetzt damit zu beginnen. Es würde ihm Spaß machen zu schreiben. Nun besann er sich: »Ich weiß, Rowena, wir kennen einander noch nicht lange, und doch schon fast neunhundert Jahre. Wollt Ihr meine Frau werden?«

Sie blinzelte. Sodann zeigten ihre pflaumenblauen Augen, ach wie blau sie wirklich zu sein vermochten. Sie schlang ihre Arme um seine Halsberge. »Wet ih wol, Sir Thomas«, also sprach sie. »Nichts gibt's auf dieser Welt, was ich wohl lieber tät', als Eure Braut zu sein!«

*Also entstand*
*der Prosa-Epos,*
*bekannt der Nachwelt*
*als*
*»La Mort d'Arthury«,*
*Die Ältest',*
*Berühmtest' Gar Geschicht'*
*Des Allbekannten Prinzen Arthur,*
*König Von Britannia,*
*Wie Auch All Der Edlen Heldentaten*
*Der Kühnen Ritter*
*Seiner Tafelrund',*
*als auch:*
*»Le Morte d'Arthur«.*

Die Hexe ist tot.
Edward D. Hoch

Obwohl vorwiegend als Krimi-Autor bekannt, hat der äußerst produktive Edward D. Hoch (geb. 1930) auch viele Werke der Science-fiction und Fantasy verfaßt. Tatsächlich handelte seine erste veröffentlichte Geschichte von Simon Ark, einem 2000 Jahre alten Detektiv, der sich auf Fälle von Okkultismus spezialisiert hat; im vorliegenden Fall geht es um Hexerei.

Ihr richtiger Name war Helen Marie Carrio, aber schon länger, als irgend jemand zurückdenken konnte, hieß sie einfach nur Mutter Fortuna. Sie war eine große, rundliche Frau, um die Siebzig herum, die auch ganz gut für hundert durchgegangen wäre.

Wie ihr Name eigentlich schon andeutete, verdiente sich Mutter Fortuna ihren kärglichen Lebensunterhalt mit Wahrsagen, wobei sie angestrengt in eine riesige Kristallkugel schaute und dann den Leuten erzählte, was sie hören wollten. Es war ein aussterbender Beruf – besonders im Bezirk Westchester im zweiten Jahrzehnt des Atomzeitalters –, aber es gab immer noch genug Menschen, denen ihr Wort heilig war.

Es gab allerdings auch eine Menge anderer, die zum Thema Mutter Fortuna ziemlich entgegengesetzte Ansichten hegten. Es gab sogar einige, die ihr vorwarfen, eine moderne Hexe zu sein.

Und vielleicht stimmte das ja auch.

Auf alle Fälle starb Mutter Fortuna stilecht wie alle guten Hexen – in einem Flammenmeer, das die Richter vor Jahrhunderten mit neidischer Begeisterung erfüllt hätte.

Aber wie das Leben so spielt, der Tod von Mutter Fortuna erwies sich als weitaus geheimnisvoller und fantastischer als ihr ganzes Leben . . .

Es war in der ersten Oktoberwoche und am zwölften Tag einer frühherbstlichen Hitzewelle mit Temperaturen bis zu 27 Grad, die sowohl die Wetterfrösche als auch die Vorortbewohner völlig überrascht hatte. Ich hatte den Zug um 17 Uhr 12 von New York genommen, so wie immer, wenn im Büro alles ruhig war.

Ich bin überzeugt davon, daß mir der Mann auf dem Platz gegenüber von Anfang an aufgefallen war, aber erst, als wir beide den Zug in Hudsonville verließen, konnte ich sein Gesicht deutlich sehen. Es war ein grobgeschnittenes, faltiges, aber dennoch angenehmes Gesicht, eines, das man nicht so schnell wieder vergißt, obwohl es lange her war, daß ich ihn das letzte Mal gesehen hatte.

Vor dem winzigen Häuschen, das dazu da war, Hudsonville mit der New-Haven-Eisenbahnlinie zu verbinden, holte ich ihn ein und sprach ihn an: »Sie sind Simon Ark, nicht wahr?«

Sein zusammengepreßter Mund verzog sich augenblicklich zu einem freundlichen Lächeln. »Gewiß. Das muß jetzt viele Jahre her sein . . .«

Es war viele Jahre her. Ich hatte Simon Ark das erste Mal in einer kleinen Bergarbeiterstadt im Westen getroffen, als ich noch Zeitungsreporter gewesen war. Seitdem hatte ich ihn nicht mehr gesehen, aber da er mit Sicherheit der ungewöhnlichste Mensch war, den ich je kennengelernt hatte, ist er mir lebhaft in Erinnerung geblieben.

Ich führte ihn in ein kleines Café auf der anderen Straßenseite, und bei zwei Tassen dampfendem Kaffee erzählte ich ihm, wie mein Leben in der Zwischenzeit verlaufen war. »Ich bin jetzt bei Neptune Books«, berichtete ich, »einer dieser Taschenbuchverlage. Seit drei Jahren schon. Es ist um vieles besser, als seinen Lebensunterhalt damit zu verdienen, Politiker und Polizeiautos zu verfolgen. Ich habe Shelly Constanze geheiratet, wissen Sie.«

»Das habe ich gehört«, erwiderte Simon Ark. »Es ist wirklich schön, Sie nach all den Jahren wiederzusehen.«

»Sie sind überhaupt nicht älter geworden, Simon. Was haben Sie die ganze Zeit über so gemacht?«

Simon Ark lächelte wieder. »Das Übliche. Ich bin die meiste Zeit umhergereist. Nach England und auch anderswohin.«

»Ich hoffe, diese Angelegenheiten waren nicht ganz so ernst wie damals in Gidaz.«

»Manchmal sogar noch ernster«, entgegnete er, und das Lächeln wich aus seinem Gesicht. »Das Böse ist heutzutage überall, und es ist äußerst schwierig, das Böse, das die Menschen hervorrufen, und das, das noch aus uralter Zeit stammt, auseinanderzuhalten . . .«

Seit unserem kurzen Zusammentreffen vor einigen Jahren hatte ich mir etliche Theorien über Simon Ark zurechtgebastelt, aber ich stellte nun fest, daß ich immer noch weit davon entfernt war, die Wahrheit über ihn zu kennen. Er hatte mir einmal erzählt, daß er ständig auf der Suche war, auf der Suche nach dem ursprünglichen und letzten Bösen, nach dem Teufel selbst. Und manchmal hatte ich, während ich sein Gesicht betrachtete, das Gefühl, daß er schon seit langer, langer Zeit unterwegs war.

Ich zündete mir eine Zigarette an und trank einen Schluck Kaffee. »Was um alles in der Welt machen Sie denn nun in Westchester? Das einzig Böse hier oben sind die Pendlerzüge und die Hitzewelle, die wir im Moment haben.«

Er runzelte die Stirn bei dieser Bemerkung. »Also haben Sie noch nichts über die seltsamen Vorgänge am Frauen-College in Hudsonville gehört, oder über die Frau, die sich selbst Mutter Fortuna nennt.«

»Ich glaube nicht. Vielleicht möchte ich das auch gar nicht, wenn es etwas damit zu tun hat, daß Sie hier sind.«

»Ich hoffe nur, daß ich noch rechtzeitig gekommen bin, um etwas wirklich Schlimmes verhindern zu können«, sagte er. »Aber das ist jetzt noch schwer zu beurteilen.«

»Was ist denn nun im Gange?«

»Bis jetzt ist natürlich noch nichts an die Öffentlichkeit gegeben worden – und das wird es wahrscheinlich auch nicht –, aber es scheint, als hielte sich diese Frau mit dem Namen Mutter Fortuna für eine moderne Hexe. Auf alle Fälle hat sie einige der Studentinnen am Hudsonville-College auf irgendeine Art verhext.«

Nun mußte ich doch lachen. Der Gedanke an eine Hexe, die in einer modernen Hochschule für junge Mädchen ihr Umwesen trieb, war einfach zuviel für mich. »Sie machen doch bloß Spaß, nicht wahr?«

»Ich fürchte, nein«, meinte er ruhig. »Drei der Mädchen sind offensichtlich dem Tode nahe, und noch einmal vierzig sind ernstlich erkrankt.«

»Dann muß es eine andere Erklärung dafür geben«, beharrte ich. »So etwas passiert doch heutzutage nicht mehr, zumindest nicht in Hudsonville.«

»In dieser Welt sind schon weitaus merkwürdigere Dinge geschehen«, bemerkte Simon Ark. »Ich fahre jetzt zu der Schule hinaus. Wenn Sie möchten, können Sie mich gern begleiten . . .«

Das Hudsonville-College für Frauen ließ sich schwerlich mit einem anderen Insitut für höhere Bildung irgendwo im Osten vergleichen. Sechzig Jahre Tradition plus dem Glück, ein paar Millionen Dollar aus einer Stiftung erhalten zu haben, hatten es ermöglicht, hier in Westchester einige der großen Wunder des alten Rom wieder auferstehen zu lassen.

Direkt am Eingang zum Campus stand eine Säulenreihe, die an die Überreste des Apollotempels in Pompeji erinnerte, und selbst die Studentenkapelle war eine genaue Kopie der Kirche des Heiligen Franziskus in Assisi, wenn auch etwas verkleinert. Der Hauptweg über den Campus wurde sinnigerweise Via Appia genannt, und die große Aula, die wegen der bescheidenen Zahl von Studentinnen, die sich in Hudsonville immatrikulierten, niemals ganz gefüllt werden konnte, hatte natürlich das Forum Romanum zum Vorbild gehabt. Es gab sogar eine kleine Brücke über einen Bach, die eine bemerkenswerte Ähnlichkeit mit der Rialto-Brücke in Venedig aufwies.

Es schien beinahe so, als reiste man in etwas mehr als einer Stunde durch ganz Italien, aber ob das wirklich dazu beitrug, die Aufgabe zu erfüllen, moderne, kultivierte junge Damen auf Beruf und Ehe vorzubereiten, mochte ich nicht beurteilen. Ich vermute jedoch, daß dadurch eine gewisse Anzahl Studentinnen hier landete, deren Mütter sie sonst nach Vassar oder hinüber nach Bryn Mawy geschickt hätten, und es hatte den Vorteil, daß die Schule regelmäßig in den führenden Zeitschriften erwähnt wurde, wobei man sich der Methode bediente, jährlich irgendwelche Bühnenstücke aufzuführen, denen vergessene Überlieferungen aus dem alten Rom zugrunde lagen.

Es war offensichtlich, daß Simon Ark zum ersten Mal einen Blick auf diesen Campus warf, denn er schlenderte einige Minuten ziellos umher, bevor wir schließlich auf das Verwaltungsgebäude zumarschierten, das seltsamerweise das einzige Haus an diesem Ort war, das nicht nach alten, römischen Motiven gestaltet worden war. Statt dessen stand hier ein altes Kalksteingemäuer vor uns, das augenscheinlich aus den Gründertagen des Colleges, Mitte der neunziger Jahre, stammte und irgendwie die Romanisierungswut der Collegeverwalter überlebt hatte.

Ich hatte vorher Shelly angerufen und ihr gesagt, daß ich später zum Abendessen kommen würde, obwohl ich nicht damit gerechnet hatte, daß der Ausflug zum Hudsonville College allzu lange dauern würde. Und mir war die ganze Angelegenheit immer noch nicht recht geheuer, als wir an der Tür von einem hochgewachsenen Gentleman empfangen wurden, der wie ein Gelehrter aussah und dessen römische Nase geradezu ideal in das Gesamtbild des Campus paßte.

»Kann ich Ihnen helfen?« fragte er leise, und obwohl seine Stimme höflich klang, merkte ich deutlich, daß er sorgfältig darauf bedacht war, uns den Weg zu versperren.

»Möglicherweise. Ich bin Simon Ark, und dies ist ein Freund von mir. Ich hörte, daß Sie hier einige Probleme haben, und dachte, daß ich Ihnen vielleicht bei deren Beseitigung von Nutzen sein könnte . . .«

»Wir haben bereits einen Arzt . . .«, begann der hagere Mann.

»Ich bin kein Arzt.«

»Wenn Sie Zeitungsreporter sind oder so etwas ähnliches, kann ich Ihnen gleich sagen, daß ich Ihnen nichts zu sagen habe.«

Simon Ark knurrte: »Ich bin auch kein Reporter, aber bevor ich mich weiter mit Ihnen unterhalte, könnten Sie mir vielleicht mitteilen, wer Sie sind?«

»Entschuldigung«, sagte der Mann und lächelte schwach. »Ich bin Hugh Westwood. Ich bin hier Professor für klassische Geschichte. Wenn Sie mir jetzt Ihr Anliegen vortragen würden . . .«

»Wir haben zufällig von Ihren Problemen gehört, Professor Westwood. Ich bin auf die Erforschung derartiger Phänomene spezialisiert und dachte, daß ich Ihnen hier vielleicht behilflich sein könnte.«

Westwood blickte prüfend auf Simon Ark. »Ich weiß nicht, wie Sie das herausbekommen haben, aber wenn Sie damit sagen wollen, Sie hätten Erfahrung im Umgang mit Hexen, dann sind Sie mit Sicherheit der Mann, den wir brauchen.«

»Nun . . .« Simon Ark zögerte einen Augenblick. »Ein wenig Erfahrung habe ich schon mit Hexen . . .«

Das war alles, was Westwood hören wollte. Er führte uns durch die lange Eingangshalle in sein Büro und deutete auf zwei Stühle. Nach ein paar Minuten kam er in Begleitung eines weißhaarigen, älteren Mannes und einer Frau in mittleren Jahren wieder zurück.

»Dies sind unser Präsident, Dr. Lampton, und die Dekanin, Miss Bagly. Wie war doch gleich Ihr Name . . . Simon Ark?«

Er nickte und stellte mich als seinen Assistenten vor. Erstaunt merkte ich, wie rasch er von diesen drei verängstigten Menschen akzeptiert zu werden schien. Vielleicht war es ihre Angst, verbunden mit Arks unwiderstehlicher Art, die sie ihre Aversion gegen die Öffentlichkeit vergessen ließ.

»Es geht um diese Frau . . . diese . . . diese Mutter Fortuna«, begann Miss Bagly. »Sie ist so eine Art Hexe, und sie hat unsere Mädchen mit einem Bannfluch belegt. Wir . . . wir wissen nicht, an wen wir uns wenden sollen, Mr. Ark, wir sind völlig ratlos. Wenn wir so etwas der Polizei melden würden, käme die Angelegenheit in alle Zeitungen, und unsere Schule wäre ruiniert.«

Simon Ark runzelte die Stirn, und ich wußte, daß jetzt eine Frage kommen mußte. »Aber wie ich höre, sind zumindest ein paar der Mädchen sehr heftig erkrankt. Wollen Sie damit sagen, daß sie noch nicht einmal medizinische Betreuung erhalten?«

»Um Himmels willen«, rief Miss Bagly aus. »Dr. Lampton hier ist ein richtiger Dr. med., wissen Sie. Er hat sich um sie gekümmert.«

»Das stimmt«, sagte der Doktor. »Ich habe zwar schon einige Jahre keine eigene Praxis mehr gehabt – seit ich Präsident von Hudsonville wurde –, aber ich weiß immer noch genug, um diese Mädchen zu behandeln.«

»Was fehlt ihnen also Ihrer Meinung nach, Doktor?« fragte Ark.

»Nun ja, rein medizinisch betrachtet, ist das schwer zu sagen. Sie scheinen einfach . . . nun, schwach, ohne Energie zu sein. Einige Mädchen haben das Bewußtsein verloren, und ein oder zwei liegen in einem leichten Koma.«

»Ich denke doch, daß Sie Drogenmißbrauch in Betracht gezogen haben.«

»Sicherlich. Aber so etwas ist undenkbar – hier in Hudsonville.«

Simon Ark seufzte. »So weit ich weiß, gab es da auch noch gewisse Briefe . . .«

Ich hatte gelernt, mich nicht über Simon Arks Kenntnisse zu wundern, denn er hatte so seine Methoden, Dinge herauszufinden, genau wie hier die Sache mit den Briefen. Dr. Lampton nickte und zog sie aus seiner Tasche. Sie sahen aus, als hätte er sie seit drei Wochen mit sich herumgetragen und immer wieder gelesen.

Es waren insgesamt drei, die ungefähr im Abstand einer Woche gekommen waren; der erste vor drei Wochen, so um den ersten Herbsttag herum. Die Handschrift war ungelenk, vielleicht absichtlich so krakelig, dachte ich bei mir. Alle drei Briefe trugen den gleichen Wortlaut: »An den Präsidenten des Hudsonville-Colleges! Ihre grausame Tat vor fünfzig Jahren ist nun endlich gerächt. Ich habe Ihre Schule und jede

Studentin darin verflucht. Noch vor dem nächsten Mondwechsel wird Ihre Schule ein Totenfeld sein.« Die Zettel waren alle unterschrieben mit: »Mutter Fortuna«.

Simon Ark betrachtete sie eingehend. »Diese Mutter Fortuna ist, wenn ich Sie recht verstanden habe, eine hier am Ort eine weissagende Zigeunerin. Können Sie sich erklären, warum sie ausgerechnet über das College einen Fluch verhängen sollte?«

Hier mischte sich Professor Westwood ein, der bisher geschwiegen hatte. »Unglücklicherweise, ja. Die Anspielung auf die Zeit vor fünfzig Jahren hat uns veranlaßt, die ganzen alten Schulunterlagen durchzusehen, und dann haben wir es schließlich gefunden: die Frau, die sich Mutter Fortuna nennt, war hier einmal als Studentin eingeschrieben . . .«

Ich verstand immer mehr, warum sie großen Wert darauf legten, auf keinen Fall die Polizei einzuschalten. Es war schon schlimm genug, daß irgendeine Hexe ein exklusives Mädchen-College verfluchte, aber wenn sich auch noch herausstellte, daß die besagte Hexe einmal selbst Studentin an dieser Schule gewesen war, dann war der Skandal nicht mehr aufzuhalten.

»Ihr Name war zu der Zeit Helen Marie Carrio«, fuhr Westwood fort. »Wir entnahmen den Akten, daß sie zwei Wochen vor ihrem Examen exmatrikuliert wurde.«

»Aus welchem Grund?« wollte Simon Ark wissen.

Hier ließ sich Dr. Lampton vernehmen: »Sie müssen bedenken, daß das alles vor fünzig Jahren geschehen ist, Mr. Ark. Damals war vieles noch ganz anders.«

»Warum wurde sie exmatrikuliert?« wiederholte Ark ruhig.

»Weil sie Zigaretten geraucht hatte«, sagte Lampton kläglich. »Sie müssen sich klarmachen, daß so etwas damals für ein junges Mädchen nicht schicklich war und auf einer Schule wie Hudsonville einen sehr ernsten Zwischenfall darstellte.«

Es war still im Raum, während wir uns unsere Gedanken machten. War es möglich, daß sich so ein Mädchen fünfzig Jahre später, im hohen Alter, immer noch mit dem gleichen Groll an die Tragödie aus ihrer Jugend erinnerte? War es möglich, daß die alte Frau, die jetzt überall unter dem Namen Mutter Fortuna bekannt war, wirklich die Macht besaß, diese jungen Mädchen mit Krankheit zu schlagen?

»Haben Sie sich mit Mutter Fortuna wegen der Briefe in Verbindung gesetzt?« fragte Simon Ark.

»Ich habe sie persönlich aufgesucht«, meinte Dr. Lampton. »Das war vor zwei Wochen. Sie gab zu, diese Drohungen geschickt zu haben, und teilte mir mit, daß noch weitere folgen würden. Sie ist wirklich schon sehr alt, vielleicht schon halb senil – aber irgend etwas in ihrer Art läßt einen fast glauben, daß sie so etwas wie eine . . . Hexe sein könnte.« Die letzten Worte waren sehr leise ausgesprochen worden, als ob der Präsident Angst hätte, daß irgend jemand außerhalb des Raumes lauschen könnte.

Simon Ark runzelte erneut die Stirn. »Es hat zwar Hexen in dieser Welt gegeben, und es mag sein, daß Mutter Fortuna so eine ist, aber es ist noch zu früh, um das definitiv zu entscheiden. Im Augenblick würde ich gern ein paar der Mädchen sehen, die an dieser seltsamen Krankheit leiden. Oh, und ich hätte gern eine Liste mit all ihren Namen, wenn das möglich wäre.«

Professor Westwood nickte und zog einen Block mit gelbem, liniertem Papier von seinem Schreibtisch. Das oberste Blatt war mit den üblichen, unverständlichen Notizen eines Geschichtsprofessors bekritzelt: Begriffe wie *»tunica molesta«* und »Plato-IX-Jowett«. Westwood riß das oberste Blatt ab und begann damit, die Namen von einer getippten Liste auf seinem Schreibtisch abzuschreiben.

Es standen etwa vierzig Namen auf der Liste, von Abbot, Mary, bis Yeagan, Bernice. Hinter einige waren finster aussehende Kreuzchen gemalt, und ich erkannte, daß es sich hier um die ernsteren Fälle handelte. Simon Ark faltete die gelbe Liste schließlich zusammen, und wir verließen gemeinsam mit den drei anderen Westwoods Büro.

Wir gingen über die sanften Hügel des Campus voran, vorbei an den altrömischen Säulen, bis in ein flaches, dreistöckiges Gebäude. »Das ist der Venedig-Saal, der Schlafsaal der älteren Mädchen«, informierte uns Miss Bagly. »Alle unsere Schlafsäle sind nach italienischen Städten benannt worden.«

Wir traten hinter ihr ein, begleitet von den fragenden Blicken einiger lässig gekleideter junger Damen, die sich hier nach dem Mittagessen ausruhten. Ich vermutete, daß die Kranken einfach auf ihren Zimmern gelassen worden waren.

Das erste Zimmer, das wir besichtigten, war ein freundlicher Raum in der ersten Etage. Wir trafen zwei Mädchen an, die beide im Bett lagen. Eine hatte sich aufgesetzt und las in einem dicken, historischen Roman, doch die andere schlief fest.

Simon Ark betrachtete beide aufmerksam, aber bis auf den Eindruck völliger Erschöpfung war nichts Ungewöhnliches an ihnen festzustellen. »Wann haben Sie sich das erste Mal unwohl gefühlt?« wollte Ark wissen.

Das Mädchen richtete sich noch ein Stück im Bett auf und ermöglichte uns einen Blick auf einen fantastisch karierten Pyjama. »Meine Güte, das weiß ich nicht mehr so genau. Vielleicht vor einer Woche oder so.«

»Haben Sie sich in letzter Zeit irgendwie verbrannt oder ungewöhnlich verletzt?«

»Nein, überhaupt nicht.«

»Rauchen Sie?«

»Gelegentlich. Nicht viel.«

»Haben Sie kürzlich eine Zigarette geraucht?«

»Schon seit einem Monat nicht mehr; nicht seit ich zu Hause war.«

Ich merkte, daß Simon Ark etwas enttäuscht zu sein schien über diese Auskünfte. Anscheinend hätte er sich gut vorstellen können, daß die perfekte Waffe für Mutter Fortunas Rachefeldzüge eine vergiftete Zigarette gewesen wäre. Aber das war nicht der Fall.

Das andere Mädchen war jetzt aufgewacht, und man konnte sehen, daß sie in wesentlich schlechterer Verfassung war. Ich glaube, uns alle beschlich beim Anblick dieser Mädchen, bei der Vorstellung, sie könnten die unschuldigen Opfer eines Grauens sein, ein merkwürdiges Gefühl. Eines Grauens, das es nicht geben konnte, aber das doch existierte.

Als wir später das Zimmer und das Gebäude verlassen hatten, war Simon Ark tief in Gedanken versunken. Einmal drehte er sich zu Professor Westwood um und fragte: »Haben auch von den Lehrern einige Anzeichen dieser . . . Krankheit gezeigt?«

»Nein, nur die Studentinnen.«

»Und was für Symptome hatten die ernsthafteren Fälle?«

»Oh . . . Erbrechen . . . partielle Lähmung verschiedener Muskeln . . .«

Simon Ark zog die Stirn kraus. »Hat irgend jemand einmal einen Bluttest bei den kranken Mädchen vorgenommen?«

»Einen Bluttest? Nein, warum, ich glaube kaum. Das würde bedeuten, amtliche Stellen einzuschalten . . .«

»Vielleicht könnten Sie ihn in ihrem eigenen Labor durchführen. Ich schlage vor, daß so schnell wie möglich eine Blutuntersuchung erfolgen sollte.«

Kurz darauf verabschiedeten wir uns, und Simon Ark und ich begaben uns über den mittlerweile dunklen Campus zur Straße. Selbst jetzt, da die Nacht hereingebrochen war, lastete die Hitze noch schwer auf uns und ließ uns vergessen, daß wir schon Herbst hatten.

»Was halten Sie davon, Simon?« fragte ich, nachdem wir eine Weile gegangen waren.

Simon Arks Blick verlor sich in der Nacht, und ich glaubte einen Moment lang, daß er meine Frage nicht gehört hatte. Aber dann wandte er sich langsam zu mir um. »Ich denke, daß wir Mutter Fortuna einen Besuch abstatten sollten . . .«

Wir fanden sie später am Abend in einer kleinen Straße in einer kleinen Stadt, nicht allzu weit entfernt vom Hudsonville-College. Es war ein kleiner Ort wie viele andere im südlichen Teil des Bezirks Westchester. Und die Straße war eine der üblichen kleinen Gassen.

Aber heute abend war alles anders. Heute abend war sie hell erleuchtet; Tausende von farbigen Glühbirnen bildeten ein fröhliches Leuchtmuster vor dem Abendhimmel. Alle Straßen, die von der kleinen Kirche im Mittelpunkt aus in verschiedene Himmelsrichtungen führten, strahlten im Lichterglanz. Es war die Kirche des Heiligen Franziskus von Assisi.

»Es ist ein Feiertag zu Ehren des Heiligen«, erklärte ich Simon. »Diese alten, italienischen Kirchen machen einen Riesenwirbel bei solchen Anlässen. Das ist hier eine Art ununterbrochene Party, die drei oder vier Abende dauert. »Sie rechnen doch wohl nicht damit, Mutter Fortuna hier anzutreffen?«

»Ich rechne nie damit, das Böse irgendwo anzutreffen«, erwiderte Simon Ark, »und doch ist es überall um uns herum. Diese arme Kirche, fürchte ich, macht da keine Ausnahme.«

Wir gingen weiter, unter den bunten Lichtern dahin und an den Buden, Ständen und Wagen vorbei, an denen alles mögliche verkauft wurde, angefangen von religiösen Statuen bis hin zu frisch gebackener Pizza. Plötzlich entdeckten wir einen untersetzten, dicken Priester in der Menge.

Simon Ark drängte sich rasch zwischen den Leuten hindurch und ergriff den Priester am Arm. »Entschuldigen Sie bitte, Vater, aber ich bin auf der Suche nach Informationen über eine Frau, die unter dem Namen Mutter Fortuna bekannt ist. Ich glaube, sie hält sich hier in der Gegend auf.«

Das Gesicht des kleinen Priesters wurde dunkelrot vor Zorn. »Sir, wenn Sie sie suchen, dann doch hoffentlich deshalb, um sie dazu zu bringen, aus dem Bereich meiner Kirche und meiner Gemeinde zu verschwinden. Sie kam hier vor zwei Tagen an, mit ihrem Wohnwagen und ihrer Glaskugel, und begann mit ihrer Wahrsagerei. Meine Gemeinde – viele ihrer Mitglieder zumindest – sind abergläubige Italiener, die noch nicht lange in diesem Land leben.«

Simon Ark runzelte die Stirn. »Aber können Sie denn nicht darüber bestimmen, wer an den Feiern teilnimmt?«

»Ganz und gar nicht.« Der Priester zuckte die Schultern. »Hier kommen sogar Leute her und verkaufen am Freitag Fleisch an meine Leute. Aber wie Sie wissen, gibt es hier im Bezirk Westchester bestimmte Verordnungen über Wohnwagen, und vielleicht gelingt es der Polizei, Mutter Fortuna zum Weiterziehen zu zwingen.«

Während wir uns unterhielten, hatte er uns ans Ende des beleuchteten Platzes geführt, und dort stand, am Bordstein geparkt wie ein riesiger schlafender Käfer, ein langer Wohnwagen, der auf den Seiten die Aufschrift »Mutter Fortuna« trug.

Der Priester verabschiedete sich hier, verschwand in der blendenden Helligkeit hinter uns und ließ uns mit einer Frau allein, die möglicherweise eine Hexe war. Der Wohnanhänger war groß und silberfarben, und neben Mutter Fortunas Namen bemerkte ich zusätzlich das Wort

»Erebus« auf dem vorderen Teil des Fahrzeugs, angebracht wie der Name am Bug eines Schiffes.

»Was für ein Bus ist das?« fragte ich Simon.

Er lächelte dünn. »Erebus war einer der Namen der Hölle, den der Dichter Milton gebraucht hat. Ein passender Name für das Zuhause einer Hexe.«

Kein Mensch war hier am Ende der Straße unterwegs, und ich vermutete ganz richtig, daß die Kampagne des kleinen Priesters gegen Mutter Fortuna nicht ohne Erfolg geblieben war. Simon Ark drückte auf den Klingelknopf neben der Tür des Wohnwagens, und wir warteten darauf, daß jemand öffnete.

Als die Tür aufging und uns eine Frau begrüßte, war ich doch überrascht. Ich wußte nicht genau, was ich eigentlich erwartet hatte, und sicherlich war Mutter Fortuna keine Schönheit, aber sie entsprach auch nicht gerade der typischen Vorstellung von einer mittelalterlichen Hexe. Sie war einfach eine sehr alte, weißhaarige Frau, die sich benahm, als wäre sie angetrunken, und wahrscheinlich war sie das auch.

»Was wollen 'se denn?« stieß sie murmelnd hervor.

»Mein Name ist Simon Ark; ich hätte gern einmal mit Ihnen gesprochen.«

»Wollen 'se die Zukunft wissen?«

»Schon möglich.«

»Dann immer herein.«

Wir betraten den schimmernden, silbernen Wohnwagen und fanden uns in einer anderen Welt wieder. Ich war schon auf etwas Ungewöhnliches gefaßt gewesen, aber ich hatte nicht mit den alten Perlenvorhängen, den muffigen, orientalischen Möbeln und der riesigen, leuchtenden Kristallkugel gerechnet, die im Zentrum des Raumes den gesamten Wohnwagen beherrschte.

Die Kristallkugel, die offensichtlich von einer Glühbirne im Innern des Sockels beleuchtet war, maß gut neunzig Zentimeter im Durchmesser, und die Art und Weise, in der sie das Licht abstrahlte, erinnerte mich an die sich drehenden Glaskugeln, die vor zwanzig Jahren üblicherweise in Ballsälen anzutreffen waren.

Simon Ark machte es sich in einem der dickgepolsterten Sessel bequem, deren Armlehnen von gewundenen Drachen gebildet wurden, und sagte: »Ich möchte über die schlimmen Vorfälle am Hudsonville-College sprechen.«

Er hatte die Worte kaum ausgesprochen, da war die alte Frau auch schon auf die Füße gesprungen und brüllte mit harter Stimme beinahe kreischend los: »Die waren schon selbst hier. Ich habe ihnen schon gesagt, daß es nichts nützen würde. Es ist zu spät, um mich jetzt noch aufzuhalten. Zu spät, verstehen Sie mich? Zu spät! Sie können mich einsperren lassen, wenn sie wollen, aber auch das würde nichts mehr nützen. Noch bevor etliche Monde vergangen sind, wird das erste Mädchen bereits tot sein. Sie werden den Tag bedauern, an dem sie Mutter Fortuna von der Schule gejagt haben!«

Nach den Brandlöchern von Zigaretten zu urteilen, die auf den Ärmeln ihres Kleides zu sehen waren, hatte sie die Angewohnheit noch immer nicht abgelegt, die vor so vielen Jahren zu ihrer Schande geführt hatte. In gewisser Weise tat mir die alte Frau leid, deren greises Hirn noch fünfzig Jahre später auf Rache aus war.

»Helen«, begann Simon Ark, aber die Frau zeigte keine Regung, als sie ihren wirklichen Namen vernahm. »Helen, Sie müssen diesen ganzen Unfug beenden. Sie sind keine Hexe, und Sie haben diese Mädchen auch nicht mit einem Fluch belegt.«

»Ach nein?« Sie lachte schrill auf. »Wirklich nicht? Sehen Sie sich das an!«

Sie öffnete eine Schublade und zog ein dünnes Buch mit gefüttertem Einband hervor, in dem ich das Jahrbuch des Hudsonville-College erkannte. Mehrere lange, schwarze Hutnadeln waren durch den Einband und die Seiten gestochen worden.

Der Anblick war so unglaublich, daß ich in Gelächter ausgebrochen wäre, hätte ich nicht die Mädchen vor Augen gehabt, die wir soeben im College gesehen hatten. Irgend etwas mußte ihre Krankheit verursacht haben, und vielleicht war hier die Erklärung zu finden. Vor langer Zeit, bei meinem ersten Zusammentreffen mit Simon Ark, hatte ich erfahren müssen, daß es Dinge auf dieser Welt gab, die jenseits von jeder vernünftigen Erklärung lagen.

Sie legte das Buch auf einen Tisch und starrte in die große Kristallkugel. »Damals im Mittelalter hat man geglaubt, daß der Tabak eine Erfindung des Teufels wäre und daß nur dessen Priester ihn genössen«, sagte sie. »Als man mich aus dem Hudsonville-College warf, fing ich an, es zu glauben.«

Ich wandte mein Gesicht von ihr ab, als sie sprach, unfähig noch länger die Falten anzusehen, die die Tragödie dort eingegraben hatte. Was war in den fünfzig kummervollen Jahren geschehen, das diese ehemalige Studentin in eine rachsüchtige Hexe verwandelt hatte? Es sollte mir niemals gelingen, das herauszufinden, und vielleicht bleibt es auch besser im Dunkeln.

Schließlich verfiel sie in Schweigen, und ich merkte, daß Simon Ark nichts mehr aus ihr herausbringen würde. »Machen Sie jetzt, daß Sie rauskommen«, meinte sie schließlich entschieden. »Ich muß mich umziehen und mich auf das Abendgeschäft vorbereiten.« Sie deutete auf eine Wand, an der auf einem Bügel ein glänzendes gold- und purpurfarbenes Gewand hing, das mit lodernden Sonnen und Halbmonden verziert war.

Natürlich gab es niemanden, der um diese Nachtzeit noch ihre Weissagungen einholen würde, aber das schien sie nicht zu berühren. In ihrer verschrobenen Art hatten sich Nacht und Tag offensichtlich zu einem Ganzen vermischt.

Wir verließen sie also und gingen durch die erleuchteten Straßen zur Kirche des Heiligen Franziskus von Assisi zurück. Und als ich im Licht der vielfarbigen Glühbirnen in Simon Arks Gesicht blickte, wußte ich, daß keiner von uns ganz sicher war, ob wir soeben eine moderne Dienerin des Satans oder einfach nur eine konfuse, alte Frau zurückgelassen hatten . . .

Der folgende Morgen brach heiß und strahlend an; die Sonne schien unbarmherzig auf Blätter und Gras nieder, die vergeblich auf den kühlen Schlaf des Herbstes warteten. Es war Sonnabend, und ich verbrachte den Vormittag damit, im Haus zu arbeiten. Shelly lauschte begierig meinem Bericht über unsere nächtlichen Abenteuer, aber bald hatte ich Simon Ark und Mutter Fortuna schon wieder vergessen.

Kurz nachdem die Kirchenglocken in der Ferne zu Mittag geläutet hatten, rief Shelly nach mir. »Da ist jemand für dich am Telefon.«

Ich ließ den Gartenschlauch fallen und ging ins Haus. Die Stimme am anderen Ende der Leitung kam mir gleich bekannt vor, aber ich brauchte einen Augenblick, um zu erkennen, daß es Simon Ark war.

»Die Hexe ist tot«, sagte er sachlich. »Sollen wir uns am Wohnwagen treffen?«

»Ich komme sofort rüber.«

Ich rief Shelly ein paar Worte zu, sprang ins Auto und fuhr nach Süden in den Pfarrbezirk von St. Franziskus von Assisi. In diesen ersten Minuten versuchte ich gar nicht erst, mir darüber klar zu werden, was Simon Arks Worte bedeuten mochten. Ich wußte nur, daß etwas passiert war, etwas Ungewöhnliches und Seltsames.

Im Westen zogen dunkle Wolken am Himmel auf, und der Schauder, der mir über den Rücken lief, ließ mich spüren, daß das Barometer rasch fiel. Die Hitzewelle des Oktobers neigte sich ihrem Ende zu.

In der Ferne glaubte ich das Krachen von Donner zu hören . . .

Die Straße an der Kirche, die letzte Nacht noch so hell strahlend zu Spaß und Frohsinn eingeladen hatte, war nun von den drohenden Regenwolken verdunkelt. Sie war durch Dutzende von Polizeiautos und Privatfahrzeugen vollständig gesperrt, und darüber hinaus waren etliche Polizeibeamte damit beschäftigt, eine Menge neugieriger Nachbarn zurückzuhalten. Einige von ihnen schienen beinahe beleidigt zu sein, daß man sie von diesem Drama ausschließen wollte, das sich schließlich in ihrer Straße ereignet hatte. Andere standen nur schweigend herum; sie waren sich bewußt, sich im Angesicht des Todes zu befinden.

Simon Ark stand in der Tür des Wohnwagens und gab den Polizisten ein Zeichen, mich durchzulassen. Ich wunderte mich schon lange nicht mehr über die seltsame Macht, die er auf andere Menschen ausübte, und es schien mir daher nur natürlich, daß er bereits das Vertrauen der Polizei besaß.

»Seien Sie auf das Schlimmste gefaßt«, sagte er an der Tür. »Es ist kein schöner Anblick.«

Und er hatte recht.

Schlagartig wurde ich wieder in die Zeit zurückversetzt, als wir auf Befehl hin eine japanische Maschinengewehrstellung auf einer einsamen Pazifikinsel ausgebrannt hatten. Ein ganzes Menschenleben war das jetzt her. Wir hatten Flammenwerfer eingesetzt, und die Leichen der toten Japaner kamen mir wieder in Erinnerung, als ich jetzt auf das Ding herunterstarrte, das einmal Mutter Fortuna gewesen war.

Sie lag über ihrer riesigen Kristallkugel; ihre Arme hingen rechts und links herab. Die Kleidung an ihrem Körper war vollständig verbrannt, und das verschrumpelte Fleisch war über und über verkohlt: Ihr Haar und der größte Teil der Gesichtshaut war weggesengt, aber ich hegte keinerlei Zweifel, daß es wirklich die Frau war, mit der wir letzte Nacht noch gesprochen hatten.

»Was ist passiert?« fragte ich schließlich.

Simon Ark blickte weiter unverwandt auf die Leiche, während er antwortete. »Die Polizei kam zu ihr, um ihr mitzuteilen, daß sie den Wohnwagen wegfahren müßte. Sie schauten durchs Fenster und fanden sie so vor.« Er schwieg einen Augenblick, bevor er fortfuhr. »Der Anhänger war abgeschlossen. Sie mußten die Tür aufbrechen, um hineinzukommen.«

»Wodurch wurde das Feuer ausgelöst?«

»Die Polizei hat keine Ahnung. Selbst der Priester weiß es nicht. Sie glauben, daß es etwas . . . Unnatürliches gewesen sein könnte.«

Jetzt fiel mir zum ersten Mal auf, daß der Wohnwagen völlig unversehrt vom Feuer geblieben war; die Flammen hatten sich anscheinend ausschließlich auf den Körper der Frau konzentriert.

»Glauben Sie, daß jemand sie getötet hat, sie verbrannt hat, weil sie eine Hexe war, so wie es damals in Salem geschehen ist?«

»Niemand hat sie verbrannt, denn sie war zu dem Zeitpunkt allein in dem verschlossenen Wohnwagen«, entgegnete Simon Ark. »Und in Salem hat man die Hexen erhängt – neunzehn wurden gehängt und eine zu Tode gequetscht. Ich weiß das.«

Und als er das so sagte, da wurde mir klar, daß er es wirklich wußte. Er wußte es deshalb so genau, weil er dort gewesen war und es gesehen hatte, und ich war mir sicher, daß er schon früher derartige Schrecken miterlebt hatte, irgendwo im vergessenen Dunkel der Geschichte.

Die Polizei war gerade dabei, die Leiche zu entfernen, und untersuchte jetzt die Kristallkugel nach Spuren, die die Ursache für den Brand erklären konnten. Aber natürlich fanden sie nichts.

Als der Priester von der Kirche des Heiligen Franziskus von Assisi den Wohnwagen verließ, sah ich, wie er über der Leiche das Kreuzzeichen machte, und ich fragte mich, wie dieser Mann den Leichnam einer Frau segnen konnte, die vor ein paar Stunden, als sie noch lebte, seine Widersacherin gewesen war. Aber noch mehr staunte ich, als Simon Ark ein merkwürdig geformtes Kreuz aus der Tasche zog und es eine Sekunde lang über den Körper der Toten hielt.

Als er ging, murmelte er etwas in einer Sprache vor sich hin, die ich nicht verstand. Er hatte mir einmal erklärt, daß es Koptisch wäre, und ich vermutete, daß es ein Gebet war, ein sehr altes Gebet, das noch aus der Dämmerung der Zivilisation stammte.

Und dann begann es zu regnen, große, schwere Tropfen, die auf dem trockenen, heißen Straßenpflaster zu Dampfschwaden wurden. Simon Ark folgte mir zum Auto, und wir saßen dort im Regen und sahen zu, wie der Leichenwagen langsam mit dem Körper von Mutter Fortuna davonfuhr . . . »Sagt Ihnen der Name Fort etwas?« fragte Simon Ark später, als wir in einer beinahe leeren, eichenholzgetäfelten Cocktailbar saßen und ein Glas Wein tranken. »Er war Schriftsteller, so vor ungefähr fünfundzwanzig Jahren, und sammelte Nachrichten und Berichte über seltsame und unerklärliche Ereignisse. In seinen Werken bezieht er sich an einigen Stellen auf Todesfälle durch mysteriöse Verbrennungen.«

Ich hatte den Namen natürlich schon gehört, aber ich kannte die Werke von Fort nicht. Simon Ark zählte die Fälle an den Fingern ab, während er die geheimnisvollen Tode erwähnte: »Einer in Blyth, England, vor ungefähr fünfzig Jahren. Eine alte Frau in einem verschlossenen Haus, verbrannte auf ihrem Sofa, sitzend. Und in Ayer, Massachusetts, im Jahr 1890 – eine Frau, die im Wald verbrannte. In London, Southampton, Liverpool – immer Frauen, immer alte Frauen. Fort berichtet nur von einem Fall, bei dem ein alter Mann auf geheimnisvolle Weise durch Feuer zu Tode kam. Wollen Sie noch mehr Fälle hören? Vielleicht näher an Ihrem Wohnort? 1889 in St. Louis, North Carolina, San Diego . . . Ein vergleichbarer Fall in Rochester, New York, wurde auf Blitzschlag zurückgeführt . . .

Wie aufs Stichwort zuckte ein Blitz durch den Nachmittagshimmel, der beinahe sofort von einem Donnerschlag gefolgt wurde. »Besteht die Möglichkeit, daß Mutter Fortuna von einem Blitz getötet worden sein könnte?« fragte ich.

»Kaum. Der Sturm hat jetzt erst begonnen, und außerdem wäre ein Blitzeinschlag doch von den Nachbarn bemerkt worden.«

Ich nippte an meinem Weinglas und warf dann einen Blick hinter die Bar, wo das Footballteam Notre Dame auf dem Bildschirm durch ein dunkelhaariges Mädchen abgelöst worden war, das das Lied »That Old Black Magic« sang. Der Song schien ganz gut zu passen, was uns anging.

»Also wodurch kam sie ums Leben?« fragte ich. »Wissen Sie es?«

»Ich habe es bereits gewußt, als sie noch am Leben war«, antwortete Simon Ark unglücklich. »Sie so sterben zu lassen, war die schwerste Entscheidung, die ich je zu treffen hatte. Aber es war die einzige Möglichkeit, um die Studentinnen am College zu retten.«

»Sie meinen, jetzt, wo die Hexe tot ist, wird der Bannfluch von ihnen genommen?«

»Nicht ganz, aber ich werde einen sehr cleveren Mörder zwingen, aus seiner Deckung hervorzukommen.«

»Dann wurde Mutter Fortuna also ermordet, und das mit ganz natürlichen Mitteln!«

»Sie wurde zwar ermordet, aber wer entscheidet darüber, ob die Methode eines Mörders natürlich ist. Es sind immer Waffen des Bösen, auf die eine oder andere Art. Sie dürfen niemals vergessen, daß jeder Mord, jedes Verbrechen, übernatürlich ist, denn es ist immer auf die Einflüsterungen des Satans zurückzuführen.«

Der Barkeeper schaltete das Fernsehgerät aus, und wir waren allein mit den ständig wiederkehrenden, unregelmäßigen Schlägen des Donners in der Welt draußen.

»Also hat sie der Teufel auf dem Gewissen?« fragte ich, und ich wußte, daß Simon Ark meine Frage nicht albern finden würde. »Auf dieselbe Art, auf die auch all die anderen Menschen durch Feuer ums Leben kamen?«

»Nur indirekt. Vielleicht ist der wirkliche Mörder schon seit zweitausend Jahren tot. Denn, sehen Sie, in gewisser Weise wurde Mutter Fortuna ein Opfer des Lucius, Kaiser im antiken Rom und besser bekannt unter dem Namen – Nero . . .«

Simon Ark schien nicht gewillt zu sein, mehr über den geheimnisvollen Tod der alten Wahrsagerin zu sagen. Ich hatte den Eindruck, daß er das Thema ganz aus seinem Geist verdrängte und statt dessen anfing, mich über das Hudsonville-College auszufragen.

»Gibt es dort überhaupt Sommerkurse?« wollte er wissen.

»Nein, es ist den ganzen Sommer über geschlossen. Wie die meisten dieser exklusiven Mädchenschulen. Warum wollen Sie das wissen?«

»Nur um das Gesamtbild etwas abzurunden. Ich muß jetzt noch einen wichtigen Telefonanruf nach Washington erledigen. Mit der Atomic Energy Commission. Danach können wir vielleicht noch einmal das College aufsuchen.«

Er telefonierte eine ganze Weile, und als er aus der Zelle kam, schien er sehr zufrieden zu sein. Wir verließen die Bar und fuhren in dem leisen Regen zum Campus des Hudsonville-Colleges.

Als wir dort ankamen, war es beinahe dunkel, und die letzten Ausläufer der Hitzewelle wurden von der feuchten Kühle des Herbstes abgelöst, die uns in die Knochen drang. Wir begaben uns zuerst zu Miss Baglys Wohnung, wo sich Simon Ark nach dem Befinden der Mädchen erkundigte.

»Es steht sehr schlecht, Mr. Ark«, teilte sie ihm mit. »Fast alle Mädchen des Colleges sind irgendwie krank. Bei einigen ist es vermutlich nur geistig bedingt, aber um ein paar von ihnen mache ich mir ernsthafte Sorgen. Ich wünschte wirklich, daß Dr. Lampton uns gestatten würde, Hilfe von außen zu holen.«

»Das ist schon erledigt worden, Miss Bagly«, beruhigte er sie. »In ein paar Stunden haben sie die Ärzte hier. Aber zuerst muß ich die Ursache des Bösen herausfinden, das in diesen Mauern sein Unwesen treibt.«

»Ich habe gehört, daß die Hexe . . . Mutter Fortuna . . . tot ist.

Wird das den Mädchen helfen?«

»In gewisser Weise, ja, Miss Bagly. Aber ich fürchte, wir werden nicht in der Lage sein, den guten Ruf ihrer Schule restlos zu bewahren.« Sie setzte zu einer Erwiderung an, aber er hob die Hand, um sie zum Schweigen zu bringen. »Sind Sie sicher, Miss Bagly, daß kein Mitglied der Dozentenschaft von dieser Krankheit befallen wurde?«

»Oh, ja, Mr. Ark. Nur die Mädchen sind davon betroffen. Außer natürlich, unsere Schwimmlehrerin, die nicht richtig zur . . .«

Aber sie hatte keine Gelegenheit, den Satz zu beenden. Simon Ark hatte den Raum bereits verlassen und rannte die Treppen hinunter. Ich eilte hinter ihm her und hörte ihn gerade noch murmeln: »Natürlich! Der Swimming-Pool. Natürlich . . .«

Wir rannten durch die Nacht, auf das schemenhafte Gebäude zu, das den alten römischen Bädern ähnelte. Drinnen war es völlig finster, und selbst die glitzernde Wasserfläche des Beckens war schwarz. Wir waren allein, und Simon Ark zog mich tiefer in den Schatten hinein.

Wir warteten. Ich wußte nicht, auf was, und während wir warteten, sprach Simon Ark leise auf mich ein, daß ich die Worte kaum verstehen konnte.

»Stellen Sie sich vor«, begann er, »stellen Sie sich vor, Sie wären Agent einer ausländischen Macht, oder besser eines privaten Unternehmens. Stellen Sie sich vor, Sie hätten eine bestimmte Menge eines radioaktiven Minerals gestohlen – Kobalt oder irgend etwas anderes –, um es für ihre eigenen illegalen Absichten einzusetzen. Stellen Sie sich vor, Sie müßten es dringend verstecken, für mehrere Wochen und absolut sicher. Wo . . . wo könnten Sie ein Stück gestohlenes, radioaktives Mineral einige Wochen lang sicher verstecken? Wo wäre es weit genug von Menschen entfernt, um sie nicht mit den gefährlichen Strahlen zu bedrohen?«

Und ich gab ihm die Antwort: »Inmitten des Campus' von einem College, das die Sommerferien über geschlossen ist. Und nur gelegentlich würde ein Wachmann kurz den Strahlen ausgesetzt ein.«

Die Dunkelheit verdichtete sich mehr und mehr um uns herum, und das unbekannte Böse umgab uns beinahe spürbar. »Völlig richtig«, bestätigte Simon Ark. »Und wenn die Schule dann wieder im Herbst öffnete, ohne daß es Ihnen gelungen wäre, das tödliche Material loszuwerden, was würden Sie dann tun? Was würden Sie unternehmen, um die Radioaktivität zu erklären, unter deren Wirkung die Mädchen zu leiden anfangen würden?«

»Sie meinen . . .?«

»Ich meine, daß dieses Gebäude voll ist mit niedriger, aber gefährlicher Radioaktivität. Das ist es, was die Mädchen krank gemacht hat und jeder Arzt, der in den letzten Jahren tätig war, hätte wahrscheinlich die Symptome erkannt. Unglücklicherweise war Dr. Lampton dazu nicht in der Lage, und sein Stolz hinderte ihn daran, sich an jemand anders um Hilfe zu wenden. Ich hatte von Anfang an diesen Verdacht, deshalb schlug ich auch die Blutuntersuchung vor. Aber bis heute abend habe ich nicht gewußt, wo die Quelle der gefährlichen Strahlen zu finden ist. Es mußte eine Stelle sein, die die Mädchen aufsuchten, aber nicht die Lehrer. Ich habe bis jetzt nicht an den Swimmingpool gedacht.«

»Dann war die ganze Sache mit der Hexe nur Tarnung!« sagte ich. »Die Person, die das Uran oder das Kobalt versteckt hat, erfuhr von Mutter Fortunas Vergangenheit und benutzte sie als Erklärung für die Krankheit, die durch die Strahlen hervorgerufen wurde.«

»Richtig. Ein gerissener, aber teuflischer Plan. Natürlich konnte er sich auf lange Sicht nicht auf die Unterstützung einer verrückten, alten Frau verlassen, und deshalb mußte er für ihren Tod sorgen, als er befürchtete, sie könnte alles ausplaudern.«

»Aber wer . . .?«

Mein Frage wurde plötzlich durch eine Bewegung am anderen Ende des schwarzen Beckens beantwortet. Wir waren nicht länger allein in dem Gebäude.

Simon Ark trat aus dem Schatten heraus und rief über das Schwimmbecken hinweg: »In Ordnung, Professor Westwood. Wir wissen alles über Ihr mörderisches Treiben . . .«

Professor Westwood blickte von der anderen Seite zu uns herüber; er sah aus wie ein Dämon, den der Teufel selbst geschickt haben konnte. Sogar in der Finsternis vermochte ich das Böse zu spüren, das von ihm ausging, genau wie jenes Böse, das von einem Stück Fels, irgendwo in dem Gebäude versteckt, ausgestrahlt wurde.

»Es gibt kein Entkommen mehr, Professor Westwood. Ich habe mich bereits mit Washington in Verbindung gesetzt, und sie haben mir bestätigt, daß vor zwei Monaten aus einem Testlabor in New York radioaktives Material gestohlen worden ist. Ärzte und FBI-Agenten sind bereits auf dem Weg hierhin. Ihre Komplizen sind natürlich schon verhaftet, deshalb kamen sie auch nicht her, um die Steine abzuholen. Wo sind sie, Professor? Direkt im Becken? Im Abflußrohr, möglicherweise?«

Aber Westwood stieß einen Wutschrei aus, und eine Feuerzunge schien aus seiner Hand auf den Swimmingpool zuzujagen. Im gleichen Augenblick schoß ein Flammenmeer zwischen ihm und uns empor, und mir blieb nur eine Sekunde Zeit, um zu erkennen, daß das Wasser in dem Schwimmbecken irgendwie in Brand geraten war, dann war alles ein einziger Alptraum . . .

Natürlich fanden wir später heraus, daß Westwood, der die Gefahr ahnte, Öl auf das Wasser gegossen und dann ein Streichholz hineingeworfen hatte, aber in dem Augenblick, während die Flammen direkt vor mir emporzüngelten, schien es mir, als hätten sich die Tore der Hölle selbst geöffnet, um uns zu verschlingen.

Ich werde nie diese letzten Sekunden vergessen, als Simon Ark und Professor Westwood sich gegenseitig an dem brennenden Becken belauerten, während die Flammen ringsum hoch emporloderten und gegen das Dach schlugen, bis das Glas schließlich zerbarst und ein Regen von Splittern auf uns herabfiel.

Dies war die Hölle, und hier war Simon Ark, der eine moderne Version des Teufels verfolgte, während die Flammen darauf warteten, beide zu verschlingen. Und dann, in einem letzten Zusammenstoß von Gut und Böse, trafen sie aufeinander und kämpften in tödlicher Umarmung, stürzten gemeinsam in die lauernden Flammen . . .

Das Feuer erstarb so rasch, wie es begonnen hatte, und übrig blieb nur das dampfende Wasser darunter. Das Ölfeuer hatte sich noch rechtzeitig selbst verzehrt, denn ich bezweifle, daß selbst ein Mann wie Simon Ark es länger in dem aufgeheizten Wasser unter den Flammen ausgehalten hätte. Wie sich herausstellte, kam für Professor Westwood jede Hilfe zu spät. Er war bereits tot, als wir ihn aus dem Wasser zogen . . .

Später, viel später, nachdem die Ärzte, die Polizei und das FBI dagewesen waren, nachdem man das dünne Rohr mit radioaktivem Material aus dem Abfluß des Swimming-Pools gefischt hatte, nachdem alle geredet, zugehört und gefragt hatten . . .

»Aber wie hat er die Frau umgebracht, Simon? Wie hat er Mutter Fortuna getötet?«

Er sah mich aus müden Augen an und sagte: »Erinnern Sie sich an gestern, als wir in seinem Büro waren und er ein Blatt von seinem Block abriß. Erinnern Sie sich an den lateinischen Ausdruck, der darauf gestanden hat? Er lautete *»tunica molesta«*, und das brachte mir die Lösung, sogar noch ehe das Verbrechen verübt worden war. *Tunica molesta* war die Bezeichnung für eine von Neros besonders schrecklichen Folterinstrumenten, um die frühen Christen zu töten. Es war eine Tunika oder ein Umhang, der mit feinstem Gold bestickt war. Die ersten Christen und auch Verbrecher wurden in dieses Gewand gekleidet in die Arena geführt, das aus stark brennbarem Tuch gefertigt worden war und schon beim kleinsten Funken in Flammen aufging.«

Ich erinnerte mich an das Gewand, das in Mutter Fortunas Wohnwagen gehangen hatte. »Sie meinen, Westwood hat eines dieser Dinger angefertigt und es ihr gegeben?«

»Ja, genau. Er hat ihr zweifellos erzählt, daß es eine Belohnung für ihre Rolle in dem Plan war, obwohl ich nicht glaube, daß sie jemals erkannt hat, daß es darum ging, das Versteck des radioaktiven Kobalts zu tarnen. Sie war einfach eine verwirrte, alte Frau, die die Gelegenheit ergriff, sich an der Schule zu rächen, von der sie hinausgeworfen worden war.«

»Aber Sie sagten, dieses Gewand mußte durch einen Funken oder etwas Ähnliches in Brand gesetzt werden. Wie hat er es geschafft, in den Wohnwagen zu gelangen, um das Kleid anzuzünden?«

»Das brauchte er gar nicht. Hatte er es ihr erst einmal geschenkt, brauchte er sich um das Weitere nicht mehr zu kümmern. Erinnern Sie sich an die Brandlöcher, die wir auf dem Ärmel ihres alten Kleides entdeckt haben? Er wußte, daß sie früher oder später, während sie das Gewand trug, auch eine Zigarette rauchen würde. Und er wußte, daß sie in ihrer ungeschickten Art einen einzigen, tödlichen Funken auf die *tunica molesta* fallen lassen würde . . .«

»Und das haben Sie die ganze Zeit über gewußt?«

»Ich habe es vermutet. Es ist gar keine so seltene Methode, um einen Menschen umzubringen, wenn man bedenkt, daß der Mörder Professor für klassische Geschichte an einer Schule war, der sich auf das frühe Römische Kaiserreich spezialisiert hatte. Der Begriff *tunica molesta* war für ihn leicht zugänglich, und sein einziger Fehler bestand darin, ihn irgendwann einmal auf seinem Block notiert zu haben. Ich wußte allerdings auch, daß er, wenn Mutter Fortuna tot war, so schnell wie möglich das Kobalt loswerden mußte, sonst wäre die ganze Idee von der Hexerei geplatzt, und Dr. Lampton hätte begonnen, nach einer medizinischen Erklärung für die Erkrankung der Mädchen zu suchen.«

»Trotzdem erscheint mir das Ganze immer noch sehr fantastisch«, meinte ich.

»Das ganze Leben ist fantastisch, und der Tod sogar noch mehr. Es gibt Menschen auf dieser Welt, die sind noch weitaus schlechter und weitaus gerissener als Professor Westwood, und so lange diese Menschen am Leben sind, ist das Fantastische zugleich auch das Alltägliche . . .«

Hier verabschiedete er sich von mir, verschwand in der Nacht, so rasch, wie er gekommen war, aber dieses Mal war ich ganz sicher, daß ich wieder von ihm hören würde . . .

# Ich weiß, was du brauchst

Stephen King

Der erfolgreichste Horror-Autor aller Zeiten ist Stephen King (geb. 1947), dessen Romane, wie zum Beispiel *Carrie* und *Cujo,* auch erfolgreich für Hollywood verfilmt wurden. Selbst gebürtig in Maine, läßt er die folgende Erzählung an seiner alten Alma Mater, der University of Maine in Orono, spielen.

»Ich weiß, was du brauchst.«

Erschrocken blickte Elizabeth von ihrem Soziologiebuch hoch und sah einen schwer zu beschreibenden jungen Mann in einer grünen Drillichjacke. Einen Moment lang kam er ihr bekannt vor, so als hätte sie ihn schon einmal irgendwo gesehen; das Gefühl ähnelte einem Déjà-vu. Doch gleich darauf war es wieder vorbei. Er war ungefähr so groß wie sie, mager und . . . zappelig. Ja, das war der richtige Ausdruck. Er rührte sich nicht, doch innerlich schien er zu zappeln. Man sah es nicht, man spürte es nur. Er hatte schwarzes ungepflegtes Haar, trug eine dicke Hornbrille, die seine Augen vergrößerte, und die Gläser sahen schmutzig aus. Nein, sie war sich ganz sicher, daß sie ihn noch nie zuvor gesehen hatte.

»So«, gab sie zurück, »das möchte ich bezweifeln.«

»Du brauchst jetzt ein Erdbeereis mit Sahne, stimmt's?«

Verblüfft blinzelte sie ihn an. Irgendwo in einem Hinterstübchen ihres Gehirns hatte sie tatsächlich mit dem Gedanken gespielt, eine Pause zu machen und ein Eis essen zu gehen. Sie saß in einem der Leseräume auf der dritten Etage des Studentenhauses und lernte für eine Klausur. Sie hatte noch jede Menge Lehrstoff zu bewältigen.

»Stimmt's?« wiederholte er hartnäckig und lächelte dabei. Sein gespanntes, beinahe häßliches Gesicht nahm einen seltsam rührenden Zug an. Ihr fiel das Wort »niedlich« ein, kein angemessener Ausdruck, um einen jungen Mann zu beschreiben, aber zu diesem paßte er, wenn er lächelte. Ungewollt erwiderte sie das Lächeln. Etwas konnte sie bestimmt nicht gebrauchen, nämlich irgendeinen komischen Typ, der sich den ungeeignetsten Zeitpunkt im ganzen Jahr aussuchte, um sich an sie heranzumachen.

Ihn abzuwimmeln, kostete Zeit, und sie mußte sich noch durch sechzehn Kapitel der *Einführung in die Soziologie* hindurchkämpfen.

»Nein, danke«, entgegnete sie.

»Na, komm schon, wenn du noch mehr büffelst, kriegst du bloß Kopfschmerzen. Du hockst schon seit mehr als zwei Stunden ohne Unterbrechung über diesem Buch.«

»Woher willst du das wissen?«

Ich habe dich beobachtet«, gab er unumwunden zu. Dieses Mal war sein lausbubenhaftes Grinsen an sie verschwendet. Sie hatte bereits Kopfschmerzen.

»Das läßt du jetzt bitte sein«, versetzte sie schärfer als gewollt. »Ich mag's nämlich nicht, wenn Leute mich anstarren.«

»Entschuldigung.« Er tat ihr ein bißchen leid, wie ihr manchmal herumstreunende Hunde leid taten. In seiner grünen Drillichjacke schien er zu ertrinken und . . . jawohl, er hatte zwei verschiedene Socken an. Eine schwarze und eine braune. Am liebsten hätte sie wieder gelächelt, doch sie verbiß es sich.

»Ich muß für eine Klausur lernen«, erklärte sie feundlich.

»Ach so«, erwiderte er. »Na schön.«

Versonnen sah sie ihm einen Augenblick lang hinterher. Dann widmete sie sich wieder ihrem Buch, doch etwas von dieser Begegnung blieb in ihrem Gedächtnis haften: *Erdbeereis mit Sahne.*

Als sie ins Studentenwohnheim zurückkehrte, war es viertel nach elf. Alice lag auf ihrem Bett, hörte Neil Diamond und las *Die Geschichte der O.*

»Ich wußte gar nicht, daß dieser Roman auf der Leseliste steht«, witzelte Elizabeth.

Alice richtete sich auf. »Ich erweitere meinen Horizont, Herzchen. Ich breite meine intellektuellen Schwingen aus. Ich verbessere meine . . . Liz?«

*»Hmm?«*

»Hörst du mir überhaupt zu?«

»Nein, entschuldige, ich –«

»Du siehst aus, als hättest du einen Schlag auf den Kopf gekriegt, Kind.«

»Ich habe heute abend jemand kennengelernt. Einen ziemlich merkwürdigen Typ.«

»Ach? Das muß ja ein toller Bursche sein, wenn er dich von deinen geliebten Lehrbüchern losreißen kann.«

»Er heißt Edward Jackson Hamner. Junior, man stelle sich vor! Klein. Schmächtig. Sieht aus, als hätte er sich das Haar zum letzten Mal an Washingtons Geburtstag gewaschen. Ach, und zwei verschiedene Socken trägt er. Eine schwarze und eine braune.«

»Ich dachte, du stündest mehr auf den Typ, den man in studentischen Verbindungen trifft.«

»Nein, in dieser Richtung läuft nichts, Alice. Er sprach mich im Studentenhaus an, als ich auf der dritten saß und lernte, und lud mich zu einem Eis ein. Ich lehnte ab, und er verkrümelte sich.

Doch nachdem er mich erst mal auf die Idee mit dem Eis gebracht hatte, konnte ich mich nicht mehr beherrschen. Ich beschloß, eine Pause zu machen, und siehe da, er stand vor mir, in jeder Hand ein tropfendes Hörnchen Erdbeereis mit Sahne.«

»Ich brenne darauf, den Ausgang der Geschichte zu erfahren.«

Elizabeth stieß einen schnaubenden Laut aus. »Na ja, jetzt konnte ich ja nicht mehr gut nein sagen. Er setzte sich zu mir, und im Gespräch stellte sich heraus, daß er letztes Jahr bei Professor Branner Soziologie gehört hat.«

»Es geschehen noch Zeichen und Wunder. O Herr, gib denen, die gläubig zu dir aufblicken –«

»Hör mal, das ist wirklich erstaunlich. Weißt du, wie ich in diesem Seminar geschwitzt habe?«

»Ja. Du sprichst ja noch im Schlaf davon.«

»Ich habe einen Durchschnitt von achtundsiebzig Punkten. Ich brauche achtzig, wenn ich mein Stipendium weiter behalten will, das bedeutet, daß ich in der Klausur mindestens vierundachtzig Punkte haben muß. Tja, dieser Ed Hamner behauptet, Branner ließe jedes Jahr fast die gleiche Klausur schreiben. Und Ed ist Eidetiker.«

»Du meinst; er hätte ein . . . waswardasnochmal . . . fotografisches Gedächtnis?«

»Ja. Sieh mal.« Sie schlug ihr Soziologiebuch auf und nahm drei beschriebene Heftseiten heraus.

Alice ließ sie sich geben. »Das sieht mir nach Multiple-Choice-Verfahren aus.«

»Das ist es auch. Ed sagt, das sei *Wort für Wort* Branners Klausur vom vorigen Jahr.«

»Das glaube ich nicht«, stritt Alice rundweg ab.

»Aber sämtliche Themen kommen drin vor!«

»Trotzdem glaube ich's nicht.« Sie gab Elizabeth die Blätter zurück. »Nur weil dieses Gespenst –«

»Er ist kein Gespenst. So darfst du ihn nicht nennen.«

»Schon gut, schon gut. Dieses schmächtige Jüngelchen hat dir doch wohl nicht eingeredet, nur dieses Zeug auswendig zu lernen und dich darauf zu verlassen, daß das genügt?«

»Nein, natürlich nicht«, antwortete sie verlegen.

»Und selbst wenn das die Klausur sein sollte, findest du dieses Vorgehen nicht unehrenhaft?«

Plötzlich stieg ein Groll in Elizabeth auf, und ehe sie sich besinnen konnte, ging das Mundwerk mit ihr durch. »Du hast gut reden. Jedes Semester wirst du für besondere Leistung gelobt, und das Studium finanzieren dir deine Eltern. Kannst du dir überhaupt vorstellen, wie das ist, wenn . . . Tut mir leid, Alice, das hätte ich nicht sagen dürfen.«

Alice zuckte mit den Schultern und schlug den Roman wieder auf. Sie setzte eine betont neutrale Miene auf. »Du hast recht, das geht mich nichts an. Aber ich an deiner Stelle würde mir zusätzlich das Lehrbuch zu Gemüte führen . . . um auf Nummer Sicher zu gehen.«

»Das hatte ich ohnehin vor.«

Doch in erster Linie befaßte sie sich mit den Aufzeichnungen, die ihr Edward Jackson Hamner jr. gegeben hatte.

Als sie nach der Klausur aus dem Hörsaal kam, saß er in der Vorhalle. Wieder fand sie, er sähe aus, als würde er in der grünen Militärjacke aus Drillich ertrinken. Er lächelte ihr schüchtern zu und stand auf. »Wie war's?«

Impulsiv drückte sie ihm einen Kuß auf die Wange. Sie konnte sich nicht erinnern, jemals so erleichtert gewesen zu sein. »Es müßte geklappt haben.«

»Wirklich? Das ist prima. Hast du Appetit auf einen Hamburger?«

»Und ob«, erwiderte sie zerstreut. Im Geist beschäftigte sie sich immer noch mit der Klausur. Beinahe wortwörtlich hatte sie der entsprochen, die Ed ihr gegeben hatte, für sie war die Prüfung ein Kinderspiel gewesen.

Während sie die Hamburger verspeisten, fragte sie ihn, wie seine eigenen Klausuren liefen.

»In diesem Semester schreibe ich keine. Ich falle unter die Sonderregelung für Hochbegabte, nach der man sich Prüfungen nur freiwillig zu unterziehen braucht.«

»Warum bist du dann noch hier?«

»Ich mußte doch sehen, wie es bei dir geklappt hat, nicht wahr?«

»Ach, Ed, das war aber nicht nötig. Ich find's lieb von dir, aber –« Der hungrige Blick in seinen Augen bekümmerte sie. Sie war ein hübsches Mädchen, und diesen Blick hatte sie schon öfter gesehen.

»Ja, ich bin deinetwegen hiergeblieben«, sagte er leise.

»Ed, ich bin dir sehr dankbar. Wirklich, ich glaube, du hast mir mein Stipendium gerettet. Aber ich habe einen Freund, weißt du . . .«

»Ist es was Festes?« Es gelang ihm nicht ganz, in lockerem Ton zu sprechen.

»Ja«, antwortete sie im gleichen Tonfall. »Wir sind so gut wie verlobt.«

»Weiß er, daß er Glück hat? Weiß er, wieviel Glück er hat?«

»Ich habe auch Glück«, entgegnete sie und dachte dabei an Tony Lombard.

»Beth«, sagte er unvermittelt.

»Wie bitte?« fragte sie erschrocken.

»So nennt dich keiner, oder?«

»Wieso . . . nein. Nein, das sagt keiner zu mir.«

»Nicht mal dein Freund?«

»Nein –« Tony rief sie Liz. Manchmal sagte er Lizzie zu ihr, was noch viel schlimmer war.

Er beugte sich vor. »Aber am liebsten möchtest du Beth genannt werden, stimmt's?«

Sie lachte, um ihre Verwirrung zu überspielen. »Wieso um Himmels willen –«

»Schon gut.« Er setzte wieder sein lausbubenhaftes Grinsen auf. »Ich nenne dich Beth. Das gefällt mir viel besser. Und jetzt iß deinen Hamburger auf.«

Das erste Schuljahr ging zu Ende, und sie verabschiedete sich von Alice. Beide waren ein bißchen befangen, was Elizabeth leid tat. Die Schuld dafür suchte sie bei sich; sie hatte wirklich ein wenig laut gejubelt, als die Ergebnisse der Soziologieklausur bekanntgegeben wurden. Sie hatte siebenundneunzig Punkte erreicht – das beste Ergebnis der gesamten Fakultät.

Was soll's, sagte sie sich, während sie im Flughafen darauf wartete, daß ihre Maschine aufgerufen wurde, was sie getan hatte, war nicht unehrenhafter als die sture Einpaukerei, zu der man sie gezwungen hatte. Pauken hatte mit Studieren nicht das geringste zu tun; man lernte etwas auswendig, um es gleich nach einem Examen wieder zu vergessen.

Sie betastete den Umschlag, der aus ihrer Handtasche hervorlugte. Er enthielt die Benachrichtigung, daß man ihr für das kommende Studienjahr ein Stipendium gewährt hatte – zweitausend Dollar. Im Sommer wollte sie mit Tony in Boothbay, Maine, arbeiten, und mit dem Geld, das sie dort verdiente, war sie aus dem Gröbsten heraus. Dank Ed Hamner konnte sie sich auf den Sommer freuen. Sie brauchte sich keine Sorgen mehr zu machen.

Doch es wurde der traurigste Sommer ihres Lebens.

Der Juni war verregnet, die Benzinknappheit wirkte sich ungünstig auf den Tourismus aus, und die Gäste im Boothbay Inn geizten mit dem Trinkgeld. Am meisten machte ihr zu schaffen, daß Tony sie zum Heiraten drängte. Er sagte, er könne eine Stelle an einer Nachbaruniversität bekommen, und durch das Stipendium sei ihr Studium gesichert. Doch zu ihrem eigenen Erstaunen kam ihr diese Vorstellung eher abstoßend als verlockend vor.

Irgend etwas stimmte nicht.

Sie wußte nicht, was, doch etwas fehlte ihr, etwas war nicht in Ordnung, etwas behagte ihr nicht. Eines Nachts, Ende Juli, wurde sie grundlos von einem hysterischen Weinkrampf geschüttelt. Zum Glück war ihre Zimmergenossin, ein unscheinbares junges Mädchen namens Sandra Ackermann, an jenem Abend ausgegangen und noch nicht zurück.

Den Alptraum hatte sie Anfang August. Sie lag auf dem Grund eines offenen Grabes und konnte sich nicht bewegen. Von einem weißen Himmel herab regnete es ihr ins Gesicht. Dann stand Tony über ihr, und auf dem Kopf trug er seinen gelben splitterfesten Schutzhelm.

»Heirate mich«, Liz«, sagte er und sah mit ausdrucksloser Miene auf sie hinunter. »Heirate mich, oder sonst passiert etwas.«

Sie wollte einwilligen; sie hätte alles getan, nur damit er sie aus diesem gräßlich feuchten Loch herausholte. Doch sie war wie gelähmt.

»Na schön«, sagte er. »Du hast es nicht anders gewollt.«

Er entfernte sich. Sie versuchte, die Starre zu überwinden, doch sie schaffte es nicht. Dann hörte sie den Bulldozer.

Einen Moment später sah sie ihn, ein riesiges gelbes Ungeheuer, das einen Wall nasser Erde vor sich herschob. Aus der offenen Führerkabine blickte Tony mitleidlos hinab.

Er wollte sie lebendig begraben.

Gefangen in ihrem erstarrten, stummen Körper, konnte sie nur mit dumpfem Entsetzen zuschauen. Erdbrocken begannen die Wände des Lochs hinunterzurieseln –

Eine bekannte Stimme schrie: »Geh weg! Laß sie endlich in Ruhe! *Geh weg!*«

Tony taumelte vom Bulldozer und rannte fort.

Sie verspürte eine ungeheure Erleichterung. Wenn sie dazu imstande gewesen wäre, hätte sie geweint. Ihr Retter tauchte auf, wie ein Totengräber stand er am Fußende des offenen Grabes. Es war Ed Hamner in der viel zu weiten grünen Drillichjacke, sein Haar war zerzaust, die Hornbrille bis auf den kleinen Höcker an seiner Nasenspitze heruntergerutscht. Er streckte ihr die Hand entgegen.

»Steh auf«, sagte er sanft. »Ich weiß, was du brauchst. Steh auf, Beth.«

Sie konnte aufstehen. Vor Erleichterung schluchzte sie. Sie versuchte, ihm zu danken; in ihrem Eifer verhaspelte sie sich. Ed lächelte nur freundlich und nickte dazu. Dann ergriff sie seine Hand und schaute nach unten, um nicht auszugleiten. Als sie wieder hochblickte, hielt sie sich an der Pfote eines riesigen, geifernden Wolfs fest. Seine Augen glühten wie rote Sturmlaternen, und der Rachen mit den kräftigen spitzen Zähnen war zum Zubeißen geöffnet.

Mit einem Ruck saß sie kerzengerade im Bett; sie war hellwach, ihr Nachthemd war schweißdurchtränkt. Sie zitterte am ganzen Leib. Selbst nachdem sie eine warme Dusche genommen und ein Glas Milch getrunken hatte, fürchtete sie sich noch vor der Dunkelheit.

Als sie wieder einschlief, ließ sie das Licht brennen.

Tony starb eine Woche später. Sie ging im Morgenrock an die Tür, da sie dachte, es sei Tony, doch vor ihr stand Danny Kilmer, einer der Männer, mit denen er zusammenarbeitete.

Danny war immer gut aufgelegt, mit ihm und seiner Freundin waren sie ein paarmal ausgegangen. Doch wie er nun im Flur ihres Apartments im zweiten Stock vor ihr stand, sah er nicht nur ernst, sondern regelrecht krank aus.

»Danny?« fragte sie. »Was –«

»Liz«, sagte er. »Liz, du mußt jetzt sehr stark sein. Du mußt . . . *ach Gott!*«

Er schlug mit der derben, schmutzigen Faust gegen den Türpfosten, und sie sah, daß er weinte.

»Danny, ist was mit Tony? Ist was –«

»Tony ist tot. Er wurde –« Er sprach in die leere Luft hinein. Sie war in Ohnmacht gesunken.

Die nächste Woche erlebte sie in einer Art Dämmerzustand. Aus einem jämmerlich kurzen Zeitungsartikel und Dannys Erzählung bei einem Glas Bier im Harbor Inn fügte sich die Geschichte zusammen.

Sie hatten auf der Straße 16 Entwässerungskanäle repariert. Ein Teil der Fahrbahn war aufgerissen worden, und Tony regelte mit Flaggenzeichen den Verkehr. Ein junger Bursche kam in einem roten Fiat den Hügel hinabgebraust. Tony hatte ihm mit der Flagge Zeichen gegeben, doch der Bengel drosselte nicht mal das Tempo.

Tony stand neben einem Lastwagen, und für ihn gab es keinen Platz zum Ausweichen. Der Junge in dem Fiat war mit Platzwunden und einem gebrochenen Arm davongekommen. Er stand unter Schock, und die Untersuchung ergab, daß er stocknüchtern war. Die Polizei fand mehrere Löcher in den Bremsleitungen, so als ob sie sich überhitzt hätten und durchgeschmolzen wären. Der Junge hatte einfach nicht bremsen können. Ihr Tony war das Opfer eines äußerst seltenen Autounfalls geworden, dessen Ursache nämlich nicht Leichtsinn oder menschliches Versagen, sondern ein echtes Unglück war.

Ihr schlechtes Gewissen verstärkte den Schock und die Niedergeschlagenheit. Das Schicksal hatte ihr die Entscheidung, was aus ihr und Tony werden sollte, aus der Hand genommen. Und eigentlich war sie auf eine klammheimliche Weise froh, daß es so gekommen war. Denn sie hatte Tony nicht heiraten wollen . . . nicht seit sie diesen Alptraum gehabt hatte.

Am Tag vor ihrer Heimreise brach sie zuammen.

Sie saß allein auf einem Felsvorsprung, und nach etwa einer Stunde kamen die Tränen. Sie war selbst überrascht, mit welcher Heftigkeit sie weinte. Sie weinte, bis ihr der Magen wehtat und der Kopf schmerzte, und als die Tränen versiegten, fühlte sie sich zwar nicht besser, aber wenigstens ausgepumpt und leer.

In diesem Augenblick hörte sie Ed Hamners Stimme. »Beth?«

Mit einem Ruck fuhr sie herum. In ihrem Mund spürte sie den metallischen Geschmack der Angst, halb hatte sie erwartet, den zähnefletschenden Wolf aus ihrem Traum zu sehen. Doch es war bloß Ed Hamner. Er war von der Sonne gebräunt, und ohne seine Drillichjacke und seine Bluejeans sah er irgendwie hilflos aus. Er trug rote Shorts, die ihm bis an die knochigen Knie reichten, ein weißes T-Shirt, das sich um seine schmale Brust blähte, und Gummisandalen. Er lächelte nicht, und durch die in der Sonne blitzenden Brillengläser konnte sie seine Augen nicht sehen.

»Ed?« fragte sie zaghaft, halb in der Annahme, er sei eine durch ihren Kummer erzeugte Halluzination. »Bist du es wirklich –«

»Ja, ich bin's wirklich.«

»Wie –«

»Ich habe im Ladewood Theater in Skowhegan gearbeitet. Ich traf deine Zimmergenossin . . . sie heißt doch Alice, nicht wahr?«

»Ja.«

»Sie erzählte mir, was passiert war. Ich kam sofort hierher. Meine arme Beth.«

Er legte den Kopf schräg, vielleicht nur um eine Winzigkeit, doch die Sonne schien nicht mehr auf seine Brille. In seinen Augen entdeckte sie nichts Wolfsartiges, nichts Raubtierhaftes, nur ein ruhiges, von Herzen kommendes Mitleid.

Sie begann wieder zu weinen, und die unerwartete Heftigkeit des Tränenausbruchs schüttelte ihren Körper. Doch dann nahm er sie in die Arme, und sie beruhigte sich.

Sie aßen in Waterville zu Abend, der Ort lag fünfundzwanzig Meilen weiter, vielleicht genau die richtige Entfernung, die sie brauchte, um Abstand zu gewinnen. Sie fuhren in Eds Wagen, einem neuen Corvette. Er war ein guter Autofahrer – weder leichtsinnig noch übertrieben vorsichtig, wie sie es sich schon gedacht hatte. Sie wollte keine Unterhaltung, und sie wollte nicht aufgeheitert werden. Er schien das zu wissen und suchte im Radio einen Sender, der ernste Musik spielte.

Und ohne sie zu fragen, bestellte er – Meeresfrüchte. Sie hatte geglaubt, sie sei nicht hungrig, doch als das Essen kam, fiel sie mit Heißhunger darüber her.

Als sie wieder aufschaute, war ihr Teller leer, und sie stieß ein nervöses Lachen aus. Ed rauchte eine Zigarette und beobachtete sie.

»Die trauernde Maid verschlang ein herzhaftes Mahl«, sagte sie. »Du mußt mich ja für eine Heuchlerin halten.«

»Nein«, entgegnete er. »Du hast eine Menge mitgemacht und mußt jetzt wieder zu Kräften kommen. Das ist so ähnlich wie nach einer überstandenen Krankheit, nicht wahr?«

»Ja, genauso.«

Er ergriff ihre Hand, drückte sie kurz und ließ sie dann wieder los. »Aber jetzt beginnt die Zeit der Genesung, Beth.«

»Meinst du wirklich?«

»Ja«, bekräftigte er. »Erzähl mal. Welche Pläne hast du?«

»Morgen reise ich ab, nach Hause. Was dann kommt, weiß ich noch nicht.«

»Aber dein Studium brichst du doch nicht ab, oder?«

»Ich weiß es wirklich noch nicht. Nach dem, was passiert ist, erscheint mir alles so . . . so banal. Ich sehe nicht mehr viel Sinn in dem Studium. Und es würde mir keinen Spaß mehr machen.«

»Die Freude daran kommt zurück. Das kannst du dir jetzt nicht vorstellen, aber glaube mir, so wird es sein. Warte mal ab, wie dir in sechs Wochen zumute ist. Du hast doch nichts besseres vor.« Der letzte Satz klang wie eine Frage.

»Nein, ich wüßte jedenfalls nicht, was ich sonst tun sollte. Aber . . . kann ich eine Zigarette haben?«

»Klar. Sind aber Mentholzigaretten. Tut mir leid.«

Sie nahm sich eine. »Woher weißt du, daß ich keine Mentholzigaretten mag?«

Er zuckte mit den Schultern. »Vielleicht weil du so aussiehst, als ob sie dir nicht schmecken.«

Sie lächelte. »Manchmal bist du richtig seltsam, weißt du das?«

Er deutete ein Lächeln an.

»Ja, wirklich. Daß ausgerechnet du hier auftauchen mußtest . . . Ich hatte geglaubt, ich wollte keinen Menschen sehen. Aber ich bin froh, daß *du* gekommen bist, Ed.«

»Manchmal ist es für einen besser, mit einem Menschen zusammen zu sein, der einem relativ fremd ist.«

»Ja, das mag stimmen.« Sie legte eine Pause ein. »Wer bist du, Ed, außer daß du mein rettender Engel zu sein scheinst? Wer bist du eigentlich?« Plötzlich wollte sie unbedingt mehr über ihn wissen.

Er zuckte die Achseln. »Nichts Besonderes. Nur einer dieser komisch aussehenden Studenten, die mit einem Haufen Bücher unter dem Arm über das Universitätsgelände schleichen –«

»Ed, du siehst nicht komisch aus.«

»Doch«, widersprach er und lächelte dabei. »Ich habe nie ganz meine Pubertätsakne verloren, keine große studentische Verbindung hat sich je um meine Mitgliedschaft gerissen, ich stand nie im Mittelpunkt einer Gesellschaft. Ich bin bloß ein Bücherwurm, der sein Studium zu einem Abschluß bringen will. Wenn die großen Firmen nächstes Frühjahr ihre Anwerber in die Universität schicken, unterschreibe ich wahrscheinlich bei einer irgendeinen Vertrag, und Ed Hamner ward nie mehr gesehen.«

»Das täte mir leid«, meinte sie leise.

Er lächelte. Es war ein eigenartiges Lächeln, beinahe bitter.

»Erzähl mir von deinen Eltern«, bat sie. »Ich möche wissen, woher du kommst, welche Hobbies du hast –«

»Ein anderes Mal«, wich er aus. »Ich fahre dich jetzt zurück. Morgen hast du einen langen Flug vor dir und eine Menge Hektik.«

Nach diesem Abend fühlte sie sich zum ersten Mal seit Tonys Tod entspannt. Ihr war nicht mehr zumute, als würde irgendwo in ihrem Innern eine Feder so lange aufgezogen, bis sie zersprang. Sie rechnete damit, schnell einzuschlummern, doch der Schlaf wollte sich nicht einstellen.

Kleine Fragen ließen sie nicht zur Ruhe kommen.

*Alice erzählte mir, was passiert war . . . meine arme Beth.*

Aber Alice verbrachte den Sommer in Kittery, achtzig Meilen von Skowhegan entfernt. Sie mußte nach Lakewood gefahren sein, um sich ein Theaterstück anzusehen.

Der Corvette, den er fuhr, war ein diesjähriges Modell. Teuer. Von dem Geld, das er für seinen Job hinter den Kulissen bekam, hatte er ihn nicht gekauft. Waren seine Eltern reich?

Er hatte genau das Gericht bestellt, das sie sich selbst ausgesucht hätte. Es war vielleicht das einzige auf der Speisekarte, das ihren Appetit hätte reizen können.

Die Mentholzigaretten, die Art, wie er sie geküßt hatte, als sie sich gute Nacht sagten, genauso, wie sie geküßt werden wollte. Und –

*Morgen hast du einen langen Flug vor dir.*

Er wußte, daß sie nach Hause abreiste, denn das hatte sie ihm erzählt. Aber woher wußte er, daß sie ein Flugzeug nahm? Oder daß der Flug lange dauerte?

Das störte sie. Es störte sie, weil sie auf dem besten Weg war, sich in Ed Hamner zu verlieben.

*Ich weiß, was du brauchst.*

Wie die Stimme eines U-Boot-Kapitäns, der ständig die Tiefe ausruft, begleiteten seine Begrüßungsworte sie in den Schlaf.

Er kam nicht zu dem winzigen Flugplatz von Augusta, um sich von ihr zu verabschieden und mit ihr auf die Maschine zu warten, und sie wunderte sich, wie enttäuscht sie war. Sie dachte daran, wie unmerklich man von einem Menschen abhängig werden konnte, wie ein Süchtiger von einer Droge. Der Kiffer lügt sich vor, er könne genausogut auf den Stoff verzichten, aber in Wirklichkeit –

»Elizabeth Rogan«, plärrte es aus dem Lautsprecher, »gehen Sie bitte an das weiße Telefon.«

Sie rannte hin. Dann hörte sie Eds Stimme. »Beth?«

»Ed. Wie schön, daß du anrufst. Ich hatte schon gedacht . . .«

»Daß ich zum Flugplatz kommen würde?« Er lachte. »Ich fand, das sei nicht nötig. Du bist ein erwachsenes, selbständiges Mädchen. Und hübsch obendrein. Du kommst auch ohne mich zurecht. Sehen wir uns in der Uni?«

»Ich . . . ich glaube schon.«

»Das ist schön.« Er schwieg eine Weile. »Weil ich dich liebe. Ich liebe dich, seit ich dich zum ersten Mal sah.«

Ihre Zunge war wie gelähmt. Sie konnte nicht sprechen. Tausend Gedanken jagten ihr durch den Kopf.

Er lachte noch einmal, leise. »Du brauchst nichts zu sagen. Jetzt nicht. Wir sehen uns später. Dann unterhalten wir uns. In aller Ruhe. Ich wünsche dir einen guten Flug, Beth. Auf Wiedersehen.«

Dann war er weg. Sie stand da, den weißen Telefonhörer in der Hand, alleingelassen mit ihren chaotischen Gedanken und Fragen.

September.

Wie eine Frau, die man nur beim Stricken gestört hat, nahm Elizabeth die alte Routine des Universitätsbetriebs wieder auf. Natürlich teilte sie sich auch jetzt wieder mit Alice ein Zimmer; sie wohnten zusammen, seit der Computer der Zimmervermittlung sie zu Beginn ihres Studiums zusammenbrachte. Trotz unterschiedlicher Interessen und Eigenschaften waren sie immer gut miteinander ausgekommen. Alice war fleißig, studierte Chemie und hatte einen Durchschnitt von 3,6. Elizabeth war die geselligere von beiden, weniger intellektuell, und sie hatte die Fächer Pädagogik und Mathematik belegt.

Sie vertrugen sich immer noch gut, doch seit dem letzten Sommer war die Freundschaft zwischen ihnen etwas abgekühlt. Elizabeth führte es auf die Meinungsverschiedenheit wegen der Soziologieklausur zurück, sagte jedoch nichts.

Die Ereignisse des Sommers begannen traumhafte, unwirkliche Züge anzunehmen. Seltsamerweise kam es ihr manchmal so vor, als sei Tony ein Junge gewesen, den sie noch von der Schule her kannte. Die Erinnerung an ihn schmerzte sie immer noch, und sie vermied es, mit Alice über ihn zu sprechen. Doch es war so, als ob eine alte Narbe wehtäte und nicht der stechende Schmerz einer frischen Wunde.

Noch schmerzlicher traf es sie, daß Ed Hamner sich nicht meldete.

Eine Woche verging, noch eine, und dann war es Oktober. Sie besorgte sich ein Verzeichnis aller Studenten und schlug seinen Namen nach. Es half ihr auch nicht weiter: hinter seinem Namen stand lediglich »Mill St.« Die Mill Street war sehr lang. Also wartete sie, und wenn sich jemand mit ihr verabreden wollte, was häufig geschah, lehnte sie ab. Alice betrachtete sie mit hochgezogenen Augenbrauen, äußerte sich jedoch nicht; sie steckte mitten in einem sechswöchigen Biochemie-Praktikum und brachte die meisten Abende in der Bibliothek zu. Elizabeth sah zwar die langen weißen Briefumschläge, die ihre Zimmergenossin ein oder zweimal die Woche durch die Post zugestellt bekam – da sie von den Vorlesungen meistens früher heimkehrte – machte sich jedoch keine Gedanken darüber. Die Privatdetektei verhielt sich diskret; auf den Umschlägen stand kein Absender.

Alice war in einem Lehrbuch vertieft, als die Sprechanlage summte. »Geh du dran, Liz. Das ist wahrscheinlich sowieso für dich.«

Elizabeth trat an das Gerät. »Ja, bitte?«

»Besuch für dich, Liz. Ein junger Mann.«

*O Gott.*

»Wie heißt er?« fragte sie ungehalten und ging im Geist schon ihren Vorrat an abgenutzten Ausreden durch. Migräne. Das hatte sie in dieser Woche noch nicht vorgeschützt.

Das Mädchen an der Anmeldung antwortete amüsiert: »Edward Jackson Hamner *junior,* man stelle sich vor.« Mit gesenkter Stimme setzte sie hinzu: »Er trägt zwei verschiedene Socken.«

Elizabeth faßte sich an den Kragen des Morgenrocks. »Ach, Gott! Sag ihm, ich käme sofort runter. Nein, sag ihm, ich käme in einer Minute. Nein, sag ihm, es wird ein paar Minuten dauern, ja?«

»Klar«, erwiderte die Stimme skeptisch. »Paß auf, daß du keinen Schlaganfall kriegst.«

Elizabeth zog eine lange Hose aus ihrem Kleiderschrank. Einen kurzen Jeansrock. Aufstöhnend befingerte sie ihre Lockenwickler, begann, sie sich aus den Haaren zu reißen.

Stumm beobachtete Alice sie, und nachdem Elizabeth gegangen war, blickte Alice noch lange nachdenklich auf die Tür.

Er sah aus wie immer; er hatte sich überhaupt nicht verändert. Er trug wieder seine grüne Drillichjacke, die ihm mindestens zwei Nummern zu groß zu sein schien. Einen Bügel der Hornbrille hatte er mit Isolierband zusammengeflickt. Seine Jeans sahen neu und steif aus, nicht verwaschen und getragen, wie es jetzt modern war. An Tony hatten auch neue Jeans nie so steif ausgesehen. Dazu trug Ed eine grüne und eine braune Socke.

Aber sie wußte, daß sie ihn liebte.

»Warum hast du dich nicht schon früher gemeldet?« fragte sie, als sie auf ihn zuging.

Er schob die Hände in die Jackentaschen und grinste schüchtern. »Ich wollte dir ein bißchen Zeit geben, um dich umzusehen. Du solltest ein paar andere Männer kennenlernen. Um herauszufinden, was du wirklich willst.«

»Ich glaube, ich weiß, was ich will.«

»Das ist schön. Hast du Lust, ins Kino zu gehen?«

»Mir ist alles recht. Von mir aus können wir unternehmen, was du willst.«

Mit der Zeit fiel ihr auf, daß sie noch nie einen Menschen, egal ob Mann oder Frau, gekannt hatte, der ihre Stimmungen und Wünsche so vollkommen und ohne Worte zu verstehen schien. Sie hatten in allem den gleichen Geschmack. Tony hatte brutale Filme im Stile des *Paten* gemocht, Ed bevorzugte lustige Filme oder gewaltlose Problemstücke. Eines Abends, als sie sich deprimiert fühlte, ging er mit ihr in den Zirkus, und sie amüsierten sich köstlich. Wenn sie sich zum gemeinsamen Lernen verabredeten, wurde auch tatsächlich studiert, es war kein Vorwand, um in der dritten Etage des Studentenhauses mit ihr herumzuschmusen. Er ging mit ihr tanzen und schien die altmodischen Tänze, die sie so liebte, besonders gut zu beherrschen. Auf der Jahresfeier der Universität gewannen sie auf einem Nostalgieball unter dem Motto: ›Die fünfziger Jahre‹ sogar einen Preis im Stroll-Tanzen. Doch am meisten gefiel ihr, daß er zu spüren schien, wann sie zu Zärtlichkeiten aufgelegt war. Er bedrängte sie nicht, und er forderte nichts von ihr. Bei ihm hatte sie niemals das Gefühl, wie es ihr schon bei anderen jungen Männern ergangen war, daß sie den Sex nach einem ganz bestimmten Schema planten. Beim ersten Treffen begann es mit einem Gutenachtkuß, und das zehnte Treffen endete damit, daß man in einer von einem Freund geborgten Wohnung miteinander schlief. Ed wohnte allein in einem Apartment im dritten Stock in der Mill Street. Sie gingen oft zu ihm, doch Elizabeth hatte nie das Gefühl, die Lasterhöhle eines Nachwuchscasanovas zu betreten. Er versuchte nie, sich ihr zu nähern. Er schien tatsächlich immer nur das zu wollen, was sie wollte und wann sie es wollte. Und ihre Freundschaft entwickelte sich.

Als der Vorlesungsbetrieb nach den Semesterferien wieder begann, wirkte Alice irgendwie bedrückt. An dem Nachmittag, als Elizabeth darauf wartete, daß Ed sie abholte – sie waren zum Essen verabredet – bemerkte sie mehrmals, daß Alice stirnrunzelnd einen großen braunen Umschlag anstarrte, der auf ihrem Schreibtisch lag. Einmal lag es Elizabeth auf der Zunge, sie zu fragen, was das für ein Umschlag sei, aber dann tat sie es doch nicht. Vermutlich ging es wieder um ein Praktikum.

Es schneite heftig, als Ed sie zum Studentenwohnheim zurückbrachte.

»Sehen wir uns morgen?« fragte er. »Bei mir?«

»Klar. Ich mache uns Popcorn.«

»Prima«, freute er sich und küßte sie. »Ich liebe dich, Beth.«

»Ich liebe dich auch.«

»Möchtest du morgen bei mir schlafen?« fragte er vollkommen natürlich.

»Ja, Ed, gern.« Sie sah ihm in die Augen. »Wenn es dein Wunsch ist.«

»Schön«, entgegnete er ruhig. »Schlaf gut, mein Schatz.«

»Du auch.«

Sie hatte erwartet, daß Alice schon schlief, und trat leise ins Zimmer, doch Alice war noch auf und saß an ihrem Schreibtisch.

»Alice, fehlt dir was?«

»Ich muß mit dir sprechen, Liz. Über Ed.«

»Und was hast du mir zu sagen?«

Widerstrebend äußerte Alice: »Wenn wir miteinander gesprochen haben, sind wir wahrscheinlich keine Freundinnen mehr. Ich setze eine Menge aufs Spiel, deshalb möchte ich, daß du mir jetzt gut zuhörst.«

»Dann sag doch lieber nichts.«

»Ich kann nicht schweigen.«

Elizabeths anfängliche Neugier schlug in Wut um. »Hast du Ed nachspioniert?«

Alice warf ihr lediglich einen Blick zu.

»Warst du neidisch auf uns?«

»Nein. Wenn ich auf dich und deine vielen Verehrer neidisch wäre, wäre ich schon vor zwei Jahren hier ausgezogen.«

Verstört sah Elizabeth sie an. Sie wußte, daß Alice nicht log. Und plötzlich bekam sie Angst.

»Zwei Dinge an Ed Hamner machten mich stutzig«, erzählte Alice. »Das erste Mal stutzte ich, als du mir von Tonys Unfall schriebst und welch glücklicher Zufall es gewesen sei, daß ich Ed im Lakewood Theater getroffen hatte . . . wie er gleich nach Boothbay kam und dir über den schlimmsten Schmerz hinweghalf. Aber ich hatte ihn gar nicht getroffen, Liz. Letzten Sommer kam ich nicht mal in die Nähe des Lakewood Theaters.«

»Aber . . .«

»Aber woher wußte er, daß Tony tot war? Ich habe keine Ahnung. Ich weiß lediglich, daß er es von mir nicht erfuhr. Zweitens nehme ich ihm diese Geschichte mit dem eidetischen Gedächtnis nicht mehr ab. Mein Gott, Liz, er kann sich nicht mal erinnern, welche Socken er sich angezogen hat.«

»Das ist etwas ganz anderes«, hielt Liz ihr kühl entgegen. »Das –«

»Letzten Sommer hielt sich Ed Hamner in Las Vegas auf«, sagte Alice leise. »Mitte Juli reiste er wieder ab und nahm sich in einem Motel in Pemaquid ein Zimmer. Der Ort liegt auf der anderen Seite der Bucht, genau gegenüber dem Hafen von Boothbay. Es sieht fast so aus, als hätte er darauf gewartet, daß du ihn brauchst.«

»Du spinnst ja! Woher willst du wissen, daß Ed in Las Vegas war?«

»Kurz bevor das Semester anfing, traf ich zufällig Shirley D'Antonio. Sie arbeitete im Pines Restaurant, das dem Schauspielhaus gleich gegenüber liegt. Sie behauptet, sie hätte nie jemand gesehen, der aussieht wie Ed Hamner. Daher weiß ich, daß er dich mehrere Male belogen hat. Also ging ich zu meinem Vater, erzählte ihm alles und ließ mir von ihm grünes Licht geben.«

»Grünes Licht – wozu?« fragte Elizabeth bestürzt.

»Um mich an ein Detektivbüro zu wenden.«

Elizabeth sprang auf. »Halt den Mund, Alice. Jetzt reicht's mir aber.« Ihr Entschluß stand fest. Sie wollte mit dem Bus in die Stadt fahren und bei Ed übernachten. Sie hatte ohnehin nur darauf gewartet, daß er sie einlud, die Nacht bei ihm zu verbringen.

»Hör mir wenigstens zu Ende zu, damit du Bescheid weißt«, drängte Alice. »Dann kannst du dir überlegen, was du tun willst.«

»Ich weiß, daß er ein anständiger Mensch ist, das genügt mir –«

»Die Liebe macht doch blind, wie?« versetzte Alice mit einem bitteren Lächeln. »Na, ja, vielleicht habe ich dich auch ein bißchen gern, Liz. Hast du daran schon mal gedacht?«

Elizabeth drehte sich um und sah Alice lange an. »Wenn das stimmt, dann hast du aber eine merkwürdige Art, es mir zu zeigen. Also gut, sprich dich aus. Vielleicht hast du recht. Vielleicht bin ich dir das wirklich schuldig. Los, red schon.«

»Du kennst ihn schon sehr lange«, sagte Alice mit ruhiger Stimme.

»Was?«

»Grundschule 119, Bridgeport, Connecticut.«

Elizabeth verschlug es die Sprache. Sie hatte mit ihren Eltern sechs Jahre lang in Bridgeport gewohnt. Nach Beendigung ihres zweiten Schuljahres waren sie an ihren jetzigen Wohnort gezogen. Sie hatte tatsächlich die Grundschule 119 in Bridgeport besucht, aber –

»Alice, bist du sicher?«

»Erinnerst du dich nicht an ihn?«

»Nein, natürlich nicht!« Doch sie erinnerte sich an das Gefühl, das über sie gekommen war, als sie Ed Hamner zum ersten Mal sah – als erlebe sie ein Déjà-vu. »Ich glaube, die Hübschen neigen dazu, die Häßlichen zu übersehen. Vielleicht war er damals in dich verknallt. Du gingst zusammen mit ihm in die erste Klasse, Liz. Vielleicht saß er in der hintersten Reihe und . . . hat dich bloß beobachtet. Oder hat dir auf dem Spielplatz zugesehen. Ein kleiner, unscheinbarer Junge, der damals schon eine Brille und wahrscheinlich auch eine Zahnspange trug. Dir fiel er nicht mal auf, aber ich wette, daß er sich an dich erinnern kann.«

»Was hast du sonst noch zu sagen?«

»Mit Hilfe von Fingerabdrücken spürte die Detektei ihm nach. Dann brauchten sie nur noch Leute aufzusuchen, die ihn kannten, und mit ihnen zu reden. Der Detektiv, der sich mit dem Fall befaßte, sagt, manches von dem, was er herausfand, verstünde er nicht. Mir geht es genauso. Einiges ist richtig unheimlich.«

»Das Ganze sollte dir auch nicht geheuer sein«, versetzte Elizabeth trocken.

»Ed Hamner senior war von der Spielleidenschaft besessen. Er arbeitete in einer erstklassigen Werbeagentur in New York, dann zog er, ziemlich übereilt, nach Bridgeport. Der Detektiv sagt, fast jedes Pokerspiel, in dem es um einen riesigen Einsatz ging, und beinahe jede hoch abgeschlossene Wette, sei von ihm angeregt worden. Offenbar wurde ihm in New York der Boden zu heiß.«

Elizabeth schloß die Augen.

»Für dein Geld haben dir die Leute aber reichlich viel Dreck geliefert, nicht?«

»Mag sein. Jedenfalls geriet Eds Vater in Bridgeport wieder in die Klemme. Es hatte auch mit Spielen zu tun, nur daß er dieses Mal an einen Kredithai ersten Ranges geriet. Irgendwie holte er sich ein gebrochenes Bein und einen gebrochenen Arm. Der Detektiv bezweifelt, daß Mr. Hamner einen Unfall hatte.«

»Was kommt jetzt noch?« fragte Elizabeth. »Kindesmißhandlung? Unterschlagung?«

»1961 bekam er eine Stelle in einer unbedeutenden Werbeagentur in Los Angeles. Das war ein bißchen zu nahe an Las Vegas. Er fuhr an den Wochenenden dorthin, spielte . . . und verlor. Bis er anfing, Ed junior mitzunehmen. Dann begann nämlich seine Glückssträhne.«

»Das erfindest du alles. Anders kann es gar nicht sein.«

Alice tippte mit dem Finger auf den Umschlag. »Hier drin steht alles, Liz. Einiges könnte vor Gericht nicht bestehen, doch der Detektiv meint, keiner der Leute, mit denen er sprach, hätte einen Grund zu lügen. Eds Vater nannte Ed ›seinen Talisman‹. Anfangs durfte er den Jungen in die Casinos mitbringen, obwohl das Gesetz es nicht erlaubt. Aber Eds Vater galt als dicker Fisch, den man ausnehmen konnte. Dann begann er, nur noch ausschließlich Roulette zu spielen. Ein Jahr später hatte Ed Hamners Sohn in sämtlichen Casinos Hausverbot. Und der alte Hamner suchte sich ein neues Betätigungsfeld, wo er seine Spielleidenschaft austoben konnte.«

»Was denn?«

»Die Börse. Als die Hamners Mitte 1961 nach Los Angeles kamen, wohnten sie für neunzig Dollar Miete im Monat in einer Käseschachtel, und Mr. Hamner fuhr einen Chevrolet Baujahr '52. Ende 1962, genau sechzehn Monate später, hatte er seine Stelle gekündigt, und sie wohnten in ihrem eigenen Haus in San José. Mr. Hamner fuhr einen fabrikneuen Thunderbird und Mrs. Hamner einen Volkswagen. Weißt du, einem kleinen Jungen kann man verbieten, ein Spielcasino zu betreten, aber das Börsenblatt kann ihm keiner wegnehmen.«

»Willst du damit andeuten, daß Ed . . . daß er die Fähigkeit besitzt . . . Alice, du bist ja verrückt!«

»Ich will gar nichts andeuten. Außer vielleicht, daß er wußte, was sein Daddy brauchte.«

*Ich weiß, was du brauchst.*

Es war beinahe so, als hätte ihr jemand die Worte ins Ohr gesprochen, und sie schauderte.

»Die nächsten sechs Jahre verbrachte Mrs. Hamner meistens in verschiedenen psychiatrischen Anstalten. Angeblich wegen nervöser Störungen, aber der Detektiv unterhielt sich mit einem Pfleger, der sagte, sie sei schon an der Grenze zum Wahnsinn gewesen. Sie behauptete, ihr Sohn sei der Handlanger des Teufels. 1964 stach sie mit einer Schere auf ihn ein. Sie versuchte, ihn umzubringen. Sie . . . Liz? Liz, was hast du?«

»Die Narbe«, flüsterte sie. »Vor ungefähr einem Monat gingen wir schwimmen. An der Schulter hat er eine tiefe, eingesunkene Narbe . . . hier.« Mit der Hand deutete sie auf eine Stelle über ihrer linken Brust. »Er sagte mir . . .« Ein Brechreiz stieg in ihr auf, und sie mußte warten, bis er abgeklungen war, ehe sie weitersprechen konnte. »Er sagte mir, als kleiner Junge sei er auf einen Jägerzaun gefallen.«

»Soll ich weitererzählen?«

»Warum nicht? Jetzt kann mich nichts mehr schocken.«

»1968 wurde seine Mutter aus einer sehr luxuriösen psychiatrischen Anstalt im San Joaquin Valley entlassen. Zu dritt fuhren sie in Urlaub. Sie machten auf einem Rastplatz an der Straße 101 halt. Der Junge sammelte gerade Feuerholz, als Mrs. Hamner den Wagen mit sich und ihrem Mann über die Steilklippe ins Meer fuhr. Vielleicht hatte es ein Versuch sein sollen, Ed zu überrollen. Damals war er fast achtzehn. Sein Vater hinterließ ihm ein Millionenvermögen in Wertpapieren. Anderthalb Jahre später kam Ed hierher und immatrikulierte sich bei uns. Das wäre dann alles.«

»Hast du keine Leiche mehr im Keller?«

»Liz, sag bloß, das wäre nicht schon genug.«

Sie stand auf. »Kein Wunder, daß er sich über seine Eltern ausschweigt. Aber du mußtest unbedingt den Schmutz aufrühren, nicht wahr?«

»Du bist blind«, warf Alice ihr vor. Elizabeth zog sich den Mantel an.

»Ich nehme an, du gehst jetzt zu ihm.«

»Stimmt.«

»Weil du ihn liebst.«

»Stimmt.«

Alice kam zu ihr und ergriff ihren Arm. »Wirst du wohl aufhören, die Gekränkte zu spielen und einen Augenblick lang *nachdenken?* Ed Hamner ist imstande, Dinge zu tun, von denen andere Leute nur träumen können. Er ließ seinen Vater beim Roulette gewinnen und verschaffte ihm durch Börsenspekulationen ein Vermögen. Offenbar kann er das Glück herbeizwingen. Vielleicht ist er mit übernatürlichen Kräften ausgestattet, eine Art Medium. Vielleicht kann er hellsehen. Ich weiß es nicht. Offenbar gibt es Menschen mit dieser Begabung. Liz, ist dir noch nie in den Sinn gekommen, daß er dich gezwungen hat, ihn zu lieben?«

Langsam drehte sich Liz zu ihr um. »Etwas so Albernes habe ich in meinem ganzen Leben noch nicht gehört.«

»Findest du das albern? Er verschaffte dir die Soziologieklausur mit den gleichen Mitteln, mit denen er seinem Vater am Roulettetisch zu einem Gewinn verhalf! Er hatte nie eine Veranstaltung in Soziologie belegt! Das habe ich nachgeprüft. Er gab dir den Test, weil es für ihn die einzige Möglichkeit war, sich dir zu nähern.«

»Hör endlich auf!« schrie Liz. Sie hielt sich die Ohren zu.

»Er wußte, wie die Klausur ausfallen würde, er wußte, daß Tony verunglückt war, und er wußte, daß du nach Hause fliegen wolltest. Er wußte sogar, wann der psychologisch richtige Moment gekommen war, als er sich letzten Oktober wieder bei dir meldete.«

Elizabeth riß sich von ihr los und öffnete die Tür.

»Bitte«, flehte Alice. »Bitte, Liz, hör auf mich. Ich weiß nicht, wie er so etwas macht. Ich bin mir nicht mal sicher, ob er sich selbst hundertprozentig darüber im klaren ist. Vielleicht will er dir gar nichts Böses antun, aber das Unheil hat er schon angerichtet. Er hat dich dazu gebracht, ihn zu lieben, weil er deine geheimsten Wünsche und Sehnsüchte kennt, aber das hat mit Liebe nichts zu tun. Das ist eine Vergewaltigung.«

Elizabeth warf die Tür hinter sich ins Schloß und rannte die Treppen hinunter.

Sie bekam den letzten Bus, der an diesem Abend stadteinwärts fuhr. Der Schnee fiel noch dichter, und der Bus holperte über die zugewehte Straße wie ein verletzter Käfer. Elizabeth saß ganz hinten in dem fast leeren Bus, und in ihrem Kopf kreisten tausend Gedanken.

Mentholzigaretten. Die Börse. Woher wußte er, daß der Spitzname ihrer Mutter Deedee war? Ein kleiner Junge, der in einem Klassenzimmer sitzt und mit großen Augen ein lebhaftes kleines Mädchen beobachtet, das zu jung ist, um ihn zu verstehen –

*Ich weiß, was du brauchst.*

*Nein. Nein. Und ich liebe ihn trotzdem.*

Stimmte das? Oder gefiel es ihr nur, mit jemand zusammenzusein, der immer das richtige Essen bestellte, mit ihr in den richtigen Film ging, und nichts wollte oder tat, wozu sie keine Lust hatte? War er vielleicht bloß eine Art Spiegel für ihre Seele, der ihr immer nur das zeigte, was sie sehen wollte? Die Geschenke, die er ihr machte, entsprachen immer haargenau ihrem Geschmack. Als es plötzlich kalt wurde, und sie sich einen Heizlüfter wünschte, wer hatte ihr einen geschenkt? Ed Hamner natürlich. Er hätte ihn zufällig im Sonderangebot gesehen, hatte er ihr erzählt. Selbstverständlich hatte sie sich darüber gefreut.

*Das hat mit Liebe nichts zu tun. Das ist eine Vergewaltigung.*

Der Wind biß ihr ins Gesicht, als sie an der Ecke Main und Mill Street ausstieg, und mit hochgezogenen Schultern stemmte sie sich dagegen, während der Bus mit einem satten Dieselgebrumm davonfuhr. Für kurze Zeit blinkten die Rücklichter noch durch das Schneetreiben, dann waren sie verschwunden.

Noch nie in ihrem Leben hatte sie sich so einsam gefühlt.

Er war nicht zu Hause.

Nachdem sie fünf Minuten lang geklopft hatte, stand sie ratlos vor der Tür. Ihr fiel ein, daß sie keine Ahnung hatte, was Ed tat oder mit wem er sich traf, wenn er nicht mit ihr zusammen war. Über dieses Thema hatten sie nie gesprochen.

*Vielleicht gewinnt er gerade beim Poker das Geld für einen zweiten Heizlüfter.*

Sie stellte sich auf die Zehenspitzen und fuhr mit den Fingern den Türrahmen entlang, denn sie wußte, daß Ed dort einen Ersatzschlüssel aufbewahrte. Sie fand ihn, und klirrend fiel er zu Boden.

Sie hob ihn auf und steckte ihn ins Schloß.

Ohne Ed sah die Wohnung ganz anders aus – unecht, wie eine Bühnenkulisse. Sie hatte sich oft darüber amüsiert, daß jemand, der auf seine äußere Erscheinung so wenig Wert legte, in einer so ordentlichen, vorbildlich aufgeräumten Umgebung wohnte. Beinahe, als hätte er die Zimmer für sie eingerichtet und nicht für sich selbst. Aber der Gedanke war natürlich absurd.

Wieder einmal kam ihr in den Sinn, wie gemütlich sie den Sessel fand, in dem sie saß, wenn sie fernsahen oder lernten. Er war genau richtig für sie, nicht zu hart und nicht zu weich. Optimal. Wie alles, was mit Ed zusammenhing.

Das Wohnzimmer hatte zwei Türen. Durch die eine ging man in die Kochnische, die andere führte in sein Schlafzimmer.

Draußen pfiff der Wind, in den Mauern des alten Wohnhauses knarrte und knackte es.

Sie betrat das Schlafzimmer und betrachtete die Bettstelle aus Messing. Das Bett sah nicht zu hart und nicht zu weich aus, es schien genau richtig zu sein. Eine hämische Stimme in ihr spottete: *Es ist schon beinahe zu vollkommen, nicht wahr?*

Sie stellte sich vor das Bücherregal und ließ den Blick planlos über die Buchtitel wandern. Einer zog ihre Aufmerksamkeit auf sich, und sie holte das Buch heraus: *Modetänze der fünfziger Jahre.* An einer bestimmten Stelle klappte das Buch von selbst auf. Ein Abschnitt, der die Überschrift ›Der Stroll‹ trug, war dick mit Rotstift umrandet, und daneben stand der Name BETH in großen, beinahe anklagenden Lettern.

Jetzt müßte ich gehen, sagte sie sich. Etwas kann ich immer noch retten. Wenn er in diesem Moment zurückkäme, könnte ich ihm nie wieder ins Gesicht sehen, und Alice hätte gesiegt. Dann hätte sie ihr Geld wirklich gut angelegt.

Doch sie wußte, daß sie nicht mehr zurück konnte. Dazu war sie schon zu weit gegangen.

Sie trat an den Kleiderschrank und drehte den Knauf, doch die Tür blieb zu. Abgeschlossen.

Auf gut Glück stellte sie sich wieder auf die Zehenspitzen und tastete den oberen Türrand ab. Ihre Finger stießen gegen den Schlüssel. Sie holte ihn herunter, obwohl eine innere Stimme sie deutlich warnte: *Das darfst du nicht tun.* Sie dachte daran, was Blaubarts Frau fand, als sie die verkehrte Tür öffnete. Doch zum Rückzug war es zu spät; wenn sie sich jetzt keine Gewißheit verschaffte, würde sie ständig weitergrübeln. Sie schloß den Schrank auf.

Und dann verspürte sie das ungute Gefühl, als ob sich da drinnen der richtige Ed Hamner jun. die ganze Zeit über versteckt hatte.

Im Schrank herrschte das Chaos – sie sah achtlos hineingestopfte Kleidungsstücke, Bücher, einen Tennisschläger ohne Bespannung, ein Paar zerfledderte Tennisschuhe, ein wildes Durcheinander von alten Lehrbüchern und Heften, einen offenen, krümelstreuenden Tabaksbeutel. In der hintersten Ecke lag die grüne Drillichjacke.

Sie nahm eines der Bücher in die Hand und las verdutzt den Titel. *Der goldene Zweig.* Sie bückte sich nach dem nächsten. *Alte Riten, moderne Mysterien.* Ein anderes hieß *Voodoo – Zauberkult auf Haiti.* Dann fand sie eins, das in altes brüchiges Leder gebunden war. Durch häufigen Gebrauch war der Titel auf dem Einband abgescheuert und kaum noch leserlich. Es roch schwach nach verfaultem Fisch. Sie entzifferte den Titel: *Nekromantie.* An einer beliebigen Stelle schlug sie es auf, schnappte nach Luft und schleuderte es fort: die obszöne Darstellung brannte sich in ihr Gedächtnis ein.

In erster Linie, um ihre Fassung wiederzugewinnen, griff sie nach der grünen Drillichjacke, wobei sie sich selbst nicht eingestand, daß sie die Taschen durchsuchen wollte. Als sie sie in die Hand nahm, entdeckte sie noch etwas. Eine kleine Blechdose . . .

Neugierig bückte sie sich danach und drehte sie hin und her. Drinnen klapperte etwas. Es war eine Dose, wie kleine Jungen sie zum Aufbewahren ihrer Schätze benutzen. In den Blechboden war der Name einer Firma eingestanzt: Bridgeport Sweets. Sie öffnete die Dose.

Ganz oben lag die Puppe. Die Puppe Elizabeth.

Ihr schauderte, als sie sie betrachtete.

Als Kleid trug die Puppe einen roten Nylonfetzen, er stammte von einem Tuch, das sie vor zwei oder drei Monaten verloren hatte. Als sie mit Ed im Kino war. Die Arme bestanden aus Pfeifenreinigern, um die etwas gewickelt war, das aussah wie blaues Moos. Friedhofsmoos vielleicht. Die Puppe hatte Haare auf dem Kopf, aber die entsprachen nicht ihren. Es war sehr feines, flachsblondes Haar, und es war an den rosa Radiergummikopf angeklebt. Ihr eigenes Haar war dunkelblond und kräftiger. Das der Puppe ähnelte eher dem, was sie hatte –

*Als sie ein kleinens Mädchen war.*

Sie schluckte, und in ihrer Kehle gab es ein knackendes Geräusch. Hatten sie nicht alle im ersten Schuljahr Scheren bekommen, kleine abgerundete Scheren, für Kinderhände geeignet? War damals ein kleiner Junge an sie herangepirscht, vielleicht, als sie ihren Mittagsschlaf hielten und –

Elizabeth legte die Puppe aus der Hand und schaute wieder in die Blechdose. Sie fand einen blauen Pokerchip, auf den mit roter Tinte ein seltsames sechseckiges Zeichen gemalt war. Einen vergilbten Zeitungsausschnitt – die Todesanzeige von Mr. und Mrs. Edward Hamner. Auf dem daneben abgedruckten Foto lächelten die beiden nichtssagend, und über ihre Gesichter war dasselbe sechseckige Zeichen gemalt, dieses Mal mit schwarzer Tinte, wie ein Bahrtuch. In der Dose lagen zwei weitere Puppen, eine weibliche und eine männliche. Die Ähnlichkeit mit den Personen auf dem Foto war unverkennbar, erschreckend.

Und sie fand noch etwas.

Sie klaubte es aus der Dose, wobei ihre Finger so heftig zitterten, daß sie es beinahe fallengelassen hätte. Sie stieß einen unterdrückten Laut aus.

Es war ein Modellauto von der Art, wie Jungen es sich in Spielzeuggeschäften und Bastelläden kaufen und dann mit Plastikkleber zusammensetzen. Dieses Modell war ein Fiat, mit roter Farbe angemalt. Und an der Motorhaube klebte ein Stückchen Stoff, das von einem von Tonys Hemden stammen konnte.

Sie drehte das Modellauto um. Jemand hatte die Unterseite zertrümmert.

»Du hast es also gefunden, du undankbares Biest.«

Sie stieß einen Schrei aus und ließ Auto und Blechdose fallen. Seine gräßlichen Schätze wurden über den Boden verstreut.

Er stand in der Tür und schaute sie an. Einen so haßerfüllten Ausdruck hatte sie noch nie auf dem Gesicht eines Menschen gesehen.

»Du hast Tony umgebracht«, schleuderte sie ihm entgegen.

Er grinste boshaft. »Glaubst du, du könntest das beweisen?«

»Das spielt keine Rolle«, antwortete sie, selbst überrascht, wie ruhig ihre Stimme klang. »Ich weiß es jedenfalls. Und ich will dich nie wiedersehen. Niemals. Und wenn du . . . irgendwem . . . irgend etwas antust . . . werde ich Bescheid wissen. Dann sorge ich dafür, daß es dir an den Kragen geht.«

In seinem Gesicht zuckte es. »Das ist also der Dank, den ich von dir bekomme. Ich habe dir alles gegeben, was du wolltest, ich bin auf dich eingegangen, wie kein anderer Mensch es gekonnt hätte. Gib's zu. Ich habe dich vollkommen glücklich gemacht.«

*Du hast Tony umgebracht!«* schrie sie.

Er trat einen Schritt in den Raum hinein. »Ja, aber ich tat es für dich. Was für ein Mädchen bist du, Beth? Du weißt gar nicht, was Liebe ist. Ich liebe dich, seit ich dich zum ersten Mal sah, das war vor über siebzehn Jahren. Konnte Tony das von sich behaupten? Du hast es im Leben nie schwer gehabt. Du bist *hübsch.* Du hast nie etwas entbehrt und warst nie einsam. Du mußtest nie . . . andere Wege suchen, um dir das zu verschaffen, was du gern wolltest. Es gab immer einen Tony, der etwas für dich tat. Du brauchtest bloß zu lächeln und bitte, bitte zu sagen.« Seine Stimme hob sich *»Ich* habe auf diese Weise nie etwas bekommen. Glaubst du, ich hätte es nie versucht? Bei meinem Vater half es nicht. Er wollte selbst immer nur mehr und mehr. Er gab mir nicht mal einen Gutenachtkuß oder nahm mich in den Arm. Bis ich ihn reich machte. Und meine Mutter war genauso. Ich rettete ihre Ehe, aber meinst du, sie wäre zufrieden gewesen? Sie haßte mich! Sie wollte nicht in meine Nähe kommen! Sie sagte, ich sei nicht normal. Ich sorgte dafür, daß sie viele schöne Dinge bekam, aber . . . Beth, das darfst du nicht tun! Nein . . . neiiin –«

Sie setzte den Fuß auf die Puppe Elizabeth, zertrat sie mit dem Absatz. Etwas in ihr krümmte sich in einer Todesqual, dann war es vorbei. Jetzt fürchtete sie sich nicht mehr vor ihm. Er war nur ein kleiner, schmächtiger Junge mit dem Körper eines Erwachsenen. Und er trug zwei verschiedene Socken.

»Ich glaube, jetzt kannst du mir nichts mehr antun, Ed«, sagte sie. »Jetzt nicht mehr. Habe ich recht?«

Er wandte sich ab. »Geh«, sagte er mit dünner Stimme. »Geh schon. Aber laß die Blechdose hier. Tu mir wenigstens diesen Gefallen.«

»Die Dose lasse ich hier. Aber den Inhalt nehme ich mit.« Sie ging an ihm vorbei. Seine Schultern zuckten, als ob er sich nach ihr umdrehen und sie festhalten wollte, doch dann sackte er in sich zusammen.

Als sie den zweiten Treppenabsatz erreichte, kam er auf den Flur hinausgerannt und kreischte ihr hinterher: »Dann geh doch! Aber nach mir wirst du mit keinem anderen Mann mehr zufrieden sein! Und wenn du alt und häßlich bist, und sich kein Mann mehr um dich kümmert, wirst du dich noch nach mir zurücksehnen! Dann wirst du begreifen, was du verschmäht hast!«

Sie lief die Treppe hinunter und trat hinaus in das Schneetreiben. Es tat ihr gut, die kalte Luft auf ihrem Gesicht zu spüren. Bis zum Universitätsgelände war es ein Fußmarsch von zwei Meilen, doch das machte ihr nichts aus. Sie brauchte die Bewegung, und sie brauchte die Kälte. Sie brauchte beides, um sich wieder sauber zu fühlen.

Auf eine seltsame, unerklärliche Art und Weise tat er ihr leid – er war ein kleiner Junge, in dessen kümmerlichem Geist eine große Macht wohnte. Ein kleiner Junge, der mit Menschen zu spielen versuchte, als seien sie Zinnsoldaten, und sie dann in einem Anfall von Wut zertrat, wenn sie sich seinen Wünschen nicht fügten oder ihn durchschauten.

Und wer war sie? Mit all den Eigenschaften ausgestattet, die er an sich vermißte, ohne daß es ihr Verdienst oder sein Verschulden gewesen wäre? Sie dachte daran, wie sie sich Alice gegenüber benommen hatte, blind und eifersüchtig hatte sie versucht, sich an etwas zu klammern, nicht aus Überzeugung, sondern aus Bequemlichkeit.

*Wenn du alt und häßlich bist, und sich kein Mann mehr um dich kümmert, wirst du dich noch nach mir zurücksehnen! . . . Ich weiß, was du brauchst.*

War sie denn wirklich so kleingeistig, daß sie so geringe Ansprüche stellte?

Lieber Gott, laß mich bitte nicht so sein.

Auf der Brücke zwischen der Stadt und dem Universitätsgelände blieb sie stehen und warf Ed Hamners Zauberrequisiten Stück für Stück über das Geländer. Zum Schluß kam der rotangemalte Spielzeugfiat, er trudelte durch den Flockenwirbel, und sie wartete, bis sie ihn nicht mehr sehen konnte. Dann ging sie weiter.

**Quellen- und Übersetzer-Nachweis**

Übersetzung der Einleitungstexte von Helmut W. Pesch und Michael Nagula, der auch die redaktionelle Bearbeitung besorgte.

**Die Programm-Alternative: Bastei-Lübbe-Paperback**

**Band 28 151**
**Wolfgang Hohlbein**
**Die Töchter des Drachen**
**Deutsche Erstveröffentlichung**

Als Talianna noch ein Kind war, verbrannten die Drachen ihre Heimatstadt zu Schutt und Asche. Nun ist sie herangewachsen, und es zieht sie zurück an den Ort ihrer Kindheit. Ihr Weg führt durch eine zerstörte Welt, bevölkert mit phantastischen Lebewesen, durch endlose Wüsten und ausgetrocknete Meere, wo jeder Schritt Gefahren birgt. Sie will ihre Rache. Und sie sucht Antwort auf die eine Frage, die sie nicht ruhen läßt: Warum?

BASTEI LÜBBE

**Sie erhalten diesen Band im Buchhandel, bei Ihrem Zeitschriftenhändler sowie im Bahnhofsbuchhandel.**